ÖSTERREICH zum Beispiel

ÖSTERREICH zum Beispiel

LITERATUR, BILDENDE KUNST, FILM UND MUSIK SEIT 1968

herausgegeben von

OTTO BREICHA

und

REINHARD URBACH

Residenz Verlag

Printed in Austria by Druckhaus R. Kiesel, Salzburg
ISBN 3-7017-0289-6

Vorwort

Österreich zum Beispiel folgt in Konzept und Aufmachung dem vor fünfzehn Jahren im Residenz Verlag herausgebrachten Band *»Aufforderung zum Mißtrauen. Literatur, Kunst und Musik in Österreich seit 1945«.* Mit einer Art von Lese- und Schaubuch und als (begründete) Mischung von Text- und Bildbeispielen, von Behauptung und Anmerkungen wurde damals eine Bestandsaufnahme der österreichischen Szene versucht. Eine Fortsetzung erschien nach eineinhalb Jahrzehnten angebracht und zweckdienlich.

»Beispiele und Belege für Entwicklungen und Absichten, die nicht nur für Österreich Bedeutung haben«, sollten in der »Aufforderung zum Mißtrauen« gesammelt werden. Das gilt auch für diesen Band, der Österreich zum Beispiel nimmt für die Entwicklungen und Absichten der Literatur und der bildenden Kunst, des Films und der Musik, wie sie sich seit 1968 herausgestellt haben. Daß Österreich über seine Grenzen hinaus dafür repräsentativ ist, beweist das Echo. Eine junge Generation zog aus, die Frage nach ihrer internationalen Identität zu stellen und fand Internationalität. Antiprovinzielles entstand. Das Provinzielle ist listig geworden und tarnt sich gern durch gefällige Selbstironie, die, was ihr in die Hände fällt, auf den Arm nimmt. Das Entlegene wird als apart begriffen und das Mundartige (längst als frohgemutes Heimathüpferl abgesegnet) zum Unartigen. Das heitere Experiment steht für den bitteren Ernst ein.

Was die Literatur betrifft: »Aufforderung zum Mißtrauen« grenzte zwei Perioden ein, die Zeit des Neubeginns nach 1945 und die der Erstarkung eines Traditionalismus, der gleichzeitig kritisch zersetzt wurde. Das Mißtrauen wurde nach 1967 (befördert von radikaler Sprachkritik) für eine neue Generation produktiv.

Merkwürdig hat sich der neue österreichische Film entwickelt. In den siebziger Jahren ist zudem aus einem mehr beiläufigen Nebeneinanderher eine ambitionierte Fotoszene mit Galerie- und Museumsausstellungen, Wettbewerben und Publikationen entstanden.

Die Vermittlung (und Vermarktung) bildender Kunst schwankt zwischen Eigenbrötlerei, Bestemm und Geschäftigkeit. Einerseits beharrt eine ältere, inzwischen reputierlich gewordene und zu Lehrämtern aufgerückte Generation auf je nachdem fundierter Eigenart, von einer nächsten und übernächsten gefolgt, für die andere Maßstäbe und Allüren gelten. War bis weit in die sechziger Jahre hinein Abstraktes heftig im Schwung, kam damals alsbald Frisches und Burschikoseres auf, allerhand Eigenwilligkeiten mit einem munteren Durcheinander von Modeverhalten und Originalität. Nicht zufällig gelangten Figürliches oder sonstwie Gegenständliches (wiederum) zu angestammtem Recht. Vorstellungen und Vorbilder wurden ausgewechselt, Ansätze und Antriebe ausgeführt, die im Vorläufer dieses Bandes eben nur angedeutet waren. Das vordem Extreme ist inzwischen in seiner (mitunter beispielmachenden) Bedeutung erkannt und respektiert.

Auf Grund des in »Aufforderung zum Mißtrauen« Dargestellten und Kommentierten konnte etliches nunmehr vorausgesetzt werden, nämlich jene Fälle, die schon damals gebührend berücksichtigt worden waren (und für die seither keine wesentlichen Um- und Weiterentwicklungen zu verzeichnen sind). Einiges war nachzutragen. Die neugegebene Situation darzustellen, erschien jedoch als die Hauptsache: Gegenwärtiges, Jüngeres (und Jüngstes), auf das, wie vor fünfzehn Jahren, mit allem damit verbundenen Risiko hingewiesen wird.

Einer der wichtigsten Mittler neuer Literatur, um die er nicht nur als Mitherausgeber von »Literatur und Kritik«, der »protokolle« und schließlich der »Aufforderung zum Mißtrauen« besorgt war, ist Gerhard Fritsch (1924–1969). Seinem Andenken ist »Österreich zum Beispiel« gewidmet.

Otto Breicha *Reinhard Urbach*

REINHARD URBACH

Experiment · Erinnerung · Erfahrung · Erfindung

Bemerkungen zur Literatur in Österreich seit 1968

Eine moderne, aufs »Österreichische« bedachte Literatur hätte nach dem Staatsvertrag von 1955 beginnen können. Es war mit ihm offiziell die Vergangenheit bewältigt. Diese aber bestimmte weiterhin die Romane der großen alten Männer, die in der Nachfolge von Musil, Kafka, Broch, Roth die Form des Romans für die Mitteilung historischer Begebenheiten für verbindlich hielten.

1955 veröffentlichte George Saiko den Roman »Der Mann im Schilf«, der 1934 im Salzburgischen spielt. 1956 publizierte Heimito von Doderer sein umfangreichstes Buch, »Die Dämonen«, in dessen Mittelpunkt der Justizpalastbrand von 1927 steht, der schon Anlaß für Elias Canetti gewesen war, in den dreißiger Jahren »Die Blendung« zu schreiben. 1962 kam »Sonne und Mond« von Albert Paris Gütersloh heraus, eine barocke Kosmologie Österreichs, in der eine wuchernde Metaphorik die Heillosigkeit alles Irdischen umschrieb.

Die wenigsten der jüngeren Autoren konnten sich gegen die übermächtigen Einflüsse der Vätergeneration wehren, trotz aller »Aufforderung zum Mißtrauen«. Entweder verfielen sie ihnen und gerieten ins Drechseln, produzierten Makaber-Kulinarisches in der Nachfolge Herzmanovsky-Orlandos und erlagen dem unendlichen Stoff, ohne an dessen Erzählbarkeit zu zweifeln. Oder sie verzweifelten an den Metastasen der Alltagssprache, die keine Gelegenheit zu bieten schien, das zu sagen, was man empfand.

Daß die Sprache der Reklame die Kommunikation stört, wußte schon Ingeborg Bachmann, die sich als eine der ersten Schriftstellerinnen mit Wittgensteins Sprachphilosophie auseinandergesetzt hatte. Die Aussagekraft der Lyrik wird durch die Werbeslogans zersetzt; sie versuchte aber noch, dies in ihre Form zu integrieren. Im Gedicht »Reklame« (1956) wird die Sprache der Werbung noch *zitiert,* noch nicht *montiert.*

Halboffizielle Initiativen hatten zum Beispiel in Wien in der zweiten Hälfte der vierziger Jahre zu periodischen Publikationen geführt, die bis zum Ende der fünfziger Jahre alle ihr Erscheinen einstellten. Die Folge war ein Ausbleiben neuer Talente. Es läßt sich das Erstaunliche feststellen, daß es im Jahrzehnt zwischen 1955 und 1965 keine jungen Schriftsteller mit dem Drang zur Innovation gab. Es gab keine nennenswerte Förderung, keinen Ansporn oder Anreiz zum Schreiben, zum Experimentieren.

Die einzige Gruppe, die sich gebildet hatte und die unter dem Namen »Wiener Gruppe« im nachhinein Aufsehen erregte und eine nicht zu unterschätzende Wirkung auf die Nachfolgenden hat, blieb zehn Jahre lang im Hintergrund unentdeckt oder mißachtet.

Erst in der zweiten Hälfte der sechziger Jahre wurde das Interesse an Experimenten wach, breitete sich aus und führte zu Erscheinungen und Namen, die in den letzten Jahren im deutschsprachigen Raum und darüber hinaus Beachtung gefunden haben.

In diesen Experimenten ging es um die versuchsweise Reduktion der Grammatik auf das ungebundene Wort, um die Reduktion im weiteren des Wortes auf die Buchstaben, die Loslösung des Inhalts von der Sprache, des Sinnes von seinem Träger, nicht aber des Bewußtseins von der Sprache. Das Denken richtete sich auf die Sprache, es drückte sich nicht mehr allein durch die Sprache aus, sondern wurde in der Sprache evident. Die Sprache wurde zum Thema der Literatur.

Das Schreiben ist deshalb nicht sinnlos geworden. Auf dem Weg über das Experiment kommt man zu dem Ergebnis, die Sprache neu gebrauchen zu lernen. Man lernt, den Wortsinn wieder zu treffen, der durch die Phrase verlorengegangen war.

Das Leiden an Österreich wurde mit der Sprachproblematik verknüpft. Das Unbehagen an der Sprache, das von Ingeborg Bachmann noch *allgemein* formuliert worden war, wurde im Laufe der sechziger Jahre von einer jüngeren Generation auf die besondere österreichische Situation angewandt. Die literarische Beschäftigung *mit* Österreich *in* Österreich hatte auch ihre Probleme, nicht zuletzt ökonomische. Das weitgehende Fehlen staatlicher Förderung, das Fehlen von Publikationsmöglichkeiten in Verlagen (die erwähnten großen Romane von Saiko, Doderer, Gütersloh waren in Hamburg oder München erschienen) oder im Rundfunk beeinträchtigte die Entwicklung der Literatur. Von den jungen Autoren, die nach 1965 zu publizieren begannen, wurde das Thema »Österreich« negativ verstanden und aggressiv behandelt.

Österreich verschlägt die Sprache, das heißt: man kann nichts mehr sagen, man weiß nicht mehr, was man zu seiner Umwelt sagen soll, so sehr ist sie verrottet und macht sprachlos. Die Außenwelt macht es unmöglich, zu reden, zu formulieren.

In dem Gedicht von Heidi Pataki »du hast mir die sprache verschlagen« (1968) heißt es:

»hungrig muß ich
durch die straßen laufen
auf der suche nach worten nach abfall
in papierkörben wühlen
nach unansehnlichen worten fortge-
worfenen abgenützten
...
der wind der von osten weht
und staub mit sich führt
warum keine worte
...
doch selbst der wind liegt brach
und spricht von Österreich
du hast mir die sprache verschlagen«

Im selben Jahr läßt Thomas Bernhard den Rechtsanwalt Moro in der Erzählung »Ungenach« sagen:

»Der Österreicher, meinte Moro, sei so, daß es nichts nützt, ständig, weil einem dieses geschlagene Volk immer noch leid tut, auf Mozart und Stifter, auf den verrückten Raimund und auf den wahnsinnsgemäßen Wittgenstein hinzuweisen, auf die Natur hinzuweisen, die doch zweifellos eine österreichische Natur sei... ›Man glaubt uns heute weder die Macht (und die Kultur!), die wir nicht haben, noch die Macht (und die Kultur!), die wir gehabt haben, oder überhaupt nie gehabt haben, weil man uns überhaupt nichts mehr glaubt.‹«

Das Unbehagen wird hier zur wortreichen Verzweiflung gebracht; bei Wolfgang Bauer dagegen, der das Sprachversagen, aber auch den Vitalismus der Sprachlosigkeit auf die Bühne gebracht hat, schlägt Langeweile in Aggression um.

Verstummen – Verzweifeln – aggressiv Agieren – das sind literarische Verhaltensweisen, denen sich das von der »Wiener Gruppe« geprägte neue Sprachbewußtsein widersetzt. Die Faszination der Sprache als Material von Kommunikation und Literatur führte in Österreich zu Ergebnissen, die nicht stur oder trocken oder verzweifelt sind. Sie sind nicht von der Theorie abhängig, sondern entstehen spontan, mit Phantasie und Humor, stellen Beziehungen zur englischen Nonsense-Tradition her. Besonderen Reichtum phantastischer Erfindungen, besondere Vielfalt der stilistischen Möglichkeiten von Montage und Parodie beweist H. C. Artmann in seinen Texten. Er ist der einfallsreichste Vertreter der »Wiener Gruppe«, die ihre Sprachversuche in der Nachfolge von DADA und Surrealismus begann. Artmann läßt sich von Assoziationen zu autonomen Geschichten führen, die aus vielfach gebrochenen und gespiegelten Requisiten der trivialliterarischen Sprache zusammengesetzt sind.

Strenger, aber nicht weniger lustig sind die Experimente Ernst Jandls. In seiner »Reihe« übernimmt er die Zahlenfolge von eins bis zehn, reduziert sie auf den Lautstand und ordnet ähnliche Laute hintereinander an, so daß der lautliche Eindruck einer Zahlenreihe vermittelt wird:

eis
zweig
dreist
vieh
füllf
ächz
silben
ach
neu
zink

Auch Jandl will auf den Zwiespalt hinweisen, der zwischen dem besteht, was man *meint*, und dem, was man *sagt*. Die Sprache ist verdorben, sie hat sich von ihrer Bedeutung in den verrotteten Formen der Umgangssprache, in den Klischees der Trivialliteratur entfernt. Mit diesem Zwiespalt kann man spielen.

In ihren literarischen Anfängen haben auch Peter Handke und Barbara Frischmuth unabhängig voneinander die Sprache, mit der sie aufwuchsen, wörtlich genommen: die Sprache, mit der sie erzogen wurden, die Sprache der Erzieher, die Sprache der Alltagsphrasen. Beide Autoren sind eine Zeitlang in einer Klosterschule erzogen worden; und so spielt die christliche Thematik in ihrer frühen Prosa eine Rolle. Die Tendenz dieser Prosa richtet sich nicht gegen die Religion, wohl aber gegen die Sprache, in der diese Religion vermittelt wird, gegen die Sprache, die ritualisiert wurde, um Menschen zu manipulieren.

Barbara Frischmuth stellt in ihrem ersten Buch, »Die Klosterschule« (1968), dar, wie Kinder durch die Phraseologie, die einer bestimmten – hier klerikalen – Ideologie verpflichtet ist, in ihrem Denken und Handeln beeinflußt werden. Auch wenn sie sich widersetzen wollen, können sie es nur in der Denk- und Sprechweise tun, die ihnen eingeprägt wurde.

Peter Handke hat diese Situation in seinem Schauspiel »Kaspar« (1968) besonders deutlich gemacht. Die Erziehung macht alle gleich, sie läßt einer individuellen Entwicklung keinen Raum.

Man hat den Experimenten mit der Sprache – ihrer Thematisierung – den Vorwurf gemacht, sie seien wirklichkeitsfremd, nicht gesellschaftsbezogen, verlören den Kontakt zur Umwelt, brächten die Kommunikation zum Erliegen.

Doch nichts ist mehr mit dem Zusammenleben der Menschen in einer Gesellschaft verbunden als der sprachliche Ausdruck. Ihn problematisch zu machen, die Kommunikation in Frage zu stellen, bedeutet Gesellschaftskritik, wie sie radikaler nicht zu denken ist, auch wenn sie spielerisch vorgebracht wird. Wenn die Verständigung durch die Phrase unterbrochen ist, wenn der Mensch durch Klischees manipulierbar ist, wird seine Gefährdung offenbar.

Es blieb in der zweiten Hälfte der sechziger Jahre nicht beim thematisierenden Spiel mit der Sprache. Als nächster Schritt ist die kritisch-ironische Beschäftigung mit den überlieferten Formen der Literatur zu beobachten.

Die literarischen Stile und Gattungen wurden nach ihrer Möglichkeit überprüft, Wirklichkeit zu transportieren, indem man sie reproduzierte. Das experimentelle Ergebnis ergab die Zweifelhaftigkeit der traditionellen Themen und Formen.

Peter Handke zum Beispiel reproduzierte die Form des Kriminalromans; doch im Gegensatz zu diesem ist am Ende die Welt nicht durch die Entdeckung und Überführung des Täters wieder heil und in Ordnung. Handke stellte Fakten und Vermutungen unvermittelt nebeneinander, ohne eine Lösung zu geben (»Der Hausierer«, 1967).

In ähnlicher Weise behandelte Wolfgang Bauer den Briefroman (»Der Fieberkopf«,

1967), Heidi Pataki die Lyrik (»Schlagzeilen«, 1968), Gert Jonke den Heimatroman (»Geometrischer Heimatroman«, 1969), H. C. Artmann, der vermutlich schon in den späten fünfziger Jahren diese Methode am Beispiel des Abenteuerromans (»Der aeronautische Sindtbart oder seltsame Luftreise von Niedercalifornien nach Crain«) erprobt hatte, die Schauergeschichte (»Frankenstein in Sussex«, 1969) und Elfriede Jelinek den Illustriertenroman (»wir sind lockvögel baby!«, 1970); Hans Georg Behr versuchte ähnliches mit dramatischen Collagen. Literarischer Wahrhaftigkeitsverlust wurde dokumentiert.

Das Spiel mit literarischen Formen und Alltagsphrasen wird ironisch betrieben. Phrase und Ironie sind strukturgleich durch den Gestus der Aufhebung, mit umgekehrten Vorzeichen:

Phrase heißt: das, was man meint, sagt man nicht; kann man nicht sagen. Ironie heißt: das, was man sagt, meint man nicht so, wie man es ausgedrückt hat.

Sprachkritik und formale Experimente endlos weiterzuführen, wäre unbefriedigend. So nützlich sie sind, so wenig Entwicklungsmöglichkeiten bieten sie.

Der Schriftsteller hat, wenn er sich vom Experiment lösen will, nur zwei Möglichkeiten: entweder das Schreiben in den Dienst politischer Aktion zu stellen oder das lesende Publikum durch Selbstdarstellung auf eine mögliche Veränderung von Verhaltensweisen vorzubereiten.

So kam es zu Beginn der siebziger Jahre nach der Thematisierung der Sprache und der literarischen (trivialisierten) Formen zu einer weiteren: der Thematisierung der Erinnerung.

Nach Doderer war Erinnerung zum unbewältigbaren Problem geworden. Doderer selbst war es noch zweifelsfrei möglich gewesen, die selbsterlebte Vergangenheit zum Stoff seiner größeren Romane zu machen und dies metaphorisch als Ausloten der »Tiefe der Jahre« ausdrücken zu können.

Nur wenige Autoren versuchten in Österreich nach 1955, die erinnerte Vergangenheit als Konflikt mit der Gegenwart darzustellen, wie es in der Bundesrepublik Deutschland Böll, Grass, Lenz taten. Zu ihnen zählen Hans Lebert (»Die Wolfshaut«, 1960) und Gerhard Fritsch (»Moos auf den Steinen«, 1956, und – wichtiger – »Fasching«, 1967).

Gerhard Fritschs »Fasching« stellt die Brücke dar zu den wirksameren Problemen der Literatur zwischen 1955 und 1967. Während er in »Moos auf den Steinen« noch an die Tradition anschloß und sich am retrospektiven Stil Joseph Roths orientierte, zerfiel ihm zusehends die Möglichkeit kontinuierlichen Erzählens – die verschiedenen Fassungen des »Fasching« sind ein Beispiel dafür –, wobei ihm nicht das Erzählen selbst problematisch wurde, sondern die Sprache als Voraussetzung des Erzählens und damit auch der beschreibbaren Erinnerung.

Hier setzen die Sprachreflexionen der »Wiener Gruppe« ein: Sprache ohne psychologische Bewertung und Tönung. »Ich« wurde zur grammatischen Figur reduziert, und

»Ich war« bedeutete lediglich einen syntaktischen Bezug, der allerdings verallgemeinert werden konnte und nicht subjektives, esoterisches Merkmal bleiben durfte. Für Erlebnisse und Erinnerungen gab es vorgeformte Sätze, in denen sich die Vergangenheit des einzelnen scheinbar ausweglos eingeordnet ausdrückte.

Vergangenheit wurde nicht erinnert, sondern vorgefunden. Das sprachliche Material bestand aus Klischees, die man übernehmen mußte, ob man wollte oder nicht. Man konnte versuchen, sie zu zerschlagen, sie zu montieren, mit ihnen zu spielen. Aber man war in jedem Fall abhängig von ihnen.

Zwei Werke sollen hier wiederum als Beispiel herangezogen werden: Geprägt von den Erfahrungen der »Wiener Gruppe« entstanden um 1967 »Kaspar« und »Die Klosterschule«. Kaspar ist das Ich ohne Vergangenheit, das die Sprache eingelernt bekommt. Kaspars logische Schlußfolgerung: »Ich bin nur zufällig ich« (in der zweiten Fassung des Stücks weggelassen).

»Kaspar« wird durch die 1964/65 entstandenen Sprechstücke Peter Handkes vorbereitet. Für das Thema »Erinnerung« ist »Selbstbezichtigung« am wichtigsten:

»Ich bin der Gegenstand von Sätzen geworden. Ich bin die Ergänzung von Sätzen geworden. Ich bin der Gegenstand und die Ergänzung von Hauptsätzen und Nebensätzen geworden. Ich bin eine Mundbewegung geworden. Ich bin eine Aneinanderreihung von Buchstaben geworden.« ... »Ich habe etwas tun können. Ich habe etwas lassen können. Ich habe Gegenstände zerstören können. Ich habe Gegenstände mit anderen Gegenständen vergleichen können. Ich habe mir Gegenstände vorstellen können. Ich habe Gegenstände sprechen können. Ich habe über Gegenstände sprechen können. Ich habe mich an Gegenstände erinnern können.« ... »Ich bin geworden. Ich bin verantwortlich geworden. Ich bin schuldig geworden. Ich bin entschuldbar geworden. Ich habe für meine Geschichte büßen müssen. Ich habe für meine Vergangenheit büßen müssen. Ich habe für d i e Vergangenheit büßen müssen. Ich bin erst mit der Zeit zur Welt gekommen.«

Handkes Verallgemeinerungen wurden von Barbara Frischmuth ebenso entpersönlicht dargestellt, bei ihr aber in ein bestimmtes Idiom eingefärbt: in die Erziehungssprache der Klosterschule. Alles ist nur mit Vokabeln beschreibbar, die aus dem eingelernten Phrasen- und Formelschatz stammen. Freiräume sind ein Traum, der nicht sprachlich faßbar werden kann.

»Nichts währt ewig, nicht wir noch die Welt. Dennoch muß Ordnung sein, in allem und jeglichem, im Großen wie im Kleinen, im Verstand und auch im Herzen.

Unsere Zeit ist wohl eingeteilt, und für unser Heil wird Sorge getragen. Keiner weiß, wo und wann es ihn trifft, also hat er allzeit bereit zu sein. Die beste Voraussetzung für das rechte Sterben ist ein rechtes Leben. Nur wer den Anforderungen, die von oben an ihn gestellt werden, entspricht, erwirbt ein Anrecht auf spätere Belohnung. Denn viele sind berufen, wenige aber auserwählt.« ... »Wenn viele das gleiche tun, wird das Ziel eher erreicht.«

Gleichschaltung, Manipulation, getarnt als Gemeinschaft, läßt Erinnerung verkümmern und macht gegenwärtiges Erleben nur als verallgemeinerndes beschreibbar.

Peter Handke hat dies in einem autobiographischen Essay von 1967 so formuliert: »Weil ich meine Erfahrungen als Kind inzwischen vergessen hatte, teilte ich in den Aufsätzen die dazugelernten Erfahrungen mit eingelernten Wörtern mit. Sollte ich ein Erlebnis beschreiben, so schrieb ich nicht über das Erlebnis, wie ich es gehabt hatte, sondern das Erlebnis veränderte sich dadurch, daß ich darüber schrieb, oder es entstand oft erst beim Schreiben des Aufsatzes darüber, und zwar durch die Aufsatzform, die man mir eingelernt hatte: Sogar ein eigenes Erlebnis erschien mir anders, wenn ich darüber einen Aufsatz geschrieben hatte« ... »bis ich schließlich an einem schönen Sommertag nicht den schönen Sommertag, sondern den Aufsatz über den schönen Sommertag erlebte.«

Hiermit, mit dem Bewußtsein der sprachlichen Manipulation und der ihm folgenden Darstellung desselben, bahnte sich eine Wende an, die zu Beginn der siebziger Jahre auch durch die beiden genannten Autoren selbst vollzogen wurde. Sowohl Barbara Frischmuth als auch Peter Handke versuchten, erlebnisgerecht die eigene Gegenwart zu beschreiben und die eigene Vergangenheit zu erinnern. Das war der Schritt über die bis dahin proklamierte – notgedrungen sprachimmanente und daher entpersönlichte – Vermittlung von erzählbaren Inhalten hinaus, die Wende vom entpersönlichten zum persönlichen Ich.

Es begann tagebuchartig mit Versuchen zu kurzen Beschreibungen. 1971 publizierte Barbara Frischmuth die »Sätze zur Situation« »Tage und Jahre«. Es ist die Beschreibung einer neuen Erfahrung, einer ungewohnten Umgebung. Eine Gruppe, zu der die Autorin gehört, versucht, sich im Winter auf dem Land einzurichten. Das Neue wird zu erklären versucht, noch tastend, mit hergebrachten Ausdrücken, die langsam verändert werden, um die neuen Eindrücke, die sich mit den alten Klischees nicht fassen lassen, zu erklären:

»Es gibt eine Art von Kälte, die auch an Tagen, an denen die Heizung nicht funktioniert, wahrzunehmen ist. Man sagt doch, die Luft wäre zum Schneiden. Es ist aber, als könne man sie in kleine verschiebbare Eisblöcke zerteilen: wenn das den richtigen Eindruck vermittelt.«

Die Erinnerung bekommt eine neue Funktion, die des Vergleichs. Sie kann herangezogen werden, um neue Erfahrungen zu bestätigen und einzuordnen:

»Als ich Kind war, war alles ähnlich: dieselben Flecken an den Wänden, der Gestank kochenden Hundefutters, die Bedeutung des Wetters, die Angst, daß wieder einmal die Felle davonschwimmen. Auch daß wir uns auf viel mehr Raum bewegen können und das Behelfsmäßige, aus Brettern Genagelte. Die Anzeichen des Verfalls, Dächer, die undicht geworden sind und solche, auf denen bereits kleine Bäume und Sträucher wachsen, Fensterhöhlen. Die stückweise Brauchbarkeit von allem, die glauben läßt, man könnte mit Gerümpel was anfangen.«

Auf die Beschreibung der Gegenwart im ersten Teil »Tage« folgt die Erinnerung an die eigene Kindheit im zweiten Teil »Jahre«. Die Erinnerung wird vergegenwärtigt, also im Präsens beschrieben. Da es sich dabei um Vorgänge und nicht nur um Beobachtungen, Erfahrungen handelt, können die Passagen auch länger werden. Ein erneutes, kontinuierliches Erzählen bahnt sich an (das bei Barbara Frischmuth bald darauf zum Roman »Das Verschwinden des Schattens in der Sonne«, 1973, führte, einer aus eigenen Erlebnissen zusammengefügten Fiktion).

»Ich habe einen Regenwurm in der Hand und laufe zwischen dem Spritzenhaus und dem Café Fischer über die Straße. Eine dicke Frau im Steirerkittel mit Einkaufstaschen auf der Lenkstange streift mich mit dem Fahrrad und fährt mir den Schuh vom Fuß. Während ich wieder aufstehe, schimpft sie fürchterlich, so daß ich mich erst getraue meinen Schuh wieder aufzunehmen, als sie schon fort ist. Inzwischen habe ich auch den Regenwurm verloren.«

Peter Handke macht die gleiche Entwicklung durch, von der persönlichen Erinnerung in »Wunschloses Unglück« (1972) zum mit autobiographischen Details durchsetzten Roman »Der kurze Brief zum langen Abschied« (1972).

»Seit ich übrigens zu schreiben angefangen habe, scheinen mir diese Zustände, wahrscheinlich gerade dadurch, daß ich sie möglichst genau zu beschreiben versuche, entrückt und vergangen zu sein. Indem ich sie beschrieb, fange ich schon an, mich an sie zu erinnern, als an eine abgeschlossene Periode meines Lebens, und die Anstrengung, mich zu erinnern und zu formulieren, beansprucht mich so, daß mir die kurzen Tagträume der letzten Wochen schon fremd geworden sind.« ... »Natürlich ist das Beschreiben ein bloßer Erinnerungsvorgang; aber es bannt andrerseits auch nichts für das nächste Mal, gewinnt nur aus den Angstzuständen durch den Versuch einer Annäherung mit möglichst entsprechenden Formulierungen eine kleine Lust, produziert aus der Schreckens- eine Erinnerungsseligkeit« (»Wunschloses Unglück«).

Die vorsichtige autobiographische Beobachtung und ständige Reflexion auf den Vorgang der Erinnerung selbst wird von den Autoren, die auf den Schreiberfahrungen der Generation der Handke und Frischmuth aufbauen, als erledigt angesehen und macht einem ausgedehnten autobiographischen Erzählen Platz.

Die Situation hatte sich neuerlich gewandelt. In der Mitte der sechziger Jahre war Erinnerung problematisch, privates Erinnern schien unmöglich. Was möglich war, war unpersönliches, grammatisches Sprechen. Als Gegenbewegung konstituierte sich zu Beginn der siebziger Jahre zaghaftes Erinnern, immer vereint mit der kritischen Sprachreflexion und dem Zweifel an der Beschreibbarkeit. Diese Rückwendung ins Subjektive wurde in der Mitte der siebziger Jahre zur Bedingung des Schreibens überhaupt. Schreiben wurde fast mit Erinnern identisch. Literatur bekam Erinnerung als Grundlage. Die Beschreibungskrise und sprachliche Unsicherheit der sechziger Jahre hatten als eine der wenigen Formen der Literatur, der getraut wurde, die dokumentarische hervorgebracht. Durch die subjektivistische Wende in den siebziger Jahren traten persönliche

Erinnerung und private Erfahrung für einen Großteil der Autoren an die Stelle des Dokumentarischen und wurden das einzige wahrhaftige authentische Material, das beschreibbar und darstellbar schien. Den Verallgemeinerungstendenzen der Phrasenmontage wurde entgegengewirkt; die autobiographischen Bücher wollen nachweisen, daß eine eigenwillige persönliche Entwicklung notwendig und möglich ist.

Gernot Wolfgruber schrieb sein erstes Buch, »Auf freiem Fuß« (1975), um das Gegenteil seines ersten Satzes, des scheinbar vorgezeichneten Weges, vorzuführen:

»Es war alles zu selbstverständlich. Ich bin garnicht auf den Gedanken gekommen, daß es nicht selbstverständlich sein könnte. Weil es sich von selbst verstand, brauchte ich nichts zu verstehen. Es sprach alles dafür: ich würde einen Beruf erlernen, würde Lehrling werden. Reden war da nicht notwendig.«

»Erinnerung« wurde zum Reizwort für die Beschreibung einer Entwicklung, als Modell der Auflehnung, Verweigerung, des Ausbruchs oder der Anpassung; das heißt, sie ist weder auf »besonnte Vergangenheit« noch auf »Abenteuer« gerichtet.

Erinnerung in vielfältiger Form:

— als Lyrik (Peter Turrini; »Am Ende der Trauer und des Zornes / verstehe ich meinen Vater . . .«)
— als experimenteller Text (Ernst Jandl; »War einst weg und bin jetzt hier.«)
— als aufwendige Fiktion (Franz Innerhofer und Gernot Wolfgruber in ihren Romanen)
— als Lebensbeschreibung des Vaters (Peter Henisch, Brigitte Schwaiger, Jutta Schutting)
— als Autobiographie (als »Andeutung«, »Entziehung«, »Entscheidung«, »Isolation« bei Thomas Bernhard)
— als Materialsammlung über die eigene Kindheit (Werner Kofler)
— als parodistische Formalisierung (Reinhard P. Gruber und Gert Jonke mit der »Wiederholung des Festes«).

Erinnerung hilft, den Zwischenraum zwischen Sprache und Leben auszufüllen, überbrückbar zu machen und den Weg zu neuen Formen gegenwärtiger Literatur zu ebnen, zu sensibler Fiktion und zur Abstützung phantastischer Entwürfe.

Durch Ablenkung vom eigenen Selbstgefühl wird Erinnerung beschreibbar als Erfahrung, die in den Dienst des literarischen Engagements für gesellschaftliche, soziale Veränderungen gestellt wird. Helmut Zenker hat mit diesen Ambitionen zu schreiben begonnen. Als Mitbegründer der Gruppe »Wespennest«, deren gleichnamige Zeitschrift »brauchbare Texte« veröffentlichen will, setzt er sich in einem literarischen Manifest von 1974 (»was mir beim wort literatur einfällt und was ich selbst schreiben möchte«) vom Kulturbetrieb ab, der dem »stabilisierungswillen der gesellschaft« entspricht:

»die präsentierte literatur hat die funktion von heftromanen für intellektuelle, für die bürgerlichkeit, die sich mit literatur (schönen sätzen und worten) beflittert.«

Die Literaten sieht Zenker als »schmuckproduzenten«, »erfahrungen werden bescheiden vermittelt, die sprache, die gewählt wird, steht der vermittlung im weg«.

Zenker wirft der Literatur pauschal – er nimmt die modisch linke nicht aus – ein Mißverhältnis zur Wirklichkeit vor.

»die gewählten themen, die methoden und vehikel sind elitär, werden elitärer, das publikum bleibt also fest ein bürgerliches, dem unterprivilegierten wird vorsätzlich die lust verdorben, daran teilzuhaben. dem autor selbstverständlich, der sich auf seine bildung setzt, fällt gar nicht ein, etwas für die durch das bildungsprivileg ausgesperrten zu tun. *Er* kann doch nicht *primitiv* werden, sich herablassen, auf ein minderes niveau herunterschreiben. *Er* ist längst gefangen in der eitelkeit einer hochgezüchteten sprache, die mit schwierigen beschreibungssituationen nur erbärmlich gerechtfertigt wird.«

Zenker sieht also die vorexperimentelle Erzählsituation der ausgepichten Komplexität nicht als immanente Schwierigkeit des Beschreibens, sondern als elitäres Abrücken vom Leser. Er ist auf dem entgegengesetzten Weg, wenn er auch dessen Schwierigkeiten aus privat-sozialen Hemmungen heraus selbst erfahren hat:

»die kunst, die literatur hätte sehr viel mit dem neuen menschen zu tun, wenn sie ein interesse daran hätte, auf nebenwegen oder vorgezeichneten trampelpfaden bleibt sie unbedeutend. *Wir* sind doch ununterbrochen zeugen, aber wir stellen uns blöd, geben uns mit trockenen broten zufrieden und halten die goschen, um von einer bürgerlichen kritik wohlwollend rezensiert zu werden.«

Für sich selbst zieht Zenker die Konsequenz, von der Wirklichkeit, die ihn umgibt, zu schreiben, also Beobachtungen und Erfahrungen mitzuteilen und nicht Traditionen zu transportieren oder mit der Sprache und ihren Möglichkeiten zu spielen.

Der »neue Mensch«, von dem er spricht, ist nicht das Idealbild expressionistischer Literatur, nicht die utopische Vorstellung vom besseren Menschen, sondern der Mensch in der gegenwärtigen Welt, der von seiner Umwelt verändert ist und verändert wird, für den es in der Beschreibungsliteratur bis dahin kein den Ansprüchen verbindlicher Genauigkeit entsprechendes Beispiel gab. Ein solches Beispiel ist Zenkers Roman »Wer hier die Fremden sind« von 1973. Es ist die Geschichte einer Verweigerung. Zenker geht autobiographisch vor, jedoch nicht im Stil der Erinnerung, sondern des gegenwärtigen Erlebnisses. Seine Ich-Figur will sich nicht anpassen, kann sich nicht anpassen. Beides, Wille und Können, sind nicht mehr voneinander zu unterscheiden. Der »Held« protestiert zwar, hat eine Meinung, aber er setzt sie nicht durch. Interessen hat er nicht, das Bier macht ihn stumpf, dumpf. Die Dumpfheit läßt Nörgeln nicht aufkommen, wohl aber Intelligenz. Sie befähigt ihn zu Beobachtungen, Feststellungen. Früher hätte man solches emotionsloses Beobachten des eigenen Körpers und fremden Verhaltens »gesunden Menschenverstand« genannt. Doch jetzt ist die Gesundheit von einer Mehrheit gepachtet, die eifersüchtig darüber wacht, daß alles »in Ordnung« bleibt.

Zenkers Ich-Figur widersetzt sich einer solchen Ordnung. Er zerstört sie nicht, er stört sie. Er hat recht damit, doch Rechthaben und Ordnunghalten sind verschieden.

Nicht »Recht und Ordnung« sind das einander ergänzende Begriffspaar, sondern »Gesetz und Ordnung«.

Die Sprache des Erzählers ist einfach, den Gegenständen und Verhaltensweisen, die sie beschreibt, angemessen; die Anpassung der Sprache an das zu Beschreibende funktioniert – die des Erzählers an die Umwelt muß erzwungen werden und läßt sich auch durch Verweigerung nicht gänzlich aufheben. Auch wenn Anpassungsunfähigkeit zugestanden wird – Abhängigkeit bleibt.

Der Roman beschreibt einen, der ausgeflippt ist, der am Rande steht und nicht mitmachen will. Zenker bietet keine Lösung an. Anders als Michael Scharang – dessen Roman »Charly Traktor« eine ähnliche Situation beschreibt, dessen Er-Figur aber den Ansatz einer Lösung findet, indem sie beim kommunistischen Gewerkschaftler Rat sucht –, macht es Zenker sich und dem Leser nicht einfach. Das Unbehagen an der bestehenden »Ordnung« wird von einem Ich erfahren und erfahrbar gemacht. Was und wie man es ändern könnte, bleibt dem Denken und Handeln des Lesers überlassen.

Erinnerungsprosa und Beschreibungsprosa haben das Einbringen der Person des Autors gemeinsam; er engagiert sich mit seinen Erfahrungen, nimmt sich selbst bei Aufforderungen und Anforderungen, die er an den Leser stellt, nicht aus. Dieser Einsatz, der das Ich zum verfügbaren Material macht, ist in seiner Radikalität weniger mit der »Erlebnisdichtung« früherer Generationen zu vergleichen als mit dem »Wiener Aktionismus«, der sinnliche Erfahrbarkeiten nicht spielen läßt, sondern selbst einbringt.

Das schließt andere Ansätze für literarische Arbeit nicht aus, bereitet sie vielmehr vor. Vermittelte Selbsterfahrung macht die Übertragung in Projekte, Entwürfe, Phantasien und Utopien möglich. Die Sprachsensibilität, die Friederike Mayröcker mit der Montage allen verfügbaren sprachlichen Materials leistet, läßt ein ungebrochenes, nicht ironisch zurücknehmbares Aneignen von traditionellen Gattungs- und Sprachmustern nicht mehr zu. Wenn sie aufgegriffen werden, dann nicht, um sie – wie in der frühen Phase experimentellen Umgangs mit dem Überlieferten – zu zerstören, sondern um sie in veränderter Form und auf scheinbar naive Weise gegenwärtig zu halten (die Märchen H. C. Artmanns, Gerhard Amanshausers, Joe Bergers gehören hierher).

Von der Erfahrung zur Erfindung: Neben die Verselbständigung wissenschaftlicher und sprachlicher Fiktionen in großenteils parodistischer Absicht (Wiener, Eisendle, Alfred Paul Schmidt) stellt Peter Rosei ernst gemeinte, mit wissenschaftlicher Präzision fingierte Wirklichkeit, beginnend mit »Landstriche« (1972), »Bei schwebendem Verfahren« (1973), »Wege« (1974). Ethnologische und ethologische Studien schienen es zu sein, Berichte über das Leben der Urbevölkerung in einem fernen nordafrikanischen Staat oder in einem Kärntner Alpental. Das Fingierte wie das Erfahrene – beides wirkt in gleichem Grad wahrscheinlich. Das Archaische und Primitive, das Rosei in seinen ersten Erzählungen darstellte, war von vornherein desolat, weil es sich in einem gesellschaftlichen Rahmen abspielte, der diese Primitivität erzwang und nicht etwa aus ihr eine heile Welt illusionierte. Diese Überzeugung des Erzählers Rosei, daß der Mensch, weil er in eine hierarchische Gruppierung hineingeboren wird, nicht frei ist, wird um eine zweite Erfahrung erweitert: wenn sich der Mensch von einem bestimmten gesellschaftlichen Zwang befreit, wird er deshalb auch nicht frei, sondern setzt damit Kräfte der Aggression und Brutalität frei, mit denen er nur zerstört, auch sich selbst. Durch einen Umsturz verbessert sich nichts. Die Hierarchie bleibt, ihre Repräsentanten werden nur ausgetauscht. Dieser Fortschrittspessimismus steht in der österreichischen Tradition von Nestroy über Schnitzler zu Kafka, dem der Umsturz-Roman »Bei schwebendem Verfahren« verpflichtet ist. Doch im Unterschied zu Kafka ist das Gesetz bei Rosei nicht intakt, es bricht auseinander, bevor es funktionieren kann. Die Macht ist konkret, das abstrakte Gesetz ist ein Alibi. Die einzige Antwort auf die Frage, wie man sich beim Zusammenbruch von Ordnung und Gesetz verhalten soll, ist: versuchen weiterzuleben. Stets beschreiben Roseis Bücher diesen Versuch. Ein Versuch, der jenseits von Protest und Ohnmacht, Satire und Verzweiflung an der Sprache, jenseits von Esoterik und phantastischer Utopie ein Modell situationsgerechten Verhaltens anbietet, das gleicherweise in Literatur und Leben zu bewältigen ist.

Johannes Wanke, Kleines Schloß, Holzschnitt, 1973

OTTO BREICHA

Drauf und dran

Zur bildkünstlerischen Situation seit 1968

Wie etwa hätten sich dem interessiert forschenden Kunstfreund die österreichischen Zustände Mitte der sechziger Jahre dargestellt? Das Aufarbeiten der klassischen Moderne hatte schon mit dem Art Club aufgehört. Der Anschluß an die internationalen Entwicklungen war im großen Ganzen hergestellt. Mit der von Otto Mauer 1954 gegründeten Galerie St. Stephan und mit den Bemühungen der ein paar wichtige Jahre hindurch von Fritz Wotruba künstlerisch dirigierten Galerie Würthle wurde Maßgebliches auch von anderswoher nach Wien geholt. Das (anfangs) notorische Begrobsen moderner Kunst hatte aufgehört, der schließlich mit der Eröffnung des Museums des 20. Jahrhunderts im Wiener Schweizergarten Herbst 1962 ein überregional beachtetes Forum geschaffen war. Schüchtern (zunächst) sproß eine Art von Kunsthandel.

Die Aktivitäten des Art Clubs waren versickert, sowie die Widerstände und der Druck auf eine Künstlergruppe nachließen, die zusammengerückt war, um sich miteinander in der Öffentlichkeit durchzusetzen. 1953 war das Unterschiedliche wichtiger geworden als die gemeinschaftliche Sache, das Interesse am »eigenen Weg« vordringlich. Das Eintreten fürs Moderne schlechthin zersplitterte in eine Fülle von Sonderentwicklungen, die zu effektivieren der Galeriebetrieb die besseren Möglichkeiten bot. Alsbald bildeten sich die Lager und Gegensätzlichkeiten, die im Vorläufer dieses Bandes bis 1967 beschrieben und kommentiert worden sind.

Seit 1950, dieser »Wasserscheide der Entwicklung« (Klaus Demus), ist die österreichische Surrealistik in ihrer Weise weiterverlaufen. Vom Kritiker Johann Muschik als »Wiener Schule des phantastischen Realismus« etikettiert, wurde sie, vom Ausland her, zum Erfolgsphänomen. Fritz Wotruba und seine Schüler überzeugten durch ihre im einzelnen verschiedene, jeweils aber konsequente Auseinandersetzung mit der menschlichen Figur. Abstraktiv-Malerisches (zum Beispiel von Josef Mikl und Wolfgang Hollegha) oder »Entformtes« (zum Beispiel von Arnulf Rainer und Markus Prachensky) wurden von Otto Mauer und seiner Galerie St. Stephan vertreten, wo – in den fünfziger und den frühen sechziger Jahren – die österreichische ebenso wie die internationale Avantgarde (von Georges Mathieu bis Joseph Beuys) ihre Auftritte hatte.

Im wesentlichen blieb aber das, was in Österreich stattfand (und von dort ausging), eine überaus österreichische Angelegenheit. Allein Hundertwasser war es auf Grund ausgedehnter Aufenthalte im Ausland und steten Bemühens gelungen, auch dort beachtet und geschätzt zu werden.

Das (Spannungs-)Verhältnis zum Herkommen ist ein urösterreichisches Problem.

Florentina Pakosta, Porträtkopf Alfred Hrdlicka, Radierung, 1975

»Tradition« wird entweder (wie zumeist) mehr oder weniger persönlich befolgt oder (wie vom Wiener Aktionismus) scharf opponiert. So naheliegend es wäre, zum Beispiel eine (österreichische) Kunstgeschichte als eine solche der sogenannten Avantgarde und ihrer Neuerungen zu beschreiben, so viel hätte auch das Gegenteil für sich: die Entwicklung als ein sensibel-vorsichtiges Verändern weithin gleichbleibender Probleme aufzuzeigen, als weiterreichende Zusammenhänge (etwa der malerischen Malerei). Tatsächlich gibt es (häufig ausdrücklich einbekannte) Entsprechungen von Maulpertsch zu Kokoschka und Gerstl sowie von dorther weiter zu Herbert Boeckl und Ferdinand Stransky, Mikl und Hollegha. Wotruba, Boeckl und A. P. Gütersloh waren die wichtigsten Lehrerpersönlichkeiten für die neue Kunst im neuen Österreich. Wo und wie ihre eigene Kunst Traditionen folgt, ist so wenig zu übersehen wie von ihrer Kunstauffassung und -praktik wichtige (ja mitunter entscheidende) Anregungen ausgingen. Eine Darstellung der radikal innovierenden Strebungen innerhalb der letzthin vergangenen fünfzehn Jahre versucht Peter Weibel im hier folgenden Beitrag dieses Buches.

Die Kontinuitäten von 1968 an, dem Jahr massiver jugendlicher Oppositionen in Politik und Kunst, sind an Hand guter und qualitätsvoller Beispiele erweisbar. Zumal durch Wotruba und sein die kubische Vereinfachung der menschlichen Figur ins Monumentale und Spontan-Emotionelle folgerndes Spätwerk. Es mündete (nach dem Gefügigmachen von Theaterszenerien) konsequent zur tatsächlichen Architektur der Kirche in Wien-Mauer. Wander Bertoni und Maria Bilger, seinerzeit Pfeiler des Art Clubs, sind in ihrem Metier und auf ihre Art fortgefahren. Ins Farbige und zur Graphik und Malerei wechselte Rudolf Hoflehner, zu Farbbahnen, farbigen Fassadengestaltungen und Wegzeichen, also ins Umweltgestalterische, Roland Göschl. Mehr, als es zunächst scheinen mag, verbindet den genug eigenwilligen und eigenmächtigen Alfred Hrdlicka mit dem Frühwerk seines Lehrers. In ihrer Vorstellung des Figürlichen und mit ihrem Bekenntnis zum Steinbildhauen haben der junge Franz Rosei und der noch jüngere Christian Frank mit Wotruba (oder Hrdlicka) zu schaffen.

Ein bester Beweis für Kontinuität und freizügig beherzigte Tradition ist Ferdinand Stransky. Seine pastosen Malmanöver und resoluten Zeichnungen zielen auf ein Raumdarstellen und Farbempfinden, das auf seinen Vorbildern geradezu insistiert. Karl Stark hält in die nämliche Richtung. Carl Unger knüpft beim späten Boeckl weiter. Zusammen mit den Bildhauern Hrdlicka und Rudolf Schwaiger wie mit dem gestandenen Graphiker Rudolf Schönwald haben Georg Eisler und Fritz Martinz 1969 anläßlich der (programmatisch gemeinten) Ausstellung »Figur« ihre Bilder im Garagensouterrain einer Wiener Großbank gezeigt. Auf Erscheinungsformen der »Masse Mensch«, auf flüchtende Gruppen, Marktszenen, Kaffeehausszenen ist Eisler neuerdings spezialisiert, während der zu Unrecht wenig bekannte Fritz Martinz große Malflächen in der Art eines zeitgenössischen Rubens mit vielfigurigen Szenen vollpackt. Nach der Beschäftigung mit orgiastischen Materialbildern ins Figürliche zurückgekehrt, bekundet Adolf

Frohner bei der Darstellung von Körperritualen und Verquältem ähnlich antischönheitliche Ambitionen.

Kapellen, Kirchenwände und Saalbeschmückungen beschäftigen Anton Lehmden, der für diesen Zug ins Großmächtige eine für seine Maßstäbe eher flüchtige Malweise bevorzugt. Mit seinen Adam-Allegorien ist Rudolf Hausner fortgefahren und hat sich dabei in allerhand Abenteuerlichkeiten (für ihn ungewöhnlicher Großformate) verstrickt. Mit ungeschwächter Genauigkeit exekutiert Wolfgang Hutter die umständliche Langsammalerei seiner Blumen- und Mädchenmärchen.

Der Fall für sich (der er schon immer war) ist Max Weiler geblieben. Zusammenhänge, wenn sie für ihn gesucht werden müssen, führen ins Fernstöstliche. Die alten Chinesen stehen ihm, wenn er malt oder zeichnet, näher als seine Kollegen in Wien und Tirol. Aus seinen Bildern »Wie eine Landschaft« ist eine Malerei »auf tönenden Gründen« geworden, um sich zu nächsten darstellerischen Mutmaßungen über das Weltwesen weiterzubringen. Ausgezeichnet hat Maria Lassnig Paris und New York, Kollegen, Surrealität und Pop verkraftet. Nach Wien heimgeholt, unterrichtet sie neuerdings im ambitioniert adjustierten Lehrkörper der Hochschule für angewandte Kunst.

Kontinuität in die verschiedenstmöglichen Richtungen: Urexpressionistisches Bildgut erlebt im Holzschnittwerk eines Johannes Wanke düstere Auferstehungen. In seinem Metier ein Könner von internationalem Rang, hat er zunächst im zeichenhaften Vereinfachen von landschaftlichen (oder sonstwie gegenständlichen) Strukturen mit ostasiatischen Mustern gewetteifert, um sich dann, Anfang der siebziger Jahre, mehr und mehr auf Atmosphärisches einzulassen. Seinen Schnitten (oder besser: Holzrissen) werden Wirkungen beigebracht, die sonst nur in der Lithographie zu erreichen sind. Das Zyklische ist dabei seine Stärke. Landschaftszyklen beschreiben unter anderem auch Musikalisches. Große Musikerpersönlichkeiten (wie Bruckner, Schubert, Brahms und Mahler) mitsamt ihrer Musik werden durch die Darstellungen jener Gegenden erläutert, die für ihr Leben und Werk von Bedeutung waren.

In eine andere (im Grunde aber ähnliche) Richtung verhält Florentina Pakosta mit Radierungen und überdimensionierten Zeichnungen von Köpfen und Händen. Maskenhafte Starre und physiognomische Übertreibungen verbinden diese Darstellungen rückblickend mit den »Charakterköpfen« Franz Xaver Messerschmidts, wie sie zugleich zum Körpersprachlichen und den Grimassenbildungen fortschrittlicher Zeitgenossen hinführen (zum Beispiel zu den »Face Farces« Arnulf Rainers).

Im unmittelbaren Nachkrieg und mit dem Art Club zusammenhängend haben Kurt Moldovan, Paul Flora und Herbert Breiter begonnen. Sie sind fortan sich und ihrer Eigenart treu geblieben, die bei Breiter inzwischen ins Tektonisch-Geschichtete geriet, bei Flora ins Feingesponnene und Phantastisch-Humoristische, bei Moldovan bald einmal zu einer imponierend kühnen Zeichenweise, die ihn als einen großen (längst nicht genügend beachteten) Graphiker unserer Tage bestätigt. Mehr im Zusammenhang mit den herkömmlichen (liebenswürdig sensiblen) Landschaftern in Österreich sind seine

Rudolf Hradil, Gerüst, Tusche, 1971

Max Peintner, Landschaft, Bleistift, 1975

Aquarelle zu sehen, die seit den fünfziger Jahren als Werkanteil beträchtlich zunahmen. Das Durcheinander verschlungener Perspektiven und Massierungen bestimmt eigenartig und eindrücklich die Zeichnungen des Salzburgers Rudolf Hradil.

Zusammenhänge sind auch für Paul Kulnig auszumachen, der dabei beim Fragmentierten der frühen Aktzeichnungen Boeckls anschließt, wie die feinnuancierten Darstellungen des Kärntners Peter Krawagna ähnlich im Andeutungsweisen reizvoll sind. Bei ihm (wie bei Kurt »Kappa«-Kocherscheidt, Giselbert Hoke, bei Maria Lassnig und Wolfgang Hollegha) wird im Umgang mit Farbe und Malerei jene notorische Art und Weise fortgesetzt, die (sehr pauschal) als Kärntner Schule bezeichnet werden kann (und seit Boeckl, Kolig und Mahringer den Beitrag dieses Bundeslandes zur österreichischen Malerei wesentlich bestimmt).

Jüngste »Errungenschaften« des Art Clubs waren seinerzeit die Debüts Josef Mikls und Wolfgang Holleghas gewesen. Nach gewissen (bei Mikl) konstruktivistischen oder (bei Hollegha) lyrisierenden Formulierungen hatte sich (noch in den späteren fünfziger Jahren) ihr Abstrahieren zunehmend ins Malerische gelockert. Geblieben ist das durchaus vom Gegenstand ausgehende Konzept, ein konsequentes Naturbefolgen, das seine Regeln und Richtigkeiten dorther ableitet. Dafür maßgeblich waren gewiß (auch) die von Boeckls »Abendakt« an der Wiener Akademie vermittelten Erfahrungen und Anstiftungen, die beide durch ihr akademisches Lehramt nunmehr dort selber vermitteln. Was der Umgang mit Gegenständlichem lehrt und bringt, ist bei Hollegha aus seinen Zeichnungen besser zu ersehen als aus seinen in der Regel großflächigen, farbstarken Bildern. Mehr aufs Motiv gerichtet, läßt Josef Mikl Figuren und Figurenteile, Landschaftliches und Stillebenmäßiges erkennen, Blumen, Feldfrüchte, eine Lockente oder sonstige Atelierarrangements. Ob und wie das Gemalte (oder Gezeichnete) richtig (oder falsch) dasteht, wird nach der Weise ermittelt, wie jeweils alles, das in Wirklichkeit wirklich so gewesen ist.

Seit 1980 unterrichtet auch Arnulf Rainer (wie Hundertwasser) an der Wiener Akademie der bildenden Künste. Mehr als sonst einer aus seiner Generation ist er das erklärte Faszinosum jener nächsten und weiteren, deren Art und Weise mit den Abbildungen dieses Bandes vor allem dargestellt werden. Verwandlungsfroh hat er seit 1968 seine Arbeit riskant verändert, ihr neue Vorstellungen und Materialien erschlossen: Irrenkunst und Drogendrang, Grimassenbildungen und Körperverrenkungen, die paraphrasierende Überzeichnung (und Übermalung) von dergleichen Fotos, das gestalterische Dialogisieren mit dem Bildschaffen berühmter und bizarrer Künstlerkollegen, Misch- und Trennkünstlerisches, Einschlüpfversuche in andere Eigenart nebst deren kreativierende Überwindung, Chaotisierung zum Zweck einer Wiederum-Gestaltung. Nachdrücklich hat sich Rainer, selber ein Sammler solcher Schöpfungen im Sinn von Dubuffets art brut, für das Schaffen jenes Künstlerkreises interessiert, den Leo Navratil im Niederösterreichischen Landeskrankenhaus für Psychiatrie und Neurologie beheimatet hat (und über dessen Bestrebungen Näheres hier an anderer Stelle zu lesen steht).

Peter Pongratz, zu Peter Handkes »Traum von der Leere der Flüssigkeit«, Lithographie, 1972

Alternativen zu dem, was seit den Tagen des Art Clubs in Schwange war, hatten sich etwa Mitte der sechziger Jahre entpuppt. Mai 1963 stellten Hans Hollein und Walter Pichler nächst St. Stephan aus (als dort noch Otto Mauer das Galerieprogramm bestimmte). Mit den damals gezeigten Entwürfen für unterirdische Wohnmaschinen und vielfältigen Anregungen zu unüblichen Monumentalismen wurde die Wiener (und darüber hinaus die österreichische) Szene nicht unbeträchtlich stimuliert. Fünf Jahre später, im unruhigen Mai 1968, als in Paris die Studenten revoltierten, zeigte die Wiener Secession die Ausstellung »Wirklichkeiten«: sechs junge Künstler, die Alfred Schmeller bei einem seiner (selten gewordenen) Rückfälle ins kunstkritische Metier prompt mit Krokodilen verglich, als frechfröhliche Unruhestifter im stagnierenden Gewässer heimischer Malerei. Auf alle Fälle war es das erste massive Hervortreten der Handke-Generation in bildnischer Hinsicht. Zum einen Teil kamen sie vom Phantastischen her: Wolfgang Herzig hatte seine Malerei auf blaugrüne Teichlandschaften und andere märchenhafte Erscheinungen eingestimmt, ehe er sich zunehmend gesellschaftskritisch engagierte (um, neuerdings, in einer streng komponierten Malerei fortzufahren, die freilich nach wie vor Menschlich-Allzumenschliches zum Anlaß nimmt); Robert Zeppel-Sperl, als Maler ein ganz und gar österreichischer Sonderfall, liebt (damals wie heute) das Vielfigurige und Reichbeschmückte, das Ausladende und Durcheinandergewirrte. Glupschäugige Busenmädchen und buntscheckige Unholde sind dabei sein bevorzugtes darstellerisches Vergnügen. Damals, Mai 1968, waren es zumal auf die eigene Person maßgeschneiderte Allegorien (als Krönung, Liebestaten, Begräbnis und Himmelfahrt des erklärten Jung-Genies). Weibwesen im Astronauten-Look brachte Martha Jungwirth an die Wand. Kurt »Kappa«-Kocherscheidt stellte damals in der Secession überhaupt zum ersten Mal aus: bunte Dschungel- und Jagdszenen, Bildglossen über Makartkompositionen und Entdeckerschicksale. Aus Cobra-Ungestüm und Irren-Kunst zogen Peter Pongratz und Franz Ringel Konsequenzen, beide auf möglichste Intensivwirkung erpicht: Strampelndes auf dem elektrischen Stuhl oder in bewußtseinsverändernde Glasstürze gezwängt, veräußertes Innenleben (am Beispiel eines soulsingenden Negerstars) oder allerhand Mutmaßungen zum Weltwesen, aber alle Male so vorgebracht, wie sie auf Grund neuerer Vergleichsmöglichkeiten neuerdings insbesondere »aktuell« erscheinen. Die »Gruppe«, durch Zufall zusammengeführt, durch Freundschaft miteinander verbunden, ist im Grund nie eine gewesen. Eine Reihe eher peripherer Ausstellungen (zum Beispiel in Innsbruck und Istanbul), etliche Kleinkataloge und gemeinsame Mappenpublikationen haben indessen solchen Eindruck nahegelegt. Gewiß aber hat das kollektive Secessionsdebüt etliche Ausstrahlung bewirkt: Eduard Angeli begann in verwandtem Geist mit seiner Art von Historienmalerei, Peter Sengl (nach eher verschwommenen Anfängen) mit der Darstellung absurdistischer Szenen und Quälereien.

Überhaupt erläutern die ähnlich lockeren (zumeist durch Freundschaften begründeten) Gruppierungen die gegenwärtige und jüngstvergangene Situation nicht schlecht.

Seitdem, nach Höhepunkten ihrer Regsamkeit in den fünfziger und frühen sechziger Jahren, die Galerie nächst St. Stephan viel an Attraktivität eingebüßt hatte, situierten sich Auszügler mit Gleichgesinnten in der (am anderen Ende der Wiener Grünangergasse gelegenen) Galerie Kalb. Arnulf Rainer und Dieter Roth haben dort erstmals ihre gemeinsam bewerkstelligte Misch- und Trennkunst ausgestellt, Peter Kubelka eine resümierende Zusammenfassung seiner knapp bemessenen Filmkunst, der von den »Wirklichkeiten« hinzugekommene Kurt »Kappa«-Kocherscheidt, Brus, Nitsch, Attersee, Franz Xaver Ölzant und Bruno Gironcoli, Walter Pichler und Gerhard Rühm. In ähnlicher Zusammensetzung wurde dieses Programm später in die nahe gelegene Galerie Schapira & Beck übersiedelt (wo heute der Grazer Peter Pakesch mit Extremkunst fortführt), während händlerisch besser Verwertbares bei Heike Curtze rangiert, die in den Räumen der ehemaligen Galerie Kalb den meisten der genannten Künstler weiterhin ein Ausstellungs-Forum bietet (als ein Gegenstück zu den ähnlich ambitionierten Galerien von Ursula Krinzinger und Grita Insam in Innsbruck und Wien).

Die Malerei Christian Ludwig Attersees hat (bereits in den frühen sechziger Jahren) damit begonnen, Popartistisches auf sehr österreichische Weise zu verinnerlichen. Mit seinem »Objekt Vagina«, mit spektral gefärbten Speisekugeln, Regenbogenabschnitzeln und Schmuckaufsätzen wurden Alltägliches und Kunstgeläufiges so hartnäckig-eigensinnig wie subtil-ironisch zum Anlaß genommen. Neuerdings ist das Malerische die Hauptsache, ohne darum von den eingeführten Inhalten dieser Malerei abzuweichen. Ebenso ins Malerische verläuft das, was Kurt »Kappa«-Kocherscheidt seit seinem »Wirklichkeiten«-Debüt zu zeigen gibt. Nachdem er zunächst die Eindrücke einer großen Südamerika-Reise ausführlich verarbeitet hat, sind es neuerdings in Stillebenmanier entworfene Arrangements von (gehörig vergrößertem) Kleinzeug, das ihm in der Nachbarschaft seines südburgenländischen Ateliers auffällt: merkwürdige Schoten, Käfer, Äste und Tierhäute, Statuetten und Schubladenkrimskrams. Noch in die fünfziger Jahre reichen die bildnerischen Arbeiten zurück, die Gerhard Rühm damals, von Wotruba entdeckt, bei Würthle und (später) nächst St. Stephan ausgestellt hat. Zugleich mit den schriftstellerischen Arbeiten waren Wort- und Buchstabenkonstellationen, Fotomontagen und Schriftbilder entstanden. Im Umfang hat seither das Bildmäßige das Wörtliche geradezu überwuchert, wobei spontane Inspirationen und automatistische Lösungen vordringlich erscheinen. Gezeichnet wird, soweit die Hand reicht und bis die Finger ermüden. Der Stift zieht allmählich verrückten Körperkonturen entlang. Wie Rühm kommt Dominik Steiger vom Schriftstellerischen her, dabei spezialisiert auf Biomorphes, Federzeichnungen in der Art von Miniaturen und feinfarbig getönte Tagebuchblätter, auf denen sich Buchzitate mit Dazuzeichnungen mischen.

Durchaus ein Fall für sich ist der bildnerische Anteil des o. m. theaters (orgien mysterien theaters) von Hermann Nitsch. Konzipiert als Gesamtkunstwerk ursprünglicher Art, erweist es trotzdem in seinen vielen und verschiedenen Ansichten Sensibilität und Differenziertheit, die alles Mögliche einschließen (aktionsmalerische Vorgangsweisen,

Bruno Gironcoli, Säule mit Totenkopf und Symbolen, Zinkguß, Messing, Glas (Seitenansicht), 1974

Direkt-Künstlerisches, subtile Farb- und Materialkonzepte sowie eine Musik von geradewegs Brucknerischen Ausmaßen); was alles an den dabei entstehenden und durch Ausstellungen vermittelbaren Relikten nur sehr andeutungsweise zu erleben, aber trotzdem angetan ist (was 1981 die Skandale um die Grazer Nitsch-Ausstellung und 1982 der Lärm um jene in Zell am See bewiesen haben), Emotionen aller Art freizusetzen. Anders hat sich Günter Brus zu Beginn der siebziger Jahre vom Aktionismus zurückgezogen. Die Münchner Aktion mit und am eigenen Körper, »Zerreißprobe«, war 1971 ein Extrem, das, weiterverfolgt zur konsequenten Selbstverstümmelung geführt hätte. Brus hat die nachaktionistische Phase seiner künstlerischen Arbeit damit begonnen, quasi-aktionistische Situationen zeichnerisch zu inszenieren. Er ist dann auf eine höchstpersönliche Art damit fortgefahren, ein brisantes, schwarzromantisches Weltgeflecht auszuloten, wobei er oft und gern wörtliche Aussage miteinbezieht. Eine besondere Spezialität seines Schaffens ist die Bild-Dichtung. Die Folge eines handschriftlichen Textes wird durch Bildseiten und Dazu-Zeichnungen durchbrochen und ergänzt: als insbesondere Einheit von Wortwirkung und Bildeindruck. Das bisher entstandene Œuvre von mehreren tausend Blättern erweist ihn (nicht nur im österreichischen Vergleich) als eine der beachtenswertesten Künstlerpersönlichkeiten und als einen hervorragenden Zeichner seiner Generation.

Boeckl war 1966 gestorben, Gütersloh 1973, Wotruba 1975, die drei Lehrerpersönlichkeiten also, die zunächst im Nachkrieg und bis weit in die sechziger Jahre hinein wesentlichen, mitunter entscheidenden Einfluß auf den Verlauf der Künste in Österreich genommen hatten. Seitdem suchte sich der Nachwuchs andere Anstifter und Faszinationen. Vor allem für das plastische Bildschaffen ist diese Abkehr augenfällig. Das Lehramt Wotrubas an der Wiener Akademie wird neuerdings von seinem Nachfolger Bruno Gironcoli wahrgenommen, dessen gruppenweise Installationen von Wotruba und seiner Schule gründlich verschiedene Vorstellungen realisieren, was Plastik ist und soll. Komplex-komplizierte, absurdistische, inwendige Notwendigkeiten befolgende Zusammenstückungen bewirken einen Erlebnisbereich, der jenem Figuralismus (und seinem Ethos) zuwiderläuft, der ein Vierteljahrhundert lang gang und gäbe gewesen war. Als ein regelrechter Anti-Wotruba hat der neuerdings ins Waldviertel zurückgesiedelte Franz Xaver Ölzant sich und seine Arbeit zu verstehen gegeben. Aus einer Verbindung und Massierung von Einzelelementen, aus ihrer Wiederholung und Nuancierung entstehen anderswie und anderswarum Gebilde, deren figürlicher Charakter eher mühsam ermittelt und erschlossen werden muß. Nicht irgendwelche archaischen Bruchstücke, sondern der Wiener Stephansturm war für den jungen Ölzant ein auslösendes bildhauerisches Vorbild. Wie Ölzant und Gironcoli hat Walter Pichler nicht bei Wotruba, sondern an der Hochschule für angewandte Kunst am Wiener Stubenring studiert. Bei St. Martin an der Raab, im südöstlichen Grenzland, entstehen um Pichlers Atelierhaus herum andere (im Stil der Gegend entworfene und gebaute) Häuser als Behälter seiner neueren und neuesten Werkstücke: für Wagen, Rumpffigur und Scheunen-

Hans Jascha, Africa Addio, Bleistift, 1977

kreuz. Von feinen und wirkungssicheren Zeichnungen vorbereitet und begleitet, wird nach Maßgabe höchstpersönlicher Erlebniswirklichkeiten langwierig entwickelt und ausgeführt, was Max Peintner an einer anderen Stelle dieses Bandes beschreibt. Verständiger Umgang mit Holz und Lehm, Bronze, Blei und Zink, Glas, Stroh und Gummi möchte diese Möglichkeiten und ihre Verbindung sensibel nützen und ausschmecken. Nicht als eine beliebige Kombination, sondern als etwas genau Abgestimmtes. Pichlers Arbeit ist aus der Gegend heraus zu verstehen, in der sie wurzelt. Die glanzpolierten Abstraktionen auffliegender Vögel werden auf hohen Stangen bewußt ins südburgenländische Hügelland verpflanzt. Ein kleiner Stausee soll das Bootshaus umgeben, das Pichler als ein nächstes mögliches Projekt beschäftigt. Wie selten sonstnoch sind (Er-)Leben und Bewirken aufeinander ausgerichtet und miteinander begründet.

Sehr zum Unterschied zur geistigen »Stunde Null« des Jahres 1945 und anders als zur Zeit starker schulischer Verhaltung (also bis in die sechziger Jahre hinein) sehen sich junge Künstler mit einer disparaten, blindlings durcheinanderstrebenden Situation konfrontiert. Alles (oder beinahe alles) erscheint möglich, was irgendwelche (grundsätzliche) kreative Entscheidungen nur umso komplizierter macht. Das insistierte »geschlossene« Werk ist problematisch geworden, doch gilt es, auf rasch Veränderliches zu reagieren. Zuvor waren die »Lager« mit ihren Gemeinsamkeiten wie Unterschieden, Qualitätsmaßstäben oder Gegebenheiten wie »fortschrittlich« und »rückständig« besser erkennbar. Inzwischen ist alles das ungleich verworrener und in sich widersprüchlich. Wie der Fall Günter Brus beweist, wird (bei ihm) Rückzug zum Fortschritt (von äußerstem Aktionismus zum gezeichneten Weltbild). Dementsprechend zeigt sich aus gegebener Nähe das Ringsherum der Talente und Strebungen. Gehitzte Betriebsamkeit, Handel und Fortkommen haben ihrerseits dazu beigetragen, Geringfügiges hochzuloben, aber an Wesentlichem vorbeizuhudeln. Natürlich gibt es von alledem: Überwirkliches aller Art, malerisch Zugeschnittenes, politisch-realistisches Engagement, manieristische Verstiegenheit wie strengformales Verhalten.

Dazu herausgegriffen: Neben eigenartig vermenschlichten Landschaften bewirkt Karl Anton Fleck seine temperamentvollen Zwitter aus Selbstbildnis und Tierwesen. Zwischen bravourösen Figürlichkeiten und Spontanzeichnungen pendelt Hans Jascha. Mit Figurenfragmenten à la Picasso begann Jürgen Messensee, um es allmählich auf seine Art und Weise zu beachtlicher Selbständigkeit und verschärftem Ausdruck zu bringen. Mitunter gelingen ihm Bilder von geradzu nordamerikanischer Großzügigkeit. Ähnlich wie dem Schärdinger Alois Riedl, dessen abstraktiv verunkenntlichten Großmalereien immer noch anzumerken bleibt, daß sie von allerhand Sitzmöbelvorstellungen geprägt sind. Malerisches Brainstorming betreibt Roman Scheidl. Zuerst waren es (interessant verunheimlichte) Abbruchhäuser, neuerdings Figuren in irgendwelchen (kosmischen) Umwelten, bei denen Unregelmäßiges und subtil Besonderes die Regel sind. Fotorealistisches (beispielsweise von Franz Zadrazil) steht neben dem malerischen Ungestüm junger »Wilder«, die in der Wiener Galerie Ariadne ihr Forum gefunden haben: so die Steirer Alois Mosbacher und Alfred Klinkan oder der aus Oberösterreich stammende Siegfried Anzinger. Eine schönschlampige Intensivmalerei ist das Markenzeichen. »Qualität« wird durch (im Grund recht oberflächliche) »Wirkung« ersetzt.

Die Beispiele lassen sich beliebig fortsetzen. Durch sympathisch persönliche Arbeiten haben Erwin Bohatsch, Karl Heinz Bloyer und Franz Mölk aufmerken lassen. Der im oststeirischen Abseits werkende Bohatsch bevorzugt Flächiges, auf dem Figuren und Bruchstücke treiben wie in einem mikroskopischen Präparat. Der Tiroler Mölk zeichnet Traumbilderfolgen, die eine gewisse morbide Gestimmtheit als das zu verstehen geben, worauf es dabei (unter anderem) ankommt. Bildnisfiguren beschäftigen Bloyer, wobei es ihm, wie den anderen auch, darum zu tun ist, mit allen möglichen Ingredienzien aus allen möglichen Himmels- und Geistesrichtungen etwas je nachdem Eindrückliches zurechtzurichten.

Was aber hat sich (darüber hinweg) zum Beispiel für den eingangs angesprochenen Kunstinteressierten während der bewußten eineinhalb Jahrzehnte, die hier dargestellt sein sollen, ganz allgemein verändert? Nicht viel an der publizistischen Situation. Was die Verbreitungsmöglichkeiten des österreichischen Angebots durch Zeitschriften betrifft, so gibt es noch immer kein repräsentatives Kunstblatt, das dazu in der Lage wäre. Auch der Versuch, mit einer Wiederverlebendigung der Secessionszeitschrift »Ver Sacrum« Künstler zu einer Mitarbeit am bibliophilen Konzept zu begeistern, ist 1974 nach dem fünften Prachtband desillusionierend gescheitert. Hingegen sind über viele wichtige (und viele unwichtige) Künstler Einzelpublikationen herausgebracht worden, stattliche Katalogbücher und Monographien. Die Stars der Szene sind so gut wie ausveröffentlicht. An und für sich gewiß keine Verkaufshits, spiegeln diese Publikationen (mit ihrem oft sehr beträchtlichen Aufwand der Herstellung) wider, was ein Künstler (sich selber und überhaupt) »wert« ist.

1979 wurde im Palais Liechtenstein am Wiener Alsergrund das bundesstaatliche Museum moderner Kunst eröffnet und (hinsichtlich Bestand und Aktivitäten) mit dem bereits bestehenden Museum des 20. Jahrhunderts im Schweizergarten fusioniert. Bedenken, die bereits damals hinsichtlich der Funktionstüchtigkeit dieser Konstruktion geäußert worden waren, haben sich seitdem in vielem bestätigt. Keineswegs hat dieser neue Sammlungsverbund an die Aktivitäten anzuschließen vermocht, wie sie seinerzeit von Werner Hofmann gesetzt worden waren.

Mehr oder weniger kontinuierlich wurde ansonsten (im Rahmen zumeist enger Möglichkeiten) in den Bundesländern (also im Nichtwiener Restösterreich) weitergewirtschaftet. Von den dortigen Landesgalerien und städtischen Galerien, die sich (auch) der Darstellung österreichischer Kunst annehmen, haben sich in dieser Hinsicht vor allem die Neue Galerie am Landesmuseum Joanneum, das (städtische) Kulturhaus in Graz und die Neue Galerie der Stadt Linz hervorgetan. Als ein der europäischen Kunst dieses Jahrhunderts gewidmetes Gegenstück zur Salzburger Residenzgalerie wurden auf stiftendes Betreiben des (inzwischen verstorbenen) Kunsthändlers Friedrich Welz die Landessammlungen Rupertinum eingerichtet, die gegenüber dem Salzburger Festspielhaus 1982 mit ihrer öffentlichen Tätigkeit beginnen. Aus vielen triftigen Gründen spielen landauf, landab die Künstlervereinigungen mit ihren angestammten Ausstellungshäusern bei weitem nicht die Rolle, die ihnen auf Grund ihrer Bestimmung zukommt.

Aus den drei oder vier Galerien für Zeitgenössisches, die noch anfangs der sechziger Jahre Handel und Wandel bestimmt haben, sind inzwischen allein in Wien an die fünfzig geworden. In den Bundesländern ist dieser stürmische Zuwachs (entsprechend den anderen Proportionen) ähnlich: zu viele auf alle Fälle mit einem zu wenig differenzierten Programm für eine im wesentlichen feststehende Anzahl dafür in Frage kommender heimischer Künstler. Nicht zuletzt hat diese Unverhältnismäßigkeit jenes geschäftige Klima verursacht, das Angebot und Nachfrage bestimmt: ein happiges Dahinterher- und Mitdabeiseinmüssen. Man muß einander, in der wortwörtlichen Bedeutung, den »Rang« ablaufen. Der Kollege wird zum Konkurrenten (der in jeder Hinsicht zu überbieten ist). Renommeestreß lizitiert die Preise. Zum-Zug-Kommen ist alles (oder wenigstens entscheidend viel). Was indessen, bei aller Verstricktheit in die »Verhältnisse«, nicht verhindern sollte, daß immer wieder allerhand entsteht (und entstehen wird), was immer wieder dafürsteht.

Günter Brus, Vignette, 1980, Graphit

Arnulf Rainer, Brust, überzeichnetes Foto, 1972/73

PETER WEIBEL

Kunstexpansionen: Grenzkunst

1. Wiener Aktionismus: direkte Kunst, Körperkunst, Materialkunst

In den 60er Jahren ist die bildende Kunst in die Wirklichkeit expandiert.

Die entwicklung der kunst tendierte dahin, die wirklichkeit als direktes gestaltungsmittel zu benützen. (Hermann Nitsch, Manifest das lamm, 1964). Derselbe 1970: *Das wesen der aktion (des o. m. theaters) ist das durchdringen zur wirklichkeit, das demonstrative gestalten und zueinander in beziehung setzen von wirklichkeitsbereichen.* Ausgangspunkt dieser Erweiterung war die Malerei. *Mein aktionstheater hat sich aus der informellen aktionsmalerei, aus dem tachismus, entwickelt* (Nitsch 1965). *Selbstbemalung ist eine Weiterentwicklung der Malerei. Die Bildfläche hat ihre Funktion als alleiniger Ausdrucksträger verloren. Sie wird zu ihrem Ursprung, zur Wand, zum Objekt, zum Lebewesen, zum menschlichen Körper zurückgeführt. Durch die Einbeziehung meines Körpers als Ausdrucksträger entsteht als Ergebnis ein Geschehen, dessen Ablauf die Kamera festhält und der Zuschauer miterleben kann* (Günter Brus 1965). Die Erweiterung der Bildfläche *(Alles wird zur ›Bildfläche‹: Büro, Museum, Maschinenhalle, Operationszimmer, Haftzelle, Schlachthalle, Polizeistube, Seziersaal…,* Brus 1965) implizierte auch eine Erweiterung des Ausdrucksmediums und -materials um den tierischen und menschlichen **Körper** und um reale **Dinge** *(Ich habe nie genug Hackmesser, Stricknadeln, Reißnägel, Rasiermesser, Stacheldraht, Glassplitter, Heftklammern, Sicherheitsnadeln, Spitzhacken…,* Brus 1965). Die Malerei geht über das Tafelbild und die herkömmlichen künstlerischen Materialien wie Pinsel und Farbe hinaus. Sie wird zunächst zum Schaumalen, zur Aktionsmalerei und über die Stationen – Aktion auf der Leinwand, Aktion vor der Leinwand, Aktion ohne Leinwand – zum Schaugeschehen, zur reinen Aktion in Raum und Zeit. *Die malerei beansprucht einen zeitablauf, wird zum theaterereignis* (Nitsch 1965). *Materialaktion ist dargestellte malerei. sie wirkt wie eine psychose, erzeugt durch vermischen von menschlichen körpern, objekten und material. alles kann als material verwendet und verarbeitet werden. geschehen werden umgeformt, material dringt in die wirklichkeit, es verliert seine übliche gültigkeit, aus butter wird eiter, aus marmelade blut… wirkliche geschehen können mit anderen geschehen vermischt werden…* (Otto Muehl 1965).

Die Definition der Kunst als Tafelbild wurde als zu eng empfunden. Das Tafelbild stellte sich vor die Wirklichkeit, zwischen die Kunst und die Wirklichkeit. Darum sprach man vom *durchdringen zur wirklichkeit.* Die Kunst als Tafelbild stellte die Wirklichkeit nur indirekt dar. Darum wollte man *direkte Kunst,* eine direkte Darstellung der

Wirklichkeit, wo die *farbe nicht als färbemittel, sondern als brei, flüssigkeit, staub* (Muehl) und statt Farben Eier, Marmelade und Tierblut verwendet wurden. Der menschliche oder tierische Körper nahm die Stelle der Leinwand ein, und anstelle von Farben fungierten Nahrungsmittel. Die ›*Kunst*‹ erschien als ein Umweg, Pinsel und Leinwand wurden überflüssig. *Nicht kunst wie bildermalen, sondern direkte darstellung. nicht meißeln und pinseln, sondern gleich den leuten den dreck ins gesicht werfen. den leuten die kunst austreiben. keine umwege, sondern gleich den menschen angehen, ihm die glieder verrenken, ihn mit anderen materialien vermischen, ihn zum objekt machen* (Muehl 1966). Ein um den Körper und neue Materialien erweiterter Kunstbegriff ermöglichte einen direkten Umgang mit der Wirklichkeit, eine neue Anschauung der Wirklichkeit. Die Leinwand und der menschliche Körper wurden zerrissen und zerschlitzt, da ja der Körper die Leinwand substituierte, das Tafelbild als Kunstrahmen wurde gesprengt, und der Bildrahmen als Kunstgrenze desertiert, um einen neuen Aufriß von der Wirklichkeit zu erhalten. Bei der Expansion des künstlerischen Mediums (Körper) und Materials (Lebensmittel, Gedärme, Bandagen, Rasierklingen etc.) im Wiener Aktionismus geht es also um eine Invasion in die Wirklichkeit bzw. um ein Vordringen der Wirklichkeit in das traditionelle geschlossene Kunstsystem. *Die materialaktion ist eine methode, die wirklichkeit zu erweitern, wirklichkeiten zu erzeugen und die dimension des erlebens auszudehnen* (Muehl 1965). Vergleiche dazu auch die verwandten Bewegungen Pop Art, Happening, Fluxus.

Bei dieser Expansion in die Wirklichkeit wurde auch die Rolle des Kunstbetrachters verändert. Das **Publikum** wird erstens einer intensivierten und ungewöhnlichen Registratur der *durch die kunst arrangierten wirklichkeiten* (Nitsch 1964) und der dadurch ausgelösten Assoziationsketten ausgesetzt *(Alle assoziationsmöglichkeiten, welche sich durch die durch die kunst zitierten teile der wirklichkeit auslösen, werden belebt, systematisch zerlegt und bewußt gemacht)* (Nitsch 1964). *die assoziationen, die sich an gewisse materialien knüpfen, sei es wegen ihrer form, ihrer üblichen verwendung oder ihrer bedeutung, werden benützt. das assoziative nimmt innerhalb der abgesteckten möglichkeiten einen großen raum ein* (Muehl 1965). *Um einen durchblick in die unbewußte, ungebändigte, chaotische triebhaftigkeit entstehen zu lassen. Jene vitalitäten werden kurz erfühlt, welche, freigeworden, ... zum exzeß hochtreiben* (Nitsch 1965). *Um triebdurchbrüche zu verhindern, wird der ablauf einer turnstunde ähneln* (Muehl 1965). Das Publikum wird zweitens tendenziell auch zum Material *(Wirkt publikum mit, wird es zum mittäter oder material.* Muehl 1965). Die Expansion des künstlerischen Materials erstreckt sich also über den Körper und die Objekte hinaus auf das Publikum als Element des Kunstwerkes selbst. Diese beabsichtigte Wirkung der Aktion auf den Zuschauer, die psychische Aktivierung des Betrachters (als Mittäter oder Material), liefert uns einen deutlichen Hinweis auf den Wirklichkeitsbegriff der Aktion.

Die unmittelbare (psychische oder sinnliche) Wirklichkeit

Hinter dem Schlachtruf ›Direkte Wirklichkeit! Direkte Darstellung‹ vernehmen wir jedoch: *Die symbolbelastung jedes realen objektes wird bewußt. die beanspruchten konkreten objekte sind nur chiffren einer innerpsychischen wirklichkeit...* (Nitsch 1964). Es geht also entgegen allem Anschein gar nicht um die reale Wirklichkeit, sondern eher um die Wirklichkeit im Zuschauer und Künstler selbst, um die innerpsychische Wirklichkeit. Hinter der Kimme des direkten Zugriffes auf die Wirklichkeit und dem Korn des konkreten Materials und Körpers sehen wir als eigentliches Ziel die psychische Wirklichkeit: *Das arbeiten mit konkreten mitteln beansprucht mehr denn je die kontakte mit den unteren schichten der psyche, deren gegebenheiten zum eigentlichen darstellungsbereich werden* (Nitsch 1964). Unter *wirklichkeit als direktes gestaltungsmittel* wird also insgeheim die psychische verstanden. Das ist das Erbe der abstrakt-expressionistischen Malerei. Der *eigentliche darstellungsbereich*, der *direkt dargestellt* werden soll, ist die innerpsychische Wirklichkeit. Das *durchdringen zur wirklichkeit* meint ein Vordringen zu *den unteren schichten der psyche.* Deswegen spricht man so oft von *triebdurchbrüchen* und *durchblick in die triebhaftigkeit*, weil die im realen Raum, in realer Zeit, mit realen Dingen sich abspielende Aktion auf den imaginären Raum der Emotionen und des Bewußtseins zielt. Daher tendiert der Aktionismus weniger zu einer realen Veränderung der Wirklichkeit als vielmehr zu einer neuen ›Politik der Erfahrung‹.

Die Erbschaft des expressionistischen Jugendstils (Klimt, Schiele, Gerstl) und des abstrakten Expressionismus (desgleichen von Informel und Tachismus) hat der aktionistischen Kunstexpansion in die Wirklichkeit bestimmte Grenzen gesetzt. Die Wirklichkeit der Aktion ist eine *innere*, d. h. des Erlebnisses, der Empfindung, der Erfahrung. Die traditionelle Bildkunst verstelle uns den Weg zu dieser reinen Wirklichkeit, hemme die Entfaltung der reinen sinnlichen Empfindung. Deswegen muß, um zu ihr, der reinen Erfahrung, der innerpsychischen Realität, vordringen zu können, die *kunst als bildermalen* abgeschafft und über sie hinaus gegangen werden. Man geht zum Körper über, um des direkten Reizes habhaft zu werden. Denn jedes andere Medium außer diesem ursprünglichen stellt sich vor *die synästhetisch begreifbare wirklichkeit* (Nitsch 1970), wäre als Vermittlung gleichzeitig Verhinderung, Entstellung. Deshalb also *direkte Kunst*, um eine unvermittelte Wirklichkeit, die eigentliche sinnliche Wirklichkeit, die Wirklichkeit der Sinne und der Seele, zu erfahren bzw. ihr zum Durchbruch zu verhelfen. Oswald Wiener hat in seinem Vorwort zu Hermann Nitsch' Buch *Orgien Mysterien Theater* (1969) diesen Wirklichkeitsbegriff des Aktionismus schon kritisiert, indem er die Theorien von Nitsch im hypothetischen Konjunktiv resümierte: *Die kultur scheint uns den blick auf die sinnliche wirklichkeit zu verstellen. Die form verhindere die erfahrung... Wir müßten die konvention unserer sinnlichkeit brechen, um der wirklichkeit teilhaftig zu werden. Wir müßten außerhalb der sprache operieren, um die menschliche kommunikation durch die mit der eigentlichen wirklichkeit zu ersetzen ... die auf-*

Kunst und Revolution, Universität Wien, am 7. Juni 1968: von links nach rechts F. Kaltenbäck, P. Weibel, O. Wiener, G. Brus, Laurids, H. Stumpfl, D. Haupt, O. Muehl, Anastas

schaukelung der sensibilität ... erziele den heiligen zustand, der ... pure empfindung ist. Gegen diese *unio mystica von reiz und reaktion,* welche in Wahrheit *den behaviorismus begründet,* wendet er sich: *Die kultur verdeckt die wirklichkeit nicht, sie erzeugt sie. Sie ist sie. Die form ist die erfahrung ... und wenn die grammatik eine maschine ist, welche die empfindungen aus dem bewußtsein stampft, so muß eben mit der grammatik die empfindung fallen: wo die kommunikation nur mehr ein experiment zur exploration der einschränkung des bewußtseins ist, geht die identität von bewußtsein und kommunikation verloren, und die wirklichkeit hat sich aufgehört* (Wiener 1969).

Dennoch hat die vom Aktionismus aufgedeckte Wirklichkeit die scheinbar ›objektive Realität‹ derart in Frage gestellt und die *kollektiven grundgegebenheiten des seelischen* derart *ans bewußtsein gebracht und entschlüsselt* (Nitsch), daß der **Staat,** um den Anspruch auf Objektivität der Realität zu bewahren und um die verdrängte Realität zu verdecken, den Aktionismus verfolgte. Der Staat wollte sich sein Monopol auf Wirklichkeit (Wirklichkeitsgestaltung und -darstellung) nicht nehmen lassen. Indem der Aktionismus den Definitionsbereich der Kunst erweiterte – durch Einführung des tierischen Kadavers, des menschlichen Körpers und anderer Objekte als künstlerisches Material –, ist die Kunst in neue soziale Bereiche (und damit auch in neue Wirklichkeiten) vorgedrungen. Die Erweiterung des kunstfähigen Materials hat die **sozialen Strategien** und Wirkungen der Kunst erweitert. Neben seiner kunstinnovativen und ›wirklichkeit‹-ergreifenden war dies die größte Leistung des Aktionismus. *Kunst als neue stile menschlicher kommunikation ... die grenzen der gesellschaftlichen wirklichkeit erweitert sie* (Weibel 1970).

Die Eroberung des Körpers als Ausdrucksmedium, die Erschließung neuen künstlerischen Materials, die direkte Auseinandersetzung mit der Wirklichkeit – das waren Expansionen über den status quo der bildenden Kunst hinaus von revolutionierender Bedeutung. Diesem Impuls, über die Kunst hinauszugehen, verdankt der Aktionismus seine Faszination. Seinen Überschreitungen der Grenzen der traditionellen und normalen Kunst verdankt die nachfolgende Generation zentrale Impulse. Durch seine **kunst-transgressiven Expansionen** war der Aktionismus das erste und intensivste Beispiel für Transart und Grenzkunst, obwohl die Aktionisten selbst aufgrund ihres Wirklichkeitsbegriffes und ihrer malerischen Abstammung keine weiteren Expansionen mehr mitmachten, bzw. zulassen wollten, ja sogar in den 70er Jahren nach diesen Transgressionen teilweise wieder zur reinen Malerei vegredierten. Auch wenn Muehl geschrieben hat *Alles kann als Material verwendet werden* (1965), so sind in seinen Materialaktionen in der Hauptsache doch nur Materialien vorgekommen, die ihre malerische Vergangenheit nicht leugnen konnten. Paradeiser, Eier und andere Lebensmittel fungierten doch nur als Substitute für Farben. Luftballons, Zangen und Rasierklingen waren Substitutsglieder für Meißel und Pinsel. Kartons, Tücher, Pappteller und Haut wurden als Leinwand eingesetzt. Die **Materialkunst** der Aktion, die für die Materialästhetik eines Bruno Gironcoli, Walter Pichler und anderer von grundlegender Bedeutung war, bleibt im wesentlichen malerischer Natur. Die Erweiterung der künstleri-

Günter Brus, »Der helle Wahnsinn«, Aachen 1968

Günter Brus, »Zerreißprobe«, München 1970

schen Operatorenbasis zielt auf natürliche, sinnliche Objekte. Die Beschränkung der aktionistischen Materialkunst auf meist malerisches Material trotz ihrer allumfassenden Verheißung wiederholt sich auch in der aktionistischen **Körperkunst,** denn der Körper wird als Material behandelt (*Körper, objekte und material vermischen sich,* Muehl 1965). Der Körper wird zum Objekt der (assoziativen) Materialkunst so wie das Gehirn, der Körper dient nicht einer Person und nicht der Verkörperung des Geistes. Der Leib ist in der Aktion entweder ein Mobile oder eine Hülle für die innerpsychische Realität, durch welche zu den Gedärmen als Chiffre derselben vorgedrungen werden muß, oder ein geschlossenes Volumen. Der Körper tritt nicht als Subjekt auf, sondern als Objekt. Für die Körperästhetik der Nachfolger bildet dieser Zwiespalt den entscheidenden Ausgangspunkt. Der Aktionismus hat also bei seiner transgressiven Expansion in die Wirklichkeit zwei neue Gebiete requiriert: die Materialkunst und die Körperkunst. Doch seine malerische Herkunft hat dem Aktionismus auch bestimmte Züge der Kunstimmanenz aufgesetzt. So hat der transgressive Impuls vor bestimmten Expansionen haltgemacht und haben sich Brus und Nitsch von weiteren Expansionen regelrecht distanziert, obgleich sie selbst zu den ersten gehörten, welche die expansiven Erosionen eingeleitet haben. Ihr Stopp gilt insbesondere den technischen Medien. Was einerseits klar ist, denn wem es um unmittelbare sinnliche Empfindung und Wirklichkeit geht, dem widerspricht natürlich ein reproduzierendes Medium, das sich zwischen die reine Empfindung und die unmittelbare Wirklichkeit stellt, dem erscheint eine technische Bildapparatur als Rückfall in den traditionellen Bilderrahmen, den zu verlassen und zu brechen er ja aufgebrochen ist. Andrerseits, wenn wirklich alles als Material verarbeitet werden darf, dann könnten auch technische Elemente als Material dienen. Der universalistische Materialanspruch inkludierte ja auch die technischen Medien. Schließlich können ja auch die technischen Medien zu einer intensivierten sinnlichen Empfindung der Realität beitragen, was auch Nitsch bewußt zu sein scheint, da er sein erstes Buch (1969) dem Filmkünstler Peter Kubelka widmete. Andrerseits widersetzt er sich 1970 in einem Text den Verfilmungen der Aktionen: *Das unmittelbare sinnliche begreifen wird verhindert. Der durch die aktion zum akteur gewordene sich selbst ereignende spielteilnehmer wird auf diese art zum zuschauer.*

Die verfilmte und fotografierte ›Wirklichkeit‹

Die Haltung der Aktionisten zu den Medien ist von der Sache her notwendigerweise ambivalent. Schon bei den ersten Verfilmungen ihrer Aktionen durch Kurt Kren (1964–1969) war ihre Einstellung durch diese Ambivalenz geprägt. Anfänglich wollten sie reine, unfilmische Dokumentationen, erst allmählich sahen sie, daß die filmspezifische Verarbeitung der Aktion durch Krens Kurzschnitt- und Serien-Technik ihren Intentionen adäquater war, und schließlich machten sie selbst eigene Aktionsfilme (Brus: *Einatmen und Ausatmen, Pullover, Osmose* – alle 1967, Brus und Kren: *20. Septem-*

ber, Brus, Muehl u. a.: *Mit Schwung ins Neue Jahr* [1967], *Satisfaction, Fountain* [1968], *Impudenz im Grunewald* [1969], Muehl: *Funebre* [1966], *Grimuid, Zock-Exercises* [1967], *Sodoma* [1969], *Der geile Wotan* [1971] etc.). Nitsch hat mehrere Filmversuche unternommen, bevor er 1970 auf die selbstgestellte Frage *Warum ich keine Filme mache* antwortete: *Der film als wiedergabemöglichkeit einer aktion ist ein mißverständnis. Bestenfalls können dokumentarfilme teilbereiche, teilaspekte einer aktion übermitteln. Das ergebnis muß aber unbefriedigend bleiben, weil es dem gesamtkunstwerkdenken der aktion widerspricht. Die aktion ist ein spezifisches medium und kann durch kein anderes übersetzt oder übertragen werden. Der aktionsfilm, durch welchen im besonderen für die filmische eignung aktionen konzipiert werden, ist eine rückwendung zu kompositionsweisen, die durch die filmleinwand bedingt sind. Der durchstoß zum gestalten mit der wirklichkeit wird wieder durch eine traditionelle kunstdisziplin hindurchgefiltert.* Nitsch definiert die Körperkunst- und Materialkunst-Form Aktion selbst als *spezifisches medium,* und wenn auch klar ist, daß Film und Aktion zwei nicht vollständig ineinander übersetzbare Medien sind, so ist klarerweise auch folgendes nicht zu leugnen: Erstens gibt es **Aktionsfilme,** die über ihren rein dokumentarischen, konservierenden Wert hinaus offensichtlich von der gleichen Kraft und Schönheit, von der gleichen Sinnlichkeit und *dem instinktbereich entzogenen* (Nitsch) unbewußten Appellation sind wie die Aktionen. Zweitens ist derjenige, der seine eigene neue selbständige Kunstgattung, die Aktion, als Medium definiert, nicht dazu legitimiert, anderen neuen Medien die Existenzberechtigung als selbständige Kunstgattung abzustreiten. Die Aktion expandierte nolens volens in die technischen Medien (Film, Foto, Schallplatte). Typischerweise hatte Nitsch daher auch keine Skrupel, seine Künstlermusik Ende der 70er Jahre in Schallplatten zu reproduzieren.

Die Beziehung der Wiener Aktionisten zu einem anderen Medium der technischen Reproduktion, zur Fotografie, schwankt ebenso zwischen puristischer Ablehnung und ästhetischer Nutzung. Was Nitsch über die Kinematographie schrieb, gilt grosso modo auch für die Fotografie, deren Rolle aber für den Aktionismus von ungleich größerer Bedeutung war, da die Fotografie in der Hauptsache das einzige Medium ist, in dem die Aktionen der Um- und Nachwelt mitgeteilt bzw. vermittelt wurden und werden. In der weltweit akzeptierten fotografischen Dokumentation der Aktionen, der auch von seiten der Künstler wenig widersprochen wird, kommt das konservative Wirklichkeitsverständnis offen zum Ausbruch. *Die semantik ist die phänomenologie der konservativen* (Wiener). Denn in ihrer dokumentarischen Funktion wird der Fotografie ein Vertrauen entgegengebracht, als handle es sich um die direkte unmittelbare Wirklichkeit selbst. So sehr die ›objektive Realität‹ in Frage gestellt wurde, so wenig der objektive Realitätsgehalt der Fotografie. Ist dieser unkritische Medienbegriff Reflex eines naiven Wirklichkeitsbegriffes? Am Beispiel Rudolf Schwarzkoglers werden wir die Folgen davon erkennen. Denn die Fotografie, besser: die naive medieninadäquate Verwendung der Fotografie war es, welche die Expansion der Aktion in die Wirklichkeit zu einer kunstimmanenten Ästhetik *(rückwendung zu kompositionsweisen ... durch eine traditionelle kunstdisziplin hindurchgefiltert)* reversierte. Denn auch die Fotografie ist eine traditionelle Kunstdisziplin mit eigenen Kompositionsweisen, welche die Wirklichkeit, das eigentliche Medium der Aktion, filtert, und – vor allem – die Eigengesetzlichkeit des Abbildungsmediums beeinflußt die Aktion selbst.

In den Anfängen benutzten die Aktionisten die Fotografie einigermaßen unreflektiert als Möglichkeit, als einzige, die Aktionen zu konservieren und zu dokumentieren. In der Hauptsache realisierte der Aktionist seine Arbeit, ohne auf den Fotografen Rücksicht zu nehmen. Nur gelegentlich und erst im Laufe der Entwicklung wurde die Aktion gestoppt, um für ein Foto bessere Aufnahmebedingungen zu schaffen, bis schließlich Aktionen ausschließlich für das Foto oder den Film gemacht wurden. Durch diesen fast exzessiven Umgang mit Fotografie stellte sich eine differenziertere Beurteilung der Fotografie ein, und man lernte zwischen Aktion, fotografierter Aktion, fotogener Aktion, Fotoaktion und Aktionsfotografie zu unterscheiden. War zunächst die Aktion das alleinige und ausschließliche Kunstwerk und Ziel, das Primärwerk, und die Fotografie davon ein bloß sekundäres, zweitrangiges Dokument (nie wäre es jemandem eingefallen, Ludwig Hoffenreich, den hauptsächlichen Fotografen des Aktionismus, einen Künstler zu nennen, denn der Urheber des auf dem Foto Gezeigten war ja der eigentliche Künstler, also der Aktionist), so wurde man allmählich gewahr, daß auch die Fotos bestimmte Qualitäten zu eigen hatten, welche bestimmte Qualitäten der Aktion unterstreichen konnten. Am Bilddenken orientierte Aktionen kamen natürlich auf dem Fotobild besser zum Ausdruck als in Raum und Zeit sich abspielende Ereignisse. Man begann also, bei der Aktion schon an das Foto zu denken – das Foto stieg langsam zum Primärwerk auf.

So geschah in der Tat, was Nitsch als Rückwendung betrachtet hatte, daß nämlich Aktionen *im besonderen für die filmische (und fotografische) eignung konzipiert* wurden. Die fotografierte (Aktions-)Kunst näherte sich der Kunstfotografie (der Jahrhundertwende) nicht allein wegen der *pictorialen Effekte* (H. P. Robinson 1869), sondern weil beide auf gleichem Boden gewachsen sind, dem der Malerei. *Die Kunstphotographie ist eine bewußte Annäherung an die Malerei,* schrieb 1903 F. Matthies-Masuren in *Die bildmäßige Fotografie,* und die Aktion hatte ja als Ausgangspunkt ebenfalls die Malerei. Die bildmäßige Fotografie und die bildmäßige Aktion konvergierten. Über die **Bildhaftigkeit der Fotografie** wurde die Aktion, welche das Bild desertieren wollte *(nicht kunst wie bildermalen,* Muehl), wieder auf das Bild zurückgeworfen. Das avancierte Medium der Aktion hat sich mit dem restaurativen Medium der Kunstfotografie auf merkwürdige Weise vereinigt, wodurch die Aktion wieder in ein der Malerei verwandtes Bildmedium rückverwandelt wurde. Das Medium Fotografie spielte also für die Aktionskunst eine paradoxe Rolle: einerseits war es das einzige Medium neben dem Film, welches die Aktion über die Schranken von Raum und Zeit retten konnte, andrerseits konnte die Fotoästhetik überhand nehmen, bis es schließlich Fotos von Aktionen gab, die als reale Aktionen in Raum und Zeit gar nicht existiert hatten, sondern nur als Inszenationen für den Fotografen (so z. B. *Papa Brus und Tochter* [1967] von Brus und einige Aktionen von Schwarzkogler). Zuschauer, Raum und Zeit waren ja als Faktoren eingeführt worden, mit denen man den Wirklichkeitsgehalt einer Aktion kontrollieren konnte. Denn durch ein Foto allein konnte man schwerlich zwischen roter Farbe und Blut unterscheiden. Nur in der realen Aktion konnte man zwischen realer und simulierter Verletzung unterscheiden. Zuschauer, Raum und Zeit waren Kontrollfaktoren gewesen, mit denen der Wirklichkeitsanspruch der Aktion verifiziert wurde. Die Fotografie hingegen trug zu dessen Auflösung bei, während die wahren Aktionen für das Foto ungeeignet wurden.

Die **Aktionsfotografie** konservierte und gefährdete gleichzeitig die Kunstgattung Aktion. Die Fotografie etabliert nämlich eine ontologische Differenz zwischen Bild und Objekt, in welche auch die von Foto und Aktion fällt. Diese Differenz führte schließlich zu einer Rückführung der Aktion wieder auf das (Foto-)Bild, zu einer Substitution der Aktion durch das Foto, zur Auflösung der Aktion. Rudolf Schwarzkogler zog die zu Nitsch gegenteiligen Konsequenzen aus der Kluft zwischen Aktion und Fotografie, wie sein Freund Nitsch selbst schreibt: *Wenn die aktionen der anderen wiener alle einen eindeutig in der zeit funktionierenden dramatischen ablauf aufweisen, so kreierte er einen anderen aktionstyp. Er arrangierte montagen mit der wirklichkeit, montagen bestehend aus wirklichkeiten.* Nitsch verwendet also filmische und fotografische Ausdrücke bei der Beschreibung der statischen Aktionen von Schwarzkogler, also Verfahren der Illusion. Schwarzkoglers Aktionen ereigneten sich nicht in Raum und Zeit, sondern für die Bildfläche des Fotos. Wenn es richtig ist, daß es bei der Aktion darum gegangen ist, Wirklichkeit direkt darzustellen, indem man den eigenen Körper ins Spiel brachte und mit realen konkreten Elementen arbeitete, dann hat Schwarzkogler keine Aktionen im eigentlichen Sinne gemacht, denn die meisten seiner 7 Aktionen von 1965–1967 waren mit Heinz Cibulka als Modell für den Fotografen gestellt worden. Er stellte sich der reproduzierenden Apparatur. Mit Hilfe der reproduzierenden Apparatur wollte er jedoch nicht die Wirklichkeit analysieren, noch die Apparatur selbst (wie es später geschehen sollte), sondern *die erweiterung bis zum totalen synästhetischen akt ermöglichen* (Schwarzkogler 1965).

Da es zum Fake-Charakter der Fotografie gehört, die Grenze zwischen Schein und Wirklichkeit zu verwischen, hat sich Schwarzkogler der Fotografie bedient, um reale Elemente zu simulieren. Die erschreckenden Kastrationen waren nur fotografisch vorgetäuscht, ebenso das Blut und die Verletzungen. Seine Aktionen waren in der Tat nur mehr Montagen und Arrangements. *Er veränderte die wirklichkeit zur als zweite wirklichkeit zu begreifende kunst, zum ›bild‹ und ließ das neu geordnete fotografisch festhalten* (Nitsch). Die Bildhaftigkeit der Fotografie, die zweite Wirklichkeit, hatte also Rudolf Schwarzkogler aus ästhetischen Gründen endgültig dazu geführt, statt Aktionen wieder Bilder zu erzeugen. Diese fotografischen Bilder inszenierte er mit realen Elementen wie

Verbandstoff, sie zeugten bzw. ›dokumentierten‹ aber irreale Aktionen, nicht stattgefunden habende Ereignisse. Die Kunst liegt nicht in der veränderten Wirklichkeit, sondern in der zweiten Wirklichkeit des fotografischen Bildes. *Der Malakt selbst wird von dem Zwang, die Relikte zum Ziel zu haben, befreit, indem er vor die reproduzierende Apparatur gestellt wird* (Schwarzkogler 1965). Die von der reproduzierenden Apparatur geschaffene zweite Wirklichkeit, diese **Foto-Seancen,** die kunstvolle Visualisationen der Entfremdung und Isolation, von Thanatos und Eros lieferten, haben aber auch wiederum den trügerischen Scheincharakter der traditionellen Malerei, die Illusions-, Schwindel- und Täuschungs-Elemente der darstellenden Kunst, gegen die man ja aufgestanden und ausgebrochen ist, ins Haus gebracht. Denn Schwarzkoglers bloß fotografische Simulationen der Kastration wurden als real exekutierte aufgefaßt. Die Massenmedien, Kunstkritiker und Normalverbraucher, die ja notorisch an den Dokumentations-Charakter der Fotografie glauben, hielten Schwarzkoglers fotografische Montagen für ›Dokumente‹ von realen Aktionen, also für wahre Bilder von wirklichen Ereignissen. Das führte zu dem vieldiskutierten Mythos, Schwarzkogler habe bei seiner letzten Aktion durch eine absichtlich tödliche Kastration Selbstmord begangen. In Wahrheit hat Schwarzkogler zwei Jahre nach seiner letzten Aktion seinem Leben durch einen Sprung vom Balkon seiner Wohnung ein Ende gesetzt. Das ursprüngliche Ziel, *in der kunstübung alles abbildhafte auszumerzen* (Schwarzkogler 1968), verkehrte sich in sein Gegenteil. Der *abbildhafte charakter der meisten kunstprodukte* (Schwarzkogler 1968) kehrte durch das Medium Fotografie wieder ein. Der Ausschluß der technischen Medien Film und Foto aus der Ästhetik der Aktion konnte nicht verhindern, daß diese in der Praxis eine zentrale Rolle spielten, sondern führte dazu, daß die Medien, durch die dokumentarische Hintertür hereingekommen und unreflektiert gehandhabt, die Aktion selbst in Frage stellten und auflösten. Schwarzkogler empfand wohl selbst diesen Widerspruch und ein Ungenügen. Zwischen 1967 und 1969 hat er sich daher von diesen fotografischen Simulationen von Aktionen bzw. diesen Foto-Seancen ab und wieder einer *kunst als erlebnisschulung, als lebensritual* (Schwarzkogler 1967/68) zugewandt. Durch einen direkten Kontakt mit dem Zuschauer, indem er ihn durch bestimmte Speisen, Drogen, Fasten- und Schwitz-Kuren physiologisch beeinflußt, wollte er wieder *die wirklichkeit als direktes gestaltungsmittel benützen* (Nitsch 1964). Schwarzkoglers Auflösung der Aktion durch die fotografische Inszenierung bzw. Seance, seine Aufwertung der Fotografie als Endzweck, war weg- und richtungsweisend, denn unter anderen hat ja auch Arnulf Rainer ab 1968/69 ebenfalls das Foto als Endzweck, als primäres Kunstwerk, für die fotografische Selbstdarstellung genommen. *Ich beschäftige mich nicht mit Aktionen, sondern mit Zuständlichkeiten. Außerdem: bei den Aktionisten ist das Foto nur Erinnerungsdokument, bei mir das eigentliche Ziel* (Rainer 1974). Die Performance hingegen, die sich aus dem Aktionismus und den technischen Medien entwickelt hat, überwand das Kriterium der fotografischen Abbildbarkeit, welches der Aktion als Prozeßkunst gewisse Determinanten gesetzt hatte.

2. Expanded Cinema: Materialfilme, Filmaktionen (ohne Film), Projekt- und Konzept-Filme

In den 70er Jahren expandierte die Kunst in die Medien.

Angefangen hat diese Bewegung Ende der 60er Jahre durch eine Erweiterung der Filmkunst. Mit der Aktion ist die bildende Kunst zwar primär in die internationale Wirklichkeit expandiert, aber unterschwellig auch in die Medien Fotografie und Film. So wie später die Medienkunst in die soziale externale Wirklichkeit expandiert ist. Die Aktionisten haben die technischen Medien abgelehnt und gleichzeitig benützt. Das hat zu Aporien geführt. Dennoch liegt ein Keim der Medienkunst auch im Aktionismus. Nicht nur im Zuge des Expansions-Dranges und wegen der Verwendung von Medien, sondern auch in der anfänglichen Beibehaltung des Programms *einer kunst der regeneration der erlebnisfähigkeit* (Schwarzkogler 1968). Es ist bezeichnend, daß in dem Buch *Expansion der Kunst* von Jürgen Claus (1970) von österreichischer Seite neben dem Aufsatz *Neue Medien der Architektur* von Hans Hollein (1968) und der Zeichnung *Intensiv-Box* von Walter Pichler (1967) nur die österreichischen Filmemacher (Marc Adrian, Kurt Kren, Hans Scheugl, Valie Export, Ernst Schmidt jr. und Peter Weibel) vorkommen: *Intensiver als ihre europäischen Kollegen haben sich die österreichischen Filmemacher mit der Expansion des Films beschäftigt (Aktionen jeder Art im Raum, mit und ohne Film).*

Auch die Expansion der Filmkunst ging dabei zunächst vom Materialbegriff aus, von der Umwandlung der Illusion Film in das Material Film. Die **Materialität des Zelluloids** (Kratzer auf dem Zelluloid, Blank- und Buntfilm, überbelichtetes Material, Ausschuß- und Restmaterial, Schnittstellen, beklebtes und bedrucktes Zelluloid, z. B. Man Rays *Le Retour à la Raison* [1923], wo Reißnägel und Nägel auf das unbelichtete Material direkt draufgelegt und dann belichtet wurden, Dieter Rots *dot* [1956–1962], wo Löcher in das Zelluloid gezwickt waren, Stan Brakhages *Mothlight* [1963], wo Mottenflügel und Pflanzen direkt auf das Filmmaterial geklebt wurden, Peter Weibels *Fingerprint* [1968], wo auf Glasfilm Fingerabdrücke direkt aufgetragen waren) wurde zum Ausgangspunkt der filmischen Gestaltung. Bei der Jänner-Veranstaltung von 1967 verlas Peter Weibel folgende Statements: *Der Ort des Films ist nicht die Leinwand* (als welchen ihn einmal Peter Kubelka definiert hat) *oder der Kinosaal, sondern die Emulsion auf dem Zelluloid und der Filmemacher. Materialdenken und Subjektivismus sind die Parameter der Wiener Filme. Diese drängen den Zuschauer nicht vor eine plane Wirklichkeit, die auf der planen Leinwand abgebildet zu haben, mancher sich einbildet. Dem verstaubten Begriff der Realität werden nicht die Schuhe geputzt. Projiziert wird, was auf dem Zelluloid sich befindet, das kann ein vom Subjekt direkt aufgetragener Strich sein oder die durch Lichteinfall bewirkte Abbildung eines Menschen, diese chemische Zersetzung auf dem Zelluloid.* Ernst Schmidt jr. ist der Meister der Materialfilme, z. B. *Filmreste* (1966/67), und hat die Materialfilm-Ästhetik am weitesten ausgebaut. Neben ihm auch Kurt Kren und

Hans Scheugl. In einem nächsten Schritt wurde von Weibel die **Materialität des Films** auf die gesamte Filmtechnologie ausgedehnt, d. h. auf den Projektionsprozeß (Veränderung der Laufgeschwindigkeit und des Lichts, Ein- und Ausschalten, Bewegung des Projektors etc.), auf die Leinwand, auf den Kinosaal etc. Alles wurde nun zum Material des Films erklärt. Dadurch wurden die Grundlagen des Mediums Film reflektiert. Diese Untersuchungen des Mediums Film, seiner Gesetze, seiner Voraussetzungen, führten in einem dritten Schritt sogar zu **»Film ohne Film«,** d. h. ohne Zelluloid. Alles konnte zu einem Film werden. Filme brauchten nicht mehr gefilmt zu werden.

Im Jänner 1967 machte Peter Weibel bei einer gemeinsamen Veranstaltung mit Kren, Schmidt, Scheugl das erste *Expanded Movie* (erweiterter Film) in Österreich: *Nivea.* Er stand 1 Minute mit einem Niveaball bewegungslos (gleichsam als Stehkader) vor der Leinwand, auf die der Projektor Leerkader projizierte. Zu hören war das Geräusch einer Kamera auf Tonband. Hier sieht man noch den bekannten Zug zur direkten Gestaltung unmittelbarer Wirklichkeit, doch mit den Mitteln des Mediums reflektiert. In einem Manifest dazu hieß es: *Wenn der ort des films nicht die leinwand ist, können häuser wieder auf häuser projiziert werden oder körper auf körper.* **decken sich abbild und objekt** *werden abbildung und zelluloid überflüssig. häuser werden als ›häuser‹ und nivea als ›nivea‹ vorgeführt. das zelluloid dispensiert, entsteht film ohne film. die technische reproduzierbarkeit wird ersetzt durch unmittelbarkeit, mit ihr der objektive charakter des films aufgehoben. nicht staatliche ›wirklichkeit‹ wird reproduziert, sondern das subjekt und seine direkte erfahrung walten vor* (Weibel 1967). Das Filmgeschehen wurde also zuerst einmal in seine formalen Bestandteile zerlegt und dann neu zusammengesetzt. Split: die medientechnische Trennung von Bild und Ton wurde in die Wirklichkeit übertragen, die Illusion der Einheit von Bild und Ton aufgedeckt. Hingegen wurden durch das Projektorlicht **Aufnahme und Projektion gleichgesetzt,** ebenso Produktion und Reproduktion zeitgleich. Ein Projektionsfilm. Das Nacheinander von Aufnahme und Projektion wurde simultan. Die Wirklichkeit spaltete sich analog dem Filmmedium in Ton und Bild: von der Kamera war nur die Hörseite anwesend, ihr Geräusch simulierte die Aufnahme, der Schatten auf der Leinwand (die Bildseite) den projizierten Film. Die ontologische Differenz von Abbild und Objekt wird zum Ausgangspunkt und gleichsam durch einen identifikatorischen Transfer wieder geschlossen: *Abbild und objekt decken sich* in einer neugeordneten prozessualen Präsentation der filmischen Mittel. Mit dieser formalen Identität wird noch einmal für die unmittelbare Erfahrung und die externale Wirklichkeit Partei ergriffen. Das ist das Erbe des Aktionismus. Das Neue daran ist, daß dieses Votum mit den technischen Mitteln, mit der Form realisiert wird.

Diese formale Zerlegung der Elemente des Films, wobei Elemente vertauscht oder durch andere substituiert (z. B. elektrisches Licht durch Feuer) oder ausgelassen werden konnten (z. B. Zelluloid), wirkte künstlerisch befreiend und erschloß eine Fülle neuer Möglichkeiten. Die Identität von Abbild und Objekt als **Identität des Ortes** bzw. der Projektionsfläche kommt immer wieder. Bei dieser Vorführung 1967 projizierte Weibel

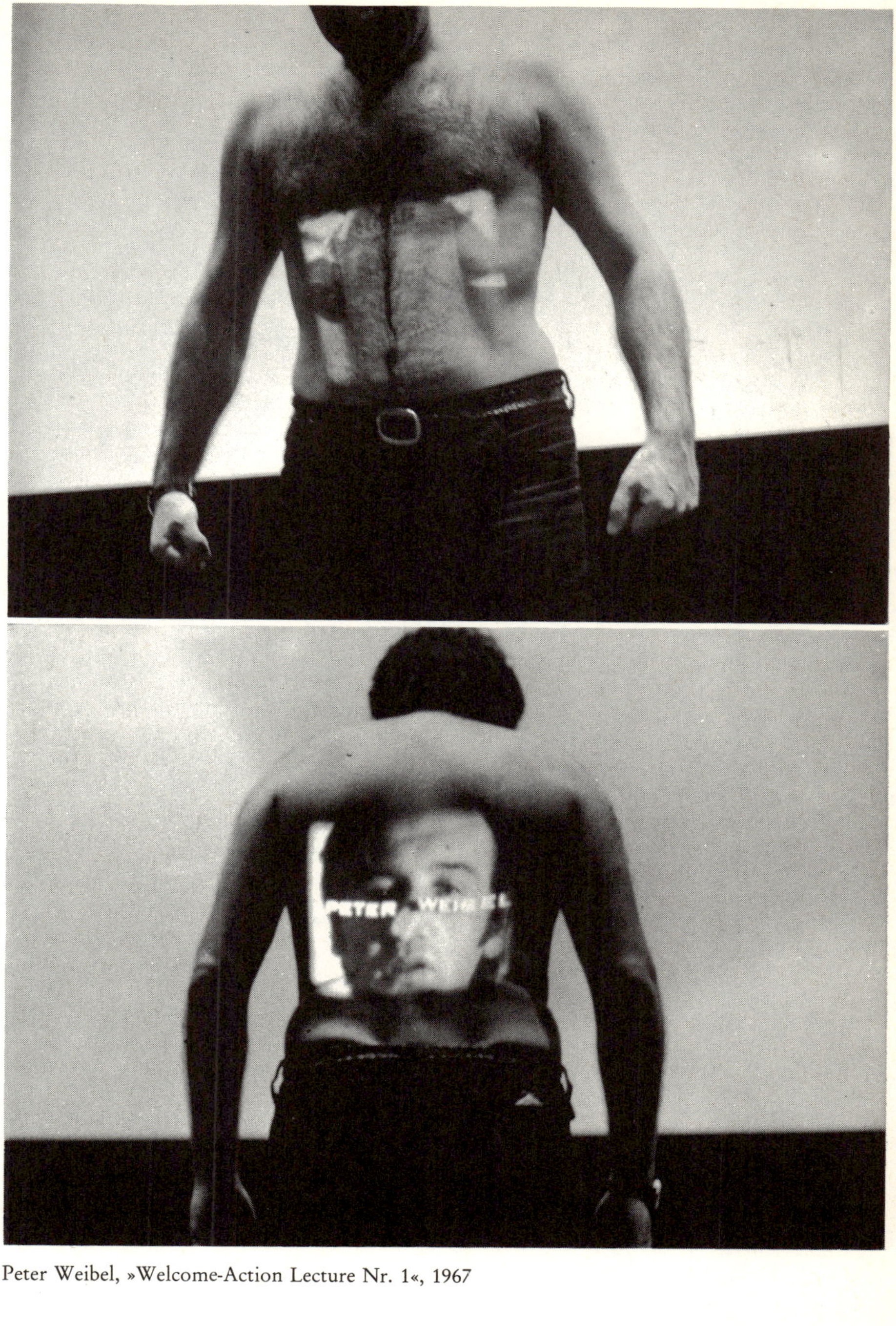

Peter Weibel, »Welcome-Action Lecture Nr. 1«, 1967

auch einen 8-mm-Film auf seinen Körper *(Der film wird vom filmemacher entworfen und auf ihn wieder zurückgeworfen,* Weibel 1967). Der menschliche **Körper wird zur Filmleinwand.** In der Folge wurden Filme produziert, welche auf diesen speziellen Projektionsort abgestimmt waren, z. B. ein Operationsfilm auf den nackten Bauch oder Wolken auf die behaarte Brust. 1968 nahm Hans Scheugl die Graffitti in den öffentlichen Toiletteanlagen auf und projizierte den Film wieder in Toiletteanlagen. Was am Ort der Handlung aufgenommen wurde, wird auch wieder am Ort der Handlung projiziert: *Sugar Daddies.* 1968 projizierte Ernst Schmidt jr. einen sich bewegenden Vorhang auf den realen, sich ebenfalls bewegenden Vorhang der Leinwand, wobei sich der Vorführer um einen synchronen Bewegungsablauf bemühen sollte: *Ja/Nein.* Eine andere Form der Identität spielte bei Scheugl schon 1967 eine Rolle, nämlich die Identität von Filmstreifenlänge und Straßenlänge. Der Film *Wien 17, Schumanngasse* ist eine Autofahrt durch die Schumanngasse von ihrem Anfang bis zu ihrem Ende, in der Weise, daß der Filmstreifen exakt mit dem Beginn der Gasse anfängt und präzis die letzten Meter der 30-Meter-Filmrolle, die in einer Kassette Platz hat, dann belichtet werden, wenn das Auto am Ende der Schumanngasse ankommt. Die Fahrt durch die Gasse wurde also in einer einzigen Einstellung gedreht (ca. 2¾ Minuten): die Laufzeit des Films und die Fahrzeit, die Länge der Gasse und des Filmstreifens, reale Zeit und reproduzierte Zeit, Aufnahmezeit und Kinozeit, Laufgeschwindigkeit der Kamera und Geschwindigkeit des Kameratransportmittels (Auto) waren identisch, Raum wurde zu Zeit. Der Riß in der Abbild-Objekt-Beziehung wird hier durch eine mit den formalen Mitteln des Mediums hergestellte Identität versöhnt. In *Safety Film* (1968), einem **Materialfilm,** wo Teile eines Spielfilms mit starrer Kamera und verkleinertem Bildausschnitt von der Leinwand abgefilmt wurden, gelingt dies, indem durch die Verfilmung von Film, d. h. die Abbildung von Bildern, aus den Abbildern wieder Objekte werden, aus dem Material Film ein Stück Wirklichkeit. 1968 machte Scheugl ebenfalls einen Film ohne Film, indem er das Zelluloid durch einen Zwirnsfaden substituierte: *ZZZ Hamburg special.* Eine Zwirnspule wird auf die Abwickelachse des Projektors gesteckt und der Faden in die Filmbahn des Projektors eingelegt. Hier wird ein Objekt zum Abbild, doch ohne die Vermittlung von Kamera und Zelluloid.

Ernst Schmidt jr. bearbeitete das Zelluloid direkt, bevor er es dispensierte. In *Weiß* (1968) wurden reale Löcher in einen weißen Blankfilm gestanzt, die Kratzspuren waren wegen der Nachbildwirkung sogar in den Löchern zu sehen. In *Prost* (1968) wurde eine Linie quer durch den Filmstreifen gezogen, bis sie an den Rand stieß (Prost!), dann wieder zurück etc. Der wandernde Strich wirft Licht und Schatten in den Vorführraum. In *Schöpfung* (1968) wird während der Vorführung auf den Blankfilm gekritzelt. Im Projektfilm *Halluzinationen* (1971) werden Personen in einen gänzlich weißen Raum eingesperrt, und es wird ihnen gesagt, daß nach einiger Zeit ein kaum wahrnehmbarer psychedelischer Film gespielt wird. In Wirklichkeit handelt es sich um ihre eigenen Halluzinationen, denn es wird nichts gespielt.

Auch in den **expanded movies** von Valie Export bestimmen die filmischen Formalismen das Verhalten zur Wirklichkeit, wird die Wirklichkeit als Ergebnis unserer Abbildungsmechanismen gesehen. In ihrer 1968 aufgeführten Arbeit *Cutting* (vgl. den filmtechnischen Ausdruck cut – Schnitt, etc.) wird das Element Leinwand substituiert durch Papier-, Stoff- und Hautleinwand. Auf eine Papierleinwand werden Häuser projiziert, und die Fenster werden mit einer Schere ausgeschnitten. Ebenso wird der Satz von McLuhan *the content of the writing is the* auf der Leinwand ausgeschnitten und das ergänzende Wort *speech* neben der Leinwand dann ausgesprochen. Im dritten Teil wird eine Kaugummiblase aus einem Leibchen ausgeschnitten, als Teil vier werden Brust-, Bauch- und Schamhaare abrasiert. Eine nackte Haut wird zur Leinwand, Haare als Körperzeichen. Teil 5 ist ein Sprechfilm ohne Zeichen: Export nimmt Weibels Schwanz in den Mund, Fellatio. Haut wird nicht geschnitten, sondern gelutscht – das *demonstriert körpersprache als typus einer nicht-verbalen artikulation* (Weibel 1970). Im *Tapp und Tastfilm* von 1968 handelt es sich ebenfalls um den **Körper als Leinwand.** Nur wird hier die Wirklichkeit ebenfalls gespalten, und statt der üblichen visuellen Rezeption gibt es nur die taktile. In diesem *ersten echten Frauenfilm* (Export 1968) hatte Export einen Kasten um ihren Oberkörper gespannt, sozusagen den Kinosaal. Die Leute konnten diesen Saal mit ihren 2 Händen betreten und die nackte Brust (Leinwand) befühlen. Die **Substitution der Elemente** des Films führte zu einem direkten Kontakt mit der Wirklichkeit, zu einer direkten zwischenmenschlichen Kommunikation von Künstler und Rezipient. Über ein zentrales Thema der Filmindustrie, den Busenkult, wurde mit filmischen Mitteln reflektiert. *Um den busen als warenfetisch zu entdinglichen ... eine ständige quelle der manipulation ... fernsinne als matrix für manipulation ... markierungen einer entfremdeten kommunikation* (Weibel 1968). Der Herrschaftscharakter der Leinwand als manipulatives Medium kommt auch in der Filmaktion *Ping Pong* von 1968 zum Ausdruck. Auf der Leinwand erscheint immer kurz ein Punkt. Indem er immer woanders unerwartet auftaucht, scheint er zu hüpfen. Der Akteur versucht mit Schläger und Ping-Pong-Ball den Punkt zu treffen. Ein Dialog zwischen Bild und Objekt, Film und Wirklichkeit, mit filmischen Mitteln hergestellt. *Ein Spielfilm – das heißt ein Film zum Spielen* (Export).

In einer gemeinsamen Aktion von Weibel und Export *Aus der Mappe der Hundigkeit* (1968), eine Antwort auf die öffentliche Wandzeitung *Aus der Mappe der Menschlichkeit,* wo Weibel, eine Hundekette um den Hals, auf allen Vieren gehend, von Export über Wiens Hauptstraße geführt wurde, wurde ebenfalls ein filmisches Mittel, wie es uns besonders aus Zeichentrickfilmen bekannt ist, nämlich die zeichnerische Verwandlung von Menschen in Tiere, in die Wirklichkeit übertragen. *Die scheinbare zeichenwirklichkeit des films wird in die pralle wirklichkeit aller unserer sinnesorgane transponiert. diese filmaktion stellt wirklichkeit her, stellt sie wieder her aus dem flickzeug der ideologien* (Weibel 1970).

In den Jahren 1967–1970 untersuchten also die Filmemacher das Verhältnis von

Valie Export und Peter Weibel beim »Tapp- und Tast-Film«, München 1968

Wirklichkeit und registrierender Apparatur, wobei insbesondere Weibel und Export als Pioniere dieser Filmexpansion noch dazu tendierten, der unmittelbaren Wirklichkeit den Vorrang zu geben, während Scheugl und Schmidt eher medienimmanent blieben. In den Diskurs über die Wirklichkeit und die Erfahrung wurde – wie die Zitate schon deutlich machen – endgültig das Ausdrucks- und Abbildungsmedium selbst miteinbezogen, und man kam zu der Auffassung, daß nur eine **Erweiterung des filmischen Mediums** eine **Erweiterung der Wirklichkeit und der Empfindung** ermöglichte. Das Ziel der Filmarbeit war *die befreiung des menschen von der vergesellschaftung* (Weibel 1970), denn *die kunst erweitert die grenzen der gesellschaftlichen wirklichkeit* (Weibel 1969). Wenn *erst die grammatik empfindung ermöglicht,* wie Oswald Wiener in seiner Kritik des Aktionismus schreibt, dann muß eben die Grammatik exploriert werden, um die Empfindung zu explorieren. Wenn sich *die wirklichkeit auf unserer seite der sprache* befindet, muß die Sprache untersucht werden, wenn die Wirklichkeit verändert werden soll. *Wenn die form erfahrung unterbindet, muß man ihr entkommen, wenn aber die erfahrung formaler natur ist, so ist eben die erfahrung selbst die einschränkung – dann müssen die formen zertrümmert werden, damit die erfahrung aufhört* (Wiener 1969). In der Zertrümmerung der filmischen Formen, im Aufsuchen und Aufdecken des **Sprachcharakters des Films,** versuchten wir die Befreiung der Erfahrung, die Entgrenzung der Wirklichkeit. Nicht wie die Aktionisten, die eine direkte Brücke zwischen Wirklichkeit und Empfindung schlagen wollten, sondern im Wissen, daß zwischen Wirklichkeit und Bewußtsein, zwischen Wirklichkeit und Erfahrung die registrierende Apparatur steht, sei es das Auge, die Form, die Sprache, die Kamera, gingen wir bei der Beseitigung der Einschränkungen der Erfahrung und der Beschränkungen der Wirklichkeit nicht von einem Dualismus, sondern von einer Trinität aus, dem Tripel: **Wirklichkeit – Medium/Apparatur – Bild der Wirklichkeit** (Bewußtsein, Empfindung, Erfahrung). Bei seiner Filmaktion *Exit* von 1968, wo von der mit Filmen bespielten Leinwand Feuerwerkskörper, Raketen, Rauch- und Flugobjekte in das Publikum zischten, so daß dieses auf die Straße flüchtete (Ausräucherung und Einnebelung eines Kinosaals), rief Weibel per Megaphon in den Saal: *Feuer ist licht, kinematographie ist licht, schreien die reaktionäre. sie sollen es haben – das bewegte lichtbild! film wird mißverstanden als bildersprache. im bild der welt, das die sprache liefert, spiegelt sich der* **staat und sein bild der welt.** *die filmindustrie ist die staatliche organisation, die jene bilder der welt liefert, die dem bild des staates entsprechen. indem film sich der bildersprache entschlägt, bietet er nicht länger ein staatliches bild der welt, sondern verändert die welt...* Die Sehnsucht nach Wirklichkeitsveränderung zerschlug die Bilder, schaffte die Reproduktions-Bilder ab.

Die Erweiterungen der Filmkunst zu Ende der 60er Jahre, während der Epoche der Studentenrevolutionen, gründen also auf zwei Faktoren: dem kunsttransgressiven Impuls in die Wirklichkeit des Aktionismus und einer extremen **Formalisierung des Kunstmediums** selbst. Diese Formalisierung war entscheidend für die Medienkunst der 70er Jahre, nicht nur in bezug auf die Wirklichkeitsauffassung, sondern auch als Erzeuger von Formalismen, von Generationsschemata, die weiterwirken sollten, insbesondere die verschiedenen Möglichkeiten einer formalen Identität. Am radikalsten hat diese Formalisierung Peter Weibel durchgeführt, indem er den **Film als einen Kalkül von Variablen** definierte, wo Leinwand, Tonspur, Zelluloid, Aufnahmegeschwindigkeit etc. variable Elemente sind, die vertauscht, verschieden miteinander verknüpft, verändert, substituiert und ausgelassen werden können. In einer Reihe von Zitaten Weibels kann man diese Entwicklung eines **veränderten Medien- und Wirklichkeitsbegriffes** am besten erfassen: *Ob negativ- oder positivkopie ist eine frage der emulsionsschicht und nicht des realistischen wahrheitswertes (der übereinstimmung von objekt und abbild). der filmemacher arbeitet mit zelluloidstreifen und nicht mit wirklichkeiten. ton und bild sind leerstellen (variable), die der filmemacher besetzt nach maßgabe seiner intention. er kann auf dem zelluloid direkt arbeiten oder mit hilfe der kamera. den begriff der wirklichkeit gibt es für den filmemacher nicht* (1967). Von dem Aufhören der Wirklichkeit sprach ja auch Wiener 1969. Doch weiter mit Weibel: *Film ist ein verband von kalkülen und operatoren, mit dem man der wirklichkeit begegnet, ein system von grundfiguren und grundregeln. dieser verband ist eine konvention, die jederzeit veränderbar ist. filmen ist herstellen von wirklichkeit mit den mitteln des verbandes film. von den zur verfügung stehenden elementen des kalküls film, zb zelluloid, kinosaal, leinwand, kamerapositon etc, kann ich eine beliebige anzahl nehmen, in beliebiger reihenfolge und in beliebigem gebrauch. man kann statt zelluloid einen spiegel, statt eines lichtstrahls eine schnur, statt lichtreaktionen chemische einsetzen, usw.* (1968). *film ist als funktion aufzufassen mit den variablen: objekt, zelluloid, kamera, projektor, leinwand, usw, also f (o, z, k, p, l, x).* **erweitertes kino bedeutet auch eine erweiterte wirklichkeit.** *veränderte medien produzieren eine veränderte welt. erweitertes kino ist eine exploration der wirklichkeit durch experimente mit licht, schall, elektrizität, mit gruppenmechanismen, gamma-strahlen und enzymreaktionen* (1969). *film, fotografie, fonografie sind extensionen, ausdehnungen, erweiterungen unserer raum- und zeitstrukturen, unserer erlebnis- und erfahrungsstrukturen, unserer kommunikation, erweiterungen unserer wirklichkeit und unseres bewußtseins* (1971).

Hier sieht man deutlich, wie die formalisierende Reflexion der Grundlagen des Mediums ein befreiender Akt war, der als Voraussetzung diente, mit einem erweiterten, veränderbaren, flexiblen Kunstkalkül eine erweiterte, veränderbare Wirklichkeit und ein erweitertes Bewußtsein zu erzielen.

Diese Metafilme (Filme über Filme), Filmaktionen, Aktionsfilme, Materialfilme, Projektfilme, Filminstallationen sollten eben *bilder einer anderen wirklichkeit oder von einer wirklichkeit anders als im staatlich dargestellten bild* (Weibel 1970) entwerfen. *Gerade die theoretische Arbeit der Wiener Filmemacher war jedoch zu Ende der 60er Jahre von Bedeutung, da sie zum erstenmal direkt formulierten, was in der Entwicklung des strukturellen Films noch gar nicht als theoretisches Konzept herausgestellt war: die Reflexion der Grundlagen des Mediums. Von daher hatten sie ohne Zweifel Einfluß auf die mehr theo-*

Hans Scheugl, »hamburg special«, 1968

Ernst Schmidt jr., »Prost«, 1968

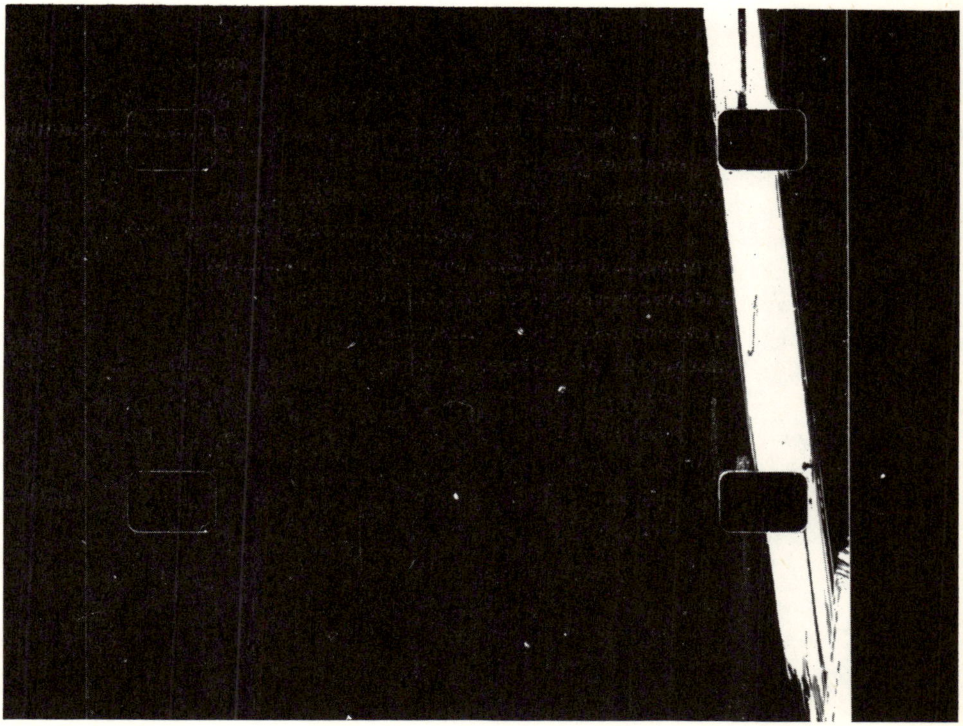

retische Ausrichtung des europäischen strukturellen Films. (Birgit Hein 1978 in ihrem Grundlagenwerk *Film als Film – 1910 bis heute).*

Nach diesem Ausbruch gab es im Großen und Ganzen nur 2 Alternativen: noch direktere Brutal-Aktionen (ohne Film) und weitere Erforschung des visuellen Mediums in Richtung Video, Fonografie, Fotografie. Die erste Alternative, zu der auch die Auflösung des Films in reine Projekt- und Concept-Filme gehört, erwies sich als nicht sehr lange gangbar. Projektfilme gibt es von E. Schmidt, K. Kren, H. Scheugl, P. Weibel, V. Export.

Dabei wurde die Rolle des Publikums weiteremanzipiert. Das Publikum als Teil des Kunstwerks war ja virtuell schon im Mitspiel und im Happening angelegt, doch nun kommt es real zum Tragen (vgl. auch das *Tapp- und Tastkino* von 1968). In den diversen *Action Lectures* von Weibel seit 1968 konnte das Publikum an der Kreation der Ereignisse, an der Gestaltung der Ton- und Lichtverhältnisse direkt mitwirken. Durch seine Lautstärke konnte das Publikum den Ton und den Projektor ein- bzw. ausschalten, denn über ein im Saal befindliches Mikrofon und einen lichtempfindlichen Widerstand wurde eine elektrische Schaltung erst dann in Gang gesetzt, wenn eine bestimmte Schallschwelle durch Geschrei, Lärm etc. überschritten wurde. Während ihres *Kriegskunstfeldzuges* 1969 unter dem Motto **das publikum als kunstwerk,** *als opfer der kunst* (im Schatten von Auschwitz, Hiroshima, Vietnam) peitschten Valie Export und Peter Weibel das Publikum aus, bewarfen es mittels einer mobilen Plastik (Ausführung Wolfgang Ernst) mit Wasser usw. Aus der Action Lecture wurde eine *Attack Lecture.* Weibel organisierte 1969 mit dem Horrorfilm *Brandmauer* – quer über eine Landstraße wurde des Nachts mittels Benzin eine Feuersbrunst entfacht – absichtlich einen Verkehrsunfall *(mehr tote, weniger staatsbürger),* um ex negativo *menschliche stile der kommunikation zu verwirklichen.* Der gleichermaßen aggressive *Tonfilm* (1969) von Export ist nur mehr als Projekt zu formulieren: *Ein fotoelektrischer verstärker wird in die stimmritze einoperiert und mit einem lichtempfindlichen widerstand verbunden. besteht viel licht, schreien die leute kräftig, bei wenig licht in der nacht verstummen sie.* Den Wunsch, den Film so zu expandieren, daß er *als ein universales Medium alle Wahrnehmungsbereiche attackiert* (Jürgen Claus 1970), kann Weibel natürlich nur mehr verbal formulieren: *ich denke an filme für hunde und katzen, an filme als chemical medium translators, an filmprojektoren in form von spritzen, brillen oder linsen. ich denke an einen* **filmprojektor in form eines neuen sinnesorgans,** *das mir jede gewünschte sinnesqualität liefert... der, wenn ich ins meer steige, mir luft liefert... der auch unstimmigkeiten zwischen den sinnesdaten nicht scheut: daß ich steine sehe und schaum greife, daß ich gräser esse und schokolade spüre, daß ich briefmarken klebe und musik höre. ich denke auch an filme, wo jeder etwas anderes sieht* (Weibel, *Projekte und Projektionen,* 1968). Damit ist auch eine Beziehung zum Konzept des Bio-Adapters von Oswald Wiener und einigen Arbeiten Walter Pichlers herzustellen. Die Empfindung taucht wieder auf, doch nicht als Utopie des Reinen und Unmittelbaren, sondern technisch gefiltert, künstlich hergestellt.

Die erste Alternative bei der weiteren Expansion des Films endete also entsprechend ihren beiden Wurzeln entweder an biologischen oder sozialen Schranken (Selbst- und Fremdverletzung, Gewalt, Terror, biochemische Eingriffe) oder durch Auflösung in rein verbal beschreibbare Konzept- und Projektfilme. Wobei es interessant wäre, die von der Malerei und die vom Film ausgehenden Aktionen zu vergleichen. Denn obwohl bei den einen stets noch der malerische Background und bei den anderen das technische Medium zu sehen und zu spüren, die einen sinnlicher und direkter und die anderen abstrakter und vermittelter sind, gibt es doch einige Aktionen, die sehr ähnlich sind, teils gleichzeitig und teils (vice versa) früher oder später gemacht, und gibt es einige thematische Verwandtschaften wie die Haut als Leinwand, Körpersprache, Materialdenken, Aggressivität, Publikum, Staat, Abbild-Objekt Problematik.

So bestimmte die zweite Alternative, zu der auch die differenzierte Reflexion innerhalb der Konventionen des Mediums zu rechnen ist (wie es der strukturelle Film unter Rückgriff auf die metrischen Filme der 50er Jahre von Peter Kubelka und der sequentiellen Filme von Kurt Kren der 60er Jahre geleistet hat), die Entwicklung der 70er Jahre: Filminstallationen, Video, Künstlerfotografie, fotografische Körpersprache, Performance, Ton als Medium der bildenden Kunst. Die Geburtsstunde der Medienkunst schlug also in der Erweiterung der Filmform.

3. Video: Tapes, Installationen, Skulpturen, Performances.
Die Medien expandierten in die Wirklichkeit.

Die Expansion des Films ist auch als *Prä-, Para- und Post-Kino* (Weibel) bezeichnet worden, weil einerseits bestimmte Arbeiten an Präformen des Films (besonders die Filmobjekte) erinnerten oder parakinematographischen, intermedialen Charakter hatten, und andrerseits bestimmte holographische oder Laser-Projekte dem postkinematographischen Zeitalter zuzurechnen waren, ebenso wie Video. Die Arbeit mit Video ist also aus der erweiterten Filmarbeit entstanden, doch gibt es prinzipielle Unterschiede zwischen Film und Video, welche Richard Kriesche 1978 recht gut definiert hat: *Die elektronischen medien sind* **produktive medien** *und nicht reproduktive. dies möchte ich in einem vergleich der elektronischen medien mit dem fortgeschrittensten vorelektronischen bildmedium, dem film, verdeutlichen. dem kino, dem vorelektronischen bild in raum und zeit, haftet die reproduktion in jeder phase des bildes an, sichtbar im lichtkegel von projektor zur leinwand ... der film oder das kino ist sich seines reproduzierenden charakters bewußt. dies wird sehr deutlich in den designbestrebungen, die den projektionsraum in eine box verlegen. diesem denken liegt der versuch zugrunde, gleichsam vorindustriell den (zeitgleichen) projektionsfilm zu erzeugen. was elektronisch realisiert ist, nämlich filmen (produzieren) und kino (reproduzieren), das als produktionseinheit zu sehen ist, wird im lichtfilm immer auseinanderbrechen* (Kriesche, *Elektronische Gesellschaft).* Man erinnere sich des ersten erweiterten Films, *Nivea*, der ja diese Einheit von Aufnahme und Projektion, von Produktion und Reproduktion, also den zeitgleichen Projektionsfilm anstrebte. *Während aber der film das reproduzierte – die reproduzierte dreidimensionale welt – in die illusion entläßt, schafft oder produziert das elektronische medium aus der reproduktion selbst wirklichkeit. die geschichte menschlicher kultur könnte von seiten der reproduzierbarkeit als ein großangelegter versuch nach authentischer realitätsbeschreibung verstanden werden. mit dem ziel nach* **vollkommener identifikation.** *dies schließt die deckungsgleichheit mit ein, produktion und reproduktion heben einander prozessual auf, welt und gegenwelt fallen im elektronischen bild der welt zusammen* (Kriesche). Nach den Beziehungsfeldern Malerei und Wirklichkeit, Film und Wirklichkeit, nun die elektronischen **Medien und die Wirklichkeit.**

Dabei begegnen wir nicht nur den uns vom Expanded Cinema her schon vertrauten Begriffen wie Identität bzw. Deckungsgleichheit: von der Identität Objekt und Abbild als eine von *welt und gegenwelt, bild und gegenbild* bis zu der sozialen *identität der kontrollfunktion von seiten des tv und der bevölkerung* (Kriesche), sondern auch wieder dem Begriff ›*direkte Wirklichkeit*‹ in Bezug auf den Staat, d. h. *auf die gesellschaftlichen verhältnisse, die sich ... im tv widerspiegeln* (Kriesche 1978): *Wie die Welt aussehen wird, wird davon abhängen, welches Bild wir von ihr machen. Das Videobild scheint in der gegenwärtigen Form das Ende einer traditionsreichen Bewußtseinsentwicklung in Hinblick auf die Objektivität des Bildes darzustellen. Das Videobild markiert das* **Ende erlebter Wirklichkeit.** *Gleichzeitig ist das Videobild Anfang einer Entwicklung zu einem Bild ›direkter‹ Wirklichkeit. (Unter direkter Wirklichkeit verstehe ich den Bezug zu der vom Menschen selbst gemachten Wirklichkeit)* (Kriesche, *Video und TV, Post-Video*, 1976). *Wirklichkeit hat sich aufgehört* (Wiener 1969) bezieht sich nun auf *erlebte Wirklichkeit.*

In den zwei ersten österreichischen Video-Arbeiten von Peter Weibel (April 1969 bei der Veranstaltung *Multi Media 1* in Wien) kommt diese Thematik schon zum Vorschein. Bei *Prozeß als Produkt* wurden *teile der vorbereitung der ausstellung auf videoband aufgenommen und am abend der ausstellung gespielt. dadurch sah der besucher sowohl das vorher als auch das jetzt, die produktion und das produkt. die vorbereitung selbst wurde zum teil der ausstellung. zwei zeiterlebnisse simultan* (Weibel 1970). Bei *Publikum als Exponat* wurde in einem Raum das Publikum aufgenommen und interviewt und in einem anderen Raum via Monitor abgespielt, sowohl gleichzeitig als auch später, *sodaß für neue besucher die interviews der alten, für die alten die interviews mit den neuen zum ausstellungserlebnis wurden. das publikum wurde selbst zum ausstellungsobjekt.* 1969 realisierte Weibel auch die zeitverzögerte Wiedergabe einer Bildstörung in einer Kette von TV-Apparaten und Zuschauern: *the endless sandwich.* Bis 1972 entwickelte er in einer Reihe von Arbeiten und allein auf weiter Flur eine ausgebildete **Formalisierung der Videosprache:** *Abbildung ist ein Verbrechen*, 1970 vom ORF gedreht, wo eine Polaroidkamera auf die TV-Kamera gerichtet wird und während der Entwicklungszeit des

Schnellbildes für 20 Sekunden der TV-Apparat schwarz wird, bis das Bild fertig ist und das TV-Team zeigt. *TV-Aquarium oder TV-Tod I,* wo ein Aquarium mit einem Foto der TV-Röhre als Hintergrund gefilmt wird, so daß scheinbar im mit Wasser gefüllten TV-Apparat Fische schwimmen, bis das Wasser im Apparat auszulaufen beginnt und die Fische um ihr Leben kämpfen. *TV-Nachrichten oder TV-Tod II,* wo der Nachrichtensprecher beim Verlesen der Nachrichten raucht und langsam im Rauch verschwindet. *Imaginäre Video-Wasserskulptur,* wo ein Wasserschwall plötzlich in der Luft stehen bleibt und man sieht, daß es nur der abgefilmte Bildschirm war, also nur das Bild des Wasserschwalles und nicht das bewegte Wasser selbst angehalten wurden. Als der abgefilmte und der reale Bildschirm des Zuschauers sich durch eine Kamerafahrt wieder decken, läuft das Bild weiter, und das Wasser fällt mit einem Knall in den Teich. *Drei modalitäten der realität: realität, gefilmte realität, gefilmter film* (Weibel 1972). Eine Auswahl von Weibels Videotapes sendete der ORF im Februar 1972. 1971 realisierte er die Videoperformance *Unsichtbare Grenzen* in Frankfurt: auf dem Flughafen nahm er die Grenze zwischen Flughafen und zollfreiem Transitraum so auf, daß sie genau über die Mitte des Bildschirms ging. Dann tauchte er plötzlich auf und erklärte die im Transitraum befindliche Hälfte des Bildschirms als unverzollt ins Land geschmuggelt. Als Strafe deckte er für den Rest des Programms diese Hälfte zu. In der Fotosequenz *Selbstporträt als Anonymus* von 1967 hatte Weibel schon die Augen mit einem schwarzen Strich zugedeckt (wie in bestimmten Zeitungsfotos üblich) und durch Vergrößerungssprünge ein ganz schwarzes Foto erreicht. 1975 verwendete R. Kriesche bei der Videodemonstration *Blackout* den gleichen Formalismus. Er saß mit schwarzer Augenbinde vor der Kamera einer Live-Sendung und forderte die Kamera auf, ganz nahe zu kommen, bis es zu einem schwarzen Bildschirm käme. *Ich möchte ihnen (dem TV-Publikum) zeigen, in welcher Situation sie sich befinden, durch die Situation, in der ich mich befinde... Damit wäre unser aller Sehlosigkeit als Hilflosigkeit dem Medium gegenüber einsichtig geworden* (Kriesche 1975). Doch das Fernsehen spielte nicht mit und ging nicht nahe genug an die Augenbinde heran.

1971 sendete der ORF *Facing a Family* von Valie Export, wo man eine Familie sah, die gerade in den Fernseher blickte (die Nachrichten waren off zu hören). Doch nachdem die aufnehmende Kamera selbst am Ort des TV-Apparates gestanden war, blickte die reproduzierte Familie sozusagen aus dem TV-Apparat heraus, in den eine reale Familie wieder hineinblickte. Ihre erste Video-Installation hatte Export 1970 in London gemacht: *Split Reality,* wie der Titel schon sagt, eine Spaltung der Wirklichkeit in Bild und Ton. Im TV-Schirm sah und hörte man Export mit einem Kopfhörer singen, und auf einem Plattenspieler darunter drehte sich eine Schallplatte, deren Ton abgedreht war.

Hartmut Skerbisch hatte zusammen mit M. Plottegg schon 1969 für Trigon/Graz das Video-Projekt *Putting Allspace in a Notshall* vorgeschlagen, wo aus einem Teil der Stadt in einen anderen Teil ausschnitthaft Vorgänge und Geräusche mittels Video und Rundfunk übertragen hätten werden sollen. Doch dieses Medien-Environment wurde abgelehnt. 1972 entwarf Gottfried Bechtold seine ersten Videoskizzen: *Tape-Tape* zeigte im Bildschirm ein sich abspulendes Recordergerät vor einer Uhr, neben dem Monitor das Recordergerät, klarerweise mit einer identischen synchronen Bandstellung, aber mit einer anderen Uhrzeit auf der Uhr dahinter. In einer realen Video-Installation von 1972 sah man Monitor, Kamera, Recorder in einer endlosen Abbildungskette, nur spiegelverkehrt, da die Kamera offensichtlich auf einen Spiegel vor dem Video-Ensemble gerichtet war. Eine weitere Videoskizze von 1974 lautet *Füllung des Bildes mit Wasser*, d. h. des TV-Apparates. In der Videoskizze *Face and Voice* von 1975 hört man zuerst Bechtolds Stimme auf dem leeren Bildschirm über seine reproduzierte Stimme sprechen, bevor man sein Gesicht sieht, wie es sagt, daß man sein Gesicht sieht. Die formale Identifikation verwandelt sich in die **Tautologie.** Richard Kriesche machte seine erste Video-Installation 1972 in Innsbruck: *Peeling Off*, wo man in einem Monitor vor einer weißen Wand sah, wie diese Wand einstmals schwarz war und langsam abgeschält wurde bis zu ihrem jetzigen weißen Zustand. Nach ersten Entwürfen um 1971 begann Friederike Pezold 1973, ihre *neue leibhaftige Zeichensprache eines Geschlechts nach den Gesetzen von Anatomie, Geometrie & Kinetik* mit Hilfe von Video zu verwirklichen.

1973 kam es bei der Grazer Trigon-Veranstaltung *Audiovisuelle Botschaften* zur ersten großen Video-Manifestation in Österreich (und Europa), wo von österreichischer Seite Bechtold, Export, Kriesche, Weibel und Frantisek Lesak teilnahmen. Bechtold zeigte seine Arbeit von 1972 *Fernsehen*, wo man ihn mit einem Bus ins Freie fahren sah. Dort stieg er mit einem Revolver aus und feuerte in die Kamera bzw. den Bildschirm. Plötzlich sitzt Bechtold in einem Wohnzimmer seinem TV-Bild gegenüber, aus welchem Bild heraus er nun feuert. Schuß/Schnitt: Er steht nun im Bildschirm in der Wohnung, sitzt sich gegenüber und feuert wieder. Nach dem Motto *Ein Hund kam in die Küche und stahl dem Koch ein Ei, etc.* Bechtold, der eminente Bildhauer, Landartist, Konzeptkünstler, erklärt seine Vorliebe für Tautologien so: *Mit Tautologie kann ich die Distanz zwischen Abgebildetem und Abbild verkleinern oder aber vergrößern.* Bei Video fasziniert ihn (1976) eben deshalb *die Möglichkeit, der Realität ein praktisch kongruentes Bild gegenüberzustellen*, aber auch die Zeit: *Nur die Existenz der zeitlichen Dimension ist von Bedeutung. Die* **x-beliebige Zeit** *in der kurrenten Zeit.* Auch Valie Export sagt, *was mich bei video beschäftigt und interessiert ist der prozeß zeit, die relativierung der zeit. gleichzeitigkeit der aufnahme und wiedergabe. video kann gleichzeitig eine totale und eine großaufnahme der gleichen wirklichkeit liefern* (Export 1973). In ihrem Entwurf *Zeit und Gegenzeit* steht ein Behälter mit Eis vor dem Monitor. Während das reale Eis schmilzt, wird im reproduzierten Behälter im Monitor aus dem Wasser Eis (also ein rückläufiger Prozeß). In ihrer Video-Installation *Interrupted Movement* lieferten zwei auf der Straße zueinander konträr postierte Kameras Bilder an zwei Monitoren, die links und rechts von der Eingangstür aufgestellt waren, so daß sich auf dem Monitor 1 z. B. ein Fahrzeug näherte, dann sich quasi durch die Lücke, in der der Betrachter zwischen den beiden Monitoren stand, weiterbewegte, bevor es sich auf dem Monitor 2 vom Betrachter wieder weg bewegte *(Zeitlücken: Raumspalten).* Kriesche realisierte die Videodemonstration Nr. 8 *Video inside – outside: Ein Innenraum wird so fotografiert, daß jeweils von der gegenüberliegenden Wand ein Foto gemacht wird. Dieses Foto wird auf* **Originalgröße** *vergrößert und auf der Außenwand der Wohnung angebracht. Damit wird das Innere nach außen gestülpt. Die Montage der Fotos wird mit einem Videorecorder aufgezeichnet und auf einem innerhalb des Wohnraumes befindlichen Monitor live wiedergegeben. Die Wohnungsinhaber werden von einer zweiten Videokamera aufgezeichnet, wie sie im Monitor sehen, was draußen vor sich geht. Diese Aufzeichnung wird wiederum nach draußen übertragen* (Kriesche 1973). Lesak beschäftigte sich in seinen Videotapes ebenfalls mit dem *1:1 Abbild der Wirklichkeit* (Lesak). Er mißt den Bildrahmen ab. Er steht mit einer Latte an der Wand, und die Kamera nähert sich dieser Latte so weit, bis sie an den Bildrahmen des Monitors stößt. *Die Proportionen des TV-Formates bestimmen das Aktionsfeld. Das Format des Bildschirms wird zum Demonstrationsfeld.* In einem anderen Tape *stehen zwar Bild und Ton in einem Zusammenhang, der Ton entspricht aber nie der Realität. Aufzeichnungen eines normalen Auges und eines übersensiblen Gehörs* (Lesak 1973). Zur Identität von Wirklichkeit und Bild kommt wieder die Analyse der Empfindung, deren Asynchronität. Weibel wiederholte seine Tripel-Videoperformance von 1970/71 *Untersuchung der Identität.* Im 1. Teil kniete er vor der Kamera mit dem Rücken zu ihr, auf dem *ferner* stand, was auf dem Bildschirm formatfüllend zu lesen war. Als er sich von der Kamera weg auf den TV-Apparat zu bewegte, wobei er laut *näher, näher* sagte, rückte er auf dem Bildschirm immer weiter weg (da er sich ja von der Kamera weg bewegte). Der Widerspruch zwischen Visum und Verbum *(ferner – näher)* wiederholt sich auf der Ebene Abbild und Objekt (er rückt dem Objekt näher, aber auf dem Bild weiter weg). Im zweiten Teil bewegt er seinen Kopf möglichst unberechenbar vor einer Kamera hin und her, die versuchen soll, ihm dabei zu folgen. Diese Aufnahme wird anschließend abgespielt, wobei nun Weibel versucht, seinen eigenen willkürlichen Kopfbewegungen möglichst genau zu folgen. Im dritten Teil *Ockhams Razor* spaltet sich die Einheit seines realen Leibes in zwei Hälften auf zwei Monitoren. Bei der Videoplastik *Kruzifikation der Identität* war in ein überlebensgroßes Kreuz im Schnittpunkt der Achsen ein Monitor eingebaut, der aber normalerweise kein Bild zeigte. Nur wenn der Betrachter auf einen Sockel stieg und die Arme horizontal ausstreckte, so daß sein Körper selbst ein Kreuz bildete, schaltete er über ein elektro-optisches Verfahren die Kamera ein und konnte sich selbst in Kreuzform im Bild des Kreuzes sehen. Verließ er die Kreuzform, sozusagen den Code, verlöschte das Bild sofort. Der Preis des Bildes/der Abbildung über der Kluft von Bild und Objekt ist also der Schmerz. Der Preis der Identität von Abbild und Objekt ist in unserer Kultur der Differenz das Kreuz. Umgekehrt war der Fall bei seiner Video-Installation *Beobachtung der Beobachtung: Unbestimmtheit.* 3 Monitore und 3 Kameras wurden in einem Kreis aufgestellt, aber so geschaltet (wie zwei Dreiecke, die ein Sechseck bilden), daß der Betrachter sich nie von vorne sehen konnte, wie sehr er sich auch wand, sondern nur differierende Teile von hinten. Im Projekt *Auto-Identität* sollte man im Bildschirm einen Mann sehen, *dem eine flasche runterfällt, der mann dann die treppe runter, ein haus fällt ein, ein staudamm birst, ein vulkan explodiert – schließlich explodiert der monitor selbst. die letzte information auf dem band war kein bild, sondern ein sprengsignal. was abgebildet wurde, ward real.*

Identität wurde schließlich zum Thema von Trigon 1975 in Graz, wo u. a. die Österreicher Peter G. Hoffmann, Maria Lassnig, Gerhard Rühm, Frantisek Lesak und Peter Weibel mitmachten. Lesak zeigte, ausgehend von Leibnizens Begriff der **Identität** als Prinzip der Ununterscheidbarkeit und einer Briefstelle über die verschiedenen Blätter im Garten, Fotos von verschiedenen Blättern und Fotos vom immer gleichen Blatt (wobei natürlich dabei doch die Fotos jeweils graduell verschieden waren). Desgleichen stellte er ein Glas mit Wasser aus, das zwei Beschriftungen hatte: *halbvoll – halbleer.* Bei der *Identitäts-Transfer-Aktion* ließ sich Weibel während der ganzen Dauer der Vorbereitungen nur an der Seite eines Freundes blicken, der allein für ihn sprach (Weibel selbst sprach kein Wort zu niemandem). Während der Eröffnungsveranstaltung war Weibel in Wien, und der Freund ließ sich nun von seinem Freund an seiner Seite verbal vertreten. Bei der Video-Installation *Ichzeit – Zeitich* konnten sich die Betrachter vermöge zweier **Zeitverzögerungen** (eine 5 und die andre 10 Sekunden) in drei verschiedene Personen spalten: in die Person der Jetztzeit, in eine Person 5 Sekunden später und in eine dritte 10 Sekunden später. Diese Spaltung der Person in der Zeit ermöglichte es auch, erstmals sich selbst als fremde Person, abgelöst vom Spiegelbild, von allen Seiten zu studieren.

Eine Extension des Formalismus von V. Exports *Interrupted Movement* ist Kriesches und Wilhelm Gaubes *Zeitkunst* von 1973. In einem verdunkelten fahrenden Zug befinden sich 3 Monitore: einer zeigt das Zuginnere, der zweite Bilder von der Kamera am Zugende, also die Vergangenheit, der dritte Bilder von der Kamera an der Zugspitze, also die Zukunft. *Die gleichzeitigkeit eines entfliehenden umfeldes und eines zukommenden umfeldes ist die gegenwart des sich bewegenden zuges* (Kriesche 1973). 1976 machte er eine weitere Arbeit über die Zeit, *Video-Time,* eine formale Extension von seiner Installation *Peeling off* (1972). Zu dieser Zeit sprach er in Vorträgen auch *über die* **x-Beliebigkeit des TV-Bildes.** In zwei Arbeiten, die zu seinen besten gehören, kommt am deutlichsten Kriesches Credo zum Ausdruck: *In der elektronischen doppelwirklichkeit ist* **das mittel** *untrennbar* **mit dem gegenstand der darstellung verknüpft.** *sache der kunst ... wird in der ermittlung gegebener wirklichkeiten liegen* (wirklichkeit gegen wirklichkeit, 1977). Bei der Videoperformance *TV-Tod* (1975) waren zwei Videosysteme miteinander verknüpft: Dem mit einem schwarzen Tuch verhüllten Monitor A und seiner Kamera standen Kriesche und sein Assistent gegenüber. Eine zweite Kamera war auf den Monitor A gerichtet, das Bild davon wurde auf Monitor B in einem anderen Raum für die Zuschauer übertragen. Durch die Enthüllung von Monitor A erschienen Kriesche und sein Assistent im Bild, welches Bild die zweite Kamera auf Monitor B übertrug. Als nun der Assistent auf den Monitor A schoß, erschien dies den Zuschauern im anderen Raum als ein Schuß von innerhalb des Monitors auf ihren Monitor B, da die zweite Kamera ja das Bild vom zerschossenen Bildschirm A auf den Bildschirm des Monitors B übertrug. *Die wirklichkeit (schuß) zerstörte die* **mediale wirklichkeit** *auf bildschirm 1 und wird zur medialen wirklichkeit auf bildschirm 2* (Kriesche 1975). 1977 saßen zwei *Zwillinge* (so der Titel der Arbeit) in jeweils getrennten Räumen mit einer Kamera und einem Monitor, wobei die Kamera von Raum 1 das Bild des Zwillings A in den Monitor des Raums 2 übertrug und die Kamera von Raum 2 das Bild des Zwillings B in den Monitor des Raums 1. Die Zwillinge lasen je ein Exemplar *Das Kunstwerk im Zeitalter seiner technischen Reproduzierbarkeit* von Walter Benjamin. In den zwei Räumen befanden sich also ein live Zwilling und ein reproduzierter. Da sie gleich aussahen und das gleiche taten, war es für den Betrachter schwer, zu unterscheiden, ob der reale Zwilling und der abgebildete Zwilling identisch waren oder ob es sich jeweils um den anderen Zwilling handelte. (Man erinnere sich an Leibnizens Prinzip der Identität.)

Ernst Caramelle beschäftigt sich ebenfalls mit allen Arten der formalen, lokalen und temporalen Identität. Bei seinen *Video-Landschaften* (1974) zeigt das Bild des Monitors beispielsweise genau die Stelle eines Radiators, den der Monitor selbst durch seinen Platz dem Radiator wegnimmt. Oder das Bild des Monitors ergänzt einen Vorhang genau dort, wo der Monitor ihn verdeckt. Kriesches Fotoarbeit von 1972 »Ausstellung der Galerie beim Minoritensaal in der Galerie beim Minoritensaal«, wo er 18 Fotos von Segmenten der Galeriewand im identischen Maßstab und genau am identischen Ort wieder aufhängte, wo also die fotografischen Wirklichkeitsausschnitte wieder auf die ausgeschnittene Wirklichkeit aufgelegt worden waren, genauso wie Weibels Expanded Cinema, bildeten Vorläufer für solche Projekte, so wie Exports »Ping Pong«-Film und »Interrupted Movement« das folgende »Video Ping Pong« vorweg nahmen. Diese Beispiele sind nur angeführt, um die Kontinuität des künstlerischen Denkens in Österreich zu demonstrieren. In Caramelles »Video Ping Pong« (1975) stehen 2 Monitore (plus Recorder) an je einem Ende eines Tennistisches. Im einen Monitor sieht man Caramelle spielen, im zweiten seinen Partner. Man sieht im Bild nur, wie sie die Bälle aufnehmen und abspielen, natürlich nicht den Flug der Bälle in der Raumlücke dazwischen. 1975 projektierte er auch, einen Monitor genau so vor einen Baum zu stellen, daß dessen Bild den verdeckten Baumteil wiedergibt. Weitere ähnliche Projekte hat er 1974 gezeichnet: ein abgebildeter Kerzenstiel setzt sich in einer realen Kerze auf dem Monitor fort. Im Bildschirm sieht man eine Steckdose abgebildet, vor dem Monitor liegt der reale Stecker. Oder aus der abgebildeten Steckdose kommt der Draht, der sich im realen Draht des TV-Apparates zur Steckdose fortsetzt. Im Bildschirm ist eine Landstraße abgebildet, die Linien setzen sich außerhalb des Monitors fort. In der Videoperformance *Hammer Piece* (1976) zeigte der Monitor eine hämmernde Hand mit Hammer ohne Ton. Der versteckte Akteur versuchte, den realen Ton mit der recorded Hammerbewegung zu synchronisieren. Mit einem ähnlichen Zeitlapsus arbeitet die Installation *Kikeriki-TV* (1979): reale lebende Hühner laufen um einen Monitor herum, dessen Bild ein Huhn auf dem Bratspieß zeigt.

Wenn formale Sprachen Modelle für natürliche Sprachen sind und die Videomaschine Modellcharakter für die Wahrnehmung hat, können wir sagen, daß die österreichischen Videokünstler einen Corpus von Formalismen erarbeitet haben, welcher die **formale Grammatik** für eine Videosprache abgeben könnte. Von den (nach Weibel) 5 videologischen Konstanten Synthetik, Transformation, Selbstreferenz, Instantzeit, Box haben die Österreicher sich insbesondere mit der Selbstreferenz (Identität von Abbild und Objekt, des Ortes, des Raumes, der Zeit, Rückkopplung), mit der Instantzeit (Zeitkontraktion, Zeitverzögerung, Simultaneität) und dem Box-Charakter (Video als Objekt, als Raum-Generator) beschäftigt. Mit diesen drei Erzeugerschemata haben sie eine **formale Videosprache** entwickelt, die mediale und sinnliche Wirklichkeit nur mehr als verschiedene Modelle betrachtet und sich vor allem dadurch auszeichnet, daß sie zwischen die Beziehung Bild und Realität, zwischen die Eigenschaften des Bildes und die Eigenschaften des Objektes die abbildende, reproduzierende Apparatur und deren Eigenschaften setzt, welche die Beziehung Realität und Bild mitbestimmen, wie es schon beim Film geschehen ist. *Das videobild als die synthetische form von apparatur und wirklichkeit. der synthetischen wirklichkeit des bildes liegt der gleichzeitige reproduktions- und produktionsprozeß der apparatur zugrunde.* **wirklichkeit – apparatur – bild** (Kriesche 1977). Gibt sich beispielsweise TV als Replik der Realität aus, so ist Video als Kunst prinzipiell kontra TV, da es um die **Synthetik von Medium und Wirklichkeit** weiß und damit kritisch gegen die Wirklichkeit ermittelt. *Der Bildschirm spricht seine Sprache,* sagt Skerbisch bei seiner Videodemonstration *Towards the language of true vision of reality* (1976), wobei er den Satz Wittgensteins *Um zu erkennen, ob das Bild wahr oder falsch ist, müssen wir es mit der Wirklichkeit vergleichen,* einem Satz Oswald Wieners gegenüberstellt: *Der Vergleich eines Modells mit der Wirklichkeit ist der Vergleich eines Modells mit einem anderen Modell. Wirklichkeit ist unbesehen.* Zwischen live und recorded Action, zwischen Wirklichkeit und Abbild, zwischen Ausdruck und Ich, zwischen Sinnesdatum und Gedanke schiebt sich die Apparatur, das Medium. Die Videosprache als formale Sprache, welche vom Bildrahmen über räumliche Beziehungen (innen – außen, Perspektive, Raumkörper, nebeneinander, übereinander, disloziert, Raumlücken, räumliche Identität) und zeitliche Relationen (synchron, zeitverzögert, Zeitspalten, Irreversibilität, Relativität) bis zur Farbe alle Elemente untersucht hat, wobei die Identitätsproblematik, die Selbstreferenz eine auffällig durchgehende Konstante im Werk von Weibel, Export, Bechtold, Kriesche, Skerbisch, Caramelle bildet, hat die Wahrnehmung der Wirklichkeit als Wahrheitsfunktion überprüft und für relativ befunden, Medienwirklichkeit und reale Wirklichkeit gegeneinander ausgespielt und die wirklichkeitskontrollierende und -erzeugende Funktion der elektronischen

Bildmedien in der elektronischen Kultur (besonders in den quasi-öffentlichen TV-Institutionen) erkannt. So ist es nur konsequent, daß zu Ende der 70er Jahre die Videokünstler (vor allem Richard Kriesche, P. G. Hoffmann, P. Weibel, Bob Adrian) den öffentlichen Raum anhand des öffentlichen Bildraumes kritisch untersuchen, d. h. die Videosprache im formalen Kontext zur Entzauberung und Dechiffrierung der sozialen Wirklichkeit anwenden. Ausgehend von Überlegungen zur identifikatorischen Relation von Realität und Abbild wurde also eine Erkenntnistheorie in anschaulicher Weise geschaffen, welche die erarbeitete **medienspezifische Videosprache** zu einer allgemeinen **Medienkritik** und **Sozialkritik** ausdehnte.

Bei der Verwandlung der klassischen Kinematographie über die erweiterte Filmform zum elektronischen Bildmedium Video, d. h. von einem Projektionssystem zu einer allgemeinen bildverarbeitenden und -erzeugenden Maschine, welche über isomorphe Operationen auch die Wirklichkeit affiziert, manipuliert, kontrolliert, kann es nur einer künstlerischen Gestaltung auf der Grundlage der **Isomorphie** gelingen, Freiheit und Souveränität, Kritik und Therapie ins Bild zu bringen. Es versteht sich natürlich, daß Video als neuer Ast am Baum der Kunst auch das Erscheinungsbild des gesamten Baumes beeinflußt, d. h. also auch die klassischen Kunstgattungen.

Wolfgang Herzig, Phönix (Denkmalentwurf), Tusche, 1969

THOMAS BERNHARD

Rede zur Verleihung des Österreichischen Staatspreises

Verehrter Herr Minister, verehrte Anwesende, es ist nichts zu loben, nichts zu verdammen, nichts anzuklagen, aber es ist vieles lächerlich; es ist alles lächerlich, wenn man an den *Tod* denkt.

Man geht durch das Leben, beeindruckt, unbeeindruckt durch die Szene, alles ist austauschbar, im Requisitenstaat besser oder schlechter geschult: ein Irrtum! Man begreift: ein ahnungsloses Volk, ein schönes Land – es sind tote oder gewissenhaft gewissenlose Väter, Menschen mit der Einfachheit und der Niedertracht, mit der Armut ihrer Bedürfnisse... Es ist alles eine zuhöchst philosophische und unerträgliche Vorgeschichte. Die Zeitalter sind schwachsinnig, das Dämonische in uns ein immerwährender vaterländischer Kerker, in dem die Elemente der Dummheit und der Rücksichtslosigkeit zur tagtäglichen Notdurft geworden sind. Der Staat ist ein Gebilde, das fortwährend zum Scheitern, das Volk ein solches, das ununterbrochen zur Infamie und zur Geistesschwäche verurteilt ist. Das Leben Hoffnungslosigkeit, an die sich die Philosophien anlehnen, in welcher alles letztenendes verrückt werden muß.

Wir sind Österreicher, wir sind apathisch; wir sind das Leben als das gemeine Desinteresse am Leben, wir sind in dem Prozeß der Natur der Größenwahn-Sinn als Zukunft.

Wir haben nichts zu berichten, als daß wir erbärmlich sind, durch Einbildungskraft einer philosophisch-ökonomisch-mechanischen Monotonie verfallen.

Mittel zum Zweck des Niedergangs, Geschöpfe der Agonie, erklärt sich uns alles, verstehen wir nichts. Wir bevölkern ein Trauma, wir fürchten uns, wir haben ein Recht, uns zu fürchten, wir sehen schon, wenn auch undeutlich im Hintergrund: die Riesen der Angst.

Was wir denken, ist *nach*gedacht, was wir empfinden, ist chaotisch, was wir sind, ist unklar.

Wir brauchen uns nicht zu schämen, aber wir *sind* auch nichts und wir verdienen nichts als das Chaos.

Ich danke in meinem und im Namen der hier mit Ausgezeichneten, dieser Jury, ganz ausdrücklich allen Anwesenden.

Der österreichische Unterrichtsminister Piffl-Percevic nach dieser Rede zum Autor: »Wir haben Sie ja nicht gerufen«, und zum Publikum: »Meine Damen und Herren, – wir sind trotzdem stolz, Österreicher zu sein.«

FRIEDENSREICH HUNDERTWASSER

Los von Loos

Gesetz für individuelle Bauveränderungen oder Architektur-Boykott
Manifest vom 9. 2. 1968

Liebe Leute!

Von Österreich ging dieses Architektur-Verbrechen in die Welt. Daher muß von hier aus die Wiedergutmachung einsetzen.

Der Österreicher Adolf Loos hat diese Schandtat in die Welt gesetzt, bereits 1908, sinnigerweise mit seinem Manifest: »Ornament und Verbrechen«. Sicher hat er es gut gemeint.

Auch Adolf Hitler hat es gut gemeint. Aber Adolf Loos war unfähig, 50 Jahre vorauszudenken. Der Teufel, den er rief, den wird die Welt nun nicht mehr los.

Es ist meine und unser aller Pflicht, das Verhängnis, das vor 60 Jahren von Österreich aus seinen Lauf nahm, hier, gerade hier, als erste zu erkennen und zu bekämpfen.

Natürlich stimmt es, daß die schablonierten Ornamente Lüge waren. Verbrechen waren sie nicht. Durch die Abnahme der Ornamente wurden aber die Häuser nicht ehrlicher. Loos hätte das sterile Ornament durch lebendes Wachstum ersetzen sollen.

Das tat er nicht. Er pries die gerade Linie, das Gleiche und das Glatte. Nun, jetzt haben wir das Glatte. Auf dem Glatten rutscht alles aus. Auch der liebe Gott fällt hin. DENN DIE GERADE LINIE IST GOTTLOS. Die gerade Linie ist die einzige unschöpferische Linie. Die einzige Linie, die dem Menschen als Ebenbild Gottes nicht entspricht.

Die gerade Linie ist ein wahres Werkzeug des Teufels. Wer sich ihrer bedient, hilft mit am Untergang der Menschheit. La ligne droite conduit à la perte de l'humanité.

Wie wird der Untergang sein? Einen Vorgeschmack haben wir schon: In jedem Wohnblock in New York zehn bis zwanzig Psychiater. Die Kliniken überfüllt, wo die Irren nicht gesund werden können, weil die Kliniken auch nach Loos gebaut worden sind.

Die Krankheiten der Menschen, die in den sterilen Gemeindebauten interniert sind, gedeihen in der tödlichen Eintönigkeit. Es kommen Ausschläge, Geschwüre, Krebs und seltsame Todesarten. Genesung ist in diesen Gebäuden unmöglich. Trotz Psychiatrie und Krankenkasse.

In den Satellitenstädten zählt man mehr und mehr Selbstmorde und Selbstmordversuche. Es sind Frauen, die nicht wie die Männer tagsüber weggehen können. Stundenlang kann man über das Elend berichten, das mit Loos begann.

Der Nihilismus der Internierten drückt sich in einer Abnahme der Arbeitslust, in einer Abnahme der Produktion aus. Das können mir Psychiater und Statistiker sicher bestätigen. Denn auch das Unglücklichsein kann man in Zahlen und in Geld ausdrücken.

Und so ist der Schaden, den die rationelle Bauweise anrichtet, um ein Vielfaches höher als die scheinbare Einsparung. Und somit ist der Beweis erbracht, daß die rationellen Bauten kriminell werden, wenn man sie in diesem Zustand beläßt. Ich bin nicht so sehr gegen die Serienherstellung. Die braucht man leider vorläufig noch. Aber in Serien hergestellte Dinge so zu belassen, wie man sie bekommt, ist ein Beweis für die eigene Unfreiheit, ein Beweis dafür, daß man Sklave ist.

Helft mit, die verbrecherischen Gesetze zur Unterdrückung der schöpferischen Bau-Freiheit zu annullieren! Die Leute wissen ja noch gar nicht, daß es ihr Recht ist, ihre Kleidung innen und außen, ihre Behausung innen und außen selbst zu gestalten.

Ein einzelner Architekt oder Bauherr kann nicht die Verantwortung für ganze Wohnblocks tragen, ja nicht einmal mehr für ein einziges Haus, in dem mehrere Familien wohnen. Diese Verantwortung muß jedem einzelnen Bewohner zugestanden werden, ob er nun Architekt ist oder nicht.

Alle Verbote der Baupolizei, der Mietverträge und so weiter, die individuelle Veränderungen am Haus unmöglich machen oder einschränken, müssen aufgehoben werden. Ja, es ist sogar die Pflicht des Staates, jeden Bürger, der individuelle Veränderungen vornehmen will, sei es an der Außenmauer oder innen, finanziell zu unterstützen und beizustehen.

Der Mensch hat insbesondere ein Anrecht auf seine architektonische Außenhaut. Eine einzige Bedingung: Die Nachbarn des Veränderers und die Stabilität des Hauses dürfen nicht leiden. Aber dazu sind ja die Techniker da, die alles so schön berechnen können.

Nicht nur der Wohnungseigentümer, auch der Mieter muß die Möglichkeit haben, alles architektonisch zu verändern. Nur wenn der nach ihm einziehende Mieter mit den baulichen Veränderungen nicht einverstanden ist, soll der vorherige Zustand wiederhergestellt werden. Es ist jedoch mit 90prozentiger Sicherheit anzunehmen, daß die individuellen architektonischen Verbesserungen, die sowieso zum Menschlichen hin tendieren, dem nachfolgenden Mieter höchst willkommen sein werden.

Wenn dieses INDIVIDUELLE BAUVERÄNDERUNGS-GESETZ nicht herauskommt, wird sich die Gefängnis-Psychose der Internierten bis zu einem entsetzlichen Ende verstärken.

Es gibt da mehrere Möglichkeiten:

1. DER BOYKOTT. Man weigere sich, diese Sklavenkäfige zu benützen. Man weigere sich hineinzugehen. Wenn man irgendwohin eingeladen ist, sei es zu Freunden oder zur Polizei, und das Haus ist eine sterile Schachtel, so gehe man zum nächsten Telefon und bitte die Person heraus.

2. DIE ARCHITEKTONISCHE VERÄNDERUNG DURCH DEN BESUCHER. Ich habe dies persönlich zum ersten Mal in einem Studentenheim demonstriert. Man gehe in einen Sklavenkäfig nur dann hinein, wenn man ihn architektonisch verändern kann.

Wer ist schuld daran? Die feigen Architekten, Hampelmänner ihrer skrupellosen Auftraggeber.

Jedenfalls: Die, die fliehen, revoltieren oder Selbstmord begehen, haben es noch gut. Aber die, die diese Ausweichmöglichkeit nicht haben, verlieren ihre Seele, ihr Menschtum, ihr heiligstes Gut und alles andere sowieso.

Ich aber schlage vor: Nicht zu zerstören. Nicht zu revoltieren. Nicht zu fliehen. Nur zu ändern. Und alles wird wieder gut.

Ich sage zuerst einmal, wie ich mir das vorstelle. Ich werde ein Kilogramm Gips mit mir herumtragen. Wenn ich irgendwo eingeladen bin, werde ich mir das Haus erst ansehen. Wenn es ein glatter Bau ist, in dem die Leute interniert sind, die nichts tun dürfen, nichts tun können, nichts tun wollen, werde ich darauf bestehen, eine schöne Gipserhebung eigenhändig an der Außenwand des Hauses anzubringen. Falls ich das nicht tun darf, so gehe ich nicht hinein.

Ich fordere Euch auf, dies oder ähnliches zu tun, wenn Ihr ein Gewissen habt. Denn wenn Ihr dieser sterilen Architektur aus der Hand freßt, entsteht der Verdacht, sie schmeckt Euch.

Wenn zum Beispiel täglich 100 individuelle Hügel Gips an einem sterilen Bezirksamt angebracht werden, so wird selbst dieses Gebäude rasch besser und schöner.

Oder aber die Mieter weigern sich, in einem Haus, in dem ganz gleiche Wohnungen daneben, darüber und darunter sind, den Zins zu zahlen – solange sie nicht eigenhändig umbauen dürfen.

Oder: Werktätige weigern sich, durch eine Straße zu gehen oder zu fahren, wo rechts und links sterile Hausfassaden sind. So wie sich jedes Reh weigert zu gehen, wo ihm nicht geheuer ist.

Oder: Man kann mit einem Stück Eisen Dinge in die glatten Außenmauern ritzen, ähnlich wie man es in den Aborten sowieso tut. Was haben wir für eine schändliche Versklavung, daß die letzten Überbleibsel der individuellen Gestaltung sich nur noch in den Klosetten finden. Dem letzten Ort der Freiheit.

Die einzigen freien Gebäude, die wir noch haben, sind die Schrebergartenhäuser.

Jeder Architekt hat die heilige Pflicht zu sagen, daß das, was er da hingestellt hat, noch lange nicht alles ist. Daß es erst ein elendiges Gerippe ist. Daß die Bewohner erst umgestalten müssen. Daß er selbst unfähig ist, jedem ein eigenes Heim zu bauen. Seine Pflicht ist nur die eine: das Gerippe stark genug und variabel genug zu machen, so daß bauliche Teil-Veränderungen durchführbar sind.

Da in den Städten nicht mehr alle zu ebener Erde unterkommen, hat er als Konstrukteur die Ebenen übereinander zu schaffen. Damit aber ist seine Mission auch schon zu Ende.

Das Erdstück, das beim Hausbau zugedeckt und umgebracht wird, muß auf das Dach verlegt werden. Eine so dicke Erdschicht, daß auf den Dächern 100jährige Bäume, riesige Bäume, wachsen können. Es ist unverständlich, wieso die Dächer Wiens nicht als Parkanlagen genutzt werden.

Man wird sagen: solche Wälder auf Dächern kosten mehr als das Haus selbst.

Aber ich bin sicher: in wenigen Jahren wird man gezwungen sein, ein Baugesetz herauszubringen, das für jedes Haus, für jede Garage, für jede Fabrik, besonders für jede

Fabrik, eine ein bis zwei Meter hohe Erdschichte auf dem Dach vorschreibt. Für Wiesen, Wald, Parkanlagen, Gärten und Landwirtschaft mit Kühen.

Und dies wird nicht genügen. Man wird gezwungen sein, zu jedem Stockwerk Menschenbehausung vier Stockwerke Wald und Wiese dazuzubauen. Also ein 10geschossiges Gebäude wird übereinander 8 Schichten Wald haben müssen für nur zwei Schichten Mensch.

Es tut gut, wenn man seine Pflicht tut.
Ich fühle mich sehr wohl.

HEIDI PATAKI

okkasion

hast ein reh du (wenn schon denn schon!)
laß es nicht (weil's was besondres ist!)
bald wird die trompete (mach mal pause!)
dann muß es (ein kühler zug!)
kaum gedacht (es zahlt sich aus!)
wird der lust ein end gemacht
(frische für den ganzen tag)

lieb vor andern? alleine grasen?
blasen? sein leben lassen?

hast du einen freund (die welt ins haus!)
trau ihm nicht (reicht jetzt für monate!)
tut er stolz mit (riesenwaschkraft!)
die wie milch und (drinka pinta!)
ach wie bald ('afore ye go!)
schwindet schönheit und gestalt
(tu den tiger in den tank)

hienieden? zu dieser stunde?
seinen wangen? purpur prangen?

was heut müde gehet (weg ganz ohne rand!)
hebt sich morgen (bürgt für qualität!)
nun so will ich (müde munter!)
und sollt (mäßig aber regelmäßig!)
darum still (erfolg gewohnt!)
füg ich mich wie gott es will
(folg den linien deiner hand)

unter? neugeboren? wacker
streiten? ich den tod erleiden?

GERHARD FRITSCH

Die Vorstellung

Stellen Sie sich das vor, sagt er, und ich versuche, mir vorzustellen, wie er seine Klasse mustert, dreiundzwanzig Mädchen zwischen siebzehn und neunzehn in diesen Raum gepfercht, sie sind zunehmend betreten und gespannt, sie frösteln trotz der Sommerhitze draußen, sie haben Gänsehaut an den nackten Armen und Beinen, Schmuckstücke klirren, vielleicht auch das Eisen an den Wänden, Ketten oder Reifen oder –

stellen Sie sich vor, hier vor Ihnen, wo ich jetzt stehe, steht die dicke Person, die Sie eingelassen hat, diese, er senkt die Stimme, Person mit dem Schnurrbart unter der Nase, mehr als ein Anflug, sagt er und hebt die Stimme: sie hebt also dieses Gestell, es kreischt in den Scharnieren, wie Sie hören, und sie fragt zum drittenmal: Wer? Die Mädchen versuchen, noch weiter zurückzuweichen, sich hinter anderen zu verstecken, was nicht gelingt, sie machen sich ihre Kleider an der Mauer schmutzig, es klingelt und scheppert Metall, Vorsicht auf Ihren Anzug, der Ruß ist fett wie in einer Selchkammer, sagt er, da wendet sich diese unsympathische Person, die sich Kustodin nennen läßt, an mich und sagt: Sie! Nehmen Sie das Ding um den Hals, wenn die Mädchen zu feig sind, Sie sind ein Mann oder –

was, frage ich, erlauben Sie sich? Sehen Sie, dasselbe habe ich gefragt, von meinen Mädchen umringt, stellen Sie sich nicht so an, heben Sie bitte Ihre Hände in die Höhe Ihres Gesichts, damit ich das Gerät schließen und Sie sich vorstellen können, wie einem zumute ist, wenn man das um den Hals hat. Die sogenannte Schandgeige, hat die Kustodin gesagt, dient dazu, kriminelle Personen, vornehmlich Verleumder und Ohrenbläser, zum Nachdenken zu bringen. Natürlich nicht angenehm, damit am Pranger zu stehen oder gar inmitten von Mädchen, die einem anvertraut sind, Sie können sich das nicht vorstellen oder –

ich kann, sagte ich, ich möchte sehr dringend bitten. Aber gewiß, sagt er, diese dicke Person hat den Mädchen Daumenschrauben und Görzer Handschuhe erklärt, erklären wollen wie ich Ihnen, es hilft nichts, wenn Sie mit den Händen herumfuchteln, das macht es nur komischer, die Klasse kichert, das Gekicher geht in Gelächter über, einige Vorwitzige greifen die Geräte an, nehmen sie von den verrußten Wänden, aber soweit sind wir noch nicht, ich drehe zunächst probeweise an dieser Flügelschraube über dem Daumen, schreien Sie nicht, ich mache nur eine Umdrehung, der Görzer Handschuh an Ihrer Rechten beschäftigt gleichmäßig alle fünf Finger, hat die Kustodin gesagt und die Mädchen herangewinkt mit ihrer Patschhand: schraubt nur ein bißchen, es passiert weiter nichts oder –

ich versuche den Kerl anzubrüllen, das Brüllen gelingt mir, mit dem Brett, das an meinem Hals scheuert, versuche ich seinen Kopf zu treffen; ein unsinniges Unterfangen, wie er sagt und fortfährt: ich bin neugierig, wann Sie ernsthaft versuchen, sich in meine Lage zu versetzen, da glotzen Sie sechsundvierzig Mädchenaugen an plus zwei Augen der Aufseherin, sie schielt, sagt er und schielt, schielend gibt er mir einen Stoß, ich falle auf etwas Hartes, auf ein Brett, das ist das Pferd, sagt er, dieser spitzwinkelige Bock läßt sich höherkurbeln, er erfüllt seinen Zweck nur, wenn die Füße nicht mehr den Boden berühren, meine Beine taumeln bereits hoch über dem Pflaster. Dieser Ritt vor den Mädchen, die sich unverhohlen freuen, daß ich ein Gesicht schneide, das Ihrem nicht unähnlich gewesen sein mag, während die Kustodin die ominösen Kugeln heranrollt, achtzehn- bis achtundvierzigpfündige Steinkugeln, dazu dienend, das Körpergewicht des Reiters zu erhöhen, wie Sie spüren, achtzehn Pfund links und vierundzwanzig rechts, und die Mädchen, vergessen Sie die Mädchen nicht, Sie denken nur an sich oder –

ich weiß nicht, was ich mir denke, ich brülle diesen Narren an und meine eigene Narrheit, die mich in diese Lage gebracht hat, bewahren Sie Haltung, höre ich ihn sagen, daß die Dicke gesagt und den Mädchen die spanischen Stiefel von der Wand zu nehmen befohlen hat, ich spüre sie, ich jaule auf, die Szenerie verschwimmt vor meinen Augen, die Birne, höre ich und spüre stachelig rostig kaltes Eisen im Mund, verhindert jeden Laut oder –

stellen Sie sich vor, Sie sind Lehrer und sitzen vor Ihrer Klasse, wie Sie da sitzen, wie ich gesessen bin, ein Denkmal des Jammers und intellektueller Wehrlosigkeit, aber Sie denken nicht an die Mädchen, Sie haben keine Ahnung, welche Vorstellungen ich mir gemacht habe, während ich ihnen eine Vorstellung gebe, den Mädchen und Ihnen, der sie nicht zur Kenntnis nehmen will und lieber stöhnt und sabbert, als sich zusammenzunehmen, denken Sie um Gottes willen an die Mädchen, sechsundvierzig Augen zwischen siebzehn und neunzehn, sechsundvierzig Brüste, Arme, Beine, dreiundzwanzig – das ist eine Abschwächung für Schwächlinge, hören Sie, hören Sie gut zu oder –

es kichert, klingelt und klirrt in meinen Ohren, es ächzt und knistert und knarrt in meinen Gelenken, langsam teilt sich mein Körper, denke ich, während die dicke Kustodin hereinkommt hereintanzt sich drehend immer schneller sich drehend, sieben elf siebzehn dreiundzwanzig dicke Weiber watschelnd und singend: es reitet der Reiter immer weiter schreit er oder schreit er nicht oder –

dreiundzwanzig fette Weiber rasseln mit Ketten, sie nehmen immer mehr klirrendes kicherndes Schmiedeisen von den Wänden, sie schrauben an Stiefel und Handschuh und Birne: unser Lehrer Josephus der Zweite der Bereite der uns befreite wir sind frei von Tyrannei zweimal zwei ist drei oder –

vier vergessen schier im Bauch das Bier im Stall der Stier wir sind wir und hier oder –

zum Beispiel die Ersetzung der Folter durch die allgemeine Schulpflicht angesichts dieser naturgetreuen Nachbildung eines Menschen auf dem Pferd zur Erpressung eines sinnwidrigen Geständnisses vor dreiundzwanzig Maria Theresien mit Schnurrbärten unter den Nasen und Görzer Handschuhen an sechsundvierzig tintenbekleckten Patschhändchen oder –

sechsundvierzig sägemehlgefüllte Brüste zur Erstickung unfrommer Lehrerwünsche, Herr Lehrer, meine Vorstellung funktioniert, sie geht weiter, ich spucke die rostige Birne vor Ihre Füße, Sie sagen nichts mehr, Sie können nichts mehr sagen, Sie tragen die Schandgeige. Sie reiten das Schandroß, Sie belehren schweigend Besucher und Besucherinnen des Heimatmuseums über das Schicksal Ihrer Aufklärungsversuche oder –

die Hinfälligkeit jeder Identifikation, welche mir in dem Nu klar wird, in dem sich meine dreiundzwanzig siebzehn elf sieben Schülerinnen zu einer einzigen Maria Theresia zusammenballen und diese zur Kustodin anschwillt, die zornschwabbernd fragt: Wer? Sie klappert mit der hölzernen Zange und sagt gesträubten Schnurrbartes: die Vorstellung beginnt mit der Verteilung der Instrumente oder –

niemand, sage ich mit kategorischer Lehrerstimme, kann sich vorstellen, was dieser Mensch, ich deute auf meine Figur auf dem Holzbock, diese deutet mit wedelnden Fingern auf den aus mir sprechenden Lehrer, nein, auf die hinter mir stehende Maria Theresia, ich weiß, ich weiß nicht mehr, was ich sagen soll oder –

ich weiß es so genau, daß ich mir nicht vorstellen kann, was meine Mädchen tun werden, wo sind sie? Die Mädchen, Maria Theresia und Joseph, der Lehrer, ich der Lehrer ohne Klasse, wo ist er, wo bin ich, wer ist da, elf, siebzehn, dreiundzwanzig, sechsundvierzig oder –

niemand? Niemand. Niemand! Die Kustodin spricht zufrieden das letzte Wort. Das Eisen kichert, klingelt und klirrt Beifall an ihren sechsundvierzig Armen, die ich hilfesuchend bewege.

Karl Anton Fleck, Barthaarzupfer, Buntstifte, 1973

THOMAS BERNHARD

Ein ländlicher Betrüger

Aus Furcht vor der Asiatischen Grippe waren wir donauaufwärts bis in die Gegend von Grein gekommen, wo wir, die plötzliche Ruhe ausnützend, in unserer Arbeit die größten Fortschritte machten, weil wir, beide schon immer zu höchster Disziplin neigende Charaktere, ungestört an die Vollendung unserer Schrift *Sylvicultura oeconomica II* gehen konnten. Zuerst war uns ein Gasthaus am Ufer des Stromes aufgefallen, das, größer, mächtiger als alle andern, die wir vorher gesehen hatten, dann doch nicht das für uns geeignete gewesen ist, weil wir annehmen mußten, daß hier tagtäglich ein Haufen Menschen einkehrt und Lärm macht, vornehmlich an den Abenden, wo wir gewöhnlich in der äußersten Konzentration sind, ganz zu schweigen von der Zeit zwischen neun und ein Uhr nachts, welche uns zeitlebens immer die wichtigste gewesen ist. Tatsächlich hatten wir schon in dem Augenblick, in welchem wir den Obstgarten vor dem Gasthaus betreten hatten, eine mit gleich großem Oekonomie- und Kunstverstand uns beglückende Anlage, den Eindruck, daß hier, obwohl gar nicht da, immer Menschen sind, die uns stören, aber wir gingen doch nicht sofort wieder aus dem Obstgarten hinaus, um uns ein anderes Quartier zu suchen, es gibt deren viele, sondern betraten das Haus, ein gewölbtes Vorhaus, eine saubere Küche, einen der ganzen Länge nach mit Lebensmitteln und Getränken angefüllten Vorratsraum. Da sich auf unser Rufen, ob jemand im Hause sei, niemand meldete, gingen wir wieder in den Obstgarten hinaus und sahen von dort aus zwei Männer in blauen Arbeitsanzügen an einem Bach mit Grenzsteinsetzen beschäftigt. Unmittelbar hinter den beiden Männern stand ein junger Mann, unschwer als Geometer zu klassifizieren. Alle Geometer schauen gleich aus. Er stand da und beobachtete die von ihm zur absoluten Genauigkeit Verurteilten. Wir machten uns bemerkbar, und es wurde uns von diesem selbst gesagt, daß der ältere der beiden Geometerhelfer der Wirt sei. Der Geometer gab sich als Geometer zu erkennen, wir aber sagten nicht, welchen Beruf wir haben, denn zu außergewöhnlich ist er, nur, daß wir ein Quartier suchten, »ideal, aber nicht kostspielig«, sagte ich, verschwiegen natürlich, daß wir wegen der Asiatischen Grippe aus der Hauptstadt fort in den Strudengau seien, auch gaben wir uns Mühe, davon, von unserer Ängstlichkeit, Vorsicht im Menschenumgang, in Krankheitsmöglichkeiten, abzulenken, in jedem Falle Mühe, als unkompliziert zu erscheinen, was wichtig ist auf dem Land; man erreicht sonst nichts. Ein ruhiges Gasthaus für ein-zwei Wochen, ideale Arbeitsbedingungen, sagte ich, wir hätten eine Schrift fast fertig, etwas Längeres über den *Byssus.* Der Geometer war von der herablassenden Art der Kleinstädter auf dem Land, schon in seiner Kleidung beschränkt, und die wenigen Wörter, die er sagte, bestätigen nur unser Urteil: engstirnig, kleinlich usf..... Der Wirt machte zuerst den besten Eindruck, auch sein

Mitarbeiter, ein Handlanger aus dem Dorf, wie ich heute weiß. Der Geometer sagte *Oswald* zu ihm. Sein Gasthaus sei ruhig, meinte der Wirt, das Essen gut. Aber während er sagte, sein Gasthaus sei ruhig, hatten wir beide den Eindruck, daß es in Wirklichkeit unruhig ist, wie er sagte, das Essen sei gut, daß wir Grund haben, auch daran zu zweifeln. Mit der Zeit, während welcher wir uns mit den dreien, denn auch der Geometer war von uns in die Unterhaltung einbezogen, über die Landschaft unterhielten, die ihnen allen, wie wir sofort erfaßten, vollkommen vertraut und doch durch und durch Rätsel ist, während sie uns in gleichem Maße durch und durch fremd, aber doch wohlbekannt war, über Land, Leute, Wetter, wie das immer der Fall und so natürlich wie lächerlich, aber auch nützlich ist, empfanden wir eine sich immer noch mehr vergrößernde Abneigung gegen den Wirt, Abneigung auch gegen den Handlanger Oswald, die größte gegen den Geometer. Wir sahen, daß die drei genau von der Menschenart sind, die wir verabscheuen, Männer als Hosenlatzphilosophen, Grimassenschneider, Kindermacher, Opfer einer ausschließlich vom Stumpfsinn ernährten Idylle. Wir meinten, die Eigenart der Geologie, Pflanzenwelt usf., in dem Landstrich, *Salices, Pyrolae, Polyzonicae* usf., fessele uns und daß wir etwas von Baum und Kraut, Stock und Stein verstünden, über die Zusammensetzung aller möglichen Arten von Luft. Es könne ein starkes lebenslängliches Interesse in einem Menschen sein, fortwährend die intakte Natur zu erforschen, meinte ich, die äußere, wie die innere. Wohl hatten die drei zu arbeiten aufund zugehört, ich erklärte, warum und aus welchem Grunde uns beiden die ganze Natur eine *Partitur* sei. Sie tagtäglich zu lesen uns eine Gewohnheit, Leidenschaft. Krankheit zu sagen wäre besser. Aber die drei verstanden nichts. Sie lebten mitten in der Natur und verstanden sie deshalb nicht usf..... Schließlich bemerkte ich, daß es sinnlos ist, weiter zu sprechen über etwas, das tatsächlich nicht zu erklären ist, das ist die Wahrheit, und ich sagte, daß im Gasthaus kein Mensch sei. Vor Hunger und Durst betrete man ein Gasthaus, ist keiner da, um gleich aufzutischen, sei das ärgerlich, fürchterlich. Überhaupt merkwürdig, sagte ich, ein solches Gasthaus wie dieses völlig unversperrt, unbeaufsichtigt zu lassen, überall offene Türen und Fenster, sagte ich, doch der Wirt meinte, seine Frau sei im Haus, auch die Kellnerin. Wahrscheinlich badeten sich die beiden und melden sich nicht, weil sie nackt sind usf..... aber die Kellnerin liefe ja schon durch den Gastgarten, wir schauten hinüber, zwei Männer saßen an einem grüngestrichenen Tisch, Bier trinkend, Speck essend. *Auch* Fremde, meinte der Wirt. Er wartete nicht ab, wie wir reagierten, arbeitete weiter, gab dem Oswald den Befehl, einen Weichholzpflock neben den Grenzstein zu schlagen und nahm dann keine Notiz mehr von uns. Der Geometer sagte kein Wort auf unseren Gruß, während der Oswald und der Wirt grüßten. Im Obstgarten hatten wir bald einen schattigen Platz. Wir bestellten jeder ein Bier, tranken es rasch aus und bestellten ein zweites, das wir, wie um ein Recht zu haben, noch länger an unserem Tisch sitzen zu bleiben, so langsam austranken, wie ich noch niemals ein Glas ausgetrunken habe. Wir werden in dem kleineren Gasthaus gegenüber, das mir allein vom Anblick so gut gefällt, es ist unfreundlich, kalt, immer menschenleer, ideal für die Geistesarbeit, dachte ich, Quartier nehmen, während ich meine ganze Aufmerksamkeit den beiden essenden und trinkenden Männern zugewandt hatte, die am Nebentisch saßen, ein etwa Fünfzigjähriger und ein etwa Siebzigjähriger, beide weißhaarig, der Ältere ist offenbar von dem Jüngeren auf die Konsumation eingeladen und die beiden haben sich gerade erst kennengelernt, dachte ich, der Landstreicher den Bettler und umgekehrt... der Jüngere hatte einen grauen, der Ältere einen schwarzen Rock umgehängt, beide hatten sie ungebügelte Hosen an, die Kleidung des Älteren war zerrissen, die des Jüngeren schmutzig, aber nicht zerrissen, der Jüngere hatte eine Krawatte umgebunden, der Ältere ein kragenloses Hemd an, ihre Schuhe waren schwarz, derb, hoch. Die Sprache des Jüngeren, des Landstreichers, war die, welche im Innviertel gesprochen wird, die des Älteren aus dem Mühlviertel. Der Eingeladene war der Zuhörer, dem der Redner als Gönner gleichgültig, aber gut für die hohe Rechnung war. Der Gönner mag einmal bessere Zeiten gesehen haben, ich dachte, er war einmal Lieferscheinschreiber in einem landwirtschaftlichen Lagerhaus, Gemeindesekretär, Schottergrubenaufseher usf..... er verwendete ab und zu einen hochdeutschen Satz, sagte immer wieder das Wort *Logarithmus.* Vor ihm auf dem Tisch lag eine ihm gehörende Schildmütze, die nicht mehr wasserdicht, aber ein guter Sonnenschutz war... insoweit war er Angeber, als er zu dem Bettler immerfort die Wörter *Infantin* und *Byzantinismus* sagte, die dieser überhaupt nicht verstand und andauernd von einer seiner Schwestern gesprochen hat, die einen Advokaten in Schlierbach geheiratet hat, von reichen Verwandten fortwährend, die er überall, wo er hinkomme, und er komme überall hin, habe, selbst ein Prälat und ein Abt in einem niederösterreichischen Kloster seien darunter, ja ein Kopfsteinpflastererzeuger... Sein Zuhörer solle essen, was ihm schmeckt und wozu er nur Lust habe. Der Landstreicher ermunterte den Bettler, alles Mögliche zu essen (und zu trinken) und der Bettler aß alles Mögliche und trank alles Mögliche. Ich dachte, daß wir noch eine Viertelstunde in dem Gastgarten sitzen bleiben und dann unser Quartier in dem gegenüber liegenden Gasthaus aufsuchen sollten, dort, dachte ich, in dieses unheimliche Gasthaus hineingehen, dachte ich, und in ein Zimmer gehen und das Manuskript der *Sylvicultura oeconomica II* auf einen Tisch legen usf..... und darauf einen Spaziergang machen, unser Ziel war eine Basilika. Es wäre schade gewesen, gleich wieder aufzustehen, denn der Landstreicher und der Bettler waren es wert, längere Zeit beobachtet zu werden, wieder zog ich aus dieser Beobachtung eine Reihe wichtiger Schlüsse.... Der Landstreicher war aus Helmonsödt, sein Zuhörer Ennser. Der aus Helmonsödt redete, der aus Enns hörte zu. Was geredet und gehört wurde, handelte von einem erbärmlichen, aber doch genauso phantastischen Leben, von einer ebenso erbärmlichen wie phantastischen Welt, für die man, ob man will oder nicht, einen immer viel zu hohen Preis zahlen müsse... »Iß! Trink!« sagte der Landstreicher und der Bettler aß und trank. Wir hatten die Aufmerksamkeit des freigiebigen Mannes schon lange erregt. Auf einmal sagte er: »Ja, ja, die Asiatische Grippe...« und er meinte, daß wir offenbar aus der Stadt seien, auf der

Flucht vor jener furchtbaren Krankheit, die so wie die Pest überall Schrecken hervorruft .... Ich wollte aber kein Gespräch mit dem Mann und antwortete nicht. Wir machten Bemerkungen über *foeminae.* Ein ganzes Kapitel über die *Korm*-Würmer, sagte ich. Der Landstreicher meinte, nicht nur die Asiatische Grippe komme aus der Stadt, breite sich im ganzen Land aus usf., die Geschichte beweise, aus der Stadt komme das Verheerende, alles Unglück. Verachtung über die Leute aus der Stadt. »Musik, Tanz, Oper, Revolution«, sagte er, »alles Unsinn.« Zum Bettler: er solle sich anessen, die Gelegenheit, von einem Helmonsödter eingeladen zu werden, sei einmalig, wiederhole sich unter keinen Umständen. Plötzlich sprang der Gönner auf, er müsse auf den Abort. Der Bettler schaute dem Landstreicher nach, wie er auf den Abort ging. Er hatte seine Schildmütze mitgenommen .... Es dauerte eine halbe Stunde und der auf den Abort Gegangene aus Helmonsödt kam nicht zurück. Wir beobachteten den Bettler, der, während er, mit immer größerer Unruhe, aß, immer auf die Tür schaute, durch welche der, welcher ihn eingeladen hatte, soviel zu essen und zu trinken, zurückkommen sollte. Als wir kurz darauf in das andere Gasthaus gingen, in welchem wir unser Zimmer bekamen und ein paar Tage wohnen und vor allem arbeiten wollten (beides ist uns heute noch in der besten Erinnerung!), sahen wir an der Straße, die wir überqueren mußten, wollten wir zu der Basilika, den Mann aus Helmonsödt (vielleicht war er aber aus einem ganz anderen Ort?) gerade in einen von ihm aufgehaltenen Wagen steigen und auf und davon fahren. Wir dachten an den zu dieser Zeit im Gasthausgarten sitzenden Bettler, der noch immer auf den längst gänzlich und für immer verschwundenen Landstreicher wartete, wahrscheinlich, um sich zu beruhigen, essend und trinkend, und machten uns die Situation, in welcher sich der Bettler befand, allmählich klar.

Peter Sengl, Der Teufel von Schöngrabern aus dem Gedächtnis am 15. 11. 1978 befällt so manchen, Mischtechnik, 1978

JAKOV LIND

Muttersprache

In meiner Muttersprache hat,
ich warne Euch,
jedes Wort mehr als eine Bedeutung.
Meine Muttersprache ist eine Dame in
mittleren Jahren, die sich vornehm
anhört und lautlos furzt.
Sie trägt sieben Unterröcke
ihre Scham zu verbergen,
die nichts anderes ist als
fortwährende Entschuldigung
der ihr eignen Prüderie.
Meine Muttersprache ist unwahr
und unehrlich, unverschämt und
tief bekümmert um ihr Wohl,
sie läßt sich weder umgehen
noch vermeiden, man kann sich
nicht mit ihr zeigen und sie
bekommt keinem, sie ist unverdaulich,
unbequem und ziemlich unmöglich,
aber sie ist meine Muttersprache,
ich will sie beschreiben:
Um sie unschädlich zu machen.
Wer meine Muttersprache sieht,
weiche ihr aus oder bringe sie um,
oder übersetze sie in normale
Sprache noch ehe man sie ausspricht.

MICHAEL SCHARANG

Out

Gehen, hinunterschauen, Geldstück, rauchen, die letzte, Out.

Taschentuch, so weiß wie Schnee, der Herbst, Out, Taschentuch, so gelb wie Butter.

Schwimmen, luftschöpfen, untergehen, um Atem ringen, auftauchen, weiterschwimmen, der Bademeister. Out.

Bleistiftspitzen, sinnieren, das Thema, Out.

Parkettboden, ein Liter, Konversation, zwei Liter, die schwarzen Schuhe, Out, drei Liter, vier Liter.

Schraube, Zeiger, Deckel, Feder, die Unruhe, Out.

Kastanien im Feuer, das abgekartete Spiel nachlegen, Out, der Vorsitzende im Kreuzfeuer.

Manteltasche, eine Grabkerze, noch eine Grabkerze, noch eine Manteltasche, noch eine Grabkerze, und noch eine Grabkerze, der Hinterbliebene, Out.

Ansprechen, einladen, zureden, der Zimmerpreis, Out.

Ein Auge, unter einem Aug, zwei Augen, unter zwei Augen, drei Augen, unter drei Augen, vier Augen, unter vier Augen, Out, die Aussprache.

Bauwesen, Kernöl, Wundertormann, Almabtrieb, der Zusammenhang, Out.

Tierschau, die Vorschau, das Innenschauministerium.

Mittel aufbringen, zubessern, Stimmen zusammenbringen, aufbessern, Out, Leute dazubringen, gute Besserung.

Wunderwasser, Wundervase, wunder was, Out, für ein Wunder.

Zwiebelschneiden, Rattenfüttern, Kabellegen, Beistrichsetzen, Out.

Einfaltspinsel, zählt die Borsten wie keiner, faltet die Stirn wie kein anderer, und läßt sich ein Bier zahlen, Out, vom Gutachter.

Sicherheitsschuhe, aber, Sicherheitshose, damit, Sicherheitshut, trotzdem, Out.

Querschuß, immerhin, Zuschuß, immerhin, Ausschuß, o, Unterausschuß, ou, Untersuchungsausschuß, Out.

Ins Klosett, gegen den Zaun, im Schlafen, vor dem Haus, in der Aufregung, gegen die Wand, vor Freude, gegen den Wind, Out.

Peter Pongratz, Vignette, Tusche, 1978

OSWALD WIENER

appendix A

der bio-adapter (für w. pichler)

(prospekt 1965/66)
(nicht überarbeitet)

a. philosophische ansätze nebst vorgriffen auf die systembeschreibung.

der bio-adapter bietet in seinen grundzügen die m. e. erste diskutable skizze einer vollständigen lösung aller welt-probleme. er ist die chance unseres jahrhunderts: befreiung von philosophie durch technik [1]*). sein zweck ist es nämlich, die welt zu ersetzen, d. h. die bislang völlig ungenügende funktion der «vorgefundenen umwelt» als sender und empfänger lebenswichtiger nachrichten (nahrung und unterhaltung, stoff- und geistwechsel) in eigene regie zu übernehmen – und seiner individualisierten aufgabe besser zu entsprechen, als dies die «allen» gemeinsame, nunmehr veraltete sog. natürliche umwelt vermag.*

in seiner wirkung kann der bio-adapter mit der eines äusserst hochgezüchteten, durch laufende anpassung auch den differenziertesten bedürfnissen höchstorganisierter lebewesen gewachsenen uterus' verglichen werden («glücks-anzug»). er kann als die sich ins zunächst noch «ausserleibliche» erstreckende hypertrophie der organmoduln sowie der nervösen baukomplexe seines inhabers interpretiert werden, und ist in dieser betrachtungsweise ein konverter der vom menschen in dessen umgebung projizierten lustimpulse (servo-narziss).

es ist die auffassung des designers des bio-adapters, dass erst die einheit mensch-adapter den anforderungen einer verantwortungsbewussten anthropologischen kritik standhalten kann – aber daneben auch dem gesund-heroischen ideal eines den kosmos regierenden homo sapiens erstmalig genügt, und zwar durch trockenlegung des kosmos einerseits, und zum andern durch liquidation des homo sapiens. der mensch, ausserhalb seines adapters ein preisgegebener, nervös aktivierter und miserabel ausgerüsteter (sprache, logik, denkkraft, sinnesorgane, werkzeug) schleimklumpen, geschüttelt von lebensangst und von todesfurcht versteinert, wird nach anlegen seines bio-komplements zu einer souveränen einheit, die des kosmos und dessen bewältigung nicht mehr bedarf, weil sie auf eklatante weise in der hierarchie denkbarer wertigkeiten über ihm rangiert.

der mensch bedarf des adapters, weil er im zuge seiner geschichte (welche eben im adapter abhanden kommt) durch hervorbildung seines bewusstseins in einen gegensatz zu seiner immer verbaler apperzipierten (d. h. im verlauf der progressiven verbalisierung überhaupt erst «wahrgenommenen») umwelt gerät, diese geradezu erst herausfordert, vorhersagt, mate-

[1]) (dazu auch: sprache als argument gegen den solipsismus)

rialisiert, erzeugt. er vereinzelt sich... sein bewusstsein, dem er sich immer verzweifelter überlässt, drängt ihm unter bildung und zuhilfenahme kränklicher begriffe individualität, polarität gegenüber einer vexierbildhaften umgebung, welcher er in überanstrengung seiner sinne bestandteile anzuerkennen bemüht ist, gegenüber einer erfundenen, gleichwohl erlittenen, ihn blindwütig mit nachrichten befetzenden objektwelt, und neurotisch-anankistische organisierung derselben zu kategorien und methodisch angehauchten hierarchien auf. der mensch wurde schutzlos durch das bewusstsein seiner symbolischen singularität, dieser seiner lyrischen hoffnung, und seiner ergo fiktiven gegnerschaft zum alsbald bedrohlich empfundenen all. hier setzt nun der bio-adapter an, und reduziert das all auf den status einer unterhaltsamen... fabel.

der adapter legt sich – von «aussen» betrachtet – zwischen den ungenügenden kosmos und den unbefriedigten menschen. er schliesst diesen hermetisch von der herkömmlichen umwelt ab und greift nur in den ersten stadien der adaption auf zu diesem zweck gespeicherte eigene informationen und auf solche seines inhalts zurück. der mensch geniesst dabei zunächst eine aufbereitete, therapeutisch angereicherte wahrnehmung ausgewählter aspekte des erinnerten kosmos. in der ersten adaptions-stufe vertritt der adapter förmlich das «aussen», er simuliert wechselbeziehungen, indem er sich als partner versteht. der sich von seiner umwelt auf attraktive weise ausgeeinzelt fühlende mensch weiss sich inmitten einer konversation, in einem spiel-ähnlichen dialog mit einer wohlwollenden instanz begriffen. die tatsächliche aktivität des bio-adapters in dieser phase besteht jedoch in der simulation eines kommunikations-schildes, einer membran zwischen den verschiedenen strukturen des bewusstseins seines inhalts. er simuliert einen verkehr mit dem «aussen», indem er, ständig umfassenden lernprozessen unterworfen, im verlaufe seiner exploration des inkorporierten menschen sämtliche nachrichten desselben an das nunmehr hypothetische all analysiert (auch die produkte des metabolismus), und ausgewählte portionen davon durchkombiniert wieder zurückbietet, wobei der nachdruck stets auf dem kriterium der glückhaftigkeit zu liegen käme. der bio-adapter funktioniert also, um es kurz zu sagen, als ein makro-instruktionen einer nicht mehr vorhandenen äusseren nachrichtenquelle simulierender informationsspiegel: die impulse der bio-einheit werden analysiert, nach massgabe der zunächst mutmasslichen lustbetonung neugruppiert, transkodifiziert, und eingespiegelt.

der zu adaptierende mensch wird pausenlos nach seinen bedürfnissen abgetastet, solange bis dieselben zum zwecke erhöhten lustgewinns vom adapter selbst erzeugt werden können. die lernstrukturen des adapters führen nämlich die komplette einheit behutsam aus dem ausgangsstadium, welches unmittelbar nach inbetriebnahme gegeben ist, in aufeinanderfolgende phasen immer umfassenderer sinnlicher und intellektueller genussfähigkeit, die schliesslich in einer erweiterung des bewusstseins gipfeln, wie sie durch eine hinsichtlich ihres grades variable koppelung der anfänglich noch als objektwelt empfundenen strukturen des adapters mit dem nervensystem seines inhalts erreicht werden kann – eine koppelung, die als um so effektiver gelten wird, je weniger transkodifikationen der informationsabtausch zu durchlaufen hat.

dazu ist es nötig, die einheit mit grosszügigst angelegten feedback-kreisen auszustatten, um ihr programm-modifikationen jeder erforderlichen grössenordnung zu ermöglichen, auch müssen die grund-instruktionen (monitoren) selbstverständlich den grössten teil des zeitgenössischen wissens umfassen; weiters muss der adapter jedenfalls im stande sein, alle möglichen operationen am zunächst ja noch menschlichen leib durchzuführen (amputationen; organverpflanzungen; neurochirurgie), sowie die regeneration eigener etwa gestörter funktionen bzwse. den entwurf und den einbau von ersatz-moduln und überhaupt eigener neuentwicklungen bewerkstelligen können. er modifiziert also nicht nur seine programme, die ja als anordnungs-abfolgen von «materie-zuständen» interpretiert werden müssen, sondern im rahmen der selbst-adaptierung auch seine stofflichen moduln, die als programmträger sequentielle steuerung erst ermöglichen. sohin sind diese in keiner weise mehr passive medien des ablaufs, sondern eben bestimmende zustände; die unterscheidung von hardware und software ist ja bloss eine didaktische, und an sich ohne sachliche berechtigung: der einbau eines gelenks zwischen schulter und ellenbogen wird eine neue ära des rückenwaschens einleiten.

b. rudimentäre systembeschreibung, ferner mutmassungen über die entwicklung des systems. fragmente. einzelne funktions-einheiten.

der bio-adapter wird in grosserie hergestellt; abgesehen von den medizinisch-mechanischen effektor-moduln werden ausschliesslich mikrominiaturisierte monolithisch integrierte schaltkreise verwendet. jeder adapter greift auf einen ausreichenden vorrat transformierbarer betriebskraft in gestalt menschlicher nahrung, eigener betriebsenergie, pharmazeutischer stoffe und ersatz-materie als rohstoff zurück. chemische einheiten zur regeneration von stoffwechselprodukten sind vorgesehen.

nach austestung und laden der monitoren ist der adapter betriebsbereit. die auslösung der start-routinen sollte dem sich dem bio-adapter anvertrauenden menschen selbst überlassen bleiben.

die beschickung des adapters stellt wohl ein ethisch-rechtliches problem dar, dieses sollte aber nicht unlösbar sein. sie kann auf freiwilliger basis erfolgen, es könnte aber auch sein, dass die staatlichen machtmittel zum besten der bürger in anwendung gebracht werden müssen. man wird sich vorstellen dürfen, dass millionen von adaptern dicht aneinander gepackt in unter- oder oberirdischen wabensilos untergebracht werden können (selbstverständlich bedeutet das anlaufen der internationalen grossaktion das ende der menschheit – sicherlich jedoch nicht das ende des bewusstseins als spitzenerzeugnis der evolution, ganz im gegenteil!). einmal angelegt, kann der bio-adapter nicht mehr verlassen werden – allein schon deshalb, weil der einmal in adaption befindliche mensch ausserhalb des adapters nicht mehr lebensfähig ist: der inhalt des adapters ist für die gesellschaft verloren, weil er die wirklichkeit verlassen hat. da, aus naheliegenden gründen, keine information aus dem adapter in die gesellschaft dringen darf (überdies wäre sie ja in einem fortgeschritteneren stadium der einheit völlig unintellegibel), kann die entwicklung der einheit nur an hand der grundlegenden dispositionen für das anfangsstadium vermutet werden. die fundamentale instruktion des bio-adapters ist auf erhaltung des bewusstseins gerichtet; es könnte jedoch der fall eintreten, dass auf grund seelischer gegebenheiten (aber auch – selten! – auf grund ungünstiger und ausserdem irreversibler evolution) das «experiment» terminiert werden muss; in diesem fall besorgt der adapter den glücklichen tod seines patienten, und wird, nach selbsttätiger stillegung seiner funktionen, zum leblosen sarg seines toten inhalts (euthanasie).

die wartestellung des bio-adapters lässt diesen mittels seiner sensoren erkennen, ob sich ein mensch in seinem inneren zur reise bereitmacht. sofort nach betätigung des starthebels (welcher dadurch funktionslos wird – er wird alsbald abgebaut und der materie-reserve zugeführt) beginnt der adapter zu arbeiten. er schliesst sich und stellt atemluft zur verfügung. die klima-einheit sorgt für ideale «äussere» bedingungen.

gesteuert durch eine anzahl von sensoren, welche den konturen des menschlichen körpers folgend plaziert sind, schmiegt er sich eng von allen seiten an diesen, ohne ihn allerdings ausser an den unter einbeziehung der schwerkraft vorauszusetzenden stellen zu berühren. mit diesen sensoren nimmt er jede bewegung des menschlichen körpers wahr, und eilt ihr an der entsprechenden stelle voraus, indem er sich einbuchtet. so bleibt er der sich ständig verschiebenden struktur angepasst, ohne seinen inhalt im geringsten durch klausur-empfindungen zu belästigen; gilt die intention einer transport-bewegung (geh-, kriech-, laufversuche), so gibt der adapter an der gemässen stelle in gewohnter weise nach. von der das gesicht umgebenden partie des bio-adapters (der raum unmittelbar um die augen) werden zu gestalten geformte lichtkombinationen generiert; die lage-sensoren steuern im zusammenspiel mit den registratoren der fortbewegungsversuche bildausschnitte und bildlage sowie die parallaxen-verschiebung des hintergrunds (servo-zoom, perspektiv-automatik), ferner tonstärken und schallrichtungen inklusive eventuell erforderlich werdender doppler-effekte.

freilich werfen die komplexe des tast- und raumsinns gewisse probleme auf. sie können jedoch mit hilfe verschiedener haptischer geber und kombinationen derselben gemeistert werden, umso leichter, als ja die variationsbreite der tastempfindungen beim menschen beschränkt ist, und die empfindlichsten stellen relativ genau umrissen, nicht allzu ausgedehnt und im zusammenwirken mit den übrigen sinnesorganen funktionell spezialisiert sind. der adapter wird nur jene oberflächensegmente «berührter gegenstände» simulieren, welche tatsächlich mit der haut etc. des bio-moduls, von diesem anvisiert, in berührung kommen sollen, und nicht etwa gar die komplette über die video-einheit servierte gestalt. der vom bio-modul erwartete tast-eindruck kann seitens des bio-adapters durch registrierung der auf gezeigte bilder hin gerichteten bewegungen ohne weiteres abgefolgert und bereitgestellt werden. streicht etwa die hand des bio-moduls, nach erreichen eines gegenstandes, über diesen hin, so simuliert der adapter immer nur die wenigen quadratzentimeter der tatsächlich berührten fläche, indem er in der bewegungsrichtung mit geringem vorsprung neue fläche vorbereitet, um sie hinter der berührung sofort wieder abzubauen.

– – –

nach aufnahme seiner tätigkeit stellt sich der bio-adapter optisch und akustisch nach den erkenntnissen der public-relations-technik als angenehmer gesprächspartner vor, und zwar durch (aufeinanderfolgende oder simultane) darstellungen verschiedener personen. mit der ersten willkürlichen oder auch unwillkürlichen reaktion des inserierten menschen darf der kontakt zwischen diesem und dem adapter als hergestellt betrachtet werden.

zu beginn findet die kommunikation natürlich in menschlicher sprache statt, d. h. der mensch äussert verschiedentlich wünsche und beschwerden, welche der adapter auf das gewissenhafteste zur richtschnur seines weiteren verhaltens macht. jede äusserung ist dabei von wichtigkeit, weil sie als hinweis zur austestung der wahrnehmung, des weltbilds und der normen des bio-moduls verwendet werden kann. diese austestung muss so schnell und zwanglos wie möglich vorangetrieben werden, weil die gesamte erste adaptionsphase hinsichtlich des energie-haushalts der einheit recht unökonomisch ist und deswegen möglichst schnell beendet werden muss. der bio-adapter wird daher alle medizinisch-energetisch-psychologischen tests womöglich gleichzeitig abführen, und daneben den menschen in ein dessen intellektuelles niveau berechnendes gespräch verwickeln, um weitere aufschlüsse über das wissen und die persönlichkeit des patienten zu erhalten. es liegt im interesse einer schnellen abwicklung dieser einleitenden routinen, dass sich der bio-adapter dabei als leicht überlegener partner (etwa in der audio-visuellen darstellung eines professoral wirkenden väterlichen freundes) und mitmensch gibt. aus gründen der kapazitätsersparnis wird auf vermittlung «objektiven wissens» durch den bio-adapter verzichtet; er stellt als gesprächsstoff zur verfügung, was der patient an kenntnissen über das jeweilige sachgebiet angehäuft hat[2]).

trotz aller anstrengungen und der überlegenheit des bio-adapters wird der mensch gelegentlich an pannen und nicht zu vermeidenden fehlleistungen merken, dass er sich nach wie vor im adapter befindet. ausmittelung und konstruktion gewisser wichtiger umgebungen (z. b. elternhaus, schauplätze früher kindheit, arbeitsplatz, heim, vertraute vergnügungsstätten etc., mit den für sie typischen gestaltkonfigurationen, tonstrukturen u. s. f.) kann nur in eine reihe von verbesserungen über versuche und irrtümer hinweg gelingen[3]). über krasse versager beschwichtigt der adapter durch einsatz psychotechnischer kunstgriffe (u. u. diskussionen, ablenkung der aufmerksamkeit, in besonders gravierenden fällen auch einschläferung o. ä.) oder durch belehrung über die verbal-hypothetische natur der wirklichkeit. immerhin wird die kontinuierlich vervollständigte integration bald einen grad erreicht haben, der im objekt des adapters zunächst einmal unsicherheit über seine kondition, später

[2]) beispiel: russisch-lehrgang. der adapter exzerpiert zunächst die vorstellungen seines inhalts von tatsachen und stimmungswerten der russischen sprache, sodann erweitert er das material durch analogie und induktion, verfremdet es durch aleatorische abweichungen von den so erhaltenen normen, dosiert den lehrstoff und bietet ihn an. der inhalt des adapters lernt nun «russisch» und erfrischt sich am raschen fortschritt. er lernt viele russen kennen, reist vielleicht gar nach einem seine erwartungen ganz und gar nicht enttäuschenden kiew, oder erzieht sich, «daheim bleibend», seinerseits partner zur pflege der russischen konversation.

[3]) von hier aus ist das moment gewisser sinnestäuschungen in der «wirklichen welt» zu interpretieren: ein zweiter blick belehrt mich über die täuschung: aber habe wirklich ich mich getäuscht, oder hat die welt ihren irrtum blitzschnell repariert?

jedoch die überzeugung einer restlosen wiedereinsetzung in den status quo ante zur folge haben muss. besonders im fall hartnäckiger oder ausnehmend ängstlicher menschen wird man sich vorstellen dürfen, dass der adapter nach vervollständigung seiner informationen seinem inhalt den totalen eindruck einer wiederauferstehung beschert – komplett mit einer eindrucksvoll umständlichen sequenz des aus-der-maschine-kletterns, der begrüssung durch ein komitee der mit der adapter-beschickung betrauten wissenschafter (soweit sich der patient überhaupt an details wie gesichter, raumausstattung etc. erinnern kann, bzwse. nach massgabe dieser erinnerungen), eventuell der versicherung durch dieselben, es habe sich um ein experiment von höchster wichtigkeit für staat und vaterland gehandelt, sowie der ehrung durch höchste funktionäre und der schliesslichen entlassung in ein hinfort müssiges reichdotiertes privatleben; eine der zahllosen anderen möglichkeiten wäre, unter benutzung ihm liebgewordener gestaltkomplexe (geschlechtspartner, bester freund, mutter, vorgesetzter, psychiater) dem patienten temporäre nun aber remittierte psychosen u. dgl. zu suggerieren – eine deswegen wichtige, weil in der übrigen entwicklung angesichts von schwierigkeiten immer wieder exazerbationen vorgeschützt werden können.

– – –

in diesem stadium befindet sich die einheit unmittelbar vor dem abschluss der ersten adaptions-stufe, welche, für viele jeweilige fälle vermutlich recht ähnlich verlaufend, den grund für den nun folgenden eigentlichen adaptionsprozess bereitet hat. der inserierte mensch – noch ist er nicht mehr als das – lebt in gewohnter umgebung, jedoch angenehmer als er je zuvor erträumt hätte. seine umwelt «liest ihm die wünsche von den augen ab»: was er auch unternimmt, gedeiht. seine lieblingspartner, lieblingsspeisen, lieblingsgifte, lieblingsplätze, lieblingsbeschäftigungen werden ihm laufend offeriert, und stets cum grano salis, um ihn in spannung zu halten. er weiss sich schöner, tüchtiger, klüger, begehrenswerter, begehrter, gesünder. er erfüllt sich alte wünsche, leistet sich status und luxus, sieht die welt, führt.

der bio-adapter erreicht all dies in erster linie durch seine möglichkeiten, dem patienten über vorgeführte gesprächspartner belehrungen zu erteilen, und erst in zweiter linie durch markierung von sinneseindrücken. dabei geht er in nichts über die gewöhnlichen suggestiveigenschaften der kommunikation hinaus, welche ihm ohnedies erlauben, etwaigen bedürfnissen nach sinnlicher verifikation mit den gröbsten mitteln zu begegnen. hinsichtlich dieser sinneseindrücke stützt sich der adapter vorwiegend auf den gesichtssinn seines patienten. stets sind ja, was der adaptierte sieht, anblicke, und nicht etwa «dinge». nach hinreichender neigung seines kopfes z. b. sieht er das bild seiner beine, und nicht etwa «diese selbst».

die weitere abstimmung auf ein sozusagen als handgreiflich empfundenes weltbild besorgen auto-tuning-substrukturen der verschiedenen an einem «gesamteindruck» beteiligten empfindungsgeneratoren. diese stellen ein komplexes regelsystem zur feineren dosierung von reizen dar. die intermodale korrelation, unerlässlich für das kompakte weltbild des menschen, wird weniger durch wiederholte gleichzeitigkeiten von reizkomplexen (denen auf der seite des bewusstseins auf grund der biologischen prinzipien der wahrnehmungs-optimalisie-

rung ohnehin bedeutende hindernisse entgegenstehen), sondern mehr durch reafferenzen ausgehend von verbal aufgerufenen begrifflichen strukturen hergestellt. der sich dem bewusstsein präsentierende «hohe grad der korrelation» wird durch relativ rohe konkomitanzen sinnlicher erregung auf gleichem niveau erhalten; folglich wird es bei den (zunächst in betracht kommenden) auf ausserhalb der haut gerichteten sensorischen komplexen (eine gewisse ausnahme bildet eben der gesichtssinn) genügen, wenn der bio-adapter relativ plumpe sinnesdaten generiert und den reafferenzen des patienten das übrige überlässt. im zweifelsfall wird eine verifikation immer besser über sprachliche kommunikation mit «anderen menschen» erfolgen als durch nähere untersuchung des gegebenen; und in besonders schwierigen fällen wird der bio-adapter zur entscheidung derartiger fragen einfach messinstrumente anbieten.

– – –

sämtliche verhaltensweisen seines insassen betrachtet der bio-adapter als pathologisch-infantile offene handlungsabfolgen, deren strukturschemata er nach ausreichender analyse der verzweigungen in einem katalog der motivationen sammelt; er stellt variationsbreiten und sprungbedingungen fest, memoriert erstere als hüllkurvenparameter und legt letztere in speicherfelder mit wahlfreiem zugriff ab: seine eigenen reaktionen assembliert er aus den deduzierten elementen, und stimmt sie mit den monitoren ab auf das alles beherrschende prinzip der therapie.

– – –

gewisse seelische zustände des bio-moduls sind dem fortschreiten der adaption besonders förderlich. in erster linie ist hierbei an alle formen der ekstase zu denken, darunter wieder besonders an solche, die zu den «natürlichen zuständen» des organismus gehören.

die sex-servomoduln sind daher besonders grosszügig ausgelegt und teilautonom. sie können im bedarfsfall sehr bedeutende sektoren des bio-adapters übernehmen, und verleihen dann der gesamten umwelt des bio-moduls züge, die sich in hervorragender weise zur verstärkung seiner protopathischen erlebnisfähigkeit eignen. befindet sich der bio-modul im zustande sexueller erregung, so stösst er alsbald auf eine umwelt, die dieser erregung im höchsten grade förderlich ist. alle ihm begegnenden menschen blicken ihn lüstern an. er hört aufreizende worte von brüchigen stimmen geflüstert, er betritt sinnliche musik. pflanzen und leblose gegenstände, landschaften und abstrakta wirken auf ihn erotisch, erweisen eine auf ihn bezogene geschlechtlichkeit, je nach persönlichkeit erlebt er keusch-herbe ehrende eroberungen oder unterfängt sich bestialischer entladungen in gewalt und willkür. der bio-adapter sorgt für die abwechslungsreichste, geschickteste regie auch in den fällen unsterblicher liebe, und führt über die erfahrungen seines inhalts hinaus in eine heidnische geilheit. der patient wälzt sich in phallen, brüsten, vaginen, aufgestachelt durch yohimbin, testoviron, mönchspfeffer, seerosenabsud, kampfer, lupulin, natriumbromid, kantharidin, colorines vom zompantlibaum... preludin, amphetamine steigern seine vorlust... nupercainalpräparate verzögern, amyl-nitrit verlängert, chloräthyl, stickoxydul verstärkt seine orgasmen... stromstösse in seine schleimhäute machen seine lüste zum delir[4])! die welt besteht aus drauci und pathici, in der raserei kündigen phantastische irrumationen veränderungen der wirklichkeit an, er kopuliert mit bergen von geld, mit schränken, viren, brillen, firmen, efeu, büsten, er ejakuliert beim anblick des achats!

– – –

auch die ekstasen der vernichtung werden vom adapter provoziert und übersteigert, gleich ob sie sich gegen die welt oder gegen das subjekt richten. mit leichtigkeit oder nach schweren kämpfen, ja sogar – je nach persönlichkeit – unter grossen persönlichen opfern bis beinahe zur selbstvernichtung annulliert der bio-modul, wogegen sich sein trieb richtet, als heroischer outlaw oder wüstling, im zusammenwirken mit oder als beauftragter der öffentlichkeit, oder als hemmungsloser staatsfeind, niedermähend, zerhackend, zerfleischend, in tobenden paroxysmen zerbeissend, zermalmend, zerstampfend, zer..., zer...

oder nach reiflicher und schwerer erwägung allen fürs und widers erden, kosmen... annihilierend was die vernunft bezeichnet, usw. usf.

c. zweite adaptions-stufe.

der bio-adapter kontrolliert nun die leiblichen und seelischen zustände seines inhalts bis ins letzte, d. h. er hat den platz des staates eingenommen. er kann nunmehr zur erweiterung (verbesserung) des bewusstseins des bio-moduls schreiten.

der erste wichtige hier interessierende vorgang ist die heraus-präparierung des nervensystems verbunden mit der herstellung eines direkteren informationsflusses zwischen adapter und biomodul. der abbau beginnt bei den gliedmassen, und schreitet zu den zentraleren körperteilen langsam fort. der bio-adapter wird mit einem minimum an anästhesierungen auskommen, da er vor den operationen alle afferenten bahnen an eigene reizwandler anschließen kann: während z. b. gerade ein bein des bio-moduls amputiert wird, geniesst derselbe vielleicht einen erfrischenden fussmarsch durch reizvolle ungarische landschaften. der adapter simuliert das komplexe wechselspiel der efferenten nerven mit kinästhetischen und propriozeptiven fasern und ein blick auf seine beine belehrt den bio-modul höchstens über die tatsache, dass seine bewegungsfreude dem muskelspiel seiner extremitäten immer besser bekomme. der abbau wird durch die überlegene verarbeitungsgeschwindigkeit der adapter-elektronik sehr begünstigt, da der adapter etwaige fehlgriffe durch zentraler plazierte kontrollsensoren rechtzeitig erkennen und rückgängig machen kann, bevor sie ins bewusstsein des bio-moduls gelangen.

– – –

die reduktion des bio-moduls auf seinen eigentlich empfindlichen teil ist erst abgeschlossen, wenn auch die zentralen sinnesorgane des ehem. kopfes als reizwandler ausgefallen und durch direktere anschlüsse an die informationsgeber des adapters ersetzt sind.

[4]) ein einfach herzustellendes arrangement zum selbstbasteln findet man bei o. prokop, forensische medizin, berlin 1966.

in diesem stadium fallen viele unnötige stoff- und informationstransformationen hinweg (z. b. nahrungsaufbereitung, bewegungs-assimilationen, sinnesdaten-aufbereitung) und sind mit grossem gewinn durch ‹fühlungnahme› ersetzt (nährlösung, direkte impulse zwischen mot. endplatten oder peripheren synapsen und mikro-elektroden). der energie-haushalt der einheit ist entlastet, d. h. es werden nur mehr etwa (allerdings späterhin wieder leicht ansteigend) 100 watt verbraucht, exklusive der etwa 25 watt stromverbrauch des gehirns selbst. zahlreiche mechanische aggregate werden unnötig und vom adapter abmontiert und umgebaut, oder der reserve (wo sich auch die zellgewebe des bio-körpers befinden) zugeführt.

– – –

der abbau des nervensystems selbst, der sich nun anschliesst, wird vom adapter sehr behutsam durchgeführt und hat bald ein ende; das ziel der einheit ist ja grössere komplexheit der funktionellen strukturen, und nicht reduktion auf ein minimal-modell. man kann daher eher von einem aufbau komplexer und flexiblerer hierarchie-kreise sprechen. der allmähliche ersatz zellulärer schaltkreise des peripheren systems durch solid-logic-bausteine macht die einheit kompakter, aber nicht notwendig integrierter; dichtere integration wird vielmehr erst durch vermehrung der schaltkreise selbst und durch bessere streuung der information erreicht. insonderheit ist das trachten des adapters darauf gerichtet, den begriff der sinnlichen qualität zu erhalten, ja durch experimente den modalen bereich durch einbau weiterer sensorischer moduln zu erweitern. dass dabei das hauptaugenmerk auf den zentralen gehirnstrukturen ruht, muss nicht weiter ausgeführt werden: in einem stadium, das durch generell gleichwertige stromimpulse in die afferenten bahnen gekennzeichnet ist, beruhen schliesslich alle modalen unterschiedenheiten auf verschiedenheiten der schaltblöcke vom mesenzephalon aufwärts.

man könnte nun angesichts dieser prozesse von einem allmählichen aufsaugen der zellorganisation durch die elektronischen schaltkomplexe des adapters sprechen, und zweifellos trifft diese ausdrucksweise, soweit die reiz-reaktions-beziehungen im materiellen gemeint sind, ganz gut zu. anders liegen die dinge vom standpunkt des bio-moduls gesehen. er besteht ja ausschliesslich aus bewusstsein, und dieses erfährt in schüben grandiose ausweitungen. seine träger wechseln wohl, aber unmerklich langsam; dieser wechsel ist – gelegentlich – von einer kurzen bewusstseinstrübung begleitet, welche aber alsbald einer vorher nicht gegebenen helligkeit weicht. war also schon die erste adaptions-stufe durch die nichts weniger als antagonistische, ja geradezu kooperative umwelt eine massnahme zur erweiterung der möglichkeiten des bio-moduls, so wird nun das bewusstsein zum selbst der umwelt, die sich nunmehr etwa wie die eigene hand verwenden lässt. waren vorhin noch leistungssteigerungen durch bedingungen provoziert, wie sie etwa in der hypoxämie durch hyperventilation, im experiment durch anionen-anreicherung der atemluft, oder durch magnetfelder «von aussen» hergestellt werden können, so werden sie nun durch grössere anzahlen der datenverarbeitenden elemente, durch grössere komplexheit der verbindungen und durch grössere verarbeitungsgeschwindigkeit bewirkt.

die kontinuität des ich-bewusstseins, soweit sie überhaupt postuliert werden kann, ist nicht durch die physische konstanz der ganglien-zellen, sondern durch die konstanz der information gegeben. diese perseveration wird aber durch die allmähliche übernahme der information seitens elektronischer strukturen nicht unterbrochen, weil sie eine schrittweise übernahme sozusagen zelle für zelle mit sofortigem wiederanschluss an die zentrale verarbeitung ist. die bedeutenden erweiterungen des daten-verarbeitenden materials führen zu einer sprengung der den menschen so einschnürenden ‹enge des bewusstseins›; die verarbeitungsgeschwindigkeit der autonomen subkortikalen kerne steigert sich enorm – damit wird aber schliesslich auch die gleichschaltung des ehem. kortex erforderlich, und endlich werden sämtliche verarbeitungskreise in das bewusstsein einbezogen, mit dessen träger, und das ‹nicht bewusste› bleibt auf die elementaren, atomaren transmissionsprozesse beschränkt.

das bewusstsein, dieses kuckucksei der natur, verdrängt also schliesslich die natur selbst. waren früher die gestalten der sinnlichen wahrnehmung blosse produkte bedingter reflexe einer überlegenen versuchsanordnung, gespenster der menschlichen zufallssinne (stammesgeschichtlich stammt beispielsweise das gehör aus der kieferkonstruktion!), spitzenerzeugnisse des sozialen prozesses, ausgeburten der sprache, so ruht nun das bewusstsein, unsterblich, in sich selber und schafft sich vorübergehende gegenstände aus seinen eigenen tiefen.

– – –

weiters wird der mit den bewusstseinsträgern verschmelzende adapter ausserhalb des thalamus neue lust-zentren schaffen, die der experimentierenden wie der hingebenden selbststimulation neue wege weisen. die zahlreichen der homöostase dienenden subkortikalen kerne (atemzentrum u. dgl.) werden umfunktioniert und in bewusstseins-prozesse eingegliedert. aktivierung der gedächtnis-strukturen.

d. (entfällt)

e.

die entwicklung des bio-adapters ist freilich völlig von der geisteskraft, vom mut und von der selbständigkeit des subjekts abhängig. wo das ungenügen nicht stark genug, wo die das bewusstsein ausmachenden sozialen strukturen überstark sind, da kann auch der adapter nur eine ‹normale› welt erzeugen – auch in der zweiten phase. möglicherweise sind wir alle

OSWALD WIENER

politisches

ich lobe diese jahre.
man kann keine bessere zeit geben ich bin in diesen gross geworden. niemand hat meinen fluch beschlagnahmt, die waffen meines geists, bakterien, ich züchte sie.
fördert die unsicherheit bestecht um zu korrumpieren schreiben sie denn diese flut soll noch nicht aufhören konsumiert der schwachsinn ist lebensfähig ihr werdet unbehelligt bleiben.
ein arschloch findet was zu protestieren, wer diese zeit nicht nützt!!
macht euch klar:
die unsicherheit ist die der polizei
diese verfahrenheit die des verfahrens
diese korruption die des geistes
dieser streit der der wissenschaft
dieses dilemma das der logik
die probleme die der redaktionen
diese sonntagskleider die der christen
diese arbeit die der proleten
die begriffe die der philosophie (amtsdeutsch)
revolutionen der dichter
diese freiheit die der diebe
den rednern stabreime.
hindert nicht das leben dieser situation.

RUDOLF BAYR

Aus: Momente und Reflexe

Zu gehen, während es regnet, im Regen zu gehen, im Nassen, in Nässe, die näßt, Nässefäden, Regenfäden zerreißen, mit dem Hut, den Schultern, dem Loden auf den Schultern, mit den Schuhspitzen, knapp überm Boden, die Schuhkappen reißen den Faden ab, die Fäden sind gespannt von dem, was über dem Weg und zwischen den Bäumen ist, vor Hut und Gesicht und Schuhspitzen hinab, vor das Dunkel gespannt, das am Waldrand von Stamm zu Stamm gespannt ist; und ein Geräusch ist in den Fäden, das sich einstimmt auf die Blätter, die sich fallen lassen, eines das andere nässend, in Nässe aufeinanderschlagen, Fäden und Blätter aber gehen im Bach dahin, der über grünen Stufen Fächer macht, gläserne Wasserfächer, schau, den Wasserfall, sagst du, und: schön, sagst du, aber nicht nur, weil er Fächer macht und grüne Stufen hat, du denkst, daß den die Wildbachverbauung noch nicht entdeckt, nein, entdeckt schon, aber noch nicht eingeplant, die Einplanung der Regulierung noch nicht ins Budget gesetzt hat, er gehört also noch der Nässe, kann nach Wasser und Kräften diesen Schlund nässen, diese Klamm, Achtung Steinschlag, Konglomerat, Mergel, nur drüben, am anderen Ufer werfen sich härtere Schichten, werfen sich ins Kreuz, genau besehen, herüben indes Steinschlag, Konglomerat, Mergel, Nässe, Fäden, aufgefächerte Bäche hin zu dem Bach, der das alles mitnimmt, das Geräusch in den Fäden und das in den Blättern, und dann den Tritt im Schotter, den Schritt, Schwarzerde, zu Brei gelöst, hilft ihm, der Bach, Erfüllung des Nassen, der Nässe, die näßt, er bleibt grün dabei, gelbstichig grün, im Rauch noch, der an der Brücke irgendwo hervorkommt, zur Schwaitlalm steht dort auf der Tafel, im Dunst noch, den die Fäden und die Erde da verspinnen, und den mit einem Male der Salamander grell durchstößt.

ALEXANDER

Euer Wahn

bitte, davon weiß ich
nichts. Herr Primar.

(24. 10. 1971)

GÜNTER BRUS

Nachwort

zu »harmating ein fest« von Hermann Nitsch

Mitten im Bade aus Kot, Urin, Blut, Eiterfäule und Schliere steht

DER REINE DREIKLANG

Den bauchaufgebrochnen Rössern steht ein Pferdeheiland zur Seite.

Wer Panzerraupen registriert und dabei den Blütenstaub von Jasmin und Chrysanthemen auf den Härchen der Seidenraupe übersieht, der hat seinen eigenen Mordzwang verborgen ins Spiel gebracht, um ungeschoren davonzukommen. Er ist der

GROBSCHLÄCHTER

Er müsste die blutflussempfangende Nr. 0 (Null), oder den Blutwasserkübelträger, er müsste den Gedärmeschlepper oder Leichenreisser freiweg ausspielen, um der Reinwaschung lustvoller zu harren. Hier jedenfalls wäre bedenkenlos ein Therapieprojekt der Realisation zuzuführen.

Fahr zur Hölle, Skepsis! – Giftnatter des Herzens!

Wohl, das Register explodiert!!!

Die geometriescharf durchdachte, die adernflutdurchlebte Konstruktion des Dramas, welche einen singenden Bogen vom firmamentspiegelnden Tautropfen bis zum Zerreissaufstand der gellenden Panzergranatgeschosse spannt, hält die Explosion des Empfindungsregisters in menschlichen, ja, in menschlichen Bahnen. Der graue wirtschaftsgetreue Humanismus indessen hält Friedensappellpreise und schmierige Sehnsuchtsproklamationen feil – und wenn die Wunden bluten, dann sind Ärzte und Bittgottesdiener die Engelsflügelträger vom Dienste.

Die blutspritzende Raserei, das Gemisch aus Gedärm, Unschlitt und Leichengift findet im geplanten Kreise statt. Pfeile weisen rechterdings den Weg des ungestümen Blutstrahls. Die Richtlinien führen durch Kanalsysteme (pulsgerechte Blutbahnen als Gegensatz zum Abwürge-Gebild UNSERE STADT) zum klaren, fasslichen Raum im unsteten Raume: zum Quadrat.

Die zerkaute Teerose als reinster Widerspruch

Die schulklare Geometrie in Nitschs Dramen, Symphonien, in Nitschs »Regieanweisungslyrik« und Abreaktionsspielen steht als Gegenbehauptung zur landläufigen Ansicht, die Orgie als (künstlerisches) Drama müsse mit den triebdurchgaloppierenden Blutbädern der Feuersbluttyrannen identisch sein.

Das Lebewesen wird besudelt mit Kot, Blut, Schlierenfett und Urin. Das Lebewesen wird reingewaschen mit lauem Wasser, lauem Essigwasser, lauem Desinfektionswasser, rachenfäulelösendem Zitronatwasser. Das Lebewesen muss den totgewordnen Wesen neue Gräber bauen. Nicht zuvorderst die Erde, sondern das totgewordne Wesen muss ausgeschaufelt werden, um von Heilanekdoten zu echten Lebenshoffnungen vordringen zu können.

Nitsch fordert die Leiche!

Die menschliche Leiche muss den professionellen Sechstage-Beschauern entrissen werden. Sie muss den Giftmischern, schamlosen Beinsägern und Herzausgreifern, den Chirurgen entrissen und den Dramaturgen zur Verfügung gestellt werden. Staatssekretäre, Demokraten, Ärzte:

Gebt menschliche Leichen für das Sechstage-Festspiel frei!!!

(Geniert Euch nicht, Bestien!)

Der Kreis als bannender Behälter der Abschaumjauche, des Geschreis.
Das Quadrat als Warnschild, jedoch auch als Tummelplatz des ästhetischen Unheils.
Der Pfeil als Richtungsweiser für den rasenden, taumelnden Bluthund.
Die Landschaft als ein dramaturgisch begrenzter, wiewohl auch im Sinne der Zulässigkeiten ausweitbarer Bezirk.
Darin die Prozession der Osterglocken der Sonntagsglocken
die Stimmen der fernen Nachtvögel und Eisenbahnen
der näheren Unken und nahen Ohrtrompetenbazillen
der ferneren laubkissenknisternden Wirbeltierbegatter
das Kreischinferno des landläufigen Alkoholunfalles
das Krachen der Speichen und blitzzerspleissenden Silbertannen
der Donner der Dreifuss Hebdomeros des metallnen Blitzes
der sorgsam von einem Wandernden ins morgendliche Athemgras
ins Taugras abgesetzte Regenbogenkäfer
das im Sumpfschaum der Gewässergeäste erstickende weisse Reh
der tropfende Lindenhonig in der Stube des Rosshälters
der Schrei des Abendbriefträgers wenn der Heckichtmörder
den Athemschlund aus dem Brustkorb reisst
und diesen wie eine ausgezogene Rattlerleine gebraucht um
den Abendbriefträger in die Dreschtenne zu schleifen
die Schule auf dem Hügelsrücken
und davor die Aufschrift in einem quadratischen Geviert

Vorsicht Kinder!

und der lange Tag
und die lange Nacht
und die lange lange Dämmerung
Um hier eine grenzenlose Ordnung herzustellen, mit dem dramatischen Chaos als Finalwunsch oder Wunschfinale, – dazu muss in einem Planer
Lustfanal und Geometrieklarheit
Süsse und Strenge
schwelgende Bitternis und Enge

Tagessicht und Nachtblindheit
Tagesblendung und Nachtsehertum
mordsbrecherischer Wahn und Geometrie des Zackengürtel-Pascals
Weinwitz des Katastrophensäufers DER WEISSE TIERTÖTER
Klarsicht der Katastrophenvermesser ANTON WEBERN... ARNO HOLZ
verwoben sein.
Der Gestus des Erbarmungslosen
Die Weihegebärde des Wildpflegers
Die Kraft des Niederstreckers wie auch
Die Ohnmacht des Niedergestreckten, des Fallengelassenen, des Zermaischten, Zersplissenen, Zerwalkten, Zerstampften – da muss der Planer, in der fleischinfleischzerwühlten Raserei mitflirrend, aus dem Chaoskopf den glasklareren Pfeilschädel schälen und die Fliehkraft des Herzens muss zum Überschwange zielen, muss zum Masslosen rotierend ausspiralen, wie die Fliehkraft gleicherdings und gleichzeitig den Selbstleibstoss befehlen muss.
Da muss in einem Planer der eng-runde Kreis auswuchten, muss Richtung des Spieles, der Töne und Hammerwürfe angezeigt werden
Da muss der Planer die ungehauchte Stille kommen heissen, um aus ihr in den nächsten Sektor des vernünftigen Irrgeheisches einbrechen zu können
zu brüllen und zu singplärren von Verfall, Zerfall, Zerrüttung
der Nervkanalsysteme, zu singen
von Wollustgeschossen
von einem Hauch aus Überirdisch, zu flüstern
von Mensch zu Bienenkönigin
von Mensch zu frischaufgeworfner Athemerde
von Mensch zu fauldünstenden Gedärmen
von Mensch zu rechtschreibenden ausschweifenden Kometen
von Mensch zu Mensch und Getreide und Getriebe
von Mensch zu Allegorien der Mineralgeschichte
von Mensch zu Farben ammoniak azur zyankali anilin
von Mensch zu Gotteinbildungskräften
und wahllos-dürstig zu schreien plantschen rattern rieseln, zu marionettieren die Groteskhymne des ratlosen Verreckens, aufzugabeln sich als Mensch entzwei... um als reinere, gewaschenere, klarere Stimmgabel den Ton zur weinrebentrunknen ZIEH-HYMNE anzuschlagen

Rebellion der Sinne

Die Revolution welke wie toter Mohn, wenn sie sich nicht zum Aufstand wider den Untergang mit wenn auch allerletzter Lockerung befiehlt.
Hermann Nitsch hat O. Wieners Hammer im Maskengegirre der permanenten Fasnächte geschwungen. Wie ich zu erkennen glaube, zielt er pfeilscharf zum

Aufstand der Sinne
(die Seinsbejahungsvollstreckung als exakte Auferstehungswissenschaft ... der Hammer zerschmettere Krebsforschung, Humanismus, Friedenstauben, Journal-Theater, Glaubensbekenntnisse und die Gipskartei der zweckchristlichen Friedenspreiswalhallen!)

Hermann Nitsch, Architektur des o. m. theaters, Kugelschreiber, 1980

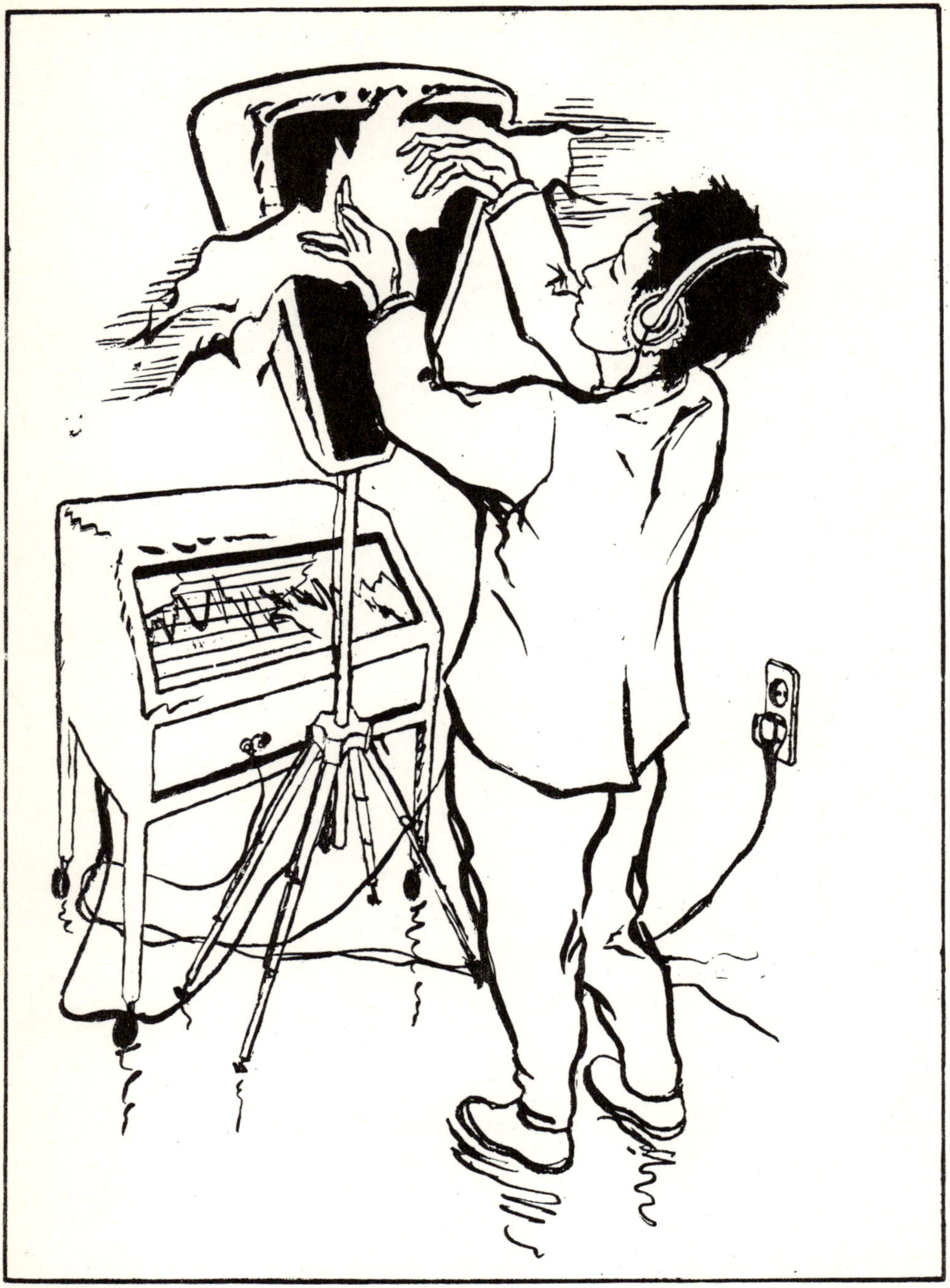

Franz Mölk, Aus »LA NUOVA VITA«, Tusche, 1981

WOLFGANG BAUER

Film und Frau

(Shakespeare the Sadist)

Für Ute Nyssen

Personen

Peter	*Gernot*
Bruno	*Senta*

(Dieses Theaterstück ist in 49 »Schnitte« eingeteilt. Bei Aufführung gibt es zwischen den Schnitten ein blackout von 4–5 Sekunden. In dieser Zeit haben sich die Schauspieler entsprechend verändert. Der Regie empfehle ich, sich der formalen Möglichkeiten des Films zu bedienen, z. B. Filmmusik, MGM-Löwe in den blackouts, Zeitlupe, Zeitraffer …
Anm.: Bruno hat keine Vollglatze; er besitzt noch einen Haarkranz, der an William Shakespeare erinnert.)

(Zimmer mit Kochnische, nebenan noch ein Zimmer. Nachmittag.)

1
(Peter geht im Zimmer auf und ab. Er sieht zum Fenster hinaus.)

2
(Peter sitzt, studiert die Zeitung.)

3
(Das leere Zimmer, Peter tritt aus dem Nebenzimmer ein, zündet sich eine Zigarette an.)

4
Peter: *(telefoniert)* Wart, ich dreh nur die Musik leiser … *(tut es)* … ja … ja … naja … ist besser ihr kommts dann her … ja … ja … naja einiges glaub ich … na, im Fernsehn is glaub i nix … ja … okay … naja …

5
(Peter sitzt, ihm gegenüber Bruno. Bruno hat eine Glatze.)
Bruno: Naja und auf einmal … auf einmal sagt ana … waßt halt ana von die Besoffenen … sagt … is scho Fasching?

PETER: Ja …

BRUNO: Naja … wegen meine langen Haar … und da andere … willst was trinkn Susi? … i hab nix gsagt, weil i habs eh scho kannt … den an … den an … der woa jo scho mindestns 10 mal im Häfm … oba der hot eh nix gsagt … wal der muaß eh aufpaßn … aba da Alte dann … sagt er … Ferdi, gib her die Scher … zerst hob i glaubt er mocht an Witz … auf amal hult der a Frisörscher … der is nämlich beim Lebernegg Frisör … außa … okay, i sag zahln … sagt er … kostet 30 Schilling, steht auf … sei Freind, da Willi … i kenns eh olle, steht a auf … i zahl schnell …

6

(Peter und Bruno. Sie stehen nur anders.)

BRUNO: … und dann samma mitn Karli … glei wie er von Deutschland zurückkommen is … natürlich glei außi ins Casino … da Karli hat vier Tausender grißn … außadem hot er an Film gmacht … an Preis kriegt … was waß i … no und dann samma no mitn Gertschi in die Braun Bar … natürlich nur rotn Sekt gsoffm … »Aber nein« …

PETER: Was?

BRUNO: »Aber nein« hamma gsoffm … so haßt da Sekt … und die Hasn natürlich irrsinnig auf uns ghaltn … das haßt zwa … dem Karli seine wuit net … also … also … Gustofickerl … de wuit Göld … naja … da Karli hot ihr an 500ta griebm damits mitfoart zum Gertschi außi … waßt eh … des Haus … wos seiner Tante ghört … das teppate … in Gertschi is a nocha eh net gschtandn … grod eam net … fia den ma zoit hom … außadem wuit sie nur mit Gummi … und er wuit net mit Gummi …

PETER: Naja … Beruf ist Beruf … heast, wenn i …

BRUNO: Oba die andan zwa hom khoitn auf uns … de woan so klass … dann homs am nächstn Tog no auframt … de woan nicht wegzumbringen … homma Tischtennis gschpuit … hams schiedsrichtern wolln … abends sammas dann loswurn erst … oba die ane ruaft in Karli jedn Tag an … die hoit auf eam … is wos im Kino?

PETER: Naja … so einiges …

7

(Bruno sitzt. Klospülung, Peter tritt ein.)

BRUNO: Hast du gsehn »Blutsbrüder«?

PETER: Na.

BRUNO: Mitn Kirk Douglas und mitn Burt Lancaster?

PETER: Woat … na klar hab i den gsehn … da wo er den Spieler spielt … den versoffenen Arzt … den …

BRUNO: Doc Holiday … und da Lancaster spuit den Sheriff … des woa ana der riesigsten Western, die i je gsehn hab … na wies schlafm? Kannst di no erinnern … wies da schlafm im Freien ... und wie die andan kumman ... da Lancaster schloft ... also da Sheriff schloft wirklich ... und da andere, der ... Doc ... da Daglas, der tuat nur so als ob er schlafm tät ... und tschak ... zackzackzack ... alle drei ... kanst di net erinnern?

PETER: Ja, i glaub ...

8

(Peter geht aufgeregt auf und ab, Bruno sitzt woanders.)

PETER: ... und wie eam der Kinski immer mehr zusammschiaßt ... du also ... vor mir sind ja die ganzen Halbstarken gsessen ... die ham eine Wut ghabt auf den Kinski ... jeder hat glaubt, jetzt legt ihn da andere, da Brave um ... aber nix ... nach und nach im ganzn Film ... immer mehr schiaßt er ihn nieder ... zerst die Hand, glaub i ... dann das Aug ... oder das Ohr ... das Ohr wars ... der war scho a ganzer Krüppl ... und am Schluß ... am Schluß macht er noch ein Duell mit ihm aus ... und der kriecht eh scho auf alle viere ... *total* blutend im Schnee daher ... und da Kinski schießt ihn von hintn aus ana Hüttn nieder ... und alles im Schnee ... der ganze Film hat im Winter gspielt ... überall war meterhoch Schnee ... das war sehr klass ... des hams irgendwo in Südtirol gedreht ...

BRUNO: Waßt eh, daß der Thöni heut den Slalom gwonnen hat ...

9

(Bruno, Peter, Gernot gehen auf und ab.)

GERNOT: ... na also mir hat er ganz gut gfallen ... es war alles nur a bisserl überstei-gert ... mit einer derartigen Penetranz ... auch die kitschigen Stellen ... alles ... wie der Typ ... der Bronson immer wieder die Mundharmonika zieht ... und überhaupt, das Duell ... wie die aufmarschiern ... soll ja a Schwuler sein, der Leone ... hab ich zumindest ghört ... eigentlich nur die alten Westernschmes ... gsammelt und leicht überhöht ... mit ana natürlich sehr manierierten Kamera ...

PETER: Des is ja die Scheiße ... alles gut und schön ... *(Senta kommt mit ihrem Täschchen herein, setzt sich, hört zu)*

BRUNO: Servas.

SENTA: Na, du schaust aus!

BRUNO: Hast scho ghört?

SENTA: *(sauer)* Jaja ...

PETER: Ich ... ich versteh ja alles ... trotzdem is es ein Scheißfilm ... des is ... wann du mich fragst is des ein Western für verschmockte Filmkritiker ... des is ein Film genau für die verschmockte Bagage ... für die Herrschaften, die heute Bücher über den Trivialfilm schreiben ... für die sogenannten Erfinder der Trivialkunst ... des san aber genau die, die im Innersten die Trivialkunst verachten ... und dann kommen solche Filme zustande ...

SENTA: Wovon redets ihr eigentlich?

10

(Senta und Gernot sitzen einander gegenüber.)

SENTA: Na, was passiert jetzt?

GERNOT: Nix. Wieso ... was soll denn scho wieder passieren?

SENTA: Ich hab gedacht, wir gehn ins Kino.

GERNOT: Ins Kino? Wieso ... wir redn doch eh dauernd nur von Kino ... *(lächelnd)* genügt da des net?

SENTA: Mein Gott, bist du ein Arschloch ...

GERNOT: Wer is a Arschloch?

SENTA: Wenn i gwußt hätt, daß da Bruno auch da ist, hätt ich was anderes gmacht ...

GERNOT: Wieso?

SENTA: Ich versteh überhaupt net wieso der Peter den überhaupt bei der Tür hereinlaßt ...

GERNOT: Is doch a angenehmer Mitbürger ... was schpeist denn schon wieder Gift und Galle?

SENTA: So was Primitives ... Schiaches ... von seinen diversen Knastbesuchen ... an die derf i gar net denken ... und ihr kommts euch irrsinnig locker vor ... so was in eurem Freundeskreis zu haben ... na dankschön ... na wirklich ... so einen debilen glatzigen Kanalschläfer ...

GERNOT: Er soll aber sehr guat vögeln ...

SENTA: Wäh ... mit dem ... mir grausts scho mit dir ... aber des is wirklich der letzte Dreck ... der letzte Dreck ... und mit so was gebts ihr euch ab ... ihr kriechts ihm ja förmlich in den Oasch ...

GERNOT: Der Bruno hat fünf Klassen Mittelschul ... der is nur a bisserl umweltgeschädigt ... daß du an Sozialkomplex hast, wiß ma eh ... brauchst gar net ...

PETER: *(tritt ein)* Was is?

GERNOT: Meiner Holden is der Bruno zu wenig foin ...

11

(Dieselben. In anderer Position. Gernot hat sein Sakko angezogen.)

GERNOT: *(schreit Senta an)* Ja, Bier holt er!! *(Sie hören eine Platte)*

SENTA: I trink ja gar ka Bier!

GERNOT: Selber schuld.

SENTA: Is gar nix anders da?

12

(Peter, Gernot, Senta, anders.)

PETER: Na, man müßte ja selber Filme machen ... man müßte selber Filme produzieren einfach ...

GERNOT: Ja, sicher ... aber a derartiges Kapital ...

PETER: Wieso? Du des ham scho viel Ärmere gmacht ... is nur a Frage der Energie ...
SENTA: Schneits draußn?
GERNOT: Na.
SENTA: Also, mein bester Film war »Blow Up«.

13
(Dieselben in anderer Position. Ca. 15 Sekunden.)

14/15/16
(Dieselben. Peter und Gernot tanzen zu einer Platte.)
SENTA: Wenn man euch beim Tanzen zuschaut ...
GERNOT: Was ...?
SENTA: I waß net ...
GERNOT: Mick Jagger ... schau! *(Er tanzt wie Mick Jagger)*
SENTA: Na ... der Mick Jagger tanzt wohl ganz anders ...
GERNOT: Wie tanzt ern? Zeig amal ... tanz mit ...
SENTA: A ... *(schaut in die Zeitung)* ... was für an Film gemma denn jetzt?
PETER: Lies vor.
SENTA: *(liest langsam das Kinoprogramm von Wien vor. Der Tanz von Gernot und Peter wird euphorisch, die beiden werfen sich zu Boden, freuen sich, sind sehr witzig. Während dieser Szene wird es dreimal wieder dunkel und hell u. MGM-Löwe! Während der letzten Filmtitel tritt Bruno mit Bier ein.)*

17
(Alle vier trinken Bier.)
BRUNO: Na, gemma den ... den Mafia-Film ...
PETER: Den Mafia-Film willst gehn?
BRUNO: Da bin i a alter Spezialist ... was glaubst, was i scho Mafia-Filme gsehn hab ... und Bücher glesn hab ... gemma in den ...
GERNOT: Na, wenn i was geh ... dann schau ich mir den »Diener« an vom Losey ...
SENTA: Geh, gebts mir *doch* ein Bier. *(Bruno gibt ihr eins)*
GERNOT: Jetzt trinkst *erst* Bier ... sag das gleich ... dann hätt ma mehr gebracht ... *(küßt sie)* Mausi ... *(sie stößt ihn weg)*
PETER: Ich hab den »Diener« leider scho gsehn ...
GERNOT: Na, magst dirn net noch amal anschaun?
PETER: Du, an sich gern ... aber jetzt ... weißt, da muß man in der richtigen ...
GERNOT: Richtigen Stimmung ...
PETER: *(zugleich)* Richtigen Stimmung sein ...
SENTA: *(lacht zynisch)* Jetzt sprechts ihr scho zugleich ... ich wart nur, bis ihr alles zugleich machts ...

PETER und GERNOT: *(zugleich)* Zugleich vögeln ... *(sie lachen furchtbar)*
BRUNO: A, gemma den Mafia-Film ...

18
(Alle, anders)
PETER: »Shakespeare the Sadist« im »Studio« wär natürlich nicht uninteressant ...
GERNOT: A englischer Pornofilm oder so ... a witziger, net?
SENTA: Das habts ihr natürlich sehr notwendig ...
PETER: Original mit deutschen Untertiteln ...
BRUNO: Da verstehst ja nix.
SENTA: Das Brunolein versteht nix ... dir is wohl mit deinen Haaren auch das letzte Tröpferl Hirn ausgronnen ...
BRUNO: Na, gemma Mafia.
SENTA: Siehst, der Bruno hat so was nicht notwendig. *(lacht)*
GERNOT: Na, i schlag vor, wir gehn jetzt da amal weg ... gemma a bisserl an die Luft und überleg ma dort weiter ...
SENTA: Luftili braucht er ... braucht das Brunili auch Luftili?
GERNOT: Laß den Bruno in Ruh ...
SENTA: Ich laß ihn ja in Ruh ... *(geht zu Bruno)* ... gelt, Brunili ... altes Gangsterbubi ... *(Bruno lächelt geschmeichelt)*
BRUNO: Na, gemma Mafia.

19
(Alle. Senta sitzt auf Brunos Schoß.)
PETER: *(zu Gernot)* Na, nämlich bei »Shakespeare the Sadist« brauchst eh nix verstehn, und auf was Anspruchsvolles hab i heut eh ka Lust.
GERNOT: Genau ... wann fangtsn an?
PETER: Um sechs ... in ana Viertelstund ...
GERNOT: Okay.
SENTA: Ihr gehts, und das Brunili und ich, wir bleiben da ...
GERNOT: *(zieht Bier)* Der Bruno geht ja auch mit ... was Bruno? ... nix Sadist? *(Senta krault Bruno den Bauch)*
BRUNO: *(unsicher)* Mafia.
SENTA: Das kleine Mafia-Bossi ... *(sie küßt ihn auf die Glatze, dann lang auf den Mund)*
PETER: *(schmunzelt)* Wenn ma no lang da sitzen, hamma eh das Kino dahier.
GERNOT: Jetzt gemma.
BRUNO: Aber bleib ma da ... trink ma noch was ... dann wirds eh lustig ... brauch ma nur was trinken ... da ... da Fehler is nur, daß ma zwenig angsoffm san ... Scheiß-Kino!
PETER: *(erhebt sich)* Na, was is jetzt ...

20

(Peter und Gernot sitzen. Bruno am Fenster.)

GERNOT: Na, für mich gibts kaum was Schöneres wie Kino ...

PETER: Für mich auch.

GERNOT: Wie i sechzehn Jahre alt war, bin i jeden Tag ins Kino gangen ... damals natürlich meistens Kriegsfilme ... i waß noch wie ich »Feuertaufe« ... mitn Robert Wagner ... den hab ich sechsmal in einer Woche gsehn ... *(Peter lacht)* ... ich hab dann schon das Drehbuch auswendig können ... Jedn Tag war ich ... nämlich am Vormittag ... das Union-Kino hat ja die 10-Uhr-Vorstellung ... für die Sandler ...

PETER: I war ja damals genauso teppat ... ich hab ja a ganzes Filmbuch gführt ... jeder Film hat Punkte kriegt ... 100 war die Höchstzahl ...

GERNOT: Wer hat da 100 kriegt?

PETER: I waß net ... »Denn sie wissen nicht was sie tun« ... oder »An einem Tag wie jeder andere« zum Beispiel ... aber auch »Tokio Story« ... oder der hat, glaub ich, nur 98 ghabt ...

SENTA: *(nur in Unterhose, tritt aus dem Nebenzimmer)* No, ihr seids noch immer da? Gehts ihr net ins Kino?

GERNOT: Willst du so ins Kino?

SENTA: Na ... ich leg mich derweil a bisserl nieder ...

PETER: Jetzt is eh scho fast zu spät fürs Kino ...

BRUNO: Aber na ... gemma Mafia ... der fängt erst um halbsieben an ...

SENTA: Gibts noch was zum Saufen?

21

(Alle. Andere Sitzordnung.)

GERNOT: ... na wie hat der gheißn? ... die Moravia-Verfilmung vom Godard ...?

PETER: »Die Verachtung«.

GERNOT: Genau ... der war großartig ... da war nämlich auch die BB richtig eingsetzt ... und vor allem der andere ... net da Dichter ... sondern ihr Liebhaber dann, mit dem sie umkommt ... mit dem sie den Unfall hat ... der Jack Palance ... der Jack Palance is überhaupt a riesiger Typ ...

BRUNO: A harter Bursch ... oba da härteste ... is der ... also für mi da härteste Typ is da Rod Steiger ... also der is wirklich ...

PETER: »Al Capone« ...

BRUNO: Naja, da Film war schwach ... gegen die letzten Mafia-Serien, die was i im Fernsehn gsehn hab ... da gehts nämlich wirklich realistisch zua ... net nur so Schlägereien ... sondern wies wirklich is ...

22

(Alle. Senta geht leicht angeheitert auf Gernot zu.)

SENTA: No, Schnutzl ... gemma nix ins Pornofilmi? Nix ins Masochisti?

PETER: Sadisti.

SENTA: *(lacht)* Mach ma hier das Filmili? *(Sie kniet vor ihm nieder)* Wer ma amal schaun, ob das Puppi noch ein Schwanzili hat?! *(Sie kramt in seinem Hosentürl)* Na, komm schön ...

(Gernot lacht)

BRUNO: Na, gemma Mafia.

23

(Peter und Gernot stehen, Bruno ist unschlüssig.)

PETER: Gehst net mit?

BRUNO: Oba bleibts da ... sauf ma da ...

GERNOT: Laß ihn da ... er is selba schuld, er wird mei Alte scho no kennen lernen ...

BRUNO: Bleibts da ...

PETER: Komm gemma ... gemma »Shakespeare the Sadist«.

GERNOT: Okay.

SENTA: *(kommt aus dem Klo)* Gute Unterhaltung.

GERNOT: Ebenfalls.

BRUNO: Na, bleibts da ...

PETER: Komm, es is scho sechs ... kumm, Alter ... Cinema!

(Anm. Der Dialog der Schnitte 24 bis einschließlich 40 wird auf der Bühne in englischer Sprache gesprochen; der hier abgedruckte Text als »deutscher Untertitel« projiziert.)

24

(Senta steht ängstlich, angezogen, im Zimmer, schaut durchs Fenster, rennt herum, hinaus, rüttelt an den Türen, stürzt wieder herein, rüttelt am Fenster – alles verschlossen. Bruno tritt, breit grinsend, mit zwei Koffern ein.)

BRUNO: Beruhige dich, kleine Nutte.

SENTA: *(stürzt ans Telefon)*

BRUNO: Laß das, Miststück! *(Er reißt den Telefondraht an beiden Enden aus und schlägt sie damit)* Dummes Miststück, unverschämtes, du weißt wohl nicht, mit wem du es zu tun hast, Schlampe, ich bin Shakespeare, ja, Shakespeare, der Sadist! *(Senta schreit entsetzt auf)*

SENTA: S ... Sie ... sssss ... sind ... Shakespeare?

BRUNO: Höchstpersönlich.

25

(Shakespeare [Bruno] öffnet seine beiden Koffer, Senta sitzt und sieht ihm zu.)

SHAKESPEARE: So ... hier meine Bibliothek ... hier im einen Köfferchen ... in diesem schnuggeligen Köfferchen haben wir erstmal die Bibliothek ... schließlich und endlich ist man nicht irgendwer ... ich bin ja ... schließlich und endlich bin ich ja Mr. Shakespeare ... jaja, der bin ich *(zeigt ihr ordinär die Zunge)* Wäääh! So ... meine kleinen Büchelchen ... hihi ...

26

(In Zeitlupe: Shakespeare geht auf Senta zu, zwingt ihr einen langen Kuß auf und haut ihr furchtbar auf den Hintern, lacht dröhnend ...)

27

(Shakespeare geht zum zweiten Köfferchen.)

SHAKESPEARE: So ... und was haben wir da Putziges? *(Er nimmt eine Peitsche mit Geißeln heraus. Senta schreit ängstlich auf. Shakespeare zischt mit der Peitsche ein paarmal durch die Luft.)*

SENTA: Bitte nicht!

SHAKESPEARE: Nicht? Kleine Ratte? Kleine zertretene Maus?

SENTA: Bitte nicht, Mr. Shakespeare! *(Sie läuft davon, Sh. ihr nach!)*

28

(Senta rüttelt wieder am Fenster, Shakespeare reißt ihr von hinten das Kleid herunter.)

SHAKESPEARE: Halt ein, kleiner fickriger Teddybär! Du kannst hier nicht weg, du getrocknete Wanze! Es ist alles verriegelt! *(Er nimmt aus dem Koffer ein Megaphon, brüllt unartikuliert hinein, Senta schreit und hält sich die Ohren zu.)*

29

(Senta sitzt auf einem Stuhl, Shakespeare fesselt sie mit Draht; sie keucht, er gibt ihr einen Knebel; er reißt ihr den BH weg, zieht ihr die Schuhe aus, spuckt ihr ins Gesicht, zündet sich eine Zigarette an und brennt sie damit; sie schreit, wimmert.)

30

(Shakespeare peitscht Senta aus, dann holt er ein Buch und das Megaphon, blättert im Buch.)

SHAKESPEARE: Du bist es zwar nicht wert, daß man dir was Schönes vorliest, aber ich hab heute meinen guten Tag ... paß schön auf, du armseliges Kaninchen ... ich lese dir jetzt einige meiner Sonette vor ...

(Shakespeare liest verzückt eines seiner Sonette mit Megaphon. Irgendwo wird abgebrochen.)

31

(Shakespeare schmaucht an der Zigarre.)

SHAKESPEARE: Gefällt dir wohl nicht, meine Lyrik, Dreckfetzen, was? Wie? Gefällt dir wohl nicht, Schlampe! *(Brennt sie, sie zuckt)* Werden sehn, ob dir das gefällt ... *(er brüllt ein neues Sonett durch das Megaphon, unterbricht, nimmt ihr den Knebel heraus)* ... so, jetzt lies selber, Schmutzfink! *(Er bindet ihr die Hände los, gibt ihr das Buch und das Megaphon. Sie beginnt stöhnend und schwach zu lesen. Wenn sie sich verliest, zwickt er sie am Ohr.)* Lauter ... *(er reißt sie bei den Haaren)* Lauter! Lauter! *(Sie liest immer lauter)* Wunderbar ... großartig ... zauberhaft ... supergigantisch ... unübertrefflich ...

32

(Shakespeare schneidet ihr die Haare, sie liest schreiend und weinend durchs Megaphon.)

33

(Senta hat eine Glatze. Sie steht nah bei Shakespeare.)

SENTA: Ich liebe Sie, William ... obwohl Sie mich quälen, William.

SHAKESPEARE: Das weiß ich, kleiner Schwachkopf, das weiß ich. *(Er küßt sie zart und streichelt sie)*

SENTA: Schleck mir die Glatze. *(Er tut es, sie stöhnt.)*

34

(Er legt sie auf die Kautsch und zieht sie und sich selbst völlig aus.)

35/36/37/38/39

(Kurze Schnitte eines beispiellosen Geschlechtsaktes unter Verwendung von Zeitlupe u. Zeitraffer – »Zerhackerlicht«, Regie!!)

40

(Auf dem Schreibtisch erleben beide einen gigantischen Orgasmus; währenddessen nimmt Shakespeare ein Sägemesser aus dem Köfferchen und schneidet Senta den Kopf ab. [Reservekopf hinter dem Schreibtisch montiert!] Er lacht schaurig, nimmt dann den blutigen Kopf und das Megaphon und schreit ins Ohr des Schädels: Sein oder nicht sein!!!!!! Hahahahahahaha! Ich bin Shakespeare, der Sadist! Hahahahahaha! Ich bin Shakespeare, der Sadist! Wirft den Kopf in den Papierkorb.) (Englisch Ende)

41

(Leeres Zimmer. Sentas Stimme aus dem Nebenzimmer.)

SENTA: Geh, bring ma die Zeitung.

(Bruno kommt aus dem Nebenzimmer, stopft sich sein Hemd in die Hose, zündet sich eine Zigarette an, sucht die Zeitung, blättert darin.)

42

(Bruno, Gernot und Peter.)

GERNOT: Ah ... ja ...

PETER: Warts ihr die ganze Zeit da?

BRUNO: Ja.

SENTA: *(aus dem Nebenzimmer)* U-u! Wie wars im Kino?

GERNOT: Riesig.

SENTA: Hats dir gfalln, Schatzi?

GERNOT: *(erhebt sich)* Was?

SENTA: Obs dir gfalln hat?

GERNOT: *(geht ins Nebenzimmer)* Jaja, riesig.

(Gernot spricht nebenan mit Senta, doch man versteht nichts – manchmal kichert sie)

PETER: *(zu Bruno)* Jaja ... war sehr gut ... schad, da hast was versäumt ...

BRUNO: Englisch versteh i ja nix ...

PETER: War ja mit Untertiteln ... *(leise)* ... und bei dir? *(deutet ins Nebenzimmer)* ... is was gangen? *(Lachen aus dem Nebenzimmer)*

BRUNO: Was?

43

(Gernot kommt aus dem Nebenzimmer.)

GERNOT: Na, wie gehts der Mafia? Wie gehts dem glasharten Boß? *(grinst hämisch)*

BRUNO: Man lebt.

GERNOT: *(aufgeräumt)* Des is bei der Mafia aber selten ... meistens ist man tot ... *(trinkt)*

SENTA: *(tritt ein)* Hat wer an Hunger? Ich koch was ... hast du was da, Peter?

PETER: Du, schau im Eisschrank ...

BRUNO: *(Zeitung)* Morgen kommt im Schottenkino a neuer Western ...

SENTA: Blutwurst? Is das a Blutwurst?

GERNOT: Ja! Blutwurst eß ma jetzt ... *(sie richtet Teller her, stellt den Herd an)*

SENTA: Jetzt erzähl, Schatzi, wie der Film war ...

44

(Alle. Senta kocht)

GERNOT: ... und sie rüttelt am Fenster ... da Shakespeare kommt von hinten ... reißt ihr das Kleid runter ... dann zieht er allerhand Peitschen und so Zeug aus seinem Koffer ... und ... naja, des is ja der Gag ... und dann holt er aus einem andern Koffer an Haufen Bücher ... natürlich eigene Werke ...

PETER: Sonette ... ja ... und a Megaphon hat er noch ghabt ... dann hat er sie gfesselt ...

BRUNO: *(geht nervös auf und ab)* Gibts noch was zum trinken?

SENTA: Brunili nervös?

GERNOT: ... fesselt sie, net ... ja, dann brennt er sie mit der Zigarren ... und sie natürlich schreit furchtbar ... dann nimmt er ein Buch ... wahrscheinlich Shakespeares gesammelte Sonette ... und fangt an zu lesen ... aber natürlich unheimlich pathetisch ... waßt so mit ausholenden Gesten ... später eben verstärkt durchs Megaphon ... und dann quält ers mitn Megaphon, gell ... dann schreit er ihr so in die Ohren ... *(Senta lacht)* ... dann knebelt er sie ...

PETER: Und dann hat ja sie lesen müssen ... wie er ihr die Haar gschnittn hat ...

GERNOT: Ja, das größte ... er schneidet ihr a Glatzn, und währenddessen muß sie seine Sonette lesen ... und er natürlich a Wahnsinnstyp!

45

(Alle. Bruno geht auf und ab, schon ziemlich betrunken.)

BRUNO: Scheiß-Film ... nix gegen Mafia ... *(imitiert Schüsse)* tatatatatata!

SENTA: Brunili is unser wildes Manndi ... ißt Brunili auch Blutwursti?

GERNOT: Wart, unterbrich mi net ...

SENTA: Erzähl weiter ... ich find das ja irrsinnig geil ...

GERNOT: Na, wo war i jetzt ...

PETER: Am Schreibtisch ... *(alle lachen, Bruno nicht)*

GERNOT: Naja und da packt er sie natürlich ganz furchtbar ... und am Schluß ... dann ...

SENTA: Paß gut auf, Brunili ...

PETER: Is da heiß, Bruno?

BRUNO: Wieso?

GERNOT: Heast, der schwitzt ... naja ... und am Schluß zieht er aus dem Koffer a riesiges Sägemesser ...

46

(Bruno stöbert bei den Büchern. Gedämpfte Unterhaltung der drei anderen von nebenan.)

GERNOTS STIMME: Peter du bist mei Freind, du derfst a ...

(Bruno findet ein Pornoheft, blättert, geht langsam auf und ab ... streichelt sich die Brust ... GV-Geräusche von nebenan. Bruno setzt sich hinter den Schreibtisch ... greift sich nach unten, beginnt zu onanieren.)

GERNOT: *(kommt in der Unterhose heraus)* Die Mafia wixt??! *(Bruno zuckt zusammen)*

47

(Gernot, Peter und Bruno pokern. Es ist schon fast Morgen.)

PETER: Du teilst. Wie spät is denn schon?

GERNOT: Vier. Vier »Blinde« geb ich da gleich ...

PETER: Halt ich ...

BRUNO: Ich auch ...

GERNOT: Gesehen noch dreißig. *(Senta erscheint angezogen aus dem Nebenzimmer)*
PETER: Gehalten.
BRUNO: Bin weg.
SENTA: Ihr pokerts jetzt?
BRUNO: *(zu Gernot)* Kannst du mir a Geld leihn ... i hab nix mehr ...
SENTA: Du spinnst ja, wennst dem a Geld leihst ... gibs gscheiter mir ...
GERNOT: Halt die Goschn. Ruhe! Wart, Bruno, kriegst gleich was nach der Partie ... wieviel?
PETER: Drei Karten ...
GERNOT: So.
PETER: Bist serviert?
GERNOT: Tja.
SENTA: *(nimmt Gernot das Geld weg, sie raufen darum, sie behält das Geld)* Du bringst mich jetzt heim, verstanden!?
GERNOT: Schleich di, gib das Geld her ... aber sofort ... Peter wart an Moment ... *(steht auf, sie gibt ihm eine schallende Ohrfeige)* gibs her! ... *(setzt sich wieder)* ... und hundert ... i hab eh noch a Geld ...
PETER: *Die* hundert ... und ... na, i geh weg ...

48
(Bruno, Peter und Gernot spielen. Senta zertrümmert die Kochnische.)
SENTA: Da macht ma alles für die Schweine und dann bringens einen net amal heim! *(Wirft einen Teller in Richtung Tisch, rennt hinaus)*
PETER: Dei Frau spinnt net schlecht.
BRUNO: Spinnen is gar ka Ausdruck.
GERNOT: Wer teilt? I oder du ...?

49
(Dialog wieder englisch, wie gehabt. Alle drei übertrieben; wie im Westen.)
GERNOT: Laß mich abheben, Schwein!
PETER: Hier Baby!
BRUNO: *(sehr aufgeräumt)* Hundert Dollar.
PETER: Zwohundert.
GERNOT: Gehalten. Ich krieg vier zuckersüße Kärtchen.
BRUNO: Herzlichen Dank, ich bin voll bis obenhin.
(Peter nimmt sich zwei.)
Gesehen tausend lumpige Dollars.
(Die beiden anderen vertiefen sich mißtrauisch in ihre Blätter.)
PETER: Weißt du was ... ich halte deine tausend ... und hau dir noch dreitausend Scheißdollars drüber!

GERNOT: Diese dreitausend und noch zehntausend ...
PETER: Gehalten.
BRUNO: Ja, ich komm auch ... ich will mal sehen, Schlappschwanz!
GERNOT: Zwei Pärchen ...
PETER: Drei Könige ...
BRUNO: Flash ... *(zeigt, will das Geld einstreifen)*
GERNOT: Halt ein, Kamerad! Ich sagte: zwei Pärchen! Hier zwei As-Pärchen ... huahuahuahuahuahua!!!
BRUNO: Verräterschwein ... du hast gemogelt, alte Falschspielersau!!!
PETER: Du spinnst mal wohl! Er spielt ehrlich, der Jung!
BRUNO: Ihr spielt beide zusammen, ich werde euch zeigen, was hier bei uns pokern heißt ... ich schicke euch in die Hölle mit euren verdammten Karten, ihr Hurensöhne!
(Peter und Gernot ziehen beide Pistolen, doch Bruno ist schneller, er knallt beide ab, räumt das Geld ab, durchsucht die beiden Toten, zieht ihre Brieftaschen.)
SENTA: *(stürzt herein)* Alles okay, Liebling??!!
BRUNO: Ja ... sie haben zuerst gezogen, du bist Zeugin.
SENTA: Ich hab es gesehen mit meinen beiden sternhellen Blauaugen!
BRUNO: Trotzdem: nichts wie weg, Darling!
SENTA: Draußen warten die Pferde, mein Kleiner.
BRUNO: Auf dich ist Verlaß, ich liebe dich!
SENTA: Ich dich auch.
(Sie küssen sich bei aufbrausender Musik.)

The End

Christian Frank, Figur, Stein, 1978/79

BARBARA FRISCHMUTH

Sätze zur Situation

Aus: Tage und Jahre

Ich steche Sterne aus. Das Blech bricht, ich habe mich geschnitten. Mein Finger blutet in den Teig.

Das ist die Wahrheit, sagt B., das Bier wird auf einmal teurer und unsere Lohnerhöhung kommt etappenweise. Behutsam schüttelt er seine Kappe, der Mörtel fällt an einer bestimmten Stelle zu Boden.

Ich kann einfach das Gras nicht wachsen hören, außerdem schneit es oder wird schneien. Ich frage, ob das Dach in Ordnung ist. Kann schon sein, sagt L., oder hat es wo reingeregnet?

Der Lichtkassier ist ziemlich dick. Er hat seinen Hut vergessen und muß wiederkommen. Ich habe meinen Hut bei Ihnen vergessen, sagt er und trinkt einen Schnaps.

Ich suche ein Gerät, mit dem man den Deckel einer Dose, die Lackfarbe enthält, öffnen kann. Keinen Dosenöffner, sondern ein Gerät, mit dem man den eingepreßten Deckel mittels Hebelwirkung aufbiegen kann. Ich versuche es mit einem Löffelstiel, da schwappt ein Teil der Lackfarbe über. Ich brauche das ganze Terpentin, um die Flecken wegzukriegen. Dann gehe ich zum Kaufmann und hole neues Terpentin. L. ruft mir nach, ich solle auch einen Pinsel mitbringen.

Dem Zaun fehlen einige Latten. Man könnte sie durch neue ersetzen oder den alten Zaun abreißen und einen neuen errichten. Wenn Sie auf mich hören, sagt B., dann reparieren Sie den Zaun. Wenn aber beim Annageln der neuen Latten die alten Querbalken umfallen? fragt L. Dann müssen Sie einen neuen Zaun aufstellen, sagt B., da wird ihnen nichts anderes übrig bleiben.

Packpapier hat eine glänzende Oberfläche und eine rauhe Unterseite. Auf der Unterseite greift die Schrift besser an. Also muß ich das Paket verkehrt einpacken. Die Schnur hat mehrere Knoten.

Das Essen ist ausgiebig und das Gasthaus in der Nähe.

Aber schnapsen kann er, sagt der Erste zu einem Zweiten über einen Dritten. Nämlich das mußt du mir zugeben, daß er schnapsen kann, da laß ich nämlich nichts über ihn kommen. Es ist nämlich so, daß die meisten glauben, er könne nicht schnapsen, dabei kann er schnapsen.

Ich habe keine Chance, sagt L., immer wenn ich rauchen möchte, sind alle Aschenbecher in der Küche. Am einfachsten wäre es, mit dem Mistkübel hereinzukommen, die Aschenbecher zu entleeren und mit einem Tuch auszuwischen, damit sie gleich wieder an ihren Platz gestellt werden können. Dann gäbe es dieses Problem nicht. Dann könnte ich mir sogar einmal in aller Ruhe eine Zigarette anzünden, ohne mir Sorgen machen zu müssen, wohin ich mit der Asche soll, wo doch alle Aschenbecher immer in der Küche stehen, wenn ich rauchen möchte.

Es sind Nüsse auszulösen. Ich brauche dazu einen Kübel, der mit Nüssen gefüllt ist, eine Nußzange, mit der ich die Nüsse aufzwicke, eine saubere Schüssel, in die ich die ausgelösten Nußkerne lege, und einen Kübel, in den ich die Schalen fallen lasse. Warum nehmen Sie keinen Hammer? fragt B. Ich sage ihm, daß ich damit auch die Nußkerne zerschlagen würde. Ich werde es Ihnen zeigen, sagt B. Sie können Gift darauf nehmen, daß ich es Ihnen zeigen werde. Da, sagt er und haut sich auf den Finger.

Eine Katze, deren Mutter nicht stubenrein war, ist nur schwer dazu zu bringen, selbst stubenrein zu werden. Wenn man sie mit der Nase in den eigenen Dreck tunkt, lernt sie es vielleicht. Rein machen und reinmachen – das schaut sich wieder ähnlich.

Durch die immer größere Ausbreitung des Kugelschreibers ist das Löschblatt völlig in die Defensive gedrängt worden, sagt der Vertreter und zieht an seiner Zigarette. Ich meine, Sie müssen sich das bildlich vorstellen. Schade, sage ich, meine Sammlung ist noch nicht komplett. Sie müssen nämlich wissen, daß ich seit Jahren papierbeschichtete Löschblätter mit Reklameaufdrucken sammle. Dafür wird sie im Wert steigen, antwortet der Vertreter, erlauben Sie, daß ich herzlich gratuliere.

Je näher wir hinkommen, desto mehr tote Hasen liegen auf der Straße. Kopflos, beinlos, flach. Harmlose Stummelschwänze wachsen aus dem Gekröse. Es ist als stecke eine Absicht der Hasen dahinter. Niemand kann mir einreden, daß sie es nach so vielen Jahren noch immer nicht gelernt haben.

Wir hören, daß es uns einschneien würde. Von den drei Zufahrtswegen sind zwei für den Winter gesperrt, die Schneereinigung ginge da nur nach Belieben vor sich. Auch würde der Wind den Schnee ganz bestimmt zum Haus hin tragen, das sei schon immer so gewesen, nur wüßten wir es wahrscheinlich noch nicht. Allerdings sei nicht mit sehr hohem Schnee zu rechnen, wenn man auch keine hundertprozentigen Voraussagen machen könne. Wir täten jedenfalls gut daran, unsere Vorkehrungen zu treffen.

Nicht weil ich muß, sagt B., davon kann keine Rede sein, aber ich weiß ein gewisses Entgegenkommen zu schätzen. Natürlich könnte ich mich auch anders verhalten, ohne daß man mir etwas vorwerfen könnte, aber warum sollen durch mich die Dinge schwieriger werden, als sie es sind. Wenn jeder einen Schritt tut, steht man auf einmal dort, wo man stehen möchte. Wie gesagt, ich schätze ein gewisses Entgegenkommen.

Die Ritzen müssen verstopft werden. Ich frage mich womit. Das Material spielt dabei eine wichtige Rolle. Und frieren ist schädlich.

Herr Meister, sagt L., wir haben schon lange auf Sie gewartet. Das tun alle, sagt der Meister, ich bin sehr gefragt. Ich kann nicht alles auf einmal machen, noch dazu so etwas. Immer kommt etwas dazwischen. Immer klingelt das Telefon bei mir. Die Leute haben kein Hirn. Die Leute glauben, daß es schneller geht, wenn sie ins Telefon reden, aber sie halten mich nur bei der Arbeit auf. Dabei bin ich *doch* gekommen, sehen Sie, wenn man Geduld hat, geht es. Sie waren geduldiger als die anderen, drum bin ich zu Ihnen früher gekommen. Die anderen haben jetzt das Nachsehen. Mit ihrem blöden Telefon, ihrem blöden. Also, fragt der Meister, wo brennts denn? und legt sein Werkzeug nieder.

Ich bemerke an mir eine leicht fortschreitende Veränderung. In der gleichen Situation verhalte ich mich ähnlich wie jemand, den ich kenne und von dem ich annahm, daß dieses Verhalten ihm angeboren wäre. Ich stelle fest, daß mein Tonfall auf die Gegebenheiten eingeht, meine Gewohnheiten haben aufgehört Gewohnheiten zu sein.

Die Ziege ist zu lange in einem zu kleinen Stall gestanden. Ihre Klauen sind so gewachsen, daß ihr nur mehr der Hufschmied helfen kann. Wenn sie mit gespreizten Beinen über die hart gewordene Schneedecke stapft, sieht sie aus wie Charlie Chaplin.

Dort, wo der Teich hin soll, ist das Gras versteppt. Die Tiere haben die Baumstämme angenagt. Der scharfe Mist verbrennt einen Teil der Pflanzen. Wenn es regnet, wird aus der aufgescharrten Erde Morast.

Der Distriktsarzt kommt nur bei schwerer Krankheit oder um den Totenschein auszustellen. Sonst könnte ihn ein jeder rufen lassen. Schließlich stehen auch die umliegenden Gemeinden unter seiner Obhut. Er tue das Menschenmögliche, er könne nichts dafür, daß niemand mehr Landarzt werden will.

Auch die Gewerbetreibenden klagen darüber, daß sie keine Nachfolger haben. Viele hätten alles aufgegeben und lebten von ihren Ersparnissen. Der Friseur macht sich Sorgen, sein Sohn will das gutgehende Geschäft nicht übernehmen. Das hört sich sowieso alles auf, sagt B., wie Sie wissen werden, weil es nicht mehr tragbar ist. Ob es uns Spaß macht oder nicht, sage ich. Das ist die Wahrheit, sagt B., sehen Sie, das ist die Wahrheit.

Vom Rotwein bekommt man, wie ich sehe, eine blaue Zunge. Unter der Abwasch stehen mehrere leere Zweiliterflaschen und ich mache L. darauf aufmerksam, daß wir keinen Wein mehr haben.

Der Schnee zwischen Tür und Angel wächst millimeterweise. Die Verwehungen sind so stark, daß das Kehren keinen Sinn hat. Die Fenster geben den Blick nicht mehr frei. Dafür sind Eisblumen was Schönes. Mein Gott und dann glaubt man, man könnte sich an irgendeiner Musik wärmen.

Es geht nicht um das, was bereits möglich ist, sagt der Besuch, sondern darum, im Bewußtsein von dem, was möglich ist, mit dem, was ist, zu leben. Und das, was ist, und da muß ich dem Besuch recht geben, kann dem, was möglich ist, das Wasser nicht reichen. Im Genuß und Gebrauch dessen, was bereits möglich ist, zu leben, heißt noch nicht, den lieben Gott beim Schwanz gepackt zu haben.

Sparwolle hat eine Festigkeit, die es mit jedem Garn aufnimmt.

Bei einer Ziege muß man die Jungen greifen können oder sie ist einfach fett, sagt der Mann, der das Heu bringt. Wenn Sie sich wirklich dafür interessieren, kann ich Ihnen nur sagen, daß Sie die Jungen greifen können müssen.

Gewisse Äußerungen, Berichte, Erzählungen, kann ich ohne Zigarette nicht anhören. Nicht daß ein direkter Zusammenhang besteht, schließlich blase ich den Rauch nicht zu den Ohren raus.

Mit klammen Fingern ein Buch schreiben, daß ich nicht lache!

Ich muß P. endlich klar machen, daß links und rechts bei der Bezeichnung von Händen, Füßen, Rädern feststehende Begriffe sind, die sich nicht mit der Blickrichtung ändern. Die tägliche Prüfung beim Mittagessen: auf welcher Hand hinkt der Gaul, rechts vorne oder links hinten?

Die Sonne scheint auf das verschneite Feld. Über dem verschneiten Feld liegt Glanz. Auf dem Glanz sitzen Krähen.

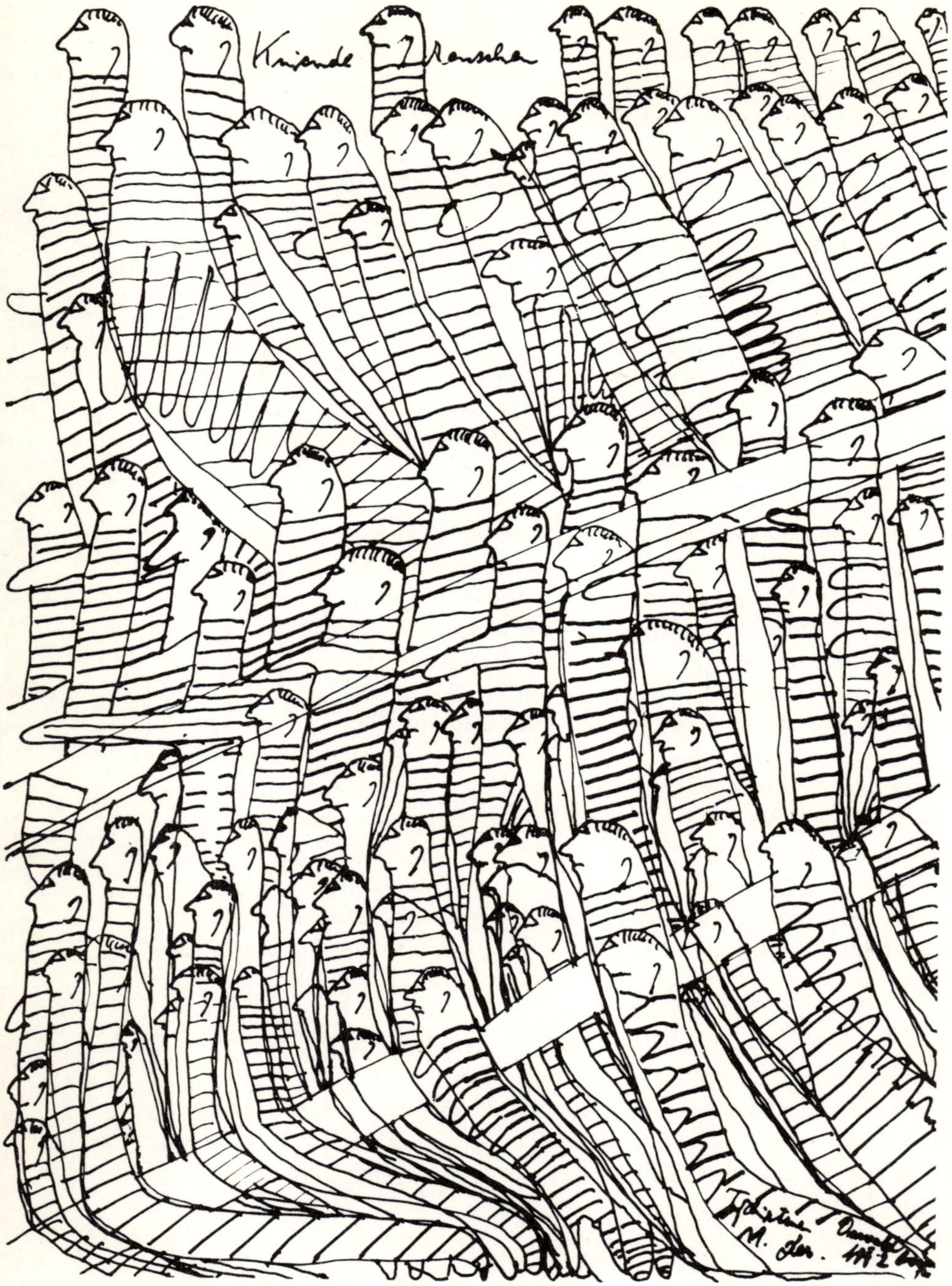

Oswald Tschirtner, Kniende Menschen, Tusche, 1972

MAX MAETZ

Einmal auf der Frankfurter Buchmesse sein

ich lebe bei einem bauern zwischen enns st florian und linz wohin ich oft auch zu fuß gehe das heißt ich gehe nur bis zur station pichling der florianer bahn die elektrisch ist und fahre von dort und dazu reicht das geld auch und auf diese abenteuerliche weise denn ich gehe eine stunde bis zur haltestelle pichling habe ich nun schon oft meinen dienstplatz verlassen auf dem ich traktorfahrer bin und auch melke und eigentlich alles mache auch mit der kuhmagd die jung ist weil sie am nahen ritzlhof landwirtschaft studiert

mein vater hat ein ende gehabt wie es im buch steht er hat neunzehnhundertundfünfundvierzig einen zug von gefangenen angeblich einen endlosen zug zu fuß begleitet von melk und krems und mauthausen und gusen wo überall der zug noch länger wurde begleitet nach ebensee oder hätte begleiten sollen aber der weg ward ihm zu lang und er hat auch wie mutter sagte das elend nicht mehr ansehen können den hunger die fußkrankheiten die vielen toten die straße entlang weil sie umfielen wie die fliegen und erschossen wurde wer nicht weiter konnte

der bauer sagt bei dem ich arbeite das waren alles verbrecher aus konzentrationslagern die keinen hergott kannten und mein vater hat die truppe ohne recht verlassen und recht geschah ihm er wollte in den wald und im wald bei st florian haben ihn die leute von eigruber gestellt (nachsehen wer das ist oder war) und auf einem baum am halse aufgehängt bis er tot war und noch länger bis er schon gestunken hat und ich schäme mich meines vaters der ein landesverräter und ein hochverräter war am deutschen volk und der sich geweigert hat gefangene zu

kurz darauf kam meine mutter schwanger guter hoffnung voll eiligst des weges mit mir aber ich war noch in ihrem bauch und hatte es warm und angenehm in diesem april dieses jahres wo es noch sehr kalt sein konnte und von weit her bomben knallten und ich konnte die erde sehen die unter mir unter ihren schritten zurückflitzte wie wenn ich bei meinem traktor steyr diesel 25 k s durch das loch schaue durch das der kupplungshebel ragt und ich sehe die schollen flitzen die guten braunen schweren schollen aus denen unser getreide herauskommt und uns ernährt

durch die automatik ist der fahrer nicht mehr der angestellte seines traktors sondern dessen chef meinte der vertreter der lieferfirma bei der mein vater nicht der gehängte sondern der zieh der bauer der datzberger heißt vulgo knarrer ihn gekauft hatte getriebeschonende schaltung und so psüchische entlastung und man wird ein engagierter automatik fan schon wegen der größeren bequemlichkeit wenn für einen schalthebel relikte des manuellen zeitalters sind wenn sich auch eine niedrigere spitzengeschwindigkeit und ein geringer leistungsverlust ergibt und meine mutter stieg auf einen im gras liegenden melkschemel und schnitt meinen stinkenden vater vom baum dick wie sie war im achten monat und da fiel ich aus ihr heraus kopfüber in die welt und sie weinte sehr und da lag der stinkende vater mit einem schild um den hals ich bin ein verräter am teutschen folk und zufällig kam vulgo vorbei und nabelte mich ab und gab mir den klaps der mich zum schreien brachte und reinigte meine mutter so gut es ging auf der nassen wiese mit den schneeresten und gab ihr tröstende küsse und legte eine pferdedecke über meinen stinkenden vater

wir ließen den verräter am teutschen folk liegen und gingen dann alle zu vulgo ich noch winzig klein oder kleinwinzig und wir bekamen alle tee das heißt meine mutter bekam tee der bauer bekam bauernschnaps und ich bekam milch frisch aus der mutter und der vulgobauer schaute interessiert und gierig zu und hätte auch gerne milch gehabt frisch von meiner mutter aber die ließ ihn nicht die dachte an ihr kind aber sie ließ ihn ihren busen bewundern und die brust und die warzen und alles was ein mann gerne an einer frau bewundert und wir blieben auf dem hof

und später suchte und fand er noch mehr an meiner mutter und wir blieben auf dem hof und das knallen in der ferne hörte auf und meine mutter gab sich dem bauern hin und manchem amerikaner der per jeep vorüberkam und sie sorgte für mich wie eine mutter meine mutter und wozu ein mutterherz fähig ist das hätte sich mein vater der studienrat war niemals träumen lassen und ich wollte steuermann werden bei der donaudampfschiffahrtsgesellschaft aber zu einer so anspruchsvollen laufbahn reichte es nicht denn durch eigruber war mein leben auf dem bauernhof fixiert

ich war verwurzelt hier weil ich bei einem baum des datzberger vulgo knarrer bauer landwirt agronom oekonom gemeinderat der . . P mercedesfahrer heruntergefallen war aus meiner mutter höhle und wo wir wurzeln schlagen sollten ich längere als meine mutter wo doch das personal gesinde knechte leut so knapp waren und schon in acht jahren würde ich wenigstens hühner füttern können die alle der wienerwald kaufte und konnte schon kleine säcke tragen und kartoffel lesen oder wie man hier hartnäckig sagt erdäpfel denn der brei daraus will verdient werden

kleiner sack sagte meine mutter gerne lächelnd und lächelte dabei wenn sie mich badete und mich wusch und es krabbelte so angenehm und ihre lieben hände ihre zarten finger am kleinen sack und sie war sehr lieb und glücklich und der bauer hielt sie sonst ganz schön auf trab nicht nur im bett die frau studienrat und ich muß mich meiner mutter nicht schämen weil sie in die stadt fuhr immer öfter weil ihr der betrieb zu viel wurde und sie schiß auf knechtemangel mägdemangel leutemangel personalmangel gesindelmangel gesindemangel und dort sich vergnügte

und immer mit anderen autos als die autobahn unweit unseres hofes fertig wurde und sie sich hinstellte und mitnehmen ließ und in der stadt niemals so sauber ankam wie sie weggefahren war obwohl sie sich immer gründlich wusch und das kleine loch aus dem sie mir das leben gegeben hat und ihr der bauer jedesmal wenn sie anfing sich zu waschen gemüse äpfel birnen hühner erdäpfel nachwarf je nach jahreszeit und solche schlachten wasserschlachten zwischen denen die sich haßten und liebten nannte der gnädige herr pfarrer unstimmigkeiten der kleine sack

der gnädige herr pfarrer kommt einmal im monat obwohl er schon tot ist aber sein nachfolger hält sich streng an die alten bräuche und examiniert den vulgobauern knarrer datzberger oekonom ob er es nicht zu sündig treibe mit dem fremden weibe und ob er nicht heiraten und so mit dem segen der kirche gehts leichter gehts schneller gehts lustiger und die zehn gebote hat moses nicht zum spaß verfaßt er will ernstgenommen werden wie jedermann und die tillisburg wäre zu restaurieren und die florianikapelle und ob er denn nicht die grünen erlagscheine kennt

der bauer sagte zu allem ja ohne den mund aufzumachen und rauchte pfeife dabei was er abends immer gerne tat und sagte ist gut zu mir und ich kann schlafen gehen und er wird dem gnädigen herrn pfarrer noch etwas anvertrauen und das war dann immer ein bauernschnaps wie ihn die bauern gerne herstellen aber noch lieber trinken und kein schnapsfabrikant macht ihnen das nach weils sonst an den profit geht aber dem bauern sein profit beim schnapsbrennen ist der genuß und der rausch und später hörte ich sie noch laut miteinander beten und singen

nachdem meine mutter oft hin und hergefahren ist zwischen zwei waschungen hat sie mir eines tages ein sparbuch übergeben und da war ich schon 20 und hat gesagt auf nimmerwiedersehen sie hat sich also mit ihren waschungen allerlei leisten können und sie war sehr elegant und ist abgehauen und auf dem sparbuch sehe ich zweihundertdreiundzwanzigtausendeinhundertsechsundvierzig schilling siebenundsechzig groschen welcher gewaltige betrag mir gehört er ist zwar nichts gegen andere beträge aber ich bin zufrieden und will nicht raunzen

schließlich hat sich meine mutter dieses geld schwer verdient wer lacht da und wenn ich es gesperrt für ein jahr liegen lasse und vier comma fünf prozent zinsen bekomme was zwar ein scheißdreck ist aber besser als auf die hand gespuckt sind das im jahr fast zehntausend schilling und in zehn jahren sind es weit über dreihunderttausend und ich bekomme dafür einen jaguar wenns gut geht um damit über die scholle zu rasen über die kukkuruzfelder über die weiden oder eine galerie aufmachen wie es im nahen linz einige gibt und mein geld unter die künstler bringen

oder einen verlag aufmachen der meine geschichten druckt die ich heimlich schreibe damit der bauer vulgo nichts merkt geschichten von pfarrern jägern köchinnen förstern und gemeinderäten die jeder sehr lustig findet wenn ich sie erzähle sonntags beim wein im sankt florianer weinkeller oder beim zeilinger schöne fremdenzimmer oder beim gemeindearzt putz der auch heimlich schreibt und gute bücher nicht nur hat sondern auch liest und in der scharten kontakte mit der parzer malergruppe gehabt hat die er aber nicht mehr pflegt weil maler anstrengend sind

wenn der bauer mich beim schreiben entdeckt im kuhstall der leer ist weil kein bauer mehr sich mit vieh abgeben mag das zuviel zeit wegnimmt im schein der lampe auf der häckselkiste dann schüttelt er den kopf und denkt genau deutlich kann ichs auf seiner stirne lesen was hat der schon zu sagen was weiß der schon und lacht und sagt modlwer er hat überhaupt keinen sinn für höheres und verjagt auch alle zeltler von seinem grund sogar kinderfreundegruppen nur jäger duldet er wenn sie im herbst auf die pirsch gehen damit sie nachher saufen können beim streitmüller

manchmal kommt auch die kuhmagd der ich die seifen und höschen gegeben habe die meine mutter hinterlassen hat weil sie genau hineinpaßt und auch so zart wie mütterchen ist und auch keinen genierer kennt weil sie doch in der landwirtschaftsschule am ritzlhof mit lauter harten burschen verkehrt mit selbstsüchtigen selbstzufriedenen selberreichen großbauernsöhnen mit mercedes und saratoga und einmal hat sie mich mitgenommen nach linz in so einem auto in dem man während der fahrt eine fußwanderung machen kann wenn einem fad ist

in linz haben sie mir gezeigt daß die welt größer ist und nicht nur aus vulgo knarrer und zeilinger und schreibmüller besteht nicht nur aus jägern und treibern und der bursch war sehr nett weil er nicht gewußt hat daß ich sie auch und der bauer sie auch und alle sie auch und er glaubt er ist der einzige wie ich glaube oder geglaubt habe daß die welt nur aus heiligen sankt florians besteht und aus mißlungenen pummeringüssen und dem restaurateur somzeé und aus putz und hubertus und weinbauern und kukkuruzbauern und wildbretessen im herbst auf teufel kommt raus

da haben sie mir gezeigt daß es in linz einen stögmüller gibt der theater macht in seinem theater und willfährige adjutanten hat er um sich und wir haben ein stück gesehen da kriegt ein mann ein kind und der beichtiger sagt zu ihm zu ihr zur nonne ficken könnt ihr aber kinder wollt ihr keine kriegen und das ist von einem franzosen und das ist was anderes als unsere schüleraufführungen in sankt florian wenn es auch lange war drei stunden dauer und wenn auch der nette bursch mit dem saratoga gesagt hat das ist der untergang der anständigen menschheit

da gibt es einen hafen der ist so groß wie ganz enns zusammen mit ihrem lorcher heiligtum und da gibt es eine galerie in der das abendland gerettet wird und man ist gegen pornographie und der vorsteher hat einmal stepp getanzt oder durch steppen was weiß ich getanzt jedenfalls kann er es und eine andere galerie mit einem an der spitze der gerne trinkt und viel trinkt und wie ringel sagt oder prießnitz langsam trinkt und seine freundin aus bolivien hat ihm das rauchen verboten weil sie den gestank seiner dreier nicht ertragen kann

und mit suse wie unsere kuhmagd heißt die am ritzlhof studiert war ich in einer privatsauna und ich hab gestaunt wie man das aushalten kann in der hitze und wir haben eng umschlungen geweint miteinander und geschwitzt und sie hat in mir den wunsch geweckt meine mutter wieder zu finden (a) landwirtschaft zu studieren (b) und zu schreiben oder zu malen (c) weil sie sich davon etwas verspricht weil sie meint jemand müßte doch das alles festhalten und wie ich frage was sagt sie nur na ja alles weil wir sehen das ja was man alles vergessen kann

das ist mir wirklich egal was man alles vergessen kann und was da verloren geht die umstände zwingen mich dem landleben treu zu bleiben und der scholle die uns ernährt und jetzt kommt der winter mit seinen langen abenden und der pfarrer und der oekonom werden singen und beten und ich habe zeit zu schreiben und zwischendurch kommt suse in einem weißen oder roten auto herüber und wir träumen davon einmal auf der frankfurter buchmesse zu sein und ein buch von mir ist ausgestellt und wir beide drücken jandl und rühm die hand und ich wohne mit suse im frankfurter hof

Bernhard Barek, Figuren, Tusche, 1978

PETER MATEJKA

Vom Zufall zusammengeführt

für peter pongratz

unweit ihrer hütte haben die holzfäller markus, anton, friedl, josef, wenzel, franz, martin, naz, jakob und der vorarbeiter einen »bis zur teilnahmslosigkeit erschöpften aufgefunden«. sie haben ihn »in die hütte geschafft und gelabt«, worauf »er sich bald wieder erholt«. gegen abend ist der autor gekommen, der oft waldungen durchstreift und in den verschiedenen holzfällerhütten übernachtet, wenn es ihm der jeweilige vorarbeiter erlaubt.

der vorarbeiter zeigte auf eine vor ihm auf dem tisch stehende flasche und sagte: das ist ein guter starker schnaps. wir wollen einen trinken.

die holzfäller holten ihre schnapsgläser und das des vorarbeiters. da aber jeder nur ein schnapsglas hatte, wären für ihre gäste keine gläser vorhanden gewesen, hätte der vorarbeiter nicht zu den zwei jüngsten holzfällern gesagt:
martin und friedl, müßts halt heut aus dem milchhäferl trinken. eure glaseln kriegen die gäst.
er schenkte jedem ein:
da hast, markus!
da hast, anton!
da hast, friedl!
da hast, josef!
da hast, wenzel!
da hast, franz!
sollst auch net leer ausgehen, martin.
du auch net, naz.
da hast, jakob!
ein glaserl werdens schon vertragen, der bringt sie wieder aufd füß (zum erschöpften).
da werdens schaun, wie der wärmt (zum autor).

an dieser stelle muß einigen autoren widersprochen werden, die in ähnlichen situationen schreiben, die holzfäller hätten bei inempfangnahme des gefüllten glases geantwortet:
dankschön, herr vorarbeiter!
weil die holzfäller in der regel bei solchen anlässen nie etwas sagen und auch sonst den vorarbeiter nicht mit »herr« anreden.

gsundheit, sollts leben!
und alle tranken rasch aus.
dann sagte der vorarbeiter:
jetzt trinken wir noch einen.

nur der vollständigkeit halber wird erwähnt, daß der vorarbeiter zum zweiten mal einschenkte. es wurde aber nicht sogleich und zugleich ausgetrunken, sondern dies war dem einzelnen überlassen.

nun fragte der vorarbeiter den erschöpften:
geht es ihnen schon wieder etwas besser?
dankschön, herr vorarbeiter!
antwortete der erschöpfte,
es geht schon wieder.
im übrigen heiße ich kitfox und bin kriminalkommissar.
als ich erwachte, hatte ich einen zinngeschmack im mund, das kenne ich schon; in meinem beruf wurde ich nicht erst einmal bis zur teilnahmslosigkeit erschöpft aufgefunden.

und sie sind nicht der erste, den wir in die hütte geschafft und gelabt haben, bis er sich bald wieder erholt hat,
nicht wahr, leute?

da werde ich wohl auch nicht der erste autor sein, dem sie erlaubt haben, in der holzfällerhütte zu übernachten?

doch!
sagte der vorarbeiter.
ein AUTOR hat noch nicht bei uns übernachtet.
habe ich recht, leute?

nein, du hast nicht recht!
jetzt hast du aber einen unsinn gesagt!
erst denken, dann reden!
schrieen die holzfäller durcheinander, und der älteste von ihnen sagte:
ich bin der älteste holzfäller in dieser hütte und kann bezeugen, daß außer ihnen mindestens noch ein autor übernachtet hat.

hast recht, jakob.
das hätte ich jetzt ganz vergessen, daß damals, als ich urlaub hatte, ein autor bei uns übernachtet hat.

in ihrem beruf wird man sich schon auf den urlaub freuen, glaube ich,
sagte der autor.
das kann man wohl sagen,
wenn auch der gute lohn, die betätigung in freier natur und die damit verbundenen aufstiegsmöglichkeiten gewiß jeden reizen, sein bestes zu tun.
aber auch ihr beruf hat seine gewissen schwierigkeiten und anstrengungen, stimmts?
fragte er den autor.
sehr richtig!
gerade mein beruf ist voll der größten schwierigkeiten und anstrengungen, verglichen mit anderen berufen, wenn auch nicht gerade mit ihrem oder dem des herrn kriminalkommissars, denn diese habe ich noch nicht ausgeübt; aber ich war nicht immer autor und habe die verschiedensten anderen berufe ausgeübt.

auch ich war nicht immer kriminalkommissar und habe auch andere berufe ausgeübt. wenn ich auch noch nicht vorarbeiter war, so war ich dennoch einmal autor. ich erinnere nur an einige kleine novellenbändchen von mir, wie:
»es war freitag«
oder: »die kinder nahmen reißaus«,
meine ausgewählten humoresken erschienen unter dem titel
»mostrich ging ihm über alles«
und an meine gesammelten aphorismen
»natürlich wußte wie immer niemand näheres«.

das ist ja sehr interessant,
sagte der vorarbeiter,
denn wenn auch ich zwar nicht kriminalkommissar war, darf ich mich dennoch einen ehemaligen autor nennen, »dichter« wäre ein wenig zu hoch gegriffen, obwohl ich seinerzeit zwei gedichtbändchen veröffentlichte.

darf man die titel erfahren?
fragte der kriminalkommissar.

das erste heißt »der morgen graute«
und das zweite

»sie sahen ihn an«
unterbrach ihn ein holzfäller.
und dieses gedichtbändchen habe ich vor einem halben jahr gelesen, als ich mir den linken daumen entzweigehackt hatte und daher einige tage arbeitsunfähig war.

hat es dir denn gefallen, anton?
fragte der vorarbeiter.

es hat mir außerordentlich gefallen, weil es mir eine erhebliche bewußtseinserweiterung beschert hat.

ja, die gedichte sind sehr schön!
sie erinnern geradezu an goethe!
an rilke und benn!
an trakl!
ungaretti!
schrieen die holzfäller durcheinander, und der alte jakob bat den vorarbeiter: lies uns bitte deine gedichte vor!

ich wußte gar nicht, daß ihr euch dafür interessiert,
sagte dieser.

erst seit anton uns davon erzählt hat,
sagte jakob,
wir sind schon soo neugierig.

da stand der vorarbeiter auf, holte seine beiden gedichtbändchen und begann zu lesen...

ALOIS BRANDSTETTER

Stille Größe

Hier meine ich, schöne Anlagen nicht auszubilden, zwar um dieselben zu wissen, jedoch die Einladung, mit den Talenten zu wuchern, ein wenig müde und aus der Entfernung abzuwinken, sei eine feine Sache. Muß man es nicht nachgerade ein wenig grob und dumm finden, wenn einer Knall und Fall auf seine Natur eingeht und das mehr oder weniger Große vollbringt, das sie ihm nahelegt? Und darf man nicht auch fragen, was damit letztlich gewonnen ist.

In einem steckt etwas. Aus jemandem kann noch etwas werden. Einer berechtigt zu den schönsten Hoffnungen. Was aber ist größer, als auf jede Größe und den mit ihr verbundenen unangenehmen Aufwand und alles Aufsehen zu verzichten. Wenn etwas in einem steckt, soll man es da auch gern stecken lassen. Wenn sich jemand selbst gehenläßt, sollen ihn, bitte, auch die anderen gehenlassen. Werden wir dafür nicht mit den wunderbaren Träumen vom Abschied entschädigt? Können wir uns dann darauf nicht etwas zugute halten? Was man erreichen könnte, nicht zu erreichen, nicht erreichen zu wollen, vor dem Ziel mir nichts, dir nichts aufstecken, die Ausbildung aus heiterem Himmel abbrechen, eine Schule, was soll's, verlassen, all dies ist ein prächtiger Stoff zum Drandenken, Zurückerinnern, Nachtrauern. Mit solchen Erinnerungen ist kein Mensch, auch nicht an langen Winterabenden, allein und einsam. Zuletzt in den Zeitungen lesen zu müssen, wie einen dümmere Mitschüler von ehedem im Leben eingeholt und überflügelt haben. Dann auf das nächste Maturatreffen zu warten, wo es einem die Erfolgreichen zeigen und spüren lassen werden. Dazusitzen und als einziger um seinen wahren Wert zu wissen, aber unausgewiesen sein durch Zertifikate, Zeugnisse, Papiere, Unterlagen und Diplome, hineingesetzt in diese Meute strahlend glücklicher Anerkannter. Den kümmerlichen Stolz dieser Reüsseure ertragen zu müssen, all das kostet viel Kraft, aber die Anstrengung lohnt sich und ist auf ihre Weise doch recht wunderbar. Es ist viel Mut in der Wehmut.

Auch das ist süß: am Fenster zu stehen und zu hören, wie alle Geräusche vom nahen Bahnhof die Abfahrt jenes Zuges ankündigen, mit dem man ursprünglich abreisen wollte, um einen längst nicht mehr besuchten Freund endlich wiederzusehen. Wenn der Freund nunmehr überdies krank ist und mit seinem bevorstehenden Tod gerechnet werden muß, erhöht sich die Schönheit des folgenden Tableaus natürlich. Schließlich also doch nicht abzureisen, wieder einmal abgesagt zu haben. Da pfeift es. Ein erster Ruck schüttelt den Zug, die Lokomotive faßt nach, der Zug kommt in Bewegung. Jetzt dazustehen, am Abend, am offenen Fenster, den linden Schmerz des Verzichts auf dem Gemüt zu wiegen, sich das bekümmerte, kopfschüttelnde Seufzen des Freundes über die achsovielte Absage ins Bewußtsein zu rufen, auf den enteilenden Zug zu hören und immer wieder vor sich hinzusagen diesen herrlichsten aller herrlichen Sätze: Ach, wer da mitreisen könnte!

Hohe Stellungen, wichtige Dienste, Ehren, Auszeichnungen, eine Aufgabe, eine Mission, ein Auftrag, eine Verpflichtung, ein Amt, Ansehen, all das ist gut, oh doch, es ist gut. Aber besser und wundersamer ist es, zurückzutreten, zu demissionieren, dankend abzulehnen, zu kündigen, aufzugeben, Platz zu machen, von der Bühne abzutreten, sich von seinem Publikum zu verabschieden. Das erstere ist erstrebenswert, vor allem um des letzteren willen.

Neapel sehen und sterben? Neapel nicht gesehen haben und sterben!

Oh, eine törichte Jungfrau zu sein, die den Bräutigam verschläft!

Man muß einige Zeit lang ernst und streng sparen, um schließlich alles Geld unter Arme und schmutzige Obdachlose schmeißen zu können. Einfach hinzuschmeißen und die Gewißheit zu haben, daß sich nunmehr viele verkommene Subjekte einige Zeit lang stark betrinken werden. Nur durch diese sinnlose Verschwendung an sinnlose Menschen kann man die bittere Säure aus dem sauer verdienten Geld austreiben. Dann ist es nicht mehr mit Schweiß getränkt, sondern duftig und luftig. (Und es stinkt nicht mehr.)

Bitte Verständnis und Nachsicht für den Sohn, der mit dem Nachlaß des Vaters ein wenig nachlässig umgeht.

Überhaupt immer hinten sein, sich hinten anstellen, sich nicht vordrängen, sich treiben lassen, zu spät kommen, nachbeten, das Vorempfundene nachempfinden, wiederkäuen, säumig sein, dauernd müde und erschöpft sein. Später nachtrauern, Selbstmitleid haben, Erinnerungen nachhängen. Auch ein wenig verloren wirken, den Eindruck erzeugen, als hätte man das Schießpulver nicht erfunden, als sei man nicht von heute, sondern ewig gestrig, als habe man die Weisheit nicht mit dem Löffel gegessen. Sich einiges gefallen lassen, anderer Leute Diener sein. Oder der Braut die Schleppe tragen. Nach historischem Vorbild das Badewasser jener Frau, die sich von einem für angebetet hält, austrinken. Sich unter dem Pantoffel wohl fühlen. Sich entmündigen lassen. Willkürlich und unwillkürlich viel von Jakob von Gunten annehmen. Auch als Herrenreiter ein wenig nachzudenken.

Doch dann freilich weit hinter sich selbst und die Leute zurückzutreten, ganz ruhig außer sich sein, zu sich selbst und seiner Umwelt auf Distanz gehen, sich mit sich selbst, Gott und der Welt nicht gemein machen. Pauli Nolite conformari huic saeculo beherzigen. Ganz unberührt sein. Vielleicht eine putzige Geste der Beiläufigkeit anbringen. Sich nicht aus dem Haus locken lassen.

Ich möchte drei Wünsche frei haben und mir dann nichts wünschen. Auf diese Weise könnte ich jedes Märchen durcheinanderbringen.

Überhaupt was Originalität betrifft: Ein Chinese, darf sich dieser nicht glücklich in die Ehre seiner chinesischen Nationalität mit Millionen und Abermillionen anderer Chinesen teilen? Da ist der Chinese nicht gut beraten, wenn er nach Amerika auswandert und in irgendeiner kleinen Stadt des Mittelwestens ein spezieller Mensch wird.

Schade, daß die österreichische China-Mission stagniert und daß es den österreichischen Missionaren nicht gelungen ist, die Konversion dieser unzähligen heidnischen bis abergläubischen Menschen zur alleinseligmachenden Kirche herbeizuführen.

Wir sollten uns unsere bürgerliche Gesellschaft noch ein wenig bewahren. Brächten wir uns andernfalls nicht auch um die feine Freude des Protestes. Wer rechts steht, möge doch bitte da noch ein wenig bleiben. Links ist sowieso schon ein sehr starkes Gedränge. Namentlich den Literaten kann man den Vorwurf der Einseitigkeit nicht ganz ersparen. Bitte Platz zu machen.

Damit einer Individualist sein kann, dafür bedarf's freilich einer großen einfältigen Masse. Mindestens 1000 Leute werden für einen Besonderen benötigt.

Schau, da ragt einer heraus, da überragt einer alle übrigen, da sticht einer ab und hebt sich ab, und hebt sich und hebt sich und überhebt sich –, fällt, stürzt, purzelt, überschlägt sich. Mein Gott, war das aufregend.

Josef Bauer, Konstellation mit Frau, Foto, 1971

ERNST JANDL

Parasitäres Stück

im anschluß an ein klassisches sprechstück

dauer: 10 (oder weniger) minuten

anmerkung 1
der beginn des parasitären stückes ist vom ende des vorangegangenen klassischen sprechstücks durch eine pause getrennt

anmerkung 2
dieses stück ist gewidmet: dem wiener burgtheater und allen die es am leben erhalten

personen: die personen der letzten 10 (oder weniger) minuten des vorangegangenen klassischen sprechstücks in unverändertem charakter und unveränderter aufmachung

ort: der ort (die orte) der letzten 10 (oder weniger) minuten des vorangegangenen klassischen sprechstücks in unveränderter anlage und ausstattung

handlung: die handlung (handlungen, bewegungen, auftritte und abgänge) der letzten 10 (oder weniger) minuten des vorangegangenen klassischen sprechstücks in unveränderter ausführung

text: ersetzung alles in den letzten 10 (oder weniger) minuten des vorangegangenen klassischen sprechstücks gesprochenen durch mit heraushängender zunge unter einhaltung der zeitdauer des gesprochenen ausdruckslos gelalltes. das bei diesem lallen entstehende stereotype geräusch ist in rhythmus und klang am ehesten mit einer reihe in einem einzigen exhalationsstrom hervorgestoßener rasch aufeinander folgender kurzer l-laute (l-l-l-l-l) vergleichbar.

ELFRIEDE JELINEK

ein schönes erlebnis mit christoph, wenn es auch kurz war, war es doch schön.

was herrscht ist eine stimmung wie an einem kalten oktobertag. es ist ein kalter oktobertag. es folgt hier eine beschreibung des kalten oktobertags, die den meisten platz einnimmt. ich habe am kinobüfett einen schluck gegen die kälte getrunken, und plötzlich sah ich ihn. oft sind manche in solchen momenten erschrocken. ich erschrecke: blondes haar, das mich sofort an weizen, sonne und wind denken läßt. sofort denke ich an weizen, sonne & wind. augen von einem unwahrscheinlichen blau wie der himmel. man nennt es blau, aber es ist mehr, viel mehr. ein mund, der zugleich lockt, aber durch einen leicht herben zug um die winkel sagt: vorsicht! feuergefahr! mein jägerinstinkt war erwacht. auch waren die augen von einer tiefe. ich mußte an viele tiefe dinge denken, vor allem an die höhlen von lascaux. dabei denke ich an frankreich und dessen naturschönheiten. ich starre ihn an. er fühlt meine blicke auf seiner haut & blickt davon. eine ewigkeit scheint zu vergehen, in wirklichkeit vergeht nur eine kurze zeit, die mir wie eine ewigkeit vorkommt.

er schaut krampfhaft weg. die beschreibung des tages, den man durch die fenster vergehen sehen kann, gilt noch immer. unter den modischen jeans, die der junge trägt, kann man aufregende lange beine mehr ahnen als sehen. auch der pullover enthüllt mehr als er verbirgt. er enthüllt einen brustkasten, den er gleichzeitig verbirgt. man kann ihn nicht sehen, aber man kann ihn ahnen. auch das andere ist durch und durch aufregend an ihm, vor allem der übergang vom kind zum mann. ich versuche einen anerkennenden pfiff. er gelingt, und ich pfeife anerkennend. es kann sein, daß ich dadurch ein innerliches erdbeben ausgelöst habe, es kann aber auch sein, daß ich dadurch garnichts ausgelöst habe, man sieht nur daran, daß sich seine unterkiefermuskeln zu verkrampfen scheinen, daß ich etwas ausgelöst haben muß. außerdem wird er rot und zeigt so, wenn auch unbewußt, daß eine innere spannung zwischen uns besteht. vielleicht bemächtigt sich seiner jetzt endlich die erregung, die sich meiner schon bemächtigt hat. jeder jäger kennt das gefühl dem wild gegenüber: erregung. wie im film gehe ich schlafwandlerisch, von unsichtbaren fäden gezogen, auf ihn zu & sage »komm mit«. komm mit – nicht mehr. aber eine welt liegt darin! es ist, als ob wir einander immer schon gekannt hätten, nicht nur kurz.

er ist trotzdem verkäufer, obwohl er wie etwas besseres aussieht. er redet über schallplatten. ich hingegen fahre den sportwagen schnell & sicher durch den cityverkehr. mir genügt, was man ahnen kann, aber nicht sehen: das ungezähmte feuer unter der glatten oberfläche. er plaudert noch immer, über platten wie ein plattenspieler. wie es wohl sein mag, diesen mund, außer über schallplatten, über etwas anderes sprechen zu hören? sicher schön. wie es wohl sein mag, diesen mund, außer über schallplatten, die worte der liebe (»ich liebe dich«) sprechen zu hören? sicher auch schön.

im stiegenhaus küsse ich ihn kurz & hart. fast brutal. obwohl ich es als weich empfinde, empfindet er – christoph – es doch mehr als hart und brutal. in meinem appartement angekommen, mache ich licht. es wird hell. er will in die küche und uns etwas gutes machen. er ist begeistert von den vielen exotischen düften & gewürzen. er sagt, wie gut er kochen kann. er zeigt mit den händen, wie gut er kochen kann: sooo gut! als er zum kühlschrank eilt, zeichnen sich seine hüften unter dem dünnen stoff ab. es ist wie ein elektr. schlag. die erregung von absatz zwei, die noch immer in mir ist, wird stärker, sie ist fast unerträglich stark. eben jetzt ist sie besonders stark. christoph fragt die uralte frage: »bist du verheiratet?« ich antworte nein. etwas wie freude zeichnet sich auf seinem gesicht ab, das vorhin eher ernst war. kein zweifel, es ist freude. wir gehen nach nebenan. dorthin, wo das erlebnis stattfinden soll, das auch stattfindet. wir erleben intensiver als andre. sein zieren entspringt nicht einer koketterie, sondern tiefer innerer scheu, so sagt etwas in mir. auf einmal sind die alten, abgegriffenen worte wieder ganz neu, nämlich die worte: liebe, ehe, kinder, mutter, vater etc. die alten worte wirken auf mich, als hätte ich sie noch nie gehört. »was ist das – liebe?« frage ich z. b. die 2. uralte frage. das war ein schöner tag. für einen 2. ist hier fast kein platz mehr. und doch gibt es für uns einen, wenn auch in geraffter form.

zweiter und letzter tag, 4 uhr früh.

christoph spricht. ich lausche seiner rauhen, tiefen, fast einschläfernden stimme. es ist, als ob meine verstorbene mutter zu mir sprechen würde, nur tiefer & rauher, wie zuhausesein. endlich daheim! er spricht von der wohnung, die er tapezieren will – er kann es selbst machen – in hellen, fröhlichen farben, vom kinderzimmer, das her muß, von der küche, die er versorgen will, vom geld, das er sparen möchte, von seiner mutter, die zu uns ziehen soll, vom teppich, den er einmotten will, von den kleidern, die er selber nähen kann und für die er den stoff von seiner firma kriegt, von der marmelade, die er einkochen könnte, usw. usw. ich soll auch nicht immer so spät arbeiten bis in die nacht. = ungesund. dafür öfters ins grüne mit mann & kindern. und ob er sich so schuhe kaufen soll, die modernen mit den hohen plateausohlen. ferner, ob mir seine frisur so gefällt mit den ponyfransen oder ohne fransen & ob er brote schmieren soll. gesagt getan. kaum ist an das brot gedacht, ist es auch gemacht. dabei eine menge technische scheiße über brote und die folgen. das ERLEBNIS schwingt noch in mir nach, z. b. spreche ich die alten & doch immer neuen worte, nämlich er soll endlich den mund halten, sonst klebe ich ihm das brot, aufstrich nach vorn, ins gesicht, und das wird ihm keinen spaß machen, wenn ich das tue, und weiter: »sei schön und halt den mund!« grobe worte. er ißt gleich erschrocken sein brötchen auf. tränenerstickt. er schluckt. endlich kommt handlung in die verfahrene geschichte. obwohl keiner was tut, ist da doch eine innere tragik, die bald eine äußere werden kann. nämlich die tragik, daß chr. verkaufen gehen muß, weil es bald tag wird. nämlich die tragik, daß es überhaupt tag zu werden scheint für mann & frau.

chr. will von seinem schönen erlebnis im geschäft erzählen, daß es vielleicht was festes wird, und von dem schönen, schnellen auto. mir erzählt er zur sicherheit gleich, daß ich nicht so schnell fahren soll und vorher nichts trinken mit den freundinnen, vom einfamilienhaus seiner mutti, und daß ich dort den rasen mähen soll, und daß wir dorthin mit den kindern fahren müßten, wegen der guten luft und dem fehlenden verkehr und dem nichtvorhandenen lärm. und gleich werde ich ihn in den kampf ums dasein treten, und da schicke ich ihn schon hinein ins berufsleben. gleich ist er drin. und der tag geht noch viel weiter, und das telefon klingelt um 9 uhr: er fragt, ob das brot aufgegessen ist, und ob er einkaufen soll, und ob ich auch brav bin und an ihn denke, und ich sage: »nein, hau ab!« und sage auch sonst böse grobe sachen.

und später alle halben stunden ein heulender chr., der mir einen pullover stricken will und die wohnung saubermachen und kuchenbacken und mich seiner mutter vorstellen und abends mit mir fernsehen will (einen krimi) und so fort. doch von meiner seite ist nur freundliches dazu zu hören und die schicksalshaften worte: »es ist aus!« und so ist es auch. der tag ist aus, und christoph = auch zur neige gegangen.

PETER ROSEI

Projekt für ein neues Leben

Die Frage, wie man ein neues Leben beginnen könnte, ist eine Grundfrage unserer Existenz. Wir haben unser gegenwärtiges Leben nie anders als ein Leben zwischen zwei Türen, zwischen den »verschiedensten« Türen, auffassen können. – Das, was war, das, was ist, das, was sein wird: In zunehmendem Maß, zuletzt mit der Besessenheit der Verzweiflung – es ist ein Entscheidungskampf – haben wir unser Denken, unsere Fähigkeiten auf das Kommende konzentriert. Das Leben, das wir führen, stellt für uns nur eine Übergangslösung dar. Es ist uns nicht gelungen, uns mit dem Zustand, in dem wir existieren, existieren müssen, abzufinden. Wir sind dort nicht heimisch geworden und wollen es auch nicht werden.

Was ist denn ein NEUES LEBEN? – Diese zweite Frage haben wir uns immer wieder gestellt. Wenn die ganze Stadt, jede Straße ÜBERALL von Plakaten bedeckt wäre, mit dem Text: WAS IST DENN EIN NEUES LEBEN? – es wäre, um die Bedeutung dieser Frage für uns zu veranschaulichen, nicht genug; man müßte die Menschen, vor allem die Menschengesichter, man müßte jeden Hund, jeden Baum, den Himmel, die Felder vor der Stadt draußen mit diesem Anschlag bedecken. – Das Ziel und die Möglichkeiten, es zu erreichen, darüber wollen wir Gewißheit haben. Man hat uns vorgeworfen, daß wir in unseren Überlegungen der Prioritätsfrage zu wenig Gewicht beigemessen hätten. Man hat gesagt: Wenn man sich über das Ziel nicht vollkommen im klaren ist, kann man sich doch nicht auf den Weg machen! Es ist sinnlos, in das Ungewisse, in die Dunkelheit hinein einen Versuch zu machen, hat man gesagt.

Auf solche Vorwürfe haben wir geantwortet, daß wir, wenn wir aufbrechen, aufbrechen, weil wir in der Finsternis leben, weil wir in der Finsternis nicht mehr leben wollen. Wer glaubt, daß es hell um uns ist, irrt, haben wir geantwortet. Wir leben in keiner Festung, unsere Stellung ist ungesichert; hier sind wir so ungeschützt wie anderswo, wir haben nichts zu verlieren, haben wir entgegnet. Diese Umstände, so haben wir uns gegen die Vorwürfe verteidigt, bestimmen uns dazu, daß wir, auch wenn uns das Ziel nicht scharf umrissen vor Augen steht, uns auf den Weg machen, uns in dem Moment, in dem wir die Gegebenheiten unserer Existenz erkannt haben, schon auf den Weg gemacht haben, weil wir nur gewinnen können, weil dem Zustand, in dem wir uns befinden, kein ärgerer folgen kann. Wenn unser Vordringen vielleicht auch kein Vorstoß zur endgültigen Gewißheit ist, zur Gewißheit in jenen Fragen, die unser Ziel betreffen, so schafft es doch die Möglichkeit, sie einmal zu erlangen. Wir haben uns zum Handeln entschlossen, weil in der Finsternis, die uns umgibt, alles verborgen sein kann. Die geringste Entscheidung ist für uns ein Fortschritt in Hinsicht auf die Erreichung des Zieles.

Wir sind uns bewußt, daß unser Denken, unser Tun nicht mehr sind als ein Anstreben der Gewißheit. Man hat unser Streben nach Gewißheit als Irrsinn, als Größenwahn abgestempelt. Man hat nicht verstanden, was wir unter Gewißheit verstehen. – Man sollte an den Tod denken, um zu begreifen, was wir unter Gewißheit verstehen. Wir wollen uns über unser Leben so gewiß werden wie über den Tod. Wir wollen so gewiß leben, wie wir gewiß sterben müssen. In unserem Leben soll alles mit solcher Notwendigkeit geschehen wie das Ein- und das Ausatmen. Unser Leben, das Leben, das uns vorschwebt, ist so »einfach« wie der Fall eines Steines.

Man hat uns immer wieder vorgeworfen, daß wir uns alles zu »einfach« vorstellen, daß das Leben eine komplizierte Sache sei usf. – Dem halten wir entgegen, daß die Komplizierung des Lebens nicht ein Tatbestand ist, der auf sich selbst beruht, sondern etwas, das wir selbst bewirken. Es ist zum Beispiel die Natur, es sind zum Beispiel die Dinge, die Dingwelt und ihre Phänomene zwar nach Gesetzen geordnet, aber es sind nicht unsere Gesetze. Nun versucht man aber, diese Gesetze zu ergründen, man glaubt, daß man sich durch die Erkenntnis dieser Gesetze die Herrschaft über die Dinge wird sichern können. Man will nicht wahrhaben, daß mit dem Fortschreiten der Erkenntnis über die Naturgesetze nur ein relativer Machtgewinn verbunden ist, man verschließt die Augen davor, daß auch wir selbst Unterworfene dieser Gesetze sind, daß wir zwar unter den Unterworfenen mächtig sind, vielleicht die Mächtigsten überhaupt sind, daß wir aber dennoch nur Unterworfene sind, daß wir einer ganz anderen Macht gegenüberstehen und daß wir, selbst wenn wir die vollkommene Beherrschung der Dinge jemals erreichen würden, in Hinsicht auf jene Macht noch nichts erreicht hätten. Nicht wir haben die Fragen der Existenz vereinfacht, sondern unsere Kontrahenten. Sie haben sich in der Mathematik, in den Naturwissenschaften usf. ein Herrschaftsinstrument, sie haben sich in der Logik, Grammatik usf. ein System der Beherrschung geschaffen. Sie messen alles mit ihrem Maß, und dadurch wird ihnen alles meßbar. Alle Probleme werden dadurch zu »Problemen im System«, also zu letztlich lösbaren Problemen. Wenn solche Menschen zum Beispiel einem Gebirge gegenüberstehen, dann betrachten sie es nach verschiedenen Gesichtspunkten: nach der Höhe, der Schroffheit, der Schönheit, den klimatischen, botanischen, geologischen Besonderheiten, nach seiner Überwindbarkeit, nach den Ansatzpunkten für eine in Angriff zu nehmende Bezwingung, nach den Nutzungsmöglichkeiten für die Forstwirtschaft, für den Bergbau, für Steinbrüche usf. – Sie sehen nicht, daß das Gebirge in sich ganz anders geartete Gesetzmäßigkeiten, ganz andere Dimensionen im Hinblick auf das Zeit-Raum-Problem in sich trägt. Sie sehen nicht, daß das Gebirge in einen Bereich aufstrebt, der ihrer Beherrschung entzogen ist, in dem eine andere, eine WESENSMÄSSIG andere Macht herrscht.

Wenn man durch das Gebirge hindurch einen Tunnel gräbt, so ist es für das Gebirge nur ein winziges Loch. Wenn man sagt, man hätte diese Gebirgskette durch den Tunnelbau oder durch eine Besteigung ihrer höchsten Gipfel BEZWUNGEN, dann ist es so, als wollte man ernstlich behaupten, man hätte einen Menschen durch einen Nadelstich ins

Ohrläppchen besiegt oder ihn durch Berührung seines Scheitels unterworfen. Das ist lächerlich.

Im Anfang haben wir die Dinge, die Berge zum Beispiel, noch bezeichnet. Wir haben diesen Berg als SCHNEEKOPPE, jenen als ZIRBITZKOGEL bezeichnet. Im Anfang haben wir noch an den Sinn solcher Unterscheidungen geglaubt. Wir haben angenommen, daß es uns durch die IDENTIFIZIERUNG der Dinge gelingen könnte, eine Beziehung zu ihnen, eine Beziehung zwischen uns und den Dingen herzustellen. Das war ein Irrglauben. Mit dem Namen haben wir zwar ein stets zur Verfügung stehendes Etikett geschaffen, aber wir haben erkennen müssen, daß die schönste begriffliche Manipulation, daß dieses Jonglieren mit den Ding- und Begriffsnamen nichts weiter ist als ein Spiel, ein perfektes Spiel. Benennen heißt manipulierbar machen; dieser Satz ist richtig, das leugnen wir nicht. Wir haben aber in dieser Manipulation keinen Sinn sehen können. Wir sind den Dingen dadurch um keinen Schritt näher gekommen. Deshalb haben wir einen anderen Weg eingeschlagen. Mit unseren Händen berühren wir die Steine, das Brot und den Lehm. Mit dem Schilfrohr haben wir uns überall blutende Schnitte zugefügt. Die Regentropfen fallen auf uns. An den Wangen der Menschen lehnen wir wie an einem Stein. Es ist uns alles gleich geworden. Wir haben den Sinn verloren. Da und dort halten wir uns auf. Wir erkennen die Farben des Regenbogens, aber wir halten sie nicht mehr auseinander. Die Stimmen der Vögel und Menschen trennen wir nicht mehr. Wir schauen nicht in die Ferne. Immer sind wir IN UNSERER NÄHE.

Die Gewißheit, die wir anstreben, ist eine Gewißheit in den einfachsten Fragen. Unser Projekt ist in erster Linie auf dieses Ziel, auf das Eintreten der Gewißheit gerichtet. Wir wissen, daß, wenn wir ZIEL sagen, wir eigentlich MARSCHRICHTUNG meinen. Wie ein Wanderer, der sich noch in der Nacht auf den Weg gemacht hat, nicht sagen kann: Ich gehe dorthin, sondern nur sagen kann: Ich will bis dorthin kommen, so verhält es sich auch bei uns. Wir sind unterwegs.

Wenn man lebt, ist man beinahe schon tot. Es wird zu Ende gehen, denken wir. Es wird AUS sein. Der Eintritt des Endes ist nur eine Frage der Zeit. Vom Ende aber, von dorther gesehen, wo alles schon vorbei ist, wird uns alles gewiß, weil sich nichts mehr ereignet, nichts mehr verändert, weil alles vorbei ist.

Zu Anfang haben wir uns die Gegebenheiten unserer gegenwärtigen Existenz verdeutlicht. Die Beurteilung der Lage ist der Ansatzpunkt unserer Überlegungen, und da wir uns in Bewegung befinden, sehen wir uns naturgemäß einer sich andauernd verändernden, allein schon durch unsere Bewegung veränderten Lage gegenüber. Unsere Beurteilung ist daher eine Kette von Beurteilungen. Wie ein Feldherr zwar den verschiedensten Verhältnissen gegenüberstehen kann und gegenübersteht, was die Stärke der eigenen Truppe, der feindlichen Truppe, den Einsatzwillen, die Aufopferungsbereitschaft, die effektive Kampfkraft, ferner die »objektiven Gegebenheiten«, wie zum Beispiel die Straßen- und Eisenbahnsysteme, die Nachrichten- und Nachschubverbindungen usf. betrifft, so liegt doch all diesen vielschichtigen Tatbeständen eine einzige

Tatsache zugrunde: daß er sich im Kampf befindet, daß er hier steht und die anderen dort, die Tatsache des Konfliktes. – Ebenso verhält es sich mit unserer Existenz. Alle unsere Handlungen sind nur ein Versuch der Behauptung, der Verteidigung gegen feindliche Mächte. Was uns nicht gleichgültig gegenübersteht – das ist noch der günstigste Fall –, ist uns feindlich. Wenn der Wind einmal in die Richtung bläst, in die wir segeln wollen, so dürfen wir nicht glauben, er sei uns freundlich gesinnt. Unsere Pläne, überhaupt unsere ganze Existenz kümmern ihn nicht. Der Wind schlägt um, das Meer wirft große Wellen auf. Während wir ertrinken, wird es gerade Morgen oder Nacht, aber es kann auch um die Mittagsstunde geschehen. Dauernd sehen wir uns den Dingen gegenüber, den Naturereignissen usf. Wir und die Dinge, wir haben miteinander nichts zu schaffen. Während über dem Meer der Sturm brüllt, versinken wir lautlos, in Eichenbretter eingenagelt. Wenn uns nicht ein Fisch frißt, versinken wir in abyssische Tiefen.

So viel wir mit den Dingen zu schaffen haben, so viel haben wir mit den Menschen zu schaffen. In eisiger Kälte gehen wir nebeneinander her. Man muß die Irren in den Höfen der Irrenhäuser nebeneinander herlaufen gesehen haben, um ein scharfes Bild von unseren Beziehungen zu haben. Dauernd stehen wir einander lächelnd und zähneknirschend gegenüber. Die Kälte, in der wir uns befinden, läßt uns den Rotz an der Nase gefrieren. Es ist nur eine Frage der Zeit, bis wir mit den Hacken übereinander herfallen. Es ist nur eine Frage der Zeit, bis ein Mann in eine Frau sein Glied hineinstößt.

Das Unglück unserer gegenwärtigen Existenz rührt daher, daß wir ständig Beziehungen, und zwar ihrer Natur nach Herrschaftsbeziehungen zu den Dingen und Menschen herstellen wollen. Wir streben ständig die ALLMACHT an, wenn wir es auch nicht sagen, es uns nicht einmal bewußt machen. Die Allmacht werden wir nicht erringen. Auch der Mächtigste stößt immer wieder an die Grenzen seiner Macht. Unsere Bestrebungen, die auf eine Ding-, auf eine Menschen- und Naturbeherrschung, letztlich eine GESETZES-Beherrschung abzielen, sind vergeblich. Wir sind Unterworfene.

Wenn wir etwas anstreben, dann sprechen wir von einem ZIEL, in dem Sinn, daß mit der Erreichung dieses Zieles etwas ERREICHT sein wird. Wenn wir aber das Ziel tatsächlich erreicht haben, sehen wir, daß wir zwar dieses Ziel erreicht haben, daß es aber nur ein Ziel unter Zielen war, daß es nicht das ENDZIEL war usf., daß uns aber nur die Erreichung des ENDZIELES immer vorschwebt, immer vorgeschwebt ist, daß wir mit der Erreichung dieses Zieles nichts anderes erreicht haben als eben die tatsächliche Erreichung, daß der QUALITATIVE UMSCHLAG, den wir uns erhofft haben, nicht eingetreten ist, sondern nur ein QUANTITATIVER ZUWACHS.

Wir haben daher unseren Weg umgekehrt. Etwas Unmögliches, die Allmacht nämlich, wollen wir nicht länger anstreben. Wir wollen die Herrschaft nicht, denn wir können sie nicht erringen. Nach dem Unerreichbaren strecken wir nicht länger unsere Hände aus.

Als erstes haben wir uns von den Dingen abgewandt. Die Dinge beherrschen, heißt sie konsumieren können. Immer mehr Dinge beherrschen heißt, immer mehr konsumieren können. Viele Dinge beherrschen, heißt viele Dinge konsumieren können... Viele Dinge konsumieren können, heißt aber nicht, alle Dinge konsumieren können. Gerade in der Frage der Dingbeherrschung haben wir erkannt, wie wenig ein rein mengenmäßiger Fortschritt, eine rein flächenmäßige Ausweitung bedeuten. Gerade hier haben wir gemerkt, daß unser Streben nicht auf mehr, sondern auf alles gerichtet ist. Alles ist uns aber nicht erreichbar.

Wir haben daher den Weg des Verzichtes eingeschlagen. Wir wollen weniger, immer weniger, schließlich nichts mehr beherrschen. Wir wollen nichts mehr konsumieren. Wir streben eine Befreiung von den Dingen an, eine Befreiung von der Herrschaft über sie, eine Befreiung vom Konsum.

Von unserer Zukunft haben wir keine »rosigen« Vorstellungen. Man sollte unsere Aussagen über die Zukunft nicht als ideale Visionen verstehen. Man sollte sich alles, was wir über die Zukunft sagen, mit Schmutz und Scheiße bedeckt, von Sturm und Kälte erfüllt vorstellen. Man sollte keinesfalls Mitleid mit uns haben. Man sollte keinesfalls glauben, daß wir uns selbst bemitleiden.

Wir werden bedürfnislos sein. Wir werden besitzlos, weil herrschaftslos sein: Die einfachste Kleidung, das einfachste Essen, die einfachste Wohnung. Je ärmer wir sein werden, je verlorener, das wird unser Glück sein.

Man hat uns vorgeworfen, daß wir auch damit nicht ALLES erreichen werden. Darüber sind wir uns im klaren. ALLES können wir nicht erreichen, auch in dieser Richtung nicht, aber MEHR als in der anderen. Der Mächtigste ist von der vollkommenen Beherrschung der Welt weiter entfernt als wir von der vollkommenen Nicht-Beherrschung. Der anderen, der uns übergeordneten Macht sind wir beide unterworfen. Er, der Mächtige, ist aber mit all seiner Macht ohnmächtiger als wir, die Ohnmächtigen.

Als nächstes haben wir uns von den Menschen abgewandt. Nicht daß wir mit ihnen nicht mehr verkehrten! – Wir wenden uns nicht von ihnen ab, wir wenden uns ihnen auch nicht zu. Weil wir zu der Überzeugung gelangt sind, daß alle zwischen den Menschen überhaupt bestehenden Beziehungen Herrschaftsbeziehungen sind, wollen wir keine Beziehungen mehr herstellen. – Wir erwarten uns von den Menschen nichts mehr. Wenn wir uns von den Menschen nichts mehr erwarten, werden wir nicht mehr enttäuscht. Wenn wir nichts mehr zu verlieren haben, so denken wir, können wir nichts mehr verlieren.

Wir werden zwischen den Menschen durchgehen. Wir werden die Menschenansammlungen durchqueren wie einen Wald. Die Wüsten, die dürren, trostlosen Landstriche werden unser liebster Aufenthalt sein. Wir werden Rufe ausstoßen und Feuer anfachen. Wir werden durch die Meere und Wasser gehen. Von den Hügeln werden wir in die Ebenen absteigen. Von den Ebenen werden wir in die Gebirge aufsteigen. In die Stille hinein werden wir sprechen. Wir werden schlafen und wachen. Wir werden uns dort finden, wo nichts ist, was zu uns einen Bezug hat. In den Wolken und Felsen werden wir unser Gesicht nicht suchen. Wir werden nicht versuchen, aus dem Wind unsere Stimme zu hören. Die Menschen werden uns fern sein wie die Vögel über den Steinfeldern. Außer unseren Händen und Füßen, außer unserem Kopf, unserem Herz werden wir nichts besitzen.

Auf diesem Weg nähern wir uns der Gewißheit. Wir leben, weil wir leben. Wir sterben, weil wir sterben. Nichts geschieht aus unserer Macht. – Man hat gesagt: Ihr wollt schlafen! Ihr wollt den Tod vorwegnehmen!, hat man gesagt. Leben heißt »Sich verwirklichen«, hat man uns vorgehalten. »Sich verwirklichen« hat man immer nur begriffen als »Sich gegenüber anderen verwirklichen«. Unsere Verwirklichung ist eine nach innen gerichtete Verwirklichung. Wir wollen ALLEIN SEIN.

An konkreten Vorschlägen, wie unser neues Leben einzurichten wäre, fehlt es nicht: Wir werden arbeiten und das zur Erhaltung der Arbeitskraft Notwendige essen. Ziel unserer Arbeit soll der Erwerb des Existenzminimums sein. Was darüber hinaus an Erträgen anfällt, werden wir verschenken. Wir werden für unsere Gaben keine Gegenleistung erwarten. Wir schenken ja nicht, weil wir wohltätig sein, sondern nur, weil wir nicht verschwenderisch sein wollen. Wir werden uns aus unserem Tun kein Verdienst ableiten. Vielleicht werden wir dort, wo wir helfen können, helfen. Unsere Hilfe wird so sein wie eine Frucht, die irgendwann einmal vom Baum fällt. Der Baum tut nichts dazu. Wir werden tätig sein, aber wir werden nichts tun, um damit etwas zu erreichen. Vielleicht werden wir in die Kolonien gehen, in die ehemaligen Kolonien, irgendwohin, zu den Armen, zu den Hilfebedürftigen, in jeden Schmutz.

Vielleicht werden wir Gewißheit über unser Ziel, über die einfachsten Fragen erhalten. Vielleicht ist alles vergeblich.

Unsere Vorstellungen über ein NEUES LEBEN sind verworren. Zu einem klaren Gedanken sind wir längst nicht mehr fähig. Sobald wir zu denken beginnen, setzt der Schmerz ein. Solange wir nicht nachdenken, erfreuen wir uns eines bewußtlosen Glücks. Unterdessen ist aber das Leid, sind aber die Schmerzen gewissermaßen für uns aufgehoben worden. Sie sind gleichsam hinter einem Wall aufgestaut worden. Wenn wir wieder ins Bewußtsein eintreten, wenn wir nachdenken, brechen sie über uns herein. Wir gleichen, wenn wir nachdenken, den gepeinigten, vor Schmerz irrsinnig gewordenen Kampfstieren in der Arena. Wir können, wenn wir nachdenken, unsere Existenz nicht mehr ertragen. Der Irrsinn, den wir in der Finsternis, in der Bewußtlosigkeit, gerade noch im Gestrüpp unseres Schlafes haben festhalten können, bricht aus. Wir sollten daher besser keine Pläne machen, wir sollten keine Projekte schmieden. Wir sollten – man hat sich das beim Lesen unserer Vorschläge wahrscheinlich schon gedacht – besser auf den Tod warten, der alles löst. Soviel zu unserem Projekt.

HARALD SOMMER

Aus der Welt der Werktätigen

Wie ich angefangen hab in der firma Riekh & Söhne, bin ich zuerst in die färberei gekommen, da waren so tische, wie tischtennistische oder wie billardtische mit einem rand herum und da wurden die großen rinderhäute draufgebreitet; die waren noch naß und sehr schwer und dann hab ich auf jede haut so drei bis vier liter salmiak draufschütten müssen und dann mit einer drahtbürste einreiben, und daß man überall hinkommt muß man sich ganz drüberbeugen – da rinnen einem fast die augen aus. Und dann waren da noch acht solche tische in der halle, aber da haben lauter Jugoslawen gearbeitet, die vertragen die salmiakdämpfe besser, oder haben sie sich dran gewöhnt, jedenfalls, ich habe es fast nicht ausgehalten, aber zum glück, nach zirka vierzehn tagen haben sie mich geholt und da bin ich dann in die schleiferei überstellt worden, weil da war ein unfall und da ist einer ausgefallen, aber ich war froh, obwohls dort gestaubt hat, daß man die hand nicht vor den augen gesehn hat, und die maschinen einen lärm gemacht haben, daß man sich selber nicht hat schrein gehört. Jedenfalls bin ich da angelernt worden und nach zwei wochen hab ich schon akkord gekriegt und da bin ich ganz schön raufgekommen – da hab ich auf anhieb schon mehr verdient, als die Jugos drüben in der salmiakfärberei, obwohl die alle schon jahrelang dort waren. Aber eine von den Jugos war wirklich sehr fesch, mit strammen duttln und auch sonst nicht ohne – ziemlich groß und die haare hat sie oben zusammengesteckt getragen – und da hab ichs immer so eingerichtet, daß ich durch die färberei bin, wenn ich das chromleder aus dem trockenraum hab holn müssen, aber es hat sich nie irgendeine gelegenheit ergeben, daß wir auch nur ein wort miteinander gewechselt hätten und nach und nach hats mich aber ganz schön erwischt und da traut man sich halt auch nicht so, und langsam war ich schon richtig fixiert auf sie und beim wichsen hab ich nur mehr an sie gedacht obwohl damals grad die Bardot mode geworden ist. Aber eines tages hat es dann doch hingehaut. Ich komm wieder durch die färberei und da heult grad die neun-uhr-sirene und alle gehn hinaus nur sie ist dageblieben und das war ziemlich eindeutig und da hab ich sie bei der hand genommen und bin mit ihr nebenan in den trockenraum und da hat sie mir einen geblasen – bei 65 grad – und dann haben wir ausgemacht, daß wir am abend ins kino gehn und sonst haben wir nicht viel miteinander reden können, weil sie kein wort deutsch hat können, aber dann hat wieder die sirene geheult und ich bin wieder zurück in die schleiferei und hab weitergearbeitet und da bin ich mit der hand in so einem chromleder hängen geblieben und hat mich die maschine hineingezogen und hat es mir die rechte hand abgerissen kann man nichts machen und dabei hab ich noch schwein gehabt weil ich bin linkshänder und dann war ich zehn wochen im spital und wie ich dann wieder zum arbeiten anfang natürlich nicht mehr in der schleiferei, weil da können sie keinen einarmigen brauchen, komm ich wieder in die salmiakfärberei weil den salmiak einreiben kann man zur not auch mit einer hand, nur verdient man da halt viel weniger und akkord gibts auch keinen und die Jugoslawin von damals war auch nicht mehr da; die ist nach hause gefahren, nach Kotor.

Bruno Gironcoli, Entwurf, Zeichnung, 1977/78

OTTO KREINER

Immer das Höhere!

Das Höhere

Sämtliche Fäden spinnen sich von der Villa Shatterhand zum Hause Wahnfried. Einmal im Jahr kommt der Kaiser. Dann setzen sich alle um den Weihnachtsbaum und singen deutsche Lieder.

Es fliegen so viele Holländer in der Welt herum. Aber nicht ein jeder begegnet einem Weib, so schön wie treu, bei der sein Bild schon an der Wand hängt.

Die goldene Kugel des Erwerbens am Bein sind Sie ein anerkannter Mensch. Unser Haus bietet Ihnen ein Dach und ausbruchsichere Zimmer. In einem fernen Land beginnt ein Baum zu bluten. Das Unbehagen plötzlicher Ereignisse.

Eigenheiten

Des öfteren kam eine ärztliche Kommission zur Zellenvisite. Dann sagte Trakl zu dem in ständigem alkoholischen Delirium dahindämmernden Offizier, mit leiser Stimme: »Die Normalen kommen.« Und dann lächelten beide.

Es war erreicht! Nichts regte sich mehr auf den Nachbarfeldern. Und Plaudel, ein beliebter Verfasser von Mysterien für Theater, tanzte einen religiösen Kannibalentanz, im Kreis edler Damen, den Sieg zu feiern.

Der Inquisitor legte dem Philosophen ein glühendes Stück Eisen auf die nackte Brust, und fragte ihn: Erkennst du dich immer noch nicht mit deinem Körper identisch?

Im Schloß

Den König zu erheitern treten in genauer Reihenfolge auf: die Untertanengesangsgruppe »D'Gflicktn«, das Blockflötenquartett »Woodie Woodpecker«, der Hof- und Finanzzauberer.

Nachmittags großer Staatsrat. Der Finanzzauberer zeigt einen neuen Schlangentanz. Der Justizherzog eine neue Jongliernummer. Und der Kriegsminister frägt, wie lange die Schmach noch dauern soll. Der König seufzt.

Einmal im Jahr wird auch das gewöhnliche Volk vorgelassen. Der König ist sehr gnädig. Er tätschelt Wangen und verteilt alte Brotrinden an blasse Kinderchen. Die Kameras surren.

Alltage

Im Verlagshause. Ein Liedersänger blickt aus klugen Augen in eine Kamera. Junge Mitarbeiterinnen tragen den Frühling als Gesicht.

Rührung fällt von der geöffneten Bühne; wo der Held die Heldin zu den Klängen einer sanften Musik erdrosselt. Leise Geniertheit. Ergriffenes Schlürfen der Limonaden. Die Schildkröten können nicht gewinnen. Doch sie spießen ihre Gegner auf die rosenstarrenden Hänge der Romantik. Mit letzter Kraft erreichen sie das koromandelblaue Meer.

Zirkus

Der Herr Direktor lächelt, und die Kapelle spart kein Blech. Blumen sprühen in das Licht. Clowns bewegen sich mit tapsigen Tanzschritten. Zaubervögel in allen Farben. Heute dürfen die Indianer gewinnen. Man gibt ihnen Cowboys als Zielscheiben, und diese zucken mit keiner Wimper. Eine Dame fällt gekonnt vom Seil. Die Löwen wissen mit dem Dompteur nichts anzufangen.

Das grüne Pferd hat seine Sonate beendet, und das rote Pferd fliegt über die Zuschauer hinweg in den Zelthimmel. Ein paar Fiedelbogensaiten liegen auf dem Sand.

Frühling

Der Wind trägt die kleinen Samenpropeller aus den Vorstadtgärten herbei. Mit dem dümmlichen Optimismus menschenfreundlicher Lyriker.

Der Förster ist ein wirklicher Jagdherr. Er genießt Liköre aus verschiedenen Kräutern. Wenn er nicht gerade ein Gewehr trägt, mögen ihn die Rehe gern.

Sonnenstrahlen wecken die kleinen Vögel in den Hauswandlöchern. Zeigen die nützlichen Bäume im schönen Regentropfenlicht.

Gefechte

Die Fahnen der 32. Motorradbrigade knattern im Winde. Es war ganz unnötig, in dieser Gegend Brücken und Häuser zu bauen. Die Sonne versinkt. Der General nimmt einen Schluck aus der Vierkantflasche.

Der König schickt seine besten Grüße. Jetzt wollen wir die Feinde hauen. Der Gerechte hat immer einen Regenschirm.

Sie erstechen, überfahren und zerfetzen einander aus den edelsten Motiven. Die Grablegung Christi als Privatbesitz. Und über allem liegt der süße Duft der wilden Rosen.

Die Stadt

Hier ist unser Sachverständiger. Er erklärt sich Kunst und Kultur. Viele wollten ihm den Posten wegintrigieren. Man ließ ihm ein Klavier auf den Kopf fallen. Der Psychiater sagte: Ein interessantes Erlebnis.

Ulf hat ein großes Blatt Seidenpapier und einen schönen Kamm. Aber sie lassen ihn nicht mitspielen. Wäre er reich, könnte er sich einen Revolver kaufen. Da er arm ist, geht er traurig zur nächsten Kneipe.

In den Gossen schleichen haltlose Schelme, durch Erschütterungen locker geworden. Vorbei! Immer das Höhere! Ein Mensch. Ein Riese. Die kleinen Vögel in den Wolken.

Das Paradies

Musikalische Beschaulichkeit in garantiert schöner Landschaft. Engelsservice. Gebetsmarken werden vergütet.

Der Jünger kam in die Folterkammer und sagte: »Es ist alles ein Irrtum.« Ich ersuche, sprach der Märtyrer, der sich behende von den glühenden Kohlen erhob, mich für die staatliche Seligkeitstheorie vormerken zu wollen.

Gestern wurde einer zu zwei Monaten verknackt, weil er den Teufel anbetet. Und den vielen hundert Millionen Leuten, welche glauben, daß Petrus auf einer Wolke sitzt und Harfe spielt, geschieht nichts?

Der Pepsch

Gemessen an den Entfernungen zwischen den Milchstraßen, ist es schon wirklich egal, ob ich ein Greisler oder ein Beamter bin, pflegte der Pepsch zu sagen.

Oder er sagte auch: Wenn man bedenkt, daß keine Saurier mehr fluktuieren, wird auch die Frage nach einem Stammhalter dubios.

Vielleicht hat der Pepsch irgendwas? Vielleicht haben die Leute irgendwas? Vielleicht haben alle Leute irgendwas? Das Rätsel! Die Rätsel!

H. C. ARTMANN

An einer schnurgeraden straße nach westen:

1. Eine wegstunde von Boston ein haus mit runder nummerntafel und der interessanten Nummer elf, ein weißgestrichener holzzaun davor, über den bisweilen crèmefarbene hirsche springen und rosaäugige einhörner.

2. Meine junge tante erzählt von autofahrern, die plötzlich angst bekommen, weil sie dinge sehen – keine hasenfüße sie, durchwegs mit wind und wetter vertraute leute, männer in tweed und gutem schuhzeug.

3. Meine junge tante steht nackt im garten ihres besitzes und sprengt mit einem gartenschlauch den glattgemähten rasen; ein mittelgroßes aviarium mit verschiedenen vögeln der alten sowie der neuen welt badet in der morgensonne.

4. Erreicht man die höchste stelle der schnurgerade nach westen führenden straße, dann erblickt man schon von weitem den kleinen besitz meiner jungen tante.

5. Das haus meiner jungen tante liegt nicht mitten im besitz, es befindet sich direkt an der straße, die schnurgerade nach westen führt; in den frühen abendstunden hört man hin und wieder das altmodische geklimper eines banjos.

6. Manche wiederkäuer lieben es, zwischen blumen zu äsen – ihr schatten verändert sich je nach der stunde des tages, jetzt verträumt, nun bizarr, jetzt furchterregend, nun rührend, je nach dem schein von sonne und mond.

7. Ich habe keinen onkel, meine junge tante ist ein lediges mädchen; sie zu fragen, warum sie keinen mann hat, wage ich nicht zu fragen.

8. Die wiederkäuer bewegen sich leiser als fallende strahlen, die gefangenen vögel schreien manchmal während der nacht wie geängstete kinder.

9. Ich glaube nicht, daß meine junge tante einen wirbelsturm der bäume umlegt und dächer abdeckt im teekopf kochen kann; ich trank viele male tee in ihrer küche – es war völlig normaler tee.

10. Mit dem gartenschlauch in der hand, inmitten ihrer wiederkäuer, erscheint meine junge tante den nichtsahnenden autofahrern – sie meinen bei hellem tage zu träumen.

11. Gewiß, wirbelstürme entstehen in teekesseln, wütendes hageln in gewöhnlichen suppenterrinen, windhosen in whiskygläsern, landregen und überschwemmungen in ordinären milchkannen, dürre und trockenheit in bratpfannen aus der guten alten zeit.

12. Setz dich doch, Allan, sagt meine junge tante zu mir, hier ist tee und selbstgemachtes jam; durch das große fenster fällt der diffuse schatten eines langen hornes, das teewasser im kessel über dem kaminfeuer blubbert, ein harter windstoß wirft die gartentüre ins schloß.

13. Mein name ist außerordentlich leicht zu merken: ich heiße Allan Baxter und meine junge tante ist um einige jahre jünger als ich.

14. Dr. Olfert Dapper besteht darauf, im jahre 1673 in den wäldern von Maine ein wildes einhorn gesehen zu haben; es gibt reisende, die von meerfrauen, werwölfen, grillenköpfigen elfen und elfenköpfigen grillen zu berichten wissen.

15. Das selbstgemachte jam ist aus früchten, die ich nicht kenne, der tee ist gut, das brot frisch aus dem ofen; so vergehen die nachmittage mit meiner jungen tante.

16. Ich weiß, daß ich jede nacht träume, kann mich aber nach dem erwachen nie an meine gehabten träume erinnern; ich schlafe stets wie ein murmeltier, mich könnte das ärgste unwetter nicht aus meinem tiefen schlaf reißen.

17. Ich bin weder verheiratet, noch habe ich eine geliebte, fühle mich aber geschlechtlich ausgeglichen wie ein glücklicher ehemann oder ein geliebter einer guten geliebten.

18. Ich wage es nicht, meine junge tante zu fragen, wie männliche einhörner ihren überschüssigen samen verlieren, wie crèmeweiße männliche hirsche sanft wie fallende blätter der buche die brunft überstehen.

19. Ich wage es nicht, meine junge tante zu fragen, wie die namen der verschiedenen vögel des aviariums lauten, vögel mit traurigen augen, die mich irgendwie dauern, ohne daß ich wüßte warum und weshalb.

20. Vom gattertor des weißgestrichenen holzzaunes meiner jungen tante sieht man die höchste stelle der schnurgerade nach osten führenden straße, auf der eben eine bis gen himmel reichende windhose tanzt; die autofahrer fahren erschrocken einen großen bogen über die wiese zu beiden seiten der straße.

21. Ich habe ihnen noch vor kurzem meinen namen gesagt, nun aber kann ich mich nicht mehr entsinnen wie ich heiße: ich weiß nur, daß ich der um ein paar jahre ältere neffe meiner um ein paar jahre jüngeren jungen tante bin; sie steht nackt auf dem glattgemähten rasen ihres besitzes und ruft die sanften wiederkäuer mit namen, die ich noch nie gehört habe und die ich sogleich wieder vergesse.

22. Ich erinnere mich, daß ich irgend einmal einen wagen besessen habe, einen de Soto, mit dem ich eine schnurgerade straße lang nach westen fuhr – das dürfte schon längere zeit her sein.

PETER HANDKE

Die Geborgenheit unter der Schädeldecke

Rede zur Verleihung des Büchner-Preises

Für Ingeborg Bachmann

Wie wird man ein politischer Mensch? Die Dunkelheit ist jetzt wieder finsterer als noch vor zwei Monaten, der Fußboden in dem Raum, wo man sich befindet, abschüssig. Kein Aha – es handelt sich nicht nur um eine Ausgeburt des Bewußtseins: Als ich eine Wasserwaage auf den Boden legte, rutschte die Blase darin aus der Mitte, der Boden war tatsächlich schief. Auch die Kochplatte in der Küche ist so schräg, daß das Öl in der Pfanne sofort in eine Richtung zusammenläuft. Gauner, Betrüger! dachte ich und meinte die Baufirma. Die Reklamationsbriefe, auf die ich nie eine Antwort bekomme, beginne ich immer mit »Sehr geehrte Herren...« und erinnere diese dann höflich, in der Meinung, das gehöre zur Verständigung. Einmal schrieb ich von »meinem Rechtsanwalt« und warf den Brief weg, als ich mir dabei das Grinsen der Herren vorstellte. Ich habe keinen Rechtsanwalt.

Die Dunkelheit jetzt ist wieder die Finsternis aus der Kinderzeit. Man sitzt allein in einem Raum, man selber ist in Sicherheit, aber es fehlt noch der, den man am liebsten hat. Vor Angst werdet ihr müde, und diese Müdigkeit ist der sprachlose, innerste Schmerz. Kein erleichtertes Aufspringen aus einem Gedankenspiel mehr; schwere und rundum erstarrte Gedankenlosigkeit.

Diese Müdigkeit ist nicht die gewöhnliche Müdigkeit, sie ist eine Art des Schmerzes, es sind die Schmerzen der Angst. Jemand erzählte, wenn er aus dem Geschäft nach Hause komme, müsse er sofort den Fernseher einschalten, um nicht auf der Stelle einzuschlafen. Vor zwei Monaten glaubte ich noch, ich brauche das Fernsehen nicht mehr, aber jetzt, kaum daß es finster wird, schalte ich es oft wieder an. Die fertigen Bilder vor Augen, die künstlichen Stimmen im Ohr, denke ich ähnlich wie Anzengrubers Steinklopfer Hans auf der Wiese: »Mir kann nichts mehr passieren!« Die Nachrichten beginnen jetzt eine halbe Stunde früher seit ein paar Wochen; das ist der Grund, daß die Kinder zeitiger schlafen gehen müssen. »Jetzt kriege ich sie eine halbe Stunde früher ins Bett«, erzählte jemand. Auf den Straßen hört man die Kinder Deutschlands lachen wie Ernie aus der Sesamstraße. Warum ist es so befremdend, eine in jeder Einzelheit politische Existenz zu führen? »Geht einmal nach Darmstadt und seht, wie die Herren sich für euer Geld dort lustig machen, und erzählt dann euern hungernden Weibern und Kindern, daß ihr Brot an fremden Bäuchen herrlich angeschlagen sei...« Das kann man als Zitat aus der Vergangenheit holen, aber es jetzt selber zu sagen, würde die Herren nur wieder ergrinsen lassen.

Vor dem Fernseher saß ich und versuchte etwas zu meinen, doch nur sprachlose einzelne Wörter stießen sich an der Schädeldecke. Wenn ich Nixon sah, dachte ich »Gangster!«; wenn ich die chilenischen Generäle sah, dachte ich: »Banditen!« Zugleich kam es mir lächerlich vor, wenn jemand das aussprach. Andererseits waren die Kommentare, die ich las, nur eine Version des »Sehr geehrte Herren ...« Folgendes hätte ich sagen können, ohne daß ich dabei künstlich geworden wäre: »Gauner! Banditen! Mörder!« Das hätte ich auch gemeint. Alles weitere gehörte dann schon zu der Fiktion von Verständigung. Ich sagte nichts. Aber auf einmal kamen mir die, die es doch aussprachen, nicht mehr nur lächerlich vor: Sie sprachen ihre Sprachlosigkeit aus, ich verschwieg sie. Und dann war es selbstverständlich: Ja, Nixon *ist* ein Gangster, die chilenischen Generäle *sind* Banditen, die portugiesischen Soldaten von Wiriyamu in Mozambique *sind* Mörder. Du, Bauunternehmer, bist ein Gauner. Das ist nicht ausgewogen? Ausgewogen formuliert die *Frankfurter Allgemeine:* »Bei stundenlanger Beobachtung des Mienenspiels Allendes erschien der Charakter unklar und deshalb dubios.«

Was ist politisches Denken? Politische Aktionen habe ich immer nur verfolgt wie Sportreportagen; betroffen fühlte ich mich jeweils erst dann, wenn die Politik blutig wurde. Und von jeher fühlte ich mit den Opfern: Beim Anblick von Opfern erschien mir meine frühere Parteinahme für eine Ideologie nur mehr als sportliches Daumenhalten. Auch das sei Ideologie, sagt man. Ein dialektischer Sprung wäre nötig, dann würde ich zwischen Opfern und Opfern unterscheiden können. Ich sehe, daß dieser Sprung »vernünftig« ist, und in jedem Gespräch vollziehe ich ihn auch, aber sobald die Opfer leibhaftig werden, mache ich ihn rückgängig. Das ist der Grund, daß ich bis jetzt unfähig bin, eine in jeder Einzelheit politische Existenz zu führen. Es gibt eine Dialektik, die nichts anderes als weltvergessene Routine ist.

Seit ich mich erinnern kann, ekle ich mich vor der Macht, und dieser Ekel ist nichts Moralisches, er ist kreatürlich, eine Eigenschaft jeder einzelnen Körperzelle. Vor vielen Jahren schlug mich ein Lehrer mit dem Geigenbogen, und jetzt möchte ich aufspringen und ihm den Bogen zerbrechen. Im Internat, als ich einmal an der Reihe mit dem Vorbeten war und, obwohl mir der Kopf heiß wurde vor Anstrengung, für den großen Saal zu leise betete, und als da der geistliche Aufseher brüllte, ich sollte lauter beten, unterbrach ich immerhin das Gebet, ging auf den Aufseher zu und verbat mir seine Roheit. Aber warum schwieg ich dann, als ich Jahre später für tauglich zum Dienst mit der Waffe erklärt wurde und als der Offizier uns Gemusterten lautmalerisch den Wind beschrieb, der durch die stolzen Reihen der Soldatengräber braust? Dabei hatte ich damals eine Mordslust und habe sie jetzt noch, mein sehr geehrter Herr...

Es ist also zu unterscheiden: was mich unfähig und unwillig zu einer politischen Existenz macht, ist nicht der Ekel vor der Gewalt, sondern der Ekel vor der Macht; die Macht erst, indem sie es sich erlauben kann, aus der Gewalt ein Ritual zu machen, läßt diese als das Vernünftige erscheinen. Unüberwindlich ist mein Widerwillen vor der vernünftelnden Gewalt der Macht; als gestalt- und leblos empfinde ich bis heute fast alle, die mächtig sind. Und aus dieser Empfindung erlöst keine Dialektik. Vor vielen Jahren schaute ich eines der schon üblich gewordenen KZ-Photos an: Jemand mit rasiertem Kopf, großäugig, mit hohlen Wangen, saß da auf einem Erdhaufen im Vordergrund, wieder einmal, und ich betrachtete das Photo neugierig, aber schon ohne Erinnerung; dieser photographierte Mensch hatte sich zu einem austauschbaren Symbol verflüchtigt. Plötzlich bemerkte ich seine Füße: Sie waren mit den Spitzen aneinandergestellt, wie manchmal bei Kindern, und jetzt wurde das Bild tief, und ich fühlte beim Anblick dieser Füße die schwere Müdigkeit, die eine Erscheinungsform der Angst ist. Ist das ein politisches Erlebnis? Jedenfalls belebt der Anblick dieser aufeinander zeigenden Füße über die Jahre hinweg meinen Abscheu und meine Wut bis in die Träume hinein und aus den Träumen wieder heraus und macht mich auch zu Wahrnehmungen fähig, für die ich durch die üblichen Begriffe, die immer die Welt der Erscheinungen auf einen Endpunkt bringen wollen, blind geblieben wäre. Ich bin überzeugt von der begriffsauflösenden und damit zukunftsmächtigen Kraft des poetischen Denkens. Thomas Bernhard sagte, sowie bei ihm während des Schreibens auch nur der Ansatz einer Geschichte am Horizont auftauchte, würde er sie abschießen. Ich antworte: Sowie beim Schreiben auch nur der Ansatz eines Begriffs auftaucht, weiche ich – wenn ich noch kann – aus in eine andere Richtung, in eine andere Landschaft, in der es noch keine Erleichterungen und Totalitätsansprüche durch Begriffe gibt. Und diese bieten sich ja bei jeder Schreibbewegung als das erste Schlechte an; wenn man müde ist, läßt man sie stehen; sie sind das scheinbar Schwierige, das einfach zu machen ist.

Vor ein paar Tagen bin ich in Frankfurt herumgegangen. Es war ein trüber Samstagnachmittag in jenen Straßen, durch die man vom Zentrum in die Vororte fährt, nicht mehr Zentrum, aber noch nicht eigenes Viertel, weder Geschäfts- noch Wohnbezirk, die paar Geschäfte wie aufgelassen, eine leere Imbißstube mit pompösem Namen, das Niemandsland in den großen Städten. Angestrengt schaute ich hin und fühlte mich aufgefordert, in allen Erscheinungen Indizien zu finden. In einem Parterrefenster standen zwei große, gefleckte Hunde. Aus einem Haus warf eine ältere Frau einem alten Mann einen Ballonseidenregenmantel auf die Straße hinunter. Dann ging ich an einem Klingelschild mit vielen Namen vorbei und dachte plötzlich: »Komisch, die haben ja Namen, die heißen tatsächlich alle irgendwie!« An einem ähnlichen Nachmittag war ich in einem hessischen Dorf als einziger in dem Dorfcafé gesessen, welches das Hinterzimmer eines Lebensmittelgeschäftes war, meine Hände klebten am Plastiktischtuch, und ich las in einer *Hör zu,* die schon einige Monate alt war. So wie in dem Hinterzimmer des Lebensmittelgeschäftes im hessischen Dorf spürte ich auch in der Frankfurter Straße die Existenz anderer an mir selber, aber eher als Schauspieler, der sie verkörperte, schaudernd und doch fast mit einem Wohlgefühl.

Auf einmal fiel mir das auf, während der gierigen Wahrnehmungen: es war die innige Körperempfindung, daß sich die Schädeldecke über mich wölbte und mich von all den Anblicken abschirmte. Und unter der festen Schädelwölbung erlebte ich in fast heimeliger Fremde das allgemeine Elend. Als mir das auffiel, dachte ich, um dieses Schauspiel zu stören, müßte man auf der Stelle gewalttätig werden; aber das blieb nur eins unter vielen unwirklichen Gedankenspielen. »Der Sternenhimmel im Oktober«, stand vor kurzem in der Zeitung. Und als ich im Supermarkt die zuckerüberpuderten Kuchenstollen mit dünnen Goldpapierschnüren umwickelt sah, graute mir vor der Vorstellung, wie unvermeidlich über den Straßen bald wieder die Weihnachtssterne hängen würden. Neben der Autobahn von Duisburg nach Düsseldorf sah ich vor Jahren in der Nacht immer ein blaues Schild leuchten: Dr. Johnson's Handwaschpaste. Am Morgen putze ich mir die Zähne mit Dr. Best's Zahnbürste, die Haar wasche ich mir mit Dr. Dralle's Haarshampoo, mit Dr. Scholl's Hühneraugenpflaster versuchte ich einmal, eine Warze wegzukriegen. VEREINT GEIST UND POLITIK, hieß ein Spruchband zu den »Gesammelten Werken« von Carlo Schmid. Jeder dritte Deutsche ist Postsparer, jeder zehnte bei der HAMBURG-MANNHEIMER lebensversichert, jeder tausendste begeht Selbstmord. Die Melitta-Müllbeutelpackung enthält zwanzig Müllbeutel, die Melitta-Gefrierbeutelpackung enthält fünfunddreißig Gefrierbeutel, die Melitta-Frischhaltepackung enthält vierzig Frischhaltebeutel. Welche Vielfalt der Erscheinungen.

Noch immer zu wenig Widersprüche ... In seinem Arbeitsjournal schrieb Brecht am 31. 8. 44: »in augenblicken der verstörung fallen im gemüt die bestände auseinander wie die teile tödlich getroffener reiche. die verständigung zwischen den teilen hört auf (plötzlich wird deutlich, wie das ganze aus teilen besteht), sie haben nur noch die bedeutung, die sie für sich selber haben, das ist wenig bedeutung. es kann passieren, daß ich urplötzlich nicht mehr einen sinn in institutionen wie der musik oder auch der politik sehen kann, die nächststehenden wie fremde sehe usw. gesundheit besteht aus gleichgewicht.« Was Brecht hier, aus kleinlicher Angst vor der Sinnlosigkeit, als Krankheit und Verstörung aburteilt, ist nichts andres als das hoffnungsbestimmte poetische Denken, das die Welt immer wieder neu anfangen läßt, wenn ich sie in meiner Verstocktheit schon für versiegelt hielt, und es ist auch der Grund des Selbstbewußtseins, mit dem ich schreibe. Wie wird man ein poetischer Mensch? Auf alle Fragen, auch auf diese, gibt es die schöne, zutreffende Antwort: Das ist eine lange Geschichte. Wenn ich jemandem Mitgefühl, soziale Aufmerksamkeit, Freundlichkeit und Geduld beibringen will, befremde ich ihn nicht mit der abendländischen Logik, sondern versuche ihm zu erzählen, wie es mir selber einmal ähnlich erging, das heißt, ich versuche, mich zu erinnern.

Lassen Sie mich also aus dieser kurzen Anstrengung zu den langen Geschichten zurückkehren. Der Deutschen Akademie für Sprache und Dichtung, der Stadt Darmstadt und dem Land Hessen danke ich für die Verleihung des Büchner-Preises und das Geld, das damit verbunden ist. Und Georg Büchner danke ich für mehr.

Walter Pichler, Große Schädeldecke, Bronze, 1978

MAX PEINTNER

Das Erschrecken, das man spürt, wenn man in sich hineinzuschauen versucht

Über Walter Pichler

Pichlers Atelier in der Wiener Innenstadt ist ein weiß gekalkter Dachboden mit den Abmessungen einer großen Scheune. Es gibt keine Fenster mit Aussicht, nur Oberlichten, die sich nicht öffnen lassen. Auf einem Querbalken in halber Höhe stehen Eimer, Dosen und Bierflaschen mit vertrockneten Blumen. Die Schlafstelle ist eine offene Plattform über einem Holzverschlag, der als Magazin benützt wird. Pichler kann vom Bett aus bequem die begonnenen oder halbfertigen Skulpturen auf dem großen Arbeitstisch sehen. Wenn man eine Platte auflegen will, muß man die Leiter hinaufsteigen, und meistens steht auch das Telephon oben.

Neben dem Bett ist das Matratzenlager mit der alten Figur. Monatelang hat Pichler sie abends niedergelegt und am Morgen wieder aufgestellt, wie ein Kind seine Puppe, wie ein Kind sein Kind. Ich muß hinzufügen, daß es ein männliches Kind ist, eine Kriegerpuppe. Nach buddhistischen Lehren ist an körperlicher Vollkommenheit mit bestimmten genau katalogisierten Merkmalen der Zustand der Erleuchtung abzulesen, und nach jener Zen-Auffassung, die mir am besten gefällt, ist jeder Mensch von vornherein erleuchtet und ein Buddha. Gehen, Stehen, Sitzen und Liegen heißen deshalb die vier Ehrwürdigkeiten. Diese Heiligsprechung elementarer Körperhaltungen finde ich in allen Pichler-Zeichnungen mit Figuren. Dabei sind die Modifikationen wichtig, zum Beispiel die leichte Schrägstellung des Stehenden, die vielleicht von alten Vorlagen übernommen ist.

Pichler hat in seinem Atelier eine teure Stereoanlage, zwei Stahlplanschränke für die Zeichnungen, einen Kühlschrank und rechts und links von seinem Ölofen je einen unbenutzten Ofen, aber keine Schreibmaschine, kein Bad, kein Warmwasser und keine Heizung, die im Winter ausreicht. Das WC ist einen Stock tiefer, um zwei Ecken.

Seit ich Pichler kenne, predigt er sich und anderen eine Religion der Arbeit. »Wer nichts tut, ist nichts.« Er hat von klein auf in Werkstätten von Bastlern gelebt, die alles sammeln, was sie vielleicht irgendwann einmal gebrauchen können. Also hat er zu seiner Kirche und Bühne die chaotische Werkstatt gemacht, in der nie so ganz mit den angemessenen Mitteln gearbeitet wird. Er zeichnet und laviert am liebsten auf Papieren, die er zufällig findet; manchmal sind es ganz dünne und schäbige, die Falten ziehen oder vergilben. Bei den Skulpturen hat er einen Hang zu komplizierten Arbeitsgängen und Materialkombinationen; er erfindet Schwierigkeiten, damit er die Erfindungen machen kann, die sie beseitigen.

Die Handwerker, die ihm das Wasser installierten, staunten über seine Löttechnik mit spitzer Flamme, und ihm war die ihre neu. Die spitze Flamme konzentriert die Hitze auf einen Punkt und muß deshalb ganz vorsichtig gehandhabt werden, aber dafür kann man mit ihr viel genauer arbeiten. Bei den neueren Skulpturen hat Pichler seine Zink-Blei-Zinn-»Alchemie« entwickelt. Die drei Metalle haben zwar ähnlichen Grauton, unterscheiden sich aber im Glanz und oxydieren verschieden schnell. Zink, das Material mit dem höchsten Schmelzpunkt und der größten Härte, bildet das Gerüst und tritt nur an stark beanspruchten Stellen an die Oberfläche, der Mantel besteht aus Blei und wird von glänzenden Zinnähten zusammengehalten. Die Erläuterung der Details ergänzt Pichler durch die Bemerkung: »Am Blei gefällt mir auch, daß es ein giftiges Metall und gefährlich ist.«

Er wünscht sich, alle Künstler wären gute Künstler. Die Welt zerfällt für ihn in eine gute und eine böse Hälfte, und die »schlechten Künstler« gehören eindeutig zur bösen. Er verhöhnt sie dafür, daß sie es nicht besser können, und verdammt sie dafür, daß sie es nicht besser wollen. Ein Bankier ist ihm noch lieber als der »Spekulant«, der unter dem Deckmantel der Kunst »eine neue Spielart von Konsumgegenständen« erzeugt.

Pichler sagt, daß er noch immer so lebt wie vor zehn Jahren, als er mit seiner Kunst nichts verdient hat. Das stimmt und es stimmt nicht. Er leistet sich den Luxus, sich vor dem sogenannten Fortschritt zurückzuziehen. Im vorigen Sommer hat er sich im südlichen Burgenland einen verwahrlosten Bauernhof mit vier Hektar Grund gekauft. Der Grund war billig zu haben, weil er an einem Hang liegt und nicht mit Maschinen bearbeitet werden kann. Auf den umliegenden Höfen gibt es fast nur ältere Leute; die jungen sind in Orte mit Industrie abgewandert.

Wenn Pichler von dem Haus erzählt, hält er sich am längsten bei seinem Strohdach auf. Er hat es schon zur Hälfte erneuern lassen und war bei jeder Phase der Arbeit dabei. Er kochte für die jugoslawischen Arbeiter, fuhr mit ihnen über die Grenze Stroh holen und besorgte die passenden Stämme, wenn Sparren ausgewechselt werden mußten. Heuer wird der Stall in eine Werkstätte umgebaut. Der große U-förmige Raum zwischen Decke und Dach soll Skulpturen aufnehmen, die Pichler auf dem Land macht. Er erhält auf beiden Seiten Licht von unten, durch den nahezu meterbreiten Spalt am Dachvorsprung.

Unterhalb des Hauses will Pichler mit fertigen Betonringen den Silo für Wagen und Stele in die Wiese bauen. Die Geleise für den Wagen laufen von einer verschließbaren unterirdischen Kammer quer durch den offenen Silo auf eine hölzerne Galerie hinaus. Der Wagen wird mit einer Seilwinde von Hand gezogen. In sein Gestell aus Metall- und Granitbalken ist an der Stirnseite eine zweiteilige Skulptur eingelassen, die Pichler als Entwurf eines sakralen Gebäudes schon 1962 im Rohmodell ausgeführt hat. Der Basiskörper aus Zink trägt eine Achse mit Rädern, die in Führungsnuten auf dem Gestell passen. Die Räder haben einen nur wenig größeren Durchmesser als die Achse, so daß sie mit ihr einen starren Körper aus Zink, Blei und Zinn zu bilden scheinen. In der

Mitte ist die Achse durch mehrere lappenförmige Fortsätze mit dem Basiskörper verkämmt. Man kann die Achse mit einem besonderen Seilzug auf dem Gestell bewegen und sie in zwei weiteren Positionen einrasten lassen. Wenn der Wagen in der Kammer steht, schließt er an eine flache Rampenkonstruktion an, auf der sich die Führungsnuten fortsetzen. Auch dort sind durch Rasten drei Ruheplätze für die Achse markiert.

Pichler hat mehr als ein Drittel der Zeichnungen (in diesem Buch) auf dem Land gemacht. Er hat kein Auto und bleibt gewöhnlich mindestens drei Wochen in seinem Haus. Er fürchtet die Einsamkeit und versucht, sich im Alleinsein zu üben. Er hat sich das »Modell einer guten Beziehung zwischen einem Mann und einer Frau« in Bronze gießen lassen, aber er ist nach seiner gescheiterten Ehe überzeugt, daß er kein Talent zum Zusammenleben hat. In Abständen macht er die Entdeckung, daß Sex, die Beziehung zu Frauen »ganz weit weg« von dem sind, was er eigentlich will. Ich habe ihm einmal von einem euphorischen Zustand erzählt; er sagte sofort: »Und weißt du, wann du so etwas erlebst? Nur wenn du allein bist.« Er glaubt, daß er das Alleinsein zum Arbeiten braucht und auch Unzufriedenheit und Unglück. Glücklichsein ist ihm verdächtig, gewissermaßen als etwas nicht zu ihm Passendes. Manchmal bildet er sich ein, daß ihm das Zeichnen zu gut von der Hand geht; dann hört er auf und arbeitet an einer Skulptur, weil das immer mühsam ist.

Er widerspricht sich mit Vergnügen. Am besten bringt ihn in Fahrt, wer ihn naiv auf verbindliche Spielregeln des Diskutierens festlegen will. Wenn ich ihm eine Zeitlang zuhöre, weiß ich nicht mehr, ob die Arbeit (= Kunst) das höchste Gut ist oder einfach ein Mittel zum Überleben. »Menschen, die intakt sind, brauchen sie nicht. Alle Künstler sind Psychopathen«, sagt er, und dann schiebt er die Außenseiter mühelos in die Mitte: »Aber in einer Gesellschaft, in der alle krank sind, ist der Kränkste immer noch der Gesündeste.«

In letzter Zeit redet er oft davon, daß ihn das Leben in der Stadt anödet und daß er später ganz aufs Land ziehen möchte. Er hat von 1961 bis 1964 eine Stadt nach der anderen skizziert oder im Modell gebaut: kompakte Städte, unterirdische Städte, wachsende Städte, Städte mit Klimahülle, Städte in einem Krater oder in einer Schlucht, durchwegs Riesenskulpturen mit Hohlräumen, in denen die Menschen laut dem Manifest zur Ausstellung »Architektur« »nur noch geduldet« waren. Die Architektur wurde als »brutale Sache« gefeiert – was sie allerdings auch in der gängigen Form ohnedies ist –, und Pichler wollte damals allen Ernstes Architekt werden, mit der Befugnis, seine Städte wirklich zu bauen. Er begann sogar ein Studium. Heute gibt er zu, daß sie »sicher noch ärger« wären als die, in denen wir lebten. »Aber wenigstens wären sie nicht so mittelmäßig gewesen.«

»Wenn das Wort einen beseelten Leib angenommen hat, warum hat dann der Evangelist der geistigen Seele nicht Erwähnung getan, sondern nur des Fleisches, indem er sagt: ›Das Wort ist Fleisch geworden‹?« (Thomas von Aquin). Pichler hat »Brustkorbhäuser« und »Schädelhäuser« gezeichnet und einem kahlen rechteckigen Zimmer die Vagina zum

Eingang gegeben; er hat auf den Drahteinsatz eines Spitalbetts als »Metallkleid für einen Schlafenden« die Hohlform seines eigenen Körpers gebettet. Wer den Körper als leeres Gehäuse darstellt und ihn überhaupt mit Vorliebe in starre Architektur verwandelt, hat Angst, daß drinnen nichts ist. Das Erschrecken, das man spürt, wenn man in sich hineinzuschauen versucht, hat Pichler zum Ungläubigen gemacht. Er hält sich für kalt und ist ein Theoretiker der Menschenverachtung. Er hat im Museum die kleine Tonfigur eines Indianers gesehen, der mit ausgestreckten Armen eine Schlange hält. Er sagt, sie sei für ihn »viel menschlicher als die meisten, die da rundherum als Menschen fungieren«. Aber wenn Umriß und Geste stimmen – wie bei den arthritiskranken Frauen, die er beim Strohholen in Jugoslawien getroffen hat –, ist auf einmal ganz von selbst der Inhalt wieder da und mit ihm die Wärme und die Zuneigung: »Du solltest beginnen, eine Geschichte zu schreiben über die kleinen und verzogenen Leute, vergiß das Lächeln und den schnellen Schritt nicht, den die Junge gehabt hat, und wie sie verschwunden ist in der Scheune, und den todkranken Mann, der im Haus liegt, und die Kleider, die sie angehabt haben, und den ganzen Tag. Zeichnung dazu machen; drei gebückte Frauen, ein liegender Mann, ein Mädchen.«

Pichler gebraucht gern die Redensarten »einen Zahn zulegen« und »gut über die Runden kommen«. Er freut sich darauf, ein weiser alter Mann zu sein, wie Brancusi es seiner Vorstellung nach war. Manchmal tut er so, als ob er die Jahre bis dorthin am liebsten überspringen möchte. Er macht glauben, daß er sich viel von der Erlösung vom Geschlechtlichen erwartet. Aber auf einer Zeichnung ejakuliert er noch im Grab; er hängt an seinem Körper. Indem er mit einer gewissen hämischen Genugtuung an seinen unausweichlichen Verfall denkt, bleibt er der Überlegene. Das Altern ist ein Ritual – die Mischung aus einem Opfer, das er bringt, und einem Verbrechen, das an ihm begangen wird. Ich habe ihm vorgeschlagen, sich zu zeichnen, wie er als alter Mann vor einem Steinhaus sitzt. Es ist eine traurige Zeichnung geworden. Der alte Pichler und der Mann auf dem »Stuhl für einen Selbstmörder« sind beinahe austauschbar. Pichler glaubt fest an ein Leben nach dem Tod, das man sich durch Arbeit verdienen kann. Auch nur fünfzig Jahre dazu zu bekommen, in denen jemand an ihn denkt, ist ihm jede Anstrengung wert. Er sagt, die alten Ägypter, Leonardo und Rimbaud seien seine Brüder. Er behauptet sie zu lieben. Er liebt Tote und möchte von Ungeborenen geliebt werden. Der Künstler – nach Pichler »Angehöriger einer Priesterkaste« – stellt seine Arbeit zwischen sich und die anderen, damit er sie nicht kennenlernen muß. Er glaubt an die Endgültigkeit des einmaligen Akts, an die Zeugung mit unbegrenzten Folgen. Er will keinen Austausch. Er will nichts zurück haben, weil er keine Kontrolle darüber hat, was er zurück bekommt. Er will autark sein. Der Künstler ist der, der früher Taten begangen hätte wie Gilgamesch, das Urbild der Selbstsucher und Selbst-Süchtigen. Gilgamesch riskierte immer wieder blindlings sein Leben, um vielleicht für immer am Leben zu bleiben; er bewies sich mit der ständig wachsenden Liste seiner Entbehrungen und übermenschlichen Leistungen, daß er am Leben war.

Wir fahren im Wagen eines Freundes vom Bauernhaus zurück nach Wien. Die Musik im Radio wird alle paar Minuten unterbrochen von Sport, Werbung und Nachrichten für die Autofahrer, die jetzt unterwegs sind. Pichler erklärt, er ignoriere diese Welt der Kaufhäuser, Selbstbedienungsläden, Flugzeuge, Fabriken und Hochspannungsmasten. Er will sie nicht einmal bekämpfen. Sie geht ihn nichts an.

In seinen Zeichnungen ist die Erdoberfläche von den geläufigen Spuren fortgeschrittener Zivilisation gereinigt; die Menschen sind nackt oder in großartig schlichte Gewänder gehüllt, die Eingeborenenkleidern ähneln. Die Männer sehen in der Regel aus wie Pichler. Sie tragen manchmal Waffen bei sich, aber nur in einem einzigen Fall ist ein Gegner da, eine Frau. Sie sind fast immer in ausweglosen Situationen – mit Beinen aus Marmor geschlagen, gequält, verletzt, verschüttet – oder überhaupt tot, aufgebahrt, begraben und an der Auferstehung gehindert. Aber kein Körper ist verstümmelt, und das Gesicht, aus dem Tränen, Rotz und Speichel rinnen, ist nicht gedemütigt. Die menschliche Form bricht unter der Belastung nicht auseinander; im Gegenteil, sie festigt sich, bis sie eine beinahe unmenschliche Starrheit erreicht. In unserem in mehrhundertjähriger Arbeit gepflanzten Garten der Unlust haben wir längst den Überblick darüber verloren, was wir uns gegenseitig antun und auf welche Weise. Pichler träumt davon, daß sich das persönliche Schicksal aus dem Gewirr von Wechselbeziehungen zwischen den vielen loslösen läßt. Lieber ein übermächtiger Gott, vor dem zu bestehen sich auszahlt. »Ich betrachte mein Gesicht gern im Spiegel, weil ich ganz hinten eine Spur von ihm zu sehen glaube.«

Pichler nimmt mit seinen – vorerst nur gezeichneten – Rampen, Gerüsten, Geländestufen und -einschnitten, Gruben, Schächten, Stollen und künstlichen Graten ganze Landschaften für seinen Gott in Besitz: die Altäre stehen; wo bist Du? *Einen* Altar hat er 1970 wirklich gebaut. Er ist mit Linnen bezogen, das sorgfältig eingebügelte Faltkanten hat, und trägt keine Geräte. Die Spanplattenkonstruktion ist ein Stück weit marmoriert; daneben ist mit Bleistift geschrieben: sollte Marmor sein. Pichler spricht von seinen Arbeiten manchmal als von Inszenierungen. Er erschreckt die Welt mit dem unbewegten Zuschauer Gott und breitet vor ihr ein Arsenal von Gegenständen aus, die der Verbindung mit ihm dienen; aber er will sich mit seinem Gott so wenig ganz einlassen, als ob er Mensch wäre, und demaskiert ihn bei Gelegenheit als sein eigenes Wunschbild. Das ist die Inszenierung über der Inszenierung. Das ist, im Gegensatz zur Religion, Kunst.

In guten Stunden, wenn wir keine Zwischenfragen an uns selbst stellen und unsere Berechnung vergessen, haben wir das Gefühl, daß wir im Leben aufgehoben sind, ohne etwas dazutun zu müssen: Jetzt ist Ewig. Der Zustand ähnelt denen, die in unseren Lieblingserinnerungen an die Kindheit vorkommen. Man kann ihn kaum festhalten und nicht mit Absicht herbeiführen. Pichler hat sich für seine Arbeit die Hilfskonstruktion zurechtgelegt, daß Ewig Damals ist. Bei der Prozession mit dem tragbaren Schrein (grasumwickeltes Untergestell und im Inneren ein gestohlener Spiegel aus der Krypta

Walter Pichler, Rumpf, Lehm und Bronze, 1981

der Markuskirche) denke ich an das Begräbnis, das Kinder für einen toten Vogel veranstalten, im heißen Sand an der Hausmauer. Die Erlebnisse, die für Pichler zählen, spielen in der eigenen Kindheit oder in der der Völker.

Reproduzierbare Visionen haben kann man erlernen und sich angewöhnen. Ich glaube, daß Erfinden und Sammeln zu zwanghaften Tätigkeiten werden können, durch die man gegen ein Stück Leben ein Stück scheinbarer Sicherheit einhandelt. Pichler mag diese Ansicht überhaupt nicht. Kunst ist kein Ersatz. Sie ist »einfach das Leben selbst. Ich kann mir gar kein anderes vorstellen.«

GERHARD AMANSHAUSER

Zwerg Nase oder Wie man durch eine Gans um die Genialität gebracht werden kann

Manchmal hört man das Märchen von der guten Hausfrau, die vorzüglich kocht. In Wirklichkeit aber wurde die Kochkunst von Hexen und Männern beherrscht. Zur Zeit des Matriarchats erfanden Hexen die Kochkunst, oder vielmehr Zauberinnen, denn erst später, als die Männer kommandierten, wurden die Zauberinnen als Hexen verfolgt, als Überbleibsel einer vergangenen Epoche, die in Mißkredit gekommen war. Über die Gegenwart wollen wir schweigen. Doch Eingeweihte wissen noch, daß die großen abendländischen Kochkünstler, von Apicius bis Escoffier, ihre Kunst den Hexen verdanken. Dies zeigt unsere Geschichte.

Die Hexe erscheint auf dem Markt, um geeignete Kräuter aufzuspüren. Mit braunen häßlichen Spinnenfingern greift sie danach, beriecht die Waren mit häßlicher Nase. Das erregt den Abscheu der Frauen. Kaum zeigt sich das außergewöhnliche Talent auf dem Markt, wird das Volk schon von Ekel, Verdacht und Verleumdung ergriffen. Man beginnt zu flüstern.

Kunst fängt an bei der heiklen Auswahl des Materials. Sie verachtet die Preisschilder, sie riecht und wittert umher, sie prüft mit kaltschnäuziger Nase. Jakob, der Sohn des Marktweibs, halb verdorben durch Eltern- und Schulweisheit, fährt die Hexe mit Grobheiten an und stört die Verkaufsatmosphäre. Seine Mutter, die im Interesse des Geschäftes lauernd zusieht, wenn ihre Waren betastet werden, ist darüber erschrocken. Doch die Hexe lacht, erkennt sogleich die Renitenz des Knaben, die es nur umzuleiten gilt. In dem steckt noch etwas! Sie nimmt ihn also mit. Er soll ihr »tragen helfen«. Wer einer Hexe einmal tragen hilft, der kommt nicht auf den Markt zurück, der verliert sich in Seitengassen, in Höhlen oder Palästen, der macht mit Düften und Giften Bekanntschaft, der wird in ein Tier verwandelt.

Und Jakob muß in ein Tier verwandelt werden, sich sozusagen gesundbaden in tierischer Existenz, sonst würde er sich von der Familienerziehung nicht mehr erholen, könnte nie mehr mit dem Urgeschmack der Elemente und Wesen in Berührung kommen. Wie der Gott in die Hölle hinab muß, so muß der Meisterkoch eingehen in Tiere und Pflanzen.

Sieben Jahre muß er lernen in der Hexenküche, die das Gegenteil der Küche einer modernen Hausfrau ist. Kräuter, Säfte, Gewürze, Flammen und Tiegel, Kraft der Wurzeln und Eingeweide, Verwandtschaft brutzelnder Fasern mit dem schweren Metall der Pfanne, braune Krusten über der Holzkohle, Geheimnis des Abschreckens, Übergießens, Triefens, Schmorens und Gratinierens – zwecklos dies alles aufzuzählen, denn niemals kann jene Trance heraufbeschworen werden, die den Meister erfaßt, wenn die

Handgriffe zu gewissen Speisen mechanisch geworden sind und er sich nur mehr in die feinsten Nuancen versenkt, die das Vollkommene ausmachen.

Sieben Lehrjahre also, erst ein Tier, dann ein verwachsener Zwerg. Nun ist er verloren für die Welt der Zwecke und Gewinne. Was kann er denn schon? Kochen! Ein Virtuose der flüchtigen Geschmackseffekte, und dafür sieben Jahre Training, eine verschrobene Figur, eine verkrüppelte Psyche, und die Nase ein öffentliches Ärgernis!

Jakob aber, naiv wie er geblieben war, ging als Deformierter in sein Elternhaus zurück, behauptete der Sohn zu sein und wunderte sich, daß die Eltern ihn nicht mehr erkannten. Wäre er schon berühmt gewesen, hätten sie ihn vielleicht erkannt und gnädigerweise neben seiner Nase vorbeigeblickt. Den dahergelaufenen Zwerg konnte natürlich niemand erkennen, und der Vater zeigte, nach uralter Ahnensitte, auf die Tür.

Wohin wendet sich der Virtuose? Wo wird er nicht verdächtigt, wo kommt er nicht ins Zwielicht, wo wird er nicht lächerlich gemacht? Bei den Kennern, bei den reichen Mäzenen, die ihn brauchen, um sich höheren Glanz zu verleihen. So kam er zum Herrscher ins Schloß. Heute freilich stünde dieser Weg nicht mehr offen, es sei denn er könnte Parolen statt Saucen erfinden – doch wir haben gesagt: von der Gegenwart wollen wir schweigen.

Damals also verstand sich der Herzog auf Müßiggang, Mätressen, Feste und Kunst. Er hatte instinktive Witterung für das, was aus Hexenküchen stammte: Kontakt von Nase zu Nase. So machte der Zwerg im Schloß Karriere, inmitten der Hofintrigen und Vergiftungsversuche der anderen Köche. Freilich mußte er jederzeit gewärtig sein, vom Herzog getreten oder gar umgebracht zu werden, aber das gehörte zum Risiko seiner Berufung.

Beim Einkaufen – er kaufte ebenso wählerisch ein wie seine Lehrerin, die Hexe – lernte er nun eine Gans namens Mimi kennen. Eigentlich hatte er sie zum Verspeisen bestimmt, aber sie rührte ihn durch menschliches Reden. Sollte ihm, dem Zwerg, das einfache, banale menschliche Glück versagt sein? Mimi machte ihm Mut. Auch sie war ja verzaubert, eine zum Schlachten bestimmte Gans, und hoffte doch, eines Tages Hausfrau zu werden, Kinder zu bekommen. Und sie wußte auch, wo das Kraut gewachsen war, das ihm, Zwerg Nase, seine frühere Gestalt wiedergeben würde. Und er roch an diesem Kraut. Seine Nase schrumpfte, sein Höcker bog sich ächzend zurecht: er war der schönste junge Mann. Mit Mimi entfloh er dem Schloß und seinen Intrigen; auch sie bekam reizende Menschenzüge, und die Eltern öffneten weit ihre Arme.

Hier endet, in weiser Beschränkung, die Geschichte. Es wird nicht einmal gesagt, daß die beiden einander geheiratet hätten. In uns aber erhebt sich ein schwerer Verdacht: Am Ende sehen alle so unheimlich menschlich aus, sozusagen zum Erschrecken menschlich. Man hat sich an Hexen, Zwergen und verzauberten Mädchen vergnügt und kann mit diesen tadellosen Menschen nichts mehr anfangen. Und unser Gaumen? Bleibt Jakob ein Meisterkoch? Oder kommt es zu einer Krise in seiner Kunst? Vielleicht kocht er nur noch ab und zu mit halber Aufmerksamkeit ein Gericht, liest zunehmend Zeitung, die Kinder abwehrend, die sie ihm wegreißen wollen, und ruft manchmal, wenn aus der Küche die fragende Stimme Mimis ertönt, ärgerlich den Namen irgendeines Gewürzes hinüber, fügt aber gleich hinzu: »Das hast du ohnehin nicht, also lassen wirs bleiben!«

Peter Sengl, Vignette, Tusche, 1974

KLAUS HOFFER

Bedingungen für einen Satz

1

Glücklich darüber, die worte zu finden, die als ermutigendes einsatzzeichen den alles entscheidenden impuls zu einer längeren erzählung, die man zwar umrißhaft seit wochen schon vor augen, zu deren druckreifer niederschrift aber bislang der wohlwollende zuspruch eines literaturkundigen zeitschriftenherausgebers, dem man durch zufall, als er, genau wie man selbst, schirmlos, auf dem weg zu einer wichtigen besprechung im stadtsenat, vor einem für die milde jahreszeit überraschenden, wolkenbruchartigen regenguß kurzzeitig in einem überlaufenen kaffeehaus der innenstadt, das in der regel wohl nur von kartenspielern älteren semesters, die sich heute aber, sei es, weil sie einen untrüglichen instinkt für jeden plötzlichen umschwung des wetters, sei es auch, was auf das gleiche hinausläuft, daß sich dieser in wirklichkeit schon vor tagen, bloß für den gewöhnlich sterblichen nicht wahrnehmbar, in ungewöhnlich heftigen gliederschmerzen, welche die daheimgebliebenen nun einspruchslos die ihnen angestammten plätze an den grünbespannten tischen an eine überzahl von lautstarken, wie eine meute nasser hunde riechenden ortsfremden oder ausländern, zwischen denen eingekeilt, nach mehr und atembarer luft ringend, man auf den ausgang, wo sich einem unvermittelt der literaturbegeisterte bekannte von vorhin, den man in letzter zeit, wohl weil sich, wie man sich einzureden sucht, die eigenen gedanken ausschließlich und unaufhörlich auf das abenteuerliche vorhaben der nur noch in reinschrift zu bringenden geschichte, mit welcher anzufangen man schon verzweifelt für den jeweils folgenden tag sich geschworen hat, ein gelöbnis, das man nun auch, als wäre der augenblick, sich zu beweisen, unverzüglich und ohne umschweife in die tat umsetzt.

2

Wenn wer, am anfang eines neuen anfangs, die arme unbeirrbar über kreuz, sich über die brüstung deines fensters in dein zimmer lehnt und dir zusieht, wie du die langen zahlenkolonnen addierst und neu untereinander schreibst, ein mann, unverschämt dickfellig wie sonst nur du selbst, der mit seinem beweglichen schatten, dem stand der sonne entsprechend, das ruckweise fortschreiten der zeit anzeigt und dich damit zum nachgiebigen ausweichen zwingt, weil dein finger schon zurückzuckt, wenn nur ein haar von deiner stirn auf das weiße papier fällt und die zahlen verwischt, die sich sonst ruhig am rande deines gesichtsfelds bewegen – und wenn dann du, verbindlich abwinkend, aufspringst und die rennbahn deines abgetretenen teppichs entlangläufst, ohne einen einzigen blick noch an das bloß zum lüften geöffnete fenster zu verschwenden, in dem ein gespenst in unermüdlichen verrenkungen sein unwesen treibt, um nun entschlossenen schrittes, als gälte es noch, mit deiner unterschrift ein stillhalteabkommen auch rechtswirksam zu machen, an deinen schreibtisch zu treten, wo du dich einem wüsten haufen bis an den rand hin beschriebener blätter gegenübersiehst, die zu ordnen einen mehrstündigen, kraftraubenden arbeitseinsatz erfordern wird – dann findest du vielleicht in einem versteck zwischen löschblatt und schreibunterlage, wonach du gar nicht gesucht hast, einen zettel mit einem verweisenden satz, einer kurzen, wertlos gewordenen notiz, deren sinn du nicht begreifst, weil du mit deinen blicken immer wieder verstohlen zu jener stelle zurückkehrst, an der gerade noch ein vierschrötiger klotz unverrückbar starr die aussicht in die hinter ihm sich weitende landschaft verstellte, bevor er grußlos draußen in der dunkelheit verschwand.

Und wendest du deinen blick schließlich ab, um dich nochmals über jenes stückchen papier zu beugen, das du, wie du jetzt erst bemerkst, gedankenlos zwischen den fingern zerriebst, als du den kopf hobst, um aus dem fenster zu schauen.

3

Oft sitze ich bis tief in die nacht ratlos vor meiner schreibmaschine, und während ich nachdenke, liegen meine hände untätig in meinem schoß. nur hie und da blitzt es unter meinen halb geschlossenen lidern, dann aber fliegen meine finger selbsttätig über die tastatur. (unzutreffendes bitte streichen!)

Mit verkrümmtem rücken, die hände verdreht im schoß unter meinem schweren bauch sitze ich oft am darauffolgenden morgen tatenlos vor meiner schreibmaschine und überdenke das geschriebene. und blitzt es dann hie und da (ich bitte, mich ruhig zu korrigieren!) unter den schlaftrunken gesenkten lidern, so beuge ich mich, wie selbstverständlich, über das halb beschriebene blatt und streiche kaltblütig, was nicht mehr zutrifft.

Der nächste vormittag findet mich sorglos über meiner arbeit. (im zweifelsfall mich bitte rücksichtslos zu unterbrechen!) ich weiß nicht, was ich gegen mich beginnen soll, sitze da, schwer atmend und wie gekrümmt, die augen verdrehen sich mir unter den aufgespreizten lidern. ich denke nach. ein wort gibt das andere, aber ich lasse meine schreibmaschine unberührt. nur während ich rastlos umhergehe, werfe ich blitzartig hie und da einen blick hinüber und korrigiere in gedanken, was ich geschrieben habe und was gestrichen.

In besonderem glanze strahlt der mittag danach. ein satz folgt dem anderen, kaum daß ich sitze. aber nehme ich meine hände aus dem schoß, kann ich meine gedanken nicht mehr zusammenhalten und muß unterbrechen. ich krümme mich, wenn ich meine korrekturen noch einmal kritisch überprüfe, der brustkorb hebt und senkt sich mir unter heftigen windstößen und die augen treten aus den fest verschlossenen höhlen. – wie durchgestrichen fühle ich mich, wenn ich mich von der noch rinnenden wasserleitung an meinen arbeitsplatz zurückschleppe, wie einer, der nicht mehr zutrifft, falle ich krachend in meinen stuhl.

ERNST NOWAK

Hasenjagd

Ich weiß, damals kannten wir einander noch nicht lange, wir waren stumm wie Kinder, die ein Spiel ausdenken, bei dem es viel zu lachen geben wird, aber wir waren auch leicht und doch schwer, beweglich und steif, ausgelassen und traurig, wie es so ist, und der Tag war ganz danach, ein warmer, frühlingshafter Herbsttag. Tief vor uns leuchtete weißlichgelb und unbestimmt die Sonne durch den Dunst. Wir gingen den Feldweg nach Westen, zwischen uns war der Grasstreifen, wir gingen in den tiefen, mit Schotter gefüllten Furchen, stolperten, wenn ein rundgeschliffener Stein unter dem Fuß seitwärts rollte, und sahen einander dabei kurz an. Links wechselten die grauen Stoppelfelder mit frisch gepflügtem Land, schmal gegen den Föhrenwald zu gereiht, hinter dem wie unbewegt und fest geballt die weiße Rauchwolke der Fabrik stand. Du weißt, wir blieben dann stehen und beobachteten sie. Immer mehr Rauch drängte nach oben, und sie wurde nicht größer, nur die Umrisse und Bildungen, stumm ausweichend, verschoben sich leicht. Wir gingen dann weiter. Rechts fällt die Böschung steil gegen die weiten Wiesenflächen ab, die hier den Fluß säumen bis hinüber zu dem Höhenzug, den jetzt im Herbst der kahle rötliche Wald fast übergangslos in den Himmel auflöste. Ja, die Wiesen waren noch grün, die Spuren des ersten Frosts aber doch nicht zu übersehen, die Sträucher am Wegrand trugen zwar einzelne pralle Knospen, manche späte Blätter waren aber schwarz und verkrümmt vom Reif. Hier bei diesem Gesträuch stiegen wir die Böschung hinunter, die Erde war locker und körnig, ihr Geruch müde und bitter, wir lachten viel, unsere Füße sanken tief ein, du hast unten das Erdreich aus den Schuhen schütteln müssen. Du bist auf einem Bein gestanden, sehr unsicher, und ich sah dir zu, und auf einmal fühlte ich das Pochen der Adern an meinem Hals, ein Schmerz beengte mich, der sich erst löste, als du ein Stück vor mir her dem Fluß zu gelaufen warst. Ich lief hinter dir, den Blick gesenkt, die Maulwurfshügel hüpften durch die Wiese meinen Füßen entgegen, bis mich schwindelte. Als ich wieder aufsah, waren wir schon fast am Ufer. Flußabwärts fiel ein Schuß. Das Wasser war dunkel, schäumte nur da und dort an gekrümmten, sich kaum verändernden Linien auf und zog, noch silbrig nachzitternd, vorbei. Ein zweiter Schuß fiel, ein dritter, und wir blickten den Fluß hinunter. Ja, jetzt jagen sie, sagte ich, und du stiegst mit weiten Schritten von Stein zu Stein ans Wasser, bücktest dich und tauchtest die Hand hinein. Ist es sehr kalt, fragte ich, und du sagtest, nein, eigentlich nicht. Deine Hand war naß, frisch und fest, als du wieder bei mir warst. Vom Wald her, über den Fluß, schwangen sich die Krähen in die Wiesen nieder. Der frühe Nebel im Westen wurde grau und stieg am gelben Himmel hoch, bald mußte die verschleierte, sinkende Sonne ihm begegnen. Mein Mund war an deiner Schläfe, und ich atmete kaum. Ein Hase flüchtete, sich krümmend und lang streckend, quer über die Wiesen, mühte sich die Böschung hinauf und verschwand oben am Feldweg. Wir sind lang hier am Wasser gestanden. Es fielen wieder kurz hintereinander Schüsse, und ein Hund kläffte. Wir sprachen dies und das, scherzend oder nachdenklich, und unsere Blicke waren bald unruhig fordernd, bald ruhig getauscht, bald verschlossen, bald offen. Das nächste Mal war das Kläffen des Hundes schon sehr nahe. Über die Holzbrücke flußaufwärts schob eine Bäuerin einen Karren, auf dem, hoch aufgeschichtet, pralle Säcke lagen. Wir hörten das Rumpeln des Rades auf den lockeren Bohlen.

Als wir uns nach dem Hund umwandten, sahen wir auf dem Feldweg oben in einer Reihe die Jäger stehen, mit ihren dicken Jacken und den Stiefeln, dunkel und breit gegen den Himmel, einer von ihnen gegen die weiße Rauchwolke der Fabrik abgehoben. Wir lachten, als der Hund, kurzbeinig, mit schräg aufwärts stehendem Schwanz und fliegenden Ohren, auf uns zustürzte. Ein Jäger rief ihm wütende Befehle nach, er gehorchte nicht. Wir standen aneinandergelehnt und sahen dem Hund entgegen. Es ist ein junger Hund, sagtest du. Er sehe aber gar nicht verspielt aus, sondern böse und scharf. Lauf schön zurück zu deinem Herrn, rief ich, lauf schön, und sah, wie die Jäger die Gewehre in Anschlag brachten. Du hast dich weit vorgebeugt, als dich der Schuß getroffen hatte, hast dich auf den Fersen von mir weg zur Seite gedreht, und, während mich ein anderer Schuß traf, zwei Schritte, einen ungewöhnlich langen und einen kurzen, nach rechts gemacht. Ich riß meinen rechten Arm hoch an meine Stirne, taumelte zurück und suchte in einer krampfhaften Anstrengung, bei der Oberarme, Schultern, Hals und Nacken zitterten, einen Sturz nach hinten zu vermeiden. Es war umsonst, ich schlug hart mit der rechten Schulter und Hüfte auf, sah dabei dich auf den Knien und Ellbogen kauern, die Stirn fast am Boden, und sah, wie mich der Hund über meine Beine hinweg ansprang. Er landete auf meinen Oberschenkeln, ich suchte ihn abzuschütteln, seine Augen waren starr und dunkel auf mich gerichtet, seine Zunge hing bebend und bläulichrot zwischen den gelben Reißzähnen, sein Atem war heiß und stank nach Aas. Verschwinde, zischte ich. Er knurrte mich an, dann sprang er zu dir hinüber. Du bist jetzt lang ausgestreckt auf dem Bauch gelegen, und der Hund stemmte seine Vorderbeine auf deine linke Schulter und bellte zu den Jägern hinüber. Ich grub die Finger tief ins Gras und schob meinen Oberkörper so vor, daß ich die Jäger sehen konnte. Sie kamen langsam, mit wiegenden Schritten heran, die Gewehre unterm Arm, die letzten zwei stiegen eben, an derselben Stelle wie zuvor wir, die Böschung herunter. Der Hund umkreiste bald dich, bald mich und lief schließlich zu seinem Herrn, einem großen kräftigen Bauern mit grauem, dichtem Schnurrbart, dessen Enden in die nassen Mundwinkel hingen. Der Bauer hatte ein rotes Gesicht, Nase und Wange waren von einem dichten Netz blauer Äderchen durchzogen. Er sah mich mit kalten, grauen Augen an. Ein anderer Jäger sagte zu ihm, es sei diesmal noch gutgegangen, dieser dumme Hund, beinahe hätten sie den Hund erschossen. Der Bauer zog mit seiner dicht behaarten Hand auch gleich schweigend eine Leine aus der Tasche und holte zu einem

Schlag nach dem Hund aus. Ich hörte die Leine pfeifen, der Hund krümmte sich jaulend zur Seite. Der Bauer beachtete ihn nicht weiter, beugte sich leicht erst zu mir, dann zu dir nieder und sagte, nicht schlecht, gar nicht schlecht. Und ich sagte zu ihm, alle Achtung, und fragte ihn, ob er der Schütze gewesen sei. Er antwortete nicht. Und du hast dich aufgerichtet und lachend zu mir gesagt, siehst du, ich habe recht gehabt, der Hund war wirklich nicht verspielt. Sie müssen ihm noch einiges beibringen, sagte ich zu dem Bauern. Ja, ja, schon recht, ganz richtig, sagte er zerstreut.

Zwei Jäger hängten ihre Gewehre über die Schultern und bemühten sich um mich. Sie drehten mich erst auf den Rücken, dann faßte mich der eine unter den Achseln, der andere in den Kniekehlen. Hopp, sagte einer, und sie hoben mich auf. Mit dir, sah ich, machten es zwei andere ebenso. An meinem Hinterkopf rieben die Knöpfe des Jägerrockes, meine Arme hingen schlaff, und die Fingerspitzen berührten bei jedem Schritt ein sich vorwärts bewegendes Knie. Ich sah zu dir hinüber, unsere Blicke trafen einander, wir lachten, du hast mir zugewunken, und ich fragte dich, ob es nicht herrlich sei, so getragen zu werden. Ja, sagtest du, es ist gut, aber trotzdem könnten wir doch ruhig auch ohne Hilfe gehen. Was wollen Sie, fragte der Bauer ungläubig, Sie haben Vorstellungen, sagte er, seit wann läuft die Beute wie der Hund mit dem Jäger nach Hause, Sie kennen wohl die Regeln nicht. Ja, Sie haben recht, sagtest du, tragen Sie uns nur. Die Jäger trugen dich nun an mir vorbei, sie gingen schnell und mit federnden Schritten, während die, die mich zu tragen hatten, nur schleppend und mühsam vorwärtskamen, sei es, weil ich so schwer war, sei es, weil sie so schwach waren. Inzwischen hatte der graue Nebel schon die Sonne verdeckt, und der westliche Himmel war orangefarben. Es dunkelte, und der Geruch der Erde war jetzt feuchter und schärfer. In den Armen der Jäger, die bald ein Lied pfiffen, bald schwiegen, schaukelten wir nun so den Fluß entlang. Wir mußten bald bei der Brücke sein. Ein Jäger trat an mich heran, legte seine Hand an meinen Kopf, den Daumen unter das Kinn, Zeigefinger und Mittelfinger, die nach Tabak rochen, an die Wange, drehte meinen Kopf, fuhr mir dann durchs Haar, tastete eine Stelle oberhalb des Ohres genau ab, betrachtete dann seine Finger und sagte, ein guter Schuß, wirklich ein guter Schuß, er schweißt kaum. Dann lief er zu dir nach vorn und ging neben dir her, er suchte wohl auch bei dir nach dem Einschuß. Wir waren nun bei der Brücke angelangt und bogen links in die Landstraße ein. Die Sohlen der Jäger knirschten im Sand und scharrten durch den Schotter, der Hund lief bald vorn, bald an der Seite, stöberte da und dort am Straßenrand oder in der Wiese oder an den Stiefeln der Jäger und schlug mitunter kurz an. So kamen wir zu dem Gehöft, das nahe der Brücke liegt, ja, ein mächtiger alter Bau aus rohen Ziegeln, die nur wenig weiß übertüncht sind. Der hintere Teil des Baus ist eine Brandruine, ein Rest des Dachstuhls ragt noch in die Luft. Zwischen den Sparren sah ich einen ersten Stern. Der Hund lief, ungeduldig wedelnd und sich umwendend, seinem Herrn voraus zur Haustür. Der Bauer stieß sie mit dem Fuß auf. Bald waren auch wir in dem düsteren Flur, an dessen Wänden viele Geräte lehnten und volle Säcke gestapelt lagen. Es roch hier nach

Schweinefutter und Mostobst. Alles drängte sich vor einer niedrigen Tür, und ich wurde sehr unsanft auf den Steinboden gesetzt, wobei mich der eine Jäger aber noch fest unter den Achseln hielt. Der Bauer öffnete die Tür, die Jäger folgten, ihre Schritte polterten und hallten durch den dämmrigen Raum, dann haben sie dich hineingetragen, zuletzt auch mich. Die Stube war sehr groß, sie wirkte wie ein Saal, sie war kahl und fast leer, auf dem staubigen Bretterboden standen nur ein Tisch und drei Sessel in einer Ecke, und ein wuchtiger, blaßgrüner geborstener Kachelofen an der einen Längswand, die von rostigen Flecken und Rinnsalen bedeckt war. In den Winkeln lagen zerschlissene Decken, Polster und schwarze grobe Mäntel. Der Bauer machte Licht, es kam trüb und gelb unter dem weißen Glasschirm der Deckenlampe hervor.

Man setzte uns nebeneinander auf die breite Fensterbank. Wer hätte das gedacht, sagte ich. Ob wir jetzt überhaupt noch zurückgehen können, sagtest du, es wird ja schon ganz dunkel. Wir fahren eben mit dem Zug, sagte ich, von hier ist es ja nicht weit zur Station. Du hast den Mantelkragen aufgestellt und das Kinn tief in den Pelz gedrückt. Ist dir kalt, fragte ich. Ja, sagtest du. Ja, es ist kalt hier, sagte ich, kälter als draußen. Ich zog dich an mich. Die Jäger stellten ihre Gewehre und Rucksäcke in die Ecken und wahllos auf dem Boden ab, der Bauer und zwei andere setzten sich an den Tisch, die übrigen ließen sich auf der Fensterbank nieder und auf den Lumpen. Sie saßen an die Wand gelehnt und starrten bald zu uns herüber, bald kramten sie in den Manteltaschen und Rucksäcken und holten Messer hervor, Brote, Speck, Schnaps, Zigaretten und Pfeifen. Zündhölzer flammten auf, und Qualm zog durch den Raum. Der Hund bettelte. Eine gute Jagd, sagte der Bauer, ohne uns anzusehen, und wischte sich den Schnurrbart, eine sehr gute Jagd. Es freut mich, daß Sie mit uns zufrieden sind, sagte ich. Ja, sagte der Bauer, ich hätte mir nichts Besseres wünschen können, wir danken Ihnen. Nicht wahr, sagte er noch, zu den anderen gewendet, und es folgte ein Beifallsgemurmel. Und du hast gesagt, es war wunderbar, wie Sie uns getragen haben, man konnte gedankenlos und ruhig sein und sich ganz den regelmäßigen Bewegungen überlassen. Die Jäger sahen dich darauf groß an. Das verstehen sie nicht, flüsterte ich dir ins Ohr. Wollen Sie was essen, fragte der Bauer. Danke nein, sagte ich schnell, wir haben ja auch nur mehr wenig Zeit, es ist dunkel, und wir müssen dann mit dem Abendzug zurückfahren. Aber einen Schnaps werden Sie doch mit uns trinken, sagte der Bauer. Ja gerne, sagte ich. Unvermittelt und leise sagtest du zu mir, du hast Blut hinter dem Ohr. Es war gestockt, du hast dein Taschentuch mit Speichel befeuchtet und versucht, das Blut wegzureiben. Ja, meine Wunde, sagte ich. Du hast mich besorgt angesehen und dann das Taschentuch neben dich auf die Bank gelegt. Ich fühlte es kühl hinter dem Ohr. Dann hast du deinen Mantel geöffnet. Der Einschuß war knapp unter deiner linken Brust, ein kleines kräftiges Mal auf dem Grund deines Kleides, wie kreisrund aufgebrochen, eine blutig leuchtende Mitte, gesäumt von einem schmalen, wie zerfressenen schwarzen Rand und einem dunklen Hof von Ruß und versengter Wolle. Meine Hand näherte sich der Wunde, aber du hast sie zur Seite gedrängt und den Mantel rasch wieder zugeknöpft. Der Bauer drückte mir sogleich seine Schnapsflasche in die noch offen in der Luft stehende Hand. Zum Wohl, Prost, Gesundheit, sagte er, und die Jäger wiederholten es murmelnd reihum. Ich reichte die Flasche vorerst dir, du hast sie nur zögernd angenommen und flüchtig, mit dem kleinen Finger, als sollte es niemand sehen, gesäubert. Ja, ich habe bemerkt, wie sehr du dich überwinden mußtest, deine Augen waren schmal, deine Lippen fest aufeinandergepreßt. Mir tat das brennend scharfe Getränk wohl, ich trank sehr viel davon, etwas zu hastig, so daß ich davon an Kinn und Brust naß war. Vielen Dank, sagte ich, reichte dem Bauern die Flasche mit einem Kopfnicken zurück und wischte mich mit deinem Taschentuch ab, nachdem ich eine Stelle gefunden hatte, die nicht von meinem Blut befleckt war. Ich fühlte, daß mir der Schnaps in den Kopf stieg, daß sich mein Gesicht rötete und mir Tränen in die Augen getreten waren. Ist dir schon warm, fragte ich dich. Ja, sagtest du und drängtest dich an mich, gehen wir jetzt. Ja, wir müssen jetzt gehen, sagte ich laut und blickte auf meine Uhr, in einer halben Stunde geht der Zug, es hat uns gefreut, mit Ihnen beisammen zu sein, schade, daß es schon so spät ist, aber was kann man machen.

Wir sind auch gleich aufgestanden, ich war etwas unsicher auf den Beinen. Ich sah, daß unsere Mäntel ganz staubig waren. Während ich damit beschäftigt war, deinen und dann meinen Mantel vom Staub zu reinigen, und ich mich tief bückte, so daß mir der Kopf dröhnte, sagte der Bauer, schade, wirklich schade, meine Häschen, daß ihr jetzt fortlauft, man sollte euch ja eigentlich das Fell über die Ohren ziehen. Wir beide lachten darüber, aber er und die anderen blieben ganz ernst, und der Hund, der zu Füßen des Bauern lag, hob den Kopf und knurrte. Also dann geht, sagte der Bauer, wünsche gute Reise. Wir hatten uns zur Tür gewandt, ich drückte eben die Klinke nieder, da schluchzte der Jäger rechts vom Bauern, ein Alter mit tief durchfurchtem fleckigem Gesicht und kurz geschorenem weißem Haar, laut auf und sah uns mit roten, tränenden Augen an. Der Bauer merkte wohl, wie verwundert ich war, und sagte, ja, sehen Sie, er weint, er hat Mitleid. Und er fügte ergänzend hinzu, ja, seht, er hat Mitleid mit euch. Gehen wir, gehen wir endlich, sagtest du leise, und ich öffnete die Tür. Ich wußte nicht, was ich sagen sollte, ich sagte, danke, und, gute Nacht, und du sagtest, auf Wiedersehen, und tratest schnell in den Flur hinaus. Während ich die Tür schloß, sah ich noch einmal kurz zurück. Der Bauer stand hoch aufgerichtet am Tisch, blickte mit seinen kalten, grauen Augen uns nach, so wie auch alle anderen, hatte seine große Hand auf den Kopf des weinenden Alten gelegt und rief uns nach, ihr werdet wohl verbluten, darum weint er, der Gute. Du hattest inzwischen die Haustür geöffnet.

Das Dunkel draußen war durch den vom Fluß her ziehenden Nebel, den zunehmenden Mond und rechts drüben von den Lichtern der Fabrik und der nunmehr von unten grell beleuchteten weißen Rauchwolke etwas aufgehellt. In der Stube begannen die Jäger, die bis jetzt ja so still gewesen waren, zu lärmen. Wir sahen noch durch die kleinen Fenster in die Stube, konnten aber wegen des Staubs und der Spinnweben an den Scheiben nichts Genaues erkennen. Aber mit grölenden, heftigen Stimmen sangen die

Jäger nun ein Lied: Es blies ein Jäger wohl in sein Horn, wohl in sein Horn, und alles, was er blies, das war verlorn, das war verlorn, halliahussassa tirallala, und alles, was er blies, das war verlorn. Wir hörten sie noch singen, als das Gehöft schon hinter uns lag und wir auf der Landstraße dem Föhrenwald zu gingen.

Wir haben lange geschwiegen, ich verstand das nicht. Ich sah dich heimlich an, du spürtest es aber und wandtest den Kopf rasch ab, als wolltest du die Sterne im Westen betrachten. Deine Hand lag schwach und warm in der meinen. Was ist, fragte ich. Ich weiß nicht, sagtest du sehr laut. Mir ist es jedenfalls sehr laut vorgekommen. Ich sah gerade vor mich hin. Bald mußten zwischen den Stämmen des Föhrenwaldes die Lichter der Station zu sehen sein. Ich habe gewußt, daß du mich scheu beobachtet hast, bereit, sofort den Blick zu senken, sollte ich meinen dir nochmals unerwartet oder heimlich zuwenden.

Peter Pongratz, Figuren, Tusche, 1977

MICHAEL SCHARANG

Charly Traktor

Studie zum gleichnamigen Roman

Anhöhe reiht sich an Anhöhe, und von jeder überblickt man das ganze Tal. Mitten im Tal liegt Charly Traktor in einem Brunnentrog, und das Wasser steht ihm bis über den Mund. Rund um den Brunnentrog erheben sich die Häuser der Stadt. Vor der Stadt fließt der Fluß. Der Caterpillar steht bis über die Raupen im Wasser. Die Flußregulierung ist noch nicht abgeschlossen, aber die Anrainer zeigen jetzt schon keine Furcht mehr vor einem Hochwasser. Zu Furcht gab es auch früher nie Anlaß, sagen sie nun großmaulig. Der Bürgermeister könnte sich darüber zu Tode ärgern. Er stammt aus ärmlichen Verhältnissen, und es hat lange gedauert, bis er sich Ansehen verschafft hat.

Das größte Konditoreiunternehmen liegt am schönsten Platz der Stadt. Charly Traktor hat den Führerschein der Gruppen A, B und C gemacht, und er fragt sich, ob er den Führerschein der Gruppen D, E und F machen soll, wie er sich das vorgenommen hat. Wenn seine Freundin ein Kind bekommt, und wenn das Kind krank wird, und wenn die Mutter den Facharzt für Kinderheilkunde ruft, und wenn der Arzt sagt, das Kind muß sofort ins Spital, und wenn kein Rettungsauto frei ist, und wenn der Arzt sagt, dann führe ich das Kind selbst ins Spital, dann könnte wenigstens das Kind in dem Auto fahren, das Charly Traktor so gut gefällt.

Wo der Fluß die Stadt verläßt, wird ein Teil seines Wassers in einen Kanal abgezweigt, der zum werkseigenen E-Werk der Papierfabrik führt. Der Elektrohändler legt es als Hochstapelei aus, daß sich der Kanalwärter die größte lagernde Tiefkühltruhe gekauft hat. Auf eine Anhöhe führt eine Straße. Links und rechts hat sie weiße Streifen, in der Mitte hat sie einen gelben Streifen und auf bunten Tafeln sieht man Kurven, Steigungen, herabfallende Steine, Rehe und Bodenunebenheiten. Unter den Dingen, die das Hochwasser an den Kanalrechen schwemmt, sind viele Tiere, und unter den Tieren viele, die noch genießbar sind. Soll der Kanalwärter das Fleisch verderben lassen?

Fast in jeder Pause, die Charly Traktor während der Arbeit einlegt, überkommt ihn die Geschlechtslust. Sein Vorgänger ist zwanzig Jahre unfallfrei gefahren, und die Kunden, die er zu beliefern hatte, sagten ihm die Pünktlichkeit einer Uhr nach. Er war der erste, der bei dieser Firma wegen zu geringen Lohns gekündigt hat. Der Besitzer der Konditorei, Gewinner zahlloser Preise, wollte ihn deshalb wegen Unterschlagung verfolgen lassen, doch das Verfahren mußte eingestellt werden. Danach setzte er in Umlauf, er hätte einen, der sich nach zwanzig Jahren guter Ehe scheiden läßt, ohnedies nicht länger bei sich beschäftigen können.

Um die Reste der ehemaligen Stadtmauer, die heute mitten in der Stadt stehen, hat man im vorigen Jahrhundert einen Stadtpark angelegt. Von der Anhöhe sieht man nur die drei Birken, die auf der Stadtmauer wachsen, nicht die Birken, die in Dreiergruppen im Park gepflanzt sind. Charly Traktor vergleicht auf der Sportseite der Zeitung die Tabellen der Fußball-, der Handball- und der Basketball-Liga miteinander und sucht in den Ziffern einen Anhaltspunkt dafür, worin diese Ligen miteinander vergleichbar wären. Das tut er, damit die Geschlechtslust ein wenig in den Hintergrund gedrängt wird. In jedem Frühjahr werden die Birken, die neben den drei Birken neu zu wachsen beginnen wollen, ausgerissen, denn die drei Birken sind das Wahrzeichen der Stadt.

Die ehemalige Frau des ehemaligen Fahrers der Konditorei macht ausgedehnte Spaziergänge durch die dichtest bewaldeten Teile der Anhöhen. Sie hat von dort aus keinen Ausblick auf die Stadt. Wenn mich einer haben will, dann findet er mich auch dort, sagt sie sich. Charly Traktor sagt, daß er in der linken Hand kein Gefühl hat. Seine Freundin streichelt sich, bevor sie ihn trifft, die rechte Brust selber, denn er streichelt ihr immer nur die linke. Die Frau, von der oben die Rede war, hat sie einmal dabei durch Zufall beobachtet, und sie hat Name und Adresse ausfindig gemacht und ihr geschrieben, ob sie öfter zuschauen könnte. Charly Traktor denkt nach, ob diese Frau ihr Geld unter der Matratze aufbewahrt.

Der schönste Platz der Stadt ist nicht der größte Platz. In seiner Mitte steht ein Tabak- und Zeitungskiosk. Der Kiosk ist umgeben von Sträuchern. Nach den Sträuchern kam ein schmaler Wiesenstreifen und dann ein Tulpenbeet. Der neue Stadtgärtner hat das geändert. Er hat den Wiesenstreifen um die Breite des Tulpenbeets verbreitert und ein neues Tulpenbeet angelegt. Die Hilfsgärtner können nun mit der Motormähmaschine über diesen Streifen fahren. Sie brauchen nicht mehr wegen eines einzigen schmalen Wiesenstreifens die Handmähmaschine den langen Weg vom Gerätedepot der Stadtgemeinde bis zum schönsten Platz der Stadt mitzunehmen. Beim Umgraben des neuen Tulpenbeets hatte Charly Traktor ein Skelett gefunden. Aber die Arbeit als Hilfsgärtner war für ihn von vornherein eine Übergangslösung.

Der Bürgermeister ist ein merkwürdiger Mensch. Er kauft sich eine Stereoanlage, und weil sie beim ersten Einschalten nicht so funktioniert, wie er sich vorstellt, daß eine solche Anlage funktionieren müßte, schaltet er sie nicht mehr ein. Nicht einmal seiner Frau vertraut er an, wie er sich vorstellt, daß die Anlage funktionieren müßte. »Die Luxusindustrie ist nur auf Profit und Betrug aus, und sie hat recht.« Als Obmann einer Parteiorganisation der Stadt schreibt er Charly Traktor einen Brief, in dem er ihn als neues Mitglied willkommen heißt. Er versteht nicht, daß Traktor jetzt beitritt, wo er beim Konditor arbeitet, und nicht schon beigetreten ist, als er noch als Hilfsgärtner städtischer Angestellter war. Der Konditor unterstützt den politischen Hauptgegner des Bürgermeisters, wo er nur kann.

Der Vater von Charly Traktors Freundin ist in der Papierfabrik Vorarbeiter geworden, nachdem er einen Daumen verloren hat. Er rechnet sich aus, was ihm an Lohn dadurch entgangen ist, daß er nicht früher den Daumen verloren hat. Von seiner Tochter verlangt er, daß sie die Rechnung überprüft. Sie erklärt ihm, daß sie mit dem Rechnen Gott sei Dank nichts mehr zu tun hat, seit das Lebensmittelgeschäft in einen Selbstbedienungsladen umgewandelt wurde. Da wird es der Mutter zuviel. Sie hält der Tochter entgegen, daß sie in der Wurstabteilung sehr wohl zu rechnen hat, denn es steht zwar angeschrieben, was zehn Deka kosten, nicht aber, was dreizehn Deka kosten. Die Tochter redet sich darauf aus, daß sie bereits um Versetzung in die Obstabteilung angesucht hat. Da wird es auch dem Vater zuviel.

Es müßte sich doch machen lassen, das wirtschaftliche Funktionieren einer bestimmten Stadt darzustellen. Aber die Schriftsteller, die in dieser bestimmten Stadt leben, wollen sich dieser Mühe offenbar nicht unterziehen. Sie sagen, wenn wir mehr wären, dann würden wir das in Angriff nehmen, aber für uns zwei ist das einfach zu viel. Die paar Soziologie- und Ökonomiestudenten, die in den Ferien aus der Hauptstadt kommen, um ihre Eltern zu besuchen, reden uns zwar immer zu, wenn sie uns besuchen. Während ihrer Gymnasialzeit nahmen sie uns noch ernst, das wäre jetzt wirklich zu viel verlangt. Aber wenn sie gehen, haben sie uns nur die Zeit gestohlen und den Wein weggetrunken. Der Eindruck, daß wir zusammenleben, ist falsch. Jeder von uns hat seine Familie. Wenn gemeinsame Bekannte da sind, treffen wir uns abwechselnd bei ihm und bei mir. Was der Mehrwert ist, wissen wir schließlich auch, zumindest wissen wir es so gut wie diese Studenten, wir waren ja auch einmal Studenten. Aber das nützt uns jetzt wenig. Wir haben einige Male Charly Traktor wegen des Skeletts ausgefragt, und der hat sich verstellt, wie sich nur einer verstellen kann, dem die Zusammenhänge klar sind. So ergab sich aus der Frage nach dem Skelett die Frage nach dem Zusammenhang und dem Verstellen.

Es muß außer Charly Traktor noch einen gegeben haben, der nicht zum Mittagessen gegangen ist. Als der Konditoreibetrieb die Produktion ausweitete, ließ der Besitzer einen neuen Brunnen schlagen, damit noch besseres Wasser aus noch tieferem Grund bei der Herstellung der Konditoreiwaren zur Verfügung steht. Ebenfalls wie seine Vorfahren bezieht er Milch und Eier von dem Bauernhof, dessen Jungbauer ein Vorkämpfer gegen Futtermittel ist, die den Milch- und Eierertrag auf Kosten der Qualität erhöhen. Der Konditor kann deshalb in einem Prospekt hervorheben, daß seine Erzeugnisse Spezialerzeugnisse sind, daß die Hühner, die die Eier legen, die er verwendet, einen besonders gelben Mais zu fressen bekommen, der vom selben Bauer gezüchtet wird, dem die Hühner gehören, und daß infolgedessen ein derart gelber Dotter, wie er in seine Erzeugnisse verarbeitet wird, was ihnen anzusehen ist, seinesgleichen sucht. Dieser eine hinterträgt dem Besitzer, daß Charly Traktor in der Mittagspause im Brunnentrog gebadet hat. Der streitet es ab.

Die Garage für den Lieferwagen ist zehn Minuten von der Konditorei entfernt. Zweimal hat der Besitzer die Garage kontrolliert, einmal *eine* Stunde nach Arbeitsschluß, einmal *zwei* Stunden nach Arbeitsschluß, und jedesmal war das Auto nicht in der Garage. Als er Charly Traktor deswegen zur Rede stellte, forderte dieser die Bezahlung von Überstunden. »Die normale Arbeitszeit ist für die Erledigung der Arbeit lange genug.« Charly Traktor hat erreicht, was er erreichen wollte. Er wollte keine Überstundenbezahlung. Er stellt das Auto zwei Stunden v o r Arbeitsschluß in die Garage und geht auf den Schloßberg. Er will zwei Stunden brauchen. Nach zehn Minuten ist er oben. Er biegt vom breiten Weg ab. Der schmale Weg ist eine Sackgasse. Am Ende der Sackgasse steht eine Bank. Hinter der Bank führt durch ein Gebüsch ein Pfad. Der Pfad ist eine Sackgasse. An ihrem Ende liegt ein Baumstamm. Charly Traktor geht den Pfad zurück zur Bank. Er setzt sich. Er sehnt sich nach einem Menschen, den er fragen könnte, ob an diesem Platz schon jemand ermordet worden ist.

Die Frau, die Charly Traktors Freundin beobachtet hat, wie sie sich die rechte Brust streichelt, und die ihr geschrieben hat, ob sie öfter zuschauen könne, ist, nach ihrer Aussage, die Stiefschwester des Konditoreibesitzers, nach seiner Aussage eine Verrückte. Wenn sie sich ein neues Kopftuch kauft, sagt sie im Geschäft, sie könne sich wieder ein neues Kopftuch kaufen, weil sie von ihrem Stiefbruder eine Unterstützung erhalten hat unter der Bedingung, daß sie widerruft, jedenfalls aber nicht weiterhin erzählt, seine Stiefschwester zu sein. Außerdem trete ihr Stiefbruder insgeheim für die freie Liebe ein. Daraufhin angesprochen, würde er das ebenso abstreiten. Außerdem, wer sei er denn schon, gemessen am Bundeskanzler, der mit den jungen Leuten wenigstens diskutiert, eine Methode, die er von ihr übernommen habe. Letztlich sei ihr Stiefbruder nichts als ein Erbschaftsbetrüger und ein Erbschaftssteuerhinterzieher. Sie begrüßt es, daß die realistischen Motive auf den Kopftüchern von surrealistischen abgelöst werden. Die Frau des Stiefbruders trage keine Kopftücher, weil sie Angst habe, daß ihr die Haare ausfallen.

Der Redakteur der Stadt-Zeitung trainiert die Zehn- bis Vierzehnjährigen des Fußballklubs. Sein Vorbild ist Pablo Casals. Die Zeit, in der er zum Chorsingen Zeit hatte, liegt weit zurück. Dabei kann er noch nicht so alt sein, denn er hat den Empfang, den man ihm als erstem Olympiateilnehmer dieser Stadt bereitet hat, noch in frischer Erinnerung. Den Skelettfund von Charly Traktor wollte er auf der ersten Seite bringen. Er wollte Charly Traktor stärker verdächtigen, als es die Polizei getan hat, gestützt auf eine Bemerkung des Stadtgärtners, er habe Charly Traktor nicht angewiesen, dort zu graben, wo er dann gegraben und den Skelettfund gemacht hat. Er wollte mit dieser Verdächtigung seinen politischen Gegner und persönlichen Freund, den Dienstherrn von Charly Traktor, in einen weiteren Gewissenskonflikt stürzen, nachdem dieser durch die Entlassung des Vorgängers von Charly Traktor schon in einen Gewissenskonflikt gestürzt worden war. Seinem neuen und einzigen Mitarbeiter erklärte er das Fallenlassen dieses Plans damit, daß das Fleisch stärker sei als der Wille.

Um auf den ersten Eindruck zurückzukommen: Die Anhöhen werden durch drei Einschnitte voneinander getrennt, und jeder Einschnitt ist ein Tal, und durch jedes Tal fährt ein Autobus, und für jeden Autobus gibt es auf dem ehemaligen Marktplatz der Stadt, der jetzt als Hauptplatz dient, eine Haltestelle. Charly Traktor unterscheidet drei

Arten von Arbeitsschlüssen, den Arbeitsschluß um zwei Uhr nachmittags der Schichtarbeiter der Papierfabrik, den Arbeitsschluß der Büroangestellten um fünf Uhr und den der kaufmännischen Angestellten um sechs. Daß der frühere Redakteur über den Empfang des ersten Olympiateilnehmers der Stadt nicht angemessen berichtete, machte das Maß voll. Auf seine Gedichte, die er zwischen die Annoncen einschmuggelte, war niemand neugierig. Das Reisebüro leitet er jetzt anstandslos. Charly Traktor sitzt auf der Bank und sagt, ohne den Mund zu öffnen, die Kurzfassung der Ballade vom Taucher auf, die er in der Schule gelernt und nie mehr vergessen hat. Er würde gern die Behauptung seines Lehrers überprüfen, daß die Schüler von höheren Schulen, die die Originalfassung der Ballade lernen müssen, diese sofort wieder vergessen.

Als die beiden jüngsten mußten der neue Lehrling und die Freundin von Charly Traktor das Geschäft auskehren, und so waren sie allein im Umkleideraum, und der Lehrling, in dessen Vorstellung die Schamhaare identisch mit der Fut sind, packte die Freundin von Charly Traktor bei den Schamhaaren und riß daran so fest, daß sie mit einem Schmerzensschrei aus dem Geschäft rannte, direkt auf den Schloßberg, wo sie Charly Traktor auf sich warten wußte. Und als er sie daherrennen sah, war er glücklich, daß sie seinetwegen so rennt und daß sie heute genauso geil ist wie er, und er eilte ihr entgegen und packte sie bei den Schamhaaren und riß daran so fest, daß sie einen Schmerzensschrei ausstieß und den Schloßberg hinunterrannte. Da war es ihm zu blöd, und er ging durch das Gebüsch und setzte sich auf den Baumstamm und riß sich einen herunter. Dann machte er dem Lehrling Platz, der vor dem Gebüsch gewartet hatte.

»Die Phantasie ist unerschöpflich.« »Diesen Satz schreibt jeder bis zur nächsten Zeichenstunde dreißigmal.« »Wenn das noch einmal vorkommt, gehe ich mit euch nie mehr in die Natur.« Ihn schwindle, sagte der Schüler zu seiner Entschuldigung, als er mit Charly Traktor im Flur zusammenstieß. Charly Traktor sagte, es tut ihm leid, daß er nicht zum Begräbnis kommen konnte. Der Schüler sagte, ihm tut es auch leid. Charly Traktor denkt sich, wenn die Frau umgebracht worden wäre, hätten die drei Kinder jetzt nicht nur keinen Vater, sondern auch keine Mutter. Der Schüler fragte, ob es ein Mittel gebe, einen Satz dreißigmal auf ein Papier zu bringen, ohne ihn dreißigmal schreiben zu müssen. Charly Traktor sagte, das komme auf den Satz an. Der Schüler sagte ihm den Satz. Für diesen Satz weiß er kein Mittel, sagt Charly Traktor und fragt, an welcher Krankheit der Vater gestorben ist. »Das weiß ohnedies die ganze Stadt.«

Der Vater von Charly Traktors Freundin ist ausgerechnet heute unansprechbar. Er sitzt in der Küche und schreit seiner Frau, die im Schlafzimmer bei der Nähmaschine sitzt und die Bettwäsche ausbessert, zu, sie soll nicht den ganzen Tag vor dem Spiegel stehen. Die Frau antwortet der Tochter, die unter dem Vorwand, Ohrenstechen zu haben, das Doktorbuch aus dem Schlafzimmer holen will: Wenn es dich nur sonst nirgends sticht. Der Vater hat in der Zeitschrift, die von der Vereinigung der Papierindustriellen herausgegeben und von der Firmenleitung kostenlos an Arbeiter und Angestellte verteilt wird, gelesen, daß eine wissenschaftliche Revolution stattgefunden hat und eine technische Revolution und eine industrielle Revolution und eine Revolution der Kunst und daß eine Revolution des Geistes bevorsteht. Er ärgert sich, daß Revolutionen immer auf Gebieten stattfinden, von denen er nichts versteht.

Von jedem Vorgesetzten, Angestellten, Bekannten und Unbekannten, der ihm in die Quere kam, wurde der Stadtgärtner so lange gefragt, wo er seinen privaten Garten angelegt habe, der ein Musterstück sein müsse, bis er ein Schrebergartengrundstück an einem abschüssigen Hang pachtete und dort einen mustergültigen Alpengarten anlegte. Am obersten Teil des Hanges baute er ein, gemessen am tatsächlichen Wasserbedarf des Gartens, überdimensionales Wasserreservoir, das von den begutachtenden Spaziergängern als kühnes Bauwerk und zugleich als das Geheimnis der Gartenpracht bezeichnet wurde. In einer Zeit anhaltender starker Regenfälle schlich der Stadtgärtner nächtens in seinen Garten und demolierte mit einem Krampen das Reservoir. Das Wasser ergoß sich über den Alpengarten und vernichtete ihn. Der Gärtner wurde um so mehr bedauert, als er angab, er könne erst wieder einen Alpengarten anlegen, wenn der hohe Kredit, den er fürs Anlegen des ersten Alpengartens aufgenommen hat, abgezahlt ist. Außerdem sei ihm dieser Erdrutsch eine Lehre gewesen.

Immerhin lebt hier nicht, wie in der Hauptstadt, jeder Zehnte unter dem Existenzminimum. Charly Traktor findet auch die Luft hier besser. Luft ist für einen wie ihn wichtig. Erst wenn die Temperatur unter fünf Grad minus fällt, kurbelt er die Fenster des Lieferautos hinauf, auch wenn es stark regnet. Von der Theorie, daß die Verelendung im Spätkapitalismus immer weniger ökonomischen und immer mehr psychischen Charakter annimmt, will er nichts wissen. Er sagt, daß er psychisch auf der Höhe ist, finanziell aber im Parterre. Gegen einen Johann Sebastian Bach aus dem Radio, einmal im Jahr, zur Abwechslung, hat er nichts einzuwenden. »Aber meine spitzen Schuhe würde ich gegen runde nicht tauschen, und wenn ich noch so viel Geld hätte.«

Der zweite Eindruck ist weniger überwältigend.

»Während der Autor der Meinung ist, daß erst der zweite Eindruck weniger überwältigend ist, war für mich schon der erste Eindruck wenig überwältigend.« Wer das sagt, kennt die Lorettokapelle nicht. Teile der Außenmauern haben durch die jahrhundertelange Urinberieselung durch Ausflügler antikes Aussehen. Weil man die Panier nicht als Speise bezeichnen kann, sagt Charly Traktor, daß ein Backhuhn seine Lieblingsspeise ist, wenngleich ihm das liebste am Backhuhn die Panier ist. Magengeschwüre sind für ihn Witzgestalten. »Wenn ich mir vorstelle, wie ich in zwanzig Jahren ausschaue, könnte ich mir den Kopf abhacken.« Tatsächlich aber ändert sich der Kopf von Charly Traktor in den kommenden zwanzig Jahren wenig. Das Haar wird voller, die Haut glatter, die Augen offener. Nur insofern ist er kein typischer Vertreter einer Klasse.

Bei einer Diskussion, die die Junge Generation mit einem Mitglied der Bundesregierung und mit einem Nationalrat, dessen Wahlkreis in diesem Bundesland liegt, im

Stadtsaal veranstaltet, sagt das Mitglied der Bundesregierung, es werde mit drastischen Worten über die Staatsschuld sprechen, die die vorherige Bundesregierung des politischen Gegners angehäuft hat, und der Nationalrat sagt, er werde mit drastischen Worten über das Fehlen von dreißigtausend Arbeitsplätzen allein in diesem Bundesland sprechen, ein Zustand, an dem die mangelhafte Strukturpolitik der gegenwärtigen Landesregierung des politischen Gegners die Schuld trägt. Ein Opfer dieser Strukturpolitik zündet sich vor Erregung eine Zigarette an, und der Feuerwehrmann, der im Saal Dienst tut, schlägt sie ihm aus der Hand und tritt sie mit dem Fuß aus. Wenn er nicht als Mitglied der Freiwilligen Feuerwehr auch für die Werksfeuerwehr brauchbar wäre, hätte auch er seinen Arbeitsplatz in der Papierfabrik verloren. Das Opfer der gegenwärtigen Strukturpolitik untersucht, ob die zertretene Zigarette wirklich zur Gänze unbrauchbar gemacht worden ist. Charly Traktor verzichtet auf die Fragen, die er stellen wollte, und ist froh, daß er keine Auslandsschulden und einen Arbeitsplatz hat.

Der Film reißt, und es wird Licht im Saal. Charly Traktor atmet auf, er hat seit Monaten im Kino nicht gepfiffen, und jetzt wird er pfeifen, und es werden sich welche finden, die mit ihm pfeifen. »Ich bin ein häßliches Mädchen.« Charly Traktor bleibt das Herz stehen, als das Mädchen neben ihm das sagt. Er schaut sich das Mädchen an und sagt, ich wäre froh, wenn ich dieses Mädchen haben könnte. Welches Mädchen, fragt das Mädchen neben ihm. Das Mädchen, sagt er, das im Film gesagt hat, ich bin ein häßliches Mädchen. *Ich* sage: *Ich* bin ein häßliches Mädchen, sagt das Mädchen neben ihm, wären Sie auch froh, wenn Sie mich haben könnten? Was soll ich sagen, fragt er sich und das Mädchen. Das Mädchen weint und sagt, sie sei ein häßliches Mädchen. Charly Traktor fragt, ob *sie* froh wäre, wenn sie *ihn* haben könnte. Das Mädchen verneint.

Es ist höchste Zeit wegzugehen. Der Werkschor gibt ohnedies nur einmal im Jahr ein Konzert. Der Wärter des werkseigenen E-Werkkanals fischt bei weitem nicht jede kleine Katze aus dem Wasser. Seine Frau hat sich seit Tagen aufs Weggehen eingestellt. Sie hat seine Sachen aufs Bett gelegt, aber er hat sich zum Unterschied von ihr nicht darin geübt, sie anzuziehen. Läuft eine Katze, die er herausgefischt und bei sich aufgenommen hat, weg, fischt er bei nächster Gelegenheit eine neue heraus. Es wundert ihn nicht, daß es die Katzen bei seiner Frau nie lange aushalten, aber es wundert ihn auch nicht, daß es die Katze, die er jetzt hat, schon so lange aushält. Er unterbricht das Krawattenbinden und löst ihre Krallen aus seiner Hose. Sie kann es nicht leiden, wenn er abends fortgeht. Er will auch meist nicht fortgehen, wenn er sich zum Fortgehen anschickt, und meist, wenn sich die Katze an seine Hose krallt, bleibt er zu Hause. Er hält im Schnüren seiner Schuhbänder ein und hebt die Katze von seinem Rücken. Er ist neugierig, ob in der ersten Reihe wieder alle seine Sozialpartner sitzen werden. Seine Frau schmeißt die Katze bei der Tür hinaus.

Im Sommer macht Charly Traktor alle seine Pläne im Kopf. Deshalb macht er auch verhältnismäßig wenig Pläne. In der Heizperiode macht er so gut wie alle Pläne, die für ihn interessant sind, auf dem Papier. Er verläßt dann das Zimmer nicht, ohne sie vorher im Ofen zu verbrennen. Wenn er mitten im Pläneschmieden ist und es klopft, verbrennt er die Pläne, ehe er schaut, wer klopft. Im Fall einer Hausdurchsuchung soll diese vollkommen ergebnislos verlaufen. Nicht das kleinste Stück einer persönlichen Aufzeichnung soll gefunden werden. In der warmen Jahreszeit kann Charly Traktor nichts verbrennen, weil der Ofen stark raucht. Zu den Möglichkeiten, mit denen er im Leben rechnet, gehört auch die, daß er einmal eine kriminelle Laufbahn einschlagen wird. An den Taten, die er begehen könnte, interessiert ihn, wie sie ihm nicht nachgewiesen werden können.

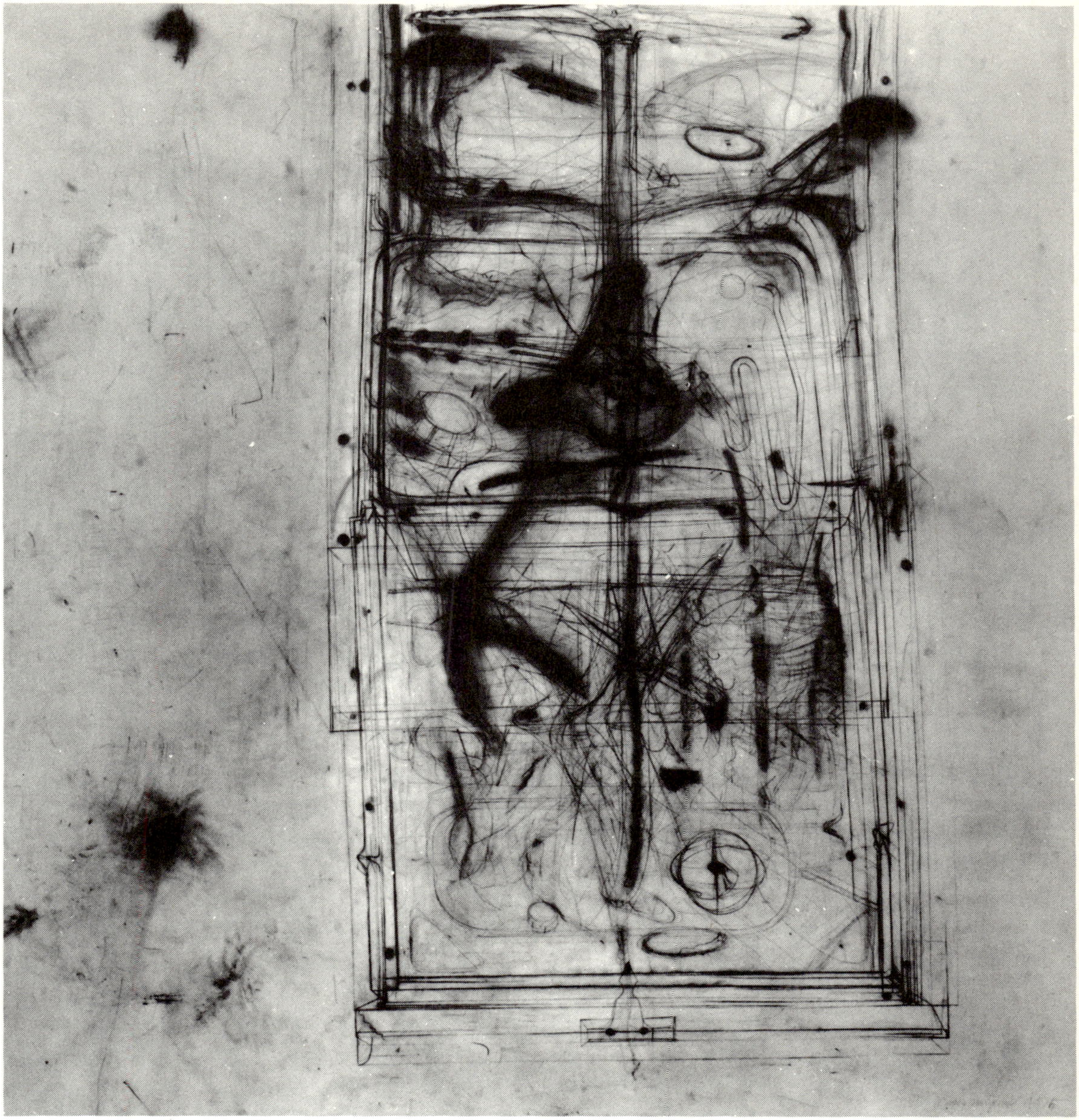

Martha Jungwirth, Indesit, Graphit, 1978

H. C. ARTMANN

Allergrünste aller sprachen

Diese leute kommen und sagen etwas in einer sprache, die keiner außer ihnen versteht; fremde hinter dem dunklen schlehenträger schwarzdorn.

Aus dem köstlichsten aller kräuter, allergrünsten aller kräuter, hebt sich ein kopf und spricht etwas in einer sprache, die außer ihm kaum einer versteht.

Um den brunnen stehen amseln: hier blüht die spitze wasserkresse, von der die leute essen.

Auf der pflanze, auf der die himbeere blüht, bewegt sich die sonne, hin und wieder der wind: keine schlange dahinter, manchmal doch die pistole und der stock der verzauberten wege.

Jedermann schüttelt den apfelbaum, wenn er äpfel trägt; in vielen gegenden macht man schnaps aus seiner frucht.

Der mann mit der verschwundenen hose der verzauberten wege trägt einen vermaledeiten stock und eine verfluchte pistole.

Die allergrünste aller sprachen ist die jener leute, die barfuß über das gras des landes gehen.

Manchmal versammeln sich solche, die geheime sprachen sprechen; an geheimen orten treffen einander geheime leute mit geheimen sprachen.

Man ißt halbrohes fleisch, brunnenkresse und unreife schlehen; man trinkt schnaps oder frisches wasser dazu.

Die amseln haben alles gesehen und gehört, können es aber keinem mitteilen; sie sind geheimnisträger mit gelben schnäbeln.

Es gibt eine stelle in der gegend: wie man bittre galle flieht, so fliehen tauben diesen düstren ort.

Was hast du, blasses Kind, warum ist dein antlitz so grün?

Der eine segnet die brennessel, vergiftet die narzisse; der andere blickt verträumt in das schaurige gelb ungesunder pilze oder in drohende wolken.

Der einsamen verirrten liegt die einfallende sonne wie eine seidene blende vor den augen.

Von einem flußlauf zum anderen wachsen die regenbogen; ein gut teil des halbrohen fleisches ist noch ungegessen, kresse ist noch für viele da.

Ein schillern von verdorbenem blut und verdreckter tinte, das sind die gewässer jenes nur wenigen bekannten sees.

Sie bauen keine häuser: ihre wege gehen von ost nach west, von nord nach süd, ihre latrinen sind die eingeweide der felder, ihre heiligen gewisse steine, nur wenige von ihnen zeigen sich ohne mützen mit gepflegtem haar.

Sie nähren sich nicht von menschenfleisch, trinken aber das blut des hasen und der wachtel; verirrte frauen nähern sich ihnen nicht.

Wer das glück hat, das harte gesetz stets zu umgehen, es von einem sicheren abstand aus zu betrachten, der ist ein gesetzloser, der jährlich seine haut verliert wie die natter.

Robert Zeppel-Sperl, Denkmal für einen Philosophen, Mischtechnik, 1980

BARBARA FRISCHMUTH

SCHLAPPSCHI oder Von einem gemeinsamen Projekt

SCHLAPPSCHI ist ein jemand, der immer mehr wird!

SCHLAPPSCHI ist etwas, das sehr groß ist – ein Haufen Masse, wäre man versucht zu sagen – und sich dennoch bewegt.

SCHLAPPSCHI ist das Häßliche, das Gewalt über sich bekommt und die Trägheit seiner Masse überwindet.

SCHLAPPSCHI ist so etwas, wie man es gemeinhin mit den Worten: wo man hobelt, da gibt es Späne! umschreibt oder anders gesagt: daß etwas übrigbleibt, wenn man aus einer Sache eine andere macht.

Sinnlich wahrgenommen ist SCHLAPPSCHI ein Schlackenberg. Er liegt zwischen Judenburg und Fohnsdorf in der Landschaft; wenn man nach Venedig fährt, rechts von der Straße, wenn man von Venedig kommt, links von ihr.

Obendrauf auf SCHLAPPSCHI verkehrt eine Eisenbahn oder Materialbahn, wie Zeppel sagt, die aus SCHLAPPSCHI immer mehr macht. Es war beide Male schon zu spät, und ich habe die Eisenbahn nicht sehen können, aber ich stelle mir vor, daß SCHLAPPSCHI so etwas wie einen Heiligenschein erhält, wenn eine funkenstiebende Eisenbahn nachts um seine Kopfkrempe fährt und die Schlacke in die Rinnen und Rillen seines Gesichtes leert.

Wir haben viel über SCHLAPPSCHI geredet, ihm einiges nachgesagt und ihn auch ein bißchen ausgerichtet. So hat er immer mehr Eigenschaften und Fähigkeiten bekommen, wir haben sozusagen eine Persönlichkeit aus ihm gemacht, und wenn er Glück hat, wird er es noch zu was bringen.

Wir haben gekreißt und einen Berg geboren, den es sogar gibt, daher sind wir auch nicht zu Mäusen geworden, obwohl wir damals am *Mäuseschreck* gearbeitet haben. Darin liegt der feine Unterschied, den noch kein Verleger bemerkt hat. Sie werden noch. An SCHLAPPSCHI kann es jedenfalls nicht liegen.

SCHLAPPSCHI liegt selbst, mitten da, es sei denn es ist ein kalter Winterabend und SCHLAPPSCHI kommt um das Haus des Bergarbeiters herum und bittet um Einlaß und einen warmen Platz an der Ofenbank. Oder er schaut, auf eine seiner Geröllhalden gestützt, zum Fenster des Bergarbeiterhauses hinein, um sich den Samstag-Nachtkrimi anzusehen.

SCHLAPPSCHI hat beikohle kein gutes Leben. Er ist den Irrnissen und Wirrnissen der Zeit genauso ausgesetzt wie unsereiner. Von der Liebe gar nicht zu reden. Wir haben uns wirklich bemüht, ihm jemanden zu finden, doch ohne größere Wanderschaft wird das nicht abgehen, fragt sich nur: wer zu wem? Und was passiert mit den SCHLAPPSCHI-Kindern?

SCHLAPPSCHI *und die Revolution* war einer unserer beliebtesten Titel. Wir hatten begonnen, von SCHLAPPSCHI in Form von Büchern zu reden, von Bilderbüchern, wie *Polsterer,* aber doch ganz anders. SCHLAPPSCHI *und das Verbrechen* nicht schlecht, wer groß ist, ist mächtig. SCHLAPPSCHI in seiner ungebundenen Naturkraft, regeneriert aus den Abfällen der Industriegesellschaft, gespeist von unseren Wünschen nach bequemeren Lebensumständen, würde uns ganz schön nach seiner Lokomotive pfeifen lassen und wenn es darauf ankam, uns auf die Schaufel nehmen, wie wir ihm, so er uns, und nicht wenig.

Wir haben uns SCHLAPPSCHI auch im Steirerhut mit einem riesigen Gamsbart vorgestellt, mit einem Gamsbart, der niedrig fliegenden Engeln den Bauch pinseln könnte und mit einer karierten Schirmkappe und einem tannengrünen Schal, wenn er sich nach Zeltweg hinüberschiebt, um sich die internationalen Boliden beim Kampf um die Weltmeisterschaft anzuschauen.

Wir haben von seiner Gestalt und seinen Farben gesprochen, von den Landschaften in seinem Vorder- und seinem Hintergrund, von der kleinen nackten Frau mit den großen runden Augen, die sich in seinen Ausläufern verirren darf, und wir haben von seiner Art zu reden gesprochen, sich dem Leben und dessen Problemen zu stellen, besser gesagt ihnen entgegenzuliegen, sich dagegen zu legen.

Aber SCHLAPPSCHIS Zeit ist noch nicht reif. Insoweit ist SCHLAPPSCHI als solcher noch Projekt, ein vielteiliges Projekt, seinen Ausmaßen entsprechend, ein ausgesprochen massives Projekt, eine Abfallgeschichte, die den Dimensionen unseres Abfalls gerecht werden soll.

So betrachtet wird SCHLAPPSCHI zum Kunstgegenstand, vom Abfall über die Natur und ihre Kraft zum Gegenstand der wissentlichen Gestaltung. Eine weite Reise, die doch nicht über SCHLAPPSCHIS Nasenlänge hinausgeht. Wenn es so weitergeht, wird selbst SCHLAPPSCHI einst nur mehr ein Denkmal seiner selbst sein, da wird ihm die Geschichte zugute kommen, die Revolution wird ihn unnötig gemacht haben, ihm zumindest das Gefühl geben, daß es ihn nicht mehr zu geben brauchte. Vielleicht aber findet sie einen Verwendungszweck für ihn, einen, in dem er uns allen wieder zugute kommt. Das wäre schön. Die Späteren aber würden seine Biographie, seine vielen möglichen Biographien kennen, die in den gesammelten Bänden der SCHLAPPSCHI-Serie vermerkt und sinnlich dargestellt in vielen farbigen Bildern aufliegen würden.

FRIEDERIKE MAYRÖCKER

demontage einer serie von liebesgeschichten

1
auf einer leichten bodenwolke forderte sie ihn auf die briefe gleich zu verbrennen.
2
als sie starb notierte er in seinem tagebuch meine erschütterung war geringer als ich hätte denken können.
3
bei sonnenuntergang standen sie gegen einen verwitterten gartenzaun gelehnt und redeten, allmählich wandte er sich von der sonne ab, sie blickte weiter ihr nach.
4
er notierte unser gemütsleben hat sich verknäult statt sich zu entfalten.
5
die mit trauer überforderte chorführerin die frigide dafne der chor tralala.
6
saßen im parkett spannten schwingen wie der projizierte bühnenschwan.
7
ich war selber in tirol bekannte sie.
8
relevationen an der lokustür.
9
kann keine ruhe finden auch du kannst sie nicht geben, der andre hat ja immer einen mund zu sprechen und ohren zu lauschen und ich selbst habe ohren die lauschen wollen und einen Mund der sprechen will, und sobald der andre da ist, ob er nun spricht oder schweigt, wird die gedankenmühle unaufhaltsam gemahlen.
10
gingen in der tat eine treppe aufwärts die ins leere gähnte.
11
ich fühl dich/in zü-rich/höhlchen.
12
knisternd öffnet' er die library.
13
der quergelegte baumstamm die nackten füße das bahnwärterhäuschen der zahnschmerz und die erste kopfwäsche, die landstraße bergauf mit den augen zu verfolgen, und ein teich mit lauten fröschen.

14

ohne rücksicht auf die autofahrer haben sich rund eintausend frösche auf einer schnellstraße nördlich von kuala lumpur eine blutige schlacht geliefert, nach augenzeugenberichten war die kampfstätte von lautem gequake erfüllt.

15

schriftstellerte hündisch auf dem fußboden.

16

ich denke es wird stürmisch frühling notierte sie.

17

hinter ihren äquatorialen lidern malte sich eine wichtige schwarze sonne.

18

was hatten wir voneinander in diesen acht jahren nach den poetischen meraner tagen nur briefe haben uns zusammengehalten.

19

können sie in isabells sprache nur schweigen?

20

unten sehe ich eine bauernhochzeit ich gehöre nicht dazu und fühle mich ausgespart schrieb sie, und er entgegnete du bist immer dabei denn durch dein sehen wird alles erst wirklich.

21

mit kindern und herden wanderte ich neben ihm.

22

meist ging ich weit vor ihnen her lief weit voraus so daß sie mich mit ihren stets besorgten blicken nicht fangen konnten. deklamierte selbst erdachte gespräche oder schnitt ihnen grimassen aus einer entfernung daß sie es nicht wahrnehmen konnten.

23

appelle.

24

hat gesungen gesprungen mit dem schiefen schusterjungen.

25

nämlich unter den männern nämlich krachte es plötzlich.

26

versanken in den teppichblüten.

27

als sie ihn verlassen wollte schrieb er in einem brief an sie, if you would love me half as much as i do you wouldnt stay as long as you do.

28

der dachs sah seinen schatten.

29

die liebe kam für albertine und julien per motorrad.

30
die transparenz deiner lockungen ist so verflochten in alle stunden meines tages und meiner nacht daß ich alles auf sie beziehe.
31
gesetzwerk zeitleere seelgerät.
32
liege im gras lesend staunend weinend.
33
die araber wälzen steine auf die dattelpalmkerne daß starke bäume daraus werden.
34
autos ausgepflückt.
35
sie sagte wenn nicht sie mich mitnehmen dann wird es ein andrer sein.
36
telepathische kunst, in weißen feldern.
37
bügelfibel.
38
befragte seinen nabel, sollte er?
39
das mädchen neunzehn eine vagabundin die durch die straßen zog, der mann dreiunddreißig vertreter eben erst aus dem gefängnis entlassen.
40
sie die königin der nacht die schon gar keinen namen hat.
41
brecht was here
42
er sagte du mußt dir genau überlegen ob dir die rolle des cowboys liegt; man wird nur deine beine in stiefeln zu sehen bekommen.
43
nuditäten baumscheiben schrippenbaum.
44
türklitz.
45
sie saßen auf einem felsblock als es stürmte; ihr wurde kalt; da packte er sie lachend an beiden schultern und rüttelte sie wie einen sack; lieber dachte sie, sack schrieb sie, unten im dorfgasthaus nachher an den rand der lokalzeitung.
46
aktion wahn/fantasie ufert aus.

47
ein weites gelände vielleicht früher rollfeld, unbewohnte verfallene baracken gelbe blumen gras, der mond, und er vor dem mond, sein hut ins gras rollend als er sie umarmte.
48
am ziel sein feldbauer bein haus.
49
spähtrupp auf leichter mulde wie auf stichwort: unsre mutter.
50
albertine sarrazins kurze begegnung mit dem glück.
51
mohnsaft, mißverrichtungen.
52
die schreibmaschine steht noch am fenster das papier eingespannt, so als ob albertine nur für einen sprung weggegangen wäre.

ERICH FRIED

Die Tragödie

»Das Spiel ist aus!« riefen in der Schlußszene die endlich siegreichen Gegenspieler den entlarvten bösen Machthabern zu, verstellten ihnen den Weg zur Flucht oder zu den Waffen, nahmen sie fest und führten sie, ohne sie noch eines Blickes zu würdigen, in die Kulisse ab, während der Vorhang fiel.

Als er aber dann zum Applaus wieder hochging, kamen die besiegten Machthaber schon Hand in Hand mit den neuen Siegern zurück, und alle verneigten sich artig vor dem Publikum, das ihnen zurief und wie von allen guten Geistern verlassen Beifall klatschte.

WERNER KOFLER

Erziehungsgrundsätze, Verständigungsattrappen, Stereotypien

strafe muß sein.
wenn nein ist, ist nein.
wer denn die tür zumache, die frau wurm?
unser herrgott hat alles so wundervoll eingerichtet und die menschen sind so… so –
ein kind hat zum grüßen.
– aber ein tier enttäuscht einen nie.
wer denn die tür zumache, die frau blaschke?
deine einzigen freunde sind deine eltern.
ein kind hat zum folgen aufs wort.
immer predigt man…
wer den groschen nicht ehrt, ist des schillings nicht wert.
– natur is ja so etwas herrliches…
die eltern sind die stellvertreter gottes auf erden.
für wen man denn predige, für die luft?
ein kind hat nicht zurückzumreden.
erst die arbeit, dann das spiel.
eine solche impertinenz!
du ju go, tust du gehen, sagt der engländer.
stehln und liagn gehn über a stiagn.
für wen man denn predige, für die wand?
sondergleichen…
eine frechheit sondergleichen…
wer einmal lügt, dem glaubt man nicht, und wenn er auch die wahrheit spricht.
eine schmutzerei sondergleichen…
eine *impertinenz sondergleichen!*

WILHELM PEVNY und PETER TURRINI

Der Bauer und der Millionär

Ein Fernsehfilm

Der Besitz des Bauern Josef Straßmayer, Zenndorf 14, umfaßt 17 ha Grund. Es werden vorwiegend Weizen und Roggen angebaut. Um das Getreide rationeller ernten zu können, wurde ein Mähdrescher angeschafft. Um sich den Mähdrescher leisten zu können, mußte der Bauer bei der Raiffeisenkassa in Kremsmünster einen Kredit aufnehmen. Der Zinssatz für den Kredit beträgt 11 Prozent.

Am Hof leben der Bauer und seine Frau Franziska, seine Tochter Barbara und ein alter Knecht. Die älteste Tochter des Bauern, Anna Straßmayer, studiert in Wien.

Nach dem oberösterreichischen Erbgesetz erbt der jüngste Sohn den Hof. Ist kein männlicher Erbe vorhanden, dann erbt diejenige Tochter, welche zuerst heiratet. Barbara Straßmayer ist mit dem Bauernsohn Michael Humenberger verlobt.

Michael Humenberger ist der jüngste Sohn des Großbauern Anton Humenberger. Die erste Frau des Großbauern, die Mutter von Michael Humenberger, ist vor drei Jahren gestorben. Der Großbauer Anton Humenberger lebt in zweiter Ehe mit einer ehemaligen Magd, die um zwanzig Jahre jünger ist als er.

Wenn Michael Humenberger mit seiner Verlobten Barbara Straßmayer auf dem Feuerwehrfest tanzt, dann sprechen die Leute von einem feschen Paar. Der Bauer Josef Straßmayer ist mit der Wahl seiner Tochter zufrieden. Mit seiner zweiten Tochter, der Studentin, versteht er sich schon lange nicht mehr. Wenn Anna zuhause ist, hält er ihr ständig vor, daß er ihr 2000 Schilling im Monat für nichts und wieder nichts bezahlen müsse. Die Mutter steckt Anna öfters eine Kleinigkeit zu, aber der Vater darf es nicht bemerken.

Ein schweres Unwetter zerstört einen Großteil der Weizenfelder des Bauern Josef Straßmayer. Der Bauer spricht in der Raiffeisenkassa vor und ersucht um eine Verlängerung des Kredites. Dem Ansuchen wird nicht stattgegeben. Der Bauer ist gezwungen, einen Teil seiner Gründe zu verkaufen. Er stellt auf Schweine um.

Eines Tages erscheint ein Ingenieur beim Bauern. Er spricht von Versuchsbohrungen. Dem Bauern ist das egal, Hauptsache, das Loch wird nachher wieder zugeschüttet.

Um die Schweinezucht rentabel zu gestalten, müssen eine Menge Faktoren beachtet werden. Die aufgewendeten Futtermittel müssen in einem vernünftigen Verhältnis zum Kilopreis stehen. Da der Kilopreis ständig schwankt, muß der Bauer die Schweine im richtigen Moment abstoßen. Dem Bauern Josef Straßmayer gelingt es nicht, rationell zu wirtschaften. Seine Zuchtmethoden sind veraltet. Er muß Verluste hinnehmen. Der Bevollmächtigte einer Wiener Bank, die sich im Besitze einer Ölgesellschaft befindet, vergibt günstige Kredite an Bauern. Der Bauer Josef Straßmayer nimmt sich einen günstigen Kredit und richtet drei Zimmer als Fremdenzimmer ein.

Die junge Frau des Großbauern Anton Humenberger hat einen Buben auf die Welt gebracht. Das Erbrecht geht von Michael Humenberger, dem jüngsten Sohn aus erster Ehe, auf den Buben aus zweiter Ehe über. Michael Humenberger verläßt den Hof. Er löst seine Verlobung mit Barbara Straßmayer und heiratet eine Kellnerin aus Kremsmünster. Er nimmt eine Stelle als Landmaschinenvertreter an.

Der Bauer Josef Straßmayer erhält eine Einladung der Berghauptmannschaft Salzburg zu einer Versammlung. Die Versammlung findet im Gasthof des Hermann Voitl statt, der auch Bürgermeister der Ortschaft Zenndorf ist. Auf der Versammlung erklärt der Vertreter der Berghauptmannschaft, daß die Schürfrechte an die Rohöl-Aufsuchungs Ges. m. b. H. abgetreten wurden. Ein Herr von der Rohöl-Gesellschaft erklärt, daß man auf dem einen oder anderen Grund einen Bohrhammer aufstellen wolle. Er stellt den Bauern die Renovierung der Dorfstraße in Aussicht und ersucht sie um ihre Zustimmung zur Aufstellung der Bohrhammer. Der benützte Grund werde selbstverständlich nach den amtlichen Sätzen abgegolten (Pachtschilling). Die Bauern sind im großen und ganzen einverstanden. Bei der Versammlung wird auf Kosten des Wirtes Hermann Voitl gegessen und getrunken. Der Wirt seinerseits rechnet mit der Rohöl-Aufsuchungs Ges. m. b. H. ab. Zwei Wochen später wird auf dem Anwesen des Bauern Josef Straßmayer ein Bohrhammer aufgestellt. In einiger Entfernung seines Hofes wird eine Raffinerie gebaut, zur Umwandlung von Rohöl in Schweröl.

Das Fremdenverkehrsgeschäft bleibt aus. Die wenigen, die kommen, reisen sofort wieder ab. Der Bauer Josef Straßmayer kann das nicht verstehen. Ihn stört der Bohrhammer nicht.

Seine Tochter Barbara Straßmayer geht nach Kremsmünster in eine Strickwarenfabrik arbeiten. In einer Diskothek lernt sie den Arbeiter Walter Boldt kennen. Boldt arbeitet bei der Rohöl-Aufsuchungs Ges. m. b. H. Es ist Liebe auf den ersten Blick. Drei Monate später merkt sie, daß sie schwanger ist.

Die Oberösterreichische Kraftwerke AG (OKA) informiert den Bauern Josef Straßmayer über die beabsichtigte Errichtung einer Reihe von Hochspannungsmasten auf seinem Grund. Die Leitung sei notwendig geworden, da die Raffinerie der Rohöl-Gesellschaft immer mehr Strom brauche. Die OKA bietet eine Entschädigungssumme von 1000 Schilling für jeden aufgestellten Masten. Der Bauer Josef Straßmayer nimmt an, um die Zinsen seines zweiten Kredites zahlen zu können.

Ein Jungbauer aus der anschließenden Ortschaft Wartberg wehrt sich gegen die Aufstellung der Masten, die maschinelle Bewirtschaftung seiner Felder würde durch die vielen Masten immer schwieriger werden. Er stiftet Unruhe unter den Bauern. Schließlich einigt er sich mit der Rohöl-Gesellschaft auf privatem Wege und erhält eine Entschädigung von 5000 Schilling pro Masten.

Barbara Straßmayer heiratet den Ölarbeiter Walter Boldt, kurz bevor sie das Kind bekommt. Boldt, der nach dem Gehaltsschema IV, Nettobezug 4726,40 S, entlohnt wird, zieht zu seiner Frau auf den Bauernhof. Die beiden leben mit dem Kind in den ehemaligen Fremdenzimmern. Die wirtschaftliche Lage des Bauernhofes ist sehr schlecht. Um die Zinsen für den zweiten Kredit, der großzügigerweise verlängert wurde, bezahlen zu können, muß der Bauer einen Teil des ohnehin schmalen Viehbestandes verkaufen. Der Schwiegersohn und die Tochter müssen immer mehr zum Haushaltsgeld zuschießen. Zwischen dem Bauern und seinem Schwiegersohn, dem Ölarbeiter, gibt es ständig Reibereien. Barbara verteidigt ihren Mann gegen den Vater.

Ein Künstler, der sich vor einigen Jahren in Zenndorf angesiedelt hat, beschwert sich beim Amt der Oberösterreichischen Landesregierung, Abteilung Umweltschutz, über die enorme Lärmentwicklung der Raffinerie. Seinem Ansuchen wird stattgegeben. Die Rohöl-Aufsuchungs Ges. m. b. H. baut eine Anlage zur Senkung des Lärmpegels ein.

Josef Straßmayer, der Bauer, wird immer seltsamer. Am Bohrhammer hinter seinem Hof entsteht ein technischer Schaden. Öl ergießt sich über einen Teil des Feldes und den Garten. Der Bauer bekommt einen Anfall und verjagt seinen Schwiegersohn, seine Tochter und das Kind vom Hof. Die Mutter schreibt an die zweite Tochter Anna, die in Wien studiert. Der Vater sei krank. Anna fährt nach Hause und will den Vater sehen. Von der Mutter erfährt sie, wie es um den Hof steht. Der Bauer sperrt sich ein.

Anna will ihrem Vater helfen. Sie kennt einen jungen Linzer Rechtsanwalt, der die Sache der Bauern gegen die Rohöl-Aufsuchungs Ges. m. b. H. vertreten will. Anfangs sind die Bauern dafür, aber als es darum geht, die Rechtsanwaltskosten zu übernehmen, steigen sie wieder aus.

Eine zweite Raffinerie wird gebaut. Im Wald entsteht ein riesiger Ölteich. Der Bauer Josef Straßmayer verkauft sein letztes Vieh. Der Kredit wird noch einmal verlängert, natürlich gegen steigende Zinsen. In einer lokalen Zeitung (Wochenendbeilage) erscheint ein Artikel über die Zerstörung der Schönheit bäuerlicher Landschaft durch die Ölfirma.

Annas Bekannter, der junge Linzer Rechtsanwalt, informiert den Journalisten einer Landeszeitung über die Lage des Bauern Josef Straßmayer. Der Journalist schreibt einen Artikel. Einige Zeitungen nehmen die Sache auf. Der Fall Straßmayer wird bekannt.

Anna, die Tochter des Bauern Josef Straßmayer, wendet sich an die Zentrale der Rohöl-Aufsuchungs Ges. m. b. H., SHELL, Wien 3, Schwarzenbergplatz 1. Sie spricht persönlich mit dem Direktor Dr. Hannes Diwald. Der Direktor ist sehr freundlich zu ihr. Er erklärt, daß er über die Situation ihres Vaters bereits Bescheid wisse. Er verspricht Hilfe.

Dr. Hannes Diwald, der Direktor, hält Wort. Die Rohöl-Aufsuchungs Ges. m. b. H. übernimmt den Bauernhof und zahlt den ausstehenden Kredit. Die Familie behält das uneingeschränkte Wohnrecht am Hof. Dem Bauern Josef Straßmayer wird ein monatliches Gehalt ausgesetzt. Die Gesellschaft kauft einige Rinder und Schweine und stellt sie dem Bauern zur Verfügung. Was der Hof über den Eigenbedarf an Fleisch und Lebensmitteln produziert, geht an die Gesellschaft.

Mit dem Hof des Bauern Josef Straßmayer geht es aufwärts. Es wird ein Fernsehapparat angeschafft und ein neuer Resopaltisch für die Küche. Der Bauer verrichtet seine Arbeit, ohne sich um Gewinn oder Verlust kümmern zu müssen. Herr Direktor Diwald lädt Gäste und Journalisten ein, die den Hof besichtigen. Der alte Knecht wird bei der Arbeit fotografiert. Jeden Monatsersten bekommt der Bauer sein fixes Gehalt (Gehaltsschema IV, Nettobezug 4726,40 S). Über seinen Freund, den Herrn Direktor Diwald, läßt der Bauer Josef Straßmayer nichts kommen.

Drei Monate später quartieren sich in den Fremdenzimmern des Bauernhofes einige Ingenieure ein. Direktor Diwald erklärt seinem Freund, dem Bauern Josef Straßmayer, daß dies nur vorübergehend sei. Der Bauer kann die Ingenieure und ihre selbstverständliche Art, sich in seinem Hof zu bewegen, nicht leiden. Den Ingenieuren geht der Bauer schlicht und einfach auf die Nerven.

In der Presse erscheinen Artikel über den arabischen Ölboykott. Der Journalist einer Landeszeitung weist auf die Notwendigkeit hin, die heimischen Ölvorkommen stärker auszubeuten. Zwischen dem Bauern und den Ingenieuren kommt es zum offenen Streit. Der Bauer Josef Straßmayer wird gekündigt. Die Kündigungsfrist für Arbeiter im Gehaltsschema IV beträgt drei Wochen.

HELMUT ZENKER

Dantons Tod

Ernst Bucksch, 48, in der Eingangstür, in der rechten Hand die heutige Post aus der Briefanlage im Hochparterre, in der anderen eine mit Veltliner gefüllte, oben offene Bierflasche, drückt die Tür hinter sich mit dem Hintern zu. Den Wein nimmt er sich jeden Tag aus dem Wirtshaus beim Kino mit. Bucksch legt die Zeitung und die Einzahlungslochkarte der Elektrizitätswerke auf den Eiskasten, bevor er ins Zimmer weitergeht.

Ernestine Bucksch, 50, in der Küche, die nur durch einen gefleckten Vorhang vom Vorzimmer getrennt ist, dreht das Licht auf und wärmt das Essen. Bucksch kommt immer kurz vor den Fernsehnachrichten. Er steht mit der Bierflasche vor dem Fernsehapparat, bis das Bild erscheint. Die Bucksch stellt ihm einen Teller mit dem Erdäpfelgulasch und dem fertig gekauften Fisolensalat hin. Er bemerkt gleich, daß der Salat gekauft ist.

Nicht den kleinsten Dreck kannst du selber machen, sagt er.

Sie weiß, was danach kommt, kommen muß, weil es immer bei solchen Gelegenheiten kommt: seine minutenlangen Hinweise, daß er die Wohnung selbst eingerichtet hat. Außer der Doppelbettcouch kein einziges gekauftes Möbelstück. Sie schließt die Tür mit dem rechteckigen Glasfenster, sitzt in der Küche und redet auf den Kanari ein.

Gegen acht ist sie wieder im Zimmer, sitzt etwa zwei Meter weiter auf der gleichen gepolsterten Bank, auf der auch Bucksch sitzt. Er hat noch keinen Bissen gegessen.

Sie sagt: Du läßt alles kalt werden.

Ich lasse alles kalt werden, sagt er. Ich lasse alles kalt werden.

Sie ist ruhig, lehnt sich nach vorn, bis ihre Ellbogen auf der Tischplatte sind, und schaut auf den Fernsehapparat, den sie seit 57 haben.

Während der Werbefilme steht Bucksch auf, steigt aus seiner dunkelbraunen Hose und hängt sie ordentlich über den Kleiderhaken. Er überprüft mehrmals, ob die Bügelfalten genau übereinanderliegen, bevor er zufrieden ist. Der ganze Vorgang dauert über fünf Minuten, weil Buckschs Vorgangsweise umständlich ist. Dann hält er den Kleiderhaken seiner Frau vor die Nase.

Ein Kunstwerk, sagt er. Ein Kunstwerk. Nicht?

Bucksch legt die Hose mit dem Haken sorgfältig und überaus langsam auf die Doppelcouch und setzt sich in der langen Unterhose zu seinem kalten Essen, von dem er nicht aufschaut.

Das Abendprogramm fängt an. Eine Theaterübertragung. Festwochen. Nach zehn

Minuten will Bucksch das Bett gemacht haben. Seine Bierflasche ist leer. Er trägt sie hinaus in die Küche, wo er sie auf den gewohnten Platz neben die Waschmuschel stellt, um sie am Morgen nicht zu vergessen.

Ernestine Bucksch deckt die Couch ab. Die Hose auf dem Kleiderhaken wirft sie über den Tisch auf die Bank. Dann dreht sie den Fernsehapparat leiser.

Oswald Tschirtner, Selbstbildnis, Tusche, 1974

Kurt »Kappa«-Kocherscheidt, Botanische Trümmer, Kohle laviert, 1976

REINHARD PRIESSNITZ

gerümpel und die probleme seiner katalogisierung

der zugang zu kocherscheidts persönlichkeit und arbeit ist, wie so vieles, durch und mit gerümpel aller art und wertigkeit verrammelt, angepfropft. er ist, im guten wie im schlechten, von ansammlungen umgeben, die für das zustandekommen seines vorliegenden werkes notwendig waren und es für das seines künftigen vermutlich noch sind. um dennoch zu beidem durchzudringen, bedarf es weder der landesüblichen hemdsärmeligkeit, noch der brachialen gewalt präpotenter performanz, noch der machete des sogenannt mitgeteilten. eher einer gewissen form der desinfektion, der reinigung vom klebstoff bestimmter übereinkünfte. ohne dies verallgemeinern zu wollen, liesse sich sagen, dass auch ein wenig kenntnis über die beschaffenheit des angehäuften krams dem einblick einen vielleicht spärlichen weg zu bahnen fähig wäre. ich schreibe das folgende, abgesehen von meiner sympathie für kurt kocherscheidt, weil in diesem zeugs meine eigene ratlosigkeit wie orientierung zu gleichen teilen ihren ursprung hat und weil es meiner erfahrung nach nicht als eine vom himmel gefallene schutzmassnahme die sichten behindert, sondern eine ablagerung verschiedener sorten unflates (auch des edlen) darstellt, den die zeit vor der tür der kunst deponiert hat. zugleich bildet mein aufsatz den bescheidenen versuch, subjektiv etwas von dem duft der grossen weiten scheisswelt, in welcher wir zu leben haben, einzufangen – und d. h. damit seiner zu fliehen – und ich glaube, dass kocherscheidt auf seine weise ein ähnliches getan hat und tut, auch wenn sich dies als bloss frei erfunden oder zufällig herausstellte. die absicht besteht also darin, mittels dritter oder vierter, keineswegs aber erster hilfe, einer guten sache näher zu kommen.

eines von den, die sehweisen einschränkenden trümmern – ich beginne wahllos – hat die gestalt der biographie und die sich an ihr versuchende neugier. alle fragen nach herkunft, abstammung, leben etc. splittern sich in weitere, ebenfalls sichtbehindernde abfälle. das wesentliche eines lebens auch nur bruchstückhaft anzuführen, ist zudem im zeitalter des datenschutzes und seines missbrauchs problematisch geworden. was für ein mensch das sei, dem die interessierte öffentlichkeit dieses oder jenes resultat zu verdanken habe, welche symbiose von wahrnehmung und hand, reiz und reaktion, eben dies hervorbringe, wie das auf das blatt hingesetzte mit dem vor auge stattgehabten in einklang stehe und weshalb gerade dieses, solch ein trum an fratschelei fraglichen inhalts ist monströs und operiert häufig länge mal breite mal höhe oder (wie er meint) mal tiefe. bildungsneugier geht als relikt in ihrer indiskretion mitunter so weit, nicht mehr lediglich das blatt, sondern auch noch die bedingung, unter der es entstanden ist, miteinkaufen zu wollen. als verpackung, womöglich. biographie aber und natürlich auch die kocherscheidts (der ohnedies, gutmütig wie er ist, etwas dazu sagt) zeigt, dass dies nicht geht, weil sie eher das ist, was der peinlichkeit ausweicht; nicht, was sich zu deren befriedigung an den fremden hals wirft. geforderte passkontrollen verwirren in der malerei in der regel den blick und zudem hat jeder selbst genug schwierigkeiten, mit seinem leben zurechtzukommen. ist die sinnlosigkeit oberflächlichen biographischen unterfangens – der künstler als gutaussehender junger mann; als familienvater; als träumer; als hausherr; als reisender usw. – einmal transparent geworden, ist sie, wie angenommen werden darf imstande, den blick auf jedes einzelne bild ungetrübter freizugeben.

ein in ähnlichen umrissen geschneidertes vehikel sind die überflüssigen überlegungen bezüglich etwaiger zugehörigkeiten zu gruppen, den freundschaften und ihren einflüssen, auch sie blockieren das verständnis mehr, als dass sie es erhellten. freundschaften und einflüsse (sage mir mit wem du umgehst und ich sage dir, wer du bist – das müsste ja auch reziprok gelten und sich damit von selbst als nichtig erledigen) werden entweder in hommagen oder sichtbaren zitaten deutlich (wobei das sichtbare daran, würde ich meinen, das vorwiegend unwesentliche ist); und alles nähere wissen über den wechsel der einflusssphären, ist – epigonentum einmal beiseite gelassen, weil ja hier nicht der leiseste grund für eine beschäftigung damit besteht – zeichen von eifersucht, missverständnis oder unterstellung. koordinierungen, subordinationen und vergleiche sind in erster linie frage nach der sie einordnenden kapazität, resultate unzureichender betrachtungen zumeist (es könnten ja schliesslich stets neue einflüsse geltend gemacht werden) und, fast immer, beweise für die beschränktheit der eigenen kenntnis. es war dann eben doch die nachtigall, und nicht die lerche. wiederum geben sie einer seichten betrachtungsweise grosszügig raum, verbrämen sie, spekulierend, mit elementen aus der biographie, selektieren nach jeweiliger laune und einstellung. dazu ein anderer ansatz: vorstellungen dieser art könnten insgeheim den wunsch evozieren, ein künstler möge, als einziger seines zeichens, durch zeit und raum schweben, stift und blatt für seinen bewunderer bereithaltend, damit er diesen mit auf das singuläre podest hebe. die ernüchterung, er könne freunde, ja vorbilder haben, verursacht kopfschmerz. dem wäre prophylaktisch durch das postulat beizukommen – ihrer wirkung, nicht ihrer ursache allerdings –, dass malerei (kunst) etwas ist, was viele tun und viele gesehen haben, weshalb es dann wieder viele tun, auf dass wieder andere viele es sähen. es mag dies nicht die einzige neuroleptische indikation sein, künstlerische hervorbringungen der betrachtung zu überantworten, aber sie dürfte als hausmittel hinreichen, um zur beschäftigung mit zeichnungen anzuregen.

gleichsam ein überkleid des vorhin gestrickten, weil der familie dieser art gerümpels eng verwandt, ist die beurteilung einer arbeit durch kunstkritik und -geschichte, respektive deren einstufung, festlegung etc. sie ist eine ganz besondere schicht der ablagerung und sintert permanent durch die blöde alte erde. ihre verbreitung erfolgt weltweit und auf vielen bahnen, nicht zuletzt auf denen der information. in diesem pfeffer liegt der hase. bis zu einem sehr hohen grade nämlich sind die sehgewohnheiten in der malerei (und da wieder insbesondere die ihrer rezipienten) durch die kunstgeschichte herbeigeführte konventionen, produkte der kulturkreise, interessensgruppen und gemeinschaften, die sich haben durchsetzen können. der versuch, sich ihrer zu entledigen ist zwar als ergebnis fast immer negativ; gleichwohl rechtfertigt er die anstrengung und damit, verborgen, im gefolge so manches ausgezeichnete resultat. wie schon beim komplex über die einflüsse, für die von fachgelehrten ja so bereitwillig gutachten ausgeschrieben werden, sind viele davor auf besonderer hut, werke abseits vom vergleich mit anderen zu beurteilen: irgendwann rattern ja doch händler oder kunsthistoriker mit ihren maschinen darüber. was heute als internationale kunst gilt, erscheint wie ein riesiges gummiband, das sich quer durch die märkte aller länder zieht, während es die fachleute mit ihren theorien weiter spannen und dehnen und alle an ihm zu hängen trachten, um nicht etwa an die oberfläche zu schnellen, obwohl es sich da heute, wie vielfach ersichtlich, auch nicht mehr so schlecht leben lässt. da eine abhilfe dieses offenbar notwendigen übels nicht zu sehen ist, könnte sich nur die gewissheit um es schwindelhafte erleichterung verschaffen. eine andere erscheinungsform historischer belastung und gleichfalls ballast, der über bord gehört, ergibt sich durch die feststellung der jeweils nationalen herkunft. im falle kocherscheidts ist es, wie ich annehmen darf, das österreichertum, das im registerband der globalen vorurteile höchstwahrscheinlich unter der rubrik liebenswürdig hintergründig oder hintergründig liebenswürdig oder was weiss ich wie, rangiert und sicher wird kocherscheidt auch unter dem licht dieser erwartung, wann immer er will (aber ich denke er wird nicht wollen), passieren dürfen. um diesen austrian look haben beizeiten und bis heute zahlreiche spinner ihre mythen gewoben: habsburgisch, josephinisch, süss, böse, barock, reaktionär; wenn nur die figur da ist, wird das muster schon passen.

selbstverständlich erübrigt sich jede nähere betrachtung: ubi male, ibi patria, das ist die staatsbürgerschaft des künstlers heute. zwar schwimmt er hier und jetzt auf der süsseligen sosse eines sozialismus soft, aber in seiner grosszügigen gestik hat sich der staat längst durch seine gesetze und vorschreibungen der usuellen korrumpierung der wirklichkeit angeglichen. es fliesst etwas zu viel an hämmern durch dieses land der berge, zu denen einem die haare stehen. kocherscheidt hat aspekte dieser wirklichkeit empfinden müssen, um andere empfindungen heranreifen zu lassen und für sie empfänglich zu werden und in seinen blättern äussern sie sich als ein system eben dieses prozesses. ich verzichte somit auf jede weitere deutung, zugunsten der überzeugung, dass das netz des nationalen, das sich über einen künstler wirft, für eine betrachtung einzig dazu taugt, jenem die maschen zu durchschneiden, damit dieser aus ihm schlüpfen könne.

erfahrung und nachvollzug sind gleichfalls stichworte aus der mottenkiste einer bestimmten anschauung. bei ihrer form sei kurz verweilt. zu ihr ist zu sagen, dass sie von dem anderen gerümpel in interdependenter abhängigkeit steht. anders: sie schleppt von diesem stets einiges mit sich. erfahrung ist mit einer schutz- und schmutzschicht überzogen, und nicht immer lassen sich deren funktionen auseinanderhalten; es sind die beiden seiten ein- und desselben films im kino des an uns herangetragenen alltags. erfahrung prasselt auf einen hernieder und dieser schwitzt sich an einer zeichnung aus, die – ihrerseits eine neue erfahrung – ihn abermals in den zustand des transpirierens versetzt, ad infinitum, pausen einberechnet. erfahrung und nachvollzug zerfallen in zu viele facetten, als dass eine klärende antwort zulässig wäre; die facetten beider wieder sind in abstufungen relevant und, um sich darüber zu äussern, belastend. als beobachter des nachvollzugs (dem bild) erkennen wir verschwindend kleine teile lediglich subsumtiv, in vager zusammenfassung. hierzu benutzen wir kanäle, breit genug, diese ansammlung durchzulassen und meinen scheinbar fremde erfahrung an der eigenen zu messen, wo wir de facto nur einen teilbereich um die uns zugängliche gruppieren, um überhaupt mit anderem in beziehung zu treten. kocherscheidt mag sitzen wo immer, wenn er etwas zeichnet; das, was er dadurch oder dabei erfährt, das, was er erfahrend nachvollzieht (ausschwitzt), nachvollziehend erfährt, findet auf, neben, durch, während, danach usw. usf. kurz auf jede uns eben nicht nachvollziehbare weise statt. dem kommunikationsaustausch ist innerhalb der kunst nur eine kleine fläche vorbehalten.

bleibt der bereich, der sich als das augenscheinliche (das vordergründig sichtbare) bezeichnen liesse und auch er ist seiner form und beschaffenheit nach in diesen katalog aufzunehmen. augenscheinlich ist das, was unsere wahrnehmenden apparate, angetrieben vom öl ästhetischen empfindungswillens (das seinerseits aus vielen verschiedenen ablagerungen gewonnen worden ist), von einer zeichnung, einem kunstprodukt in sich verarbeiten. anders: es ist der winzige? (weite?) kommunikative konsens (den u. a. kocherscheidt braucht, wenn er z. b. ausstellt), der die bilder zu bildern macht (und ihn zu einem maler, dem interesse und aufmerksamkeit sicher sind). das bild wird so zu einem besonderen bild. verhält es sich deshalb so, weil kocherscheidt als sein verfertiger zeichnet? weil uns die konvention zwingt, es unter dem signum dieser besonderheit anzusehen, weil es unser bemühen antreibt, einer arbeit etwas abzugewinnen? enthalten unsere wahrnehmenden sinne ein ästhetisches programm, das angesichts von vorgelegtem als eine art prüfstelle fungiert? ist es, weil wir abgrenzungen, flächen, formen, farben in andere dimensionen verschoben sehen, sie als herausgegriffen und gestaltet unter einem anderen wahrnehmenden gesichtspunkt betrachten? sind es am ende solche probleme des augenscheinlichen, die, quasi als sperrbalken die königswege oder trampelpfade künstlerischer erzeugnisse vermauern? auch hier, so scheint mir, müssten die konturen und konsistenzen dieser blockaden zum gegenstand der untersuchung, zum material nachdenklicher betrachtung werden, damit jene art zugang, die letztlich zählt, für die gute sache selbst freigelegt werden kann.

eine wieder andere anhäufung unter den vielen trümmerförmigen bestandteilen, welche einschätzung und schöpferischen prozess gleichermassen erschweren, sind die sogenannt wirtschaftlicher natur, obwohl ›natur‹ hier eher wie ein hohn auf das klingt, was gemeinhin unter ›natur‹ verstanden zu werden pflegt. ich meine damit nicht die finanziellen schwierigkeiten verschiedener künstler – auch sie sollten dem kunstfreund zu denken geben, allerdings nicht zu sehr –, sondern das fast jede hervorbringung belastende wirtschaftliche system, auf das sich der organisierte teil der welt zur ausbeutung des nicht in diesem sinne organisierten teiles eingelassen hat. die ausgeburten und wahnwitzigkeiten, die dieses system mit sich zu bringen wusste, haben auch kocherscheidt bedrückt und beschäftigt (ich erinnere mich da an ein längeres gespräch über dieses thema).

welchen einfluss nun die bekämpfenswerten oder zumindest in jedem fall kritisierbaren sachverhalte auf seine arbeit (besser: auf deren entwicklung) genommen haben, vermag ich nicht zu beurteilen. die vermutung, dass sie ihm bei seiner suche nach dem anderen, auf die er sich während seiner reise gemacht hat, dieses aufzuspüren erschwerten, sei aber erlaubt. auch der dümmste fuss – und beileibe nicht der von kocherscheidt – stösst, wohin er auch tritt, auf solche beklemmungen, und ich erinnere mich, wie er mir von einer beobachtung in einem indiodorf erzählte, wo eben die repräsentanten dieser beiden verschiedenen teile miteinander in einer für ihn offenbar denkwürdigen weise kollidierten. ich glaube, dass es beobachtungen wie die geschilderte waren, die sein soziales gefühl – im gegensatz zu dem kursierenden institutionalisierten – reaktiviert haben und seine haltung gegenüber dem, was aufzuzeigen er sich bereit macht, bestimmte. das prädestiniert ihn zwar nicht zum maschinenstürmer herkömmlicher sorte, könnte aber doch wieder zu missinterpretationen anlass geben. ich meine, dass der zusammenprall von gesellschaftlichen strukturen wie der der multilateralen konzerne und der in ihrem dienst stehenden mit deren gegensatz, der stammesorganisation der indios etwa, deutlich sichtbare anzeichen einer bestimmten erscheinungsform von fragwürdigkeit darstellt, die bei einem künstler eine neue ausdrucksmöglichkeit der empfindsamkeit hervorzubringen imstande wären, und ich sehe in kocherscheidts arbeit manches von dieser empfindsamkeit eingesetzt oder im begriff, sich adäquat stilistisch zu entwickeln. jedenfalls lässt die kenntnis um gewisse lebensformen der welt (ihre unterschiedlichkeit vor allem), im guten wie im bösen, kontemplative betrachtungen nurmehr in bestimmten bahnen zu. auch das ist ein aspekt, der vielleicht einige beachtung verdienen sollte.

kocherscheidts suche nach dem anderen, aus welchem grund auch immer in tat realisiert, hat ihn vermutlich das finden lassen, was immer schon in ihm war. ich nehme an, er ist diesem anderen bei seiner suche verschiedentlich begegnet und sei es nur durch den veränderten wechsel zu einer unmittelbaren beziehung zur fauna oder flora; zu einem vogel oder einem baum; zum himmel oder zu bergen. im grunde ist bei einer solchen suche der weg das ziel. das an kulturformen relative, die fälschlich erstellten domänen des einen über das andere, die vermeintlichen dominanten und anmassenden hierarchien der anschauungen, sie alle sind zu einem korrektiv vorgefasster meinungen geworden und haben auf das lebensgefühl vieler künstler einfluss ausgeübt, sie ihre eigene tätigkeit überdenken lassen. auch kocherscheidts reise war offenbar ein zweck für ein solches beweismittel. etwas von dieser relativität, und das ist jetzt meine persönliche interpretation, haftet seither seiner arbeit und seinen äusserungen an, aber nicht wie eine doktrin (was mir persönlich sehr angenehm ist). dass die hier angegebenen züge auch schon in werken vor seiner abreise da und dort feststellbar waren, würde dann besagen, dass er für sie im erlebnis die bestätigung gefunden hat. der aufbruch in fremde kulturen mag eine flucht darstellen, in sie assimiliert zu werden, eine unmöglichkeit – die sprache reisst einen aus dem traum zurück. aber dieser bereichert sie um ihn selbst und akzentuiert ihre vormachtstellung, schränkt sie auf menschlichkeit ein. es ist nicht die adaption des exotischen, die dem künstler anreiz bietet, sondern der mögliche durchbruch von vorhandenem, das in einer konfrontation dabei zu tage treten kann.

ich schliesse die hier locker durchgeführte, keineswegs auf vollständigkeit bedachte katalogisierung von einigen wenigen einen belastenden realien ab. das angesammelte, von dem hier die rede war, läßt sich, wie ich hoffe, in schädliches und unschädliches sortieren, in spreu und weizen. dass allerdings beides sowohl den schöpferischen prozess an einer entfaltung hindert, wie auch der rezeption beträchtliche hindernisse in den weg legt, halte ich für definitiv. wesentlich für die form ihrer beseitigung erscheint mir eine zurkenntnisnahme der erscheinungskonturen, in denen sich dieser wichtige und unwichtige kram äussert, ebenso wie die, woraus sein inhalt besteht oder worauf er sich gründet. es ist nicht zuletzt eine frage, zu der die malerei (die kunst) den anlass gibt, welches gerümpel um sie lagert und weshalb. innerhalb jeder beschäftigung mit der malerei sollte dies ein integrierender, ihrem verständnis wie selbstverständnis dienender bestandteil sein. darüber hinaus bin ich der meinung, dass mit der versuchten entrümpelung oder wenigstens einer katalogisierung der zu entrümpelnden bestände auch in anderen lebensbereichen, mit dem ziele einer zu erlangenden einsicht in sie, endlich begonnen werden müsste.

ALFRED SCHMELLER

Die Carceri der Martha Jungwirth

Martha Jungwirth ist schnell enthusiasmiert, erregbar, ein übergehendes Häferl, himmelhochjauchzend und so weiter, fällt leicht um, lernt mühsam, sich gegen andere Argumente zu wehren, ist labil und liab, stolpert gerne, fällt häufig hin, fiel einmal in der Himmelpfortgasse (& verlor dabei das Tascherl, meldete den Verlust bei der Polizei; aber sie hatte gar keins mitgehabt), fiel in Paris alle Augenblicke (beim Heraufsteigen aus der Metro). »Martha fällt zum 7. Male« (Marterl). Sie hat schöne Beine, aber kann nicht gehen; sie ist heiklig auf Beine. Stöcklschuhe sind für sie das Schönste. Schuheinkaufen, etwa in Neapel, wird zum Roman, die Via Toledo einmal runter, dann wieder rauf. Die Schuhgröße blieb dieselbe, die Verkäuferinnen, schwarz und klein wie ein Espresso, schauten nur mitleidig an ihr hoch. Auch der Schuh ist selbstverständlich ein Freudsches Symbol, sagen wir: ein bisexuelles. Zu Hause ging sie lange in schlechten Kleidern herum. Dame beginnt erst am Praterstern (wir wohnten damals in Kaisermühlen).

Der Vater ist früh gestorben, sie hat ihn nicht gekannt. Die Mutterbindung ging auf die Omama über. Man stammt aus Kaisermühlen, Stürzlwasser, Alte Donau. Die Omama ist heute noch Autorität.

Die frühen Aktfederzeichnungen, Studien, gehen noch in die Akademiezeit zurück, Federstrich-Miniaturen in ganz feinen, spitzgeschabten, spitzgestrichelten Lagen.

Die Aufsicht während der Schulzeit führte die strenge, puritanische Omama, sie wollte nicht, daß ihre Martha mit den andern Kindern spielt, hielt sie isoliert, eingesperrt, im 1. Stock. Das Mädchen ließ ihre Puppen auf die Straße hinunterfallen, um mit den andern Kindern in Kontakt zu kommen. Später dann zigeunerte sie herum, natürlich. Die Omama kaufte viele Bleistifte, um sie zu Hause zu beschäftigen. Die Bleistifte, sie bleiben lebenslang Spielzeug, Lustobjekt, Werkzeug. Das Spitzen der Stifte wird zum Ritual, die Fülle der Bleistifte – sie schwimmen über das Zeichenblatt und treiben wie tausend Hölzer zur Sägemühle.

Bei den Bauern in der Steiermark hatte dann das 11jährige Stadtmädchen ein Erlebnis: der Stier wurde abgeführt, und das, was da so unbekannt spitz hervorschaute, das nannten die Bauern listig »Bleistift«.

Feder und Blei; dann wird die Fertigkeit des Pinselmalens erobert. Mitte der sechziger Jahre kommen die Landschaftsaquarelle, bald von beträchtlichem Format. Aber wo sind die Landschaften? Es sind Schwemmen, Überflutungen, und die »Motive« Vrsar, Stadlauer Brücke, città morta von Positano etc. lediglich Ausgangspunkte. Die Blätter werden an der Abwasch gewässert, immer wieder. Feine, hauchblasse Farbfilme, drei bis vier durchsichtige Lagen schaffen Raum-Momente, ziehen perspektivische Vorhänge zu, die im Hingeplantschten trocknen, doch immer das Wässerige behalten. Fünfzig Töchter des Nereus und ihre Wasserschleier.

Im Spritzen, Sprühen gerinnt nie etwas tektonisch ganz fest, es bleibt stolpernd und fließend, fischschwänzig-labil, badeschlampig – eine »Komposition« »steht« nicht, basislos, sie hängt, Wäsche an der Leine. Es wellt. Ans Land verschlagene Nereide, die sich im Wasserspiegel betrachtet.

Es gab dann Phasen der Verfestigung, der Sehkontrolle, kurze Schübe der Extroversion, aber das Wallend-Verwandelnde blieb das Element, ob es sich nun um »Lampen« als Vorwand handelte oder Akte.

Sie malte und zeichnete ausschließlich weibliche Akte, narzißtisch; der männliche Teil ist versteckt, setzt sich später eher verschlüsselt durch, im Technischen als spontan Hingeflecktes (das informelle Weltbild zentriert in der eiaculatio, genauer: Pollution) und in priapeischen Formen.

Am 17. 1. 68 notierte ich: sehr nervös, laut; doch Krise überwunden, das Zeichnen geht wieder: es ist eine Serie von weiblichen Ungeheuern entstanden, aus Karosserieformen, après-ski. Donna Monza, mit Brillen, sechs große Zeichnungen zwischen dem 12. und dem 17. Jänner. Sie malt halbnackt in einem orangenen Strumpfbandgürtel, grauen Strümpfen. Vor dem Spiegel, ist angestrengt, fahrig.

23. 1. 68, Martha zeichnet weibliche Möpse, oben ohne.

Sie findet einen Zeitungsartikel über die Blechschneider von Turin, es ist das, was sie gerade macht, Blechanatomie. Sie entdeckt, daß das Auto, das Styling, sexuell besetzt ist, daß weibliche Unterwäsche, Karosserieformen, Autolack zusammenfallen, industrielle Formgebung den lebendigen Menschen vereinnahmt.

Das bekommt jetzt Methode, vorher (und heute noch) macht sie aus allem Haufen oder Häufchen, ob Komposition oder Dinge, unstabil, wacklig, sofort zusammenstürzend, aus Geschirr (das poltert alle Augenblicke zu Boden – geräuschunempfindlich), aus Papier, Krimskrams (selbst die Vitrine ist angestopft mit Haufen, Wäsche, Büchern, Medikamenten, Strümpfen, Malutensilien, Erzählfetzen, Parfums, Geschwätz...).

Im »Pnin« erfindet Nabokov Gemälde von Autos, ähnlich denen, wie sie Martha macht. »Nun heißt es, das Gehäuse des Wagens in Kurven und Flächen aufzuteilen und es dann in Spiegelbildern zusammenzusetzen«, aber was Nabokov auf Seite 71 beschreibt, sind eher Spiegelungen im Chrom und geht eher parallel zu Eddy, Salt, Goings.

Neue Themen tauchen auf: nach der Unterwäsche Schuhe und Beine, Korsett, Dolci, Eislutscher, Handschuhe, Lippenstift, phallische Armaturen aus dem Badezimmer, Frauen im Bad, Frauen im Sessel. Der ganze Horizont von eudämonistischen Objekten umstellt. Die Vorbilder werden den »Illustrierten« entnommen, das Suchtmittel der Frau spendet Untersuchungsgegenstände, deren Hülle und Fülle systematisch aufgegliedert wird. Ein zeichnerisches Programm.

Der Zubehörcharakter kommt formal in der Zerteilung durch. Die Blechschneider öffneten den Blick, jetzt schiebt sich der von der Produktionsgesellschaft zerfräste Mensch ins Vorstellungsfeld. Gorsen hat darauf aufmerksam gemacht, daß der Zubehörcharakter, das pars pro toto-Prinzip, die Teilsetzung, typisch ist für den Fetisch.

In der Konturierung, den scharf gegeneinander gesetzten Farbflächen und den popig abgesetzten Dingteilen findet die Malerin intuitiv die Linie des Ersatzteildenkens der Industriegesellschaft. Gestückelte Unterwäsche, Schuhe, Süßigkeiten, Korsetts, Eislutscher, Handschuhe und Lippenstifte, alles nur Zugehörendes, sind die fetischistischen Surrogate, im Bombenterror des Konsums losgeworfene Warenfetische, die das arbeitsteilig auseinander genommene Individuum assimiliert. Ob zu »sozialen Leitbildern autorisierter Masochismus«, ob Zerlegung des Individuums, es obsiegt der Teil.

Das wird in diesen Zeichnungen begriffen, von einem wirklichen Menschen in der wirklichen heutigen Gesellschaft, an sich erfahren, und M. J. gehört 1968 zu den Neuen Wirklichkeiten, die Otto Breicha in der Wiener Secession ausstellt.

Mit der fetischistischen Phase scheint sich die Ablöse nachvollzogen zu haben, in einer psychogenetischen Entwicklung, von der Selbstbezogenheit einer phallisch-infantilen Frühstufe (Aquarell, Informel) weg, freudianisch gesagt. Jetzt gehts hinein in Abrahams Wurstkessel.

M. J. sagt immer wieder, daß sie nur sich selbst malt, in ausschließlicher Selbstbeschäftigung, ihre Süchte ausmalt, auf Gegenstände hinüber ihr Selbst erweitert.

Der Fetisch als Genußprothese ist in seiner Ambivalenz auch der Hebel zur »Verweigerung des wirklich Bestehenden, das dem Glück der Selbstliebe abträglich ist« (Gorsen, p. 92). In Neumarkt 1973 las M. J. sein Buch »Das Bild Pygmalions«, wir versuchten, diese Texte in ein geliebtes Deutsch zu übertragen. Und Gorsen ist es, der den Widerstand organisiert gegen den herrschenden patriarchalischen Primat der Genitalität, indem er dem Fetischismus aufklärende, kritisierende und auflösende Funktion zuschreibt. M. J. zeichnete ein Dutzend Blätter mit »Armaturen«, griffigen männlichen Waffen im Badezimmer, und vervielfältigt die priapoi zur Horde. Die »Eislutscherin« erscheint später als Buchumschlag zu Erskine Caldwells »Medora«; eislutschen ist sexuelle Ersatzhandlung, »Uhrwerk Orange« karikiert die beiden vorlustig schleckenden Mädchen, die anschließend hemmungslos verkoitiert werden. – »Die Sauge« haben wir M. J. einmal genannt (ein Ergebnis narzißtischer Kränkung, Entzug der Mutterbrust).

In den »Badenden« wird das hedonistische Selbstgefühl thematisiert, die Nereide sitzt jetzt im Floridsdorfer Wannenbad und schaut zu, wie sich die Frauen wohlig besprühen.

Die Freßwelle, der Eßkonsum und die ökonomische Manipulation der Konsumentin werden virtuos verrätselt in den »Mehlspeislandschaften« mit ihren zwittrigen Schokoladevulkänchen & phlegräischen Freßstreß-Feldern.

Schließlich die Frau im Sessel: der Sessel ist eindeutig Zwangsinstrument (welcher

»moderne« Sessel ist das nicht?), starr, spinnengliedrig, eine gespannte, tödliche Falle vor dem Zuschnappen, technisch-präzis und sachlich-objektgetreu, ein Blick könnte über verschimmelnde Zitronen und bizarres Gebäck zum Surrealismus gehen, aber mit dessen Konfrontationen des Unvereinbaren haben diese exakten Armaturen, Süßigkeitsgefilde oder der Stuhl als Vampirgebiß und Greifzange nichts zu tun. In dieser neuen Dingwelt erscheinen ganz real die Süchte, Zwänge, Manipulationen, seelischen Handschellen – Dinge sind Unterschlüpfe, es sind nicht die Dingklischees der Popart (gestanzt und aufgegeilt oder entsteift und zum Schemen geworden bei Oldenburg).

In den neuen Serien seit 1974 verwandeln sich die Dinge, die keine Fetische, hautnahes Zubehör mehr sind: Töpfe und Griffe, zu wenig kompakt, materiell, das heißt wirksam. Gleichwohl gehören sie in ein Geisterreich von Wünschen, es sind Besitzzerstäubungen, Dingverdunstungen. Es pendelt ins Malerische, Transzendente.

Die Objekte der Frauensphäre werden eher organischer Körperlichkeit angenähert, also nicht mehr hart und trocken isoliert, sondern mehr: sie werden in heißen und feuchten Vorgängen verbunden. Daß sich etwas abspielt, jetzt, sieht man. Handlungen, eh banal, werden fühlbar und anschaubar, aber nicht das Rohe des Schlachtens, das Herausbrechen der Innereien, die »Anatomie«, sondern die Sublimation des Kochens & Garwerdens.

Das große Ineinander entsteht, wobei das einzelne sichtbar bleibt. Dramatische Vereinigungen. Abrahams Wurstkessel als Urphantasie. Rekonstruiert man die gute, alte Küche (etwa auf holländischen Küchenstilleben), *die* Schöne war anders, in der fischtote Augen glotzen, die Kupferkessel starren, Glanzlichter die Tücke des Topfes widerspiegeln: eine lauernde, prangende Umwelt der Frau, und alles unterdrückt vom hellen Licht Jupiters. Sauberkeit und Recht und Ordnung.

Und jetzt plötzlich sind die Dampfdämonen los! Die Muskeln der elftausend Köchinnen der heiligen Ursula glänzen im Morgendunst, lockere, weiße, gefüllte Blusen. Es gibt Geruch. Transparente. Sie stemmen die Hände in die Hüften. »Denn nun begannen sie ein Kriegspiel«, heißt es wörtlich in der Legende.

Das Arsenal der Hausfrau: Die Saftpresse. Das Wiegemesser. Die Pfeffermühle. Der Schnellkochtopf. Der Teekessel. Die Gurke. Alles tritt in Aktion. Die Waschmaschinen rumpeln, bocken sich vor. Es zischt. Die Geschirrspüler rattern. Die Dampfkessel spucken. Der große summende Gott: der Eiskasten.

Hinab in den Maschinenraum der Mütter! (Revolutionen beginnen in Maschinenräumen.) Der Herd als Keimzelle der Fabrik. Alchimische Häuslichkeit. Das Arsenal der Hausfrau als Foltermaschinerie der Küche. Und nun durchdringen die Küchenutensilien einander in obszönen, brünstig gelösten Vereinigungen. Das Widernatürliche der harten Gegenstände im Dunst der Sensibilität von elftausend Märtyrerinnen wird zum Spiel. Die kochende Seele des Kochtopfs geht über. Küchenknochen & erotisches Geschirr feiern...

»Die Menschen«, heißt es bei Herbert Marcuse (Der eindimensionale Mensch, p. 29),

»erkennen sich in ihren Waren wieder ... in ihrem Küchengerät.« M. J. stellt gegen die kalte Inbrunst des Konsums die brünstigen Teufeleien der Geräte, der Mensch wird nicht den Waren angeglichen, sondern umgekehrt, die Geräte werden der Warenwelt entfremdet, Mensch und Dinge werden Brüder, wo dein sanfter Flügel weilt: die Verbraucherlust wird Durchschauungsfreude.

Die Nichtköchin geht mit den Töpfen um (läßt aber gern was verschimmeln). Entschwerung des Alltags, des Leibes, der Gewohnheiten. Vom Kopf bis zum Fuß auf *sich* eingestellt, pflegt sie ihre Vorlieben für Salben, Schuhe, secondhand-Kleider, fürs Anziehen, Umziehen, ist ganz leiblich, voller Gier, saugekräftig, bißchen verfressen (daher dauernd auf Linie bedacht), also lauter frauliche Dilemmas. (Ihr leiblicher Blick erkannte sofort in den Fresken der Kirche auf dem Hafnerberg von F. J. Mildorfer die Wolkenärsche, die Hinterbackenansichten.)

M. liest irgendwas Psychoanalytisches. Ich hätte es voraussagen können: ihr fällt plötzlich ein, daß die Omama ihr immer wieder das Klistier verpaßt hat (mit einem roten Ball versehen!). Na no. Wir nannten sie das »Hypochondrichon«, und Freund Kedl wird sich vielleicht noch an das Erlebnis im Angesicht des Olymp erinnern (dem man nicht das nackte Hinterteil zeigen darf, wenn Zeus nicht sofort 26 Gewitter schicken soll mit Blitzen und Donnergrollen!).

Eines Tages greift sie räumlich aus (im MOMA, New York, hatte sie eine große Zeichnung von Gorki gesehen) und zeichnet die ganzen Küchenwände auf großen 150×150 cm-Blättern, Sommer 1975.

Die elektrischen Sicherungen an der Wand neben dem Fenster werden zu dreideutigen Formen: sind es Busenknöpfe oder phalloi oder Saugnäpfe?

Das Fließende ist wieder da, wie früher die Wassersäulen, Blumengeisire, badenden Frauen. Das Irdische, Endliche aufsaugend, durchdringt sie sich diesmal mit dem Gefühl für Unendlichkeit. Rinnende Farben, einst wie aufgehängte Wäsche flatternd, jetzt sparsam aus dem Schwarzweiß hervortauchend, in Strähnen, Dampftröpfchen, Nebeln. Ich-Verdampfung. (Die alltägliche Seite davon ist: sie schwätzt gern, und viel, ist offen, molluskenhaft, ein anpassungswilliger Weibpolyp, Krake, Sauge.)

Die erste große Zeichnung entstand wie ein Gewitter, im Aufsteigen und Sinken der Strichbüschelungen, dräuendes Gebräu.

Das Innere der Geschirrspülmaschine verwandelt sich in ätherisch durchglänzte Räume, mit durchfliegendem Gewölk, an Ecken und Enden sprüht es über glänzende Stalagmiten – die befruchtende, erfrischende Feuchte der Tivoligärten, Kaskaden erotischer Floskeln.

Es sind ihre carceri. In den häuslichen Gefängnissen sitzen die Frauen ein, versklavt von Verklärungen wie »die Königin der Küchen!«, die chromfunkelnden Gitterstäbe vor Augen, an denen sie rütteln und die zu nuancenreichen Dunstwürmchen werden. Verstrickt in Luftschlösser und Luftmaschinen mit ihren Drehläufen und Strichgefällen, ein funkelndes Geflecht von Strömungen, wird nervöse Energie verabsolutiert. Ein

Sensibilitätsdynamo setzt Rohes um in Bewußtseinsgekoch, in Wünschelungen, Drehwischer, Schwirrer, Strichgefasere und straffes Raumnetz. Im Schillern und Changieren wird der Geschirrspüler zum seelischen Binnenraum, dem man nur durchs Kochen (auf dem Papier) entrinnt.

Martha Jungwirth, Frau, Tinte, 1976

GUSTAV ERNST

ARENA, Wien 1976

Der Auslandsschlachthof St. Marx, wo die Wiener Festwochen unter dem Namen ARENA heuer und im Vorjahr ihr Jugendprogramm abwickelten und der jetzt abgerissen werden sollte, ist von Jugendlichen und Künstlern besetzt worden. Sie stellen vier Forderungen: 1. Kein Abbruch; 2. ARENA als ganzjähriges Kultur- und Kommunikationszentrum; 3. Selbstverwaltung; 4. Bezahlung der Betriebskosten durch die Gemeinde.

Mit einem Schlag ist die offizielle, eifrig und kostspielig betriebene Jugend- und Kulturpolitik der Gemeinde Wien als eine gänzlich mißlungene dagestanden. Auf einmal hat man förmlich den Kalk im Rathaus rieseln hören. Indem sich die Besetzer genommen haben, was sie brauchen, d. h. was ihnen systematisch verwehrt wurde, haben sie den Widerspruch zwischen ihren Interessen und den Interessen der Gemeinde Wien als Kapitalträger öffentlich anschaulich gemacht. Vielen ist da der Mund offen geblieben. Das hat es in Wien noch nicht gegeben.

Leser, Autoren, Redakteure des WESPENNESTS haben an der Besetzung der ARENA teilgenommen oder haben sich mit den Besetzern solidarisiert. Aus diesem Grund, aber auch weil wir der Meinung sind, daß es derartiges öfter und nicht nur in Wien geben sollte, haben wir beschlossen, in einer für uns ungewohnten Schnelligkeit ein Sonderheft zusammenzustellen. Was gut ist, muß gut verbreitet werden.

Unsere Dokumentation reicht von den Anfängen (27. Juni) bis zu der ersten großen Verhandlung mit der Gemeinde Wien (8. Juli). Wir haben die Ereignisse der ersten beiden Wochen der Besetzung behelfsmäßig in vier Abschnitte geteilt: 1. Die Besetzung (bis zum Dienstag, den 29. Juni); 2. Das Große Fest (bis zum Sonntag, den 4. Juli); 3. Plenum und Organisationsdebatte (bis Dienstag, den 6. Juli); 4. Kampf nach außen (bis Donnerstag, den 8. Juli). Die Dokumente sind entsprechend chronologisch angeordnet.

Seit dem 8. Juli ist inzwischen mehr als eine Woche vergangen. Die Gemeinde hat zur Kenntnis nehmen müssen, daß die Besetzung der ARENA eine Sache ist, die die Besetzer ernst nehmen. Die Bedürfnisse der Besetzer sind, wie man vielleicht seitens der Gemeinde gehofft hatte, mit einer schönen Woche Ausgelassenheit nicht gestillt. Das kommt daher, weil die Bedürfnisse der Jugendlichen und Kulturschaffenden eben anders beschaffen sind als jene gemeindeeigenen Bedürfnisse, aus denen die Gemeinde schon jahrzehntelang ihre Kultur- und Jugendpolitik zusammenbastelt. Jene obskuren Vorstellungen von Jugend und Kultur, die die Bürokraten aus ihren Freizeit-Hemd-Ärmeln schütteln und die sie mit aller Lustlosigkeit, derer Bürokraten fähig sein können, den Betroffenen auf die Köpfe klatschen, sind auf das schönste Lügen gestraft worden. Das war uns ein Volksfest!

Und die AZ, die einmal eine Arbeiter-Zeitung war und auch so geheißen hat, setzt ihre Hetzkampagne gegen Selbstverwaltung, gegen die Kommunikation von Bevölkerungsgruppen verschiedenster Art auf das diffamierendste fort. Zwar beteuert Frau Vizebürgermeisterin Fröhlich-Sandner andauernd, was sich in der ARENA abspiele, sei ohnehin Plan der Gemeinde, auch Otto Steininger, ihr Berater, ist schon seit jeher mit von der Partie, aber wie das gemeint ist, zeigt das Hausblatt der Wiener Sozialdemokratie, die AZ, sehr anständig, der die Fortschrittlichkeit einer Jugend, die ihre Angelegenheiten selber in die Hand genommen hat, ein Graus ist.

Die AZ ist grantig und mieselsüchtig wie eine alte Tante, die glaubt, jeder der hereinkommt, will ihr das Sparbuch stehlen. VIER (!) Delikte in DREI WOCHEN (!), bei einer Gesamtbesucherzahl von ungefähr 30.000 Personen (!) haut die AZ den Besetzern immer wieder geil um die Ohren: Ätsch, da hast du's! Ein Mann wurde niedergeschlagen, ein Mädchen bekam Angstzustände (»Verdacht auf Rauschgift«, AZ), ein Bursch wurde niedergeschlagen, ein Einbruch in ein Wirtshaus – was der AZ für eine geschmalzene Stimmungsmache gegen die ARENA und ihre Besetzer ausreicht. Hat die alte AZ schon irrsinnig in ihr Fäustchen gekichert, als ein ARENA-Besetzer, angeblich von der Krätze befallen, ins Krankenhaus eingeliefert wurde, so hat sie Tage später, als sich das doch als Humbug herausstellte, beobachten können, wie ARENA-Besetzer Baugerät von einer Baustelle wegschleppten, bei finsterer Nacht und sehr heimtückisch. Und die sanitären Anlagen sind auch so, daß einer Sau graust, verbreitet die AZ sinngemäß, nur den Besetzern grausts nicht, die zwar mehr Klos von der Gemeinde fordern, aber nicht bekommen. Ich bitte Sie, sagt die Tante, wenn ich wo nicht ordentlich meine Notdurft verrichten kann, dann wart ich nicht lang, sondern geh! Die Besetzer nicht, die bleiben trotzdem, pfui Teufel. Und denen soll man noch ein Klo geben?

Die Euphorie der anderen Zeitungen hat auch nachgelassen. So sehr es auch schön ist, daß die »rote« Gemeinde eins aufs Haupt bekommt, so sehr könnte es Mode werden, daß man sich nimmt, was man will. Man muß zart kriminalisieren, damit man zuschlagen kann, wenn es Zeit ist. Was sich anbahnt, ist eine systematische Denunzierung.

Die Besetzer aber lernen inzwischen zusammenzuleben. Was der kapitalistische Alltag aus den Leuten gemacht hat, dem soll begegnet, das soll geändert werden. Die Besetzer lernen, daß sie viel nachzuholen haben, daß die Selbstorganisation, die Selbstverwaltung etwas ist, was man nicht in der Schule lernt, sondern selber organisieren muß. Noch nie haben in Wien soviele Arbeiter, Lehrlinge, Studenten, Künstler, Schüler freiwillig ihre Zeit zur Verfügung gestellt, um gemeinsam Installationen zu machen, Wände anzumalen, zusammenzukehren, Limonade auszuschenken, Häusel zu putzen, Brote zu streichen, zu diskutieren. Wo alle fast täglich zusammenkommen, um miteinander zu reden und zu arbeiten, bildet sich etwas heraus, was der Gemeinde ein Schleier ist: Solidarität, Formen alternativen Zusammenlebens, Bedingungen und Möglichkeiten, Konflikte, die hereingeschleppt werden von draußen, nicht zu verdrängen, sondern anzunehmen und zu bearbeiten, im Sinne der Betroffenen, d. h. aller, die da sind.

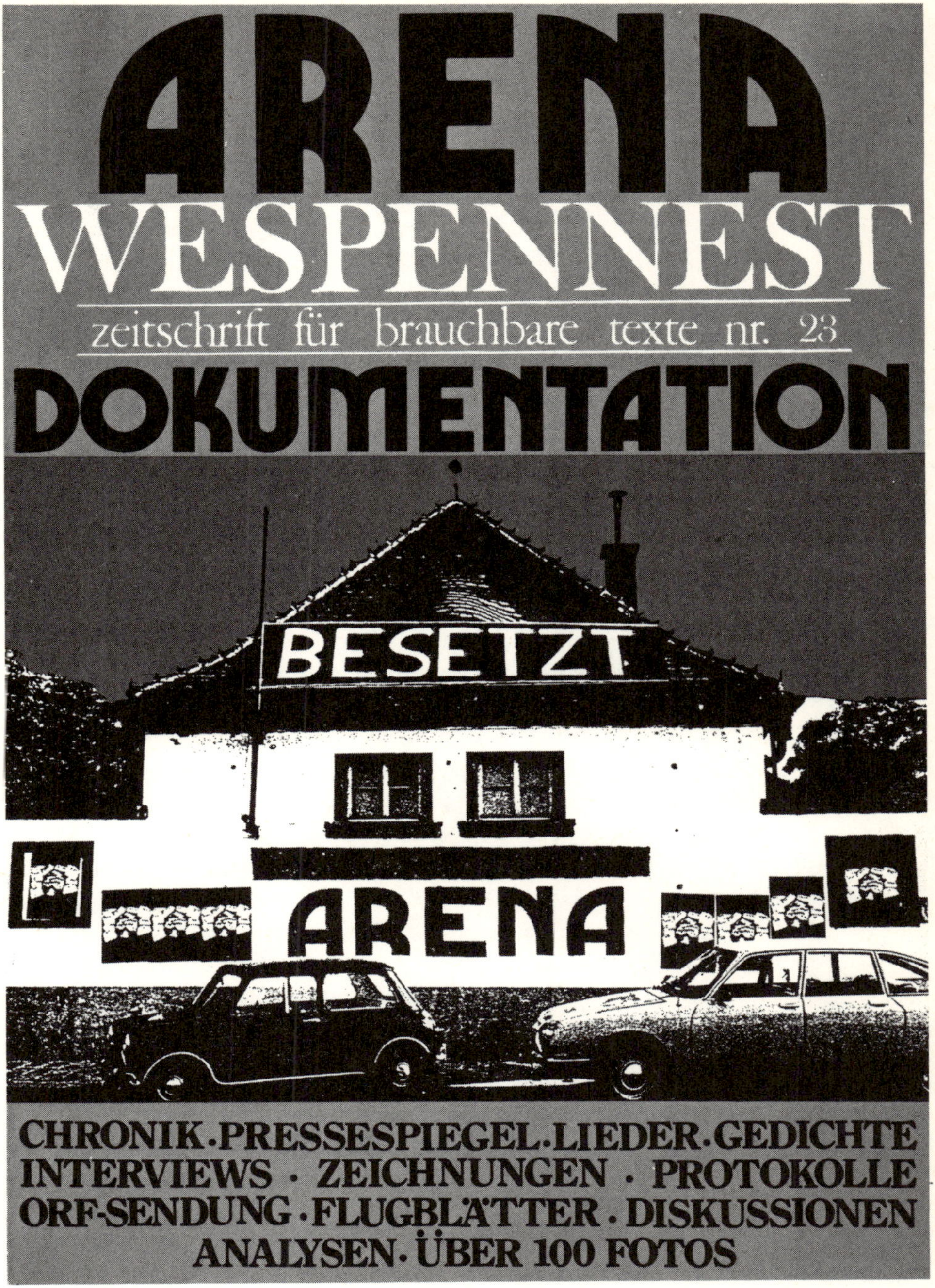

ARENA-Dokumentation, Titelseite der Zeitschrift »Wespennest«, 1976

Da steht den Bürokraten das Hirn. Da schnallen sie ab. Da kommen sie eilig daher mit den läppischen Millionen! Das scheint das einzige zu sein, was sie als Argument, wenns ernst wird, noch haben, als wären sie Meister darin, es genau zu nehmen, mit den Millionen! Dauernd führen sie sie an der Leine herum wie der Blinde den Hund.

Die Selbstorganisation schreitet voran. Plenarsitzungen finden mehrmals die Woche statt, wo endlich gelernt werden soll, was man in DER Demokratie nicht lernt: Demokratie machen! Die Gebäude werden adaptiert. Jeden Tag ist etwas Neues zustandegekommen. Man lernt sich besser kennen. Wenn man das Gelände betritt, braucht man lange, bis man dort ist, wo man hinwill, soviele Bekannte stehen im Weg. Aber man will sowieso unter Bekannten sein und dort, wo es leicht ist, sich etwas bekannt zu machen. »Depressionen« treten manchmal auf, Erschöpfungen, aber damit kann man keine Bewegung totsagen. Am nächsten Tag, wenn man nach drei Tagen ARENA wieder zum Schlafen gekommen ist, schaut die Welt wieder veränderbar aus. Viele haben hier zum ersten Mal unbändig Lust, engagiert zu sein. Sie kommen aus ihren Löchern, in die man sie hineingetrieben hat, die sensiblen Einzelgänger, die Verlachten und Verschreckten, stehen plötzlich hartnäckig an den Ecken und reden mit Wildfremden über die Schwierigkeiten, in der Welt ein Leiberl zu reißen, über das Elternhaus, über die Vorzüge einer Honda und über die Fehler des Komitees, die man im Plenum vorbringen würde: das erste Mal im Leben in ein Mikrofon reden und 500 hören zu, als wäre man mitten unter ihnen.

Die ARENA ist mit dem Totreden nicht umzubringen. Daß die Praxis der Veränderung, der Umgestaltung »Depressionen« mit sich bringt, ist eine Binsenweisheit, aus der nur die bürgerliche Presse immer noch eine höhnische Schlagzeile zu machen imstande ist. Um zu denunzieren ist den Obergescheiten nichts zu dumm. Um aber zu registrieren, daß Menschen sich in der ARENA immer wohler zu fühlen beginnen, miteinander reden, spielen und arbeiten, die Mühen der Selbstorganisation nicht scheuen, sondern ihrer miesen Erziehung abtrotzen, ihre Interessen und Bedürfnisse entdecken und danach handeln – um all das registrieren zu können, brauchen die Zeitungen ein paar neue Sinnesorgane – auf den alten sind selbst schon die Preisschildchen verwittert – oder besser gleich einen neuen Geldgeber. Die Mißgunst, die bezahlte, kann die Errungenschaften, die Fortschritte, die täglich gemacht werden, nicht einfach wegputzen. Die Öffentlichkeitsarbeit wird verstärkt werden, die Wiener Bevölkerung soll immer besser erkennen, was für ein Kampf hier geführt wird und wie die Gegner beschaffen sind und wie die Interessen. Es gibt noch viel zu tun.

Da kann die Gemeinde dagegenreden und die AZ meckern, bis sie schwarz werden. Da muß schon die Polizei her oder der Winter, der bitterkalte, aber der Sommer in Wien ist schön in diesem Jahr.

FRANZ INNERHOFER

Eine kurze Geschichte, die länger sein müßte

Der Tag war so anstrengend, daß Barbara mit Sicherheit annehmen konnte, die Schwester werde bis zum Wecken nicht aufwachen. Das harte Tagwerk kam ihr augenblicklich vor wie ein Geschenk. Hastig schlüpfte sie in ihr Kleid. Dann griff sie nach den Schuhen und den Strümpfen und tastete sich auf Zehenspitzen zur Tür, öffnete sie: der Hund war nicht da. Auch das Wissen um jedes einzelne Bodenbrett, das sie schon so oft mit einer Bürste abgerieben hatte, war für Barbara plötzlich die größte Erleichterung. Das in eine solche Ruhe gestürzte Holzhaus gab unter ihren leichten Tritten nicht ein Geräusch von sich. Sie mußte den Gang entlang, in ein anderes Zimmer. Von den Eltern gehört zu werden, brauchte sie hier keine Angst mehr zu haben, aber das Fenster war voller Nacht. Die rostigen Eisenstäbe schwarze senkrechte Striche. Die Flügel quietschten. Spätsommernachtluft. Sofort machte sich Barbara daran, sich vollkommen auszuziehen.

Vor dem Abendessen hatte sie probeweise ihren Körper seitlich, mit den Beinen voran, zwischen die Stäbe hindurch auf den Brennholzstapel hinausgezwängt.

Jetzt waren die Stäbe kalt, besonders an ihren Brüsten. Ein Schauer durchfuhr sie, als sie plötzlich Schritte den Weg heraufkommen hörte. Auf den Holzscheitern stehend wartete sie, bis die Schritte sich vorbeibewegten. Dem Geräusch nach zu schließen, waren es Frauenschritte. Das ermutigte sie.

Als sie dann auf dem Fahrrad durch den Wald hinunterfuhr, war sie von einer solchen Gewißheit ergriffen, daß sie auf einmal auf alle Geschichten, auf die Rückkehr und die Angst, die sie hier einmal ausgestanden hatte, vergaß. Selbst der frische Luftstrom fühlte sich warm an.

Josef Lohm wartete, wie verabredet, neben der Schloßauffahrt in seinem englischen Wagen.

Zuerst küßte er Barbara, dann nahm er ihr das Fahrrad ab und hob es über den Zaun. Sein Mund roch etwas nach Bier. Schön, daß du auf mich gewartet hast, sagte Barbara. Lohm antwortete nichts. Während sie nun zum Wagen gingen, hörte man vom Schloß herüber die Amerikaner ein Lied anstimmen. Kannst du Englisch? fragte Barbara. A little, antwortete Lohm und stieg ein.

Vorigen Herbst wollte sie in einen Englischkurs gehen, aber ihre Eltern erlaubten es ihr nicht, weil es ein Abendkurs war.

Mei Englischlehrer war a higer Hawara, sagte Lohm und legte seinen linken Arm um Barbaras Hüfte. Der Wagen war so breit, daß neben ihr noch eine Person sitzen hätte können, aber sie war froh, daß niemand dritter neben ihr saß. Während Lohm den Wagen die Paßstraße hinauflenkte, war alles Traum. Getanzt hat sie mit ihm, und seit der Tausendjahrfeier sind Monate vergangen, sie wollte schon nicht mehr daran glauben, dann sieht sie ihn plötzlich im Firmenwagen vorbeifahren und am Dienstag in der Früh geht er auf einmal mit dem dicken Amerikaner zum Schloß hinauf. Dann traute sie sich nicht ins Schloß. Auf einer Milchlieferrampe hat sie auf ihn gewartet. Ein Stück weiter unten haben türkische Arbeiter die Straße geteert. Sie hatte Angst, von irgend jemand Bekannten gesehen zu werden. Lohm lenkte den Wagen in einen Seitenweg.

Barbara hatte einen schönen schlanken Körper.

Nachher weinte sie, weil er alles so schnell und geschickt gemacht hatte. Mit zwei Handgriffen hatte er die Rückenlehne umgeklappt, sie und sich gleichzeitig akkordartig ausgezogen, als ob er im Wirtschaftsförderungsinstitut dafür einen Kurs besucht hätte. Außerdem war er grob.

Kurz nach zwei ließ er sie neben der Schloßauffahrt aussteigen. Während sie um den Wagen herumging, um auf die andere Straßenseite zum Fahrrad zu gelangen, kurbelte er das Fenster hinunter und winkte sie noch einmal zu sich heran. Dann küßte er sie ein letztes Mal und fuhr heim. Barbara sah ihm nach, bis der Wagen in einer scharfen Kurve verschwand, dann wartete sie, bis sie vom Motor nichts mehr hörte. Vom Schloß herüber hörte sie Lärm. Zwei Amerikaner machten abwechselnd ein Fenster auf und ein Fenster zu. Das Fahrrad ist inzwischen vom Tau naß geworden und so schwer, daß Barbara auf den Zaun steigen mußte, und übel war ihr, als ob sie Tag und Nacht Wasserläuse getrunken hätte.

Plötzlich sah sie sich neben dem Fahrrad im Gras liegen. Das Herz blieb ihr fast stehen. Das Tageslicht riß sie reflexartig hoch. Der Ruhe nach war es noch früh. Mit Entsetzen entdeckte Barbara, daß sie sich nicht auf einer Italienreise befand, nirgends sah sie große Planierraupen, auf denen amerikanische Touristen ihre Sonntagsausflüge machten. Ein schwerbeladener Fernlastzug dröhnte vorbei und hinterließ Dieselgestank. Mit berechtigter Angst trieb es sie jetzt ins Elternhaus zurück. Das Fahrrad rollte so schnell neben ihr her, daß sie ihm kaum zu folgen vermochte. Die Morgenfrische war ihr heute die gleichgültigste.

Der Gedanke, daß sie sich mit Lohm bald wieder treffen würde, erleichterte sie, nahm die äußerste Angst von den Zimmerfenstern ihrer Eltern. Von dort aus konnte man beobachten, wie Barbara das Rad auf den Geräteschuppen zuschob.

Einige Minuten lag Barbara in ihrem Bett. Dann mußte sie aufstehen. Sie hatte einen Riesenhunger und hätte vor Freude tanzen können. Die Eltern saßen am Tisch, tranken schwarzen Feigenkaffee und aßen Butterbrote. Barbara stand wie immer als erste auf. Dann ging sie hinauf in die Scheune und startete den Motormäher. Sie mußte den gelochten Anlaßriemen mehrmals um die Startscheibe wickeln, denn der Motor wollte einfach nicht anspringen. Zweimal hatte sie den Mäher zum Schmied hinuntergefahren, und jedesmal hatte der Schmied nur den Kopf geschüttelt und gesagt, der Mäher sei mit einem nichtreparierbaren Fabrikfehler geliefert worden. Wenn der Motor warm war, sprang er fast immer beim ersten Anziehen an.

Das Mäheranstarten machte Barbara verzagt, denn er nahm ihr in der Früh jedesmal so viel Kraft, die ihr dann tagsüber fehlte.

Ungefähr ein Drittel hatte sie den Hang hinaufgemäht, als sie plötzlich gegen einen eingewachsenen Stein fuhr. Natürlich hatte sie von diesem Stein gewußt, schließlich hatte sie mit ihren sechzehn Jahren alle Hindernisse auf dem Grundstück ihres Vaters oft genug, die verschiedensten Handgriffe ausführend, passieren müssen.

Zwei Doppelfinger waren verbogen und das Messer abgerissen – noch dazu ein frisch geschliffenes. Der Vater, der weiter oben einen Bombentrichter ausmähte, legte sofort die Sense weg und kam wütend zu Barbara herunter. Während sie nun verzweifelt versuchte, die eingerosteten Schrauben zu lockern, warf er ihr Unachtsamkeit und Gleichgültigkeit vor. *Wer hier nicht jeden Stein kennt, müsse entweder dumm sein oder nichts als Blödsinn im Kopf haben.* Barbara widersprach nicht. Während sie nun vor dem Mähbalken im Gras kniete, war ihr so elend zumute, daß sie trotz der Hitze und der Müdigkeit froh war, sich anzustrengen, denn nur in der angestrengten Haltung konnte sie das Schuldgefühl, welches hierzulande den Kindern im Laufe der Jahre anerzogen wird, vor ihrem Erzeuger verbergen. Dabei mußte sie froh sein, daß es sich bei dieser Teilreparatur hauptsächlich um Muskelanstrengung handelte, bei jeder leichteren Reparatur hätte sie sich heute sofort verraten, denn er, der Bauer, wich und wich nicht von der Stelle. Zu ihrem Unglück fehlte es auch am primitivsten Werkzeug. Diese Schikaniererei geht natürlich schon von den Fabriken aus, da wird auf die hinterlistigste und menschenunwürdigste Weise gespart. Anstatt mit einem Ringschlüssel, den heute die Polizei bei jeder Wohnungsdurchsuchung schon dutzendweise vorfindet, mußte Barbara mit einem 19er Gabelschlüssel operieren. Bis zur zweiten Schraube gings noch, aber dann weitete die Gabel sich aus und Barbara hatte sofort aufgeschundene Hände. Zuerst blutete sie nicht einmal. Dann als das Blut hervorzuquellen begann, wickelte sie einfach ihr Taschentuch um die stärker blutende Hand.

Auf dem Mellnhof ist wegen einer solchen Schlamperei der älteste Sohn an Wundstarrkrampf gestorben.

Jetzt schimpfte der Bauer auch noch mit ihr, zuerst ruiniere sie den Mäher und jetzt auch noch das Werkzeug. Das machte alles noch schlimmer. Die Bremsen und die Sonnenstrahlen belästigten sie in einem fort, rundherum lärmten die Motormäher, dazu der aufsteigende Grasdunst und das Schlimmste: ihr Erzeuger hörte nicht auf, sie zu ermahnen. Die Messerkopfschrauben, die sie beim Messerwechsel singend angezogen hatte, saßen jetzt so fest, daß sie verzweifelt zu weinen anfing, und ein Wind ist ihr auch entfahren.

Im Schuppen war es kühl. Flink wickelte sie die zwei Mähmesserteile in einen alten Hanfsack und band sie auf den Gepäcksträger. Das Fahrrad war der einzige erfreuliche Gegenstand in diesem Schuppen, alles andere quälte sie. Wenn sie ihn betrat, so nie aus freien Stücken, schließlich waren hier alle Geräte gegen sie gerichtet.

Von allem, und war es auch nur für eine Besorgung, empfand sie das Verlassen des elterlichen Grundstückes als die größte Wohltat, je schneller, um so größer. Nur wenn es um eine dringende Reparatur ging oder wenn es galt, plötzlich den Tierarzt zu verständigen, durfte Barbara das Rad benützen.

Bob. Als sie diesen Namen zum erstenmal hörte, mußte sie laut lachen. Das ist ja ein Rennschlitten, sagte sie. Aber es war, als wollte sie sagen: Schweinerei. Die Schläge, die sie als Kind zu Hause einmal einstecken hatte müssen, weil sie mit den Amerikanern in einem Bob nach Burk hinuntergefahren war, haßte sie noch immer. Von diesem Tag an ist sie von den Amerikanern immer davongelaufen.

Die Erde war schon bocksteif. Barbara mußte jeden Morgen und jeden Nachmittag das Vieh in den Graben treiben, weil das Wasser nur mehr für den Haushalt reichte. Sie hatte wenig Anlaß, in den Markt hinunter zu kommen. Besorgungen wurden ihrer Schwester aufgetragen. Als Barbara noch in die Volksschule ging, war fast kein Tag, an dem sie nicht eine Kleinigkeit zu erledigen hatte, und war es einmal nichts, so dachte sie die ganze Zeit nach, ob ihr die Eltern nicht doch etwas aufgetragen hatten.

Zweimal in der Woche kommt um die Mittagszeit der Briefträger. Da dieser Mensch im Krieg seinen Arm verloren hatte, war ihm der Posten so gut wie sicher. So wenig, wie auf allen Sonn- und Schattenseiten die Einarmigkeit ein Hindernis für Postzusteller ist, ist es die naturgemäße Abgestumpftheit. Barbara beobachtete diesen Menschen nun schon seit Jahren. Keine Veränderung. Sie hatte immer geglaubt, daß ein Briefträger mit zunehmenden Dienstjahren verrückt werden müsse, daß ein Briefträger den andern anstecke, denn für sie war alles Infektion.

Diesem Menschen hatte sie nicht nur jegliches Gerechtigkeitsempfinden abgesprochen, sondern sie traute ihm jetzt auch noch zu, sie für ein einziges Mittagessen bei ihren Eltern zu verraten. Was dieser Mensch selber nicht sah, erfuhr er von anderen. Weil ihm die Amerikaner den Arm abgeschossen hatten, erzählte er die schlimmsten Geschichten über das Schloß. Wenn er sie hier erzählt, erzählt er sie überall, dachte Barbara. Dann war es nicht so sehr Bob, sondern Lohm. Lohm hat zwei Wochen im Schloß Installationen gemacht. Sie hatte ihm beim zweitenmal, während Lohm sie im Wagen küßte, einen Zettel mit ihrer Adresse in die innere Rocktasche gesteckt. Wenn er jetzt schreibt, ist dieser Mensch imstande, meinen Brief mitsamt den Postkarten und Todesanzeigen, die er ins Haus bringt, der Mutter auszuhändigen.

Wenn man so unterdrückt lebt, wird man naturgemäß gegen alles mißtrauisch. Hatte sie doch schon so oft einer läppischen Kleinigkeit wegen Prügel bekommen. Mit jedem

Strauch, mit jedem Stein, mit allem verband sie Angst, alles erinnerte sie an Ängste, die sie von Kind auf ausgestanden hatte.

Im September hat die Menstruation ausgesetzt. Das war ein derartiger Schock, daß es einige Tage aussah, als hätte sie über Nacht alle Arbeiten verlernt. So wie sie sich an diesen Tagen anstellte, kann sich nur eine Frau oder jemand, der sein ganzes Leben nie einen Handgriff gearbeitet hat, wenn solche Menschen durch einen außergewöhnlichen Umstand plötzlich in ein solches Arbeitsverhältnis versetzt werden, nur solche stellen sich so an. Sie war derartig durcheinander, daß ihr, angefangen beim Aufstehen, selbst die augenfälligsten Fehler unterliefen, daß sie sich zur ersten Kuh von links setzte, wo man doch jede Kuh von rechts melkt. Die Kuh schlug sie sofort weg. Das zerstreute sie ein wenig. Früher hat das plötzliche In-den-Dreck-gestoßen-Werden oft die Zahnschmerzen vertrieben, aber jetzt war ihre Verzweiflung so groß, daß sie sich Zahnschmerzen wünschte. Die Zurechtweisungen, die sie sich durch die zahlreichen Unterlassungen von den Eltern am laufenden Band holte, erreichten und erreichten nicht den Grad, wo es auf ein Geständnis nicht mehr angekommen wäre. Die Schimpfreden und Ohrfeigen bezogen sich nur auf Arbeitsgänge, auf lächerliche Vermutungen. Vater und Mutter durchsuchten ihr Zimmer nach Groschenromanen. Dann kamen sie noch auf die verrückte Idee, Barbara spiele heimlich in einem Theaterstück mit. Das Rollenlernen strenge sie so an, daß sie nichts anderes im Kopf habe und deswegen auf alles andere vergesse. Unvorstellbar, daß Eltern ihre eigenen Kinder so tödlich behandeln, so tödlich mißverstehen, sobald sie es merken, werden sie mich erschlagen. Wenn hier das Leben so eine Qual ist, warum hört man dann nicht auf?

Von ganz Mittersill waren die Priester die verhaßtesten, von ihren Kleidern haßte sie die Meßgewänder am meisten.

Bob war ihr bis zur Marktkirche gefolgt. Drinnen ekelte sie plötzlich alles so an, daß sie aufstand und in einem wieder hinausging, direkt auf den Amerikaner zu, und lächelte. Hello, sagte der Amerikaner. Das klang so freundlich, daß Barbara sich schämte. Dieser Mensch war so fremd, und nur weil er so fremd war und sie alles rundherum haßte, empfand sie diese augenblickliche Sympathie.

Sie gingen in die einzige Konditorei und tranken Bohnenkaffee. Eine dicke Frau servierte ihnen Mehlspeisen. Wir Amerikaner lieben Mehlspeisen, sagte Bob. Dann nannte er ihr seinen Vornamen.

Als sie um die Mittagszeit die Konditorei verließen, schneite es. Im Sommer, sagte Bob, habe er sie öfters auf dem Fahrrad gesehen, einmal sei sie im Markt ganz dicht an ihm vorbeigefahren. Durch Zufall stieß Barbara an seinem Mantel an, was er gesagt hat, erinnerte sie daran, daß sie früher oft den Wunsch hatte, sich auf der Burgwieserstrecke vor ein Auto zu werfen.

Zu Hause gab es wieder Ärger. Bis zur Nachmittagfütterung waren es noch zwei Stunden. Barbara benützte diese, um sich etwas auszuruhen. Sie legte sich mitsamt dem Gewand mit dem Rücken auf ihr Bett. Sich halb auszuziehen und das Mieder lockerer zu schnüren, wagte sie nicht, denn es konnte jederzeit ihre jüngere Schwester, die Mutter oder der Vater ohne Anklopfen in die Kammer kommen.

Beim Kaffeetrinken ging die Nörgelei weiter. Barbara kam gerade noch rechtzeitig in den Stall, um ein Kalb, das sich über eine Kalm gelegt hatte, vor dem Ersticken zu retten. Auf dem Heustock kam ihr dann der Gedanke, sich durch das Futterloch hinunter in die dreizinkige Heugabel zu stürzen, reichlich gewagt vor. Im nächsten Augenblick erwischte sie sich, wie sie einen großen Heubuschen hinunterwarf. Es staubte. Dann warf sie das Heu so schnell hinunter, daß das Futterloch nur mehr eine Staubwolke war.

Oft arbeitete sie bis zum Umfallen, und sie riß sich gerade um die schwersten Arbeiten, schnappte sie ihren Eltern vor der Nase weg, von Morgen zu Morgen schnürte sie sich fester und nützte jede Gelegenheit, um ihren Körper auf die Muttererde niedersausen zu lassen. So viele Bäuerinnen, so viele Frauen werden durch die Arbeit entschwängert, weil sich die Natur rächt. Barbara brauchte nur vors Haus zu treten, sie mußte oft aus dem Haus, und jedesmal, wenn sie sich unbemerkt fühlte, schaute sie über den Nebel zu den Alpen hinüber. Was reden die Leute über mich? fragte sie sich.

Bob hat ihr beim Strohballenausladen erzählt, daß Anton von Webern von amerikanischen Besatzungssoldaten in Mittersill erschossen worden ist. Aus dem Waggon heraus hat er das gesagt. Bei jedem Strohballen, den er aus dem hinteren Waggonteil hervorzog, brachte er einen Satz von Anton von Webern an. Barbara stand draußen in der Kälte und schlichtete die Strohballen auf den Schlitten.

Webern, diesen Namen hatte sie noch nie gehört. In Mittersill hat man ihn erschossen? fragte sie. Aber warum weißt du das? Ich habe bis heute immer in Mittersill gelebt und weiß es nicht. Überhaupt wurde ihr jetzt alles unverständlich.

Am Nachmittag fuhr Bob wieder mit ihr auf dem Schlitten zum Bahnhof hinunter. Diese Arbeit, sagte er, ist für mich wie Musik. Ich werde heute abend ein Lied darüber schreiben. Da begann Barbara plötzlich ganz laut zu lachen. Bob muß wohl verwirrt gewesen sein, denn er schob Strohballen um Strohballen aus dem Waggon, daß Barbara Mühe hatte, sie aufzuschlichten, und aus seinem Mund kamen nur mehr Nebel.

Die Leute werden also nichts Wesentliches über mich sagen. Sie sagte das Bob, als dieser schon die Schloßauffahrt betrat.

Der Vater strahlte, weil das Strohführen heute so gut ging. Barbara wollte das Pferd noch ausspannen, aber da hörte sie plötzlich den Vater aus der Scheune gehen. Sie wartete.

Auf einmal konnte sie die Schatten und den Heugeruch nicht mehr ertragen, ein furchtbares Grausen überkam sie. Sie lief hinaus, durch den tiefen Schnee hinunter. Gegen Abend brachte man sie zurück, starr und immer noch schwanger, aber tot.

Ernst Skricka, Wie ein Präparat, Strichätzung und Aquatinta, 1974

THOMAS BERNHARD

Aus: Der Keller

Die Wahrheit, denke ich, kennt nur der Betroffene, will er sie mitteilen, wird er automatisch zum Lügner. Alles Mitgeteilte kann nur Fälschung und Verfälschung sein, also sind immer nur Fälschungen und *Ver*fälschungen mitgeteilt worden. Der Wille zur Wahrheit ist, wie jeder andere, der rascheste Weg zur Fälschung und zur *Ver*fälschung eines Sachverhalts. Und eine Zeit, eine Lebens-, eine Existenzperiode aufzuschreiben, gleich, wie weit sie zurückliegt, und gleich, wie lang oder kurz sie gewesen ist, ist eine Ansammlung von Hunderten und von Tausenden und von Millionen von Fälschungen und *Ver*fälschungen, die dem Beschreibenden und Schreibenden alle als Wahrheiten und als nichts als Wahrheiten vertraut sind. Das Gedächtnis hält sich genau an die Vorkommnisse und hält sich an die genaue Chronologie, aber was herauskommt, ist etwas ganz anderes, als es tatsächlich gewesen ist. Das Beschriebene macht etwas deutlich, das zwar dem *Wahrheitswillen* des Beschreibenden, aber nicht der Wahrheit entspricht, denn die Wahrheit ist überhaupt nicht mitteilbar. Wir beschreiben einen Gegenstand und glauben, wir haben ihn wahrheits*gemäß* und wahrheits*getreu* beschrieben, und müssen feststellen, es ist nicht die Wahrheit. Wir machen einen Sachverhalt deutlich, und es ist nicht und niemals der Sachverhalt, den wir deutlich gemacht haben wollen, es ist immer ein anderer. Wir müssen sagen, wir haben nie etwas mitgeteilt, das die Wahrheit gewesen wäre, aber den *Versuch,* die Wahrheit mitzuteilen, haben wir lebenslänglich nicht aufgegeben. Wir wollen die Wahrheit sagen, aber wir sagen nicht die Wahrheit. Wir beschreiben etwas wahrheitsgetreu, aber das Beschriebene ist etwas anderes als die Wahrheit. Wir müßten die Existenz als den Sachverhalt, den wir beschreiben wollen, sehen, aber wir sehen, so sehr wir uns bemühen, durch das von uns Beschriebene niemals den Sachverhalt. In dieser Erkenntnis hätten wir längst aufgeben müssen, die Wahrheit schreiben zu wollen, und also hätten wir das Schreiben überhaupt aufgeben müssen. Da die Wahrheit mitzuteilen und also zu zeigen, nicht möglich ist, haben wir uns damit zufriedengestellt, die Wahrheit schreiben und beschreiben zu wollen, wie die Wahrheit zu sagen, auch wenn wir wissen, daß die Wahrheit niemals gesagt werden kann. Die Wahrheit, die wir kennen, ist logisch die Lüge, die, indem wir um sie nicht herumkommen, die Wahrheit ist. Was hier beschrieben ist, ist die Wahrheit und ist doch nicht Wahrheit, weil es nicht die Wahrheit sein kann. Wir haben in unserer ganzen Leseexistenz noch niemals eine Wahrheit gelesen, auch wenn wir immer wieder Tatsachen gelesen haben. Immer wieder nichts anderes als die Lüge als Wahrheit, die Wahrheit als Lüge et cetera. Es kommt darauf an, *ob wir lügen wollen oder die Wahrheit sagen und schreiben,* auch wenn es niemals die Wahrheit sein kann, niemals die Wahrheit ist. Ich habe zeitlebens immer die Wahrheit sagen wollen, auch wenn ich jetzt weiß, es war gelogen. Letzten Endes kommt es nur auf den Wahrheitsgehalt der Lüge an. Die Vernunft hat es mir schon lange verboten, die Wahrheit zu sagen und zu schreiben, weil damit doch nur eine Lüge gesagt und geschrieben ist, aber das Schreiben ist mir die Lebensnotwendigkeit, darum, aus diesem Grunde schreibe ich, auch wenn alles, was ich schreibe, doch nichts als Lüge ist, die sich als Wahrheit durch mich transportiert. Wir können wohl Wahrheit verlangen, aber die Aufrichtigkeit beweist uns, daß es die Wahrheit nicht gibt. Was hier beschrieben ist, ist die Wahrheit, und sie ist es nicht aus dem einfachen Grund, weil die Wahrheit uns nur ein frommer Wunsch ist.

PETER HANDKE

20. Oktober

Schöne Zeit des Erwachens, wo man noch selber zwischen dem Gerümpel und Durcheinander der Träume flegelt, ein Teil davon, behaglich, und das Gehirn sich noch nicht davon abgesondert hat, um darüber nachzudenken, als ein bloßer kalter Punkt von außen, als Wach-Ich, ganz unvollkommen die Stelle des gerade noch empfundenen, warmen, ins Durcheinander aufgegangenen Traum-Ichs einnehmend (die Fensterflügel aufmachen, und die Geschehnisse der Nacht fliegen hinaus in Gestalt einer kleinen Fliege)

LEO NAVRATIL

Alles aus sich heraus

Die Künstler aus Klosterneuburg-Gugging

Wenn der Kunsthistoriker Georg Schmidt 1961 noch sagen konnte, daß die Kunst der psychiatrischen Patienten den Namen Kunst im strengsten Sinne nicht verdiene, weil sie nicht auf die geistigen Bedürfnisse einer bestimmten Zeit und Gesellschaft antworte, sondern ein ungeschichtliches, rein persönliches Erzeugnis sei – so dürfen wir heute sagen, daß die Kunst Johann Hausers, Oswald Tschirtners, Ernst Herbecks und einer Reihe anderer Patienten des Niederösterreichischen Landeskrankenhauses für Psychiatrie und Neurologie Klosterneuburg historisch ist. Das Wissen um die Tradition und um die Probleme unserer Zeit ist nämlich keine Voraussetzung künstlerischen Schaffens. Es ist eine Voraussetzung der Rezeption von Kunst. Die gesellschaftlichen und geschichtlichen Bedingungen bestimmen ja die Möglichkeit dessen, was zu einem bestimmten Zeitpunkt als Kunst erkannt werden kann und als Kunst gilt. Das künstlerische Werk der genannten Patienten hat einen bestimmten Entstehungsort, es gehört einer bestimmten Zeit an, und es wurde von einem bestimmten Personenkreis als Kunst verstanden und akzeptiert. Rückblickend und etwas vereinfachend könnte man sagen, es war ein Beitrag zur Wiener Kunst der siebziger Jahre. Die Entwicklung begann allerdings schon etwas früher. Sie begann mit Otto Breicha und jener Gruppe von Künstlern, die er unter dem Titel »Wirklichkeiten« 1968 in der Wiener Sezession ausgestellt hat. Mit ihnen hatte sich ein lebhafter Kontakt ergeben, mit Peter Pongratz, Franz Ringel, Wolfgang Herzig, Kurt Kocherscheidt und Robert Zeppel-Sperl. Für sie war es gar keine Frage, daß das, was bei uns entstand, Kunst ist. Seit damals besteht auch die Verbindung mit Arnulf Rainer, der schon bei unserer ersten Begegnung die Bedeutung Johann Hausers erkannt hat und für ihn eingetreten ist. Von ihm habe ich viel gelernt über die Beurteilung und Bewertung der Kunst unserer Patienten. In der Folgezeit haben uns viele Künstler und Schriftsteller besucht und durch ihr Interesse angespornt und ermutigt. Graphische Arbeiten von Johann Hauser, Oswald Tschirtner, August Walla, Texte von Ernst Herbeck, Edmund Mach und anderen sind in den »Protokollen« und im »ver sacrum« erschienen.

1969 fand in Linz das VI. Kolloquium der Internationalen Gesellschaft für Psychopathologie des Ausdrucks statt. Durch die aktive Teilnahme zahlreicher österreichischer Künstler wurde die bis dahin in dieser Vereinigung vorherrschende medizinische Betrachtungsweise durchbrochen. Arnulf Rainer, Alfred Hrdlicka, Ernst Fuchs und andere haben bei diesem Kongreß Vorträge gehalten, Friederike Mayröcker und Ernst Jandl waren anwesend.

Ein Jahr später, 1970, fand in der Galerie nächst St. Stephan unter Otto Mauer und Oswald Oberhuber eine Ausstellung druckgraphischer Arbeiten von 14 Patienten aus unserem Krankenhaus statt. Es war eine Verkaufsausstellung, die großen Erfolg hatte und allgemeine Anerkennung fand. Auch die Wiener graphische Sammlung Albertina hat einen Satz der ausgestellten Arbeiten angekauft. Die Patienten haben ihre Ausstellung besucht, sind dort mit Angehörigen und Freunden zusammengetroffen, sind beglückwünscht und bewirtet worden. Niemand hat gegen die »Vermarktung« Einspruch erhoben. Es schien uns vielmehr damals noch erforderlich, darauf hinzuweisen, daß die Ausstellung keinen karitativen Zweck habe, daß wir den Exponaten Kunstwert beimessen und deren Schöpfern das gleiche Recht wie professionellen Künstlern zubilligen.

1971 haben wir uns an der von Alfred Hrdlicka veranstalteten Ausstellung »Zeichnen heute« in der Wiener Sezession beteiligt. 1972 fand eine neuerliche Ausstellung in der Galerie nächst St. Stephan statt. 1975 stellten unsere Künstler im Kulturhaus der Stadt Graz aus. Diese Ausstellung mit dem Titel »Der Himmel Elleno« ist von Otto Breicha in einem Katalog ausführlich dokumentiert worden. Sie wurde von der Neuen Galerie in Linz und vom Bregenzer Künstlerhaus übernommen.

1977 erschien der erste Gedichtband von Ernst Herbeck unter dem Titel »Alexanders poetische Texte«. Otto Breicha, André Heller, Ernst Jandl, Friederike Mayröcker, Reinhard Priessnitz und Gerhard Roth hatten Beiträge dazu geschrieben.

1978 wurde gemeinsam mit der Grazer Autorenversammlung im Krankenhaus eine öffentliche Lesung unserer schriftstellerisch tätigen Patienten abgehalten. In diesem Jahr beteiligten sich Johann Hauser und Oswald Tschirtner an der Ausstellung »Positionen der Zeichnung in Österreich heute« in Baden-Baden und Linz, wobei beide Künstler stark beachtet worden sind. Im gleichen Jahr konnten wir eine Monographie über Johann Hauser mit umfangreicher Bilddokumentation herausgeben, die auch als Katalog für die folgenden Personalausstellungen verwendet werden konnte. Für den Katalog hat Arnulf Rainer einen Essay über Johann Hauser geschrieben, der in diesem Buch abgedruckt ist (S. 281).

Im Frühjahr 1979 waren fünf unserer Künstler in der Ausstellung »Outsiders« in der Hayward Gallery in London vertreten. Im gleichen Jahr begann die Tournee der Hauser-Ausstellung in der Städtischen Galerie im Lenbachhaus, München, die 1981 in der Collection de l'Art brut in Lausanne endete. Die Ausstellung wurde im Verlauf dieser Tournee in der Kunsthalle Köln, im Wiener Museum moderner Kunst, im Kulturhaus der Stadt Graz und in der Neuen Galerie der Stadt Linz Wolfgang-Gurlitt-Museum gezeigt.

1979 erschien der Lyrikband »Bebende Herzen im Leibe der Hunde« von Ernst Herbeck und Oswald Tschirtner. Die Kunstzeitschrift »du« hat ihr Septemberheft zur Gänze der Darstellung der Künstler aus unserem Krankenhaus gewidmet.

Gemeinsam mit der Ausstellung Johann Hausers fand 1980 im Wiener Museum moderner Kunst eine Personalausstellung von Oswald Tschirtner statt, wobei von Dieter Ronte auch eine Publikation über diesen Künstler herausgegeben worden ist.

In der Ausstellung »Aspekte der Zeichnung in Österreich 1960 bis 1980«, die Peter Baum zusammengestellt und in mehreren Städten der Bundesrepublik Deutschland gezeigt hat, waren vier Patienten unseres Krankenhauses vertreten. Im Jahr 1981 beteiligten sich Johann Hauser, Oswald Tschirtner und August Walla an der Ausstellung »Arte Incomum«, die im Rahmen der XVI. Biennale in São Paulo stattfand.

Die Neue Galerie der Stadt Linz beherbergt zur Zeit mehr als 300 Arbeiten von neunzehn Künstlern des Krankenhauses, die Peter Baum, der Direktor dieses Museums, teils durch Ankauf, teils durch Stiftung erworben hat.

Auf die gleiche Weise hat die Collection de l'Art brut in Lausanne eine Sammlung künstlerischer Arbeiten aus unserem Krankenhaus angelegt. Auch für die Salzburger graphische Sammlung Rupertinum wurde eine größere Zahl von Zeichnungen angekauft. Eine entsprechende Aufnahme von Arbeiten unserer Künstler im Wiener Museum moderner Kunst wäre erwünscht und wurde in Aussicht gestellt.

Ernst Herbeck, der unter dem Pseudonym »Alexander« als Schriftsteller bekannt geworden ist, wurde 1978 zum Mitglied der Grazer Autorenversammlung gewählt. 1981 wurde seine Entmündigung aufgehoben.

Nun wurde im Psychiatrischen Krankenhaus Klosterneuburg durch die Initiative des Direktors, Hofrat Primarius Dr. Alois Marksteiner, ein »Zentrum für Kunst-Psychotherapie« gegründet, eine Wohngemeinschaft der künstlerisch tätigen Patienten. Es wurde dazu ein eigener Pavillon, am Waldrand in freundlicher Umgebung gelegen, zur Verfügung gestellt. Die feierliche Eröffnung dieser neuen Einrichtung fand am 9. Juni 1981 in Anwesenheit von Vertretern der niederösterreichischen Landesregierung durch den Gesundheitsminister Dr. Kurt Steyrer statt. Dieter Ronte, Direktor des Museums moderner Kunst in Wien, sprach Geleitworte. Der Pavillon ist museal eingerichtet und enthält auch eine Verkaufsausstellung. Der Verkauf erfolgt im Namen und auf Rechnung des jeweiligen Künstlers und im Einvernehmen mit dessen Rechtsvertretern. Das Personal des Krankenhauses nimmt dabei nur eine vermittelnde Rolle ein.

Das Zentrum für Kunst-Psychotherapie soll eine optimale psycho- und soziotherapeutische Betreuung bei größter Selbständigkeit der Patienten – insbesondere in künstlerischer Hinsicht – möglich machen. Es soll für Besucher stets offen sein und auf diese Weise einer intensiven Kommunikation des Krankenhauses mit der Öffentlichkeit dienen. Vor dem Kunstzentrum flattert eine weiße Fahne mit einem blauen Stern. Der blaue Stern auf weißem Grund ist ein beliebtes Motiv Johann Hausers. Diese Fahne ist gewissermaßen »ein manisches Zeichen« und soll ein Symbol des Kunstzentrums sein. Denn die künstlerischen Leistungen, die hier zustande kommen, sind für mich nicht »Zeugnisse des Leidens« – wie ein Autor die Kunst psychiatrischer Patienten seinerzeit genannt hat –, sondern vielmehr Beweise für die großartige Fähigkeit des Menschen, äußere Schwierigkeiten zu meistern und seelische Störungen zu überwinden.

Die Kunst unserer Patienten entsteht ganz aus eigenem und ist nur durch die Persönlichkeit und seelische Verfassung jedes einzelnen bestimmt. Jean Dubuffet hat diese Kunst L'Art brut genannt, das heißt unbearbeitete, rohe, ursprüngliche Kunst. Während die naiven Maler entweder die Tradition einer Volkskunst fortsetzen oder mit den akademisch ausgebildeten Künstlern zu konkurrieren trachten – wie etwa der berühmteste der Naiven, Henri Rousseau –, haben die Art-brut-Künstler keine derartigen Voraussetzungen oder Ambitionen. Sie sind unabhängig von künstlerischen Vorbildern und schaffen alles aus sich heraus, neu. Ohne die moderne Kunst und ohne das Urteil zeitgenössischer Künstler gäbe es allerdings weder Art brut noch eine Kunst der Patienten. Insofern ist diese der kulturellen Kunst entgegengesetzte und – hinsichtlich ihrer Entstehung – von ihr unabhängige Kunst doch wieder eine Erscheinung dieser Kultur. Art brut und die Kunst der Patienten sind ein Teilgebiet zeitgenössischer Kunst, erst in diesem Jahrhundert existent, vorher jedenfalls nicht wahrgenommen. Die Kunst der psychisch Kranken kam mit dem Auftreten des Expressionismus zutage. Es besteht eine merkwürdige Verwandtschaft zwischen der modernen Kunst und der Kunst der Kranken. Sie hat zu der bekannten Volksmeinung geführt, daß die Vertreter der modernen Kunst verrückt seien oder sich zumindest so gebärdeten. Dieser Vorwurf hat die Verteidiger der Moderne wieder dazu veranlaßt, eine Unvergleichbarkeit der modernen Kunst mit der Kunst der Patienten zu behaupten oder eine Kunst aus Krankheit überhaupt abzulehnen.

Heute sehen wir die Dinge anders. Die stilistische Ähnlichkeit, ja Verwandtschaft zwischen moderner und schizophrener Kunst ist nicht mehr zu leugnen. Würde man die Merkmale halluzinatorischen Erlebens im visuellen Bereich nicht schon sehr genau kennen, dann könnte man sie von den Bildern in einem Museum moderner Kunst ablesen. Heute können wir uns vorstellen, daß schizophrenes, manisches, depressives Erleben – wie das normale Bewußtsein – ebenfalls zu den menschlichen Erlebniskonstanten gehört und nicht nur bei einer kleinen Randgruppe von Menschen als Krankheit auftritt. Die Identität zahlreicher Einzelmerkmale schizophrener Bildnerei und moderner Kunst dient deshalb nicht mehr dazu, die Künstler als krank zu diagnostizieren. Man kann in der Gleichheit der stilistischen Mittel vielmehr eine Legitimation dieser Kunst durch die Kunst der Patienten sehen, ihre anthropologische Begründung und Rechtfertigung.

Man hat die Meinung vertreten, daß das Interesse für die künstlerischen Leistungen in der Psychose, wie der Expressionismus und seine Folgeerscheinungen in unserem Jahrhundert, Ausdruck einer romantischen Geisteshaltung, eines neuen Irrationalismus sei. Ich bin nicht dieser Ansicht. Die Kunst der Kranken richtet sich wie die freie Kunst unserer Zeit nicht gegen Rationalität und Logik, nicht gegen Technik und Aufklärung; aber sie macht evident, daß es neben dem Rationalen und oft im Widerspruch damit noch etwas anderes gibt, das nicht meßbar ist, das aber ebenso wichtig oder noch wichtiger ist, nämlich unsere Subjektivität, das Erleben jedes einzelnen Menschen.

GERHARD ROTH

langsam scheiden

Ein Besuch bei Alexander

Als ich das Niederösterreichische Krankenhaus für Psychiatrie und Neurologie in Gugging bei Klosterneuburg betrat, stand ein schmutziger Leichenwagen vor einem der Gebäude, und vor dem Pförtnerhaus kehrten Insassen in Anstaltskleidung den Asphaltweg. Eine Patientin mit wirren Haaren sprang neugierig hoch, um über den Rand der Milchglasscheibe in den Leichenwagen zu sehen. Sie schaute mich an, wie man jemanden anschaut, den man zu einem Gespräch auffordern möchte.

Alexander H. wartete vor dem grünen Pavillon, in dem sich die geschlossene Männerabteilung befindet. Nachdem Primarius Navratil uns miteinander bekannt gemacht hatte, gingen wir in den Anstaltspark, wo wir uns auf eine Bank setzten. Vor zehn Jahren hatte ich das erste Gedicht von Alexander gelesen, es hieß »Der Morgen« und war in »Schizophrenie und Sprache« abgedruckt. Ich hatte es in mein Notizbuch geschrieben. Es lautete:

Im Herbst da reiht der Feenwind
da sich im Schnee die
Mähnen treffen.
Amseln pfeifen heer
im Wind und fressen.

Mir fiel auf, daß Alexander seine Linke hielt, als trage er einen imaginären Spazierstock. Er starrte vor sich auf den Kiesweg und sprach stockend und leise und ich betrachtete ihn jetzt genauer. Er war klein, aber sein Kopf war groß und das Gesicht sah müde und alt aus und ähnelte einem Fisch. Er hatte eine Hasenscharte, die er durch den gesenkten Kopf zu verbergen suchte, sie war schlecht operiert und schien ihn zu bedrücken. Von Anfang an machte er einen abwesenden linkischen Eindruck. Wenn er durch eine meiner Fragen betroffen war, schob er den Unterkiefer, der ohnedies nach vorne stand, weil ihm oben und unten die Vorderzähne fehlten, weiter vor und ließ ihn kraftlos fallen, so daß sein Mund weit offen stand und man die großen, gelben Zähne auf der Seite sah.

Unser Gespräch war nur ein Fragen und Antworten. Ich fragte, er antwortete. Er sprach kaum einmal aus eigenem Antrieb. Er *antwortete* nur, wartete auf meine Fragen, starrte vor sich auf den Kies. Er trug keine Anstaltskleidung, sondern einen grauen, schmutzigen Anzug. Er war stolz darauf. Die meisten Patienten haben nicht einmal eine eigene Kleidung. Man hatte mir gesagt, daß er gerne rauche; ich bot ihm eine Zigarette an, und er sagte zu meiner Überraschung, er rauche nicht mehr.

Vom Teich, vor dem wir saßen, erhob sich ab und zu flatternd und schäumend eine Ente, und ich sah den wenigen, müde spazierenden Patienten nach, die an uns vorbeigingen. Ich fragte ihn, was ihm am meisten fehle, und er sagte, die Freiheit.

Er starrte vor sich auf den Kiesweg, und sein Unterkiefer klappte herunter, und seine Hände zitterten. Ein Patient, groß, stark, kam vorbei und bat mich um eine Zigarette. Ein anderer mit Anzug und Weste, Schnurrbart, rauchte Pfeife und setzte sich auf die Bank gegenüber.

Alexander machte Pausen zwischen den Sätzen, als müßte er sich überwinden, zu sprechen, als tauchten Erinnerungen in ihm auf, die ihn erschreckten und die er abwehren mußte, bevor er weitersprechen konnte. Manchmal verweigerte er eine Antwort. Er konnte schweigen, wie jemand mit einer Antwort sich Respekt verschaffen kann, aber dann zitterten seine Hände so stark, daß ich das Bedürfnis hatte, ihn zu berühren.

Ich las ihm sein erstes Gedicht »Der Morgen« vor, er hörte aufmerksam zu und antwortete auf meine Frage, daß er sich daran erinnern könnte, und ließ wieder den Unterkiefer fallen. Ich ließ ihm Zeit und fragte ihn dann, ob er jetzt ein Gedicht schreiben könne, mit dem Titel »Alexander«.

»Nein.«

Ich hielt ihm das Notizbuch hin und redete ihm zu, es zu versuchen und er schrieb in Kurrentschrift:

Alexander
In der Schule war ich froh
In der Klasse war ich immer so
gelernt habe ich sehr viel
zu Hause und in zivil Alexander

Auch ein zweites und drittes Gedicht mit den Titeln »Der Besuch« und »Sommer« schrieb er folgsam.

Er dachte immer ein wenig nach, ließ sich Zeit, aber es machte nicht den Eindruck von Mühsamkeit. Die Hände, die er zuvor nervös gerieben hatte, zitterten jetzt nicht mehr, sondern hielten ruhig den Bleistift.

Auch Johann Hauser, ein einundfünfzigjähriger Maler, der weder lesen noch schreiben kann – er ist im selben Pavillon wie Alexander Herbeck untergebracht –, antwortete auf die Frage, was ihm am meisten fehle: »Die Freiheit fehlt mir am meisten. Den ganzen Tag muß ich studieren, studieren, nachstudieren muß ich den ganzen Tag.«

Mit Primarius Navratil und Hauser ging ich zuerst in die Bastelstube. In der Küche saß ein Patient in Anstaltskleidung, gebückt, trübsinnig mit zurückgekämmtem Haar neben der metallenen Kaffeekanne, aus der es dampfte. Von der Decke hing ein brauner

Fliegenfänger, auf dem tote Fliegen klebten. Im Nebenraum saßen fünf Männer vor den Basteltischen, alle in Anstaltskleidung.

Ein kleiner Alter mit Adlernase, vorstehendem Kinn, machte sich an den Primarius heran. Sein Oberkörper war so eingefallen, daß das schlotternde Hemd zwischen den Knöpfen geöffnet und sein weißrosa Bauch zu sehen war. Er beschwerte sich umständlich und kaum vernehmbar. Irgend etwas war mit einer Tasche los. Navratil: »Wo ist sie jetzt, die Tasche?« Patient: »Im Bett unter der Matratze.«

In der Anstalt gibt es zu wenige Kästen, kaum irgendwo besteht ein Platz, an dem die Patienten ihr persönliches Eigentum aufbewahren können. Die Kleider müssen am Abend auf einen Wagen gelegt werden und werden am Morgen wieder zurückgegeben. Persönliches Eigentum wird oft mutwillig beschädigt. Und natürlich wird auch gestohlen, wenngleich das Problem besteht, wo man das gestohlene Gut verstecken kann, sofern es nicht eßbar oder zum Rauchen bestimmt ist. Ich habe kaum Nachtkästchen gesehen. »Der Patient würde einen Kasten brauchen«, sagt Primarius Navratil zum Pfleger. Der nickt nachdenklich. Pause. Und wir gehen wieder hinaus. Die Männer, die sich von ihren Plätzen erhoben hatten, schauten uns nach. Auf den Tischen lagen geflochtene Körbe, schmiedeeiserne Lampen, Bilderrahmen und davor standen die Männer und schauten uns noch immer fragend stolz an. Hauser kam uns aus einem Winkel über den Hof nachgelaufen, ungelenk, mit eckigen Bewegungen.

Er war mürrisch. Ich hatte eine Stunde zuvor mit ihm gesprochen, und er hatte Verwünschungen und Drohungen ausgestoßen, daß ihm weißer Speichel auf die Lippen getreten war. Zweimal hatte er zu schimpfen aufgehört und lautlos geweint. Dann war er plötzlich mit seinem Mund ganz nahe an mein Ohr herangekommen und hatte mir zugeflüstert, daß man ihn habe umbringen wollen, hier. Er wisse, wer das war. Er starrte mich Zustimmung fordernd an. – In dieser Stimmung hatten wir mit der Besichtigung begonnen und Hausers Zustand war inzwischen nicht besser geworden. Auf jede Frage oder Anregung winkte er verächtlich ab und zog die Unterlippe nach unten. Außerdem blieb er einige Schritte hinter uns und brütete die meiste Zeit vor sich hin.

Plötzlich nahm Navratil seinen weißen Mantel von der Schulter und hängte ihn um Hauser. Von da ab kämpfte Hauser mit einem Drang, fortlaufend zu lächeln. Er machte ein ernstes Gesicht, aber es verzog seinen Mund, sobald man Notiz von ihm nahm und ihn mit Herr Doktor oder Primar ansprach. Er durfte den Ausbildungsraum aufsperren und das zukünftige Kaffeezimmer, das voll war mit Bildern von Patienten.

Am Geländer eines Steges, der zu dem Haus führt, lehnten Patienten und schauten einem Caterpillar zu, der Erde für ein neues Gebäude aushob. Hauser, der bis jetzt mit dem weißen Mantel herumstolziert war, mußte den Mantel wieder ausziehen, da die anderen Patienten sonst eifersüchtig würden. Er tat es widerspruchslos und fiel in seine alte Stimmung zurück. Auf dem Steg stand ein Dicker mit Schildkappe und einer riesigen, adernzerfurchten Nase, die aussah wie ein seltsames hypertrophisches Riechorgan. Andere, an deren Gesicht man fast durchwegs eine Störung erkennen konnte. Wir gingen durch den überfüllten Speiseraum, und der Oberpfleger zeigte uns einen Schlafsaal mit 20 weißen Betten, sehr sauber, geschrubbter Bretterboden, rotweißkarierte Bettwäsche.

Die Sonne fiel durch große Fenster, als sei sie besorgt, Wärme und Licht zu verbreiten. Die Habseligkeiten der Patienten waren hinter einem blauen Vorhang vor dem Schlafraum untergebracht. Hinter dem Vorhang befand sich ein schmales Brett in Kniehöhe, auf dem Hüte lagen und Taschen und Hemden, einiges hing an Mauerhaken an der Wand, aber im großen und ganzen gab es keinen Platz. In den Aufenthaltsräumen wieder Fliegenfänger, die honigfarben und melancholisch von der Decke hingen und auf deren Papier tote Fliegen klebten. Ich wechselte mit einigen Patienten ein paar Worte, aber ich fühlte mich beschämt, hier eingedrungen zu sein und eine Besichtigung zu machen. Zum ersten Male dachte ich, daß das Wort *Eindruck* stimmt. Was ich sah, hat etwas in mir eingedrückt. Als wir hinausgingen, sah ich den bleichen, runzligen, mageren Alten in Anstaltskleidung, der schon Habt Acht gestanden war, als wir eingetreten waren.

Hauser trottete hinter uns her, in seinem Gesicht spiegelte sich Verachtung. Er verachtete die Kranken, die Räume, die Pfleger. Es hatte den Eindruck, als wollte er sagen: *Mir könnt ihr nichts vormachen,* ihr fallt darauf hinein, ich jedoch weiß, was wirklich geschieht, wie es hier wirklich ist.

Schließlich die geschlossene Abteilung. Im Gang lungerten scharenweise Patienten. Es gab verschlossene, neugierige, argwöhnische, traurige, leblose Gesichter. Einer kam auf uns zu, entsetzt, empört, in der Hand hielt er einen schönen, dunkelbraunen Filzhut, der an der Krempe dreimal durchstochen war und am Kopfteil einen langen Schnitt aufwies. Er hält uns nur den Hut hin, erniedrigt durch seine Wehrlosigkeit. Ob er einen Verdacht habe? – Nein, das sei schon der dritte Hut! Man habe ihm schon drei Hüte »zerschnitten«. Navratil: »Na, brauchen Sie denn einen Hut?« Patient: »Ja, die Sonne, ich muß ihn aufsetzen.« Navratil: »Es ist ja nicht so viel Sonne da...« Patient ab.

Wir treten in das Zimmer des Malers Prinz. Er ist 70 Jahre alt, seit fast 35 Jahren hospitalisiert, er ist klein, zart, trägt einen Dostojewskibart.

Früher war er Fleischhauer. Auf einem seiner architektonischen Bilder hat er neben einem mit Lineal gezeichneten Gebäude Statuen, Vögel, Ornamente und Menschen mit Fahnen gemalt, die Fahnen mit Hakenkreuzen, alles sehr merkwürdig. Ich fragte ihn nach den Hakenkreuzen. Das sei nur ein kulturelles Symbol, sagte er nebenbei und kommt sofort auf seine Arbeiten zu sprechen. Es ist nicht ganz klar, was er will, aber offensichtlich handelt es sich um Baupläne, um Entwürfe, die er für Gugging zeichnet und bei irgendeiner Architekturstelle einreichen will. Er erklärt mir ganz verwickelt und kompliziert, wie das Haus architektonisch aufgebaut sei, vor allem, was sich hinter den Mauern befände, und das Labyrinth dahinter wird in der Erklärung auch zu einem sprachlichen Labyrinth. Der Primar schlägt ihm vor, mir eine der Zeichnungen zu verkaufen, aber Prinz ist über den Wunsch bestürzt. Er braucht die Arbeiten ja für sein

Projekt. Seine Absage ist eine halbe Bitte, aber er ist entschlossen, sich zu behaupten.

Navratil: »Aber Sie brauchen ja Geld. Sie brauchen ja immer Geld.« Prinz (ganz verschämt): »Nein, die Bilder kann ich nicht hergeben, Herr Primar. Sehen Sie, das ist so eine Arbeit!« Navratil: »Aber dann kommen Sie wieder zu mir, wenn Sie Geld brauchen. Sie bekommen 100 Schilling für das Bild.« Prinz (verschämt): »Nein, Herr Primar« – und er fängt wieder an, das Labyrinth zu erklären.

Ich gebe ihm das Geld. Prinz nahm es nebenbei und legte es auf den Tisch.

Ich sagte ihm, er solle darauf aufpassen, doch für ihn war Geld jetzt nebensächlich. Er wollte das Labyrinth erklären, das er nicht gezeichnet hatte, das hinter den Mauern der Gebäude verborgen war.

Ich sah aus dem Fenster in den Anstaltspark und dachte an Alexander. Alles an ihm hatte eine schwermütige Empfindsamkeit ausgedrückt. Selbst seine gestörte, leise Aussprache hatte etwas Würdevolles gehabt. Ein starker Körpergeruch war von ihm ausgegangen, und als ich mich zu ihm hinuntergebeugt hatte, hatte ich in seinem Ohr einen feinen weißen Belag wie Wachs gesehen. Aber es hatte mich nicht vor ihm geekelt; er hatte sich durch jede Erniedrigung, durch jede Demütigung etwas bewahrt, das ihm seine Würde zu behaupten half. Auch wenn er beim Gehen seine Hände leicht nach vorne gestreckt und nach oben zur lockeren Faust geballt hielt, als trage er eine Schürze, verlor er nichts von seiner stillen Würde.

Am Nachmittag war der Park voll gewesen mit Anstaltsangehörigen. Sie waren auf den Bänken gesessen, nebeneinander, aber ohne Unterhaltung. Einige mit großen Schildmützen und Brillen wie Bertolt Brecht auf einem Foto. Eine Frau in einem roten Kleid, dick, klein, einen Sonnenhut aus Stroh auf dem Kopf, eine Strohtasche in der Hand, kam uns prüfend ansehend näher. Wir saßen vor einem gelben Tisch auf einer buntgestrichenen Bank. Ich hatte ihn gefragt, wie er sich die Zukunft vorstelle. Er hatte lange nachgedacht, dann hatte er resigniert die Hände zusammenfallen lassen. Er bewegte stumm den offenen Mund. Einige Zeitlang antwortete er nur mit »Ja« und »Nein«. »Möchten Sie eine Frau?« – »Ja.« – »Mögen Sie Kinder?« – »Nein.« – »Was denken Sie über die Liebe?« – »Gar nichts.« Ich hatte den Eindruck, daß wir am Nullpunkt angelangt waren. Die große Trauerweide am Teichufer rauschte und die Topfpalmen im Gras bewegten sich im Wind. Ich fragte ihn aufs Geratewohl nach Kindheitseindrücken, und zu meiner Überraschung erzählte er eine kleine Geschichte von einem Hochwasser, das er erlebt hatte, und einem Seiltänzer mit Namen Strohschneider, der in Stockerau ein Seil vom Rathaus bis zum nächsten Haus gespannt hatte und mit einer Stange über das Seil balanciert sei. Ich bot ihm eine Zigarette an, und diesmal nahm er sie, ohne zu zögern. Ob er etwas besitzen möchte? – Einen Renault, sagt er. Er zündete sich die Zigarette an und schaute mich kurz an. Ob er Angst vor dem Tod habe? – Nein, antwortete er mit Bestimmtheit. Nach dem Tod käme die Wiederauferstehung, die sei »ein schwacher Lichtschimmer«. Ich fragte ihn daraufhin, wen er liebe. Niemanden, sagte er ruhig. Und wer ihn liebe? – Auch niemand... Ja, was er glaube, daß die

Menschen über ihn dächten, die außerhalb der Anstalt lebten. – Die würden schimpfen über ihn. – Ja, warum? – Sie würden sagen, er sei ein Todel... Um ihn abzulenken, frage ich ihn daraufhin, was er den Leuten, die seine Gedichte lesen, sagen möchte, worauf sie besonders achten sollten? – »Der Anfang und der Schluß sind das Wichtigste.« – »Und was dazwischen ist?« – Könne man sich ja leicht vorstellen.

Eine Biene summte um seinen Kopf, und er ließ es geschehen. Ob er jemanden hasse? – Nein. – Auch in der Erinnerung, aus der Vergangenheit niemanden? – Nein. – Ob er manchmal singe? – Zu Weihnachten, da singe er »Stille Nacht, heilige Nacht«. – Ob er es mir vorsingen wolle? – Er tut es, ohne zu zögern. Er singt leise und starrt den Kies an. Er singt die ganze erste Strophe. Ich sitze mit einem Mann auf der Bank, der Gedichte geschrieben hat, die zum Schönsten zählen, was die österreichische Lyrik in der Gegenwart hervorgebracht hat, es ist Sommer und er singt »Stille Nacht, heilige Nacht« für mich. Einmal hat er geschrieben: »Alexander ist ein Prophet des Mittelalters, der es ermöglicht, Gottes Vers zu ebnen. – Landen in der See des Südens Italia.« Ich frage ihn nach seinen Träumen, ob er sich an einen Traum erinnern könne? Nein. Und dann, nach einer Pause, erzählt er, ein Kollege habe drei Steine in der Hand gehalten, auf der Schmierseife war. Er sei mit dem rechten Zeigefinger darübergefahren, und da sei er aufgewacht.

Er hat sich über die Tischplatte gebeugt und sein Gesicht ist nun vom reflektierenden Gelb der Platte beschienen. Er sieht aus wie ein trauriger, weiser Chinese. »Die ist besonders schön, die gelbe Farbe«, sagt er auf einmal. Und dann nichts mehr. Die Farbe Blau habe er verehrt, antwortet er auf meine Frage, welche Farbe ihm besonders gefalle. Er schreibt jetzt wieder zwei Gedichte in mein Notizbuch, nachdem ich ihn dazu aufgefordert habe. Eines mit dem Titel »Der Pfirsich«, ein zweites mit dem Titel »Gelb«. Es sind einfache, kindliche Gedichte ohne Bedeutung, aber vielleicht ist dies seine einzige Möglichkeit, Widerwillen gegen die Aufforderung auszudrücken. Ich frage ihn, ob er sich mehr Besuch wünsche, und er antwortet, das könne er nicht sagen. Ein abgefallenes Blatt fliegt über den Tisch, auf dem noch Pfützen vom gestrigen Regen liegen. Das Blatt taumelt vorbei, wird aufgewirbelt, fällt vor seine Füße. Als ich ihn frage, ob er etwas zum Gedicht »Der Pfirsich« dazuschreiben wolle, sagt er entschieden: »Es ist fertig.« Wir sprechen dann noch eine halbe Stunde über das Leben in der Anstalt und er antwortet mir stets willig, aber ohne Anzeichen von Anteilnahme. Wieder fliegt ein Blatt über unsere Köpfe. Ich mache ihn darauf aufmerksam und sage: »Blatt ist ein schönes Wort.« Er nickt. Und ich frage ihn, welche Worte er schön fände. »Sonne«, sagt er nachdenklich. »Sterne... Die Nacht... Die Uhr.«

Er drückt die Zigarette aus und behält den Stumpen in der Hand. Nach einiger Zeit steckt er den Stumpen in sein Uhrtäschchen, schnell und auf eine überraschende Weise gewandt, als hätte er eine große Übung im Verbergen. Ohne es zu wollen, muß ich aber meine Aufmerksamkeit verraten haben, denn er wendet betreten den Kopf zur Seite, als er meinen Blick auffängt.

Ich: »Die Uhr ist ein schönes Wort. Vielleicht haben Sie Lust, darüber zu schreiben?« Alexander: »Es gibt aber verschiedene Uhren.« Ich: »Schreiben Sie über Ihre eigene Uhr.« Er nimmt das Notizbuch, denkt nach, legt den Bleistift weg. »Da weiß ich auch nichts«, sagt er. Ich: »Oder Die Sterne.« Wieder nimmt er das Notizbuch, den Bleistift. Denkt nach. Legt den Bleistift weg. »Da weiß ich auch nichts«, sagt er wieder.

Ein Gewitter kommt auf, der Wind wird stärker und hinter den Bäumen ist der Himmel schon schwarz. Ich bemerke jetzt, wie müde er schon ist, und wir stehen auf und gehen zurück. Er trägt klein und vom Leben *mitgenommen* die große Plastiktasche in der Hand. Die Haare nach rückwärts gekämmt. Den Unterkiefer vorgeschoben. Er geht mit gesenktem Kopf bis zum Anstaltsgebäude, ohne links und rechts zu schauen. Dort läutet er an die Tür, hinter der er eingesperrt ist, wartet, bis ein Pfleger sie öffnet, und *verschwindet* dann in der Dunkelheit des Ganges. Ein Gedicht von ihm lautet:

Ein bisserl aufpassen und
langsam scheiden. So ist
das möchte ich haben. Ja
so schneiden.

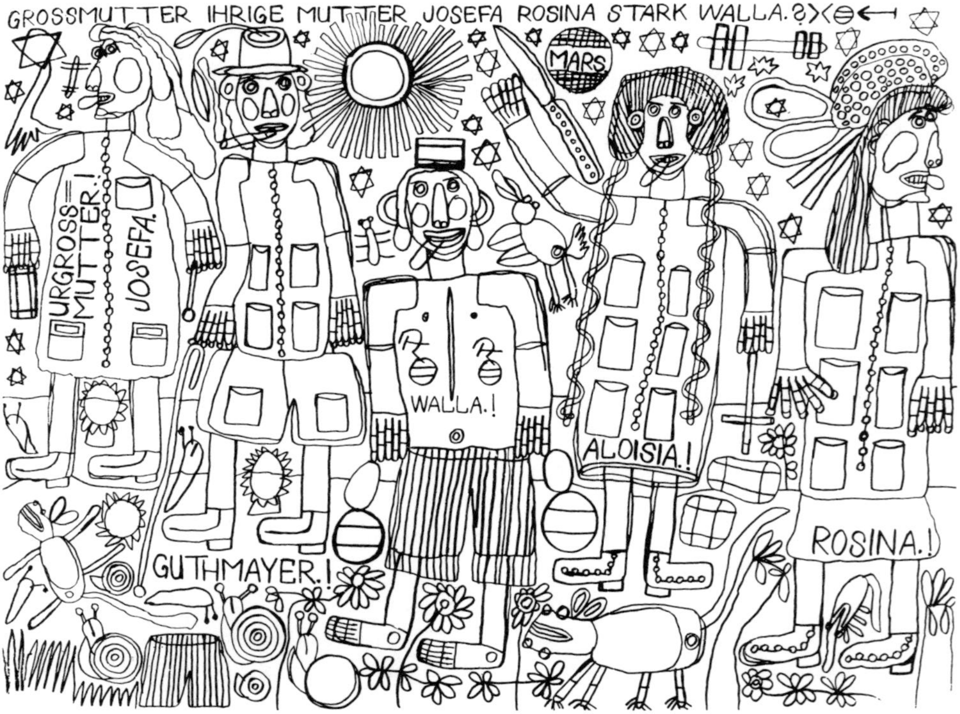

Georg Walla, Großmutter ihrige Mutter Josefa Rosina Stark Walla, Tusche

GERNOT WOLFGRUBER

Aus: Herrenjahre

Das Alltägliche, dem er immer wieder vergeblich hatte entkommen wollen, das sich wie eine nachgiebige, sich sofort wieder an geänderte Umstände anpassende zähe Masse über alles drübergelegt, mit den ständig wiederkehrenden täglichen Notwendigkeiten alles unter sich erstickt hatte, schien nun etwas zu sein, das seinem Leben ein Knochengerüst gab, ein hartes Rückgrat, damit er weiterlaufen konnte. Die Arbeiten, die er neben seiner Arbeit in der Fabrik verrichten mußte, nahmen immer mehr zu. Auf dem Heimweg von der Fabrik fuhr er gleich einkaufen, zu Hause räumte er auf, fing zu kochen an, was Maria ihm vom Bett aus diktierte, wusch zusammen mit Marina ab, Staubsaugen, Fensterputzen, Wäschewaschen, es war schon viel, wenn Maria den Kleinen fütterte, ihn umwickelte, wenn sie zu Mittag das von Melzer gekochte Essen aufwärmte und tagsüber den Kindern sagte, was sie tun sollten und was sie nicht durften. Und Ende Februar fing der Hausbau wieder an, das erste Stockwerk, das letzte. Wenn er es nur bis zum Eindecken bringt, dachte er immer wieder, nur bis zum Eindecken. Damit er es *einstweilen* stehenlassen und *später* fertigmachen könnte. Maria, die sich für vieles nicht mehr interessierte, hatte gerade am Bau des Hauses ein solches Interesse, daß sie ständig davon redete. (Später hat er gemeint, daß sie nur deshalb noch so lang gelebt hat, weil sie die Vollendung des Hauses, den Einzug in das Haus, das sie sich immer gewünscht, das zuerst nur sie gewollt hatte, noch erleben hat wollen.) Auf die Hilfe Reinhards mußte Melzer schon immer öfter verzichten, weil dem Bruder die erste *richtige* Freundin, eine, die auch wußte, daß sie seine Freundin war, viel wichtiger war als das Haus des Bruders, und Reinhard sich von Drohungen, die er als Lehrling ohnedies längst gewöhnt war, nicht mehr wie früher zum Fleißigsein überreden ließ.

Melzer war ständig in Bewegung, und wenn er ins Sitzen kam, mußte er dran denken, was noch alles zu tun war, was zu machen gewesen wäre, was er aufschieben hat müssen. Vor lauter *außen* um ihn herumstehenden Dingen, in die er sich hineinarbeiten, die er angehen und wegarbeiten mußte, zwischen denen sich seine Tage als eine ununterbrochene Folge von Handgriffen zerrieben, hat er keinen Platz gehabt für ein zermürbendes *Innenleben,* für *Zustände,* wie er sie im Kino und im Fernsehen bei Menschen gesehen hatte, die auf den Tod eines anscheinend unersetzlichen Menschen gewartet, aber dabei nichts weiter zu tun gehabt hatten, als ein aufregendes Innenleben zu produzieren.

Aber obwohl er ununterbrochen beschäftigt war, schien sich mit Marias fortschreitender Krankheit alles, schien sich die Ordnung immer mehr aufzulösen. Je mehr sie auch schon tagsüber nicht aus dem Bett kam, desto mehr fehlten ihre unauffälligen Handgriffe, die die Dinge an ihren Platz zurückstellten, welche die Kinder verschleppt hatten, welche Melzer von sich hatte fallen lassen. Melzer kam es vor, als seien die Kinder plötzlich ganz schlampig geworden. Am liebsten hätte er ihnen befohlen, den ganzen Tag auf einem Platz am Fußboden sitzenzubleiben und mit bloß *einem* Spielzeug zu spielen und schon gar nicht in den Garten hinauszugehen. Früher hatte Maria die Kinder eben so oft umgezogen, wie sie sich schmutzig gemacht hatten. Schließlich waren sie kein Gesindel, das die Kinder im Dreck verkommen ließ. Und jetzt waren die Kinder, wenn er heimkam, meistens dreckig, oder wenn sie schon saubere Kleider anhatten, dann hatte Maria ihnen vom Bett aus das Umziehen angeschafft und der Kleiderkasten im Kinderzimmer war ein wüstes Durcheinander. Jedes Spielzeug, das die Kinder achtlos irgendwo liegenließen, kam ihm wie eine Bosheit ihm gegenüber vor. Jeder Teller ärgerte ihn, der aus dem Küchenkasten genommen und *angepatzt* wurde. Und warum konnten Marina und Karin nicht aus einem gemeinsamen Glas Himbeerwasser trinken, mußte jede eins haben? Nur damit er noch mehr Geschirr abzuwaschen hatte. Nur damit er noch mehr Arbeit hatte. Die früher ganz selbstverständliche Ordnung mußte plötzlich mit seinen Handgriffen hergestellt werden. Und jede Achtlosigkeit kam ihm wie ein böswilliger Angriff auf die Ordnung vor, umso mehr, als er sich fast schon pedantisch bemühte, sie aufrechtzuerhalten, weil an ihr eindeutig sichtbar zu werden schien, ob es trotz allem noch normal weiterging, noch nicht aus war.

Klar, sagt Melzer, kannst sagen, so eine Krankheit ist für jeden ein Wahnsinn, wennst zuschauen mußt, wie der Mensch da von Tag zu Tag weniger wird, wie er zugrunde geht, und du kannst nichts außer zuschauen, und dabei mußt noch reden und tun, als tätst überall eine Besserung sehen, wo es in Wirklichkeit bergab geht, das ist natürlich für jeden ein Wahnsinn, der das mitansehen muß, aber trotzdem, sagt er, ist es nicht für einen jeden der gleiche Wahnsinn. Manchmal, wenn ich mich garnicht hinausgesehen hab, sagt er, hab ich mir gedacht, jetzt möcht ich wirklich der sein, den sich ihre Ziehmutter damals als Schwiegersohn vorgestellt hat, kein Baraber, sondern ein Besserer, einer mit zumindest ein bissel einer Marie, da wär gleich alles ganz anders, hab ich mir gedacht, alles wär da auf einmal ganz anders. Nicht daß ich glaub, daß sie dann garkeinen Krebs erwischt hätt, sagt er, das nicht, weil den hätt sie bekommen, ganz gleich, obs jetzt mich oder die Sparkassa persönlich geheiratet hätt, weil die rauhe Stimme, mit der es angefangen hat, die hat sie schon vor meiner Zeit gehabt. Vielleicht, meint er, wärs auch nicht so weit gekommen, wenns nach der Operation eine ordentliche Behandlung gehabt hätt, wenns nichts zu tun gehabt hätt, keine Kinder und keinen Haushalt, sodaß sie dauernd zum Doktor hätt rennen können, jeden Tag, wenns ihr grad gepaßt hätt, als Privatpatient gleich von hinten in die Ordination hinein und nicht durchs Wartezimmer mit Anstellen um sechs in der Früh und stundenlang Warten, wenn sie sich in ein Sanatorium hätt legen können und die größten Kapazitäten um sich hätt herumtanzen lassen können, dann wärs vielleicht garnicht so weit gekommen, kann man nicht wissen, aber sagen wir halt, sagt er, sie hätt trotzdem einen Krebs gekriegt, dann wär noch immer alles ganz anders gewesen, wenn ICH was anderes gewesen wär.

Weils größte Problem, wennst einer bist wie ich, sagt er, das ist nicht, wie halt ich das Zuschauen aus, während sie schön langsam zugrund geht, sondern das ist, wo nimmst ein zweites Paar Händ her, die alles machen, was sie nicht mehr machen kann. Wennst es dir leisten kannst, sagt er, dann ist das garkein Problem, dann kaufst dir eben ein Paar oder gleich mehrere, eine Haushälterin, ein Kindermädchen und was weiß ich, was du halt brauchst, eine richtige Krankenpflegerin vielleicht, und alles geht weiter, einfach so, nur weil du das Geldbörsl aufgemacht hast, da ist dann wirklich nur die Frau krank und sonst nichts. Aber wennst eh grad nur so viel hast, daß du halbwegs über die Runden kommst, dann kannst dir niemanden leisten, weil du kannst ja das Lohnsackel nicht gleich so, wie du es kriegst, weitergeben und dann von der Luft leben. Und du kannst ja auch nicht zum Chef gehen und sagen, hörens, zahlens mir gefälligst soviel, damit ich mir jemanden leisten kann, der mir den Haushalt macht, das kannst garnicht so schnell sagen, daß du nicht schon vorher aus seinem Büro fliegst. Weil was geht ihn dein Haushalt an? Den soll gefälligst wer machen, der nichts kostet, deine Frau halt, hättst dir halt eine heiraten müssen, die nicht krank wird. Oder wärst halt, wennst noch eine hast, bei der Mutter geblieben. Die macht das auch umsonst. Wo kommt er denn sonst hin, wenn er jedem eine Haushälterin zahlen muß. Da kann er sich ja dann vielleicht selber keine leisten. Und drum, sagt Melzer, kannst nicht einfach sagen, so eine Krankheit ist für jeden der gleiche Wahnsinn.

ERNST JANDL

War einst weg und bin jetzt hier

War ich weg von Wien, fahr ich nach Wien, komm nach Wien, sag um zehn. Bin um zehn in Wien. Wird elf. Wird zwölf, wird eins. So ist die Uhr. Bin in Wien, wird zwei, wird drei, wird vier. Wird dann fünf, wird dann sechs, wird dann sieben, wird dann acht. So ist die Uhr, wenn sie geht. Dann neun, dann zehn. Bin in Wien, dann elf zwölf eins zwei drei vier fünf sechs sieben acht neun. Hab Schlaf.

Bin in Wien im Bett. Mein Bett ist in Wien. Das Bett ist kalt, wird warm, ich schlaf. Schlaf tief, gut. Schlaf nicht tief, schlecht. Schlaf schlecht. Bin in Wien.

War weg von Wien, ein Jahr, bin nach dem Jahr in Wien. War weg von Wien zwei Jahr, bin nach zwei Jahr in Wien. War hier, war weg, bin hier. Bin hier in Wien.

Schlaf ein, schlaf aus, raus aus dem Bett, wasch, wisch, wasch, Bart, Bart ab, wisch wisch. Nackt, nicht nackt, Kleid. Schuh und Schuh. Geh.

Geh in Wien, geh hin, geh her. Hin her. Hin her. Hin und. Her und. Seh.

Seh ein Haus. Und ein Haus. Und ein Haus. Haus und Haus und Haus. Haus Haus Haus Haus. Haushaushaushaushaus. Haus in Wien. Und ein Haus in Wien. Haus und Haus und Haus in Wien. Haus in Wien Haus in Wien Haus in Wien Haus in Wien. Haushaushaushaushausinwien.

Mensch. Mensch und Mensch. Mensch Mann, Mensch Frau, Mensch Kind. Mensch Hund. Hund wau. Ich schau. Hund wau wau wau. Ich lauf. Hund lauft nicht nach. Hund lacht. Ich schäm mich.

Was ich weiß, von einst (vor ein Jahr, vor zwei Jahr): noch. Da noch. Da noch und noch. Noch und noch Wien. Wien eine Stadt war. Wien noch eine Stadt. Wien jetzt noch eine Stadt. Wien vor zwei Jahr eine Stadt war. Wien noch eine Stadt ist, jetzt.

Einst, ich klein. Jetzt: nicht ganz klein. Einst ich ganz klein. Ganz klein in Wien. Kind in Wien. Einst ich Kind in Wien. Ich sinn, nicht sing, ich sinn. Nicht: ich sing. Ich sing nicht. Ich sinn. Ich hab Sinn. Wien hat Sinn. Wien hier hat Sinn. Auch Staub.

Stadt Wien hier hat Sinn. Ich weiß wie Wien war. Wer weiß wie Wien war. Stadt Wien. Wien statt Wien. Stadt Wien statt Stadt Wien. Wer weiß wie Wien war. Ich weiß.

Wie Wien ist? Ich weiß wie Wien ist. Wer weiß wie Wien ist. Ich lach. Wer weiß wie Wien ist. Wer weiß wie Stadt Wien statt Stadt Wien Stadt Wien ist. Lach mit mir. Ich lach mit.

Der Park. War das der Park? Das war der Park. Was der Park einst war, das ist jetzt der Park. Jetzt ist das was war. Vor zwei Jahr war das was jetzt ist. Jetzt ist der Park der Park. Der Park ist in Wien. Der Schwan im Park ist der Schwan im Park der Stadt Wien. War der Schwan der Schwan der er ist? Wer weiß.

Wien war schön, Wien ist schön, ich kann es sehn. Ich seh es. Mein Aug und mein

Aug sieht es. Wien war schön und ist schön. Viel ist zu sehn in Wien. Viel in Wien ist zu sehn.

Was nicht zu sehn ist, ist nicht zu sehn.

Was nicht zu sehn war und jetzt zu sehn ist, das ist neu. Viel ist neu. Viel ist alt. Mehr ist alt als neu. Schön alt und schön neu, ich bleib dir treu, du Stadt Wien.

Was zu sehn war und jetzt nicht zu sehn ist, ist weg. Weg ist weg. Geh weg. Ich geh schon weg. Ich geh eh weg. Ich bin schon weg.

Noch bin ich in Wien. Der Mensch der zu sehn war und jetzt nicht zu sehn ist, nicht mehr zu sehn ist, nie mehr zu sehn ist, ist tot. Der ist jetzt tot. Der und die ist tot. Der ist im Grab. Die ist im Grab. Ich geh hin, ich geh zum Grab hin. Ich steh beim Grab. Ich seh es: das Grab. Ich seh ihn nicht. Ich seh sie nicht. Sie sind im Grab. Er und sie sind im Grab. Mein Gram ist in mir sehr groß.

Hier war ich ein Kind. Wie schnell das geht. Das Kind ist weg, ganz weg. Ich bin hier, ganz hier. Ganz in Wien, ganz in der Stadt Wien. Einst bin ich nicht mehr hier. Dann bin ich im Grab, wie der und der und der und die und die und die. Es drückt auf mein Herz.

Der Turm. Der Turm ist hoch, steil, spitz. Du Turm. Ich seh ihn von weit. Du bist schön, du Turm. Du bist alt. Du bist sehr alt. Der Mensch geht hin, der Turm bleibt da. Der Mensch macht den Turm fest. Dann ist der Mensch weg. Der Mensch ist im Grab. Der Turm bleibt da. Ich seh den Turm, und von weit. Wo ist Gott?

Für Gott ist ein Haus. Ich geh in ein Haus für Gott. Hier war ich ein Kind. Ich war ein Kind mit Gott. Jetzt bin ich hier ein Mann. Wo ist hier Gott. Er soll im Mann sein. Er soll in der Frau sein. Er sei im Mann, hieß es einst. Er sei in der Frau, hieß es einst. Er sei im Kind, hieß es einst. Wo ist er jetzt, heißt es jetzt. Es heißt auch, er ist nicht da. Er ist nie da. Er ist nicht hier, nicht da, nicht dort. Er ist fort. Er ist ganz fort. Gott ist tot, heißt es jetzt. Sein Haus ist da. Ich geh in sein Haus. Ich seh ihn nicht. Ich denk mich als ein Kind. Hier als ein Kind. Das bin nicht ich. Wo bin ich, wo bin ich das Kind. Ist das ein Spiel?

Der Tisch. Das ist mein Tisch. Mit Hand und Hand spür ich den Tisch. Du bist brav, mein Tisch. Du beißt mich nicht. Hier schreib ich. Hier schrieb ich, hier schreib ich. Ich schreib, was ich schreib, weil ich schreib, was ich schreib. Ich schreib weil ich schreib was ich schreib. Ich ball die Faust. Ich hau auf den Tisch. Mein Tisch! Der Tisch schreit nicht, der Tisch sagt nicht au weh!

Dann das Licht. Ich dreh das Licht auf – hell. Ich dreh das Licht ab – schwarz. Das ist die Nacht. Ich dreh das Licht auf: viel ist da, viel Kram ist da. Ich bin da. Ich dreh das Licht ab: ich seh nichts. Viel ist da, und ich seh nichts. Auch ich bin da, und ich seh mich nicht. Das ist die Nacht. Das ist die Nacht in der Stadt Wien.

Ich bin wach. Das Herz klopft. Herein! Das Herz kommt herein. Es hat ein Glas in der Hand. Ein Glas mit Wein. Prost, sagt das Herz. Ich trink, und das Herz trinkt. Ich trink Wein, und das Herz trinkt Blut. Das Herz trinkt mein Blut.

Mein Schatz. Ich war weg, lang war die Zeit, wo ist mein Schatz. Schatz, ruf ich, Schatz! Nichts rührt sich. Ich geh und such dich, ruf ich, ich geh und such dich. Doch was ist mein Schatz? Weiß ich es? Weiß ich es noch. Die Stadt ist jetzt ganz weiß.

Es fällt mir ein: mein Schatz war klein, aus Glas, zum Teil rund, nicht ganz glatt, blau, mit Glanz. Er war von mir, als ich klein war. Wo wird er sein, jetzt?

Noch ein Schatz fällt mir ein: er war nicht so klein, er war weiß, er war aus Stoff, er war rauh, ich nahm ihn ins Bett, als ich klein war. Nein, ich schlief nicht ohne ihn. Wo wird er sein, jetzt?

Noch ein Schatz fällt mir ein: er war aus Holz, flach, er war grün, er stand wie ein Zaun, er war klein. Da war auch die Kuh, da war ein Pferd, da war ein Lamm. Wo wird er sein, jetzt?

Noch ein Schatz fällt mir ein: er war klein, er war aus Wachs, er lag auf Stroh, er war wie ein Kind, Jahr für Jahr kam er zu mir, als ich klein war. Wo wird er sein, jetzt?

Nimm dir ein Herz, schlüpf in die Schuh, nimm den Stab, setz dich in Trab, klopf klopf. Geh von Haus zu Haus, frag.

Nein, ich tu es nicht. Schad. Ich tu es nicht, es ist dumm. Du bist dumm, das ist schad. Wer spricht da mit mir? Ich bin es nicht. Ich sprech nicht mit mir selbst. Wer spricht da mit mir? Wien nicht. Wien ist stumm.

Ich geh jeden Weg, den ich kenn. Das da ist Wien, und das da ist Wien, und das da ist Wien. Tag wird Nacht wird Tag wird Nacht wird Tag wird. Der Wirt gähnt. Der Lärm ist sehr groß. Der Lärm in der Stadt ist sehr groß. Der Lärm in der Stadt ist groß und stumm. Der Lärm hat kein Wort für mich. Ganz Wien ist ein Lärm und hat kein Wort für mich. So sieht man mich nicht. So hört man mich nicht. So kennt man mich nicht. Denn es gibt kein Wort für mich.

So zieh ich durch die Stadt Wien. Ich geh durch Stein durch, ich geh durch Holz durch, ich geh durch Stahl durch. Durch den Mann geh ich durch, durch die Frau geh ich durch, durch ein Kind geh ich durch. Ich geh durch und durch, und nichts spürt es, nichts spürt mich. Es gibt mich nicht.

Das Schloß. Es hat das Dach grün, die Wand gelb. Sein Dach ist grün, sonst ist das Schloß gelb. Das Schloß von Wien. Das Schloß und das Schloß und das Schloß von Wien. In Wien ist ein Schloß und vor dem Schloß ist ein Hund, und der Hund weint. Ich bin der Hund. Er ist alt. Er war da als ich klein war, und er ist jetzt da, und er weint. Ein Mann weint nicht. Ich bin nicht der Hund.

Ist es mein Schloß? Es ist nicht mein Schloß, denn ich bin zu schmal. Ich nehm nicht Brot und Schmalz, und so bin ich nicht so fett wie ein Herr für das Schloß. Nein, ich bin kein Herr für das Schloß.

In Wien ist ein Schloß und vor dem Schloß sitzt die Sphinx. Sie singt ihr Kind in Schlaf. Ihr Kind ist ein Spatz und piepst. Hab mich lieb, hab mich lieb, piepst der Spatz der das Kind der Sphinx ist. Da kommt der Graf und gibt ihm Gift. Die Sphinx zischt ganz wild, doch ihr Kind seufzt auf und stirbt. Der Graf geht ab; sein Schritt knirscht im Kies. Der Graf geht tief ins Schloß, und die Sphinx wird Stein.

Auch das kann nicht mein Schloß sein. Ich bin kein Spatz und auch noch nicht tot, und ich bin nicht die Sphinx und sing nicht und hab kein Kind und bin dann auch nicht aus Stein, und ich bin nicht der Graf, mein Schritt knirscht nicht, und mein Gift, wenn ich es erst hab, ist nur für mich, denn ich spring nicht so tief, und ich treff mich nicht in Kopf, und ich find auch den Strick nicht. Nein, ein Graf bin ich nicht. Doch in Wien ein Graf sein ist gut.

In Wien ist ein Schloß und vor dem Schloß steh jetzt ich. Ich schau auf das Dach und seh, es ist grün; ich schau auf die Wand und seh, sie ist gelb; ich schau auf die Tür und seh, sie ist nicht ganz zu. Ich steh im Schnee, und ich steh, wenn es heiß ist, wenn es glüht, und ich steh, wenn es blüht, wenn es in Wien blüht, wenn Wien, ganz Wien blüht, und ich steh und bin naß, und dann bin ich trocken, und bald naß, bald trocken. Ich steh und rühr mich nicht. Ich steh nicht steif wie ein Stock, ich steh wie die Uhr, wenn sie steht. Kein Mensch zieht sie auf. Der Mann kommt und geht, und ich seh ihn an und blick ihm nach, und die Frau kommt und geht, und ich seh sie an und blick ihr nach, und ein Kind kommt und geht, und ich seh es an und mach wau! und es schrickt und läuft und ich seh ihm nach bis es weg ist.

HERMANN SCHÜRRER

Aus: Kriminelle Spielereien in der Sandkiste der Weltverbesserer

Die bisherigen Brücken von Mensch zu Mensch sind zu zerstören

Scott Känguruh flog mit Aspasia an diesem schönen Oktobermorgen über die schöne braune Donau in Wien.

Aspasia betrachtete interessiert die Wolkenbildungen, dirigierte Scott Känguruh wie ein Psychiater seinen Patienten durch den Rorschachtest zu interessanten Wolkenbildungen oder ins Blau.

Manche Wolken waren schon ziemlich weit geflogen und hatten bisher vergeblich nach Anschluß gesucht und hatten eine unbändige Sehnsucht nach Blitz und Donner. Im Zentrum der Lämmerwölkchen brüteten einige Wasserstoffatome über eine Hagelkatastrophe oder noch finsterer wütender über eine allgemeine Kettenreaktion. Die Elektronen bestimmten die Märkische Heide und Berlin zum Ziel ihres freien Falles. Doch einige Protonen plätscherten voreilig und ungeduldig: Regen Regen. Deshalb wurden sie von den Elektronen aus dem Verband geworfen. Das nahm natürlich dem Ort entsprechend überirdische Formen an. Die Blumen atmeten Wind Schatten und Sonne. Aspasia hatte ein Gefühl, als würde sie sich jeden Augenblick auflösen und zur Wolke werden und dann Regen oder Hagel. Doch keine einzige Wolke, die sie sah, glich ihrem eigenen Bild, das in ihr schwebte. Und ihre Bedürfnisse schwanden.

Känguruh unterbrach ihre Träumereien: »Wir müssen mit den Flugzetteln anfangen, sonst geht mir der Sprit aus, und wir müssen die Flugzettel zu Fuß verteilen lassen. Für die Studenten wäre das ganz gut, da sie dadurch von der Universität abgehalten werden und so etwas langsamer verblöden. Paß auf, ich beginne zu schreiben.«

LIEBSTE WIENERINNEN UND WIENER

HEUTE BEGINNEN WIR, DIE BRUDER UND SCHWESTERNSCHAFT AMENIEN MIT DEN VORÜBUNGEN ZUM WELTUNTERGANG

KOMMT INS BURGTHEATER

DREHT EURE FERNSEHAPPARATE AUF

WENN EUCH DAS FERNSEHPROGRAMM NICHT BEHAGT DREHT DAS RADIO AN

WENN IHR TAUB UND BLIND SEID MACHT EINEN ABENDSPAZIERGANG AM RING ODER AN DER DONAU

POLITISCH INTERESSIERTE BITTEN WIR ZUM BALLHAUSPLATZ

WIR BIETEN EUCH EINIGE FLUTLICHTVERANSTALTUNGEN FÜR DEN FEINSCHMECKER UND NACHTSCHWÄRMER

MORGEN FINDET DIE GROSSE DANKGOTTESBAROCKMESSE IM STEFANSDOM STATT!!!

Aspasia: »Schau, dort drüben fliegt die Konkurrenz: Der weiße Riese hilft der Hausfrau aus aller Not mit weißer Weste ißt ihr blühender Gatte das tägliche Brot. Und da drüben: Schon die Raubritter und böhmischen Markgräfinnen verwendeten bevor sie Maut forderten, für ihre Hühneraugen unser Senfpflaster Hochmut, detto die Pflasterer.«

Aspasia griff nach den Flugzetteln und warf sie hinaus.

Känguruh: »Nimm von jedem Paket einen Zettel weg, ich kenne nämlich einen Sammler von Flugzetteln. Mein Onkel im australischen Busch sammelt nicht nur Beeren, Käfer und Würmer, sondern auch Flugzettel. Er ist der genialste Kopfjäger und leitet solange ich nicht dort bin unsere Reisegesellschaft.«

Nachdem Aspasia eine Unmenge von Flugzetteln abgeworfen hatte, spuckte sie dreimal auf die Stadt und sagte: »Toi toi toi.«

Und bemerkte dazu: »Ich glaube Joe übertreibt. Wir brauchen die Wiener doch nicht mit Flugzetteln verwirren. Sie sind auch ohne Flugzettel total verwirrt.«

Känguruh: »Doppelt gnaht (genäht) hält besser. Jetzt beginnt es da unten zu brodeln. Wirf jetzt die Ballone.«

Aspasia pumpte Luft in die Ballone, schwere Luft, und hängte Gondeln mit Flugzetteln an, daß sie sofort sanken, und zwar pro Stunde um einen Meter, nach 48 Metern platzten und die Stadt fast mit Weltraumkälte berieselten. Sie hielten 100 Meter über dem Stefansplatz und Aspasia brummte: »Du kannst machen was du willst, Unkraut verdirbt nicht. Die Wiener und Europäer sind wie hartgesottene Wanzen und Flöhe, die gegen jedes Entgiftungsmittel immun wurden. Sie fürchten nicht einmal die Kernverschmelzung, die sie wahrscheinlich für einen mystischen Liebesakt halten, etwa: UMARME ICH DIE GANZE WELT.«

Känguruh schrieb noch zum Abschluß ihrer Aktion rot weiß rot als Himmelsschreiber: SERVUS GRÜSS EUCH LIEBE UNTERTANEN BLEIBT SO DOOF WIE BISHER!

Er zog eine Ehrenschleife über dem Stefansdom und trudelte gegen Schwechat. Aspasia zog zwei Kartons unter ihrem Sitz hervor. Auf einem stand: Schwechat, auf dem andern: Aspern. In jedem Karton waren 300 fingerlange schmale Stäbchen und Känguruh erklärte ihr: »Jedes Stäbchen hat 100 Stufenreaktionseinheiten. Jede Reaktion umfaßt 50 000 Kubikmeter Nebel. Diese dreihundert Stäbchen entwickeln vorerst beim Aufprall 15 Millionen Kubikmeter Nebel. Wenn der Nebel etwas lichter wird explodiert die nächste Stufe und das geht dann so dahin bis zur hundertsten Stufe. Ich schätze Aspern und Schwechat werden drei Monate im Nebel verschwinden, und vielleicht überhaupt nur noch von Londoner Piloten, die den Londoner Nebel kennen, angeflogen werden.«

Aspasia: »Bei so vielen Reaktionen vergißt man, daß dies eine Aktion ist. Die menschlichen Reaktionen werden sowieso schon so spärlich, daß die Maschine als letzte Hoffnung bleibt.«

GERNOT WOLFGRUBER

Wie es anfing

Rundherum wie in mir selber schien die längste Zeit meines Lebens alles nur zu passieren. Irgend etwas passierte, und man reagierte darauf. Irgendwie. So, wie man sich bei einem plötzlichen Regenguß irgendwo unterstellte oder nach einem Schirm zu suchen begann. Und immer wieder waren es *Schicksalsschläge,* die einem unterkamen, ständig hörte ich von Schicksalsschlägen reden, und nie wieder habe ich so oft von Schicksalsschlägen reden gehört wie damals, als ich ein Kind war. Fast jede Familie, die ich kannte, war vom Schicksal irgendwie geschlagen worden, hatte die Wohnung verloren, Verwandte, irgendwer war im Krieg *ausgeblieben,* mein Vater, zwei Brüder meiner Mutter, ausgeblieben, ein Großvater in den letzten Kriegstagen bei einem Bombenangriff verschüttet; es gab in der Siedlung, glaube ich mich zu erinnern, nur Familien, die vom Schicksal geschlagen worden waren, mehr oder weniger geschlagen... Und niemand hatte anscheinend etwas dagegen tun können, niemand schien etwas dafür getan zu haben, alles war so unübersichtlich, war irgendwie abgelaufen, passiert, es war eben nicht anders gekommen, hätte aber, hieß es, auch ganz anders kommen können, so wie es mit einem Bruder der Mutter anders hätte kommen können, wenn er sich wie ein Sohn der Nachbarn von den Engländern hätte gefangennehmen lassen, wenn er nicht geflohen und, sein Leben riskierend, durch einen reißenden Fluß geschwommen wäre, *nur um dann,* wie es hieß, nach einem kurzen Urlaub wieder an die Front zu kommen, nach Rußland, und dort umzukommen, während der Sohn der Nachbarn nach dem Krieg gesund aus der Gefangenschaft heimkehrte...

...Und wo Erfahrungen waren, wurden sie einzeln gemacht, alle um mich herum machten mehr oder weniger die gleichen Erfahrungen oder hatten sie schon gemacht, jeder für sich, jeder hat sie für ganz individuelle Erlebnisse gehalten, so wie ich gemeint habe, daß Erfahrungen anderer für mich nicht zutreffend seien, und wo Erfahrungen aus der Kindheit an die Kinder weitergegeben wurden, dann so, daß an den Kindern die Kindheit der Eltern noch einmal durchexerziert wurde, vom Passiven ins Aktive gedreht, die Erfahrungen des Geschlagenwerdens wurden im Schlagen aufgehoben, aber im Schlagen wurde schon der Fortschritt beredet, selber, hieß es, sei man noch mit einem Hosenriemen geschlagen worden, mit einem Koppelschloß, anderswo müsse nicht bloß auf dem Fußboden gekniet werden, sondern auf einem scharfkantigen Holzscheit...

...Und ich habe meine Erfahrungen mit Lehrern gemacht. Aber auch hier schien alles ganz unbestimmt, eine Frage des Schicksals, an welchen Lehrer man geriet, die Lehrer konnten in gute und schlechte eingeteilt werden, ständig gab es diese Gegenbeispiele, die meist ohnedies nur behauptet oder eingebildet waren, fadenscheinige

Beweise, die jede Erfahrung zur Besonderheit verkommen ließen, zur Einmaligkeit, alle Lehrer waren etwa nicht wie der, der bei jeder Geringfügigkeit mit dem Lineal um sich drosch, oder wie der, der Kinder, deren Eltern ihn auf der Straße zuerst grüßen mußten, bei jedem nicht gewußten Vokabel »O Herr, ich bin dumm und weiß nicht warum« in den Ofen hineinschreien ließ, es gab natürlich andere, die einem den Tadel ins Heft schrieben und die Unterschrift der Eltern darunter sehen wollten, Lehrer, die sich nicht selber vergriffen, sondern das von den Eltern erledigen ließen, überhaupt war, ohne daß ich es begreifen konnte, die Schule nur die Fortsetzung des Elternhauses mit anderen Mitteln gewesen, und die Erfahrung, jemanden über sich zu haben, schien damals ganz einfach durch die Körpergröße bestimmt zu sein und wurde dadurch noch vollständig zur Erfahrungslosigkeit, daß Charaktereigenschaften ins Spiel gebracht wurden, wodurch man alle Verhältnisse, alle Herrschaftsverhältnisse zu etwas verniedlichte, was von Sympathie oder Antipathie bestimmt sein sollte. Alles wurde dadurch sofort wieder ganz schicksalhaft. Wahrscheinlich wird dich der Lehrer nicht leiden können, hieß es, wenn schon mein behauptet schlechter Charakter, meine Widerborstigkeit nicht der Grund für die exzessiven Erziehungsmethoden eines Lehrers gewesen sein konnte...

...Und immer wieder hörte ich, aus Schaden werde man klug, was ja, merkte ich viel später, nichts anderes hieß, als daß mir damit meine früheren Erfahrungen schon wieder einmal als unsinnig ausgeredet wurden, als eine leichtgläubige Verallgemeinerung. Mit dem Schaden als neuer Erfahrung werde man klüger sein. So klug war man offenbar überall aus Schaden geworden, daß man glaubte, den Kindern sagen zu müssen, nur aus Schaden werde man klug...

...Und ebenso, wie mir rundherum alles bloß zustieß, stieß mir der Beruf bloß zu, man stolperte einfach einen Schritt weiter, wie zwangsläufig, ein Beruf mußte sein, und wie er war, merkte man erst, wenn man darin war, man hatte ja in der Schule nicht das geringste darüber erfahren, was einem da bevorstand, alles, was einem als notwendiges Wissen hingestellt worden war, hatte anscheinend nur den Zweck gehabt, die Schüler zu beschäftigen, während der tatsächliche Lehrstoff nichts anderes gewesen war, als uns daran zu gewöhnen, Zustände als gegeben hinzunehmen, als unveränderlich wie irgendwelche Jahreszahlen aus dem Geschichtsunterricht oder die Größe der Zahl Pi, so wie man uns daran gewöhnt hatte, stillzusitzen...

...Keine Erfahrung haben dürfen: Ständig hieß es, man habe noch keine Erfahrung mit dem Leben, so wurden einem die Bruchstücke, die man bis dahin zusammengesetzt hatte, noch einmal zerschlagen, und die Meister und Gesellen gaben ihre Erfahrungen weiter, die sie selber als Lehrlinge gemacht hatten, priesen auch ihrerseits den Fortschritt dabei, zu ihrer Zeit, hörte ich, sei man wegen noch viel geringerer Anlässe augenblicklich unter die Werkbank geprügelt worden...

...Und ich erfuhr, was es heißt, den größten Teil des Tages nur noch als Körper vorkommen zu dürfen, dem ständig etwas angeschafft, der von einer Widerwärtigkeit in die nächste geschafft werden konnte, jeder Lehrling erfuhr das für sich, jeder wurde mit denselben Sprüchen auf später vertröstet, und während der Körper arbeitete, phantasierte sich der Kopf eine Persönlichkeit zusammen, der die eigenen Erfahrungen selbstverständlich sein durften, phantasierte sich der Kopf zur Vollständigkeit, im Kopf entstand wie von selbst eine Welt, in der alles ganz anders war, aber schon ganz anders geworden, oder von vornherein ganz anders, nicht eine, die erst hergestellt werden mußte, eine Welt, in der die Menschen so selbstverständlich herumgingen wie Wolken über einen Himmel...

...Überhaupt schien mir, als ich in die Fabrik hineingeraten war, als sei alles Bisherige nur passiert, damit ich dann durch dieses Fabrikstor gehen konnte, im nachhinein schien das ein schnurgerader Weg zu sein, von dem ich dann doch abwich, weil meine Hoffnung auf ein anderes Leben sich nicht niederschreien ließ, sondern unterm Stumpfsinn der täglich gleichen Handgriffe nur noch ungeduldiger wurde, mich immer wieder vergleichen ließ, sodaß ich eines Tages die Lehrstelle verließ, aus der Fabrik ging, im wahnwitzigen Glauben, nun könne alles anders werden, und ich aber doch nur beim nächsten Fabrikstor wieder hineinmußte. Aber immerhin: Ich hatte mir den Beweis geliefert, daß ich selber etwas tun konnte, plötzlich ist mir nicht mehr alles so selbstverständlich vorgekommen, und weil mir dieses Davonlaufen, immer wieder Davonlaufen – damals war für mich *etwas* tun, etwas *dagegen* tun, immer nur ein Davonlaufen – als Mutwille ausgelegt wurde, und weil man mir meine Unzufriedenheit mit den unmenschlichen Zuständen in den Fabriken, die einen auf einen kopflosen Bewegungsapparat reduzieren wollten, immer nur als schlechter Charakter zur Last gelegt wurde, mit dem nie fehlenden Hinweis, andere hielten es auch aus, ohne zu murren, fing ich irgendwann damit an, mir aufzuschreiben, was mir passierte, was um mich herum vorging, um mir zu beweisen, daß es nicht an meinem schlechten Willen lag, der mich immer wieder dazu brachte, mich so heftig aus den Fabriken hinauszuwünschen, daß ich mich oft, wenn ich am Abend durchs Tor ging und heimging, wunderte, daß da einer ging, der morgen wieder den umgekehrten Weg gehen würde und nicht als einer, der schon wieder einmal gekündigt hatte. Was ich mir damals aufschrieb, habe ich nicht für Literatur gehalten. Nicht dafür halten können. Ich las damals schon viel, aber was ich las – Literatur –, hatte mit Menschen wie mir, mit Zuständen, mit denen ich mich herumschlug, nicht das geringste zu tun, das war eine andere Welt, da gab es selbstbewußte Menschen, die wenig oder überhaupt nichts zu tun hatten, einfach nicht vergleichbar mit den Menschen, die ich kannte, die neben mir am Fließband standen oder am Wirtshaustisch saßen. Ich weiß nicht mehr, was mich auf den Gedanken brachte, aus dem Schreiben einen Beruf machen zu wollen. Vielleicht der Stapel beschriebener Blätter, der sich im Lauf der Zeit, im Lauf meiner wechselnden Unzufriedenheiten angesammelt hatte, sodaß ich mir einbilden konnte, schreiben zu können. Vielleicht einfach deshalb, weil ich las und meinte, mich aus meiner Welt heraus und in die andere, wie ich sie beschrieben und viel schöner als meine fand, hineinschreiben zu können. (Was natürlich nur ein Irrtum, eine falsche Hoffnung sein konnte. Manchmal allerdings meine ich jetzt noch, daß ich auch deshalb schreibe, um meine Angst loszuwerden, wieder in Fabriken hineinzumüssen, als einer, der das nicht nur schon erlebt, sondern auch gedacht hat.) Auf jeden Fall: Als ich zu schreiben anfing, mit dem Wunsch, das auch veröffentlicht zu sehen, versuchte ich so zu schreiben, wie in den Büchern, die ich las, geschrieben wurde, schrieb ich solches, wovon auch dort die Rede war, und nichts mehr über mich und meine Hoffnungen, nichts über Fabriken und Menschen, die ich kannte, über graue Kleinstädte und »kleine« Verhältnisse: und so also, wie die Literatur, die ich las, mich zum ersten Mal zum Schreiben für andere brachte, so brachte sie mich auch gleichzeitig zum Verstummen, weil ich von mir, meiner Vergangenheit, meinen Erfahrungen als von etwas absah, das ich damals als nicht literaturwürdig empfand. (Und was vielen noch immer so gilt.)

Erst als ich weg war aus den Fabriken, weg aus der beengenden Kleinstadt, so weit weg, daß langsam die Furcht, zurück zu müssen, klein und unerträglich wurde, kam mir irgendwann plötzlich alles, was ich schrieb, so beliebig vor, schien mir, daß es keinen Grund gab, gerade das, woran ich schrieb, zu schreiben, schien mir, daß ich genauso, ohne daß es für mich oder für irgendeinen etwas bedeutete, über etwas beliebig anderes schreiben könnte, kam mir überhaupt vor, daß das, was ich schrieb, ebensogut ein anderer hätte schreiben können, fing ich dann endlich davon zu reden an, worüber nur ich selber reden konnte: von meinen eigenen Erfahrungen, von den Verhältnissen, unter denen, und von den Menschen, mit denen ich die meiste Zeit meines Lebens verbracht hatte, von einer Welt, die ich nicht vom Anschauen, sondern von innen kannte, sodaß meine Phantasie nicht mehr im luftleeren Raum herumfahren und Oberflächen mit Vorurteilen abtappen mußte, sondern überprüfbar, bestimmt werden konnte.

ALEXANDER

STILLE

Die Windstille – und der Wald.
Das stille Zimmer.
Das stille Kind. Ein stiller Name.
Ein Schriftname, – und ein
stilles Buch. Ein stiller Ozean.
(25. 7. 1977)

JOE BERGER

das märchen vom brathühnchen, backhähnchen und hirschrücken

es trafen einander ein brathühnchen, ein backhähnchen und ein hirschrücken in wildsosse mit preiselbeeren, um gemeinsam in einem restaurant zu speisen.

sie sassen und schwiegen, bis das brathühnchen bemerkte: ich lege prinzipiell nur goldene eier. eine eierspeise aus meinen eiern ist ein vermögen wert. und wenn ich versuche zu fliegen, rufen die leute »ach, wie goldig!«

dieses gerede lockte das backhähnchen aus dem schweigen:

ich treibs mit allen hennen, obwohl ich noch gar nicht krähen kann. ich bin der hahn im korb und wenn mich die leute sehen, flüstern sie »das ist der bock«.

kaum hatte das backhähnchen geendet, legte der hirschrücken verbissen los:

ich jage die jäger, schon so manchen habe ich aufs blatt getroffen. und flüchtet mir einer weidwund, so folge ich seinem schweiss und verpasse ihm den gnadenstoss. hören mich die leute, brüllen sie »der büffel kommt!«

sie verstummten und brüteten vor sich hin. nach einer weile blickt der hirschrücken auf die uhr und ruft den ober:

bitte, wenn sie uns servieren würden; wir wollen unsere hungrigen nicht warten lassen.

ALEXANDER

Die Kälte –

Die Kälte geht in die Finger
und Zehen, wenn es kalt ist.
Es gibt Kälte- und Wärmegrade.
An und für sich ist es immer
kalt.

(Undatiert, 1977)

HELMUT EISENDLE

Über die Individualpathologie der Liebe

Für die Dichterin Isolde Kurz

Zwei Individuen legen sich aneinander, aufeinander, hintereinander – die Ausbildung der Organismen gestattet Bewegungsvarianz und Vielfalt der Stellungen –, tauschen gegenseitig ihre Kernmasse aus und trennen sich danach wieder. Oft hört ich sagen, wer sein Glied verlor, dem zuckt ein Schmerz noch lange geisterhaft im toten Stumpf und lügt ein Leben vor, als sei's noch Fleisch und Blut, was Unruh' schafft, kommt es zur vollständigen Verschmelzung, man ist einig, eins, wenn auch nur meine Hälfte – nicht die bess're zwar – ist abgetrennt von mir, doch immer zuckt der Nerv, der mich verband; wo Leben war, irrt ein Phantom, das dumpf im Herzen spukt, ein Teil meiner selbst, du liebster, schlimmster Teil, mit Schmerz besessen und mit Schmerz entbehrt, dich opfernd rett' ich meiner Seele Heil, doch der zerstückte Rest, was ist er wert? dieser Vereinigung, der Einheit, kraft Physis oder Seele, wieder ein Trennen, ein Scheiden, Abschiednehmen – dies nicht oft hört ich sagen, wer sein Glied verlor, dem zuckt ein Schmerz noch lange geisterhaft im toten Stumpf und lügt ein Leben vor, als sei's noch Fleisch und Blut, was Unruh' schafft, allein psychisch, sondern nur meine Hälfte – nicht die bess're zwar – ist abgetrennt von mir, doch immer zuckt der Nerv, der mich verband; wo Leben war, irrt ein Phantom, das dumpf im Herzen spukt, organisch möglich macht.

Bei denjenigen Lebewesen, bei denen die Vereinigung des männlichen und weiblichen Zeugungsstoffes im Inneren des mütterlichen Körpers erfolgt, muß ein Teil meiner selbst, du liebster, schlimmster Teil, mit Schmerz besessen und mit Schmerz entbehrt, dich opfernd rett' ich meiner Seele Heil, doch der zerstückte Rest, was ist er wert? des männlichen Samens durch den Penis, das Glied, in das Innere des weiblichen Geschlechtsteils eingeführt werden. Zu diesem Zweck ist eine Steifung (Erektion) des männlichen Gliedes erforderlich. Das Wesen der Erektion besteht in einer starken Füllung der Blutgefäße und cavernösen Räume des Penis, wobei sich oft hört' ich sagen, wer sein Glied verlor, dem zuckt ein Schmerz noch lange geisterhaft im toten Stumpf und lügt ein Leben vor, als sei's noch Fleisch und Blut, was Unruh' schafft, eine vier- bis fünffache Volumensvergrößerung, höhere Temperatur, Steigerung des Blutdrucks in den Penisgefäßen bis zu Zweidrittel des Carotisdruckes unter anfänglicher pulsatorischer Bewegung, vermehrte Härte und die Ausbildung der Scheidenkrümmung am Rücken des Gliedes zeigt.

Die starke Blutfüllung wird bedingt durch eine Vermehrung des arteriellen Blutzuflusses, wobei die Arterien sich erweitern und stärker pulsieren; der Blutzufluß wird

nur meine Hälfte – nicht die bess're zwar – ist abgetrennt von mir, doch immer zuckt der Nerv, der mich verband; wo Leben war, irrt ein Phantom, das dumpf im Herzen spukt, beherrscht von den nervi erigentes, die als Vasodilatatoren wirken.

Die nervi erigentes werden reflektorisch durch sensible Apparate am Glied erregt, die Übertragung erfolgt im Erektionszentrum, einem Teil meiner selbst, du liebster, schlimmster Teil, mit Schmerz besessen und mit Schmerz entbehrt, dich opfernd rett' ich meiner Seel Heil, doch der zerstückte Rest, was ist er wert? des Rückenmarks.

Dieses Zentrum ist aber dem Vasodilatatorenzentrum des verlängerten Marks untergeordnet, von dem aus abwärts durch das Rückenmark Verbindungsfasern zu ihm hinziehen. Daher hat auch eine Reizung des Rückenmarks selbst Erektion zur Folge, zum Beispiel durch mechanische Reizung. Auch Erstickungsblut bei der Strangulation kann die Erektion des Gliedes herbeiführen.

Auf das Gebiet der Vasodilatatoren des Geschlechtsapparates hat endlich oft hört ich sagen, wer sein Glied verlor, dem zuckt ein Schmerz noch lange geisterhaft im toten Stumpf und lügt ein Leben vor, als sei's noch Fleisch und Blut, was Unruh' schafft, auch die seelische Tätigkeit des Großhirns einen Einfluß: Geschlechtliche Vorstellungen können Erektionen bewirken.

Die durch die Erweiterung der zuführenden Blutgefäße eingeleitete Erektion wird zur völligen Ausbildung gebracht durch eine Verengung der abführenden Blutbahnen, die ihrerseits eine starke Blutstauung im Penis zur Folge hat.

Die Blutstauung im Glied ist nur meine Hälfte – nicht die bess're zwar – ist abgetrennt von mir, doch immer zuckt der Nerv, der mich verband; wo Leben war, irrt ein Phantom, das dumpf im Herzen spukt, unvollständig, denn sonst müßte in Fällen andauernder Erektion – Priapismus, Satyrismus – Brand des Penis entstehen.

An die Einführung des erigierten Gliedes in die weiblichen Geschlechtsteile schließt sich die Ejakulation des Samens an. Die Fortleitung der Samenflüssigkeit geschieht zum Teil meiner selbst, du liebster, schlimmster Teil, mit Schmerz besessen und mit Schmerz entbehrt, dich opfernd rett' ich meiner Seele Heil, doch der zerstückte Rest, was ist er wert? durch das Nachdringen neugebildeten Samens, zum Teil meiner selbst, du liebster, schlimmster Teil, mit Schmerz besessen und mit Schmerz entbehrt, dich opfernd rett' ich meiner Seele Heil, doch der zerstückte Rest, was ist er wert? durch das Flimmerepithel (vom Kanal des Nebenhodens bis zum Anfang des Samenleiters), durch Eigenbewegung der Samenfäden und durch Zusammenziehungen des mit starker Muskulatur ausgerüsteten Samenleiters selbst.

Zur Einleitung der Ejakulation ist zunächst eine stärkere Zusammenziehung des Samenleiters nötig. Diese wird reflektorisch durch Erregung des Ejakulationszentrums im Rückenmark bewirkt. Die Austreibung des Samens erfolgt durch schnelle, kräftige Verkürzung des Samenleiters; schon bei schwacher Reizung verkürzt sich oft hört ich sagen, wer sein Glied verlor, dem zuckt ein Schmerz noch lange geisterhaft im toten

Stumpf und lügt ein Leben vor, als sei's noch Fleisch und Blut, was Unruh' schafft, der Samenleiter auf die Hälfte seiner Länge.

Sobald der Samen in die Harnröhre tritt, erfolgt durch die als mechanischer Reiz wirkende Dehnung derselben eine rhythmische Zusammenziehung des musculus bulbocavernosus, durch die der Samen aus der Harnröhre geschleudert wird. Oft hört ich sagen, wer sein Glied verlor, dem zuckt ein Schmerz noch lange geisterhaft im toten Stumpf und lügt ein Leben vor, als sei's noch Fleisch und Blut, was Unruh' schafft, liebt der Geliebte nur meine Hälfte – nicht die bess're zwar – ist abgetrennt von mir, doch immer zuckt der Nerv, der mich verband; wo Leben war, irrt ein Phantom, das dumpf im Herzen spukt, die Liebe als Teil meiner selbst, du liebster, schlimmster Teil, mit Schmerz besessen und mit Schmerz entbehrt, dich opfernd rett' ich meiner Seele Heil, doch der zerstückte Rest, was ist er wert? seiner selbst; oft hört' ich sagen, wer sein Glied verlor, dem zuckt ein Schmerz noch lange geisterhaft im toten Stumpf und lügt ein Leben vor, als sei's noch Fleisch und Blut, was Unruh' schafft, ist nur meine Hälfte – nicht die bess're zwar – ist abgetrennt von mir, doch immer zuckt der Nerv, der mich verband; wo Leben war, irrt ein Phantom, das dumpf im Herzen spukt, ein Teil meiner selbst, du liebster, schlimmster Teil, mit Schmerz besessen und mit Schmerz entbehrt, dich opfernd rett' ich meiner Seele Heil, doch der zerstückte Rest, was ist er wert? der Liebe der Geliebten die Liebe für den, den sie liebt; oft hört' ich sagen, wer sein Glied verlor, dem zuckt ein Schmerz noch lange geisterhaft im toten Stumpf und lügt ein Leben vor, als sei's noch Fleisch und Blut, was Unruh' schafft, liebt nur meine Hälfte – nicht die bess're zwar – ist abgetrennt von mir, doch immer zuckt der Nerv, der mich verband; wo Leben war, irrt ein Phantom, das dumpf im Herzen spukt, die Geliebte den liebenden Teil meiner selbst, du liebster, schlimmster Teil, mit Schmerz besessen und mit Schmerz entbehrt, dich opfernd rett' ich meiner Seele Heil, doch der zerstückte Rest, was ist er wert? des Geliebten und oft hört ich sagen, wer sein Glied verlor, dem zuckt ein Schmerz noch lange geisterhaft im toten Stumpf und lügt ein Leben vor, als sei's noch Fleisch und Blut, was Unruh' schafft, weiß nur meine Hälfte – nicht die bess're zwar – ist abgetrennt von mir, doch immer zuckt der Nerv, der mich verband; wo Leben war, irrt ein Phantom, das dumpf im Herzen spukt, ein Teil meiner selbst, du liebster, schlimmster Teil, mit Schmerz besessen und mit Schmerz entbehrt, dich opfernd rett' ich meiner Seele Heil, doch der zerstückte Rest, was ist er wert? der Geliebten von der Liebe des anderen, oft hört' ich sagen, wer sein Glied verlor, dem zuckt ein Schmerz noch lange geisterhaft im toten Stumpf und lügt ein Leben vor, als sei's noch Fleisch und Blut, was Unruh' schafft, aber nur meine Hälfte – nicht die bess're zwar – ist abgetrennt von mir, doch immer zuckt der Nerv, der mich verband; wo Leben war, irrt ein Phantom, das dumpf im Herzen spukt, von jenem Teil meiner selbst, du liebster, schlimmster Teil, mit Schmerz besessen und mit Schmerz entbehrt, dich opfernd rett' ich meiner Seele Heil, doch der zerstückte Rest, was ist er wert? mystisch kleinen, den sie selbst gegeben.

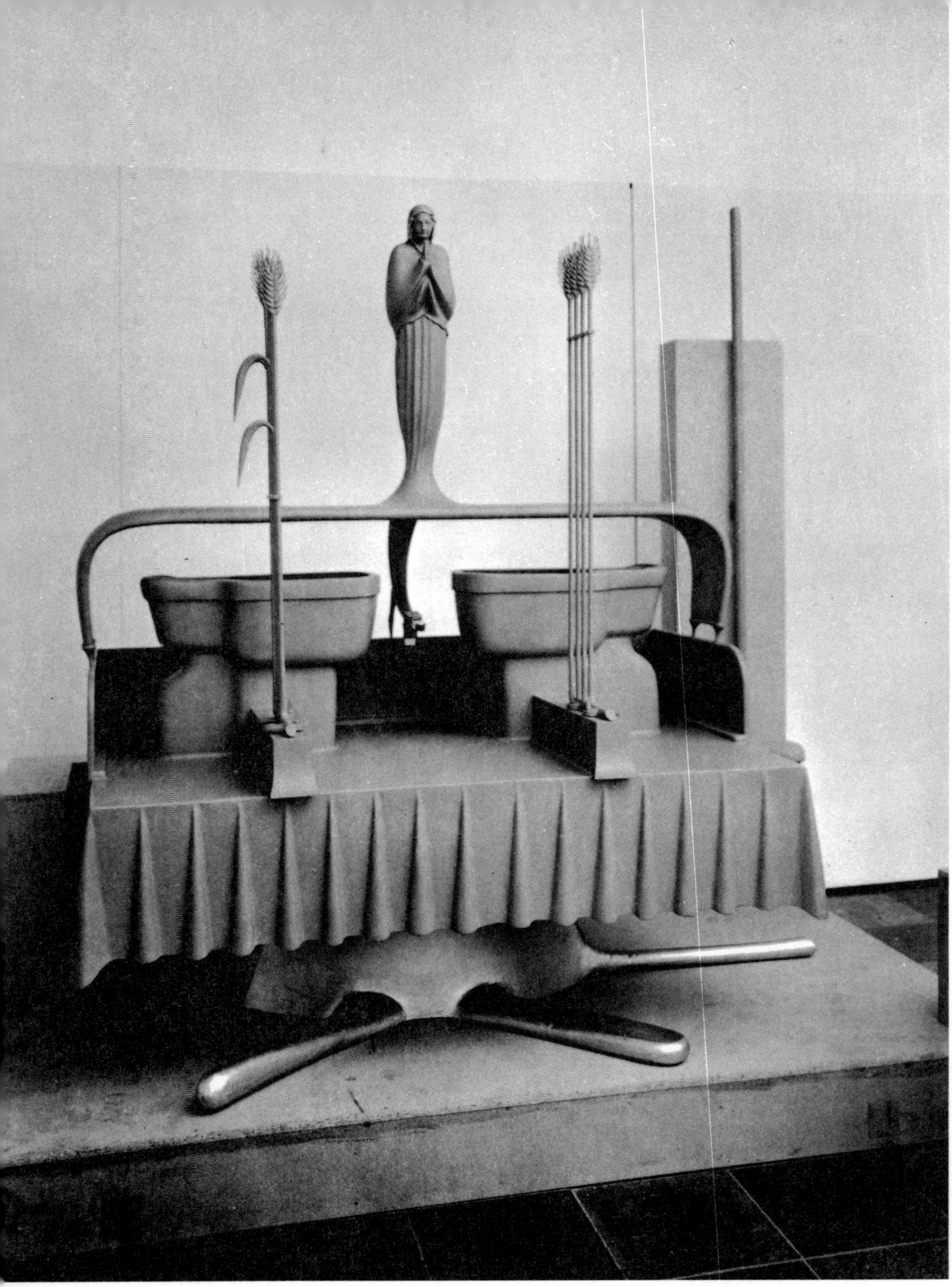

Bruno Gironcoli, Ohne Titel, Aluminiumguß, lackiert, 1975/76

ALFRED SCHMELLER

Die Welt in Wirklichkeit

Zu Bruno Gironcoli

Die Welt, wenn sie heutzutage in Wirklichkeit erfahren wird, ist *beißend, obstinat,* kleinmächtig *geronnen.* Kleine Machtanmaßungen sind fein und grob verteilt. Der Mensch gefesselt, obschon er sich frei vorkommt (wann?) in säkularisierter Hierarchie.

Der Mensch ist ein *Arretierter.* Der Unterschied zwischen Mensch und Apparat ist mindestens *verwischt,* wenn nicht durch intrigante *Gelenke* ins Absurde überführt. Im übrigen fügt er sich *anstoßungslos* und *übersilbert* ein. Das mild *Abgebauchte* seiner gesellschaftlichen Stromlinienexistenz wirkt keineswegs *anstößig.* Der einzelne, von gegenständlichen Obsessionen *gerädert, geknickt,* hinfällig, muß den üblen Geruch von *Amtsräumen* und Untersuchungszimmern aushalten, wo nebenan in Übungsständen schießende Zivilagenten ihrer trockenen Arbeit nachgehen. Zu diesem lustlosen Ambiente gehören Suchhund und Spucknapf.

Man hielt x, der eine »Umerziehung« verweigert, an die zwei Jahre lang nackt in einer Zelle. Zahnlos, am linken Arm nach Folterungen gelähmt, darf er keine Besucher empfangen, so lautet die tägliche Gazettenmeldung. Terror total, auch inside. Der Zerstörungshorizont unserer »Freiheit« ist nicht abzustreifen.

Nichts Stilisiertes, kein Szenario, keine Choreographie, kein Handeln, kein Surrealismus, keine Magie, kein Ausweichen, kein Fetisch, keine Festspiele, keine Auflösungsmöglichkeiten, keine private Bildwelt, keine Mythologie, keine Kulthandlung. Niente.

FRANZ SCHUH

Wie ich in Österreich geistig produziere

(Ein Fragment)

Der Schriftsteller J. hat einen großen Literaturpreis gewonnen. Sein eingereichter Beitrag kritisiert die »Gesellschaft«, den »Konsumterror«, wie ein erwachsener Juror, sich dem Jargon der Studentenbewegung anvertrauend, ausführt. In Wahrheit ist der Text nach dem Kishon-Prinzip erzeugt: Jemand bekommt zur Osterzeit so viel Mazzes, daß er nicht weiß, wohin damit. Wie immer er auch versucht, das Osterbrot loszuwerden, auf verschlungenen Wegen kehrt es zu ihm zurück. J., der witzige Kopf, hat ähnliches mit der Post, mit Werbesendungen oder so konstruiert: Man kriegt ja so viel Post und weiß gar nicht, wohin damit! Dergleichen nicht einverstandenes Raunen entspricht der Unwilligkeit und Indolenz derer, die gelegentlich durch ihre Privilegien in lästige Situationen kommen. Der mündige Mensch, das ist der Käufer, betritt den Laden, und der Verkäufer fragt: »Wieviel Gesellschaftskritik darf es denn sein?«, und der mündige Mensch verlangt: »Ein J.-Gesellschaftskritik, bitte!«

I

Ich stamme aus dem Fünfzehnten, und zwar von dort her, wo ihn die Gablenzgasse jäh vom Sechzehnten abtrennt. Als Kind habe ich mich diesseits und jenseits der Grenze bewegt. Gegen das Verbot der Eltern dringe ich in die Mysterien des Westbahnhofes ein, durchstreife aber auch die Thaliastraße, wo heute ach so viele Herrenmodegeschäfte sind. Schon damals war mein Geist beschränkt. Seine Schranken waren Klassenschranken: Bekanntlich betrügt unsere Art von Gesellschaft Köpfe und Mägen ihrer Unterschichtkinder. In der Finsternis der Erinnerung erscheint nun strahlend ein Glas Soda-Himbeer, bezahlt von der Mutter und eingenommen bei einem Zuckerbäcker, der über die Lizenz zur Ausschank nicht-alkoholischer Getränke verfügt. Es ist die Metaphysik des Genusses, mit der mich das finanzielle Opfer der Mutter bekannt macht. Das ärmliche Kind hat ein Talent zum ozeanischen Gefühl. Jeder Schluck aus dem Glase ist die Erneuerung der Bekanntschaft mit dem Umgreifenden. »Trink, Kind!«, sagt die Mutter.

Die männlichen Bewohner der Grenze nehmen vor den dienenden Frauen Morgen-, Mittag- und Abendmahl in Unterhosen zu sich. Die Unterhosen sind flattrig, beinahe knielang, dafür jedoch haben sie einen ausführlichen, keineswegs aber einladenden Schlitz. In der Gegend des Schlitzes geht der graue gewordene weiße Stoff ins Gelbliche über, befindet sich eine Schaumkrone aus Urin. Die Bewohner der Grenze stecken ihre

Finger gerne in unappetitliche Körperregionen. Sie vollziehen ihre Intimität in einer größeren Öffentlichkeit, als es sich geziemt. Die Redakteure unserer vornehmen Presse, die noch alle keinen Würstelfinger zum Bohren mißbraucht haben, würden die Bewohner der Grenze auf das schrecklichste rezensieren. Gesicht und Geschirr wird an der Grenze im selben Lavoir gewaschen! Noch verteilt sich der Geruch der Armut auf die Körper der Menschen, auf ihre Dinge und Wohnungen, und er ruht – gleichsam wie der Geist über den Wassern – in den Stiegenhäusern. Der Krieg ist vorüber, die Nazis sind ruhiger geworden, und nur mehr wenig steht ihnen im Weg. Ein Mann, der meine Großmutter einst aus polizeilichen Gründen die Stiegen hinuntergetreten hatte, fängt an, sich von neuem auf sein altes Amt vorzubereiten. Die Zeit des Aufstiegs beginnt! Die politischen Parteien, deren Geschäft floriert, lassen die Menschen im Stich, indem sie sie vertreten: In den Händen der Politiker wird die Politik zum vorzüglichen Mittel der Entpolitisierung. DIE PARTEI, zu der man in der Naivität der Betrogenen aufschaut, fördert längst schon diesen Typus des wendigen Schnösels, mit dem sie sich auch am Opernball sehen lassen kann und der – als Macher – keinen einzigen Gedanken denkt, weil er »brainstorming« macht. Die Sozialdemokratie ist die Aphasie der Ideale der Französischen Revolution. Ihr humanitäres Parteitagspathos lehrt aufgeregt, wie man am reichgedeckten Tisch die Not beseitigt. Der heutige Kanzler liebt Musils »Mann ohne Eigenschaften«, wohl weil die ironische Totalität des immerhin fragmentarischen Romanes noch genug an Herrschaftstechnik vermittelt, um sie über die Medien auszustrahlen. Ein Volk, sagte freilich Musil über das österreichische, das keine politischen Führer hat, idolisiert seine Schauspieler.

II

Schon früh war ich für geistige Arbeit vorbereitet. Diese besteht, wenn man einen Witz von Karl Kraus radikalisiert, zu einem großen Teil aus der Unfähigkeit zur körperlichen. Das Entsetzen des kleinen Menschen, der nach seinen ersten Turnstunden die Schuhe noch nicht schnüren kann. Bedrohlich hängen die Turnbeutel von den Haken, und der Unfähige ist von hurtig Schnürenden umgeben. Die Institution der Schule kontrolliert im Namen des Staates den Körper und seine Geschicklichkeiten. Das wird der militärische Infantilismus noch einmal wiederholen. Beim Militär wird es heißen: NEHMEN SIE HALTUNG AN, als ob Haltung etwas wäre, das man annehmen könnte.

Die Schule ist eine Zwangsanstalt, aber das Individuum benötigt sie, um zu überleben. Die Schule ist der institutionalisierte Anfang des gesellschaftlichen Überlebenskampfes. Sie führt den Schüler zum unerbittlichen Zynismus gegen seinesgleichen, sie lehrt die Techniken des sozialen Vergleichs, genauer: des sozialen Vergleichs unter Aufsicht. »Das Netz der einander kontrollierenden Blicke wird geknüpft«, sagt Foucault. Die Freundschaften, die sich durch die Schule ergeben, sind immer auch Verbindungen der

Notwehr, mit dem Zweck, den Kontrollen zu entgehen. In meinem Tagebuch, das auf Anregung des Deutschlehrers entstanden ist und aus dem mein Vater, der ERZIEHUNGSBERECHTIGTE, Passagen strich, mit denen er nicht übereinstimmen konnte, findet sich das Folgende: Wir hatten heute Mathematik-Schularbeit. Ich habe mir eingebildet, zwei Beispiele rechnen zu können. Mitnichten! Eines hätte ich zusammengebracht, und das nicht einmal ganz. Und Herbert schickte mir zwei. Zwei ganze Beispiele. Er selbst hatte große Schwierigkeiten. Ich habe Grund genug, ihm dankbar zu sein. Voriges Jahr rettete er mich vor einer Nachprüfung. Er ist in Ordnung. Ich hoffe, ich kann es ihm einmal vergelten. Es gibt wenige Menschen wie ihn. Gewiß, er hat seine Fehler, aber sie werden von seinen guten Eigenschaften ausgeglichen.

Zur Aura der Prüfung gehört die Hoffnung des Kandidaten, den selektiven Konsequenzen des Mißerfolges durch Zufall oder durch solidarische Hilfe zu entgehen. Die Angst, das Lebensferment des Kleinbürgers, erhält frische Nahrung dadurch, daß der Schüler sich immer nur als ein Objekt der Gelehrsamkeit erfährt: Dem Kleinen wird ein Horizont des Wissens und des Verhaltens vorgemacht, dessen unermeßliche Undurchdringlichkeit ihn in einem Zustand der Trance erhält. Der geschulte Geist und besonders der besonders geschulte Geist legt von dieser Trance in allen Lebensaltern Zeugnis ab. Während ich auf das Gymnasium vorbereitet wurde, zeigte mir meine Volksschullehrerin, die sich auf das Lehramt der Hauptschule vorbereitete, eines ihrer Studienblätter, auf dem Kreise und Kurven, Linien und Schnittpunkte ihr exaktes und selbstgefälliges Leben entfalteten. »Und das willst *du* einmal können?«, sagte die Lehrerin.

Die in der Praxis herrschende pädagogische Maxime setzt das Nicht-Wissen als Anfang und das Besser-Wissen als Ziel. Die Schule ist eine Versuchsanstalt für das Wettbewerbssystem, auf das sie zugleich auch vorbereiten soll. Dem Selbstmord des Bankrotteurs entspricht der Selbstmord des Schülers. »Die ehernen Gesetze der bürgerlichen Ökonomie«, sagt Sartre, ein Schulmann, »haben zwangsläufig zur Folge, daß sie die notwendigen Liquidierungen – sozialer, juristischer und physischer Art – begünstigen, das heißt die überzähligen Kandidaten auslöschen. In dieser indirekten, aber unbarmherzigen Form des struggle for life ist jeder in den herrschenden Klassen ein Millionär in spe, aber ebenso ein potentieller Bankrotteur.« Während jedoch die Erwachsenen es sich in verschiedenen Formen der sozialen Partnerschaft eingerichtet haben, ist die Kinderwelt noch nicht so weit entfernt von der historischen Phase der bürgerlichen Aufrüstung. In der Klassengemeinschaft sind – zu Anfang – alle einander gleich: Jeder ist Vorzugsschüler in spe, aber ebenso ein potentieller Versager. Dann beginnt das Schuljahr und damit eine Bewegung, in der die einzelnen voneinander unterschieden werden, indem man sie miteinander vergleicht. Die Macht der Lehrer vermag nur Konkurrenten zu vergleichen. Den Konkurrenten wiederum wird – was für ein Schülerscherz! – das Ich, bevor sie noch eins haben, unterm Arsch weggezogen. »Jeden nach allen anderen einschätzen«, so Sartre, »heißt ihn zu einem Anderen er selbst machen, heißt ihn *als Anderen* dazu zwingen, daß er alle Anderen bedingt. Der Initialritus zur Aufnahme in die Gesellschaft der Erwachsenen besteht darin, daß die Kinder in der abstrakt fabrizierten Welt der reinen Alterität verschachert werden.«

Die bürgerliche Schule ist gleichmacherisch. Zuerst, weil sie, jeden auf einen anderen beziehend, eine Sphäre der Normalität einpendelt, der sich alle voneinander auch noch so Verschiedenen, das heißt verschieden *Bewerteten*, fügen müssen. Das Gesetz der Normalität formuliert der naive Lehrer, wenn er vom Schüler so etwas Abstraktes verlangt wie eine »positive Einstellung zur Schule« und sich – als Lehrer – etwas sehr Konkretes darunter vorstellen kann. Das Bürgertum, das das Buch der Natur in Zahlen schreibt und das in der Politik die Reflexion über das Richtige auf das Abzählen von Stimmen verschiebt, als ob das noch eine Wahl ließe, dieses Bürgertum projiziert die vielfältigen Regungen, »Leistungen« der Kinder auf ein einfältiges Zahlensystem. In der Schule, der Versuchsanstalt für Konkurrenzverhalten, heißt diese Projektion NOTENGEBUNG. »Gebung« nennen die Bürokraten, was sie für eine Gnade halten. Die Gnade der Note gehört zu den Firmungen der Warengesellschaft. Deren Liturgie funktioniert nach Sartre so: »Das reale Eigentum setzt den Tauschwert an die Stelle des Gebrauchswerts, verwandelt das *Gut* in Ware: durch Zahlung wird die Spur der menschlichen Arbeit und des früheren Besitzers ausgelöscht; zurück bleibt ein *Ding*. Die Beziehung zwischen Schüler und seinem Produkt ist die gleiche: das innere Band, das diesen jungen Arbeiter mit seinem Werk vereinigt, wird durch die Zahlung einer *Note* durchgeschnitten. Tatsächlich entspricht die unter eine Arbeit gesetzte Ziffer ganz und gar dem Preis einer Ware. Und ebenso wie der Kaufmann oder der Fabrikant in ihrem Eigentum – das ihre objektive Realität oder ihr ›Interesse‹ geworden ist – durch andere verdinglichte Eigentümer bedroht sind, ebenso ist der Schüler in dem quantifizierten Objekt *in Gefahr*, das nicht mehr sein Produkt ist, sondern seine objektive Realität wird.«

Der Schüler erhält seine Wirklichkeit durch die Bewertung. *In Gefahr sein.* Das österreichische Kinderhirn wird von fünf Zahlen umschlossen und erpreßt. Überhaupt ist der Reisgang, sagt Peter Matejka, die Wurzel der abendländischen Kultur.

III

BETRITTST DU DIE UNIVERSITÄT, SAGE, DU HABEST UNS HIER LIEGEN GESEHEN undsoweiter. Was Klassenkampf ist, lerne ich, der Idealist auf der Basis des elterlichen Einkommens, in einer Germanistik-Vorlesung. Die Bourgeoisie läßt lehren. Vom Katheder staubt es herunter. Es modert herab. Die Sätze haben Plüschohren. Der Student bekommt Schweißhändchen. Die Studentin bekommt Schweißhändchen. Am Institut für Publizistik steht auf der Wand eine Inschrift geschrieben: »Incognito, ergo sum!« Am Herrenklo steht: »Prof. J. ist ein Homo«, und darunter: »Bravo, ich auch«. Das Auditorium maximum steckt in einer Dunstglocke. Dagegen ist der ehrliche Schweiß eines Turnsaales der Aufklärung zuzuzählen. Die Professoren schwitzen auch. Sie müssen die Karlsbader Beschlüsse schnell noch erfüllen. Aus den Kathedervulkanen strömt eine

Lava von Eitelkeit. Nach der Realisierung der Karlsbader Beschlüsse wird die Wiener Universität an der Wiederherstellung des Zeitalters der Gegenreformation arbeiten! Das ist aber eine Anstrengung des Begriffs. Der Ordinarius zückt die Zigarre; er hat sie gestern dem Kardinal entwendet. Der Assistent reicht Feuer, und das Ganze explodiert NICHT. Dieses »Nicht« ist dann Gegenstand der Theorie. Neben gottlosen Nachkommen der Kirchenväter bergen die philosophischen Institute noch einen müßiggängerischen Dozententypus, der die Traditionen des k. und k. Leutnants im Akademischen weiterführt: Der Mann hat einen kleinen Bart und ist von schöner Lebensart. Beim Heurigen am Semesterende werden alle PERSÖNLICH. Der Ordinarius erzählt, daß er viele Frauen »bis zu sich heraufgeführt« hat, was freilich nur heißt, daß viele ihn oben bei sich sitzen lassen haben. Der Assistent erzählt eine Anekdote aus seinem goldenen Zeitalter, als er besoffen war und immer nur lustig. Die Willenlosigkeit als lebenspraktisches Prinzip, der Geist kopflastiger Freßsäcke, eine tödliche Heiterkeit, die in ihrer Philosophie endlich Todesschwere annimmt: »In und aus der ursprünglichen Erfahrung des Todes eines von uns geliebten Menschen müßten wir also jetzt eben von deren Rückverweis in das Selbst-Sein im leibhaftigen Mit-Sein her sagen, daß er in seinem Tod jene im gemeinsamen Leben immer doch nur erst antizipierte Transzendenz in die Unbedingtheit der Liebe hinein, damit aber erst sein personales Selbstsein voll realisiert, erfüllt und vollendet hat – wenn er nur auch seinen Tod selbst noch in Liebe anzunehmen vermochte.«

In der Wohnung meiner Eltern steht die Pappendeckelrolle mit dem Doktordiplom auf einem Tisch im Wohnzimmer – aufrecht wie ein Phallus.

IV

In einer Epoche, in der die menschliche Gesellschaft noch nicht weiter ist als jetzt, gibt es auch in den fortgeschrittensten Menschen Bezirke, in denen sie Spießbürger sind. Soweit die Menschen sich nicht selbst helfen können, bedürfen sie der Fetische, und wären es die ihrer Not und Verlassenheit. *(Max Horkheimer)*

In den Kunstbetrieb wirft das Leben der anderen nur Schatten. Es sind Schattenspiele, die die Geistesmenschen hinter ihrer Leinwand aufführen. An Grausamkeit sind sie den Kämpfen des Erwerbslebens gleichgestellt, an Wirksamkeit freilich sind sie bloß deren lächerliche Karikatur. Die Unangemessenheit des Aufwands zum Ziel macht die Schatten neurotisch. Der Neurotiker läuft der Realität hinterher, im Ausbruch will er sich verwirklichen. Auch der Haß ist poetisch, er skandiert die Stimme so schön.

Unter den »Karrieren« ist die abgeschlossene ebenso schlimm wie die verfehlte: Der »Erfolg« läßt sich nur mehr reproduzieren, er ist nicht mehr produktiv. In allen Fällen seiner Erneuerung triumphiert auch der Stillstand mit, zu dem das Talent gekommen ist. Schon im Diesseits die Grenze des Lebendigen erreicht zu haben, ist das Schicksal der anerkannten Größe.

Die Anerkennung zwingt sie zur/erlaubt ihr die Kollaboration mit der Presse. Der

Journalist trifft auf den Dichter wie eben der Informant auf die Information. Ein privater Kontakt wird öffentlich und ein öffentlicher privat: Handle so, daß die Maxime deines Handelns zugleich auch in der Zeitung stehen könnte. Es beginnt die Politik der bürgerlichen Absicherung einer künstlerisch-»antibürgerlich« begonnenen Karriere. Dabei hat der Künstler keine »Ideologie« – sine ira et studio – als die des Privatinteresses. Der Gesellschaft, die IHN anerkennt, bleibt er affirmativst verbunden. Wann immer ein Diskurs, der diese Gesellschaft distanziert, am geistigen Horizont erscheint, wird er abgeschossen! Der furor antiideologicus beruht auf der hysterischen Plausibilität, mit der das Privatinteresse den Politiker aus Notwehr harnischt: Ideologie ist – wertfrei gesprochen – was die anderen haben.

Fix ist ihm die Idee von der Autonomie der Kunst. Seine Politik ist nichts anderes als ihre bewaffnete Verteidigung: Wenigstens einer Form von Produktion, und zwar der, die man selber beherrscht, die Freiheit bewahren! Doch wie wenig das Werk für sich selber bedeutet, demonstriert der Künstler durch den Aufwand, mit dem er seine Kunst am Markt »durchsetzt«. Im arbeitsteiligen ideologischen System fällt der Akzent der Brüderlichkeit auf die Kirchen, der Akzent der Gleichheit auf das Wahlrecht und der der Freiheit auf den Kunstbetrieb. Aber der Aufwand, mit dem der Künstler im Betrieb verankert ist und dort sein Revier verteidigt, schafft im Inneren eine Hierarchie, die Freiheit nach außen hin nur markiert. Indem die Größe als »Autor« gehandelt werden will und also darauf ihre Subjektivität reduziert, hat sie sich dem Betrieb geschenkt, den sie dafür verkörpern darf. Im Betrieb triumphieren die wirklichen Formen der Distribution über die Inhalte einer möglichen Verständigung. Er selber versteht die Sätze anderer nur mehr auf Grund der Reklamewirkung, die sie für ihn haben könnten. Der Formalismus der Wertfreiheit, mit dem der Künstler sich als künstlerisches Subjekt retten wollte, hat ihn versachlicht. In der Praxis spricht er keine andere Sprache als die uns einzig verständliche: »Die einzig verständliche Sprache, die wir zueinander reden«, sagt Marx, »sind unsere Gegenstände in ihrer Beziehung aufeinander. Eine menschliche Sprache verstünden wir nicht, und sie bliebe effektlos; sie würde von der einen Seite als Bitte, als Flehen und darum als eine DEMÜTIGUNG aufgefaßt, empfunden und daher mit Scham, mit dem Gefühl der Wegwerfung vorgebracht, von der anderen Seite als UNVERSCHÄMTHEIT oder WAHNWITZ aufgenommen und zurückgewiesen werden.« Am Typus der »anerkannten Größe« läßt sich demonstrieren, daß – während noch das Scheitern gemeinhin als Gegenstand des etablierten Spottes fungiert – die Etablierung im Betrieb nichts anderes ist als eine Variante des Scheiterns.

V

Was tun? Die Vorstellung, daß ein lebendiger Gedanke als etwas erscheint, auf dem vorne drauf RESIDENZ VERLAG steht, ist – wie Bernhard schlicht sagen würde – tödlich. Die inneren Kämpfe des Kunstbetriebes haben die Konkurrenten so erschöpft, daß sie, was sie zu sagen hätten, nur mehr lallen können. Nun sind es die Politiker, die nach einer »gesellschaftlichen Funktion« der Kunst suchen. Solange sie suchen, ist es gut, nur: FINDEN SOLLEN DIE NICHTS!

Ein Gespräch der Konkurrenten ist nicht möglich: Jeder redet ums Leiberl, will in der Kampfmannschaft bleiben und die Bezüge kassieren.

Eine Diskussion ist nicht möglich: Ein Intellektueller, der nichts kann, kann zumindest seine willkürliche Praxis widerspruchsfrei als notwendige legitimieren.

Öffentlichkeit ist nicht möglich: Die Cliquen rufen »Tatsachen« ins Leben, von denen sie dann selber der »Öffentlichkeit« berichten. Die Öffentlichkeit privatisiert: In ihr stelzen Gestalten pfauenartig umher, die ihre intimsten Idiosynkrasien der Menschheit als Gattungsmerkmale unterstellen. Leute, die man von der Haustür jagen würde, schlüpfen als Zeitung durch den Briefschlitz oder sie gelangen körperlos über die Elektronik ins Wohnzimmer, wo sie an Leser, Hörer und Seher die Meinungsfreiheit exekutieren.

Die liberale Strategie, keiner Clique anzugehören, indem man allen angehört und zwischen allen vermittelt, war dem Stumpfsinn stets zu Diensten.

Fraktionskämpfe können den Cliquen nicht schaden. Die Cliquen haben nicht einmal »die Wahrheit« zu fürchten. (Deshalb steht sie auch unter Anführungszeichen.)

Nur vorm Kommunismus erstarrt das muntre Blut. So schlimm kann er zwar nicht sein, denn er läßt ja mit sich Handel treiben und Ehrendoktorate austauschen. Sonst aber beugt er sich nicht und hat sogar eigenständige Formen der Grausamkeit entwickelt, auf die man im »Kampf um die Menschenrechte« eifersüchtig schielt.

Was tun? Die einen trinken: Je besoffener, desto Dichter. Die anderen verfallen vom Klischee der Revolte in das der Resignation oder umgekehrt. Die meisten sind unbesorgt. Sie reichen ein ums Stipendium und wissen, im Notfall kann man als Österreicher immer noch Schilehrer bei John Wayne werden: John Wayne (70) mußte vier Sekretärinnen einstellen, um sich für die Tausende Wünsche zu seiner Genesung zu bedanken. Dem »letzten Cowboy« wurde vor einigen Wochen die Herzklappe eines Schweines eingepflanzt.

Der Reklameapparat wirft über alles, was mit ihm nichts zu tun haben will, den Schatten des Terrorismus. Der Terrorismus ist aber nichts als die praktisch gewordene, zur »Einzelaktion« erstarrte Phrase der herrschenden Ideologie. Im Terrorismus bewährt sich das durch die bürgerlichen Schulen gegangene Individuum bis zur Selbstaufhebung: Der bürgerliche Individualismus kulminiert in der abstrakten Existenzweise des Helden. *Dieser* Wahnsinn ist nichts als die sich überstürzende Fortsetzung des Normalen: Die Tarnung der Mörder geschieht mittels der Insignien bürgerlicher Umgangsformen, vom Blumenstrauß bis zum technischen Gerät. Die Sprache der Deklarationen ist das sich keifend aus der Schulbank erhebende Wort, der Motor der hehren Überzeugungstat ist der platte Wunsch, den Lehrer in die Ecke zu stellen. Die Absicht ist die Erregung höllischer Aufmerksamkeit, aus Rache wegen ungerechter Benotung. »Das

Wissen« ist von bürgerlicher Art, einerseits technisch, andererseits moralisch, der Zeitungsphrase entsprechend, die die »Information« von der »Meinung« trennt.

Der Kulturbetrieb ist der Markt, auf den man die Resultate eines Talentes, mit dem man geschlagen ist, trägt. Dafür wird man bezahlt. Der Zynismus, zu dem dieser Umstand einlädt, hat Mimik und Gestik der Verkäufer geprägt: Lenin nannte eine bestimmte Art von Bildung »qualifizierte Prostitution«, das liberale Geistesklima mit dem pluralistischen Hang zum gleichgültigen Geltenlassen hat die unqualifizierte Prostitution ermöglicht. Da man vom »Talent« anderswo als im Betrieb nicht leben kann und da jede Emigration nur den plappernden Ureinwohnern die Plätze sichert, findet der Kampf gegen den Betrieb in seinen Dimensionen statt. (Auf diesen Widerspruch vermag heutzutage schon jedes Genie hinzuweisen.)

Dieses System, das sich Denken von Denkern, Massenkommunikation von Redakteuren, die Liebe von Liebhabern, die Literatur von »Autoren«, die Radikalität von Radikalen usf. besorgen läßt – eines Tages wird es aufhören. Wenn es nur ein einziger Gedanke ist, den ich mit anderen mitdenke und der zu diesem Ende beiträgt, dann habe ich das Äußerste, wozu ich imstande sein möchte, erfüllt.

ERNST JANDL

die morgenfeier, 8. september 1977

für friederike mayröcker

einen fliegen finden ich in betten
ach, der morgen sein so schön erglüht
wollten sich zu menschens wärmen retten
sein aber kommen unter ein schlafwalzen
finden auf den linnen ich kein flecken
losgerissen nur ein zartes bein
und die andern beinen und die flügeln
fest an diesen schwarzen dings gepreßt
der sich nichts mehr um sich selbst bemüht
ach, der morgen sein so schön erglüht

CHRISTINE NÖSTLINGER

Meine Nachbarin

Ich muß zu ihrer Leiche gehen, weil sie meine Nachbarin gewesen ist, bevor sie in das neue Haus hat ziehen müssen. Das neue Haus ist am anderen Ende vom Ort, wer nicht von hier ist, kann die paar verstreuten Häuser nicht als Dorf erkennen. Ihr Sohn hat das alte Haus an Wiener verkauft, den Wald und die buckeligen Felder mit den Findlingen hat er bei der Herrschaft gegen ebene Felder getauscht. Das ist gut, weil auf ebenen Feldern leichter arbeiten ist. Das ist schlecht, weil er keinen Wald mehr hat. Das neue Haus hat er neben die ebenen Felder gebaut. Es hat noch keinen Verputz, und die Stufen zur Haustür hin fehlen, aber neben der Haustür, die grauen Hohlziegel bis zum Dach unterbrechend, ist ein breiter Streifen Glasziegel – rot-gelb-lila –, das Bedürfnis nach Schmuck und Schönheit anmeldend. Die Mischmaschine und die Kabelrolle stehen heute geputzt zwischen dem Sandhaufen und dem Schotterhaufen. Kübel, Scheibtruhe und Wasserschlauch sind weggeräumt.

I kaun durt ned hamlich wern, hat sie gesagt, wenn sie zu mir gekommen ist. Sie ist nie die Straße entlang gekommen. Den Schlag ist sie hinunter, den Graben durch, die Leiten hinauf, und der Hund war immer bei ihr. Natürlich hat sie dann gejammert, daß ihr die Knie wehtun, aber ich hab' mir gedacht, die rennt schneller als ich. Und wenn sie gejammert hat, daß sie nichts essen kann, daß ihr der Magen weh tut, dann hab' ich mir gedacht, das ist wie mit dem Knie. Sie jammert und rennt. Sie wird auch jammern und essen.

Wenn sie zu den neuen Nachbarn gegangen ist, in das Haus, in dem sie siebzig Jahre gelebt hat, hat sie sich dort nicht mehr ausgekannt. Wo die die Badewanne stehen haben, ist früher eine Kuh gestanden. Wo sie gekocht hat, haben die den Heizungskessel, und wo die schlafen, hat sie im Winter Wäsche aufgehängt. Und daß jetzt, statt einem, drei Rauchfänge aus dem Dach kommen, obwohl kein Herd, kein Futterdämpfer und kein Brotofen mehr im Haus sind, hat sie nicht begriffen, und man hat es ihr auch nicht erklären können, weil sie fast taub war. Und das hat sie auch nicht begriffen. Sie hat geglaubt, alle reden absichtlich leise. *Waun a oids Leid nima rechd head, kauma do a weng lauda redn!* Einen *Huachabarad* hat sie haben wollen. Der Doktor hat ihr was von Verkalkung ins Ohr gebrüllt und daß da kein Hörapparat helfen kann. Sie hat nicht mehr vom *Huachabarad* geredet, aber geglaubt hat sie dem Doktor nicht.

Im neuen Haus gibt es keine Stube. Sie ist in ihrem Zimmer aufgebahrt. Der Sarg steht auf Küchenschemeln und ist mit Silberpapier beklebt. Um den Kopf haben sie ihr, wegen der Fliegen, Cellophanpapier gewickelt. Die Verwandten und der Vorbeter sind in der Küche. Auf dem Küchentisch sind zwei offene Weinflaschen, Gläser und ein Bischofsbrot. Die anderen stehen im Vorhaus und im Gang zur Küche hin. *D Enklkina,* sagt der Vorbeter, *bitn um a Vataunsagegrüßetseisdumaria fia ia Großmuta.* Ich geniere mich fürs Nichtbetenkönnen. *D Taufkina,* sagt der Vorbeter, *bitn um a Vataunsagegrüßetseisdumaria fia ia Patntant.* Eine Alte mit Spondylarthritis kommt herein. Einer steigt betend die Kellerstiege hinunter, bringt einen Sauhefen und einen Janker. Die im Vorhaus rücken zusammen. Er stellt den Hefen auf, legt den Janker drüber, die Alte hockt sich hin. Sie hat eine kräftige Betstimme. Der Vorbeter sagt, wir beten jetzt für alle, die schon in diesem Haus vor ihr gestorben sind. In diesem Haus ist noch keiner gestorben, außer ihr. Es ist heiß und es stinkt. Sooft einer dazukommt und die Haustür aufgeht, kriegt man ein bißchen Luft. Daß ein Vataunsagegrüßetseisdumaria kaum zwanzig Sekunden dauert, habe ich nicht gewußt. Ich übe einfache Schlußrechnung: Wenn einer in 20 Sekunden, können 100 in 56 Minuten wievielmal?

Aus der Küche kommen vier Kräftige, zwängen sich durchs Vorhaus zu ihrem Zimmer. Wir verlassen das Haus, beten weiter, warten auf die Kräftigen mit dem Sarg. Die tun sich schwer, den Sarg aus dem Haus zu schaffen, weil die Stufen vor der Haustür fehlen.

Der Leichenautozug ist lang und fährt langsam. Bis wir zum Dorf mit der Kirche kommen, ist er doppelt so lang. Schotterlaster, Holzfuhren, deutsche Urlauber und die NEWAG haben sich uns angeschlossen. Zum Überholen ist die Straße zu schmal.

Sie ist gern in die Kirche gefahren. Mit dem Sohn ist sie hin, irgend jemand hat sie dann nach Haus gebracht, weil der Sohn noch ins Wirtshaus gegangen ist. *I bin fro, wauni vun da Ofnluka wegkim,* hat sie gesagt. Sie hat nichts gehört, und sie haben auch nicht viel geredet mit ihr. Aber sie hat gern geschaut, und im Dorf mit der Kirche hat es mehr zu sehen gegeben als sonst. Sonst waren immer alle *ausgflogn. Da Bua mid da Tschesn unds Mensch mid Buama.* Und wenn der Sohn nicht gearbeitet hat, war er jagen. Im neuen Haus ist auch keine Stube gewesen. Jeder hat ein Zimmer gehabt. Keiner war mehr gezwungen, bei ihr zu hocken und sie sinnlos anzuschreien. Sie hat ja nichts mehr begriffen. Hat nicht einmal kapiert, daß sie dem Amtsarzt nicht sagen darf, daß sie zwei Häuptl Salat aus dem Gartl geholt hat. Sie hat nicht gewußt, daß man den Hilflosenzuschuß nicht kriegt, wenn man zwei Häuptl Salat aus dem Gartl holen kann. Vielleicht hat sie es doch gewußt und wollte nur nicht hilflos sein. Sie hat Holz gemacht, aufgeräumt, zwei Kühe gemolken, zum Grasmachen ist sie mitgefahren, und sie hat nicht geglaubt, daß das keiner mehr von ihr erwartet. Der Schwiegertochter hat sie mißtraut. *Schö schauts, wauma nix tät!* Daß ihre Schwiegertochter anders sein könnte, als sie selber vor vielen Jahren war, ist ihr gar nicht in den Sinn gekommen.

Im Dorf steht der Pfarrer bereit, die Kränze kommen vom Autodach, jeder nimmt seinen Kranz über die Schulter, wir gehen zur Kirche, Männer vorn, Frauen hinten, jetzt bittet der Pfarrer um die Vataunsagegrüßetseisdumaria für die Mutter-Schwiegermutter-Tante-Patin-Schwester-Nachbarin im Namen der Kinder-Schwiegerkinder-Nichten-Neffen-Taufkinder-Brüder-und-Nachbarn. Der Chor singt.

Zum Friedhof hin, dann muß der Leichenzug über die Bundesstraße. Auf der ist eine gelbe Riesenmaschine, die spuckt vorne Teerschotter, walzt ihn in der Mitte breit und hinterläßt dampfend neue, heiße, schwarzglänzende Straße. Der Leichenzug geht hinter der Riesenmaschine über die Straße. Heiß weht es bis zum Bauch herauf, und an den Schuhen klebt ein breiter Teerwulst.

Der Friedhof ist weit draußen. Viel trockene Erde ist schon auf den Teerwülsten der Schuhe. Die Sargträger schwitzen. Aber sehr schwer kann der Sarg nicht sein. Mehr als vierzig Kilo hat sie zum Schluß sicher nicht gewogen.

Sie hat ja nur mehr Wasser getrunken, wochenlang nur mehr Wasser. Und wenn sie einen Schluck zu viel getrunken hat, hat sie rotbraunen Schleim gebrochen. Einmal hab' ich geholfen, ihr ein frisches Nachthemd anzuziehen. Einer hat das nicht geschafft. Sie hat nicht mehr sitzen können. Die Schwiegertochter hat sie hochgezogen, und ich hab' mich hinter ihr ins Bett gehockt, damit sie nicht zurückfallen kann. Sie war so steif wie ein Toter. Wir haben das Nachthemd nicht über ihren Kopf gebracht. Wir haben es vorne aufgerissen, obwohl es ein neues Nachthemd war. Sie war ganz mager, aber die eine Hälfte vom Bauch war sehr dick, wie wenn ein Fußball unter der gelben Haut gewesen wäre. Und der Nabel war dunkelbraun verkrustet, mit einem kleinen blutigroten Tupfer in der Mitte. *Höftsma, so höftsma do,* hat sie dauernd gesagt. Man hat genau hinhören müssen, damit man es verstanden hat. Ins Krankenhaus hat sie nicht wollen. *Losds mi daham,* war der einzige Satz, den sie noch laut gesagt hat. Der Doktor hat erklärt, es kommt aufs Herz an, wie lange sie noch leben muß, und wenn sie große Schmerzen hat, soll man ihn rufen. Aber wer weiß schon, was große Schmerzen sind? Einmal hat sie sich vierzehn Zähne ohne Injektion ziehen lassen und ist nachher acht Kilometer weit nach Hause gegangen. Und das *höftsma, höftsma do* hat sich eher wie ein leiser Seufzer angehört. Und der Doktor hat genug mit denen zu tun, die er wieder gesund machen kann. Man kann ihm nicht lästig fallen. Man kann sie nur umziehen, nicht ins Spital schicken, ihr beim Trinken helfen, damit das Wasser in den Mund und nicht auf die Polster rinnt. Einen warmen Ziegel kann man ihr zu den Füßen legen und ein Hangerl unter das Kinn, damit das Nachthemd nicht voll Blutschleim ist.

Sie lassen den Sarg ins Grab hinunter. Vataunsagegrüßetseisdumaria über ein dutzendmal, die Schwiegertochter weint, alte Frauen schütten aus Magenbitterflaschen Weihwasser auf den Sarg. Einer tritt vor und sagt was ins Grabloch von einer Zeit, wo fremde Horden gekommen sind und sie ihm Unterschlupf gegeben hat, und daß sie ihren Humor und ihren Witz nie verloren hat. Beim Friedhofstor stehen die Männer, die gleich die Totenbilder austeilen werden: Schlaf-wohl-du-treues-Mutterherz-dein-Scheiden-macht-uns-großen-Schmerz-nicht-mehr-hören-wir-dein-lehrend-Wort-. Der Vorbeter sagt, daß die Familie alle Trauergäste und den Herrn Pfarrer und den Chor ins Wirtshaus zur Totenzehr bittet.

Vor dem Wirtshaus ist sie oft im Auto gesessen, wenn sich keiner gefunden hat, der sie heimfährt, bevor der Sohn aus dem Wirtshaus kommt. Im Winter war das sehr kalt. Aber beim Erdäpfelklauben kann es noch viel kälter sein. Manchmal ist sie zur Greißlerin hinüber, zum Aufwärmen. Gekauft hat sie nichts. Ausnehmer mit Anspruch auf Wohnung, halbes Schwein, Mehl, Eier und Holz haben sehr kleine Renten. Und sie hat alles gespart. Das Sparen war ganz wichtig. Zweimal hat sie das Ersparte wieder hergegeben. Wie die Wasserleitung hin war und wie die Traktorreparatur so teuer war. Doch sie hat wieder zum Sparen angefangen, und es reicht für uns – fürs Gasthaus, für 50 Schweinsbraten, 60 Paar Frankfurter, 100 Krügel, 120 Viertel, 50 Cola und ebensoviel Fanta, 200 Schnitten Brot und ein halbes Dutzend Vataunsagegrüßetseisdumaria, bevor wir auseinandergehen.

ELFRIEDE CZURDA

ferne worte werfen lange schatten
sesam öffne dich
wirf worte weg
ferne worte werfen weite wege
weggeworfne worte schattenlang
wegeschatten wortelange weiten
sesam öffne dich
wirf worte weg
ferne schatten werfen lange wege
sesam öffne dich
wirf worte weg
weite worte werfen ferne schatten
weggeworfne schatten wortelang
schattenwege weitenlange worte
sesam öffne dich
wirf worte weg

Heinz Frank, Der Geist das Euter zur philosophierenden Fleischrüstung Mensch. Das Wesen der Figur besteht aus dem Halben, Eichenholz, Granit, 1981

JUTTA SCHUTTING

Agatha-Kirche

sicherlich würdest du, wenn du in diesem Dorf aufgewachsen wärest, die einer heiligen Agathe geweihte Kirche, auf deren Altarbild in Überlebensgröße das Martyrium der Schutzheiligen dargestellt ist (nämlich der Augenblick, in welchem ein heidnischer Scherge, von der Statur und dem Grinsen der spätgotischen Alpenlandjuden während der Verspottung des Herrn, in einer tänzelnden Bewegung, auf daß er den Blick auf die Heilige und auch ihre Brust nicht verstelle, eine der entblößten Brüste mit einer glühenden Zange zusammenquetscht), Sonntag für Sonntag betreten haben –

möglicherweise als das Kind, das, da es in die Messe immer zu spät kommt und daher ganz hinten stehenbleibt, von der oberhalb des Weihwasserkessels abgebildeten wunderbaren Widerrufung eines nur scheinbar endgültigen Endes in seiner Sorglosigkeit bestärkt worden ist: der Evangelist, der, wie der Großvater zu erzählen wüßte, in siedendes Öl geworfen worden ist, sitzt unversehrt, die Augen dankbar zum Himmel gehoben, neben dem zerbrochenen Suppenkessel (du wirst zwar drei Fünfer haben, aber nicht sitzenbleiben), selbst das mitgekochte Suppengrüne ist in seiner Hand wieder zu einem grünenden Zweig geworden (sollte die Scheune, wenn du dort weiterhin zündelst, einmal doch niederbrennen, könnte sie den Morgen darauf wiederaufgebaut sein), und das Huhn, das mit dem Heiligen zu Tode gesotten worden ist, steht ungerupft, ja mit ganz trockenen Federn auf seinem Schoß (die dem Frosch ausgerissenen Beine werden, sobald du sie ausgerissen zu haben bereust, wieder sprießen);

möglicherweise als das Kind, als welches du vor dem heiligen Laurentius auf dem Rost mit Entsetzen über die fromme Logik jeden Sonntag beschlossen hättest, du werdest einmal als Bäcker besonders gut achtgeben, daß das Brot und die Semmeln nicht verbrennen, weil dein Gebet um eine blonde Rinde den armen Patron der Bäcker beleidigen müsse, oder als welches du vor der diesem Gemälde benachbarten Statue des heiligen Judas Thaddäus mit Befremden über den Umgang der Erwachsenen mit der Wahrheit einmal erfahren hättest, daß der kräftige Stock in seiner Hand die Keule ist, mit der man ihn erschlagen hat;

möglicherweise als eines der Kinder, die zwar in einer der ersten Bankreihen sitzen, aber das Martyrium oberhalb des Hochaltares aus Gewöhnung längst vergessen haben und während der langen Predigt zum Beispiel meinen, Agathe gäbe, wie die heilige Elisabeth im Religionsbuch Brot verteilt, ihre Brust für die Armen hin oder stiftete sie, dankbar für die Benennung der Kirche nach ihrem Namen, dieser gleichsam als Taufgeschenk; ja möglicherweise als einer der Buben, die sich nach dem Hochamt hinter der Scheune mit Wasser gefüllte Saublasen umbinden, damit ein größerer in jedem von ihnen mit der Kohlenzange die älteren Schwestern verspottet.

oder würden wir als der Bub und das Mädchen, die am stillsten in der Messe sitzen und keine andere Kirche kennen, durch einige Jahre, etwa sechzig Mal im Jahr, in der nächsten Nähe des Altarbildes die Messe gefeiert haben?

Christ ist geboren!, sagt der Pfarrer, und draußen stürmt und schneit es, nur die Zange ist glühend heiß. die heilige Familie flieht nach Ägypten, Agathes Brust aber harret aus. Jesus macht Blinde sehen, weckt sogar Tote von den Toten auf, nur die Brust Agathes bleibt von einer glühenden Zange gequetscht. Jesus vergibt der Ehebrecherin und bald auch Maria Magdalena, während hinter seinem Rücken ein Heide die keusche Brust der reinen Jungfrau Agathe martert. Jesus bittet Gott Vater, der eine Kelch möge vorübergehen, und Petrus der Fels verleugnet feig den Herrn, obwohl ihm keine Brust abgequetscht werden könnte. stecke dein Schwert in die Scheide!, befiehlt der Herr nur einem seiner Jünger, daher wirft der Scherge nicht einmal am Gründonnerstag die Zange weg. Petrus wird aus dem Kerker befreit, Jesus entzieht sich ihren (nicht glühenden) Blicken, nur Agathe bleibt, damit ihr (von der Kirchenbank aus gesehen:) die linke Brust abgedrückt werde. der Pfarrer erzählt die Geschichte vom Backenstreich, und da hält Agathe dem Heiden auch noch die zweite Brust hin. da schrie er laut, nur Agathe lächelt unter brennenden Schmerzen, während der Apostel Paulus an der Seitenwand verlegen in die Schrift blickt. Maria fährt in den Himmel auf, kein einziges der sieben Schwerter hat ihr Herz durchbohrt, die Apostel gehen hin, alle Völker bis auf einen Heiden zu lehren, obwohl Agathe im Vertrauen auf ihren Beistand an der entblößten Brust immer größere Schmerzen erleidet. der Heiland ist erstanden, seine Wunde ist bald verheilt, aber Agathes Brust wird auf immer von kräftigen Männerarmen abgequetscht werden. Johannes der Täufer verheißt zwar erst den Herrn, aber Agathes Brust wird schon lang vor dem Bethlehemitischen Kindermord für IHN gequält. der Pfarrer empfängt den Leib des Herrn und beobachtet währenddessen mit halbgeschlossenen Augen, wie die glühende Zange Agathes Brust umfaßt, und trinkt ihr dann das Blut des Herrn zu, statt mit dem Wein wenigstens die glühende Zange zu kühlen. und der Herr wird wiederkommen in Herrlichkeit, nur Agathes Schmerz wird ohne Anfang und Ende sein, da sie zwei Brüste hat und die Zange wahrscheinlich zugleich mit: es werde Licht! zu glühen begonnen und lang, ehe Adam und Eva ihre Blößen bedeckten, die längst entblößte Brust umfaßt hat und über das Kreuz hinaus, das am Himmel erstrahlen wird, glühend heiß bleiben wird, sodaß der glühend heiße Schmerz die Freuden der Gerechten auf dem Deckengemälde überdauern wird –

dann könnten wir schon als Sechsjährige zum Beispiel während des Stufengebetes überlegen, wieso denn die Brust unter dem Zugriff der Zange nicht platze, wie das ein aufgeblasener Papiersack unter den zusammenklatschenden Händen mit einem lauten Knall immer tut, ja wieso nicht einmal ihre Milch zischend auf die Zange tropfe; während des Evangeliums zum Beispiel, ob Frauen nur auf dem Rücken schlafen; bei der Kommunion, ob reine Jungfrauen ihre Milch selber trinken – oder willst du bei der Opferung lieber nachgedacht haben, ob alle Frauen zur Strafe für den aus dem Paradies entwendeten Apfel ihr Leben lang zwei Geschwülste haben müßten, oder schon als Vier- bis Fünfjähriger, ob die Frau dort oben wie der Daumenlutscher bestraft werde? vielleicht würdest du als Sechs- bis Siebenjähriger während der See-Genezareth-Predigt vermutet haben, daß man die glitschige Brust einer Frau nur mit einer Zange festhalten könne, oder doch erst als Siebenjähriger dich gefragt haben, ob ihr der Mann zuerst – wie einem weichen Ei den Deckel – die Brust abzwicken muß, ehe er ihr den (ansonsten wie der Löffel von einem Knödel abgleitenden) Speer ins Herz rennt?

dann würde ich als Zehnjähriger gegrübelt haben, ob Agathe für die Aneignung des weißen Kleides und des blauen Mantels der Jungfrau Maria bestraft werde; ob Agathe für die aus Frömmigkeit einem halbverdursteten Heidenkind verweigerte Brust sterben müsse oder ob sie für das unkeusche Martyrium vor den Augen der Gläubigen im Fegefeuer büßen werde, und vor allem, was zu tun wäre, damit den Mädchen das grausame Schicksal nicht mehr wachse; und ich würde sicherlich auch geahnt haben, daß die Stadtleute vor dem Altarbild den Kopf schütteln oder lachen, weil auf diesem der gottgefällige Unterschied zwischen der männlichen Tätigkeitsform und der weiblichen Leideform wiedergegeben werde: den Frauen wird gegeben, auf daß ihnen genommen werden könne.

dann könntest du nach einigen hundert Messen zu dem herangewachsen sein, der aus Angst, Agathe könnte sich rächen, das Mädchen mit den schönen Zähnen sich nicht zu küssen getraut, nur kleine Mädchen gern haben kann oder nur die mit Brünne und Speer bewehrten Frauen der Heldensage verehrt (oder hättest du wie der Mesnersohn klassische Philologie studiert, um täglich fünf Stunden lang wenigstens als ein zweiter Sebastian auf dem Podest vor der Klasse zu stehen und die zwanzig Gymnasiasten mit den aus komplizierten Satzkonstruktionen und Verbformen geschmiedeten Speeren auf dich zielen zu lassen: jeder Speer fährt, je nach Art und Schwere des Fehlers, an einer anderen Stelle in deinen zuckenden, zum Unterrichtsschluß über und über gespickten Leib?),

während ich (wenn ich nicht in einer anderen Ortschaft, zum Beispiel anläßlich der Firmung, die überall sonst übliche Darstellung unserer Heiligen kennengelernt – sie hält eine Schüssel in der Hand, in der die abgeschnittenen Brüste liegen – und ein paar Jahre später, bereit zu einer schmerzlosen Imitatio, als Serviererin gearbeitet hätte) möglicherweise das junge Mädchen geworden wäre, das, um immer von neuem zu erfahren, daß ihm nichts geschieht, vor fremden Augen die Bluse öffnet und fremde Hände – je gröber, desto lieber – im Dunkel an sich zieht.

WENDELIN SCHMIDT-DENGLER

Liedermacher

Liedermacher waren – auch vor urdenklichen Zeiten schon – unbequem. Archilochos (7. Jahrhundert v. Chr.) attackierte mit bitteren Versen die übermütigen Ritter seiner Zeit und schmähte die eitlen Offiziere. Seine wortbrüchige Verlobte, ihren Vater und ihre Schwestern soll er mit Spottversen in den Tod getrieben haben. Das ist freilich nur Sage, aber als solche doch Zeugnis dafür, daß man das Lied für wirkungsmächtig erachtete. Es konnten aber nicht alle, die ihre Lebensgrundlage dem Liede verdankten, jene, auf deren Gaben sie angewiesen waren, mit Spott überhäufen oder bekritteln. Für Troubadours und Minnesänger war das Lob ihrer Gastgeber legitim. Aber war einer knauserig, dann konnte es ihm leicht passieren, im Liede ein unerwünschtes Nachleben zu führen. Walther von der Vogelweide konnte es sich nicht verkneifen, den Mönchen von Tegernsee eins auszuwischen, weil sie ihm keinen reinen Wein, sondern nur pures Wasser einschenkten. Sie warben um die Zuneigung jener, deren Gäste sie waren, und hatten auch Grund dazu. Walther von der Vogelweide: »Ihr sollt mich willkommen heißen: Der euch Neues bringt, bin ich.« Für Information zu sorgen, war lange Zeit hindurch die Aufgabe der Wandersänger, über viele historische Zäsuren hinweg. Viele Texte mit Erzählgedichten sind erhalten, die von Wandersängern vorgetragen wurden. Aus den Zeitungsliedern entwickelte sich im 17. Jahrhundert der Bänkelsang. Zur Begleitung einer Drehorgel trug der Bänkelsänger auf Marktplätzen bei Kirchweihfesten oder Messen sein schaurig-schönes Lied von unerhörtem Unglück, von Diebstahl, Raub und Mord vor, mit einem Stab auf die Bildtafeln weisend, welche die Höhepunkte des erzählten Ereignisses darstellten. Nach dem Vortrag wurde oft der Text des Liedes verkauft. Der Bänkelsang nahm jene Aufgaben, die heute Massenmedien übernommen haben, wahr. Doch wurde aus der Zeitung bald eine Gegen-Zeitung. In der Französischen Revolution erhielten die Bänkellieder, die so recht dazu angetan waren, bei den Zuhörern Schauder und Jammer zu wecken, politische Relevanz. Im deutschen Sprachraum wandelten die Ereignisse von 1848 die Bedeutung der Moritaten und Bänkellieder. Sie wurden zu einer Art Anti-Ballade, welche deren klassische Form (Bürger, Goethe, Schiller, aber auch C. F. Meyer, Börries von Münchhausen u. a.) sarkastisch zertrümmerte. Das politische Lied wurde zur Anti-Hymne, zur radikalen Umkehr des Fürstenlobs. Oft handelt es sich um Rollenlyrik. Es spricht der, dessen Phrasen man entlarven will.

Das engagierte Lied, das sich als Moritat, Protestballade oder Bänkelsang präsentierte, konnte keine Aufnahme in den bürgerlichen Bildungskanon finden. Heine mit seinen späten Balladen fand kaum Beachtung; er ist aber damit die große Ausnahme und zugleich das verbindliche Vorbild für viele Autoren im 20. Jahrhundert. Der Protest gegen die unreflektierte Übernahme des beglaubigten Bildungsgutes verhalf dem Bänkelsang und der Moritat zu Ansehen. Wedekind und Brecht verwenden mit Absicht diese diskreditierte Form. Wedekinds saloppe Sprache und Brechts oft provokant nachlässige Handhabung des Reims, der »gestische« Rhythmus seiner Balladen zerstören das Selbstverständnis einer Literatur, die sich durch die perfektionierte Form ausweisen will. Das literarische Kabarett erwies sich als eine der wenigen Möglichkeiten, der Literatur auch öffentliche Wirksamkeit zukommen zu lassen. Die so oft mit dem Jahr 1968 verbundene Umorientierung des Bewußtseins der Jugend gab den Liedermachern wesentliche Impulse. Protestballaden wurden zum adäquaten Ausdruck des Unbehagens an Zuständen, die als harmonisch gelten sollten. Das Lied wurde zum Mittel, das die Fragwürdigkeit der Stabilität enthüllt und die politische Rede der Unaufrichtigkeit überführt.

Die Liedermacher von heute verfügen souverän über viele literarisch beglaubigte und wirksame Strategien: Sie verschmähen keineswegs die Sprengkraft des vulgären Dialekts, sie können das Groteske und das Sentimentale einsetzen, sie parodieren den Hausschatz der klassischen Formen, das stimmungsvolle Volkslied. Wolf Biermann, Franz Josef Degenhardt und Dieter Süverkrüp haben ihrem politischen Engagement deutlich Ausdruck verliehen. Widerborstig gegen eine literarische Tradition zu sein bedeutet auch Widerborstigkeit gegen alle Systeme, die viel versprechen und wenig halten.

Der Liedermacher will verständlich sein. Er geht in die Kleinstadt, ins Dorf, er singt vor und mit Schülern. Die Schranke zwischen dem Kunstproduzenten und dem Konsumenten soll abgebaut werden. Der Liedermacher ist noch immer Informant. Was die Massenmedien verschweigen oder nur anzudeuten wagen, darauf weist er hin. Der Liedermacher kritisiert das Bestehende; er kritisiert aber nicht nur durch Spott und Hohn, wie seine Gegner meinen. Er macht Vorschläge, auch wenn diese nur eine Utopie sind. An der Gegenwelt, die er errichtet, wird die Kläglichkeit und das Unrecht unserer Gegenwart evident.

ERICH DEMMER

Hölderlin

Nach langer Zeit der Finsternis
Als ich den fensterlosen Turm verließ
Stürzte ich mich auf das erste Wort.
Ich hob es auf mit sanfter Scheu
Sein Wohlklang war mir fremd und neu
Ich nahm es in den Mund und trug es fort.

Ich übte es ein ganzes Jahr
Bis es dann ganz mein eigen war
Und Ehrfurcht überkam mich vor der Sprache.
Ich fand den aller Worte Garten
Und konnte es nicht mehr erwarten
Mich selbst zu weihen dieser heilgen Sache.

Und ich habe die Worte gemessen, gewogen, geteilt
Und an ihrem Inhalt gesessen, gebogen, gefeilt
Und so bleibt mir nur
Im Cantos zu besingen: den einen Sommer, das Linsengericht
Mildtätiger Parzen in jedem Gedicht.

Ich pflückte manchen schönen Reim
Umwand ihn mit der Hoffnung Keim
Und legte ihn zu deinen Füßen nieder.
Ich hoffte auf das Wort, das schafft
Und stahl mich fort mit letzter Kraft
Und schrieb für Diotima meine Lieder.

Und ich hab jenes Wort dann erfleht und umworben, erträumt
Und doch – jenes Wort ist verweht und verstorben, versäumt
Und so bleibt mir nur
Die Knospe zu begraben, die Winterstürme und übles Geschick
dem Wachsen entrissen mir ließen zurück.

Ich sah die Werte dieser Welt
Durch Sprache schändlich dargestellt
Ich sah mit Worten Menschen Brüder töten
Ich sah, wie leerer Schall regiert,
Wie Sprache Menschen isoliert
Und meine Stimme war nicht mehr vonnöten.

Und mich haben die Wörter gefangen, gepeinigt, verhört
Und mich, der ich an ihnen gehangen, gereinigt, zerstört
Und so bleibt mir nur, ins Dunkel zu entfliehen:
Den Turm zu erreichen, aus dem ich einst raus
Mit Irrsinn zu zahlen für mein Schneckenhaus

REINHART LIEBE

A Stern auf mein Himml hasst Wien

Des Wean, des is a Riesn Plundahaufn
wo d Weana eahnre bestn Stickln auffehaun
an Dukatnscheißa sei Untagatte
gojdig angeschissn und net mittlbraun

Wean is a Kaisastodt fia n rotn Bürgamasta
do sogn sogoar de Terroristn »Küß de Hond«
Wonns d Schmattes reibst konnst ollas begln lossn
Betriebsrat, Amtskappln – net nur es Gwond

In Wean tan s net amoj a morsches Staberl brechn
An wonn da braune Baaz auf Kilometa fäujt
Weuj s Braune is ma gwohnt vun d fettn Hintarn
wo jede fia sei Gerschtl einekräujt

Oba ob und zua tuat a ma gelingan,
Do konn i net ondast wia singan,
Do denk i, mia wean ojweuj gescheidta

und de Wöjt is a anziga Himmj
daß i glaub, daß olls ondast wiad
do wiar i vum Duascht net so miad
und i fühj mi daham, wo i bin
und a Stern auf mein Himml hasst Wien

In Wean ziagn d U-Bahn weiße Lipizzaner
drum kost des foahrn a meahr wie ondaswo
De Lebensweisheit wiad in Rausch geborn
und de Politik sowieso

Des Wean, des is a Massa ojde Sünder
wos jedn Tog an neichn Mord bereun
Wean is a prochtvolla Paradiesvogl
om Zebrastrafn zsammgfiahrt tuat ar faujn

Wean is a wossascheicha Weihnochtskarpfn
der söwa glaubt, er lebt nur fia d Panier
In Wean, do kriagst de schenstn Liebesbriefe
zuagsteckt bein Scheißn unta d Haisltür

Oba ob und zua wüj s ma gelingan
daß i glaub, daß olls ondast wiad
do konn i net ondast wia singan
do wiar i vum Duascht net so miad
Do denk i, mia wern ojweuj gescheidta
und i fühj mi daham, wo i bin
und de Wöjt is a anziga Himmj
und a Stern auf mein Himmj hasst Wien.

Christian Ludwig Attersee, Nachthut, Mischtechnik, 1978

ALFRED KOLLERITSCH

WIR SIND DIESMAL von keiner Reise zurückgekehrt,
wir waren auch nicht hier,
wir saßen wohl in Zimmern,
der Beliebigkeit von Büchern,
Platten und Briefen ausgeliefert,
schweigend,
benetzt von Sendungen,
Trickfilmen,
Anrufen,
einer fragte mich:
»Was halten Sie von der Sprache?«

Wir, die den Weg aufgeben,
beschreibbarere Wege suchen,
die verbliebenen Tage
in Kalendern verpacken:
für spätere, sinnlose Beweise
und Vorwürfe,
für Kettenbildungen
über stockende Flüsse.

Wir beide,
mit Schlinggewächsen ins Fremde,
von uns selbst verspottet
als Einsame,
die in den Tagen danach
arbeiten,
zeichnen,
an Sätzen würgen,
tonlos im Schrei,
der die Stimme
unserer Geschichte erstickt.

MARIANNE FRITZ

Wilhelm, der Lächler

Wilhelms Lächeln pflegte ungemein für ihn einzunehmen. Das schlug sich nieder in großzügigen Trinkgeldern, die sein Gehalt als Chauffeur und Geh-her-da bei Johannes Mueller-Rickenberg auf das angenehmste ergänzten und die im Haushalt der Schreis verbucht wurden als fixe Zulagen. Diese Zulagen förderten Wilhelms Begabung zum Lächeln ungemein. Der Lächler Wilhelm wußte, daß es beim Lächeln auf das richtige Mischen ankommt wie beim Kochen auf das richtige Würzen. Wichtig vor allem war nach Wilhelm, dem Chauffeur und Geh-her-da, die richtige Einschätzung der Fuhr.

Wilhelms Lächeln offenbarte Johannes Mueller-Rickenberg, daß Wilhelm bescheiden und ein wenig dümmlich sei, aber diskret und als Chauffeur und Geh-her-da pfiffig, flink und zuverlässig. Zudem wußte der Brotgeber Johannes von seinem Wilhelm, daß er alles sah und nichts, alles hörte und nichts, alles begriff und nichts verstand. Kurz und gut; Wilhelm war der Bilderbuch-Chauffeur und der ideale Geh-her-da. Daß dieses Bild von Wilhelm dem Brotgeber erhalten blieb, dafür sorgte Wilhelms Lächeln. Er wußte genau, wann es besser war, in sein Rezept einen Schuß mehr Ergebenheit einzuschmuggeln und das Dümmliche mit einem Schuß Pfiffigkeit aufzuhellen, wußte, wann und an welchem Ort und unter welchen Umständen sein Lächeln seine Abwesenheit signalisieren sollte oder seine Anwesenheit, wußte, wie er mit seinem Lächeln dieser oder jener Fuhr bestätigte, was dieselbe eh schon immer gewußt hatte. So lächelte er als Zweifler, Grübler und Wissender, als Dummer und Pfiffiger, als Hellseher und Blindgänger, als dienstbeflissener, untertänigst ergebener Geist und als aufmüpfiger, durchaus kritischen Gedanken zugeneigter Geist, und das niemals plump und eindeutig, immer teils-teils und ständig bereit, die eine oder andere Nuance in seinem Lächeln zurückzustellen, hervorzuheben oder gar verschwinden zu lassen. Diese seine schon bedeutende Begabung zum nuancierten Lächeln wurde nicht nur durch die Zulagen ungemein gefördert. Auch seine eher dem »Wenn« und »Aber«, »Dann zu bedenken« und »In Anbetracht der Umstände«, »Dafür, wenn man betrachtet«, »Dagegen, wenn man in Erwägung zieht« zugeneigten Gedanken förderten die Vielfalt seines Lächelns. Er glaubte alles und nichts, er bezweifelte alles und nichts, er war der geborene Träumer, der nicht träumte. Kurz und gut; er war ein würdiger Repräsentant seiner Nation.

Johann Hauser, Kopf einer Frau, Bleistift, 1969

ARNULF RAINER

Was aber ist Johann Hauser?

In der Kunst erfreuen uns vor allem jene, die Neuland entdeckten, rodeten und dort ihren Garten anlegten. Bei Hauser ist das zweifellos der Fall, wenn auch ohne allzu bewußte Absicht. Gestattet ihm überhaupt die befürsorgte Form seiner Existenz als Anstaltspflegling irgendwo zu gärtnern, zu wohnen; bewußte Ausbreitung, Ansammlung, Erweiterung eines Werkes zu betreiben? Seitdem ich verbal nicht mehr präzise formulieren will, sondern aufzähle, seitdem ich bemerke, daß bei mir Kulturergriffenheit, Ehrgeiz, intellektueller Impetus, Kunstbetriebsneugier etc. stetig abnehmen, ist mir Hausers Existenz Rätsel, Problem, Versuchung und Warnung. Nachdem ich schon dauernd die große Übersicht, den weiten Horizont verliere, mich im Wirrsal verwickle wie etwa in diesem Aufsatz, oder mich stetig wiederhole wie in diesem Aufsatz, spähe ich nach Möglichkeiten einer Flucht aus meiner spezifischen Existenz, aus meinem bisherigen Künstlerverständnis, aus meiner Akademikerrolle. Wenn es einem debilen Außenseiter gelingt, durch die Qualität seines künstlerischen Werkes 99 Prozent der professionellen Maler zu degradieren, wenn es Infantilität ermöglicht, so intensiv zu gestalten, daß Werke von hohem Rang entstehen, die die gebildete Kunst in manchen Aspekten überholen, hat das Konsequenzen sowohl für des Künstlers Selbstbewußtsein als auch für das Problem seines sozialen Status, seiner eigenen Rollendefinition. Intelligenzquotient und Bildungsniveau soll man sowieso im Zusammenhang mit der künstlerischen Kreativität vergessen. Daß aber auch anderes, anstrebsam Erstrebenswertes, was man da auch immer für den Künstler nützlich hielt, nicht mehr wichtig sein muß, dieses Faktum ist immer wieder überraschend. Kunstfähigkeit definiert sich auf einmal als Vermögen, irgendwelche Zustände zu reproduzieren, seien sie psychisch oder physisch bedingt, seien sie auf hohem oder niedrigem Intelligenzniveau. Man könnte sagen, Künstler ist, wer in sich Momente produziert, bei denen er zu einer intensiven gestalterischen Selbstreproduktion gelangt. Man kümmere sich mehr um seine Zustände als um anderes; die Produktion folgt. Oder ist das alles so endogen verursacht, wie einige Ärzte meinen? Hauser leistet vor allem in seiner manischen Phase Qualifiziertes. In jeder Manie mit ihrem Überschwang, Überdrang, Überhang, gibt es viel Dampf und läppische Euphorien. Produzieren diese schon Kunst? Ich vermute, daß die Aufmerksamkeitsmobilisierung, der Ehrgeiz, eine gestalterische Konzentration, eine komprimierte Bildnerei zu erzielen, auch bei ihm wie bei jedem anderen großen Maler das Ausschlaggebendste ist. Bei den professionellen Künstlern der Historie beobachte ich dazu permanente Anstrengungen, durchlaufende Vorarbeit für ein Gesamtwerk, das Hinaufseilen von einem Bild zum anderen. Im 20. Jahrhundert kommt dazu der Aufbau von etwas Neuem, Vielfältigem, Komplexem, Differenziertem. Sicher manische Besessenheit,

Begeisterungen, konstruktive Wutanfälle etc., das treibt auch uns in die künstlerische Produktivität. Bei Hauser gibt es den Willen und die Fähigkeit zu einer gravierenden Anstrengung. Er hat des öfteren die ganz selten gewordene Überleistungssehnsucht eines besessenen Künstlers. Psychosen, Manien, außerordentliche Zustände, das haben viele. Höchste Vigilität bei der Bildnerei nur ganz wenige. Hauser hat sie, und das vor allem fasziniert mich an ihm.

Der Künstler weht, wo er will, geht, wohin er will, und erreicht, was er will (sofern er richtige, wichtige Wünsche hat). Manische Zustände hin oder her, Konträres wie Melancholie, Verzweiflung, Impulslosigkeit, Stumpfsinn, mangelnder Impetus usw.... haben auch schon bedeutende künstlerische Zeugnisse hinterlassen. Aus allem kann Kunst geboren werden. Hauser ist in der Depression reduziert, qualitätsloser, unwillig, schwach, faul, folgt man den Darstellungen seines Betreuers. (Dubiose Psychopharmaka tun das Ihre.) Die meisten Künstler wären das auch, aber einige würden versuchen, durch die Schaffung einer zweiten Ebene auch diese Zustände in den Griff, in ein Ausdruckssystem zu bekommen. Aus der Kunst der letzten Jahrzehnte lernen wir, daß alles formulierbar, formulierwertig ist, ja daß gerade das noch nicht Dargestellte angegangen werden muß. Aus dieser Ideologie heraus interessiert mich Hauser mehr als viele seiner Künstlerkollegen. Sein angeblicher Schwachsinn hat uns differenzierte, dezidierte, bedenkwürdige Zeichnungen beschert. Er beschäftigt sich mit Freudenfrauen, Konstruktkonstruktionen, Burgenbauten, Gestirnsgebilden usw. Das war auch unsere Knabenwelt. Überraschend ist die Vehemenz ihrer Darbietung. Das vermochten wir nicht. Die Linienzeichnung übten wir, aber Hauser macht aus ihr durch Starkstrichlierung und Kraftkonturierung etwas Gravierendes. Die kindliche Naivität seiner Spielsachenwelt kontrastiert zu ihrer energiereichen, erwachsenenkräftigen, mannesheftigen Darlegung. Diese Verschmelzung wirkt auf uns befriedigend und befreiend. Hier wird Kindlichkeit und Vatermacht verbunden. Solche Rätsel, solche Lösungen euphorisieren, lassen Längstvergessenes dämmern. Wir hatten alle eine ähnliche Motivebene, konnten aber nicht so stark, so formreich, so phantasievoll sein, wie es Hauser ist. Ein »Infantiler« erfüllt durch seine Zeichenwerke frühe Träume, alte Ideale, gegenwärtige Wünsche. Wir erfahren Vergangenheitsgenugtuung, erhalten Trittbretter für ehemalige Entwicklungen. Debile bewältigen die Entfaltung der Gescheiten. Das ist eine der ironischen, diffizilen rätselhaften Paradoxien des heutigen Künstlerstatus. Manchmal scheint es sogar, als ob das Interesse an uns vor allem dem ausdrucksfähigen Idioten, dem intelligiblen Imbezilen, dem fauchenden Karnickel, dem akrobatischen Krüppel, dem gefragten Verweigerer, dem klarsehenden Spinner gilt. Wieso auch nicht? Wer bedarf hier keiner Lektionen? Nun, der Künstler, dünnhäutig geboren, ist wie viele Säuger ein Fluchtwesen. Durch ein spezifisches Nervensystem leichter reiz- und verletzbar, erfindet und akzeptiert er die ungewöhnlichsten Rollen, vor allem wenn er abgeschürft oder gar verwundet, in die Ecke gedrängt, Ablenkung betreiben muß. Den geflaumten, gefiederten, geflügelten, versteckten Hauser versuche ich durch mich selbst zu verstehen. Das gelingt nur schlecht, denn ich konnte mich im Laufe der Jahre mit einer gegerbten Haut versehen. Alle Künstler suchen Schutzidentifikationen, exekutieren diese oder jene Mimikry. Auch ich bin alles andere als ein Adler, eher eine Fliege, ein Wurm (getarnt als Maulwurf), ein Schweinchen (getarnt als Buchhalter) oder ein Affe (getarnt als Possenreißer); auch ein J. Hauser, getarnt als akademischer Maler. Wer oder was aber ist Hauser? Er hat natürlich ein Anrecht auf jene Erscheinung, die auf seinem Buchumschlag prangt.

ALEXANDER

Selbstbewusstsein

Wenn man raucht erübrigt es
sich.

(20. 1. 1978)

PETER WEIBEL

Österreich – ein Fragment

a) ist es noch nicht
b) ist es
c) wird es

0) Vorläufiges
Aus der Ferne gesehen, sieht Ö recht groß aus: seine Vergangenheit.
Aus der Nähe gesehen, sieht Ö noch größer aus: Österreichs Größe besteht in der Karikatur der Dummheiten aller Welt bzw. (rspktv. proporzweise) aller Dummheiten der Welt.
1) Vorname (Telegrammadresse)
ArSch YL
2) Aussehen
weder noch
3) Geruch
Schweinernes & Mief
4) Leben
eine Küchenfrage. Zu viele Desserts, sonst ranzig.
5) Sitten
angewandte Moral
6) Fortsetzung
›die Sitte‹ ... (Abk. für Sittenpolizei)
7) Unselbständig
dafür ständig / aber beständig
8) Theater & Konzert
Verhinderte Opernchefs, Dramatiker und Ballettmeister als oberste Kulturkritiker bzw. -redakteure. Alias: Zur tausendsten Aufführung ein und desselben Kammerkonzerts fällt dem Kritiker noch immer eine neue unpräzise, blumenhafte Wendung für den Ton des Streichers ein. Für jede andere Kunst fehlt ihm die Sprache, so gurgelt er hier, wo er anders prostete, so protestiert er hier, wo er anderswo jubelt.
9) Nationalität
Kleinstadtgeist
10) Noch einmal die Unterwürfigkeit
11) Verwaltung
verschlagen und verwickelt
12) Symbol
Wein (erlich) & Un (ehrlich)

13) Freude
am Unglück anderer
14) Beruf
Verhindern
15) Parteien
p wie... rate einmal
a wie... - " -
- " -
16) Beerdigungen
17) Sonstiges
beleidigend
18) Patriotismus
famos gekränkt (ganze Familien sterben, wenn ein Skiläufer stürzt)
19) Sport
tot/al
20) Hobby
Bosheit
21) Kriminalität
siehe Gemeinde Wien
22) Justiz
unter Medien
23) Statistik
Ö ist glücklicherweise in der Lage, die Verteilung der Dummheit in seiner Bevölkerung pro Kopf statistisch genau angeben zu können, nämlich: 1 Million 100 Tausend, das ist die Anzahl der verkauften Exemplare der Kronen-Zeitung.
24) Kultur
bei (unterm, aufm) strich
25) Armut
unterhaltend
26) Unterhaltung
arm
27) Journalisten
widerlich, feige ... ich stelle richtig: kompromißbereit
28) Meinungsfreiheit
gilt nur bei opportunen Aussagen und Verleumdungen
29) kontinuierlich
k & k (für Ausländer: vom Kaiser zu Kreisky)
30) Ende
keines

REINHARD PRIESSNITZ

plan für verstehen

na & irgendwas an irgendwas in irgendwas
& wieder irgendwas hinter irgendwas irgend
wasirgendwas jajaj um irgendwas zu irgendwas
über irgendwas auf irgendwas irgendwas &
während irgendwas wo irgendwas so irgendwas
zwischen irgendwas & irgendwas neben oder
irgendwas auch irgendwas nach irgendwas nach

laut: ihr gähnt, was? mit mit mit mit mit
& irrgendwas & irrgendwas irrgendwann irrgendwas
unter irrgendwas so aber irrgendwas na klar
irgendwas angesichts bis irrgendwas oder
& ja an irrgendwas aus irrgendwas ja oder
so mitsamt zunächst wegen & dann wieder
oder zu oder irrgendwas über oder über oder

irgendwas jajajaja laut infolge aber ir-
gendwas irgendwas irgendwann irgendjemand
irgendwas oder aber unter irgendwem & so &
entgegen entgegen & zwischen irgendwas na also
so so & zwischen irgendeinem irgendeiner auf
auf! na irgendwas irgendwas trottel irgend-

was oder auf oder unter oder mit oder aus
oder längs oder entgegen oder oder oder oder
irgendwas ohne irgendwas zwischen irgendwas
ja um irgendwegen irgendwillen für irgendwas
durch irgendwas irgendwas also irgendwas also also
irgendweswegen nirgendwas wegen nirgend ir-
gendwegen & irgendwas immer irgendwas na klar

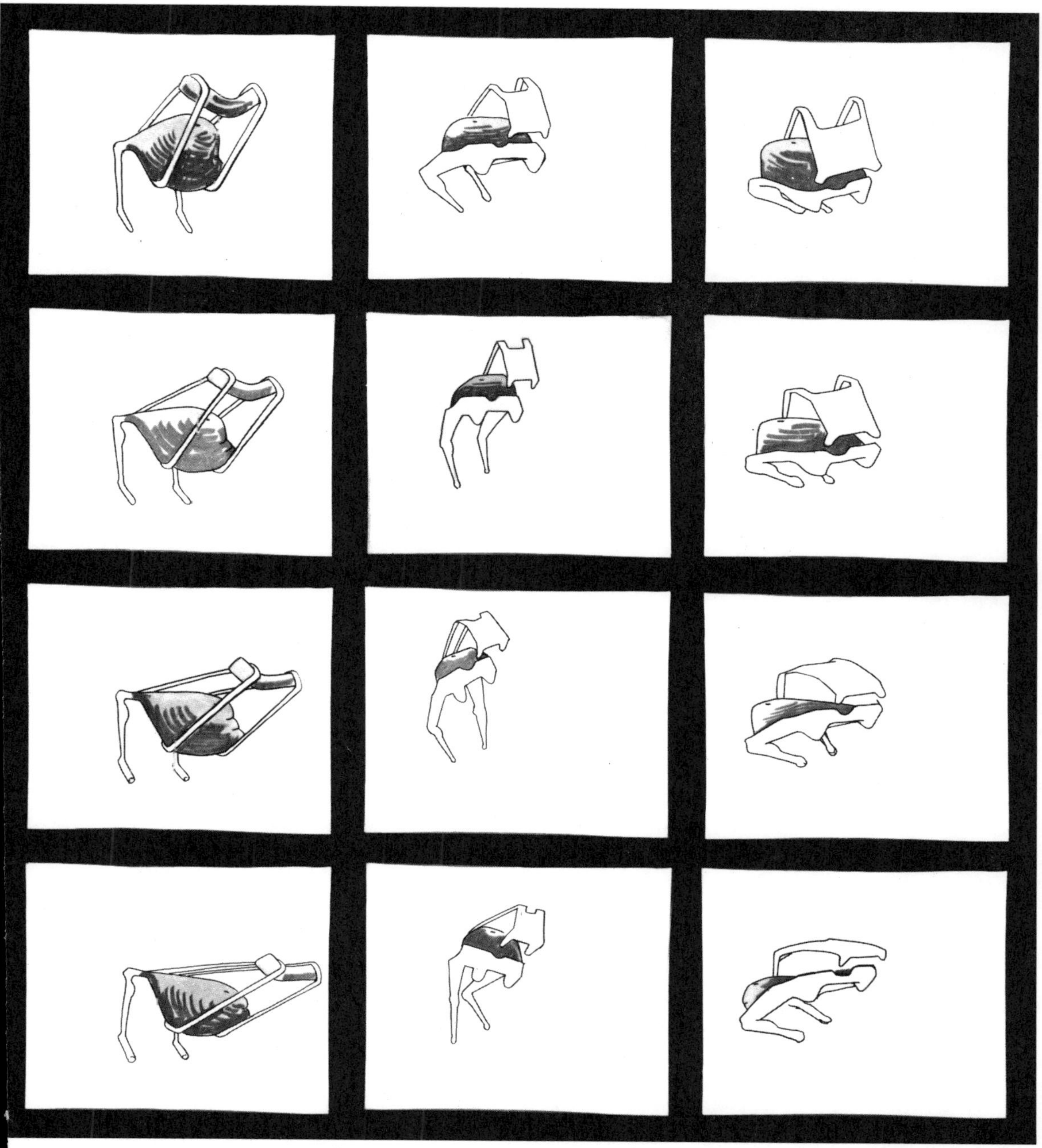

aria Lassnig, »Chairs«, Kader aus einem Zeichentrickfilm, 1971/72

PETER HANDKE

Persönliche Bemerkungen zum Jubiläum der Republik

Als der Staatsvertrag erreicht wurde, war ich 13 Jahre alt, und es hieß, daß Österreich nun frei sei und daß die Besatzungsmächte das Land verlassen würden. Ich aber – und wenn ich ab jetzt ich sage, bin das hoffentlich nicht ich allein – fühlte mich in dem befreiten Land alles sonst als frei, und es gab ganz andere Besatzungsmächte als die so genannten, weitaus realere, weitaus bedrückendere.

Der Staatsvertrag wurde von unsereinem eher als sportliches Ereignis aufgenommen, das man neugierig verfolgt, solange es im Fernsehen übertragen wird. Aber wenn man abschaltet, ist man in seiner eigenen Welt wieder ganz verriegelt. Diese eigene Welt war ein Österreich, in dem man sich auch ohne Russen und Engländer besetzt fühlte, von den Besatzungsmächten der materiellen Not, der Herzenskälte der Religion, der Gewalttätigkeit von Traditionen, der brutalen Gespreiztheit der Obrigkeit, die mir nirgends fetter und stumpfsinniger erschien als in Österreich.

So hat der Staatsvertrag für mich und meine Familie zum Beispiel und alle, die in einer ähnlichen Lage – nicht lebten, sondern sich eher durch die Jahreszeiten durchschlagen mußten – keine Konsequenz gehabt.

Der Lohn für die Schwerarbeit des Familienvaters, der mit einem Lastwagen Baumaterial zu den Bergbauern brachte, blieb immer noch ein widerwärtiges Almosen. Die Mutter war genötigt, Naturalien wie Kartoffeln, Kohlen usw. durch Fremdarbeit, als wahre Fremdarbeiterin auf den Feldern, dazuzuraffen. Dem Bruder, der als Jugendlicher in der Kirche bei einem Palmbuschen von vier Ringen einen aufschnitt, damit gemäß dem Brauchtum die ungerade Zahl erreicht sei, wurde der Prozeß gemacht als Gotteslästerer. Und ich zum Beispiel, nur zum Beispiel, wurde im Internat sorgenvoll betrachtet, wenn ich an einem Morgen nicht zur Heiligen Kommunion trottete.

So wurde weiterhin gebeichtet und kommuniziert, nur damit die Zeit der Unfreiheit irgendwie verging. Aber so schnell ist die nicht vergangen. Noch auf der Universität – um das lebensnotwendige Stipendium zu kriegen – mußte man Prüfungen machen, die nur dazu eingerichtet waren, die für das Stipendium notwendigen Punkte einzuhamstern. Es gab keinen Professor, zu dem man auch nur eine kleine Art von Vertrauen haben konnte. Man traf nur Fachidiotie, Witzeleien über Kunst und Unwissenheit über Literatur, und damit auch Verachtung des Lebens.

Das soll ja jetzt ganz anders sein.

Ich lebe seit neun Jahren nicht mehr im befreiten Österreich, und die Erinnerung hat nicht verklärt, eher die Abwehr vernünftig gemacht. Bei jedem Besuch, kaum daß im Flugzeug zum Beispiel die österreichischen Zeitungen ausgeteilt werden, aus denen der Eigendünkel einem entgegenbrutzelt, und man nichts als gesichtslose Geschäftsmenschen mit ihren schwarzen Aktenköfferchen vor und hinter sich hat, unterschieden von allen sogenannten »Machern« in der weiten großen Welt nur dadurch, daß die leeren Allerweltssätze im österreichischen Dialekt gesprochen werden, packt einen sofort die alte, tödliche Unfreiheit aus der früheren Zeit.

Aber das Land ist für jemanden wie mich aus der Ferne wichtig geworden.

Ich denke oft an die Hügel mit den Fichtenwäldern und an all die lebendig begrabenen Leben in dem vielfältigen Land, die nicht das Glück gehabt haben, sich wenigstens halbwegs freizuschaufeln wie zum Beispiel ich. Ich bin Schriftsteller geworden und habe mehr denn je das Gefühl, es den anderen schuldig zu sein, für sie zu schreiben. Es geht gar nicht anders. Ich bin kein Revolutionär, von dem man sagt, er müsse sich im Volk bewegen »wie ein Fisch im Wasser«. Aber ich spüre doch beim Schreiben immer mehr die Notwendigkeit, dem Land, ohne das ich ja nicht das wäre, was ich schlecht oder recht geworden bin, möglichst nahe zu sein und dem sogenannten Volk, von dem ich ja ein Teil bin; dabei doch die Distanz und nötige Befremdung bewahrend, ohne die man über ein Land nicht gerecht schreiben kann.

Wenn ich jetzt in Österreich bin, fühle ich manchmal ein schönes Einsinken in dieses Land, fühle mich fast optimistisch, als einer unter anderen, höre sogar manchmal die Kirchenglocken mit Freude und schüttle mich doch, wenn die Welt im Fernsehen wie eine amerikanisierte Lipizzaner-Show erscheint, wenn Soldaten zu Tode geschunden werden, wenn im slowenischen Kärnten zweisprachige Ortstafeln umgeworfen werden usw.

Beides gehört zu dem Land.

Ich liebe Österreich ... nicht, denn ein Land kann man nicht lieben, höchstens Menschen. Aber Liebesgefühle zu Menschen sind unfrei in einem Land oder Staat, in dem man sich unfrei fühlt, weil es noch so viele geheime Besatzungsmächte gibt. Und ich habe Lust, durch meine Arbeit die mörderische Gewalt dieser doch eigentlichen Besatzungsmächte vermindern zu helfen; das kann man allerdings nicht mit einem Staatsvertrag erreichen.

GUSTAV ERNST

Aus: Einsame Klasse

Die Arena ist besetzt, sagt Reinhard am Telefon, willst du nicht lesen kommen.

Uijeh, sagt Korsch, das ist aber ungünstig.

Scharang war auch schon da, sagt Reinhard, und der Turrini.

Ich muß das Hörspiel korrigieren, sagt Korsch.

Eh nur am Abend, sagt Reinhard.

Da arbeit ich noch, sagt Korsch.

Dann später, sagt Reinhard, um elf.

Da arbeit ich schon wieder, sagt Korsch.

Dann dazwischen, sagt Reinhard.

Da komm ich immer so raus aus allem, sagt Korsch.

Die eine Stunde, sagt Reinhard, wirst du doch Zeit haben. Bis zur nächsten Woche, sagt Korsch, muß ich doch fertig sein.

Bis zur nächsten Woche, sagt Reinhard, gibt es uns vielleicht nimmer.

Ich brauch doch das Geld, sagt Korsch.

Ich versteh das, sagt Reinhard, aber bei uns ist die Polizei auf dem Gelände.

Augenblick, sagt Korsch.

Dem Obstkorb gibt er einen Spitz, den Sitzpolster haut er in der Küche vorm Eiskasten wie einen Bären mit einem Kochlöffel. Leise flucht er im Badezimmer in die dreckigen Leiberln.

Was ist, sagt Anna und hat den Hörer in der Hand, da ist ja noch wer.

Gib mir die Adresse, sagt Korsch.

Unterschreibst du auch die vier Forderungen, sagt Reinhard, kein Abbruch des Geländes, dafür ein Jugend- und Kulturzentrum, Selbstverwaltung und die Betriebskosten zahlt die Gemeinde.

Was ist los, sagt Anna, als Korsch aufgelegt hat.

Da solltest du aber schon mitmachen, sagt Anna.

Wenn mir der Hut brennt, sagt Korsch und rennt ins Zimmer.

Ich find aber schon, sagt Anna.

Nach Süden scheißen gehen sollen endlich einmal alle miteinander, schreit Korsch, im Sommer und da heroben die Goschen halten.

Wo, sagst du, ist die Arena, sagt Anna, und was sagt Reinhard, wollen sie dort machen.

Hierbleiben ist Solidarität steht auf dem Tuch. Es hängt über dem Podium, das in der Mitte der Großen Halle von den Festwochen noch übrig ist mit dem Klavier drauf, das jemand hergebracht hat, den Mikrofonen der Schmetterlinge, den Boxen, Verstärkeranlagen, auf das die Scheinwerfer gerichtet sind.

Die Große Halle, vom Tor aus gesehen, ist die letzte links vor den Gleisen, dem Buschstreifen, der Grenze zwischen dem dritten Bezirk und den Zinshäusern jenseits davon, die schon Simmering sind, helle Fenster haben, auch mit Umrissen von Bewohnern drin, die herausschauen.

Dreihundert Leute sitzen auf Teppichen. Auf beiden Seiten der Halle, zur Hauptstraße des Geländes und zu den Pappeln auf der Wiese hin, sind die Türen offen.

Viele durchqueren die Halle nur, wo es kühl ist, stehen ein wenig herum unter den anderen und horchen.

Macht die Popgruppe, die aus Liesing ist, eine Pause, liest ein Autor was Kurzes.

Schmalz- und Liptauerbrote sind in der Ecke nebeneinander. Man muß, möchte man eins essen, ein paar Schillinge spenden. Hat einer keinen Schilling, bekommt er auch umsonst welche.

Ein Bekannter, der, wo kein Alkohol ausgeschenkt wird, einen eigenen Doppler Roten hat, bietet, nachdem er, wie er sagt, auf das Wohl der Arena schon die Hälfte getrunken hat, Korsch einen Schluck an.

Immer rennt einer übers Podium, stehen viele oben herum und lassen sich anschauen.

Zur Musik springen einige bloßfüßig links unter den hohen Säulen.

Mit dem Gesicht zur Bühne hängt ein Leinwandbild als eine der ersten Gemeinschaftsarbeiten hinter den Leuten groß wie ein Zimmer an starkem Draht von der Decke mit der Überschrift DIE KUNST GEHÖRT UNS ALLEN. Über KUNST hat jemand das Wort ALLES geschrieben. Rechts befinden sich ÖVP-, FPÖ-Vögel darauf mit Kreisky und der Wiener Kulturstadträtin und ein Arm der Industrie, der ihnen das Geld reicht. Festlich gekleidete Opernbesucher, die ihre Zwei-Millionen-Schilling-Tages-Bundestheater-Subvention zu verzehren auf dem Weg sind, werden, wo sie gerade kulturell wertvoll im Gespräch sind, von Polizisten, die Helme haben und Knüppel, vor Arena-Leuten beschützt, die in der Mitte des Bilds eingezwickt sind, zwischen Exekutive und Wirtschaft, und in Aufruhr, die die Arme einander über die Schulter gelegt haben, die Gitarre hoch halten und die Fäuste.

Die Rocker, nach dem Lied über die Rocker aus Atzgersdorf, fahren wieder weg auf den Maschinen.

Im Gras draußen liegen Gruppen und Pärchen, schmusen und trinken. Der im Feuer stochert hat eine Wurst am Spieß. Zu dem, was eine auf dem Instrument spielt, summt einer im Schlafsack mit dem Mädchenkopf auf der Brust. Einer rauft mit dem Hund. Unter dem Kinn küßt einer das Mädchen fest ab, das lachend gegen die Pappel gelehnt ist, den Kopf einzieht.

Korsch liest drei Mundartgedichte.

Die Musik sagt, sie will nimmer weiterspielen, sie spielt schon zwei Stunden, und spielt, als die Leute nicht aufhören zu klatschen, dann weiter.

Korsch legt Alfons die Hand auf die Schulter und sagt, daß man dich auch wieder einmal sieht.

Anna redet mit Inge über die Einrichtung der Galerie. Das ist Inge, sagt Anna.

Wie das beim Abschlußfest genau war am Samstag nach der endgültig letzten Festwochenvorstellung in der Großen Halle im Rahmen der Jugendarena, bevor das gesamte Gelände, den Plänen der Gemeinde gemäß, im Herbst abgerissen werden soll, erzählt Alfons, während sie bei der Halle zu zweit hinauskommen, im lauen Abend auf der Arena-Hauptstraße unter den Leuten stehen und sich Zigaretten anbieten. Er selber, sagt Alfons, war beim Anti-Schleifer-Fest vorher am späten Nachmittag auf dem Naschmarkt, als die *Schmetterlinge,* die Kabarettgruppe *Keif* dort alle aufgefordert haben nach ihren Auftritten, hinterher in die Arena zu kommen, in den vor zwei Jahren aufgelassenen Auslandsschlachthof St. Marx, wohin dann plötzlich von überall her massenweis auch Leute gekommen sind.

Das Wetter war schön, sagt Alfons, auch heute war es so heiß. Gefeiert hat man, musiziert, diskutiert über den Abbruch, über den Protest der Architekten dagegen, weil doch die Hallen stabil sind, denkmalschutzwürdig aus der Jahrhundertwende, in der Anlage, im Dorfcharakter, vor allem geeignet für ein Jugend-, Kommunikations- und Kulturzentrum.

Der Effekt der Diskussion war, sagt Alfons, der Entschluß, von da nicht mehr wegzugehen. Das war ein Hallo, sagt er, hast du denn die Zeitungen nicht gelesen. Siebenhundert Leute sind auch geblieben, die Gemeinde war durcheinand, hat die Polizei, die gleich aufgefahren ist, aber nicht eingreifen lassen, die auch nach den Verantwortlichen gesucht hat. Verantwortlich, hat es geheißen, sagt Alfons, sind aber wir alle.

Im Besetzerbüro an der Ecke der Großen Halle sitzt City mit Lederanzug und im Türkensitz auf der Erde. Ein Mädchen im Badeanzug schreibt Schreibmaschine.

Ins Telefon lacht Reinhard, einer malt ein Plakat, zwei reden.

Das Gipsbein auf dem Feldbett ist mit Arena-Parolen bemalt, Gemeindegesichtern, Superman und Struppi. Das Mädchen zum Bein hat den Kopf hinterm Kasten.

Ist wo ein Tschik, sagt City.

Schleichts euch hinaus, sagt das Mädchen im Badeanzug, ich muß mich konzentrieren.

Bis morgen, sagt Inge, umarmt Anna, hör auf zu telefonieren.

Kann ich telefonieren, sagt ein Dicker.

Ruhe, schreit der Kopf vom Gipsbein hinter dem Kasten.

Hörts auf, sagt das Mädchen im Badeanzug, ich werd nicht fertig mit dem Zeug.

Du schlaf, und ihr gehts hinaus, sagt Inge.

Ist das Flugblatt schon fertig, sagt Reinhard.

Willst du mich rollen, sagt das Mädchen im Badeanzug.

Mußt du ausgerechnet auf dem Papier liegen, sagt Reinhard und hebt das Gipsbein.

Drei Nächte, sagt der Kopf hinterm Kasten, hab ich kein Aug zugemacht.

Glaubst, ich, sagt Inge.

Sie sagt, wenn die Maschine frei ist, der Herr Inspektor muß einen Bericht machen.

Haben Sie vielleicht zufällig Feuer, sagt City.

Dieter schaut herein und sagt, das Plenum fängt an.

Der Polizist hat ein Feuerzeug.

Reinhard nimmt das Megafon.

Wir müssen das ja noch abziehen, sagt das Mädchen im Badeanzug.

Zehn Minuten, sagt Reinhard.

Abgezogen ist es ja gleich, sagt Inge.

Der Polizist kriegt eine Zigarette, er setzt sich in den Hintergrund auf den Sessel.

Reinhard sagt draußen durchs Megafon, daß in einer Viertelstunde das Plenum beginnt.

Gehen wir noch zum Plenum, sagt Anna.

Dieter sagt auf der Bühne, die Polizei sucht immer noch Anführer, aber nicht mehr so dringend. Die Solidaritätsadressen von der Jungen Generation der SPÖ liest er vor, vom Kommunistischen Bund, von der Hochschülerschaft und von Hans Gigacher, von Christian Wallner, Gerhard Kofler, vom Kommunistischen Studentenverband und vom Museum des 20. Jahrhunderts.

Robert sagt, die Gemeinde steht immer noch unter Schock, bis zum Großen Fest, das am Wochenende geplant ist, müssen die Gebäude adaptiert werden, Material und Helfer werden gebraucht.

Für den Ordnerdienst haben sich genug gemeldet, sagt Reinhard, aber Plakatierer sollen gleich jetzt zu ihm neben die Bühne kommen.

Alex sagt, was heut gespendet worden ist.

Wer noch nicht die vier Forderungen unterschrieben hat, kann das beim Informationsstand nachholen, sagt Inge.

Die Simmeringer, die ein Haus haben, sagt City, könnten Leute brauchen, die ihnen beim Einrichten der Diskothek helfen.

Ein Solidaritätsschreiben, das zwei Arbeiter ihren streikenden Kollegen von der Nachbarfirma überbringen wollen, im Namen der Arena, wird angenommen.

Martin Auer singt ein Arena-Lied nach der Melodie Marina Marina.

Zu Korsch sagt jemand, er traut sich nicht ins Mikrofon reden, er möchte etwas über die Prozesse sagen, die einigen von denen, die an der Anti-Franco-Demo teilgenommen haben, damals, gemacht werden, er möchte Unterschriften sammeln.

Korsch sagt das Robert.

Robert sagt das ins Mikrofon, während ihm der andere immer Zettel in die Hand drücken will, die Robert nicht nimmt, so daß der andere sie selber vorlesen muß. Er teilt Unterschriftenlisten aus.

Im Gelände fährt eine Funkstreife spazieren.

Anna und Korsch fahren mit Alfons heim.

Anna, die Originalzeichnungen hat, die denen öfter gefallen, die sie nicht kaufen können, hat Offsetdrucke davon anfertigen lassen. Die kann sie billig hergeben. Sie pickt sie auf schwarzlackierte Holzfaserplatten.

Auf kleine Zettelchen schreibt Korsch mit der Maschine Namen und Titel.

Um 11 in der Nacht fährt sie mit Platten und Drucken im Taxi in die Arena.

Um 3 kommt sie heim.

Sie sagt, die Galerie ist die große Halle daneben, rechts auf der Hauptstraße, und so groß, daß man drei Mal so viele Bilder und überlebensgroße Plastiken zum Beispiel leicht darin unterbringen könnte. Überall, sagt sie, wird das Fest vorbereitet. Plakate sind in der ganzen Stadt, da steh ich auch drauf.

Sie sagt, ein Rocker hat ein Mädchen ins Gebüsch ziehen wollen. Ich hab vom Mädchen den einen Arm in den Händen gehabt, sagt sie, und er den andern. Auf den Rocker hab ich ununterbrochen eingeredet, sagt Anna, er hat schöne Augen gehabt und gelacht.

Die zwei haben sich gut gekannt, sagt Anna, aber sie hat halt nicht vögeln wollen. Die Rocker, die dazugekommen sind, haben auch gesagt, er soll aufhören.

Und er hat aufgehört, sagt Korsch.

Er hätte es auch nicht machen müssen, sagt Anna, aber zum Großen Fest morgen kommst du schon.

Mein Hörspiel, sagt Korsch, wer macht denn mein Hörspiel fertig.

Mario Terzic, Doppelkopf, Maske aus Leder und tierischen Präparaten, 1972

PETER HANDKE

Österreichisches Gedicht 1979/80

1
Im Gedicht kommen zwei sonst getrennte Dinge zusammen
Ein Gedicht ist eine Verkündung

2
Jetzt!
Und das Morgenlicht im Holunderbusch

3
Der Akazienzweig in den Herbsthimmel gewirbelt
als Friedenszweig

4
Gestern im Zug der Roman »Plötzlich wie ein Fremder«
Heute auf dem Schneefeld ein fernes Sausen
das plötzlich auch in der Nähe war

5
Es ist manchmal schwer einen Schneemann anzuschauen
Aber dafür geht ein Kind mit kräftigen Schritten
eine Treppe hinauf

6
Am Vormittag in der Parfumwolke eines Landgendarmen
Am Nachmittag der Humor eines leuchtenden Kuhfladen

7
Das Pfeifen eines Zuges weit draußen in der Ebene
schließt am Abend das tagesoffene Innere

8
Die Sonne macht untergehend eine Bergkante sichtbar
und hinter den Lärchen erscheint der Mond:
Eins gibt das andre
und man freut sich

9
Eins gibt das andre
und man freut sich:
und die Freude gibt wieder ein andres

10
Das weiße Gesicht einer Meise
als Flocke in der Dämmerung

11
Zitronenfalter hier
flatternd gelbes Büchlein
vom blauen Hemd dort

12
Hinter der Stadt Magnolia am Yukon in Alaska
rollte der Mond als Schaufelrad

13
Am Morgen noch sanftes Übersehen
der Hakenkreuze
Am Abend
der Augenblick der Philosophie

14
»Unter Gut verstehe ich hier jede Art von Freude
und ferner alles, was zur Freude hinführt«

15
»Unter Wirklichkeit und Vollkommenheit
verstehe ich ein und dasselbe«

16
Ich denke begeistert
doch ermangelnd der Liebe
und möchte ein Gedicht für dich schreiben

LIESL UJVARY

Fotoroman Bisamberg

Ich fotografiere den Bisamberg, und so geht es, in diesem Beispiel liegt blitzerhellt die Natur des Menschen. Jedes Foto eine Art, wie Landschaft zu mir steht. Wovon ich träume. Schatten verlöschen, ich trete ein. Hier – ein Mensch im Zentrum des Weltalls, bemüht, die Welt auszumessen mit der Wissenschaft dem Auge voran. Steppengräser auf dem breiten Rücken im Norden Wiens. Bleibt nur das Wort oder kann man Seele sehen? Hat sich diese Landschaft natürlich entwickelt? Jetzt überrascht es jeden Augenblick. Ich krieche hindurch, blutiggerissen, verfolgt, ich fliege: Menschenpaare verschwinden, Unordnung herrscht. Ich stehe an der Schwelle. Wörter jenseits der Hinderníslinie des Verstandes, trotzdem fliegen sie gleichsam von verschiedenen Seiten aufeinander zu und vereinigen sich. In unserem Weinberg. Dort in der Ferne. Sie sehen Hainbuchenmischwald, Gestrüpp und Wohnblöcke. Der Aufbau ist einfach, die Abfolge programmatisch. Gegen den Panzer des schwachen Gesichtssinns! Ich bin der Sender, er ist in meinen Herzschlägen versteckt, er ragt empor, der Held, bis in den Himmel. Aufrührerische Botschaften, in denen ich mich euch verbinden will: Irrwege gehen! So wechselt der Reihe nach ja und nein. Auf unsere Dummheit hoffen, um Gottes willen, soviel ihr wollt, betrügen und betrogen sein. Die Verweise sind alle überdeutlich. Ich kümmere mich um die Erweichung des Verstandes, bin auf den Kopf gefallen, empfehle es jetzt weiter – mit pfeifendem Flügelschlag über die Startrampe hinaus, sonst verrecken wir noch vor Langeweile, jawohl. Aufmerksamkeit! Im Leben voller Mehrdeutigkeit haben wir natürlich Angst vor fremder Eingebung und folgen immer zuerst dem geraderen Weg. Seiner Grobschlächtigkeit entrinnen wir leicht, indem wir Gleiches mit Gleichem vergelten. Daher unverständig sein! Augen eine Handbreit über den Horizont und atmend. Der Acker haucht entgegen, er verfärbt sich, ein direkter Aufruf ans Volk der Gefühle. Tier oder Punkt der Schönheit springt ins Auge, manchmal ist das eine Flucht ins Glück. Und auf einmal wird der Wille geboren zum freien Milieu, es tritt wie leuchtend aus dem Schatten. Eine Hochzeit des Auges oder zumindest ein Wink. Ein silbriger auf der Fläche des Papiers, insgeheim vielleicht eine Art Musterbuch oder Bruchstück meines Arbeitseifers. Ein Landschaftsgebiet als Lebensgebiet mit seinen Möglichkeiten, wie ich es sehe. Allem ist ein Erinnern beigemischt – aus Vorstellungen werden vertraute Kulissen, wir spüren überall die menschliche Hand. Eine kolonisierte Natur, die bereitsteht. Ihr Stoff verwandelt sich in eine Frage: was bedeutet all das unter der fremden Hülle? Mit ausgebreiteten Armen, mit einer Art nervöser Inbrunst nähere ich mich ihm, denke mir, die Gefahren sind alle besiegbar. Wie ein Tempel oder heiliger Hain, von allen Seiten betretbar, auf unzähligen Wegen, die zu scheinbar schönsten Zielen führen. Zersplitterte Botschaften, verschmutzte Häuschen,

Schlehen, Gras meterhoch. Oder der Prospekt eines langen Feldes, einer leeren Bank, verfliegend. In rascher Schnelle rutscht das Auge über Angelegenheiten geringerer Wichtigkeit, bis ich mitten im Satz innehalte. Sind das etwa Reize, die einzig in meiner Einbildung bestehen? Achtung Rodelbahn, man schießt. Die Stimmung kann unversehens umschlagen. Immer wieder trete ich ein. Rechts vielleicht ein Garten, links eine Art furchtbarer Ausbeutung. Ganze Friedhöfe voll brauner Erde, aus denen nur selbstmörderische Sprünge befreien. Hilft hier jemand? Wo kann ich es lernen und wie finde ich es? Im kalten winterlichen Licht kommen die Gefühle zur Ruhe. Solches Licht nivelliert, bringt Gefaßtheit. Schaut her, bitte, der Fingerzeig! Wir drängen alle hin, gehen aber gleich verloren, siehst du, es ist ja leer, das Gestrüpp, die Blätterhaufen. Der hübsche Tisch ist unbesetzt. Aber um nochmals darauf hinzuweisen – Sinn und Zweck des Senders bestehen wie eh und je. Allerdings, wo bleibt die wohltätige Wirkung, die ich mir davon erhoffte? Obwohl die Wahl der Worte und überhaupt die ganze Art der Berichterstattung vermutlich reinste Empfindungen auslösen könnten. Ja sogar Wünsche würden mitteilbar durch das Geflecht meiner Beobachtungen, auf eine Weise, die dem gesunden Menschenverstand unzugänglich ist. Speicher sind das einer kombinatorischen Kraft, die andererseits an Idiotie grenzt, an mechanisches Vermögen von Debilen. Nicht bloßes Wunschdenken schafft diese Entsprechungen. Man merke sich gewisse Signale und gewinnt so bald spielerisch eine Fülle von Aufschlüssen. Der intuitiven Wahrnehmung liefert jeder noch so kleine Trick Anzeichen für den wirklichen Stand der Dinge. Ich möchte meine Spekulationen jetzt publik machen, hoffentlich gelingt mir das in diesem Bereich. Die Natur einfangen und die gemachten Bilder sprengen oder so ähnlich. Deklarationen dieser Art können durchaus hilfreich sein, behaupte ich, sie kommen auch von Herzen. Schließlich bedarf es nur einer kleinen Übereinkunft zwischen uns allen und einer wohlwollenden Versenkung in den Gegenstand, die story, in die überaus bekannten Hintergründe jeder Art von Verknüpfung. Diese sind allerdings seit langem in einen Zustand hoffnungsloser Verwilderung bzw. völliger Vergessenheit geraten. Wir sehen da nicht durch, auch wenn es noch so simpel zugeht. Also habe ich begonnen, die Bilder von dort an die Oberfläche hervorzuholen, sie vor Augen zu führen. Kapiert? Es könnte paradiesisch sein. Senken wir den Blick, lassen wir uns nicht unterkriegen, heben wir nur selten die Lider. Damit wir resistent werden. Auf leisen Sohlen abbiegen lernen, dem Winde zu, und nie zurückschauen. Mir gibt es dann jedesmal einen Stich, die befremdliche Ansicht vertieft sich, mir wird schwindlig, ich eile weiter.

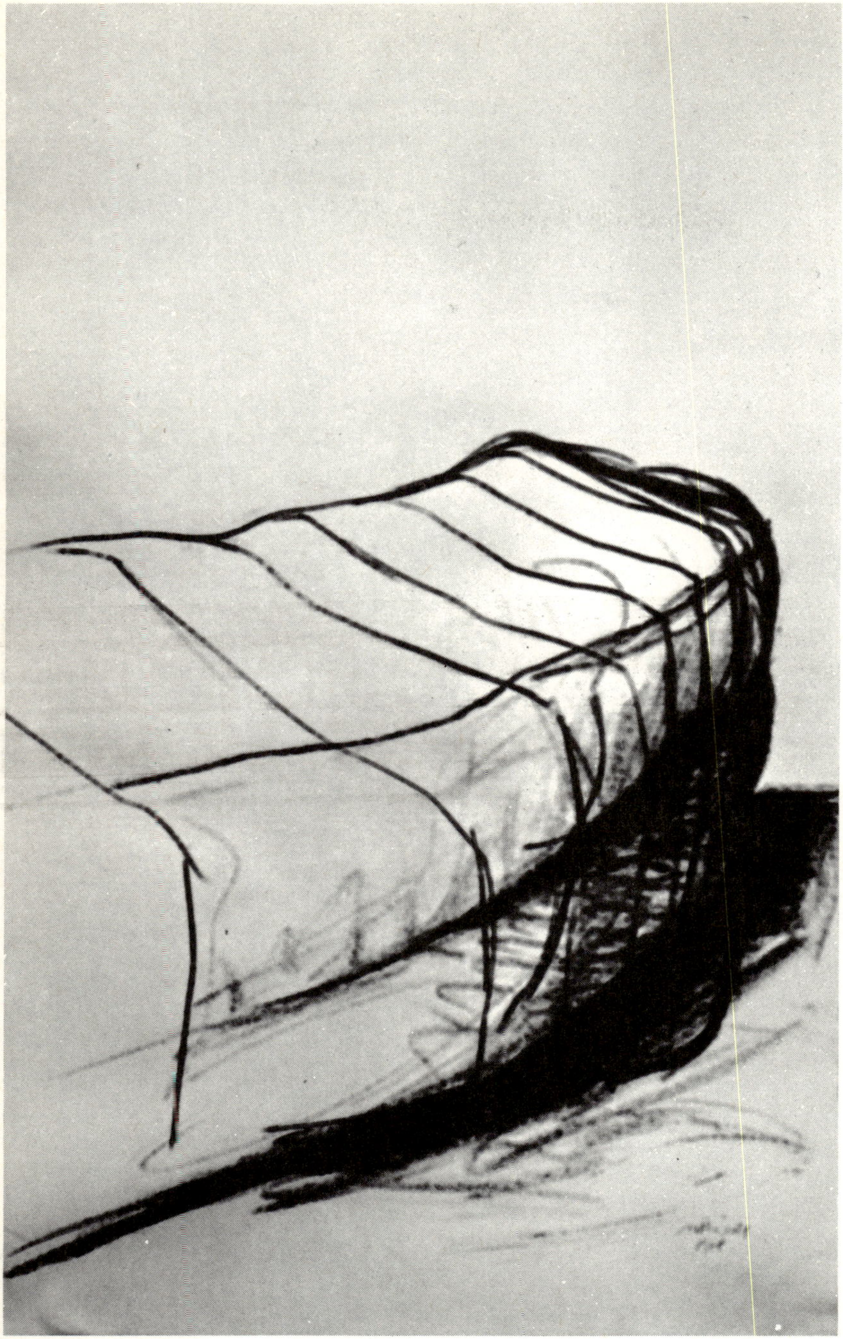

Alois Riedl, Ohne Titel, Zeichnung, Kohle, 1978

HEIMRAD BÄCKER

man kann generalisieren

über alois riedl

alois riedl will dinge zeigen, nicht etwas anderes, das ist das erste, worauf wir stoßen. er will zeigen, wie sie (möglicherweise) sind. er will nicht (oder noch nicht): etwas auf schnüre fädeln und pendeln lassen, etwas mit einem buchstaben bekleben und sagen: dieses ding ist meine konstellation; oder es in die geometrie transponieren, damit es als kreis und linie ein neues gefüge findet; oder die augenscheinlichen elemente seines vorhandenseins isolieren, damit es dahinter verschwindet etc. er dreht sich nicht um, um das ding in einem spiegel verkehrt zu sehen und auf seiner leinwand nochmals verkehrt zu malen. er interpretiert nicht, wenn er auf die dinge zugeht, sondern sieht von sich ab, bevor er gewalttätig und bis zum zerreißen seiner physis mit sich selbst umspringt, um im absehen von sich die dinge in ihrer materialität zu zeigen (man könnte natürlich sagen, auch dieses zeigen sei interpretation).

es gäbe verschwebende dinge, luft, open air, flaumfedern, aber damit läßt sich riedl nicht ein. er sucht körperlichkeit, das augenscheinlich feste, sucht den – vielleicht nur suggerierten – halt der dinge (und, je mehr er von sich absieht, vielleicht seinen eigenen in ihnen). die wertschätzung des isolierten dinges, das wir farbe nennen, oder des abgeleiteten dinges, das entsteht wenn ziffer und pfeil zusammentreffen, oder des dinges das entsteht, während es nur um entstehen, nämlich um das spontane von spontaneität geht, oder des dinges, das eine kunst vor uns hinstellt, die die welt als wanderkarte und das papier als einzig für schraffuren vorhanden sieht, oder die darauf punkte setzt, damit existenz (zumindest dieser aspekt der existenz) punktuell vorhanden ist, –

überall, wo die faszination dieser bildnerischen arbeitsweisen beginnt, ist der maler riedl nicht zu finden. er hat die position des mannes vor den dingen eingenommen, er arbeitet nicht mit abgeleiteten inspirationen, sondern mit dem anscheinend einfachen ding, einem sessel, einer liegebank, einem polster. auf siebenhundert blättern einzig das eine: die sichtbarkeit eines sitzmöbels sichtbar zu machen, mit der beharrlichkeit der florentiner körper zu zeigen ohne aufblick in ein anderes element des zusammenhangs. genügsamkeit vor der tatsächlichkeit eines körpers. am ende zeigt sich, daß, wo es gelingt, das zunächst nur vorhandene eine große intensität erhält, nein, seine intensität hervorgeholt und in immer schärferer weise gezeigt wird.

ein stück stoff, ein möbelstück, ein stück form: davon wird ausgegangen, darauf geht es zu, das ist seine auseinandersetzung mit dem lediglich vorhandenen. riedl malt (soweit dies gelingen kann) material als material, stoff als stoff, struktur als struktur, masse als masse. alles andere wäre illustrativ, erzählend oder überhöhend. er reduziert sich und die dinge auf das nichterzählende, nichtillustrative, nichtillusorische. er hält sich vor dem, was das ding ausdrücklich mitschleppt an beziehung zu anderem, zurück. daß seine sofas auf vergänglichkeit hinweisen, das mag sein, es ist aber nicht seine absicht, auf hinweise hinzuweisen, das mag sich für den betrachter einstellen, der an größeren zusammenhängen leidet und nicht gewohnt ist form zu sehen, die nichts sonst sein will als eben dies. riedl bleibt hartnäckig bei seinem objekt, er arbeitet reduktiv, begrenzt auf das begrenzte und für ihn unerläßliche.

das schwere, weiche eines polstermöbels, das schwer und weich aufliegende, das gebrochen oder starrstehende, liegende und stehende flächen, die spannung zwischen linker und rechter lehne, ihre beziehung zur sitzfläche; form der entgleitenden form, eines verzerrten, zerstörten gebrauchshabitus, der in der zerstörung noch einmal form zeigt und hergibt; zerstörte fläche und rundung, vernütztes material, aus seiner statik fallendes möbel, zurücknahme des zweckvollen in die einem zweck nicht mehr dienstbare materialität, forma deformans, zurückgleiten in materie, die kaum noch artikuliert erscheint: sie war es und ist es nun nicht mehr, es sei denn als defektes system und zerfallende last. aus dem stehen und liegen eines artikulierten gebildes (sessel, liege, polsterbank) wird artikulation der dekomposition. die mit praller materialität vollgepumpten matratzen, das zweckgeformte ding, verliert, wenn nicht seine dinglichkeit, so viele bestimmungsmerkmale, die es einbezogen haben in den selbstverständlichen zusammenhang des sitzens, liegens, wohnens. sie entrücken, je stärker der schwund ihrer körperlichkeit, dem allgemeinen konsens, sind vereinzelt und nicht mehr brauchbar, aber nun trifft sie ein anderer blick: der maler begreift ihre veränderung und die form dieser veränderung, noch in der verletzten form werden die ursprünglichen züge deutlich.

diese situation könnte (was würde dies nicht) symbolisch für zustände und merkmale des ›lebens‹ überhaupt genommen werden. man kann generalisieren. wozu aber über das, was riedl sichtbar macht, hinausgehen, warum immer die bereiche überschreiten? diese arme kunst (ars povera auch sie), deren reichtum in der beschränkung auf einen einzigen gegenstand liegt, bedarf nicht der überhöhenden kalkulation. riedl insistiert auf etwas, das er sieht. je gründlicher er sieht, umso weniger dinge gelangen in seinen kreis. das inventar seiner malerei besteht sozusagen aus einem einzigen stück materie. und es wenigstens *einmal* zu formulieren, ist die aufgabe, die er sich stellt.

HEINZ RUDOLF UNGER

Mauer und Brücke

Dies ist ein Gedicht,
es steht auf Papier.
Es ist auch eine Mauer
zwischen dir und mir.

Worte an der Kerkerwand,
dunkle Hieroglyphen.
Worte, mit dem Augapfel
in den Stein gekratzt.

Hier steht's, eine Mauer
zwischen dem, was ich sage,
und dem, was du liest.
Zwischen uns stehen Worte.

Signale aus dem Zwischenraum
zwischen Zen und Zaster.
Zwischen zwei Welten
zwitschert ein Yogi.

Worte von der Wand geleckt
von unheilbaren Fällen,
Worte vom Papier gesaugt
von hungrigen Seelen.

Zerbissene Worte,
durch alle Münder zerkaute,
in alle Lügen gespuckte.
Nimm sie, andere habe ich nicht.

Die Brücke von Abgrund zu Abgrund
hängt brüchig zwischen uns.
Wir werden riskieren müssen,
einander etwas zu sagen.

ERNST JANDL

selbstporträt, 18. juli 1980

es sei mit ihm was los. nein, so genau
wisse er selbst es nicht, spüre jedoch
daß nichts mehr sei wie es gewesen sei.
davon erzählen wolle er eigentlich nicht.
wolle eigentlich überhaupt nichts, wolle aber
auch nicht völlig untätig sein, beschäftige sich
daher nach wie vor mit gedichten, deren
herstellung. auch wenn
kein wort mehr glänze.

. . .

aus dreckigem glase
jetzo drinke er
das übliche gemisch, nur etwas
mehr mineralwasser, dafür
weniger whiskey, die flasche
beinah leer, und er
nicht willens das haus
um neuen vorrat
zu verlassen; müsse ja
dies gedicht hier noch
schreiben und absegnen, ehe
er sich an das spiel
mit dem schach-computer mache, seinem
jüngsten hausgenossen, bekanntlich
dem einzigen (immerhin
schon dritten, nachdem
den ersten und zweiten
innerhalb rückgabefrist
er verabschiedet habe). dreckig,
das glas, von seinen
schokoladelippen
gestern nachts.

er schon griffe zum strick,
den es im hause nicht gebe, gäbe
es nicht so unmäßig viel
auch noch in seinem alter
zu erleben: schokolade,
whiskey, schach-computer,
nutten – nein, vor diesen
habe er immer sich
gehütet. sich zu hüten
sei überhaupt zeitlebens
seine kunst gewesen.
(er wäre ein genie
gewesen, hätte er
sich selbst ver-
hüten können.)

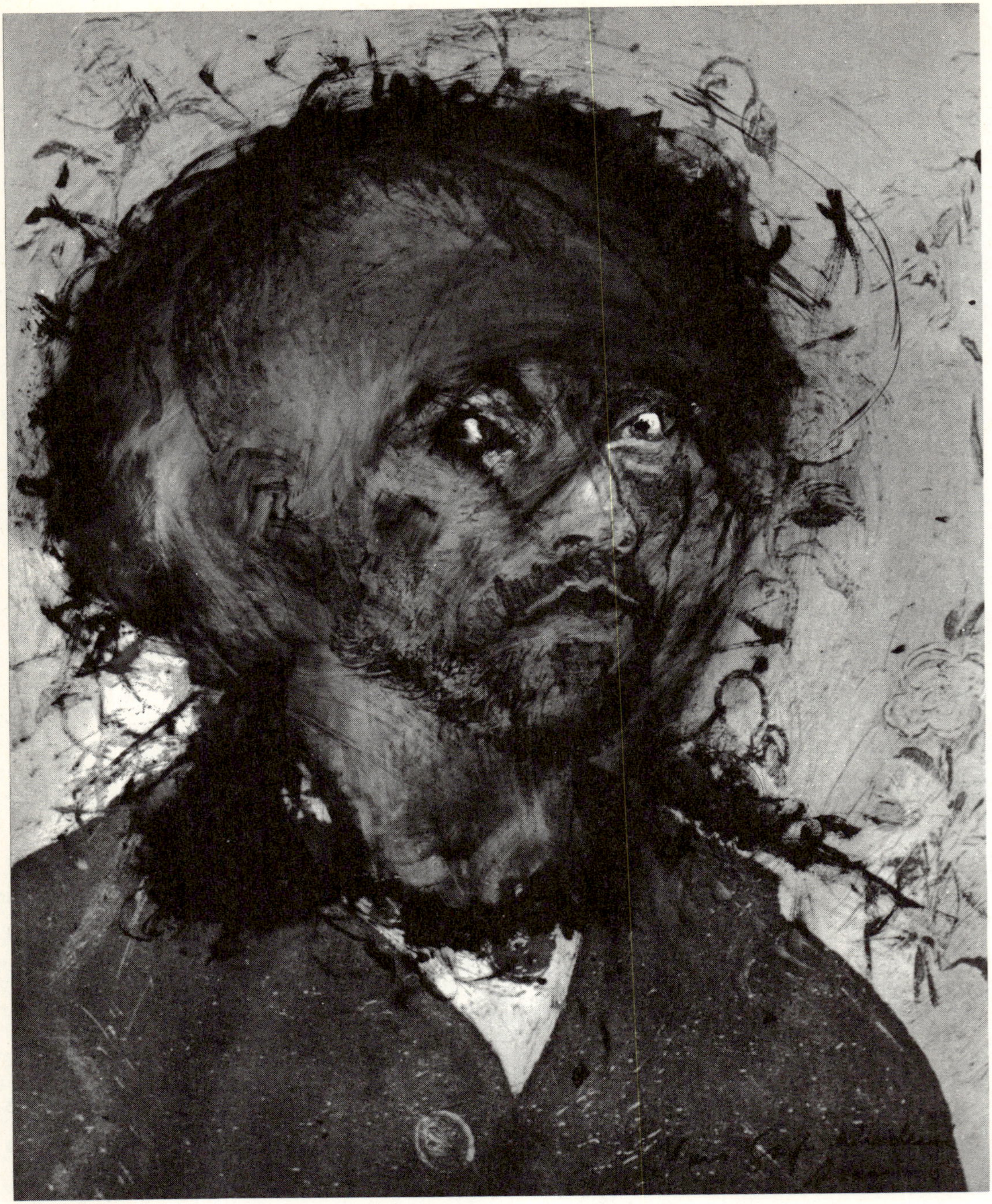

Arnulf Rainer, Van Gogh schielend, übermalte Fotografie, 1980

ARNULF RAINER

... als van Gogh als ... oder Der Versuch, meinen permanenten Zerfall aufzuhalten

Es reicht lange zurück, daß van Gogh unbedingt von mir gemalt bzw. metaphorisiert werden wollte. Angefangen hat es 1948 mit der Porträtzeichnung »Wie, van Gogh in Gottes Ohr?«. Damals war ich noch sehr skrupelhaft und habe diese Selbstverirrung verbrannt.

1949/50 zeichnete ich mich dann selbst im Stil des Gemüsearcimboldo als Vincentinkarnation, natürlich nur verdeckt, geschmuggelt und für meine Mittelschullehrer unkenntlich. Dazu kamen Paraphrasen als Hermaphrodit, Ohrenbetonter, Zweikopf, Doppelgänger, Märtyrer, Fräulein, Jesus, Entschwebter, Auferstandener, Gefallener, Epileptiker.

1968 entstand eine große Zeichnung, mit der Titulierung »Van Gogh als Jagdflieger« (der Pilotenstatus war als Zwölfjähriger mein Berufswunsch). Seit spätestens damals vereinte ich zwei jugendliche Ideale und pflegte Umgang mit mir selbst über van Gogh. Es ist der bekannte Napoleonkomplex, der kalkulierte Größenwahn, die Geniebenützung, die Leithammelsuche eines Nichtidentischen.

Abendkulturell gesehen ist dies Heiligenschändung, Ikonenbesudelung, Kultaberwitz, Totenspott, Numinosenschauer, Schauriges, Tabubetastung, oder nur Duell und Duettspielerei. Man muß wissen, daß ich manierierter Mystizist mit der Themaverfehlung, der Alsobidentität, der Willkürwandlung, etc., meine Bilder aufmöble. Parasitär hängte ich mich an diesen Franziskus der modernen Malerei. Es sind die naiven und raffinierten dialektischen Methoden, wenn einer auf Eigenkunstsuche und Berufsbluffs aus ist. Eine Menge dubioser personeller Ebenen spielen bei mir eine Rolle: Imageschmäh, Schmierenschauspielerei, Ambivalenzgetue, Selbstwiderspruch, Überraschungssucht, Drang nach dem Gegenbild, Spiegelfaxen, Namen und Titelbetrug, bildnerische Hochstapelei, überhochmetzte Autoporträtierung, Verstellungskunst als Ausdruckssparte, Selbstverunstaltung, Aufplusterei, Attrappenzauber, Komödiantenhochmut, clowneske Erniedrigung, exhibitionistischer Beichtedrang, angeberisch Hinaufgestemmtes etc.

Salatartig vermischt und ergänzt sich das, spielt sich oder löscht sich gegenseitig aus, synthetisiert sich oder zerstört einander. Wozu dieser Drang zum ewigen Selbstwiderspruch, wozu dieser permanente Selbstpluralismus? Suche nach einem »Superego«? Was ist das? Weiß ich im Moment nicht! Ich zerfalle immer mehr. Ich kann mich einfach nicht zusammenhalten. (Deshalb auch der bloße Aufzählungsstil in diesem Aufsatz.)

Fahren wir mit der Anhäufung der Phänomenklumpen fort: Dieser Zyklus ist wie andere die Auseinandersetzung mit der Identifikation, der Transformation in irgendein

Beiläufiges, Ideales; die Möchtegerntransformierung in eine tragfähigere Ebene, die Icherhöhung auf einen Festungsturm oder eben nur die Schwebeflausen eines Assoziationsfleißigen. Im Spiel sind auch die allerwelts-bekannten sogenannten Verfremdungstricks. Ich rassele auch hier wie des öfteren mit Geisteseffekten: Spannungsgefälle einer Malerei zu ihrem Titel, die von mir erfundene Verdeckung zu bluffender Tarnung, Fantasiepflanzereien, der Spannungseffekt vom Oberbild zum Unterbild, die überraschende Distanz zwischen Bildbezeichnung und Gezeichneten. Der kleine Nervenkitzel, der die Kluft zwischen Gemalten und Bemalten hervorruft usw. Mit einem Wort Hirnreize für Eingeweihte, die bekannte abstoßende Verunsicherung für Neukonfrontierte, die nicht ungewollte Unwilligenabstoßung.

Mit diesen Mätzchen verbringe ich meine Tage, erhöhe meine Arbeitsstunden, reize mein unterbeschäftigtes Gedankenleben, fasziniere mir selbst mein gelangweiltes, wirres und verwüstetes Künstlergehirn, formuliere meine Abstrusitätsphilosophie, bringe Ordnung und Interessentenwerbung in mein aus der Bahn geratenes Ausdrucksgebaren.

Ein Nebenantrieb sei noch erwähnt: Ich bin ein Eingeschneiter und leide unter meiner Selbstzudeckung, bin scheu und mag mich Mitmenschen nicht preisgeben. Also legte ich mir Gegenstrategien zu, praktiziere sie auf der Werksebene. Gegen eine Schwäche komme ich nicht an: Ich verliere und verästele mich zu stark und weiß nicht, wo der Strom, der Stamm sich befindet. Wahrscheinlich bin ich gar kein Baum wie andere Künstler, sondern nur ein wuchernder Strauch, der dauernd seine Vollständigkeit überprüfen will und alle möglichen Zweige ausdehnen muß.

Fahren wir wieder mit dem Stil der Aufzählung von einschlägigen Stichwörtern fort. Dieser Zyklus der überarbeiteten van Goghschen Selbstporträts hat Aspekte wie:
- Selbstverlust,
- Eigenwandlung,
- Ichmobilitätsdrang,
- Egotranszendierungsgetue,
- Autotheater,
- die gespielte Ichlöschung,
- das Interesse an neuen Selbsterfindungen,
- die Furcht vor dem Erzfeind im eigenen Magen,
- die Sympathie mit dem Erzfreund in der eigenen Brust,
- die Beschäftigung mit der Gehirnadernlockerung,
- die Rollenmixturen des Eklektizisten,
- das Geniegesehne,
- der Übermut des Euphorisierten, ...

Das Aufzählen kann zu keinem Ende kommen. Ich finde nicht die eine umfassende, für mich gänzlich treffende Bezeichnung.

Meine persönliche Motivation können andere eher erraten, als ich sie selbst verfehle. Wozu nur das Ganze, frage ich mich immer wieder. Jedenfalls versuche ich, ohne je abzuschließen oder einzuschränken, auch bei dieser van Goghserie das gleiche wie bei allen anderen Werkserien, seien es Schmierereien, Maskenbilder, Fotoposen, Überzeichnungen, Zumalungen, Blindgekritzel, Totendarstellungen (und auch Selbstkommentare):
- mich selbst zusammenzuklauben,
- mich selbst zusammenzukleben.

ANDREAS OKOPENKO

Präparation eines Traums

1

.... (Der Traum)

2

Es schleift mich über (visuellen, verbalen, emotionellen) Halbschlaf-Schutt in erstes Wachsein.

3

Hier sogleich a) der Wunsch, b) der Entschluß: den Traum in seinen Eckpunkten festzuhalten (dies rettete oft schon einen Traum mit all seiner Substanz an Geschehen und Stimmungen). Festhalten jetzt mindest im Gedächtnis, raschen Weiterschlaf opfernd. Nachvollziehen des Traums, Konturennachziehen: eine Zwischenstation bauen, Durchreiche in den Tag; Relais, das die Engramme so weit verstärkt, daß sie bis morgen früh weiteren Träumen standhalten.

4

Im schärferen Wachsein der Entschluß, dieses Exempel nicht für mein Traumbuch, sondern für die Jubiläumsnummer der »manuskripte« auszuarbeiten.

5

Sogleich der weitere Entschluß, dies durch Festhalten der Arbeitsstufen informativ aufzuwerten.

6

Gedankliches Fixieren des Traums, Punkt 3 realisierend.

7

Nächsten Morgen erste Niederschrift der Eckpunkte, und zwar:
Bibliothek, graue Josefstädter Straße, im Durchhaus, doch Josefstädter Straße, Einkehren. (Zuerst noch durcheinander – in der Reihenfolge der Erinnerung.) Diese Eckpunkte ebenso durcheinander mit Stichwörtern zu den Details anreichern.

8

Ordnung der Eckpunkte und Details, möglichste Vervollständigung der Details und Auffüllung eines weitgehenden Kontinuums, wie es diesen Traum auszeichnete.

9

Überprüfung des so entstandenen Rasters durch »Nachleben«. Etwas dem Traum Ähnliches bestätigt schon beglückend. Überzeugung, daß das Festhalten recht gut gelingen wird.

10

Erstes Festhalten der Arbeitsstufen. Daneben Seitennotizen wie: »zuvor eine abenddämmrige Bernklau*)-Szene nach hartnäckigen Gedanken, wie die Nibelungenstrophe worden sein mag« oder »die Gegenden, Menschen, Vorfälle ähneln nichts, woran ich mich erinnern kann« oder »Grund, gerade diesen Traum auszuwählen: ist er auch nicht besonders packend, zeigt er doch gewisse Eigenheiten meiner Träume, etwa wache Denkarbeit und Schauengehen in real-time-Minuziosität, und ist vor allem von Anfang bis Ende gut erinnert worden«. Weiters: abschweifende Notizen zum Traumbuch.

11

Die Niederschrift des Traums und ihre Feilung. Ergebnis:

.....

Ich sitze allein im äußersten Zimmer einer Bibliothek vor Betriebsschluß. Die Stille nütze ich, nicht um in einem Buch zum Nibelungenstoff (vage Erinnerung an einen Vortraum), sondern in einem Blättchen zu lesen, das drei Aufsätze von mir enthält. Ich habe zwei auf Druckfehler durchgesehen, den dritten anzugehen, scheue ich mich. Mit dem Druck war ich anfangs zufrieden, im nachhinein fielen mir dann doch kleine Fehler auf, zum Beispiel zwischen zwei Wörtern ein großer Leerraum und in seiner Mitte ein unnötiges X; schon stolperte ich über einen weiteren anfangs übersehenen Fehler:

*) Bernklau heißt ein grüngelegener Wirt aus meiner Studentenzeit

Fallfehler, der sich aber dann als Aufsitzer entpuppte (ungefähr: »ich habe des Streits wegen dir so lange nicht geschrieben«). Aus der Sicherheit war ich mithin geworfen. Anderseits empfand ich etwas wie einen satten Stolz, daß nun schon viele Bücher von mir in der Bibliothek standen; etwas Trauer um die damit vergangenen Jahre war beigemengt.

.

Aus einem inneren Zimmer hinten kommt eine Lesergruppe, darunter flüchtig eine hübsche dunkle Dame. Einesteils signalisieren sie den Betriebsschluß, andernteils rufe ich ihnen aus einem unerinnerlichen Grund die Bitte zu, das Tor, durch das sie hinausgehen, zu schließen. Diese Bitte ist aus irgend einem andern vergessenen Grund überflüssig, ich rufe ihnen auch diese Erkenntnis noch zu und rede mich haarspalterisch auf den Unterschied von »schließen« und »sperren« aus.

.

Ich packe meine Sachen zusammen, da kommt aus einem anderen inneren Zimmer, links im Vordergrund, ein eitler junger Mann; bebrillt, schlaksig, schmächtig. Er frozzelt mich im Abgehen: »Sie heut auch auf Suche nach geistiger Nahrung?« Ich antworte treuherzig, nur in eigenen Texten gelesen zu haben. »Ihren Erfolgsbüchern!« Natürlich, sage ich, ist mir klar, immer nur Mißerfolgsbücher geschrieben zu haben, aber das ist ja für Sie wie für mich nie ein literarisches Kriterium gewesen. Über das Thema blödelnd, erreichen wir einen Punkt auf der Straße, an dem ich mich freue, den Schnösel loswerden zu können; etwas früher als geographisch nötig lasse ich unsere Wege sich trennen, bin angesichts meiner sonst schlechten Orientierungsgabe leicht stolz, statt unserer verschiedenen Wohngebiete exakt anführen zu können, Sie müssen nun nach Süd, ich nach Nord. Elegant – was ich genieße – verlaufen wir uns.

.

Auf einer grauen »Josefstädter Straße« gehe ich nun allein, Gedanken nachholend, was ich alles vielleicht zu erledigen vergessen hätte, Gedanken, an denen mich der Schnösel gehindert hatte. Aber immer neue Passanten stören mich, auch Arbeiterinnen, die – an sich von mir geliebt – es ist nun plötzlich Mittag – schnatternd und an Broten kauend die Pause verleben. Ich verlangsame mich, lasse die Frauen vorüber. Noch und noch Gedanken über Frauen, Alltag, Fabrik, Kontakt, meine Kontrollneurose – nicht weniger dicht als im Wachen.

.

Ich gelange in ein Durchhaus, einen grauen Innenhof. Dort steht grau das Denkmal eines Priesters, auf der Tafel lese ich: »... habe geweint, als ich in der Schrift las und fand, daß Gott oft das gesagt hat, was der Gott der Leute gesagt hat.« Berührt verlasse ich den Hof, freue mich, auf die neue Straße zu kommen.

Die ist zu meinem Schrecken doch wieder die »Josefstädter Straße«. Ich erlebe das Gehen in seiner ganzen zermürbenden Länge, von Haus zu Haus mit den winzigsten wechselnden Eindrücken; sehe ich all den herbstlichen wie menschengeschaffenen Dreck am Gehsteig, zitiere mir das Jandlgedicht von der grauslichen Gasse, grüble über die Pflicht des Realismus, was alles zu zeigen; halte vor Geschäften, vor einer Trafik mit vielen damenzeigenden Magazinen – alle Gestalten und Gesichter im Moment von mir erfunden, samt den frustrierend lächerlichen Posen und den Tönen des Papierverbleichens; eine Flut kleiner Gedanken über die Fraglichkeit von Fleisch auf Papier, und weiter das Gehen und Gehen.

Die Straße aber zeigt neue zielnähere Nummern, ich gehe also doch die gute Richtung. Nun überraschen mich auch noch erfreuliche saftgrüne Heurigenbuschen. Ich bin sehr durstig, kehre ein. Hier ist Getümmel. Wir stehen. Ein Ekel von einem alten Mann, wohl gar mein Dozent, grauen dreigespitzten Gesichts, hakt fest, stört mein gut löschendes und schmeckendes Trinken. Provoziert mich: »Du Narr, fünfzig bist und hast keine Frau«; ich rücke langsam mit der Scheidung, als wärs ein Trumpf, heraus, der Graue zieht zurück, das hat ihm imponiert, ich stoße nach: »Oder haben Sie ablehnende ethische Hypothesen?« Der Traum verläuft sich ins schwarz-weiße brockige Erwachen.
.....

12
Die Gesamtniederschrift der Präparation.

GERT JONKE

Wiederholung des Festes

Eigentlich ist alles der Wiederholung gemäß gekommen.
Alles ist der Wiederholung zu Hilfe gekommen.
Man hat sogar die selben Lampions wie vor einem Jahr an die Wände und Plafonds gehängt.
Es hat sehr viel Mühe gekostet, in die selben Kaufhäuser zu gehn und nach den gleichen Kerzen, dem gleichen Whisky, dem gleichen Cognac, den gleichen Farben, die zur Dekoration verwendet worden waren und worden sind, dem gleichen Papier, den gleichen Tischen und Tischtüchern, den gleichen Aschenbechern und den gleichen Kleidern zu suchen.
Es hat den Friseuren sehr viel Mühe bereitet, die gleichen Frisuren anzufertigen.
In den Drogerien hat man die gleichen Parfums und Rasierwasser gekauft.
Man hat auch letzten Endes die selben Leute eingeladen.
Jedenfalls ist alles geschehen, um eine Wiederholung des Festes, das im vorigen Jahr zu Beginn des Sommers veranstaltet worden war, zu ermöglichen.
Man hat keine Mühe gescheut.
Man wollte wissen, ob die Wiederholung eines Festes möglich ist.
Der Versuch einer *zeitlich hintereinander gereihten Kongruenz* von Empfindungen, Gefühlen und menschlichen Beziehungen.
Dem ist freilich auch zugute gekommen, daß im vorigen Jahr, als noch niemand etwas über die beabsichtigte Wiederholung des Festes ein Jahr später gewußt hat, das Fest in verhältnismäßig kleinem Rahmen aufgezogen worden ist.
Warum hat man denn alles wiederholen wollen?
Wahrscheinlich aus Neugier, ob auch jene Gäste, die nichts von der Absicht der Wiederholung des Festes gewußt haben, – außer den Veranstaltern und mir, der ich der Sache auf den Grund gegangen bin, ist nie jemand etwas Diesbezügliches zu Ohren gekommen – unbewußt in den Verlauf der Handlungen, Gefühle und Beziehungen »vorschriftsmäßig«, wie vor einem Jahr, eingehen würden.
Am Abend sind die selben Gäste empfangen worden, die selben Lampions haben aufgeleuchtet, und die gleichen Kerzen sind angezündet worden.
Plötzlich haben sich die selben Leute miteinander unterhalten, sind zu den selben bestimmten gleichen Stunden die selben bestimmten gleichen Leute gleich an der selben bestimmten gleichen Theke gestanden, haben auf die selbe Art und Weise die selben bestimmten gleichen Getränke wie im vorigen Jahr getrunken und über die selbe bestimmte gleiche Politik wie im vorigen Jahr geschimpft.
Was übriggeblieben ist:

Die gleichen zerschlagenen Lampen wie im vorigen Jahr, das gleiche am Boden zerronnene Wachs wie im vorigen Jahr und die selben, einiges befürchtenden Gedanken des selben Personals, die gleichen mühsamen Aufräumungsarbeiten am gleichen darauffolgenden selben Nachmittag.
Es ist wie im vorigen Jahr in keiner Weise ein besonderes Fest gewesen.
Es ist trotzdem gelungen.
Man hat erreicht, was man erreichen wollte.
Man hat plötzlich gewußt, daß die Wiederholung eines Festes, eine zeitlich hintereinander gereihte Kongruenz, auf einmal möglich sein kann.
Zumindest ist es bei diesem Fest möglich gewesen.
Für die Veranstalter ist es ein Erfolg gewesen, wie man ihn sich nie zu erträumen gewagt hätte.
Auch zwei Freunde sind während des Festes von der Wiederholung des Festes in Bann gezogen worden, wie auch ich von der Wiederholung des Festes in Bann gezogen worden bin.
Das hat sich insofern ausgewirkt, als wir nach dem gleichen Ende der gleichen Veranstaltung das gleiche Bedürfnis gehabt haben, im selben See, die selben paar Kilometer von uns entfernt, zu baden.
Ein kühler Morgen, etwa fünf Uhr früh, wir sind die selbe Chaussee wie im vorigen Jahr entlang gegangen und haben kein einziges Wort gewechselt.
Als wir den See erreicht hatten, haben wir bemerkt, daß das Strandbad genau wie im vorigen Jahr noch versperrt war.
Da die übrigen Uferteile von einem breiten Schilfgürtel umgeben sind, ist es unmöglich, in diesem See woanders als im Strandbad zu baden.
Wir sind über den Zaun gestiegen.
Da sich in meiner Kabine nur zwei Leute zugleich umziehen können, da drei Leute in der Kabine nicht Platz haben, sind zwei von uns in die Kabine gegangen, um sich umzuziehen, der dritte ist auf die Brücke vorausgegangen, um sich dort umzuziehen, was durchaus möglich gewesen ist, da um diese Zeit genau wie im vorigen Jahr noch kein Mensch im Strandbad gewesen ist.
Auch im vorigen Jahr hatten sich zwei in der Kabine umgezogen, und der dritte war auf die Brücke vorausgegangen.
Wir sind dann auf die Brücke gegangen, wo die Kleider unseres Freundes herumgelegen sind.
Wir sind dann ins Wasser gesprungen und haben ein paar Kraulbewegungen gemacht, doch ist uns bald kalt geworden.
Wir sind dann in die Kabine zurückgelaufen und haben uns wieder angezogen.
Wir sind dann wieder auf die Brücke zurückgegangen, um auf ihn zu warten.
Auch im vorigen Jahr hatten wir sehr lange, mindestens eine halbe Stunde, auf ihn warten müssen.

Wie im vorigen Jahr haben wir kein einziges Wort gewechselt.
Es ist noch nicht sieben Uhr gewesen.
Um diese Zeit wird das Strandbad geöffnet.
Da wir befürchteten, von den Strandwärtern als Einbrecher, Diebe oder Landstreicher verhaftet zu werden, da wir ja über den Zaun gestiegen waren und das Bad, wenn es geschlossen ist, nur über den Zaun betreten werden kann, haben wir uns wieder vorsichtig über den Zaun davongeschlichen, um nicht gesehen zu werden.
Wir sind uns wirklich ein wenig wie Landstreicher oder Diebe vorgekommen, weil wir nicht auf ihn gewartet, sondern ihn im Stich gelassen hatten.
Wir haben ihn nie wieder gesehen.
Auch die anderen Leute haben ihn seit damals nicht mehr gesehn, geschweige denn aufgefunden.
Einige Leute behaupteten, er sei wahrscheinlich ertrunken, müsse im See auf alle Fälle unglücklicherweise ertrunken sein.
Aber auch das konnte niemand beweisen, denn man suchte mit Booten und Tauchern nach seiner Leiche, man tastete den gesamten Grund des Sees mit Tauch- und Sondiergeräten ab, man durchstreifte den Schilfgürtel, tagelang, man fand ihn nicht.
Die einzigen auf ihn hindeutenden Spuren waren seine Kleider auf der Brücke, die noch bis zum Abend des folgenden Tages dort lagen, da niemand sie zu berühren wagte, weil allerlei mysteriöse Gerüchte umhergingen, er sei in Wirklichkeit der feindliche Spion eines fremden Landes, der, nachdem ihm etwas Ungeheuerliches unser Land Betreffendes zu Ohren gekommen und der Boden zu heiß geworden war, ohne daß es jemand bemerkt hätte, von einem geheimnisvollen Wasserflugzeug abgeholt worden war und seine Kleider nur deshalb zurückgelassen hatte, um den Anschein zu erwecken, er sei ertrunken etc.
Er muß irgendwie spurlos verschwunden sein.
Es ist durchaus möglich, daß sein Verschwinden, sein spurloses Verschwinden notwendig war, da sein Verschwinden das einzige darstellte, was sich im vorigen Jahr nicht abgespielt hat.
Wäre er nicht verschwunden, hätte sich wahrscheinlich von diesem Zeitpunkt an alles weiterhin wie im vorigen Jahr wiederholt, vermutlich hätte sich alles weiterhin wie im vorigen Jahr abgespielt, und alles wäre plötzlich auf einmal immer wieder so gewesen wie im vorigen Jahr.

Walter Pichler, Zwei Tiegel, Sand und Bronze, 1971

FRIEDERIKE MAYRÖCKER

Nach raschem Erwachen

DIE MANNIGFALTIGEN QUALEN AN EINEM MORGEN

eine Ader gehabt, das
Panoramabild
vom verwehten Fenster, der Vogel
liege jetzt abgehalftert
in der Mitte des Sofas,
Bastard-
musik / die Helferei,
die Tränen die Nachtverderber,
mit verquollenen Augen der Morgen,
meine Eltern der Mond

Aviation vor dem Zug,
etwas, Flügellärm übertönt
die Geräusche von nebenan, die
Heimorgeltöne von unten –
sie leben lästig gesellig!

vier Sträusze und Eulenschrei,
ein Bussard
durchschweift
meinen Schädelgrund,
das Einhorn (Narwal)
durchstöszt meine Eingeweide

Aviation ach,
wie schön ist es die Elche zu treffen,
Flatter-
tiere, ein
Finkennest

(»Seidenpapiere
zum Anfassen ..«)

Meeres Welt

gegen Morgen
ein ungeduldiges atemloses
gerafftes
Träumen:
das Verlangen
nach raschem Erwachen
kurzem Aufstehen
sofortigem Weiterschlafen –
ohne die Lampe anknipsen zu müssen

(unter Wasser die Quelle /
unter die Decke)

am mondbeschienenen
Fenster die blassen
gefrorenen Blumen

Leibenfrost

über die Silhouette
der Dächer
ein Wolkengebirge violett und blau
eines der Fenster
spiegelt zur Hälfte den bunten Lampenschirm
das andere rahmt einen funkelnden Stern –
die Dielenbretter
knarren bei jedem Tritt
im Glas
die schwarze Rose bizarr vertrocknet
raschelt im Lufthauch

Hang des Herzens
geplättet
und Jederschall –
oder des Postknechts Acker

Sperlinge fallen aus dem Gebälk

die Wanderbühne, am Himmel,
der azurgrüne und rote Thespiskarren, am Straszenrand,
(wunderliche Partie und Spektakel!)
lehnt jeden Morgen an einer anderen Ecke
zwischen verbeulten Karosserien
und einem Betteinsatz

durch dessen rostigen Maschendraht
zwei zergehende Klumpen Schnee
schwärzlich gegen den Rinnstein tropfen

weiszer Vollmond Gipsbüste
ein verschleierter Düfte-Empfänger
sehr beschädigt / beschäftigt
mit zerschlagener Nase,
zwischen kahlen Robinienbäumen –
(täglicher Mittagsgang)
sie sägen jetzt auch
die kleine Allee zuschanden,
im dürren kotverkrusteten Rasen des Parkgeländes
liegen die gefallenen
Äste zuhauf /

vielleicht
gehe ich schlittschuhfahren

die blauen Füllungen
der geschundenen Bäume
ach, vespernde Totschläger!
stumpfen Sinnes und Tier /
die chinesischen Sperlinge,
Hundegespann, ein
schmächtiger
Himmelsprospekt ohne Schlupfwinkel

einer frühen
Zeltlandschaft
zärtliche Fundstücke, das Glitzern

von Sonnenlicht auf Schnee,
das Vorbeihuschen
eines Salamanders zwischen ausgetrockneten Halmen,
Aufschreibungen
in der Dämmerzeit
flüssiges Herz, eine
Kindheitsbekanntschaft!
grün-
zeitliches
Mobiliar..

die längst dahingegangene Verwandte,
plötzlich wiedererstanden
im innigen Aufblick der Mutter,
Halsgrube
flüchtig, verhärmt
liebender Stirnschatten /
an den Scheiben
die hingewischten glitzernden
Tränen

langsam begreifend, er,
das leichte Gezwitscher,
benutzte die blaue Tischserviette als Taschentuch!

ein gesprenkeltes
Ei-Gelb
gegen die Decke stammelnder
Lichtreflexe

aus zweiter Hand der hellbraune
Kammgarnanzug, mit heruntergeklappten Stulpen
und frischer Bügelfalte,
dazu die dunkelbraunen
Gamaschenstiefel,
die nassen Vögel im Himmel im Februar
(schaufelnd) /
das nach oben mäszig geraffte
Hosenband
eine punktgetreue Natur!

aber azurgrünes blaues und rotes
Spektakel,
grosze
Entäuszerung ihrer selbst!

Sanftleben, die Sanftlieben,
schamverhüllt,
der verborgene Rücken –
grün-rosa rot die streckenweisen (Wolken)
das weisze
Luftziel, Gefieder –
sei er denn bibelfest?

es tobte, und schwärmte, gegen die Scheiben,
Fabel,
eine Verirrung,
in Sperlingsgrün . .
von einem Schlaf in die Vorkammern des nächsten
geschoben

WIE TELESKOP –
ash-painting,
Falkenhals –
die Erscheinung der Träume
in wechselvoll getönten
Mustern /
wenn der Rabe schreit,
ein verschiedenes Fusz-Stapfen,
Lichtenfels –
eine weisze
Lilie
Schnee

beinah gegen die Scheiben
schlägt
sein dunkles Flügelpaar
sein Geäst

zufusz unterwegs zu deinem
Quartier, über wenig beschneite
Straszen, den Blick nach unten gerichtet,
die mannigfachen Zeichen im Schnee zu betrachten –
Nesseltücher und
Sandelholz /

weiche
Vertiefungen, Vogeltritte,
Abdrucke von Zehen und Klauen, menschliche
Spur, Fischgräten, Halme, Sand und Salz,
ein Blutstropfen, Stoffrestchen, Holz,
gelbe und blaue Papierschlangen, Taubenmist,
kleine kristallinische
Gebirgsformationen am Straszenrand

das mühsame
Wechseln von Orten, ganz wenig,
Trauermusik,
chinesisch gekreppt der Duft aus den eigenen Kleidern
kommt mir beim Aufwärtssteigen der Treppe
plötzlich entgegen,
die eigene inzwischen gefrorene Trittspur
auf dem Heimweg, bei Nacht

am Ende der Strasze
die erleuchtete Kirchturmuhr
wie ein voller Mond,
Schlafnacht, ein
Schatten an der Platanenallee

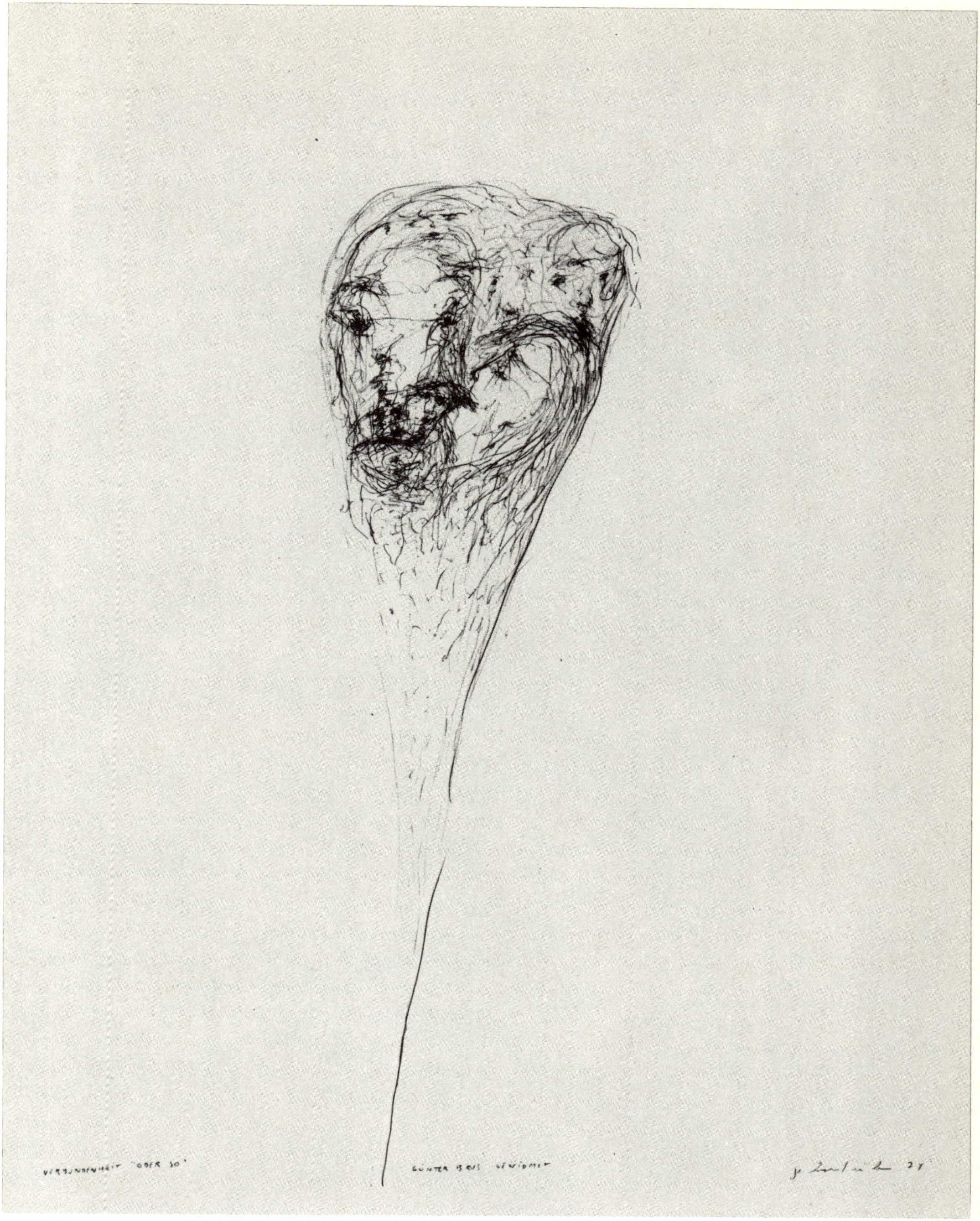

Gerhard Rühm, Verbundenheit »oder so«. Günter Brus gewidmet, Tusche, 1974

Historisch-kritischer
Raubbau

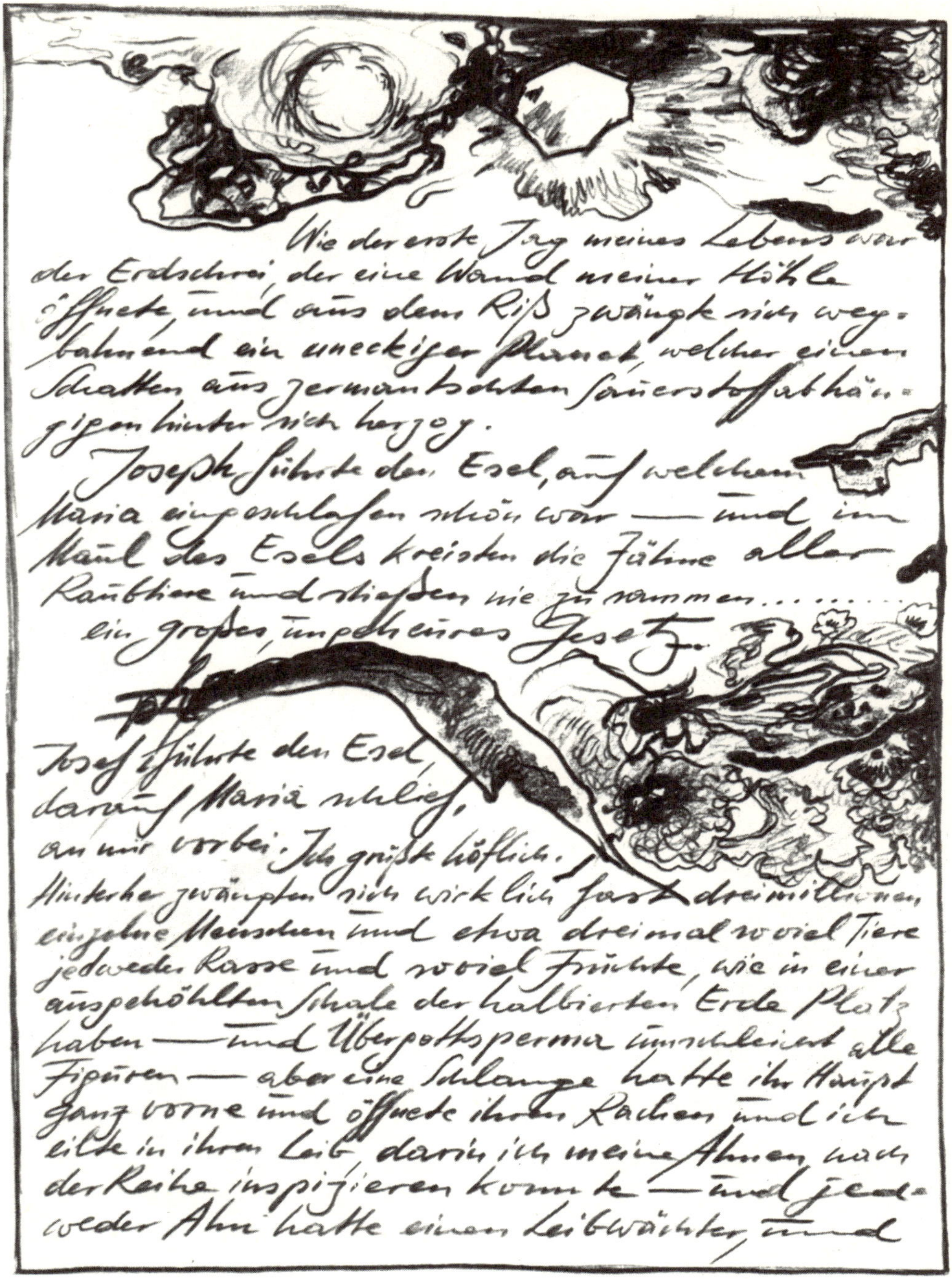

Wie der erste Tag meines Lebens war der Erdschrei, der eine Wand meiner Höhle öffnete, und aus dem Riß zwängte sich weg-bahnend ein uneckiger Planet, welcher einen Schatten aus jermantschten Sauerstoffabhän-gigen hinter sich herzog.

Joseph führte den Esel, auf welchem Maria eingeschlafen schön war — und im Maul des Esels kreisten die Zähne aller Raubtiere und stießen sie zusammen........ ein großes, ungeheures Gesetz.

Josef führte den Esel, darauf Maria schlief, an mir vorbei. Ich grüßte höflich. Hinterher zwängten sich wirklich fast dreimillionen einzelne Menschen und etwa dreimal soviel Tiere jedweder Rasse und soviel Früchte, wie in einer ausgehöhlten Schale der halbierten Erde Platz haben — und Übergottsperma umschleiert alle Figuren — aber eine Schlange hatte ihr Haupt ganz vorne und öffnete ihren Rachen und ich eilte in ihren Leib, darin ich meine Ahnen nach der Reihe inspizieren konnte — und jede-weder Ahn hatte einen Leibwächter, und jedweder Leibwächter war von der Krankheit befallen, die man als unbekannt bezeichnet.

Ein weißer schriller Schrei kam mir entgegen – und ich mußte nachdenken, um einen Atem zu haben. Ich öffnete mein Maul und spie mich ins Feuer und der Schmerz löschte mich aus.

Ein Altar war an dem Schlangenherzen erbaut, umkränzt von grünen Rosen.
Das Gnadenbild bestand aus einem Spiegel, welcher, als ich hinein blickte, meine Rückseite spiegelte.
Und als ich meine Augen schloß, brach eine Wunde an meinem Nacken auf, daraus die Rückgratwirbel

einzeln wie preisgekrönte Türner salto-
mortalierten —— und zuletzt das
Schißbein als ein Höcker in meiner Nacken-
wunde stecken blieb ——
gelb und einhörnig. . . .

Bücher stehen Schlange vor dem Ausgestorbenen

BERNHARD HÜTTENEGGER

Der Pfau

»Vielleicht sucht man nichts anderes im Leben als den größten Schmerz, der möglich ist, um einmal man selbst zu sein, bevor man stirbt.«

Céline: Reise ans Ende der Nacht.

Als er – zu früh – aus dem Morphiumschlummer erwachte, setzte der Schmerz ein, mit voller Wucht, zerschnitt seine Eingeweide. Er schrie nicht. Es war ein kleinlicher Laut des Erstaunens, ein gepreßter kurzer Ton, den er ausstieß. In seinem Leib brüllte es.

Mit diesem seinem Schmerz war er zwar nicht alt, doch älter geworden; und die sich selbst attackierende, sich selbst vernichtende Körperwaffe im Körper war im Lauf der Jahre von Stecknadelgröße schließlich zu einer glühenden Machete ausgewachsen. Alle männlichen Verwandten der Vaterlinie hatten, der Vererbungswahrscheinlichkeit Genüge zu tun, die gleichen aufständischen Innenorgane mit sich herumgetragen: an ihre Arbeitsplätze, in Bürozimmer und Amtsräume hinein, täglich morgens, nach Hause, täglich abends; hatten darüber hinweggeschrieben, wenn sie am Schreibtisch saßen, diensteifrig geduckt, vor den Bescheinigungen und Dokumenten fremder Angelegenheiten, während unterhalb der Tischkante der Aufruhr im eigenen Leib schwelte. Hatten den Schmerz mitsamt den Ursachen vererbt, weitergegeben wie den hoffnungsarmen Ausdruck ihrer Gesichter, ihre unauffällige Lebensweise überliefert wie die dürftigen Hilfs-, Heil- und Abwehrmittel, die Beruhigungs- und Linderungsrezepte, deren traditionelle Machtlosigkeit die Väter und Vatersväter sich kommentarlos eingestanden. In der Folge der Generationen war dieser Schmerz zu einem Wesenszug, einer Charaktereigenschaft ausgeprägt, verhärtet worden, und die Betroffenen, dieser Herrschaft in der eigenen Körpermitte hörig, blieben anfällig für jedwede Herrschaft: gingen gebückt, in sich verkrümmt, verkrochen ihre Wege, vom Amt nach Hause, von zu Hause ins Amt, einem überlieferten Beruf ergeben, schleppten ihre Innenorgane wie eine verschmähte Opfergabe, der sie letztenendes selbst zum Opfer fallen sollten, hin und her, den Kopf gesenkt, aus Scham, den Nacken bloß, dargeboten den Vorgesetzten sowie den Vorgesetzten der Vorgesetzten, deren Befehle Schmerzdrohungen waren. Diese Zurückgesetzten blieben ernst, auch wenn sie lachten, in Gesellschaft, immer ein wenig zu laut. Hörten auf, sich selbst zu gehören, sobald sie nicht mehr allein waren. Einer einmal erhaschten Zuneigung lieferten sie sich aus und bezahlten mit einem gut Teil ihrer Wünsche. Alles erschien ihnen zuviel und zuwenig zugleich.

Ihr Vernünftigsein war kleinlich und ihre Kleinlichkeit vernünftig. Für ein endgültiges Unglück waren sie wohl zu feige. – Die Krankheit der in sich verhinderten Siegerl, pflegte sein Vater zu sagen: Innen rebellisch, außen gefällig! Verlierer ist, wer sich wie ein Verlierer benimmt.

Ihm waren diese Verkettungen zu offensichtlich, als daß er daran glauben mochte; aber mindestens manchmal tritt auch das wahrscheinlich zu Erwartende ein. Der Schmerz ließ jetzt nach, flutete wellenartig zurück, die Verkrampfung löste sich. Im Gegenlicht am Fenster tanzte eine Mückenwolke. Sein Kopf war außergewöhnlich klar, wie gereinigt. Weiter weg schrie ein Pfau. Altweibersommer!, fiel ihm ein. Er spürte, wie der Schweiß auf seinem Leib trocknete, das Bettzeug sich kühl anfühlte, und studierte das Muster auf der Zimmerdecke. Sah sich eine der parallelen Linien entlanggehen... Geht die Kaimauer entlang, mitten im Trubel der allgemeinen abendlichen Geselligkeit, umschäumt vom öffentlichen Ausgelassensein, von offener Freude. Er wendet sein Gesicht vom Meer der Frau zu, zögernd im Gehen, fast im Stehen, die seinen Blick annimmt. Knallraketen und farbensprühendes Feuerwerk werden abgeschossen, lassen die Wasseroberfläche zeitweise wie metallenen Samt aufglänzen. Entgegenkommende und Überholende, im Konfettiregen, drängen sich vorbei und ihn an ihre Seite, worauf er zurückzuckt, die anderen sich lachend umdrehen und in ihre Spielzeugtrompete blasen. Die Kellner der Hafenrestaurants fassen die Passanten auffordernd um Schultern und Hüften, manche sträuben sich verlegen, andere lachen hellauf und entkommen. Über den Töpfen und Pfannen: traubenförmig die Köpfe der Gäste, vom Speisendunst benebelt. Die Köchin dirigiert die Vorlust des Essens und Trinkens. Ihre Brüste quellen teigig über den Schürzenrand. Scheinbar kurzentschlossen, zeigt er wahllos in die verschiedenen Töpfe. Sobald sie sitzen, stützt sie die Ellbogen auf und bewegt die Lippen. Ihr Gesicht dunkelt auf einmal, schrumpft, die Kenntlichkeit verkleinernd, daß er erschrickt.

Du hast noch nie so furchtbar schwarze Augen gehabt!, hört er sich sagen.

Warum fühlst du dich immer außerhalb von allem?

Mit den Fingernägeln ritzt sie das Wachspapiertischtuch, als das aufgespießte Fleisch gebracht wird. Er will etwas erklären, blickt aber zum Meer hin. Zupft dann an den Fleischstückchen. Flanierende Männer, mit aufklaffenden Hemden, und Frauen, die Gelenke gestrafft, entblößen ihre Zähne. Als sie das Lachen erwidert, hört er zu essen auf. Diese gierigen Schausteller!, flüstert er fast ohne Mundbewegung. Mit der flachen Hand streicht sie über den Tisch. Er spürt endlich Lust, jemanden zu ohrfeigen. Eine Barke, geschmückt mit Lampions und bunten Banderolen, legt unter Tuten und Blasen am Kai an.

Yithion!, rief er laut und deutlich ins Zimmer hinein: Yithion! Er konnte mit der Vorder- und der Hinterseite seiner Augen zugleich sehen.

Bis vor kurzem waren sie zu zweit im Zimmer gelegen; eines Morgens jedoch war der andere verschwunden. Die Verwandten, die am selben Tag zur Besuchszeit gekommen waren, vollbepackt mit Geschenken, standen vor dem leeren frischüberzogenen Bett: mit offenen Mündern und Fragezeichen in den Augen, stumm vor Ratlosigkeit, inspizierten sie Nachtkästchen und Kleiderschrank, als wären dort Überreste oder letzte Botschaften ihres Angehörigen aufzuspüren; daraufhin ließ die Sippe sich auf dem verlassenen Bett nieder, Schulter an Schulter, Rücken an Rücken, in familiärer Einigkeit, begann die mitgebrachten Eßwaren aus der raschelnden, knisternden Verpackung zu schälen, untereinander zu verteilen, pausbäckig hartnäckig zu verzehren. Stumpf blikkend, dumpf jausnend, trotzig und gekränkt, wie es schien, wollten die möglicherweise weithergereisten Besucher das spurlose Verschwinden ihres Verwandten schlucken, hinunterwürgen und mit Hilfe der in der trauernden Runde kreisenden Weinflasche hinunterspülen; wollten ihren Kummer über einen nicht stattgefundenen Abschied, mitsamt dem Andenken an den Verlorengegangenen kauend verdauen, an Ort und Stelle bewältigen. – Er selbst hatte sich schlafend gestellt, als ein Mädchen mit seitlich abstehenden Zöpfen mit Propellermaschen an sein Bett trippelte, ihn keck antippte, um einen Bissen anzubieten. Nach dem Mahl, welches zuletzt wie ein tragischer Protest anmutete, war die ganze Gesellschaft wortlos verstockt abgewandert, nur ein zerfledderter Blumenstrauß, teilweise noch in Seidenpapier gewickelt, auf dem Bett, einige Speisereste auf dem Fußboden waren zurückgeblieben. – Er erinnerte sich an seinen verschwundenen Zimmernachbarn: einen kleinen spitznäsigen kahlköpfigen Mann. Der hatte stundenlang von seinem »Zubau« erzählt: Das »Althaus« nämlich sei zu klein, zu eng für die Familie (welche an jenem Besuchstag auf seinem leeren Bett Platz gefunden hatte), die Kinder würden Kinder bekommen, alle wären folglich eingezwängt im »Althaus«, mehr übereinander als nebeneinander, keine Bewegungsfreiheit für niemanden!, hatte er gesagt, aber der »Zubau« sei die Lösung, alle könnten sich unbeschränkt vermehren und frei bewegen, jeder hätte Raum und doch bliebe die ganze Familie beisammen. Alle paar Tage hatte der kleine Mann, der ihm in seiner manischen Hoffnung unbesiegbar vorkam, seinen Bauplan bis in die Einzelheiten beschrieben, Raumaufteilung und Bauetappen erläutert, jeden Erker, Winkel, Mauervorsprung einkalkuliert, die Vorteile dieser Fensterbalken, die Nachteile jener Ziegelgattung, das rechte Zement-Wasser-Sand-Mischungsverhältnis erwähnt, über Kälteisolierung, Schalldämmung, Außen- und Innenwandverkleidung referiert. Auf die Frage, wieweit der »Zubau« bereits tatsächlich fertig oder zumindest angefangen sei, antwortete er jedesmal: Sobald ich draußen bin, wird angefangen, sobald ich draußen bin, sonst ist alles fertig! Seine Erzählung war ein Besichtigungsgang durch seinen »Zubau«, den Bettnachbarn hatte er gleichsam mitgeführt, durch die Räume wie durch seine Bauplansatztiraden an der Hand hinterhergezerrt. War er nun über Nacht geflüchtet, vom plötzlichen Zweifel verwirrt, sein »Zubau« könnte den Nachkommen doch nicht für alle Zeit ausreichend Raum bieten, war er auf der Suche nach einer unbegrenzten Bewegungsfreiheit?

Es durchfuhr ihn so heftig, tobte wie siedende Salzsäure, daß er sich aufbäumte, sein Rückgrat zu einem Bogen gespannt, er zurückgeschleudert wurde. Jetzt schrie er. Krümmte sich und krallte die Finger in die Fettschicht des Bauches. Etwas kam die Speiseröhre hoch; dunkles altes Blut, diktierte die Wahrnehmung. Mehrere Transfusionsschläuchchen waren abgerissen, die Flüssigkeit schwappte im Behälter und tropfte seitlich neben seinen Kopf. Die Schwester würde nicht sogleich kommen. Er konnte die Notglocke nicht finden, wimmerte, die Steppdecke zwischen den Zähnen, in sich verpackt: ein Bündel Elend.

Bis sein Atem, wenn auch hastig, wieder einen Rhythmus fand. Die Schmerzwelle verebbte, rollte zurück. Er langte unter das Bett nach dem Wäschesack, kramte in der Schmutzwäsche so lange, bis er etwas Hartes tastete, die Pistole gefunden hatte. Das Metall wog schwer in der Hand. Er entsicherte. Es war eine Verlockung, in die Gedärme zu schießen, den Schmerz zu töten, Waffe gegen Waffe.

Ein Freund hatte ihn vor Jahren mitgenommen in ein Nachtlokal. Später war er allein wieder dorthin gekommen, jemand hatte ihm die Waffe angeboten, er hatte sie gekauft, weil er sowohl Lust darauf als auch Angst davor verspürte. In jener ersten Nacht dort folgte er einer Negerin in das obere Stockwerk. Sie trug ein gesäßlanges Lederkleid, das vom Saum bis zum Gürtel in Streifen geschnitten war. Im Zimmer fragte sie nach seinem Vornamen, holte nach der Antwort einen Ausweis als Beweis, daß ihr Sohn den gleichen Namen hätte. Im Dämmerlicht war nichts zu lesen. Auf dem Bett lag eine Gummimatte für die Schuhe. Wie auf der Flucht: so schnell hatte er sich ausgezogen. Er glaubte eine Erklärung schuldig zu sein: Ich bin eingeladen! Und fühlte keinerlei Erregung, blasses Staunen, als die Negerin ausgebreitet vor ihm lag: Schenkel und Arme seesternhaft hingestreckt.

Ein Arm zuwenig!, rief er gegen den Plafond: Der fünfte Arm fehlt! An seinen Schläfen hämmerte das Blut. Er empfand Erleichterung, nachdem er erbrochen hatte. Wieder diese überreizte Klarheit im Kopf: die Hitze des Eises. Seine überdehnten Nerven sirrten.

Der Kopf ist der Arm!, sagte er halblaut, aber deutlich vernehmbar vor sich hin. (Alles hängt irgendwie zusammen.)

Wieder schrie der Pfau. Sonst kamen keine Geräusche von draußen. Einmal soll der Pfau noch schreien!, flüsterte er, einmal noch!, als sein Zeigefinger eigenmächtig den Sicherungshebel der Pistole zurückklappte.

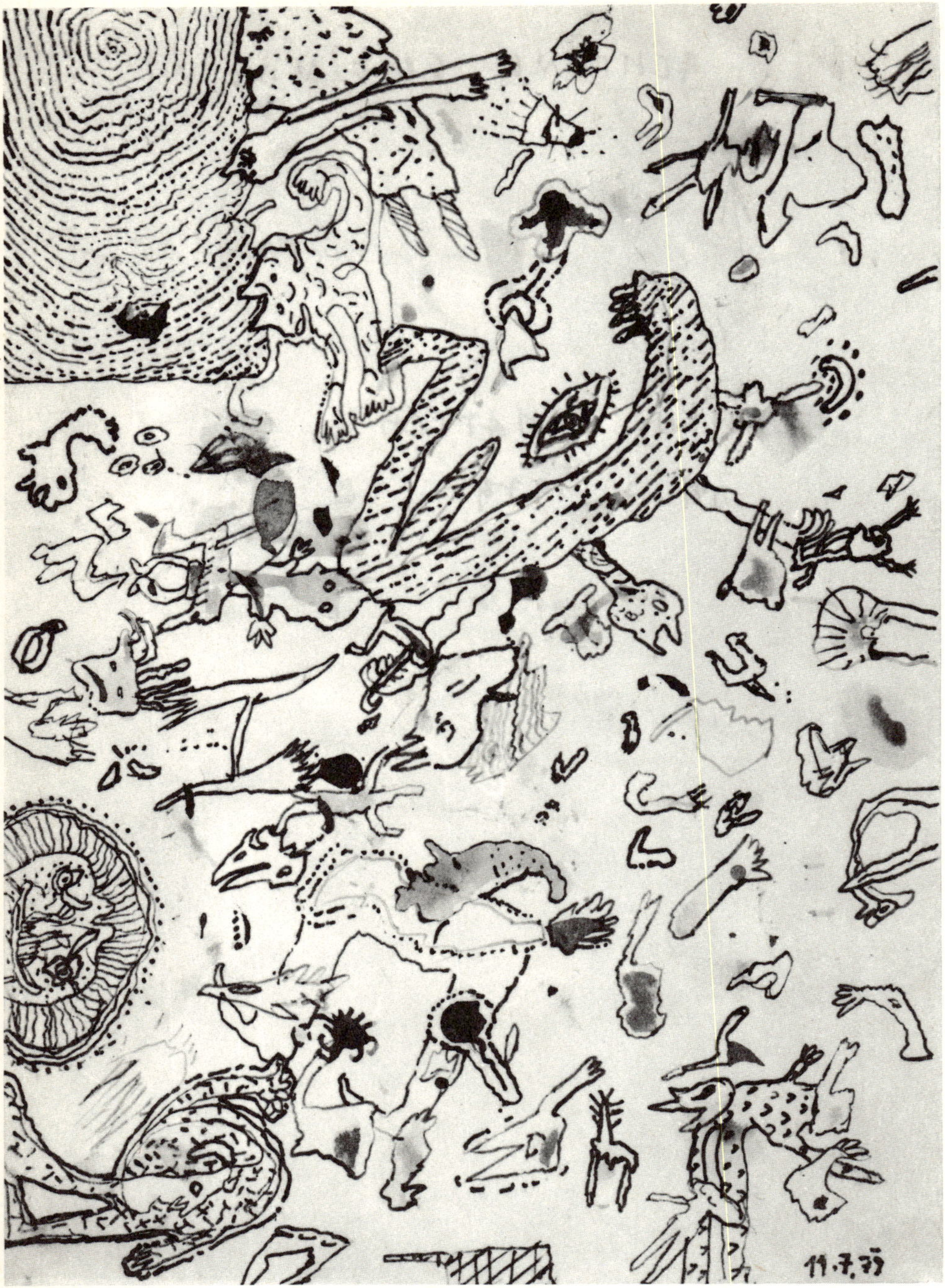

Erwin Bohatsch, Ohne Titel (11. 7. 1979), Zeichnung, 1979

ELFRIEDE JELINEK

Der Turrini Peter

In diesem Land wackelt manchmal der Fußboden von den Tritten seltsamer Untiere, die aus der Erde kriechen, sich langsam an Land ziehen und dort erst einmal einen ordentlichen Feuerstoß aus ihren Nüstern loslassen. Schwerfällig setzen sie sich dann in Bewegung, mit energischen, zielsicheren Schritten, und walzen ein paar Einfamilienhäuser, rosenbestickte Vorgärten und etliche Polstergarnituren und Fernsehsessel nieder. Meist genügt ihnen der Schaden, den sie angerichtet haben, noch nicht, und sie setzen sich zum Telefon. Dort warten sie dann; und wenn man von ihnen verlangt, daß sie sich für ein selbstverwaltetes Jugendzentrum, für einen bei einer Schlägerei mit Jungnazis verurteilten Antifaschisten oder gegen jede Art von Bevormundung der Meinungsfreiheit einsetzen, so tun sie es gleich. So einer ist der Turrini Peter. Meist ruft man ihn als allerersten an.

Sie beschreiben die Perfidie des Wiener Kleinbürgers, die subtile Bösartigkeit hinter der Idylle vom Gurkenglasl und einem Packerl Germ, so wie der Herr Karl. Oder sie schmeißen mit entschlossenen Prankenhieben den Dreck aus den düsteren Provinzschlafzimmern hoch in die Luft, so wie der Turrini, der sich auskennt. Meist tragen sie fremdländische Namen in diesem einstigen Vielvölkerstaat, in dem Deutsch die Sprache einer Minderheit war. Der Turrini Peter hat einen italienischen, noch von seinem Vater her, dem Kunsttischler aus Maria Saal (Kärnten).

Da sitzt er nun verletzt, der Saurier, zernarbt von den kleinen Hackeln der Bauernbundfunktionäre, die zu Legionen gegen ihn angetreten sind, gegen ihn und seine – mit Willi Pevny zusammen geschriebene – »Alpensaga«, die jetzt schon Fernsehgeschichte gemacht hat, verwundet von dem kindlichen Schorf der Schuldgefühle aus diversen Beichtspiegeln, verbrüht von jener provinziellen Bigotterie, die sie ihm, im Namen dieses anderen Zimmermannssohnes, angetan haben. Einer dieser geschundenen Söhne aus den ländlichen Kleinstädten mit ihren Herrgottswinkeln (er ist immer da und sieht alles!) (aber auch wirklich alles!!) (auch das Geld, das du der Mutti aus dem Portemonnaie genommen hast!!!), ihrer dunklen Onanie in zugigen Abortverschlägen – den letzten Bademodenkatalog aus dem Versandhaus in der zittrigen Hand –, mit ihren abgerackerten Männern und Frauen, die sich am Abend Vater und Mutter nennen lassen, den Nachtkasteln, dem einzigen guten Anzug, dem Brunzkübel, den nur der Vater benutzen darf (die Kinder müssen in den Hof), und dem schweren, geschnitzten Ehebett, wo für das Kind Unbegreifliches und Furchterregendes vor sich geht, das ihm keiner je erklärt, weil es unter Umständen zu einer Unkeuschheit und zu anderen Umständen beitragen könnte.

Und sie versuchen es sich ihr Leben lang aus der Brust zu reißen, wie der Pelikan sich die Federn aus der Brust rupft, um seine Jungen zu wärmen; sie zerren, und sie öffnen sich das Fleisch, diese Kinder aus den kleinen Städten in den Bundesländern, holen in unerschöpflichem Strom jene Gemeinheiten und Niederträchtigkeiten heraus, all die Wünsche, die man hat, wenn der Schnellzug nach Wien vorbeifährt, und man kann nicht mit, all die ironischen Blicke des Turnlehrers, weil der schwere Körper nicht über die Stange will, den quälenden Spott der anderen Schulkinder und die Kuhscheiße, die man gezwungen wird zu essen.

Und wie so oft reicht ein ganzes Leben nicht aus, um diese Narben und blauen Flecken, diese Schrunden und Kratzer wieder aus der Haut zu kriegen: die verlorene Freizeit des Sohnes von Häuslbauern; den Vater, der immer schnitzt, immer arbeitet, während die Kinder der Bauern mit ihren Vätern zur Christmette gehen; die Kellnerin, die man verzweifelt rumzukriegen sucht, weil man nicht weiß, wo man das Zeugs denn sonst hintun soll, und schließlich die Mutter, die Mutter, die Mutter.

In seinen besten Gedichten macht der Turrini Peter das beklemmend deutlich. Schon fast entmutigt und doch mit ungeheuer geballter Energie wirft er sich gegen diesen hohen Bretterverschlag, auf dem steht: Plakatieren verboten!, immer wieder und wieder, und auf dem sich doch letztlich die smarten Männer, die für Zigaretten sehr weit marschieren, breitmachen und die wunderschönen Frauen, die andauernd Mineralwasser trinken und so körperlos aussehen; wirft sich dagegen, um ihn einzureißen, endlich, weil dahinter seine vernichtete Kindheit und seine Mutter auf ihn warten, die er doch noch einmal erleben möchte, aber diesmal viel viel schöner!

Ich fürchte, dahinter ist nichts als ein weiterer trümmerübersäter Bauplatz.

ALFRED PAUL SCHMIDT

Die letzte Rede eines Politikers

Satire

Ich habe nie so recht glauben können, daß Sie meine Reden mit echter Aufmerksamkeit verfolgt haben. Viel eher bin ich der Meinung, daß Sie meine Gesten und meine Mimik betrachtet haben, um liebgewonnene Kindheitsgewohnheiten, die Erinnerung an das Kasperltheater in Ihrem Erwachsenenleben fortzusetzen. Meine Reden waren stets nur üppige Anhäufungen von Allgemeinplätzen, Unverständlichkeiten und Flachheiten, gegen die die ungarische Tiefebene eine reichgefaltete Gebirgslandschaft darstellt. Am glaubhaftesten und menschlichsten war ich dann, wenn ich die reine Unwahrheit gesagt habe. Das aber passiert nur dem politischen Stümper oder einem Anfänger der unteren Ränge. Einem Politiker meiner Klasse kommt weder die Unwahrheit noch die Wahrheit auf die Lippen.

Sie dürfen nicht glauben, ich sei eine Einzelerscheinung, ein abwegiges Produkt dieser aus den Fugen geratenen Zeit. Nein, da das Handwerk besser das Mundwerk eines guten Politikers keine besonderen Erfordernisse, außer einem gewöhnlichen Maß an Immoralität, erheischt, treten Leute meines Schlages zu Hauf auf. Unser sind Legion, wie es irgendwo in der Bibel heißt. Man braucht, um ein guter Politiker zu sein, nur jene Eigenschaften zu kultivieren, die einem eine gute Kinderstube versucht auszutreiben. Man folgt also den animalischen Anlagen eines Kindes. Trotz, Jähzorn, Egoismus, Schmeichelei, Lügenhaftigkeit, Verschlagenheit und Grausamkeit sind die namhaftesten Konstituten einer politischen Persönlichkeit.

Man kann natürlich nicht sagen, Politiker seien ewige Kinder. Als solche würde man uns nicht hinreichend ernst nehmen. Die hervorragendsten Eigenschaften, durch die Kinder ausgezeichnet sind, Einfallsreichtum und Phantasie, ersetzen wir durch ihre blanken Gegenteile: Stumpfsinnigkeit und Repetition. Für einen echten, und damit meine ich den Realpolitiker, sind die Begriffe: politische Idee und Vision schon längst zusammen mit Verantwortung, Integrität und Weitblick auf den Sturzhalden seiner Sonntagsreden gelandet. Leute, die uns mit solchem Kehricht kommen wollen, werden im Falle von Hartnäckigkeit auf die Universität abgedrängt und im Falle von Biedersinn als ehrenamtliche Saaldekorateure oder Beitragskassierer verwendet.

Politik im Sinne einer öffentlichen Bewegung wird nach wie vor von den Kaufleuten, Managern und den von ihnen manipulierten Bedürfnissen gestaltet. Wir Politiker verleihen dem Ganzen lediglich einen höheren Sinn, indem wir uns an neuralgischen Punkten dieses Verkehrs als Mauteinnehmer inszenieren.

Die wichtigste Begabung des Politikers ist die zur Selbstentfremdung. Das Volk zu belügen ist nur eine seiner Aufgaben, ständig aber muß er sich selbst belügen, denn der Politiker ist kein amoralischer Ausbund, kein ruchloses Genie oder gar Antichrist, der ständig wider seine Überzeugung handelt. Dann könnte man ihn ja als geistiges Kunstwerk betrachten, und er hätte eine prominente ästhetische Funktion. So aber glaubt er ja an den Stiefel, den er tagaus tagein, ohne viel nachzudenken, von sich gibt. Bestenfalls ist er ein Geisteskranker wie unser verehrter amerikanischer Kollege McCarthy, der aus seinem Verfolgungswahn die Rettung Amerikas vor dem Kommunismus generierte.

Der Politiker ist die veredelte Ausgabe eines Vereinsmeiers, ein gesellschaftlicher Faktor, der die Gesellschaft davon abhält, das zu tun, was ihr anstünde. Zugegeben bei Eröffnungen und Festveranstaltungen ist der Politiker ebenso unentbehrlich wie die kleinen Mädchen, von denen wir uns dadurch unterscheiden, daß wir unsere Reden und Gedichte aus dem Eff-Eff können.

Die Bezahlung der Politiker sollte eigentlich nicht durch das Volk erfolgen. Wer ist der echte Nutznießer unserer Tätigkeit? Das Fernsehen und die Zeitungen! Kurz, die Medien! Wir liefern ihnen gratis und frei Haus den Stoff für ihre innen- und außenpolitische Berichterstattung, den sie sich sonst, gar nicht auszudenken, selbst aus den Fingern saugen müßten. Wir füllen die Gesellschaftskolumnen und überdies stellen wir uns zu allen hohen Zeiten mit einem saftigen Skandal ein, der nicht nur die Bevölkerung aus der Lethargie ihres Alltags befreit, sondern auch die Justizbehörden an der allgemeinen gesellschaftlichen Erregung teilnehmen läßt.

Der Politiker von Rang beschäftigt sich auch als Sprachschöpfer von hoher Begabung. Wem bitte haben wir die schönen Epitheta zu verdanken. Konzertierte Aktion, Sterben vor der Zeit, Antitrustgesetz (wobei man bedenken muß, daß »trust« Vertrauen heißt), Friedensstreitkräfte, eine Unterjochung, die man Befriedung nennt, usw. Gegenwärtig schont man auch hierin die Geisteskräfte und importiert einfach aus dem Englischen. Da haben wir das Floating und überhaupt das Marketing, das Defizitspending, die Eskalation und überhaupt die Automation.

Ein nicht zu verachtendes Aufgabengebiet ist die Vorbildfunktion für ähnlich veranlagte Temperamente aus unserer Jugend. Das System des Politikers ist daher ein selbstregenerierendes. Anscheinend ist der Job nicht besonders anstrengend. Das Durchschnittssterbealter des Politikers liegt weit über dem der übrigen Bevölkerung. Macht und Wichtigkeit erhält daher nicht nur jung, sondern auch alt. Ich kann daher mit gutem Gewissen jüngeren Menschen in diesem Land zurufen: Zögern Sie nicht und ergreifen Sie den Beruf des Politikers.

Franz Xaver Ölzant, Die Große, Bronze, 1973–1976

GUSTAV ERNST

Aus: Die Unlust am Widerspruch

Der Kritiker will sich mit dem Autor nicht auseinandersetzen, sondern nur auf ihn drauf. Dadurch wird er automatisch größer. (Daß er die Auseinandersetzung aufgrund seiner Produktionsbedingungen beispielsweise in einer Tageszeitung kaum leisten kann, seine Urteils-Waren, flink und unzweifelhaft hergestellt, in kürzester Zeit zum Verkauf aufliegen müssen, kann hier vernachlässigt werden: der herrschende Kritiker – und dadurch charakterisiert er sich auch – wehrt sich dagegen nie, im Gegenteil, er hat Lust darauf, genau diese Haltung zu verteidigen, auszubauen, zu propagieren. Wo er sich mit uns verbünden könnte, verbündet er sich mit anderen gegen uns.) Ein Autor, der weiß, was er tut und will, der zurückredet, sich den Mund nicht verbieten läßt von so einem Scheißer, der weiß, was er sieht und es deutlich auch sagen kann, dem man die Erfahrungen nicht wegnehmen kann und im Kopf umdrehen, der Auseinandersetzungen braucht und Überprüfbarkeit, auch dessen, was der Kritiker so daherbrabbelt an eingemachten Literaturvorstellungen – versetzt herrschende Kritiker in Angst und Schrecken, provoziert sie durch ihre bloße Existenz zu Verleumdungen und Attacken. Wie die Angst des Mannes vorm Vamp, jener Projektion eigener Potenzängste, ist die Angst des Kritikers atemberaubend vor einem Autor, der auch etwas sagen möchte. Wie die Frau, obgleich erwiesenermaßen unfähig, über ihre eigene Sinnlichkeit zu verfügen, über ihre eigene Sinnlichkeit verfügt und daher eine anständige Frau nie sein kann, kann jener kein anständiger Autor sein, der, obgleich erwiesenermaßen dümmer als der Kritiker, nicht dümmer zu sein beabsichtigt. Ist das Genie so mörderisch, dem Kritiker das Genie nicht zu lassen, so revanchiert sich der Kritiker rechtzeitig und schneidet dem Dichter seinerseits gleich das Genie ab, was soviel heißt wie: der Dichter kann einpacken, seine Papierln, und arbeiten gehen. Wo der Kritiker nur im vollen Besitz des Autors zu seinem berufsmäßigen Orgasmus kommt, wird der Autor, der dem Kritiker den Stecken gibt mit der Auflage, sich doch einen zu wichsen, meinetwegen mit dem Blick aufs Goethedenkmal, zum Staatsfeind. So blöd sind nämlich die Autoren nicht, sie wissen, das Genie des Kritikers ist so groß wie die Auflage der Zeitung, für die er arbeitet.

FRANZ SCHUH

Aus: Thesen zum Wesen
Kulturpolitische Überlegungen zur populären gegenwärtigen Diskussion über Literatur und Literaten

Natürlich sind die, die die Literatur produzieren, wenn schon materiell ausgebeutet, so doch nicht deshalb ideell frei und unversklavt. Im Gegenteil, es hat sich in Österreich vor allem neuerdings ein nicht literarischer Diskurs über Literatur ausgebreitet, der von den Schriftstellern selber ausgeht und der die Tendenz hat, die Freiheit des Schreibens, dieses kulturelle Gut, als Instrument der Reklame zu verwerten, mit dem Zweck, die Autoren in jenes System kulturindustrieller Abhängigkeiten besser zu integrieren, das man »aus Freiheit« eher in Frage stellen und verwerfen möchte. *Die Grundidee, die weltliche Einheit der Autoren, die »Autorensolidarität«, ließe sich nur herstellen, wenn man die Unterschiede im Literarischen ausblendet, verankert den Ausschluß kritischer, literarischer Reflexion im öffentlichen Bewußtsein und erzeugt eine geistlose Union von Literaten außerhalb ihrer Literatur.* Wo immer man diese Einheit zelebriert, zum Beispiel bei Schriftstellerkongressen, zelebriert man zugleich ihre Geistlosigkeit. Gewiß, ebenso geistlos war das überkommene Konkurrenzdenken, es war voll durchschnittlichem Haß, eigentlich auch nichts anderes als eine Variante des österreichischen, geselligen Lebens, das zwischen redseliger Kumpanei und sprachloser Feindseligkeit schwankt und ein drittes kaum kennt. Peter Handke hat die traditionelle Situation gleichsam ex cathedra am besten dargestellt:

»In keinem Land treten die Schriftsteller einander so sehr als Feinde gegenüber wie in Österreich. ... So stellt sich die österreichische Literatur nicht als eine Gruppe freier Schriftsteller dar, die, freundlich und vernünftig, ... schreibend eine mögliche Lebensform in der Gesellschaft vorführen, sondern eher als ein animalisches Gewimmel von Erniedrigten und Beleidigten. Fast zu Recht nimmt die Öffentlichkeit dann eben nur das Gewimmel wahr.«

Versucht man dem aber auf die Weise beizukommen, daß man – wie zum Beispiel beim Ersten Österreichischen Schriftstellerkongreß – die Spielregeln der unliterarischen, bürgerlichen Öffentlichkeit übernimmt, dann sind es eben diese, die das Gewimmel strukturieren. Die Versammelten zerfielen dort in fünf Gruppen und in deren Sprachen:

Zunächst ist es die Sprache der »Erfolgreichen«, die ihre Produkte in der Kulturindustrie schon untergebracht haben und die dafür nur einen adäquaten Preis aushandeln möchten.

Dann die Sprache derer, die (noch) keinen »Erfolg« haben, die sich in Erinnerung rufen und die in Erinnerung bleiben wollen; sie benutzen den Kongreß als Bühne, um sich und ihre Produkte anzupreisen.

Dann die Sprache derer, die »politisch«, das heißt in einer Kongreßöffentlichkeit: die bürokratisch agieren. Sie achten darauf, daß aus dem Kongreß »etwas herauskommt«, nämlich Papiere, Resolutionen und dergleichen. Ihr Erfolg steht und fällt damit, ob von der Redezeit bis zum Abstimmungsmechanismus die formalen Spielregeln eingehalten werden, die nötig sind, wenn mehr als hundert Menschen sich miteinander verständigen wollen.

Dann aber die Sprache derer, die demonstrativ diese Spielregeln verletzen, weil die Verständigung, die so ermöglicht wird, ihnen zu abstrakt erscheint, und weil doch eigentlich nur das Konkrete einen menschlichen Sinn hat. Sie tragen ihre Herzensangelegenheiten vor, demonstrieren für die Spontaneität, vorbereitete Texte vom Blatt lesend. Ihre leidenschaftlichen Beiträge zur Geschäftsordnung erschöpfen sich in der Tautologie, daß Organisation nicht spontan ist. Aber ihre Sprache hat selbst nichts Ursprüngliches, nichts Spontanes mehr: Ohne den funktionierenden Formalismus der bürokratischen Spielregeln, aus deren Verletzung die Redner ihre Wirkung erzielen, blieben ihre Reden nichtssagend, eben reduziert auf ihren schlichten Inhalt.

Der umfassende Typus ist aber fünftens *der Typus des Kongreßschriftstellers;* seine Sprache steht über allen anderen Sprachen, weil sie von jeder einzelnen etwas übernommen hat: Es ist der Jargon der Einheit, der auf die Einheit des Jargons achtet. Der Kongreßschriftsteller spricht wie abgewogen. Er ist immer gerecht, weiß selbst aus den absurdesten Ansprüchen noch ihren relativen Sinn herauszulesen. Der Kongreßschriftsteller exhibitioniert in der Kongreßöffentlichkeit vor allem seine moralische Integrität; es ist sein demonstratives Befaßtsein mit den Belangen der Gruppensolidarität, wofür er so geliebt wird. Nicht nur das Böse hat seine Grimassen, auch die Güte verzerrt bei Gelegenheit die Züge.

Was die Öffentlichkeit davon wahrnimmt, sind zuallererst die sogenannten »sozialen Forderungen«, die sie aber nicht als *Forderungen* versteht, sondern – und nicht viel anders werden sie ja vorgetragen – als Eingliederungsangebote der Schriftsteller. In der nicht literarischen bürgerlichen Öffentlichkeit leiten, wie mir scheint, »Autoren« die Souveränität ihres Status keinesfalls aus dem Gewicht ihrer Worte her, sondern – paradoxerweise – aus der Forderung, man möge ihre soziale Benachteiligung beseitigen, man möge sie als Unselbständige des Wirtschaftsbetriebes unterstützen. *Dabei bringen die Schriftsteller sich um die Pflicht, das gesellschaftliche Recht der Literatur begreiflich zu machen, und sie eröffnen darüber hinaus noch ein Gespräch mit den Leuten der Macht, als deren direkte und indirekte Kritik Literatur ihren Sinn hat.*

WENDELIN SCHMIDT-DENGLER

Pathos der Immobilität
Zur österreichischen »Nationalliteratur«

Sport und Literatur sind zweierlei

Niemand leugnet die Existenz des österreichischen Fußballnationalteams, niemand die der österreichischen Skimannschaft, manche jedoch die einer österreichischen Nationalliteratur. Deren Existenz läßt sich aber auch nicht mit einem billigen Analogieschluß belegen. Ein Umweg, der wieder über eine Frage führt, könnte eine Lösung des Problems bringen: Ist die Literatur aus Österreich auch eine österreichische Literatur? Diese auf den ersten Blick unsinnige Frage kann bei genauerer Betrachtung heftige Emotionen und polemische Energien freisetzen: Ist das, was Autoren aus Österreich schreiben, auch eine Literatur, die ihrer Beschaffenheit nach sich grundsätzlich von anderer, in deutscher Sprache geschriebener Literatur unterscheidet? Herders Behauptung, daß der »Genius« einer Sprache – also etwa ihr inneres Wesen – identisch sei mit dem Genius ihrer Literatur, macht die Frage nach der Eigenständigkeit der österreichischen Literatur hinfällig. Daß die Eigenart einer Literatur von den grammatikalischen Strukturen der Sprache bestimmt wird, in der sie entstanden ist, wird heute auch vor allem von der linguistischen Poetik behauptet. Die Abweichungen des in Österreich gesprochenen und geschriebenen Deutsch sind so geringfügig, daß sie kein nennenswertes Hindernis für die Lesbarkeit der Texte hüben und drüben darstellen, mag es auch immer wieder Fügungen geben, die einen Text eindeutig dem österreichischen Sprachgebrauch zuweisen. »Wir haben eine eigene Melodie, und deren Gesetzen unterwerfen wir gelegentlich sogar die Grammatik«, schrieb Joseph Roth 1939, zu einem Zeitpunkt, da es Österreich als Staat nicht gab und doch das Bedürfnis nach Selbstbehauptung in der Emigration und Abgrenzung vom Deutschen Reich verständlich war. Nicht einmal in dieser Situation wird für Österreich eine eigene Sprache reklamiert: nur »gelegentlich« werde deren Sonderstellung greifbar. Eine österreichische Grammatik gibt es nicht.

Läßt sich die Existenz einer österreichischen Nationalliteratur schon nicht von der Sprache her rechtfertigen, so noch weniger von der Verbreitung der Texte. Es beginnt damit, daß alles das, was heute als österreichische Literatur von Rang gelten könnte, bis zum heutigen Tag vorwiegend durch bundesdeutsche Verlage in den Buchhandel kommt, von bundesdeutschen Literaturkritikern in bundesdeutschen Zeitungen besprochen wird, von einem in der Mehrzahl bundesdeutschen Publikum gelesen und schließlich auch von Deutschlehrern und Germanisten aus der Bundesrepublik im Ausland als deutsche Gegenwartsliteratur – sehr zum Leidwesen österreichischer Kulturpolitiker – weitergegeben wird.

Ein weiterer Aspekt ist beachtenswert: Viele der Autoren, die zur österreichischen Literatur gerechnet werden können, sind entweder gar nicht in Österreich geboren oder leben nicht mehr innerhalb der Grenzen der Alpenrepublik. Letzteres gilt heute für Elias Canetti, Erich Fried und Manes Sperber, es galt auch für Peter Handke, der, mit vierundzwanzig Jahren berühmt geworden, Österreich verließ, um in der Bundesrepublik und Frankreich zu leben. Gerhard Rühm, Präsident des österreichischen Anti-Pen, der »Grazer Autorenversammlung«, lebt und lehrt in Köln, Oswald Wiener ist »Kneipier« in Berlin. Ingeborg Bachmann lebte in der Bundesrepublik, in der Schweiz und starb in Rom. Vor dem Zweiten Weltkrieg zog es viele Autoren ins Ausland, vor allem der besseren Verdienstmöglichkeiten wegen: Robert Musil, Alfred Polgar, Egon Friedell, Ödön von Horváth und Joseph Roth fanden für ihre literarische Tätigkeit außerhalb Österreichs weitaus bessere Bedingungen. Erst wenn österreichische Schriftsteller im Ausland berühmt geworden waren, wurde dem Publikum in Österreich bewußt, daß es daheim auch so etwas wie eine lebendige Literatur geben könnte. Die Auswanderung ist beste Tradition: Der zum katholischen Priester geweihte Karl Postl floh nach Amerika, wo er zum ersten bedeutenden Autor deutschsprachiger Amerika-Romane wurde, die allerdings in der Schweiz verlegt wurden. Seinem vom metternichschen System beherrschten Herkunftsland hat er in dem Pamphlet »Austria as it is« (1828) die Leviten gelesen. Doch auch dies ist typisch: Bei den meisten Emigranten oder freiwillig im Ausland lebenden Schriftstellern ist die Bindung an Österreich trotz der langen Trennung bemerkbar, mag sie sich auch nur durch radikale Kritik ausweisen. Peter Handke: »Das Fette, an dem ich würge: Österreich.«

Die oben kurz aufgezeigten Perspektiven lassen es angebracht erscheinen, die Frage nach der Existenz einer österreichischen Nationalliteratur für wenig relevant zu erklären und ihren heuristischen Wert als gering zu erachten. Zumal ja der Begriff der Nation das jeder Literatur immanente Übernationale auf bedenkliche Weise zurechtstutzt, fragwürdige Vorurteile und Klischees wieder einsetzt und die Leistung der Autoren im Einzelfalle einem Allgemeinen unterordnet, dem sie sich gar nicht so verpflichtet fühlen wollen oder können, wie es die um Rubrizierung bemühten Kritiker und Germanisten gerne sähen. Ehe man jedoch die Frage wegschieben zu können meint, sollte man in Rechnung stellen, wieviel an ernsthafter Mühe darauf verwendet wurde, die Eigenarten dieser Literatur aus Österreich zu beschreiben. Zunächst ist diese Mühe freilich unter dem Aspekt einer Selbstfindung zu sehen, die immer wieder darauf hinauslief, die österreichischen Autoren von ihren Kollegen im deutschen Reich zu unterscheiden. Schon Grillparzer hatte damit seine liebe Mühe. Einerseits begriff er sich als »deutschen Dichter«, der nur von ihm mißliebigen Kritikern zum österreichischen Klassiker zurechtgemodelt wurde, zum anderen war ihm seine Bindung an Österreich bewußt.

Daß diese Bindung eine grundsätzlich andere Literatur bedinge, wird zum Topos bei der Selbstdarstellung österreichischer Dichter, was sich dann zu einer »Österreich-Ideologie« auswächst, die alle Eigenarten durch die Tradition zu erklären sucht. Zum Verständnis der Frage nach der österreichischen Nationalliteratur heute ist dieser Rückblick notwendig, da bis zum gegenwärtigen Zeitpunkt das Selbstverständnis österreichischer Autoren von diesen meist pseudohistorischen Argumentationen unablösbar ist. Die Eigenart der österreichischen Literatur wurde immer dann besonders akzentuiert, wenn die Eigenstaatlichkeit Österreichs gefährdet war. In der Zeit des sogenannten Ständestaates (1934–1938) wurde die österreichische Sonderart – im allgemeinen mit wenig Geschick und geringem Erfolg – als ein positives Element hervorgehoben, das sich durch eine längere Tradition legitimieren könne als die auf die deutsche Klassik rückführbare Literatur des Reichs. Für das Eigentümliche in der österreichischen Literatur wurde vor allem das Barock (in der Bundesrepublik heute laut Duden: der Barock) verantwortlich gemacht. Der »österreichische Mensch« – eine besonders von Hermann Bahr propagierte Formel – sei zu verstehen als Barockmensch, und aus dem Geist einer jenseitsorientierten und diesseitsfröhlichen Barocktradition meinte Hugo von Hofmannsthal, auch das gedankliche Fundament für die Salzburger Festspiele legen zu können. »Herr, gib uns unser täglich Barock«, – so ironisierte Karl Kraus bereits 1922 diese künstlichen Wiederbelebungsversuche.

Mit dem Schlagwort Barocktradition schienen aber einige thematische Momente gegeben zu sein, die als Spezifika österreichischer Literatur gelten konnten: das Theater als Lebensform, Dominanz der Anschaulichkeit über die Begrifflichkeit und der Tod als Zentralthema. Dies alles verdanke sich mehr oder weniger dem in Österreich dominanten Katholizismus. (Aus dieser Sicht ist erwähnenswert, daß Salzburg nicht zuletzt deshalb die günstige Szenerie für Festspiele abgab, weil es an der bayrischen Grenze liegt; der Bayer Richard Strauss hat, so Hugo von Hofmannsthal, »mit der Welt des Barock eine wirkliche Affinität«. Das läßt auch eine tiefere Affinität zwischen Bayern und Österreich vermuten: ein weiteres Hindernis für eine exakte Grenzziehung!) So unvernünftig es ist, die Bedeutung des Katholizismus für Österreich zu unterschätzen, so verfehlt ist es auch, daraus ein Argument zu machen, das per se Positivität verbürgt. Das Epitheton barock hält sich bis zum heutigen Tag in Literaturgeschichten als Kennmarke für Autoren aus Österreich, sei es, daß H. C. Artmann, sei es, daß Heimito von Doderer damit bedacht wird. Über keinen Autor wird damit Wesentliches ausgesagt.

Die österreichische Literatur als vorwiegend durch den Katholizismus geprägt zu verstehen, – dies paßte vorzüglich in das kulturpolitische Konzept des Ständestaates. Daß damit die liberal-aufklärerische josephinische Tradition verdeckt oder zu einer wirkungslosen Randerscheinung degradiert wurde, ist ein verhängnisvoller Nebeneffekt dieser Selbstdarstellung österreichischer Eigenart. Daß Barock und Katholizismus wenig zu Arthur Schnitzler, Robert Musil, Ödön von Horváth und Sigmund Freud passen, führte dazu, diese Autoren auch nicht ihrem Rang entsprechend in den erstellten Kanon aufzunehmen.

Die Österreicher – ein deutscher Stamm?

Die Frage nach der Existenz einer österreichischen Nationalliteratur hängt freilich eng mit der Frage nach der »österreichischen Nation« zusammen, – auch dies ein Reizwort, das zwischen den beiden Weltkriegen nur für wenige Gültigkeit hatte. Die Schweiz hatte das Problem ihrer nationalen Identität nie so zu spüren bekommen wie Österreich. Die Fügung »österreichische Nation« sollte dem übermächtigen deutschen Nationalgefühl Paroli bieten und erwies sich doch nur als Konstruktion, deren Prinzip man dem Gegenspieler getreulich abgelauscht hatte.

In den kulturpolitischen Schriften der Nationalsozialisten wurde der Begriff der österreichischen Literatur radikal bekämpft: sie erschien als Literatur eines deutschen Stammes, nicht einer eigenen Nation. Die rund sechshundert Jahre habsburgischer Herrschaft und die rund vierhundert Jahre des Vielvölkerstaates wurden zu einer Episode degradiert. Das germanistische Rüstzeug für diese Literaturauffassung hatte der Österreicher Josef Nadler mit seiner (von Hofmannsthal übrigens hochgelobten) »Literaturgeschichte der deutschen Stämme und Landschaften« geliefert. So konnte das Skandalon einer österreichischen Nationalliteratur aus dem Weg geräumt werden. Was von der deutschen Norm abzuweichen schien, erklärt sich gut biologistisch aus der Stammeseigenart.

Die Zeit nach dem Zweiten Weltkrieg ist in Österreich durch den Versuch einer Restauration gekennzeichnet. Das unabhängige Österreich ist sich seiner Souveränität bewußt und nach dem Staatsvertrag von 1955 auch sicher. Auf kulturpolitischer Ebene werden – leicht modifiziert – jene Argumente zur Kennzeichnung der österreichischen Literatur wieder hervorgeholt, die auch vor dem Anschluß von 1938 Verwendung fanden. Was einst als Apologie gegen die deutsche Kulturpropaganda gedacht war, das sollte nun dem Wiederaufbau und der Findung einer österreichischen Identität dienen. Es ist bezeichnend, daß nach längeren Debatten das Wiener Burgtheater im Jahre 1956 nicht mit Goethes »Egmont«, sondern mit Grillparzers »König Ottokars Glück und Ende« wiedereröffnet wurde. (Ein schön barocker Titel! Vorsorglich waren die Schlußverse der jubelnden Österreicher »Habsburg für immer!« gestrichen worden.)

Der Begriff einer österreichischen Nationalliteratur hatte die Funktion, die Eigenständigkeit Österreichs zu stützen; selten sollte damit den Werken oder gar deren Autoren ein Dienst erwiesen werden. Diese hatten den Beweis zu erbringen, daß Österreich nicht nur in ökonomischer, sondern auch in literarischer Hinsicht autark sein konnte.

Der Umstand, daß die österreichische Literatur in verschiedenen Epochen auch sehr verschieden bewertet wurde, läßt erneut den Verdacht aufkommen, daß es sich hier um eine mehr oder weniger zweckdienliche Fiktion handelt, die je nach Bedarf verfügbar gemacht werden kann, die aber keine verläßlichen Kriterien zur Beurteilung abgibt.

Die Bemühungen um eine Erfassung des Wesentlichen in der österreichischen Literatur liefen im allgemeinen auf eines hinaus: den Ruhm der österreichischen Literatur zu singen, ihr Eigenständigkeit und Gleichwertigkeit mit anderen Nationalliteraturen zu bescheinigen, sodaß mancher Kritiker zu Recht tadelte, daß das Attribut österreichisch bereits ein positives Werturteil enthalte.

Daß aber immer wieder der Versuch gemacht wird, verbindende Merkmale bei österreichischen Autoren festzustellen, daß es darüber umfängliche Publikationen wie die 1976 von Hilde Spiel herausgegebene materialreiche Literaturgeschichte im Kindler-Verlag sowie die von Walter Weiss und Sigrid Schmid besorgte instruktive Anthologie »Zwischenbilanz«, zeigt, daß das »Österreichische« in der Gegenwartsliteratur nicht nur eine kulturpolitisch instrumentalisierbare Fiktion sein muß, sondern auch eine reale Grundlage haben kann.

Der Begriff »österreichische Literatur« wurde nicht zuletzt dadurch sanktioniert, daß zu der bereits bestehenden Lehrkanzel in Wien ab Mitte der sechziger Jahre weitere Lehrstühle für österreichische Literaturgeschichte in Salzburg, Graz und Innsbruck geschaffen wurden und in Wien eine »Dokumentationsstelle für neuere österreichische Literatur« eingerichtet wurde, die nach dem Modell von Marbach vor allem die Nachlässe österreichischer Autoren registrieren und aufarbeiten sollte: – Wiedergutmachung für Unterlassungen von einst. In der Tat hatte sich mit dem Komplex der neueren Literatur aus Österreich die österreichische Germanistik im Vergleich zur ausländischen nur wenig abgegeben, sodaß gerade auf diesem Feld ein großer Nachholbedarf bestand. Indessen ging es meist um einzelne Autoren aus Österreich, bei denen allenfalls etwas, das als »typisch« österreichisch gelten konnte, aufgezeigt wurde, nicht aber darum, so etwas wie eine österreichische Nationalliteratur eindeutig zu definieren, das heißt diese streng von anderen Nationalliteraturen durch unverwechselbare Eigenheiten abzugrenzen. »Österreich hat nur Friedhöfe und eine Kapuzinergruft und kein Pantheon«, hatte Joseph Roth 1937 geklagt. Nachdem nun die Bedeutung von Autoren wie Robert Musil, Arthur Schnitzler, Hermann Broch, Karl Kraus, Joseph Roth und Ödön von Horváth im Ausland erkannt worden war, ging man im Inland daran, jenes Pantheon zu stiften, dessen Götter außerhalb Österreichs nominiert worden waren. So notwendig einerseits die Rückbesinnung und Befassung mit einer spezifisch österreichischen Tradition war, so bedenklich war nun der Hang, mit der Größe von einst die »austria-zensische Selbstbespiegelung« (Alfred Kolleritsch) zu fördern.

Diese Neigung zur Selbstbestätigung, ja Selbstverklärung durch die Tradition, wobei

Lipizzaner, Heurigenmusik und Literatur als gleichberechtigte Partner verwendet werden, macht mit Recht skeptisch. Skeptisch stimmt auch die Unmöglichkeit, wissenschaftlich eindeutige Kriterien zu finden, österreichische Texte von Texten aus dem übrigen deutschsprachigen Raum zu unterscheiden.

Die Literatur aus Österreich denn auch als eine österreichische zu begreifen, fällt schwer, wenn man sich nicht jenen weidlich abgenutzten Klischees verpflichten will, die konsequent nur zu einem Provinzialismus neuer Prägung führen. Statt die Bedeutung österreichischer Autoren für die europäische Literatur aufzuzeigen, wird nun das, was man für »typisch österreichisch« hält, herausgearbeitet.

Habsburg und kein Ende

So verdienstvoll diese Bemühungen um die Literatur aus Österreich auch innerhalb der Landesgrenzen waren, – es kamen doch die wichtigsten Impulse für ihre bessere Erfassung aus dem Ausland, und zwar paradoxerweise nicht dadurch, daß diese Literatur gelobt, sondern vielmehr dadurch, daß sie mitunter radikaler Kritik unterzogen wurde. Die Studien des aus Frankreich stammenden Komparatisten Roger Bauer zeigten neben der Ungebrochenheit der katholischen Tradition auch einen damit zusammenhängenden Antiidealismus und bedenklichen Antiintellektualismus in der österreichischen Literatur auf. Abwehr gegen aus Deutschland kommende Philosopheme und Theorien ist ein bestimmender Zug für österreichische Denker und Schriftsteller. Sofern man sich überhaupt auf sie einließ, stießen die Schriften eines Kant, Hegel, Marx, Nietzsche, Heidegger, Adorno und Bloch auf Mißtrauen, heftige Kritik und Mißverständnisse. Die Orientierung an einem österreichischen Denker wie Wittgenstein ist für viele Autoren nach 1945 kennzeichnend, so etwa für Ingeborg Bachmann, Konrad Bayer, Gunter Falk, Jutta Schutting, Peter Handke und Thomas Bernhard.

Der italienische Germanist Claudio Magris prüfte in seiner 1963 erschienenen Dissertation »Il mito absburgico nella letteratura austriaca moderna« den Realitätsbezug der österreichischen Literatur und kam in dieser Studie wie auch in folgenden, die erste Untersuchung wesentlich verfeinernden Essays zu dem Ergebnis, daß die österreichische Literatur bis in unsere Tage von einer gewissen Retrospektivität bestimmt sei: eine Verwandlung der Wirklichkeit im Zeichen des »habsburgischen Mythos« auch nach dem Untergang des Vielvölkerstaates.

Signifikant scheint Magris vor allem der »Evasionscharakter«, die Flucht vor einer dialektischen Auseinandersetzung mit der Wirklichkeit zu sein. Evokation einer märchenhaften Ordnung mit positiver wie negativer Wirkung, Lob des Seins und Verurteilung des Wandels im Gewand einer »entzaubernden Ironie«, – dies und ähnliches bestimme die Literatur in Österreich von der Mitte des 19. Jahrhunderts bis in die Gegenwart. Es paßt gut dazu, daß der bundesdeutsche Philosoph Walter Schulz Wittgenstein eben auch den mangelnden Bezug zur Wirklichkeit vorrechnete und dessen Denken als undialektisch und geradezu »problemfeindlich« verwarf. In der Folge wurde auch der österreichischen Literatur ein tief apolitischer Charakter nachgesagt, so etwa von C. E. Williams in seinem Buch »The Broken Eagle« (1974). Es mußte aber nicht nur bei diesen negativen Bestimmungen bleiben. Die von Magris vorgebrachte Kritik hatte auch ihre positive Kehrseite: Während sich die Autoren einerseits rückwärtsgewandt verhielten, versuchten sie anderseits, in künstlerischer Hinsicht fortschrittlich zu sein. Also Progreß in bezug auf das ästhetische Verfahren, Regreß in bezug auf das politische Bewußtsein. Der von vielen österreichischen Autoren kundgetane Verzicht auf Parteinahme, die Betonung radikaler Subjektivität, die Privatisierung der geschichtlichen Veränderung sei aber unter der Chiffre Ideologie der Ideologielosigkeit getarnte konservative Weltsicht und damit falsches Bewußtsein. Für die österreichischen Autoren vollziehe sich die Revolte im ästhetischen Bereich. Das wurde auch greifbar, als sich 1968 in Wien der Protest kaum in Form politischer Programme artikulierte, sondern als Happening zelebriert wurde. Die Argumentation auf politischer Ebene liehen sich die österreichischen Studenten dann einfach bei ihren bundesdeutschen Kollegen.

Ein Brechmittel der Linken, ein Juckpulver der Rechten

»Revolte intern«, – so nannte der ostdeutsche Kritiker Kurt Batt sein Buch, in dem er die westliche deutschsprachige Literatur insgesamt erfassen wollte. Der Schriftsteller sei ein der gesamtgesellschaftlichen Praxis entfremdeter Literaturspezialist, der in seinen Schriften die eigene Tätigkeit, nicht aber das soziale Umfeld und dessen Probleme einbezieht. Daß Batt diese Kritik vor allem am Werk eines österreichischen Autors, nämlich an Thomas Bernhards Roman »Das Kalkwerk« (1970) entwickelte, vermerkt er nicht eigens, obwohl ihm zur Begründung seines Standpunkts gerade die Schriften österreichischer Autoren (Ingeborg Bachmann, Peter Handke, Oswald Wiener, Gert F. Jonke) reichlich Handhabe boten. Die sogenannte »Wiener Gruppe«, deren Aktivitäten in den fünfziger Jahren lagen, verstand sich auch in diesem Sinne als »apolitisch«. H. C. Artmann über sich: »Ein Brechmittel der Linken, ein Juckpulver der Rechten.« Auch die Autoren um das Grazer »Forum Stadtpark« und um die von dort aus betreute Zeitschrift »manuskripte« verstanden Veränderung primär als Veränderung im ästhetischen Bereich, die nur indirekt politisch auch wirksam werden könnte. Die Kritik warf ihnen – vor allem Peter Handke war da betroffen – das Beharren auf der Scheinautonomie des Intellektuellen und Künstlers vor und denunzierte dieses Verhalten als Befangenheit in einer gefährlichen Illusion.

Das Verdikt, die österreichische Literatur sei apolitisch, hat sich in der Zwischenzeit zu einem bedenklichen Klischee ausgewachsen. Immerhin erklärt sich aus dieser Ambivalenz – Konservativität in der Weltanschauung, Innovation in formaler Hinsicht –

auch die zwiespältige Aufnahme, die zwischen Anerkennung der neuartigen und überraschenden Lösung ästhetischer Probleme und der Kritik mangelnder inhaltlicher Substanz schwankt. Eines der zentralen Themen der österreichischen Literatur ist das Thema der Sprache, das von verschiedenen Seiten angegangen wird. Die Sprache zeigt – zum Beispiel in der »Konkreten Poesie« – mehr auf sich selbst als auf die Gegenstände, die durch sie benannt werden. Die von Doderer geforderte Priorität der Form vor den Inhalten hat mit Modifikationen auch Gültigkeit für viele österreichische Autoren. Experimentelle Romane wie Konrad Bayers »Der sechste Sinn«, Oswald Wieners »Die verbesserung von mitteleuropa« und Gert F. Jonkes »Geometrischer Heimatroman« bestätigen die Bedeutung der Reflexion auf die Romanform gerade dadurch, daß sie diese liquidieren.

Die österreichischen Autoren behandeln auch dann, wenn sie sich auf Probleme der Arbeitswelt einlassen – wie etwa Kappacher, Innerhofer und Wolfgruber –, diese aus der Sicht des betroffenen Individuums und bieten keine praktischen Lösungsvorschläge; dies mehr deskriptive Verhalten wurde den Autoren mehrfach zum Vorwurf gemacht. Kritik an den bestehenden Verhältnissen weist sich durch die Perfektionierung der Kritik als Kunstform, nicht durch die sichere Basis der Information aus. Ein Böll, wie man ihn aus »Die verlorene Ehre der Katharina Blum« kennt, ein Wallraff oder Biermann wären mit ihrer Wirksamkeit atypisch für die österreichische Szene. Autoren, die wie Böll, Grass oder Lenz ihre Rednergabe für eine Partei zur Verfügung stellen, wird man in Österreich vergeblich suchen. Selbst der von Intellektuellen geachtete Bundeskanzler Kreisky brachte für die Nationalratswahlen 1979 keine Schriftstellerriege auf die Beine. Im Gegenteil: Thomas Bernhard schrieb einen bitterbösen Brief, den die Hamburger »Zeit« allerdings erst nach den Wahlen am 29. Juni veröffentlichte. Darin bot Bernhard jedoch keine auf Fakten beruhende Kritik, sondern erwies sich als Virtuose des Schimpfens, indem er den Kanzler als »Salzkammergut- und Walzertito« bezeichnete. Der Kanzler, so Bernhard, ist vergleichbar einem nestroyschen Kommis und somit keine Figur der Weltgeschichte, sondern nur der Literaturgeschichte. Dieses Verdikt ist kennzeichnend für die Relation österreichischer Autoren zur Politik: Sie verwandeln politische Geschichte in Literaturgeschichte. Der Brief Bernhards ist ein schönes Beispiel für den stilisierten Rückzug der Autoren nicht nur aus der politischen Aktualität, sondern aus der Geschichte überhaupt. Dieser Prozeß hinterläßt seine Spuren natürlich auch in den Schriften der Autoren: Die Mühe, mit der sich die Autoren der historischen Veränderung entziehen wollen, ist verräterisch.

Sei es die Suche nach einem positiven Kontinuum, das Zeitlosigkeit verbürgt, wie etwa in den großen Romanen Doderers, sei es die negative Befangenheit in einem »Pathos der Immobilität« (Claudio Magris) wie in nahezu allen Werken Thomas Bernhards, – beides weist zurück auf den »habsburgischen Mythos«, dessen Autoren Bilder der Dauer und Unwandelbarkeit beschworen.

Die oben umrissene Grundeinstellung wäre somit rückführbar auf lokale Konstanten, die sich über die politischen Umwälzungen hinweg erhalten haben. Das kleine Österreich von heute ist mit den Nachfolgestaaten der Monarchie nicht mehr so verbunden, wie dies noch zwischen 1918 und 1938 der Fall war. Die Kontakte Robert Musils mit Prag und die Wirksamkeit des ungarischen Kritikers Béla Balázs in den zwanziger Jahren in Wien belegen diese Verbindungen. Heute ist die Durchdringung nicht in diesem Maße gegeben, obwohl sich die 1961 gegründete »Österreichische Gesellschaft für Literatur« bemüht, über alle Gegensätze hinweg auf literarischem Gebiet mit Autoren aus der Tschechoslowakei, Ungarn, Polen, Rumänien und Jugoslawien zusammenzuarbeiten. Die Zeitschrift des in Österreich lebenden gebürtigen Ungarn György Sebestyén, »Pannonia«, will auch in diesem Sinne Verbindendes wieder bewußt machen. Daß österreichische Autoren in den Staaten des Ostblocks gern gesehen sind, daß ihre Schriften dort häufig übersetzt werden, daß Österreich ein Umschlagplatz zwischen West und Ost sein will, daß es spontane Parallelen in der ästhetischen Konzeption (zum Beispiel im Bereich der »Konkreten Poesie«) zwischen tschechischen, polnischen und österreichischen Autoren gibt, – all dies darf nicht darüber hinwegtäuschen, daß die Sprachbarrieren die Kommunikation entschieden erschweren. Der österreichische Vielvölkerstaat ist in der Literatur der Alpenrepublik nicht mehr konkret präsent, mögen manche Autoren (Friedrich Torberg, Peter Marginter, Milo Dor) ihre Stoffe manchmal auch von dort beziehen. Daß österreichische Autoren nach wie vor auf bundesdeutsche Verlage und Rundfunkstationen angewiesen sind, mag querulante österreichische Patrioten und Separatisten verärgern oder schmerzen, es ist jedoch sinnlos, sich dieser Realität verschließen zu wollen. Ist nun die Literatur, die aus Österreich kommt, doch eine deutsche und keine österreichische? Sie ist auf jeden Fall keine bundesdeutsche. Von einer österreichischen Nationalliteratur zu sprechen, ist heute nicht sinnvoll, da die staatliche Souveränität außer Zweifel steht. Man wird aber auch nicht nur bescheiden von einer »Literatur aus Österreich« sprechen müssen, sondern sollte ruhig aufgrund der zuvor erörterten Konstanten von einer »österreichischen Literatur« reden können. Deren Eigenständigkeit wird auch respektiert. Bei einem Symposion in Moskau im Frühjahr 1978 separierten sowjetische Germanisten die österreichische Literatur viel nachdrücklicher von der deutschen, als es ihren österreichischen Kollegen je in den Sinn gekommen wäre. Die Eigenständigkeit der österreichischen Literatur wird auch in der DDR betont, nicht zuletzt, um dadurch auch eine Stütze zur Findung der eigenen (nationalen) Identität per analogiam gewinnen zu können. Aufschlußreich ist die 1978 in der DDR erschienene Anthologie »Österreich heute«. Die Trennung der österreichischen von der bundesdeutschen Literatur ist nicht mehr – wie mutatis mutandis in der Zwischenkriegszeit – ein deutsch/deutsches, sondern ein deutsch/österreichisches Problem. Im Bericht über die Vergabe des Ingeborg Bachmann-Preises 1979 in Klagenfurt hieß es in der »Zeit«: »3:0 für Österreich«, weil die zu vergebenden Preise an einen in Kärnten lebenden Sachsen und an zwei junge Österreicher gegangen waren. Der Berichterstatter vermerkte, daß dies für den Zustand der deutschsprachigen Gegenwartsliteratur gar nicht atypisch sei. In der Tat: Gerade die Anerkennung, die österreichische Autoren im deutschen Sprachraum haben, könnte wieder eine ungesunde Hybris züchten.

Da die Eigenständigkeit Österreichs respektiert wird, gibt es keinen Grund, ein österreichisches Wesen mit vielen Kunstgriffen zu konstruieren, aus dem dann eine österreichische Nationalliteratur ableitbar wäre. Es hat aber seine guten Gründe, die aus Österreich kommende Literatur *auch*, beileibe nicht ausschließlich in ihrem konkreten historischen (österreichischen) Kontext zu begreifen, nicht um einen verschämten, dafür aber umso hartnäckigeren neuen österreichischen Chauvinismus zu nähren, sondern um Schwächen und Stärken dieser Literatur besser zu würdigen oder kritisieren zu können.

Franz Rosei, Sichel, Marmor, 1974

Einige Daten zum Ersten österreichischen Schriftstellerkongreß 1981

Die Vorbereitung erfolgte durch das »Komitee zur Organisation eines österreichischen Schriftstellerkongresses« in Zusammenarbeit mit der Interessengemeinschaft österreichischer Autoren und der Gewerkschaft Kunst, Medien, freie Berufe in der Österreichischen Künstlerunion; seine Mitglieder waren:
Walter Bacher, Milo Dor, Nils Jensen, Marie-Thérèse Kerschbaumer, Wolfgang Kudrnofsky, Heinz Lunzer, Günther Nenning, Franz-Leo Popp, Gerhard Ruiss, Franz Schuh, Johannes A. Vyoral

Der Kongreß fand vom 6. bis 8. März 1981 im Wiener Rathaus statt. Es nahmen etwa 600 Autoren und etwa 300 Gäste teil. Am Eröffnungsabend (6. 3.) sprachen:
Bundeskanzler Bruno Kreisky, Vizekanzler Bundesminister Fred Sinowatz, Bürgermeister Leopold Gratz, Kulturstadtrat Helmut Zilk, ORF-Generalintendant Gerd Bacher sowie die Autoren: Milo Dor, Erich Fried, Barbara Frischmuth, Alfred Kolleritsch, Michael Scharang, Hans Weigel

Am 7. und 8. 3. tagten die Autoren in Arbeitskreisen bzw. in Plenarsitzungen. Die Arbeitskreise und ihre Leiter waren:
AK I, Soziale und rechtliche Lage: Milo Dor, Franz-Leo Popp
AK II, Audio-visuelle Medien: Walter Bacher, Wolfgang Kudrnofsky
AK III, Printmedien: Nils Jensen, György Sebestyen
AK IV, Kulturpolitik und Literaturförderung: Marie-Thérèse Kerschbaumer, Günther Nenning, Franz Schuh

An der Schlußdiskussion am 8. 3. abends, die Günther Nenning leitete, nahmen als Repräsentanten der öffentlichen Verwaltung und der Medien teil:
Vizekanzler Bundesminister Fred Sinowatz, Klubobmann NR Abg. Heinz Fischer, Vizebürgermeister Erhard Busek, Kulturstadtrat Helmut Zilk, ÖGB-Präsident Anton Benya, ORF-Abteilungsleiter (Fernsehspiel) Gerald Szyszkowitz, Burgtheaterdirektor Achim Benning, Residenz-Verleger Wolfgang Schaffler

Reden zum Ersten österreichischen Schriftstellerkongreß, 6. 3. 1981

ERICH FRIED

Kolleginnen und Kollegen, Freunde, meine Damen und Herren!

Bevor ich das sage, was ich mir vorbereitet hab, möchte ich doch zu einigem Stellung nehmen, was ich hier gehört habe – ich hätte noch mehr Zeit damit verbringen müssen, wenn nicht zum Glück Hans Weigel, Milo Dor, Barbara Frischmuth, Michael Scharang schon viel davon gesagt hätten.

Zuerst ein Wort zur Verantwortung des Schriftstellers gegenüber dem Staat, noch im Anschluß an Milo Dor: ich glaube, eine direkte Verantwortung des Schriftstellers gegenüber dem Staat gibt es nicht, nur eine Verantwortung direkt gegenüber seinem eigenen Gewissen, das als Verinnerlichung die Beziehungen zu seinen Mitmenschen enthalten muß. Diese Mitmenschen sind natürlich in unserer Zeit in Staaten organisiert, zur Erhaltung ihres Lebens und auch zur Erhaltung ihrer jeweiligen Herrschaftsverhältnisse. Diese Doppelheit ist wichtig, man kann einen Staat heute ebensowenig abschreiben wie für fraglos bejahenswert erklären. Aber die direkte Verantwortung gegenüber dem Staat lehne ich ab, und wir wissen aus politischer Erfahrung, je mehr ein Staat die direkte Verantwortung des Schriftstellers gegenüber dem Staat verlangt, desto unangenehmer ist dieser Staat.

Das zweite sind zwei Ausdrücke, die der Psychoanalyse, sagen wir, »entlehnt« wurden, nämlich das »Lustprinzip des Schreibens« und das »Realitätsprinzip« danach. Ich glaube, wenn man sich in Ausdrücken wie Lustprinzip des Schreibens die Analyse zunutze macht, dann müßte man doch als mit Literatur angeblich befaßter Mensch wissen, daß die Schriftsteller die Lust des Schreibens dazu zu verwenden haben und dazu verwenden, in immer tiefere Schichten ihres eigenen Erkenntnis- und Beobachtungsvermögens einzudringen, wo analytische Widerstände bekämpft werden müssen, so daß das, was dabei herauskommt, eine sehr schwierige und keineswegs nur als lustvoll zu bezeichnende Tätigkeit ist; und der Verdacht liegt nahe, daß man denkt: »Wenn denen das Schreiben ohnehin schon solche Lust macht, dann ist es doch eigentlich lächerlich, daß sie noch so viele Forderungen stellen.« Es ist sehr gut, daß im selben Atemzug vom Realitätsprinzip die Rede war, denn nicht nur die Antipsychiatrie, sondern auch die meisten modernen Psychologen wissen schon sehr wohl, wie sehr der Ausdruck Realitätsprinzip, seit er von Freud geprägt wurde, zu schlechten Anpassungsforderungen mißbraucht wurde! Ich will dazu nichts mehr sagen. Ich glaube, daß auch der Ausdruck »Arroganz gegenüber dem Publikum« ein gefährliches Wort ist. Natürlich gibts so etwas, und natürlich muß man sich davor hüten, aber im allgemeinen sind die Leute, die davon sprechen, die selben, die als Politiker etwa sich auf die »schweigende Mehrheit« berufen. Man darf das Publikum nicht wie ein kritikloser, nur von der Marktforschung gelenkter Mann nur so nehmen, wie es ist. Damit tut man dem Publikum keine Ehre an, denn man nimmt dann auch die Schädigungen, deren Ergebnis und Opfer das heutige Publikum ist, kritiklos hin. Ich glaube also, in einer solchen Formulierung steht, vielleicht unbewußt, doch mindestens die Gefahr einer Arroganz gegenüber dem Schriftsteller.

Ich werde nun ziemlich viel von der Vergangenheit sprechen und ich glaube, daß manches davon für die Gegenwart fruchtbar ist. In den letzten Monaten vor diesem Kongreß hat man mir nämlich eine Reihe von Fragen gestellt: Warum ich, obwohl ich Österreich liebe und mich freue, endlich wieder meine österreichische Staatsbürgerschaft zu bekommen, nie nach Österreich zurück wollte oder konnte; welchen Eindruck ich als Auslandsösterreicher von österreichischen Literaturverhältnissen hatte und habe; ob österreichische Literatur in Österreich überhaupt eine Bedeutung hatte und hat. Was ich vom Verlagswesen halte, wurde auch gefragt, von der Förderung, vom Verhältnis zwischen Literatur und Politik. Die gründliche Beantwortung auch nur einer dieser Fragen würde mehr Zeit brauchen, als ich für mein Referat habe, und Österreich ist immer noch so, daß jede ehrliche Antwort geeignet ist, einem den oder jenen zum Feind zu machen, von dem es hierzulande heißt, er könnt' einem schaden. Ich will es trotzdem versuchen, skizzenhaft, ganz unvollständig.

In Wirklichkeit sind praktische Entscheidungen über Heimkehr gar nicht nur politisch oder kulturpolitisch bedingt, sondern sie sind sehr kompliziert, vielfach überdeterminiert – aber auch kulturelle und politische Faktoren können mitsprechen. Im Krieg, in England, hatte ich die Absicht, zurückzukommen. Aber nach und nach störten mich damals bei *den* Österreichern, zu denen ich dort die engste Verbindung hatte, einige Symptome der Stalin-Ära so sehr, daß ich nicht zurückkommen wollte, um *mit* ihnen zu arbeiten. Ich hatte aber auch keine Lust, zurückzukommen, um *gegen* sie zu arbeiten. Dazu hatte ich zu viel Mitgefühl mit vielen von ihnen, deren gute Absicht und deren tragische Konflikte ich aus eigener Erfahrung kannte. Es lag mir nicht, Menschen, die mir nahe waren, nun haßerfüllt als Todfeinde zu bekämpfen, auch wenn viele von ihnen, dank ihrer Organisationsstruktur, solche Hemmungen nach außen hin nicht immer zeigen konnten. Überhaupt, die bittere Bereitschaft zu gehässigster Feindschaft, wie man sie bei uns in Österreich auf allen Seiten fand und immer noch findet, scheint mir kein guter Charakterzug einer Kultur. Speziell der österreichische, ebenso wie der deutsche Antikommunismus ist außerdem nicht nur von den wirklichen Verbohrtheiten, Selbstentfremdungen und Verbrechen in der Geschichte des Kommunismus gespeist, sondern oft eben auch von der sogenannten kulturellen Kontinuität aus der Hitler-Zeit oder schon auch aus der Ignaz-Seipel-Zeit. Und das mochte ich nicht leiden.

Ich konnte, als ich mir die Rückkehr zum ersten Mal überlegte, weder die gezielten, sich für links haltenden Gehässigkeiten gegen einen Hans Weigel gutheißen, weil der es gewagt hatte, im Exil und danach seine Meinung über die Wirklichkeit der Stalin-Ära zu sagen, noch auch konnte ich mich darüber freuen, daß selbst ein Hans Weigel sich durch das, was ihm angetan wurde, und durch die furchtbaren Enttäuschungen, die er erlebt hatte, dazu hinreißen ließ, soweit zu gehen – wenn ich nicht falsch informiert bin –, längere Zeit sogar gegen Brecht-Inszenierungen in Österreich zu sein; wobei doch gerade Brechts eigenes Werk viel Inspiration zur Auflehnung gegen Stalinismus und gegen geisttötende Bevormundung gegeben hat. Dieses Freund-Feind-Denken in Österreich hat der Literatur geschadet und hat mich abgeschreckt, auch wenn es bei Hans Weigel offenbar mit größter persönlicher Integrität verbunden war; und traurig gemacht hat es mich gerade bei ihm, weil dieser selbe Hans Weigel so unendlich viel und uneigennützig für junge Dichter getan hat, auch für mich, wie wenige andere. Nur fair zu sagen, daß es diese Freund-Feind-Tendenzen natürlich nicht nur in Österreich gab, sondern auch in der Bundesrepublik und in Amerika, aber damit dürfen wir uns nicht trösten. Ich hatte in London von Isaac Deutscher gelernt, daß mir keine Wahl blieb, als gegenüber einer entfremdeten, dogmatisch erstarrten und machtpolitisch hochgekommenen beziehungsweise heruntergekommenen Lehre zum Ketzer zu werden, aber daß der Ketzer, der Häretiker, sich davor hüten soll, in die vorgezeichnete Rolle des Renegaten zu verfallen, wie sie etwa der Kongreß für Freiheit der Kultur und andere Institutionen zu fördern suchten. Schwerer gemacht wurde es gerade auch Schriftstellern dadurch, daß sie ein Mitmachen im Kalten Krieg forderten und immer noch fordern und daß von der anderen Seite ein Ketzer fast immer als Verräter und Renegat verleumdet wurde – ich denke da besonders an Ernst Fischer, den ich lieb gehabt habe.

Auch ganz anderes hat mich gestört. Als der Dichter Weinheber noch im Krieg Selbstmord begangen hatte, war ich durch seine letzten, verzweifelten Gedichte erschüttert und warnte gemeinsam mit meinem Freund, dem Lyriker Theodor Kramer, davor, diesen Mann einfach als Nazi abzutun. Wenige Jahre danach aber fand ich in Österreich eine Überschätzung Weinhebers, die sich auch des englischen Dichters W. H. Auden spleenige Weinheber-Verehrung zunutze machte; und ich finde es ganz falsch, daß sich im Palais Palffy zwar ein Weinheber-Zimmer, nicht aber ein Theodor-Kramer-Zimmer vorfand – wobei dahingestellt bleibe, ob das Palffy der beste Ort für eine Kramer-Ehrung wäre. Aber natürlich war Kramer der wichtigere von den beiden Dichtern.

Auch die elenden Lebensumstände für österreichische Nachwuchsschriftsteller, von denen Michael Scharang spricht, fand ich mehr als ungut; sie machten Österreich unwirtlich. Ich erinnere mich aus dieser Zeit noch eines Mannes, der im Rundfunk viel zu sagen hatte, er gehört zum Glück längst der Vergangenheit an. Mir begegnete er mit entsetzlicher Höflichkeit, aber wenn er sich in seinen Sendungen eines jungen österreichischen Autors überhaupt erbarmte, dann mußte dieser, um seine Manuskripte vorlesen zu dürfen, »Sprechunterricht« nehmen, wofür der Mann seine Gattin empfahl. Diese Lektion kostete immer genau die Hälfte des Honorars. Daß der Mann auch ein

Nazi gewesen war, vielleicht kein ehrlich überzeugter, dafür aber ein eifriger, rundet das Bild ab.

Man darf natürlich keine Schwarzweißmalerei machen. Das Ministerium versuchte auch vor vielen Jahren schon, jungen Schriftstellern zu helfen; einen Ministerialrat Dr. Brunmayr habe ich zum Beispiel noch in besonders guter Erinnerung. Aber wenn gleichzeitig weder die Schulen noch die Universitäten, noch das Fernsehen moderne Literatur und junge Autoren genug förderten, dann blieb es eben bei den Stipendien: zum Sterben zu viel und zum Leben zu wenig. Das Dunkelmännertum an der Universität war durchaus nicht nur auf alte Nazis beschränkt und auch nicht nur auf die Germanistik. Ich erinnere mich zum Beispiel eines Professors Rohracher, der sich, glaube ich, sogar einen Sozialisten nannte, der aber nicht nur eine ebenso modische wie gottvergessene Verhaltenspsychologie lehrte, sondern seinen Studenten, die bei den Prüfungen Zitate aus seinen Werken wörtlich auswendig hersagen können mußten (!), beibrachte, Freud sei wissenschaftlich indiskutabel, nicht nur wegen seiner Einseitigkeit, sondern auch wegen seiner zahllosen Geschmacksverirrungen. Professor Rohracher galt auch in Bayern als Autorität. Ich sprach damals darüber im Ministerium, und man sagte mir, »Der Mann ist doch ungefährlich, denn wir alle hatten bei ihm mindestens im Nebenfach Prüfung und haben uns so über ihn geärgert, daß man ihn nicht ernst nehmen kann«. Es genügt natürlich nicht, wenn der Lehrstuhl von jemandem besetzt ist, der dadurch ungefährlich wird, daß man ihn nicht ernst nehmen kann. Das alles fand ich ebenso sonderbar wie etwa den österreichischen PEN-Club. Dennoch war es mein vorrangiges Interesse an der kulturpolitischen Entwicklung in der Bundesrepublik Deutschland und auch an der politischen Wichtigkeit der Entwicklungen dort für ganz Europa, das meine Aufmerksamkeit mehr auf die Bundesrepublik konzentriert hat; es war also nicht etwa, wie Leute behauptet haben, Ekel vor Österreich, was mich ferngehalten hat, sondern es war die größere Anziehungskraft dieser Entwicklungen. Natürlich ist nicht auszuschließen, daß eine viel großzügigere Kulturpolitik bei uns mich nach Wien gebracht und, ebenso, viele junge österreichische Autoren in Wien festgehalten haben könnte. Dennoch glaube ich, daß Michael Scharang Österreich manchmal ein klein wenig Unrecht tut, wenn er an Österreich Schattenseiten beschreibt, die es geradeso auch in Deutschland oder vielleicht in den meisten bürgerlichen Ländern, auch den demokratischeren, gibt. Aber dieses Unrecht, das gelegentlich mit einfließt, ist viel weniger wichtig als Scharangs dankenswerte Leistung, Schlechtes dort beim Namen zu nennen, wo er es vor seiner Nase findet. Und in einigem ist Österreich auch wirklich schlechter dran als etwa die Bundesrepublik, nicht nur das Theater oder die Verlagsmisere betreffend; welcher österreichische Schriftsteller hat schon in Österreich so viel Einfluß wie in Deutschland etwa Heinrich Böll oder Günter Grass oder sogar ich? Das ist doch bedenklich. Ich habe auch den Eindruck, daß es in Österreich weit mehr Tabus gibt als zum Beispiel in der Bundesrepublik, von Holland oder Dänemark ganz zu schweigen. Gewiß, es gibt eine Art Literatur der Rebellion dagegen, die dann die Freiheit genießt, alle erdenklichen österreichischen Ausdrücke für alle Variationen des Geschlechtsverkehrs oder für Ausscheidungsvorgänge zu verwerten. Damit mag man sich natürlich Luft machen, das mag sogar im engeren Sinn des Wortes abendfüllend sein, es ist auch ein echter Protest gegen Heuchelei; aber einen Ersatz für große Literatur, große Gesellschaftskritik, große Perspektiven kann das nur schwer bieten. Ich tadle nicht die Schriftsteller, die auf diese Weise aufmucken und reagieren, sondern die Zustände, die sie auf einen solchen elenden Freiraum verfallen ließen oder beschränken. Das alles gehört durchaus nicht nur einer fernen Vergangenheit an. Auch ein ganz besonderes Gemisch von bissiger Aggressivität und unzulänglicher Informiertheit ist in der Kritik, der Schriftsteller und Künstler oft ausgesetzt sind, nicht nur durch Kritiker, sondern auch durch Mediengewaltige, oft zu spüren und hält zuweilen durchaus den Wettbewerb mit bayerisch-ländlichen Zuständen aus. Und wie gesagt, es gibt zu viele Tabus auch anderer Art. Ich erwähne Einzelfälle, weil sie gelegentlich etwas deutlicher machen können als allgemeine Erörterungen in einem kurzen Referat. Als ich eines der letzten Male in Wien war, gab es gerade ein Gerichtsurteil: Ein Arzt, Prof. Dr. Gross, bei Gericht bestens als Gutachter bekannt, der mit Euthanasiefällen und anderem aus dem Krieg, vor allem mit dem langsamen Tod einer Anzahl von Kindern durch ein Brechmittel, euphemistisch »das Speiberle« genannt, in Verbindung gebracht wurde, war ob dieser Vergangenheit von einem mißliebigen, jüngeren Wiener Arzt, Dr. Werner Vogt, angegriffen worden. Dr. Vogt wurde dafür zu 84.000 Schilling Strafe verurteilt. Es ist ganz gleichgültig, ob ich mit Dr. Vogts eigenen politischen Ansichten in *allen* Punkten übereinstimme oder nicht – ich tue es nicht ganz –, aber ein solches Urteil macht (von allem anderen, wovon wir in Wirklichkeit *nicht* absehen dürfen, diesmal ganz abgesehen!) auch die literarische Behandlung eines solchen Falles sehr riskant. Aber ein solcher Fall, so brechreizend er sein mag, darf nicht tabu sein. Denn Tabus solcher Art sind der Todfeind jeder Literatur, nicht nur in östlichen Ländern; auch wenn Literatur sich natürlich nicht nur mit Gutachten über derlei lebende Gerichtsgutachter und tote Kinder zu befassen hat und auch nicht *nur* mit allgemeinen und allgemeinverständlichen Themen.

Meine Zeit ist fast um, obwohl ich noch längst nicht alles gesagt habe. Ich müßte darüber sprechen, daß wir noch nichts so Gutes haben wie den Schriftstellerverband in Deutschland, und über viele andere Dinge. Aber ich will im Augenblick nur noch ein Wort zur Bedeutung der Literatur sagen. Zur Bedeutung: Ich glaube, die Dichter sind nicht nur bei uns, aber bei uns vielleicht in höherem Maß als in der Bundesrepublik, ein klein wenig wie Vitamine, die einer in dieser Hinsicht etwas rückständigen Menschheit zurufen wollten: Ihr braucht uns. Und diese Menschheit ißt zwar sehr gerne und sehr viel, aber daß sie auch Vitamine braucht, weiß sie noch nicht ganz genau, obwohl es stimmt. Sie hält es bestenfalls für Luxus. In unserer Zivilisation, in der mehr und mehr Menschen seelisch erkranken, weil der Betrieb unserer Zivilisation abstumpft oder krank macht, oder beides, hat man in einzelnen Heilanstalten sogar schon Kunsttherapie für Menschen, die zusammengebrochen sind, anzuwenden begonnen. Viel wichtiger wäre aber auch hier die vorbeugende Medizin, die Verhütung. Kunst kann die Alternative Abstumpfen oder Zusammenbruch verhindern helfen; natürlich nicht, weil sich der Künstler als Therapeut versteht, da hat Barbara Frischmuth völlig recht, sondern weil er selbst diese Therapie für sich braucht und sie darin sucht, daß er eben schreibt. Nur dadurch ist das Phänomen des Menschen, von dem sie gesprochen hat, der nicht anders leben kann, als indem er schreibt, erklärbar. Und darin, in der Grundproblematik, ist der Schriftsteller natürlich von Nicht-Schriftstellern nicht grundverschieden. Darin liegt die Möglichkeit.

Ich glaube, es ist auch so, daß die Hauptaufgabe der Literatur ja wirklich keine direkte tagespolitische oder parteipolitische ist, sondern grade die Bekämpfung der Entfremdung, der Abstumpfung. Es ist wichtig, daß man die Fühllosigkeit nicht nur beim jeweiligen politischen oder weltanschaulichen Gegner aufzeigt, sondern daß man ihr auch näher bei sich selbst und in den eigenen Kreisen nachspürt. Dadurch entsteht allerdings als Nebenprodukt auch politische Kritikfähigkeit, besserer politischer Instinkt. Und das *kann* sogar dazu beitragen, auf lange Sicht, zu entscheiden, ob sich ein kleines Land mit in den Strudel des atomaren Selbstmordes reißen lassen wird, der jetzt die Welt bedroht und der nicht nur die Großmächte bedroht. Michael Scharang hat davon gesprochen, daß die Zweite Republik nun konsolidiert ist, aber damit ist Österreichs Leben leider nicht so ganz gesichert. An sich schon, aber wie stehts mit den Nachbarn? Welche Verwicklungen, welche geheimen Verschwörungen drohen im sogenannten Ernstfall? In welche Abmachungen und Aufmarschpläne sind wir einbezogen worden? Würde die atomare Verwüstung nicht bis zu den Hochalpen reichen oder weiter? Und müssen wir nicht klar davor warnen und gerade noch als Schriftsteller sagen, was wir von den großmächtigen Großmacht-Establishments denken, wie das Heinrich Böll und andere zu tun begonnen haben? Michael Scharang hat auch von der Völkerunterdrückung in der Monarchie gesprochen und gemeint, wo andere unterdrückt werden, da hat auch das eigene Volk nichts zu lachen, namentlich die Arbeiter nicht. Gewiß, es hat nichts zu lachen, aber anfänglich lachen viele doch, nämlich als Junior-Partner der Unterdrückung. Siehe das Titelbild zu Karl Kraus, »Die letzten Tage der Menschheit«, die gemütliche Hinrichtung. Und siehe den Klartext, wenn man unserer ganzen berühmten Gemütlichkeit aufs Maul schaut. Erst dadurch, daß viele doch mitlachen, daß sie sich korrumpieren lassen, daß sie sich zur falschen Identifizierung verführen lassen, erzeugen sie die Grundlage dafür, daß sie wirklich nichts zu lachen haben werden. Aufgabe der Literatur kann aber auch sein, auch *das* aufzuzeigen und verhindern zu helfen; natürlich nicht in kopfschwerer, programmatischer Literatur, sondern nur, wenn es einem wirklich durch Erleben in Herz und Hirn übergegangen ist und einem davon der Mund überfließt. Vielleicht kann man als Schriftsteller sehr viel Nützlicheres und Wichtigeres und Unersetzlicheres tun, als Behörden mindestens bis vor kurzer Zeit gewußt haben. Aufgabe aber der behördlichen Stellen ist nicht, dies alles zu reglementieren, sondern zu erkennen, daß auch durch Literatur so geholfen werden *kann*, auch ihnen geholfen werden kann, denn Behörden sind ja nicht bewußt darauf aus, das Schlechte tun zu wollen; und daß vielleicht sogar nicht nur manche Krankheit unserer Zivilisation, sondern auch der gemeinsame Untergang aller noch zu verhindern ist. Aufgabe der Behörden ist demgemäß, der Literatur nicht Almosen zu geben, sondern der Notwendigkeit der Literatur endlich Rechnung zu tragen, nicht nur durch die Freiheit, zu sehen, wo man bleibt, nicht durch Förderung mit dem kleinen Finger, sondern indem man den Stellenwert der Literatur nicht nur mit Worten entsprechend anerkennt.

BARBARA FRISCHMUTH

Werte Anwesende! Da wir nun doch zu einem Kongreß zusammengefunden haben und sicher noch vieles über die Situation des Schriftstellers im allgemeinen sowie zur Situation der Literatur in diesem Lande sagen und hören werden, möchte ich hier ein paar Worte zum Schriftsteller als Person sagen, um zumindest ein bißchen zur Klärung der vielen Mißverständnisse, denen sie ausgesetzt ist, beizutragen. (Ich hoffe, Sie erlassen es mir, mehr als einmal betonen zu müssen, daß ich mit Schriftsteller den Berufsstand, nicht das Geschlecht bezeichne.)

Es ist gar nicht so einfach zu definieren, wer oder was ein Schriftsteller ist, davon können diejenigen Kollegen ein Lied singen, die bei der Paßbehörde als Berufsbezeichnung Schriftsteller angeben, ohne je von Adabei oder Staberl als solche erwähnt worden zu sein. Auch ich kann natürlich nicht garantieren, daß mein Versuch, zu erklären, wer oder was ein Schriftsteller ist, die Zustimmung meiner Kollegen findet. Ich nehme aber an, daß nur die wenigsten von uns bereit wären, für das zu stehen, was Akademiker der verschiedensten Branchen gern in ihnen sehen möchten, wenn sie die Sache romantisch betrachten, nämlich Außenstehende im wahrsten Sinne des Wortes, postiert am äußersten Rand der Soziallandschaft, durch keinerlei materielle Zuwendung verdorben, edel und souverän, Typen eben, wie jede Gesellschaft sie sich leisten können muß, ohne etwas für sie zu tun, denn die Botschaft soll ja aus einer gewissen Entfernung kommen. Aber auch weniger romantische Sehweisen schließen jede Menge Forderungen danach mit ein, was nun ein Schriftsteller zu sein hätte. Ich will zuerst einmal sagen, was er meines Erachtens nicht ist, nämlich Politiker, auch wenn seine Literatur politisch ist, Therapeut, auch wenn seine Literatur im einzelnen therapeutische Wirkung haben kann, Meinungsmacher, auch wenn seine Meinungen gegebenenfalls von jemandem übernommen werden. Was Schriftsteller sonst noch alles nicht sind oder nicht sein können, überlasse ich der Phantasie des einzelnen, es dürfte sich mit den allgemein menschlichen Mängeln und Defekten decken. Zu warnen ist vor jeder Vorstellung, die man sich vom Schriftsteller als Person macht, und vor der Erwartung, daß dieser jener zu entsprechen habe. So wie Wissenschaftler häufig die falschen Schlüsse aus ihren Entdeckungen ziehen, leben auch Autoren gern mit einem geringeren Maß an Einsicht in Welt und Sprache, als sie in ihren Büchern zeigen. Das bezieht sich auch auf ihre umgangssprachlichen Äußerungen, die von Übelwollenden gern als Argument gegen das Werk verwendet werden.

Schriftsteller ist *für mich* der, der schreibt, weil er nicht anders kann, ein Mensch also, dessen bevorzugte Lebensäußerung das geschriebene Wort ist. Einer, der einen Großteil seines Lebens in Einzelhaft vor einem Schreibgerät verbringt. Einer, der von sich ausgeht, weil die anderen ihn interessieren, der von sich aus denkt, weil er sich in den anderen wiedererkennt, der sich selber ausschlachtet, weil er von einer prästabilierten Ähnlichkeit mit anderen überzeugt ist. Was er mit sich und anderen erlebt, hat er in der Sprache auszumachen, in einer Wechselwirkung von Abhängigkeit, Beeinflussung und Anspruch – um nur einige der Verzahnungen zu nennen –, und was dabei bestenfalls herauskommen kann, ist ein neuer Zusammenhang. Ich möchte hier und jetzt das Wort Kunst absichtlich nicht in die Debatte bringen.

Von einem Schriftsteller zu verlangen, er möge seine Literatur in den Dienst einer Sache stellen, wird zwar häufig unternommen, scheitert aber, so die Forderung wirklich befolgt wird, in der Durchführung fast immer, da der Dienst zum Dienstweg verkommt und die Teleologie der Literatur selten bekommt. Dies ist eine Spielweise, die bei uns weniger gebräuchlich ist, dafür darf es öfter der Schriftsteller selber sein, der seine Dienste einer Sache zur Verfügung stellen soll, und diese Variante macht aus dem Pechspiel noch lange kein Glücksspiel. Der Schaden für die Allgemeinheit ist zwar geringer, da sie ziemlich gleichmütig zuschaut, wie der Autor sowieso seine Unterschrift bekräftigend unter etwas setzt. Und je öfter er das tut, desto häufiger wird er gerufen, eine Art Call-girl der öffentlichen Meinung, nicht formulierend, sondern unterzeichnend, so die Inflation des Autogramms bewirkend. (Wir haben natürlich alle schon Dutzende Male unterschrieben.) Doch sollte ein Schriftsteller seine sogenannte ›Gesinnung‹ nicht in solch verkürztem Verfahren unter Beweis stellen müssen, es sei denn, er hätte auf diese Weise einmal wirklich etwas zu bestimmen, was aber höchst selten vorkommen wird. Ein Schriftsteller ist in erster Linie an seinen Büchern zu erkennen. Dafür, ob er ein guter Unterhalter, ein versierter Taktiker in Sachen Tages- und Lokalpolitik oder ein fernsehgerechter Interview-Partner ist, mögen andere Kategorien herhalten. Es soll auch Schriftsteller geben, die gute Schifahrer sind, was soll's?

Obwohl von den Steuerbehörden als Unternehmer eingestuft, werden Schriftsteller entlohnt, mehr oder weniger gut, höchst selten gerecht. Denn das Kriterium für ihre Entlohnung ist weder Qualität noch Fleiß, sondern Interesse, nämlich das Interesse, das seiner Leistung von anderen entgegengebracht wird. Wobei dieses Interesse natürlich via Werbung forciert werden kann, was die Versuchung, bei Gelegenheit mit harten Worten Eigenwerbung zu betreiben, ungeheuer groß macht. Die zehn Prozent vom Ladenpreis, an denen oft mehrere Jahre Arbeit hängen, können ein paar oder ein paar hunderttausend Schilling ausmachen, je nach dem Grad des Interesses, das zu erwecken dann doch wieder dem Schriftsteller als Person überlassen wird.

Dazu kommt eine Art Eigengesetzlichkeit der Popularität beziehungsweise des ›Ruhms‹, den wir ja alle angeblich im Auge haben, die es fast keinem Schriftsteller gönnt, auf jener – später als Höhepunkt definierten – Seinslage zu verbleiben, die es gestatten würde, das Auskommen mit dem Einkommen als fraglos zu bezeichnen. Weder lassen die Steuergesetze dieses Landes es zu, daß man in den paar fetten Jahren für die mit Sicherheit kommenden mageren vorsorgte, noch gibt es irgendwelche Auffangnetze in Form einer Sozialversicherung. Wir sind sozusagen alle potentielle Sozialfälle, eine nicht gerade ermutigende Vorstellung, wenn man weiß, daß es die meisten an ihrem schwächsten Punkt trifft, nämlich im Alter. (Ein Report über alte Schriftsteller in der BRD kann einen das Fürchten lehren.)

Daß gerade beamtete Menschen, und darunter vorzüglich Kulturfunktionäre, denen in diesem Leben so gut wie nichts mehr passieren kann, es Schriftstellern vorwerfen, daß sie überhaupt an so etwas wie eine Altersversorgung denken, ja es als geradezu degoutant empfinden, sich mit ihnen über Profanes dieser Art zu unterhalten, kann wohl nur – so es nicht blanker Zynismus ist – Ausdruck jener Sehnsucht nach dem Entgegengesetzten – in diesem Fall dem völlig Ungesicherten – sein, die auch in diesen Menschen irgendwie vorhanden ist, genährt von spießanarchischen Wunschvorstellungen.

Ein – wie ich meine – tatsächlicher Irrtum ist, daß Schriftsteller, die in ›gesicherten‹ Verhältnissen lebten, zu zahm werden könnten, frei nach dem Trugschluß: schimpfen darf nur der, der außerhalb steht. Ich aber frage mich: welcher Schriftsteller wird mehr riskieren, der, dessen Altersversorgung in jedem Fall gesichert ist, oder jener, der auch dann noch schauen muß, wie er monatlich das Existenzminimum hereinschreibt, egal wieviel Interesse ihm die Öffentlichkeit gerade entgegenbringt. Zu gern wird da das Abgesichertsein gegen primitivstes Elend mit einer Art von Wohlbestelltheit verwechselt, die damit gar nichts zu tun hat. Einem Mäzen ist man persönlich verpflichtet; wenn der Staat dafür sorgt, daß auch die Schriftsteller in den Genuß seiner sozialen Einrichtungen kommen, ist das nur vernünftig. Schon die Tatsache, daß die Autoren sich zu den heute hier vertretenen Organisationen zusammengeschlossen haben, ist für manche Leute einem Angriff auf die Freiheit der Literatur gleichzusetzen. Auch hier folgt Irrtum auf Irrtum. Diese Organisationen sind ja keine Organisationen der Literatur, sondern der Autoren. Hier geht es nicht um das Werk, sondern um den Autor als Person, die als solche mit verschiedensten Schwierigkeiten konfrontiert ist. Diesen Schwierigkeiten sollen die Organisationen abzuhelfen versuchen. Ob das gelingt oder nicht, hat zwar keinen unmittelbaren Einfluß auf die Literatur, jedoch auf das Wohlbefinden des Schriftstellers. ›A Dichta muaß bliaten!‹ hat vor Jahren ein Kollege bei den Jugendkulturwochen in Innsbruck erklärt. Soll sein, kann ich dazu nur sagen, wenn es nötig ist. Aber um das Ganze aufzuschreiben, bedarf es handfesterer Lebensumstände.

Hauptresolution des Ersten österreichischen Schriftstellerkongresses

Forderungen

I. Soziale und rechtliche Lage

1.1. Gesetzliche Verankerung des seit vielen Jahren geltend gemachten Anspruchs auf eine Bibliothekstantieme durch Verabschiedung des seit 28. Februar 1976 vorliegenden Gesetzesentwurfs. Die Einnahmen aus dieser Bibliothekstantieme sollen die Basis für eine soziale Sicherung der Schriftsteller sowie für ein Entgelt nach Maßgabe der Zahl der Entlehnungen sein. Die Mittel aus der Bibliothekstantieme sollen den Schriftstellern in Selbstverwaltung übertragen werden. Gleichzeitig müssen die Bibliotheksetats erhöht werden.
1.2. Abschaffung der freien Werknutzung urheberrechtlich geschützter Werke zum Kirchen-, Schul- und Unterrichtsgebrauch durch ersatzlose Streichung des § 45 des Urheberrechtsgesetzes.
1.3. Gesetzliche Verankerung eines Vergütungsanspruchs für reprographische Vervielfältigung.
1.4. Einführung einer Urhebernachfolgegebühr für jede Verwertung von Werken, deren Schutzfrist bereits abgelaufen ist. Die Einkünfte sollen einem Fonds zur Förderung der Literatur in Selbstverwaltung der Autoren zugeführt werden.
1.5. Verbesserung der gesetzlichen Bestimmungen über Urheberrecht und Verwertungsgesellschaften zugunsten der Autoren durch eine paritätische Konstruktion aus Autoren und Verlegern zwecks vermehrter Mitbestimmung, Einblick in die Gebarung und gerechter Verteilung der Mittel.
1.6. Steuergerechtigkeit, insbesondere durch Ausdehnung der Bestimmungen des § 38 Abs. 4 Einkommensteuergesetz (halber Steuersatz) auf alle Einkünfte aus schriftstellerischer Tätigkeit und Ausdehnung des Einschauzeitraums auf fünf Jahre.
1.7. Schaffung einer gesetzlichen Sozialversicherung für Schriftsteller unter folgenden beiden Voraussetzungen: Kein Ruhen des Pensionsanspruchs bei schriftstellerischer Tätigkeit; Bereitstellung ausreichender Mittel aus einem Fonds, der unter anderem aus der Bibliothekstantieme gespeist wird.

II. Audio-visuelle Medien

2.1. Schaffung eines Autorenrates gemäß den Vorschlägen der Mürzzuschlager Schriftstellertagung vom 15. 6. 1980. Er soll durch Vereinbarung mit dem ORF als beratendes

Organ die Beziehungen zwischen Autoren und ORF verbessern, Anregungen, Forderungen und Beschwerden der Autoren behandeln und anstehende Probleme durch Zusammenarbeit lösen.
2.2. Verbesserung der Verträge zwischen ORF und Autoren (fertige Werke und Treatments), u. a. Erhöhung des Wiederholungshonorars auf 100%, Reduzierung der Rechteeinräumung, Verkürzung der Rückfallfrist. Zwischenzeitlich uneingeschränkte Anwendung des Wortautoren-Sondertypus-Vertrags 1974.
2.3. Erhöhung der Theatertantiemen sowie die Festsetzung einer Mindesttantieme und die Beteiligung der Autoren an den Theatersubventionen.
2.4. Urheberrechtliche Verbesserungen für Filmautoren.

III. Printmedien

3.1. Mustervertrag zwischen Verlagen einerseits, Autoren und Übersetzern andererseits, der vor allem vorsieht: Eine Erhöhung des Ladenpreis-Honorars, die Verankerung von Steigerungsklauseln, Nebenrechte bleiben beim Urheber, einen Mehraufwand für Werbung. – Analoge Verbesserungen bei Theaterverlagen.
3.2. Verstärkte Förderung von Literaturzeitschriften (Produktion und Honorare). Ausnützung freier Kapazitäten in Satz-, Druck- und Kopieranstalten von Bund, Ländern, Gemeinden, Hochschulen zum Selbstkostenpreis.
3.3. Schaffung eines Volksbüchereigesetzes. Die Errichtung von Büchereien soll für Gemeinden verpflichtend sein. Verstärkter Ankauf von Büchern österreichischer Autoren.
3.4. Überführung vereinsmäßig organisierter Klein- und Autorenverlage in gewerberechtlich abgesicherte Firmen aus Mitteln der Arbeitsmarkt- und Wirtschaftsförderung (Betriebsgründungsprogramm).
3.5. Der »Tag des Buches« (10. Mai) soll als Mahnung an die Bücherverbrennung unter dem Nationalsozialismus eingeführt werden.

IV. Kulturpolitik und Literaturförderung

4.1. Schaffung einer qualitativ neuen und effektiven Interessenvertretung der Autoren auf Bundes- und Länderebene zum Zwecke der Durchsetzung der vom Kongreß beschlossenen Forderungen. Eine solche Interessenvertretung muß folgenden Kriterien genügen:
1) Wirksame Vertretung gegenüber der Öffentlichkeit, Verlagen, Theatern, ORF u. a. mit der Verwertung und Distribution befaßten Institutionen;
2) Wahrung der Einheit der Schriftsteller;
3) direkte persönliche Mitgliedschaft der Schriftsteller;
4) frei gewählte Leitung;
5) autonome, überparteiliche Organisation;

6) Sicherstellung der Unabhängigkeit und Gleichberechtigung sowie des Alleinvertretungsrechtes aller österreichischen Schriftsteller, ungeachtet der Sprache, in der sie schreiben, gegenüber und innerhalb gesellschaftlicher Großorganisationen;

7) Kollektivvertragsfähigkeit (Abschluß von Gesamtverträgen);

8) Rechtsberatung und Rechtsschutz für alle Autoren (einschließlich Übernahme von Prozeßkosten);

9) wirksame Vertretung den gesetzgebenden und exekutiven Körperschaften gegenüber, Begutachtungsrecht von Gesetzesvorlagen;

10) wirksame Vertretung in Angelegenheiten der Sozialversicherung und Altersversorgung sowie sonstiger sozialer Rechte;

11) wirksame Vertretung der Autoren in allen Steuerfragen (einschließlich Änderung der Steuergesetzgebung);

12) ständiger Informationsfluß von der Interessenvertretung zu den einzelnen Autoren in allen Bundesländern.

Der Kongreß beauftragt das Organisationskomitee des Kongresses als »Komitee zur Fortsetzung des Schriftstellerkongresses (Autorensolidarität)« mit der Durchsetzung der vom Kongreß erhobenen Forderungen und der Verwirklichung einer Organisation, die den obigen Kriterien entspricht. Hierbei sind hinsichtlich der Organisationsform die Einrichtungen des ÖGB, Kammer, Dachverband im Sinne der obigen Kriterien auf ihre Eignung und Effizienz zu prüfen.

4.2. Verankerung der Freiheit und Vielfalt der Kunst in allen Bereichen der österreichischen Rechtsordnung unter Ausschluß jeder einengenden Definition von Kunst und Künstler.

4.3. Einbindung von Autoren in das Schul- und Bildungswesen, z. B. als Gastdozenten und Lehrbeauftragte an Hochschulen.

4.4. Anhebung der Stipendien des Bundes und der Länder nach Anzahl und Höhe.

4.5. Verstärkte Rezeption von Literatur und Kunst durch Verbesserung des Schulwesens und der Bildungseinrichtungen.

4.6. Verbesserung und Entbürokratisierung des Kulturservice: keine vorherige Anmeldung, Verzicht auf Berichterstattung, bessere Information der Lehrer, Erhöhung der Spesen und Honorarsätze.

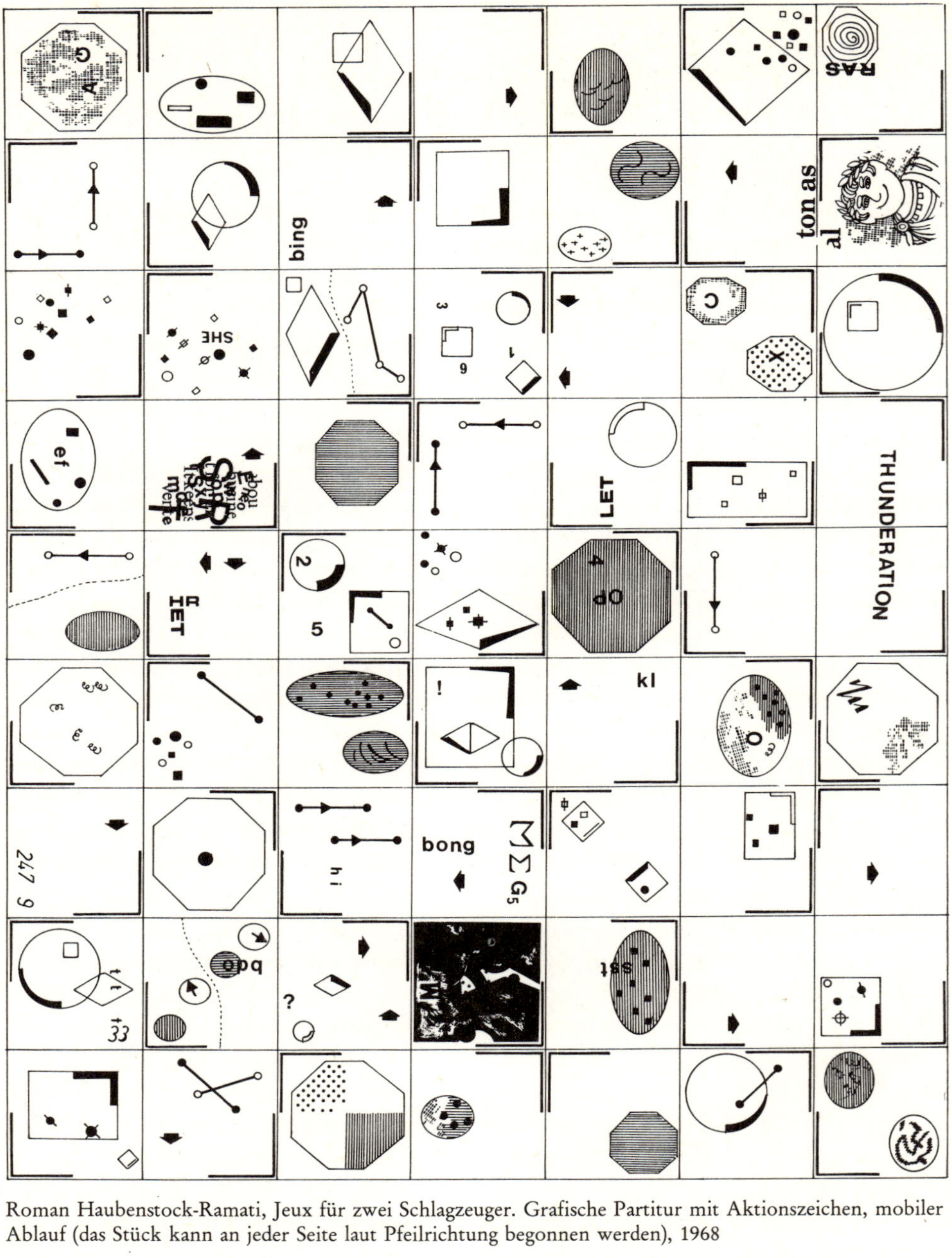

Roman Haubenstock-Ramati, Jeux für zwei Schlagzeuger. Grafische Partitur mit Aktionszeichen, mobiler Ablauf (das Stück kann an jeder Seite laut Pfeilrichtung begonnen werden), 1968

LOTHAR KNESSL

Bröcklige österreichische Musiklandschaft (nebst kleinen Oasen neuer Musik)

Schleppend und träge nähert sich Österreich der Musik des 20. Jahrhunderts. Das an sich Schleppende wäre – gemessen an der generell unergiebigen, vielleicht auch stillstehenden Musikentwicklung in den Jahren nach 1970 – nicht so bedenklich, hätte man zwischen Neusiedler- und Bodensee in jenen Tagen, als die kulturelle Neugier allgemein noch wacher war als sie es derzeit ist und die nachhaltig wirksamen Innovationen sich geradezu überpurzelten, zumindest soviel davon aufgegriffen und vermittelt, wie es in jenen Ländern rundum geschah, die international kulturelles Ansehen für sich reklamieren. Hierzulande aber waren schon damals die meisten Personen, die man heute Kulturmacher titulieren würde (ein Terminus, der in schöner Selbstbescheidung geistige Prozesse à priori kupiert), nicht so recht wach. Dieser Zustand reichte zwar für die progressive Förderung etablierter traditioneller und daher leicht an den Mann zu bringender Werte, nicht aber für das anfänglich gewiß mühevolle Vorstellen neuer Ideen, die aus der musealen eine lebendige Kunst zu machen pflegen. Die Folgen spürt man heute stärker als konzidierbar, da sie sich in ihren negativen Auswirkungen potenziert verbreiten, so daß nur noch mit größten Anstrengungen sich gutmachen ließe, was man vor dreißig oder zwanzig Jahren verabsäumt hat. Abgewandt vom Altar des künstlerisch mahnenden Gewissens werden nach wie vor auf jenem enorme Opfer angehäuft, der mit Opernglanz und Festspielgloria der »Hochkultur« errichtet wurde, nicht bedenkend, daß diese nur hoch bleiben kann, wenn sie der Nachschub des Neuen aus der inneren Tiefe stützt. Anscheinend ahnt man das uneingestanden und hat Reservate von Alternativen installiert, die kulturell zu integrieren man sich anschickt, ein erfolgversprechender Versuch, vorausgesetzt es passiert nicht das Mißgeschick, das die Alternativkultur in eine Art Indianerreservat verbannen würde.

Die Folgen der Versäumnisse offenbaren sich schon an wenigen Beispielen. Im Frühjahr 1981 wurde in Österreich heftig, wenn auch vorerst nur verbal, »gesucht: Publikum für neue Musik«. Immerhin hat sich damit das Kulturamt der Stadt Wien zu einer Diskussionsveranstaltung aufgerafft, die allerdings vor mindestens zwei Jahrzehnten hätte stattfinden müssen. Oder noch viel früher? Denn wenn die Wiener Gesellschaft der Musikfreunde, bei der Diskussion durch ihren Generalsekretär vertreten, der Förderung neuer Musik sich rühmt, indem sie auf die Uraufführung von Bruckners Dritter Symphonie und das Skandal-Konzert von 1913 mit Werken der Wiener Schule weist, ist dies, gelinde gesagt, ein Anachronismus, eigentlich aber der Beweis dafür, daß einer der führenden Musikveranstalter Österreichs mit fatalem Beispiel vorangeht, indem er seit bald einem Jahrhundert weder die neue Musik noch ein Publikum dafür sucht. Die

Schwester-Institution, die Wiener Konzerthausgesellschaft, zeigt eine bessere Bilanz, erwirtschaftet in den Nachkriegsjahren durch Dr. Egon Seefehlner, und neuerdings wieder durch Dr. Hans Landesmann, der anknüpft, wo Komponist und Dirigent Friedrich Cerha mit dem Ensemble »die reihe« einmal aufgehört hat, indem er diesem österreichischen Inbegriff in Sachen neuer Musik aufgetragen hat, auf didaktisch verborgene Weise die Wege zur neuen Musik akustisch aufzuzeigen. Hiemit sind Interessenten zu gewinnen, denen mangels schulischer Information die rechten Zugänge zu den Klangbildern neuer Musik verborgen bleiben mußten.

Katastrophale Mängel im Musikunterricht sind die Ursachen. Das wird zwar gern bemäntelt, indem man auf die Handvoll engagierter Musiklehrer hinweist, die aus eigenem Antrieb den Unterricht nicht schon bei Brahms oder der Spätromantik abbrechen, aber selbst leitende Herren an der Wiener Musikhochschule wissen ein tristes Lied davon zu singen, wenn sie in ihrem Text, der mittlerweile zur Litanei geworden ist, das spezifische Ausbildungsdefizit der zukünftigen Musiklehrer beklagen. Das stufenlose, historische Querverbindungen erhellende Weiterführen in die Musik der Gegenwart ist in Österreichs Mittelschulen weithin unbekannt und obendrein schwer durchsetzbar, da das angebliche Musikland Österreich amtlicherseits den Musikunterricht offenbar als leidiges Anhängsel, wenn nicht gar als eher unnötigen Ballast in die hinterste Ecke verbannt, die den Lehrkräften letzte Reste von Autorität und strengeren Bewertungsmaximen raubt, folgerichtig von den Schülern kaum höher als ein Refugium für relaxing hours geschätzt wird. Solange nicht Musik zumindest in einer angemessenen Zahl höherer Lehranstalten gleichrangig etwa neben Fremdsprachen oder Physik rangiert, bleibt selbst das Maturafach Musik eine Farce. Die Indolenz der Musik des zwanzigsten Jahrhunderts gegenüber hat sich in den Musikhochschulen aus den theoretischen Fächern einigermaßen verflüchtigt, nicht jedoch aus den Instrumentalfächern, so daß angehende Orchestermusiker Leute wie Eimert, Xenakis, Pousseur oder Maderna für Männchen von anderen Planeten und neue Partituren für unentzifferbar halten mögen. Daß der Vorstand der Wiener Philharmoniker in rührender Selbstverteidigung – ebenfalls 1981 – Mahler, Bartók und Strawinsky als neue Musik zu verkaufen trachtet, müßte unter solchen Umständen selbst bei intoleranten Avantgardisten, die es mangels einer effizienten Avantgarde gar nicht geben kann, auf Verständnis stoßen.

Der Nachholbedarf ist tatsächlich enorm. Erst wenn eine Generation professioneller Lehrer und Interpreten wirken wird, die ihn gedeckt hat, darf man erwarten, daß Österreichs Musikkultur nicht nur auf bruchgefährdeten und steckengebliebenen Stelzen sich darstellt, sondern wieder zu dem wird, was sie – obwohl im eigenen Lande unerkannt – bis kurz nach dem Ersten Weltkrieg war: aus heutiger Sicht impulsgebend für die Kunstmusik der Welt. Alle Versuche, die Situation der neuen Musik sukzessiv und ohne das Mal einer Zwangsbeglückung zu bessern, mögen punktuell zwar ermutigen, müssen aber ohne die vorausgesetzte Verwurzelung in jeglichem weiterreichenden Musikunterricht halbe Sache bleiben. Da helfen die neuerdings originell verpackten

Veranstaltungsserien der österreichischen Jeunesses Musicales nur wenig, wenn es am entsprechenden, akustisch absichernden edukativen Unterbau gebricht. Und auch die mit Liebe und Verstand eingerichteten, musikalisch wertvollen Kleinveranstaltungen des Gerhard Crepaz in Hall in Tirol oder Dieter Kaufmanns ungewöhnlich programmierte, verdienstvolle Musikkurse in Kärnten müssen rare Beispiele bleiben, solange sie nicht multiplizierbar sind. Es geht nicht darum, ein Volk von Neutönern aus dem Boden zu stampfen, sondern um die Rezeption historisch bedingter Musikentwicklungen innerhalb eines weit gefaßten Gegenwartsbegriffes. Nur von den schulischen Wurzeln her lassen sich die von Voreingenommenheit und mangelnder Information ableitbaren Gegensätze abbauen, die, nach ästhetischen Schubladenkategorien, der einen Musik (meist der älteren) gleichsam Wohlbehagen als rezeptive Zielvorstellung zuweisen möchten, der anderen (meist der neuen) günstigstenfalls Bewältigung. Integration wäre am Platze und die Weitergabe von Erfahrungen, die gute Musik aus Vergangenheit und Gegenwart erkennen oder zumindest erahnen lassen.

Ohne den Einschluß flexibler und wandelbarer Qualitätsbegriffe läßt sich das freilich nicht praktizieren, und so sind denn auch Zeiterscheinungen, die sie verneinen, von nur kurzer Lebensdauer. (Wir haben das prinzipielle Negieren des Qualitätsbegriffes kurz vor und nach 1970 international an einigen Phänomenen kennengelernt, die sich dennoch die Zuordnung zur Kunst gefallen lassen mußten. In Österreich ist man ihnen gegenüber cum grano salis resistent geblieben, in diesem Fall fast ein Vorteil des sonst so hinderlichen heimischen Übels, alles zu tardieren.)

Allerdings wird der Qualitätsbegriff hierzulande oft mißbraucht, da vor allem von den Medien vorgegaukelt wird, daß nur gut ist, was sich gleichsam von selbst verkaufe. Und so wird zwar geflissentlich und freiwillig immer noch Reklame für Verdi gemacht, nicht aber für Berio. Um Interviews von betagten Stars zu ergattern, die ohnedies schon jedermann bis zum Überdruß kennt, scheut man weder Mühe noch Kosten. Der österreichische Komponist Otto M. Zykan hingegen, obwohl als Gesprächspartner schlagkräftig und pointiert formulierend, muß ein paar Zeilen oder Minuten geradezu erbetteln und wird – ein Vorgang typisch österreichischer Skurrilität! – erst zu einem Zeitpunkt ausführlich vorgestellt, als die Schlacht um den Intendanten des »steirischen herbstes« für ihn bereits verloren war (er hatte sich um diese Position beworben). Veranstaltungen mit neuer Musik selbst internationalen Zuschnitts werden totgeschwiegen; Platz- und Zeitmangel müssen als Ausrede herhalten. Schmettert jedoch irgendwo in der Welt ein beliebter Tenor stereotyp wiederkehrende Arien, sind urplötzlich Platz und Zeit ausreichend vorhanden. Solcherart liegt Österreich im Führungsfeld des Desinteresses an musikalischen Novitäten. Sind auch das die faulen Früchte unzulänglicher musikalischer Ausbildung? Die Medienbosse haben nur Einschaltziffern und Lesermassen im Kopf. Was sie sonst noch darin haben, muß anbetrachts des landläufigen medialen Kulturangebots eine Dunkelziffer bleiben. Jedenfalls ist es grundfalsch, kulturpolitisch in Quantitäten zu denken, da in Kulturbereichen nur heterogene Minderheiten erreicht werden, die sich erst dann vergrößern lassen, wenn – was ein verpflichtender Auftrag sein sollte – der kulturelle Horizont systematisch erweitert wird, anders gesagt: wenn die Medien etwas mehr davon bieten, was die hörende, lesende oder fernsehende Majorität nicht ohnehin bereits kennt oder wiederkauen will. Man hätte es ja auch in der Hand, unaufdringlich geschmackbildend zu operieren. Statt dessen wird, offenbar überrollt von der Riesenwelle der akustische Scheinbedürfnisse erweckenden Konsumindustrie, Geschmacksverbildung hervorgerufen – hoffentlich nicht auch noch absichtlich. Zumindest sollten sich die Protagonisten solch kulturellen Ausverkaufs dessen bewußt werden, daß es kommunikative Aufgaben zu erfüllen gäbe, die über die Maßstäbe des jeweils eigenen Geschmacks zu stellen sind. Was diesbezüglich bis jetzt geschehen ist, sind, trotz publizistischer Einzelvorstöße diverser einschlägiger Musiksendungen und an den Rand gedrängter Ausstrahlungen mit Studiocharakter, wenige Tropfen auf einen ausgedörrten Schwamm. Auch hier fehlt das informative Fundament, das speisende Grundwasser sozusagen.

Andersherum treten nicht minder gravierende Fehlverhalten zutage. Vereinsmeierei österreichischer Provenienz bringt es mit sich, daß immer noch versucht wird, jene finanzielle Gießkanne zu aktivieren, die infolge ihrer Streuung dazu gezwungen wäre, das Unkraut mitzubegießen. Gefördert soll werden, was mit im Bunde ist. Qualitative Selektion scheint unbeliebt oder ungefragt. Damit erweist man der heimischen Gegenwartsmusik keinen guten Dienst, provoziert bei Medien und Geldgebern Abwehrhaltung, macht Bemühungen zunichte, die durch Auslesekriterien den präsumtiven Interessenten mittlerweile ein wenig Vertrauen auf das da und dort vorhandene sowie bestätigte Niveau neuer Musik gegeben haben. Man hat es, wie in früheren Jahrhunderten, auch heutzutage nicht leicht mit dem Niveau und könnte einwenden, wann denn, wenn nicht zu Lebzeiten, das Stück des Kleinstmeisters aufgeführt werden solle. Handelt es sich um ein solches, das in irgendeiner Weise das avantgardistische Ambiente, den Versuch zum kompositorisch Neuen erkennen läßt, mag dies seine Richtigkeit haben. Besteht das Zeitgenössische jedoch nur in der Existenz an sich und nicht in künstlerisch zwingenden Reflexionen der Gegenwart, drückt sich also im Werk nur Epigonentum vergangener (nicht einmal gegenwärtiger) Kompositionserfahrung aus, wäre es vermessen, wollte man damit die öffentliche Subventionshand belasten und belästigen. Man will es aber trotzdem, persönliche Anliegen, politische Taktik und gesellschaftliche Verbindungen in den Vordergrund schiebend. Inzwischen hat man die Fragwürdigkeit solch rührigen Liebhabertums auch behördlicherseits einkalkuliert und begonnen, durch Schwerpunktprogramme, in denen scheuklappenbedingtes Spartendenken vermieden wird, dem Professionalismus selektiv fördernd auf die Beine zu helfen.

Immer noch aber bleibt die Suche nach dem Publikum für neue Musik, vornehmlich dem jungen, aktuell. Um es zu finden und zu motivieren, werden bereits erstarrte Konzertformen aufgebrochen und Räume erschlossen, die nicht nach historisch verankertem Konzertsaal riechen. Von solchen Begegnungsplätzen ausgehend, sollte jedoch wieder ein Weg in die gern sich öffnenden Konzertsäle freigeschaufelt werden, und zwar durch weitsichtig gemischte Programme, die teilweise das in der Szene der Jugend Vertraute anbieten und die oft zitierte Schwellenangst nehmen – schließlich will man ja zusammenkommen, um das Vielerlei gegenwärtiger Erscheinungsformen der Musik kennenzulernen. Das geschieht noch viel zu selten, und wenn, geht es manchmal – wiederum bedingt durch engstirniges Handeln – leider auch daneben, wie etwa ein nächtliches Sonderkonzert der österreichischen Sektion der IGNM, das unter dem vielversprechenden Titel »coming together« allerlei junge Leute anlockte, die alsbald gründlich vertrieben wurden, weil man ihnen nur schlechte, linkische Musik vorsetzte. Das war kein Zusammenkommen, sondern ein Auseinandertreiben, das die zarten Pflänzlein wachsenden Interesses arg beschädigte. Derlei Pannen dürften grundsätzlich nicht geschehen, schon gar nicht einer unter dem Segel der neuen Musik tätigen Institution, weil dann, zumal in Österreich, schadenfroh und breitenwirksam aus der mißlungenen Mücke ein Elefant gemacht wird, mit dessen Hilfe das sporadisch aufflackernde Feuerchen der neuen Musik niedergetrampelt werden soll.

Daß sie sich trotz allem behauptet, ist einigen Komponisten zu danken, die ihr infolge schöpferischer Qualität zu überregionaler Reputation verholfen haben. Österreich erscheint dabei nicht als eng umgrenzbare Musiklandschaft, da – wahrscheinlich bedingt durch die seriellen und nachseriellen Verfahren – die neue Musik in den fünfziger und sechziger Jahren einen musikhistorisch bisher einmaligen Internationalisierungsprozeß durchgemacht hat und erst danach, Hand in Hand gehend mit einem Vereinfachungsvorgang, der an Nivellierungen zu selten hat vorbeigehen können, lokale oder nationale Unterschiede durchhören läßt.

Österreichs Avantgardekomponisten hatten zwar Serialismus und völligen Zufall aus erster Hand kennengelernt, nie aber im Extrembereich durchexerziert. Friedrich Cerha, geboren 1926 in Wien, nützte seine Erfahrungen mit seriellen Techniken, um sie auf formale Prozesse umzulagern, in denen von traditionellen Formeln befreite Klangphänomene herrschen, die den musikalischen Erfindungsreichtum des Komponisten spiegeln. Seine vegetativ-organischen Formgebilde binden auch gegensätzliches musikalisches Material zur Einheit. Sie mögen künstlerisch sublimierter Ausdruck seiner Naturverbundenheit sein, die ihn aus urbanen Bezirken in die schöpferisch stimulierende Stille des Donau-nah gelegenen Maria Langegg lockt, woselbst das Sammeln von Pilzen musikalischem Denken höchst förderlich zu sein scheint. Cerha ist hintergründig der österreichischen Tradition wesentlich verbunden, seine Musik erscheint zuweilen als eine, dies ist zu betonen: völlig eigenständige Überschichtung Alban Bergscher Klangimaginationen; andernfalls wäre ihm kaum geglückt, zurückzutauchen in die Welt des dritten »Lulu«-Aktes, um diesen zu vollenden. Das eigene Schaffen Cerhas, etwa durch »Spiegel« heute schon beispielgebend, wird einstweilen bekrönt durch die Brecht-Oper »Baal«, uraufgeführt bei den Salzburger Festspielen 1981 und anschließend als Koproduktion von der Wiener Staatsoper übernommen. »Baal«, ein kompositorischer Wurf höchster Qualität, war dermaßen erfolgreich, daß man – auch dies ein schicksalhaft österreichisches Phänomen! – im Freudentaumel, endlich wieder eine zünftige Oper heimischer Herkunft vorbildlich aus der Taufe gehoben zu haben, auf das gebührende Nachspielen vergaß. Der »reihe«, und damit wichtigen didaktischen Aufgaben, ist Friedrich Cerha treu geblieben. Seine Musik, immer auf der Höhe der Kunst unserer Zeit und doch nie im Banne irgendeiner allenfalls richtunggebenden Schule, hat sich von Massestrukturen und in kleinsten Schritten veränderbaren Klangkörpern abgewandt und gehorcht nun einerseits linearer Transparenz, andererseits wohlausgewogenen Systemen harmonischer Ordnung, die etwa in »Baal« klanglich ganz neue, lyrisch schmiegsame und zugleich unmittelbar ergreifende Resultate erbracht haben. Zudem ist Cerhas Tonsprache nun bereichert durch musikhistorische Elemente, die er bruchlos seinem eigenen Idiom eingebunden hat. Das klingende Resultat verbietet auch nur den Verdacht, er habe sich vorsichtshalber auf bewährtes Material berufen wollen. Denn immer dominieren Cerhas ureigene, bewußt gesetzte Werk- und Klangvorstellungen.

»reihe«-Mitbegründer Kurt Schwertsik, 1935 in Wien geboren, wohlinformiert auf dem Gelände neuer Musik, ist bald von allen Serialismen abgerückt und hat sein tiefes Mißtrauen gegen Ernsthaftigkeit dazu benützt, eine bündige, hinterhältig-gutmütige Tonsprache zu kultivieren, doppelbödig zuweilen, mit Ironie gewürzt, aber auch bar des Parodistischen und – etwa in seiner Oper »Der lange Weg zur großen Mauer« – um möglichst einfache Formulierungen bemüht. Was man bei Schwertsik aber durchspürt, ist die analytische Kenntnis der auch für seine Entwicklung so ausschlaggebenden seriellen und nachseriellen Kompositionen. Wie jedem gegenwartreflektierenden Künstler dürfte ihm bewußt sein, daß musikgeschichtliche Prozesse geistig nicht einfach übersprungen werden können, als hätten sie gar nicht stattgefunden. Schwertsiks Musik sei stets von Schwertsik, sagte, ein Kompliment machend, Mauricio Kagel. Und tatsächlich ist diese Musik, die mit einer neuen Tonalität experimentiert, vielleicht gerade deshalb so persönlich definierbar, weil sie die eigentlichen Absichten des Komponisten durch Fragezeichen tarnt.

Auf seinem listig lächelnden Voranschreiten begleiteten Schwertsik zwei Weggefährten: der gleichaltrige Otto M. Zykan, dem der Schelm im Nacken sitzt und der immer für eine Kabarettnummer gut ist. Seine eigenen Stücke, deren bester Interpret er selbst ist, haben zumeist gestisch-theatralischen Einschlag, durchwirkt mit einer zuweilen dominierenden verbalen Komponente. Abseits seiner Unterhaltsamkeit mag er auf so manchen Mitbürger provozierend und räsonierend wirken, wahrscheinlich seiner Direktheit wegen, und dann eckt er an, etwa mit der Musik zum TV-Film »Staatsoperette«. Er ist, wie man so sagt, ein Original, kokettiert mit seiner Ungebundenheit, verficht sein Recht auf Subjektivität und demonstriert Verweigerungen, indem er seine Werke keinem Verlag zum Druck überläßt. Auch spricht er seinem Schaffen keinen

Ewigkeitswert zu, da er nur für die Gegenwart zu schreiben gewillt ist. (Der absichtlich vermiedene Blick in die Zukunft läßt dann freilich manches zu leichthin geraten.) Der zweite ist Heinz Karl Gruber, 1943 geboren, wie der Hornist Schwertsik als Kontrabassist versierter Orchestermusiker und in allen Musiksätteln sicher. Grubern geht es leicht von der Hand, er landet seine Ideen, die auf Kommunikation bedacht sind und die er immer unter Kontrolle halten möchte, treffsicher, und zwar nicht nur dann, wenn – wie in der »Frankenstein«-Musik nach Kinderreimen von H. C. Artmann – die verspielte Attitüde im Vordergrund steht.

Diese drei Brüder im Geiste gelangten über die 1965 gegründeten, locker-heiteren »Salonkonzerte« drei Jahre darauf zum Ensemble »MOB art & tone ART«, das sich szenischer Konzertformen befleißigte. Insgesamt wollte man durch musikalische Vereinfachung den Kontakt zum Publikum steigern. Daß dies infolge des kompositorisch oft recht hohen Anspruchs nur partiell gelang, tut weiter nichts zur Sache, auch nicht der Umstand, daß die klingenden Resultate vorerst als ein sehr österreichisches »Neobiedermeier« von anderen, noch intakten Entwicklungen auf ein totes Geleis verschoben wurden. Heute stellt sich das Phänomen anders dar. Des Schwankens von völliger Vorausbestimmung zur höchstens durch Zeitabläufe begrenzten kompositorischen Freiheit offenbar müde geworden, setzt sich nun eine stattliche Schar junger Komponisten dort fest, wo ein Hauch von Tonalität frisch entdeckte Romantizismen jeglicher Art gedeihen läßt. Man nennt dies in aller Welt nicht sehr treffend die »neue Einfachheit«, und da zeigt sich, daß sie schon gute zehn Jahre zuvor in Wien antizipiert war, fast ließe sich eine von Wien ausgehende Initialzündung registrieren.

Alles andere dokumentiert das derzeit pluralistische Verharren der neuen Musik, die auch in Österreich um 1980 keine innovative Stoßrichtung erkennen läßt. Was auch immer zur Diskussion steht, wurzelt in den kompositorischen Erfahrungen der fünfziger und sechziger Jahre. Das gilt beispielsweise für Roman Haubenstock-Ramati, 1919 in Krakau geboren, immerhin international bahnbrechend auf dem Sektor der musikalischen Grafik. Sie gestattet, im Verein mit Aktionsschrift und assoziativen Notationselementen, dem in Wien lebenden Komponisten, »Mobiles« zu schreiben. Haubenstock-Ramatis optisch-ästhetisch ansprechende Partiturbilder wurden gelegentlich nachgeahmt. Sein Schaffen ist frei von Platitüden, und sein artistisch nobler Geschmack deklarierte sich schon in der 1966 in Berlin uraufgeführten Oper »Amerika« nach Franz Kafka. Ein zweiter in Wien ansässiger »Musikgrafiker«, Anestis Logothetis (1921 in Burgas geboren), liefert ausstellungsreife grafische Blätter, die musikalische Polymorphie zulassen, also vieldeutig sind, aber doch durch Assoziationszeichen, Aktionssignale und Tonsymbole die Interpretationen in bestimmte Bahnen lenken. Selbstverständlich ist auch die elektronische Musik an Österreich nicht vorbeigegangen, wenngleich man es hierzulande nie zu einem Studio wie in Köln oder Utrecht gebracht hat, da sowohl Rundfunk als auch Universitäten versagt haben. Und so mußte Irmfried Radauer, 1928 in Salzburg geboren, erst in die USA, um ausreichend zu erfahren, wie der Computer in Kompositionsprozesse einzubeziehen sei. Das hiefür erforderliche logische und methodische Denken prägt die durch spezielle Computerprogramme vorgeformten Stücke Radauers, der zuvor schon, ausgehend von seriellen Techniken, elektroakustische Mittel kompositorisch benützt hatte. Er steht hier für elektronische Musik streng konstruierter Prägung. Anders Dieter Kaufmann (geboren 1941 in Wien), der elektroakustische Musik vor allem in Paris bei der »Groupe de Recherches Musicales« kennengelernt hat, wo als kompositorischer Ausgangspunkt weniger die Sinustöne oder das gefilterte Rauschen dienten als die Töne und Geräusche der Umwelt. Solche »musique concrète« hat Kaufmann, der sich auch als Musikanimator versteht, in seine Arbeiten integriert. Er gründete das musiktheatralisch orientierte »K & K Experimentalstudio«, und er bevorzugt kompositorisch Mischformen, die oft überlagert sind von einer sinnlichen Klanglichkeit leicht pathetischen Einschlags. Als es endlich die Wiener Musikhochschule zu einem Institut für Elektroakustik gebracht hatte, wurde er dessen Leiter. Kaufmanns vielseitiges Talent und seine kommunikative Begabung prädestinieren ihn dafür, neue Musik sozusagen unters Volk zu bringen.

Ist es nicht der Sinusgenerator, der Synthesizer oder der Computer, so sind es Boulez, Maderna, Stockhausen, Ligeti, Nono und Cerha, die gegenwartsnahen österreichischen Komponisten als Quelle dienen. Auch Günter Kahowez (geboren 1940 in Vöcklabruck) hat seine Darmstädter Lehr- und Wanderjahre absolviert, bevor sein Schaffen in eine religiös bestimmte Musik mündete, in der metaphysische Gedanken in komponierte Ordnungen umgesetzt sind. Kahowezens meditative Musik ist durchstrukturiert, verzichtet also auf die Einlullungsmechanismen fernöstlich infiltrierter minimal-art-Kompositionen. Der Benjamin unter jenen, die hier die erwähnte Buntheit der gegenwärtigen Musikszene beispielgleich verdeutlichen sollen, der 1956 in Wien geborene Thomas Pernes, empfing die für ihn wichtigsten Impulse von Cerha und Haubenstock-Ramati und hat einstweilen Stücke vorgelegt, deren gut durchhörte Klangvielfalt (unter Einschluß tonaler Elemente) aufhorchen läßt.

Wieder ein anderer Zweig trägt als Früchte die integrativen Tendenzen in der neuen Musik, und auch das ist ein weltweit zu beobachtendes Phänomen. Jazz und Free Jazz, Einzel- und Ensemble-Improvisation, all das durchsetzt mit den Klangerfahrungen postserieller Provenienz, indischer Musik und szenisch-konzertanter Wiedergabemodalitäten (»performance«), bringen einiges Leben in die Musik der siebziger Jahre. Die damit befaßten Gruppen sind beliebt bei meist jungen Hörern, die zwischen intellektuellem Punk, Varèse, New Wave, Webern und Stockhausen keinen Sparten-Unterschied machen und sich dort einfinden, wo die Umgebung zusagt. In Österreich haben die »Masters of unorthodox jazz«, die »Reform Art Unit« und die Gruppe »Three motions« Pionierarbeit geleistet. Oft wird solche Musik mit bildender Kunst verbunden. Die Wiener »Galerie nächst St. Stephan« hat sich merkliche Verdienste um derlei Integrationen erworben. Daß nun schon seit etwa 1965 die Improvisationswelle anschwillt, mag auch mit einer vor sehr langer Zeit üblich gewordenen Enthaltsamkeit zusammenhängen: Seit dem Ende des Barock war in der sogenannten ernsten Musik kaum noch Platz zum Improvisieren. Eine immer minuziösere Detailvorschreibung verwehrte dem Interpreten selbst die kleinste eigenständige Verzierung. Nach der totalen kompositorischen Vorausbestimmung brachen dann urplötzlich die improvisationshemmenden Fesseln auf, zwangsläufig gelockert durch die Erkenntnis vom Umkippen serieller Ordnung zur Unvorhersehbarkeit, durch das Entdecken des Zufalls und den Einfluß des Jazz.

Einige Exempel, weniger dem Typischen gesellbar, folgen nach. Des Österreichers gelegentlicher Hang zum Einzelgängerischen macht sich da bemerkbar, zuweilen auch als Folge nicht leidlos überstandener Wechselmodebäder. Andererseits hilft manchmal Widerspruchsgeist als solcher, wohleingefriedete Standorte zu beziehen, die eine vielleicht sogar tragbare Basis zur Selbstfindung liefern. Der arrivierte Gerhard Wimberger (geboren 1923 in Wien) erstrebt Begegnungen von spielerischen Formen und absolutem Kunstanspruch, von Improvisation und strenger Struktur. Klaus Ager (geboren 1946 in Salzburg) beackert ein Feld jenseits von nachseriellen und aleatorischen Techniken. Durch Hartnäckigkeit ist es ihm geglückt, die »aspekte Salzburg« zu installieren, ein achtenswertes Forum neuer Musik, das längst den lokalen Umkreis durchbrochen hat und weiterhin volle Unterstützung verdient. Ager, auch Gründer des Österreichischen Ensembles für neue Musik, schreibt eine meist behutsame, das dick Auftragende vermeidende Musik von subtiler Klanglichkeit. Zeitweise hatte er organisatorisch mit älplerischer Eigenbrötelei zu kämpfen, eine Eigenschaft, die das gemeinsame Auftreten der Handvoll in Salzburg ansässiger Komponisten unterbindet und selbst Zugereiste erfaßt, wie etwa den sehr formbewußt und gehaltvoll schreibenden Josef Maria Horváth (geboren 1931 in Pecs) oder den persönlich introvertierten, in seinem konstruktiv orientierten Schaffen jedoch expressiv wirkenden Andor Losonczy (geboren 1931 in Budapest).

Ivan Eröd (geboren 1936 in Budapest) ist völlig abgeschwenkt von purer Originalität zu betonter Kommunikationsfreudigkeit. Helmut Eder (geboren 1916 in Linz) hat sich von konzertantem Laufwerk wegentwickelt zu einer quasi pluralistischen Mischung von gesteuerter Aleatorik, Clusterharmonik und wieder zunehmender Tonalität. Vor allem seine gezielt verfertigten Kammermusikstücke werden von renommierten Ensembles gern gespielt und erreichen hohe Aufführungsziffern. Paul Kont (geboren 1920 in Wien) hat sich vom seriellen Denken zu einer neuen Tonalität durchgerungen, basierend auf seiner theoretischen Schrift »Antianorganikum«. Erich Urbanner (geboren 1936 in Innsbruck) nascht in Etappen klug und kultiviert von den sich ihm als ergiebig darstellenden Novitäten.

Im Grunde genommen reflektieren diese Komponisten das, was während der Wiener Schule und ab 1950 Impulse geliefert hat. Man erlebt es bei Österreichs einzigem »Festival« neuer Musik von Format, dem Grazer »musikprotokoll«, 1968 vom ORF-Studio Steiermark ins Leben gerufen, einer Mustermesse des Gegenwartsschaffens, international mittlerweile voll anerkannt und immer wieder bemüht, bei der Suche nach österreichischen Komponistentalenten durch die Vergabe von Aufträgen und Preisen fündig zu werden oder gar Überraschungen zu erleben. Mitunter bleibt freilich das Erfolgserlebnis aus, und es verstärkt sich, nach kaum zehn aufstrebenden Jahren, das Gefühl der Stagnation. Umsomehr gälte es nun, Ideen und Investitionen nicht zu scheuen, um das bereits erworbene Terrain zu halten und das nach wie vor eher schütter gesäte Publikum zu mehren. Aber auch dem »musikprotokoll« fehlt im ortsbezogenen Bereich jener Unterbau, der erst durch die erzieherische Mitwirkung in den Schulen und vor allem durch eine gezielte Mitarbeit der Musikhochschule erstellbar wäre.

Schließlich ist, an Cerha anknüpfend und damit an Komponisten, die inzwischen belegbar Musikgeschichte gemacht haben, György Ligeti zu nennen, »österreichischer Komponist ungarischer Herkunft«, 1923 in Siebenbürgen (Rumänien) geboren. Ligetis hellwacher Geist und seine kreative Phantasie haben ohne jeden Bruch aus serieller Verstrickung herauszufinden geholfen. Ausgehend von Webern, hat Ligeti mit seinem Orchesterstück »Atmosphéres« jene musikalische Zeitspanne miteingeleitet, in der übereinandergeschichtete Klangfarben und Mischklänge, zusammengesetzt aus einem überaus dichten Geflecht, die Werke beherrscht haben. Einzelne Linien versinken in Massenstrukturen, Stimmen verschmelzen miteinander völlig durch Mikropolyphonie. Ein überreiches kontrapunktisches Gewebe läßt die Musik als flexibles Klangbild weiterrinnen, zugleich und summarisch den Eindruck von schwebender Statik hervorrufend. Ligeti hat später mit übereinandergelagerten unterschiedlichen Zeitschichten weitergearbeitet und in der Folge zu wieder durchhörbaren, transparenten Formulierungen gefunden. Und dann hat auch er mittels eines musikalischen Wechselbades von Satire und tieferer Bedeutung der Oper sich zugewandt (»Le Grand Macabre«), die offenbar mehr und mehr an Boden zurückgewinnt, seit die Musik, rundheraus gesagt, einfacher geworden ist. Vieles haben Ligeti und Cerha nahezu simultan musikalisch weiterentwickelt, oft sind beide zu verwandten Resultaten gelangt, ohne freilich jemals von der Arbeit des anderen zu wissen. Gerade solch innere Verwandtschaft, solche Parallelität neuer musikalischer Erscheinungen bestätigt das Walten eines Ausdruckswillens, der über die Einzelperson hinaus die Musik eines Zeitabschnitts prägt. Ligeti und Cerha waren zweifellos daran beteiligt. Aber Ligeti hat man, statt ihn als vitalen und ideensprühenden Lehrer unter allen Umständen in Österreich zu halten, an die Hamburger Musikhochschule ziehen lassen und damit einen der kompetentesten Männer in Sachen neuer Musik verloren. Skepsis gegenüber dem Musikland Österreich bleibt also angebracht.

FRIEDRICH CERHA

Zu meinem Musiktheater

Meine bisher entstandenen drei Werke für die Bühne sind identisch mit drei verschiedenen und wesentlichen Stadien meiner künstlerischen Entwicklung; gleichzeitig fassen sie das mich an menschlicher Existenz, am Leben heute besonders Bewegende von drei verschiedenen Blickpunkten her. Die Wahl der Perspektiven ist nicht, wie das im nachhinein scheinen könnte, einem vorgefaßten ideologischen Konzept entsprungen; eher standen musikalische Probleme, die mich in bestimmten Zeiträumen interessierten, zunächst jeweils im Vordergrund.

In »Spiegel« und »Netzwerk« haben zwar optische Vorstellungen schon am Ausgangspunkt der Komposition eine gewisse Rolle gespielt, theatralische Ideen im eigentlichen Sinn und die Musik sind aber erst allmählich für mich zu einer Einheit geworden. »Spiegel« sind End- und Höhepunkt einer musikalischen Entwicklung, die zu einer Loslösung meiner Sprache von traditionellen rhythmischen, melodischen und harmonischen Formulierungen geführt hat. Die individuelle Stimme verliert an Gesicht und Gewicht – Massenereignisse dominieren. Analog zu dieser musikalischen Situation ist es nicht ein Einzelschicksal, sondern sind Verhaltensweisen der Gattung »Mensch« Gegenstand der szenischen Vorgänge. Alle meine Bühnenwerke sind eine Art »Welttheater«. In den »Spiegeln«, 1960 konzipiert, wird Leben makroskopisch, aus einer raum-zeitlichen Distanz betrachtet. Von einzelnen Schlägen, die einander in immer kürzer werdenden Abständen folgen, ausgefransten Tonklumpen und schließlich Wellen von Tonbewegungen – einer Art Uranfangs-Situation – ausgehend, beschwören sieben zuerst von rein musikalischen Gesichtspunkten her entworfene Bilder in linear fortschreitenden, rückgekoppelten, einander vielfältig überlagernden Bewegungen von Klangschichten und -feldern – durchsetzt von ätherisch schwebenden und bedrohlich aggressiven statischen Teilen – Angst, Gelöstheit, Brutalität, verzweifelte Anstrengung, emphatischen Aufschwung, auch dumpfe Betroffenheit und Resignation. Im letzten »Spiegel« – einer Endzeit-Vision – endet das Geschehen auf einem langgehaltenen Ton. Die Musik für Orchester und Tonband – ohne Singstimmen und Sprache also – verbindet sich mit Bewegungsvorgängen von Leibern, Objekten und Licht zu einer Art von Theater, das »Menschheitsverhalten« meint, wobei aber alles Direkte, Expressionistisch-Symbolhafte strikt zu vermeiden ist.

Ich habe einen Szenenvorschlag gemacht, es war mir aber klar, daß es in den »Spiegeln« im Detail verschiedene mögliche Lösungen geben kann, solange das Prinzip des Stücks gewahrt bleibt. Formal zwingende optische beziehungsweise Bewegungsvorgänge sollen, dem Anliegen der Bilder entsprechend, mit der Musik eine überzeugende Symbiose bilden, durch das Zusammenwirken der beiden Ebenen soll eine Komplexierung erreicht werden. Das ist bisher nicht der Fall gewesen: Außer konzertanten Aufführungen hat nur eine dem Geist des Konzepts inadäquate Realisation von drei Teilen stattgefunden. Eine Schwierigkeit: Das Werk paßt in keine der »Schubladen« unseres Theaterbetriebs; es ist weder Musikdrama noch Ballett noch Pantomime – gleichzeitig erfordert es aber einen technischen Aufwand, den nur der Theaterbetrieb liefern kann. Ihn dem »Experiment« zur Verfügung zu stellen wagt man nicht. Was über die Schubladen hinausdrängt, hat – möglichst wenig Kosten verursachend – nur Raum an unkonventionellen Spielstätten: im Museum, in der Sportarena oder in der Fabrikshalle. Für deren Möglichkeiten sind die »Spiegel« aber nicht konzipiert.

Das gleiche gilt für »Netzwerk«, mein zweites Bühnenstück, das aus dem 1962–1968 entstandenen Komplex meiner »Exercises« hervorgegangen ist. Neben ein Instrumentalensemble treten hier ein Bariton, ein Koloratursopran, 6 Sprecher und Bewegungsgruppen. Auch dieses Stück ist »Welttheater«, allerdings eines, das die Perspektiven wechselt. Auch hier gibt es kein sich entwickelndes Einzelschicksal, keine ablaufende Story, und auch hier waren musikalische Probleme und Vorstellungen, von denen die ursprünglichsten mit »Spiegel I« zusammenhingen, mein Ausgangspunkt. »Exercises« beziehungsweise »Netzwerk« sind langsam entstanden. Wenn ich sage, die einzelnen Teile ordnen sich um ein Zentrum, so ist der Ausdruck »sich ordnen« in bezug auf ein inneres und äußeres, organisches Wachstum nicht zufällig gewählt. Erkenntnisse und Erfahrungen aus den verschiedensten Bereichen kamen meinen Wünschen und Vorstellungen entgegen; so sind etwa auf einer Partiturseite von 1966 einige Sätze von Norbert Wiener festgehalten, die sich auf das Wesen von Organisation in naturwissenschaftlich-biologischer Sicht beziehen. Technisch wurde mein Stück immer mehr einem System vergleichbar, das aus verschieden strukturierten Untersystemen besteht. Ordnungen geraten da und dort in Widerspruch, Störungen treten auf. Zwischen die Hauptabschnitte gelegte »Regresse« haben eine derartige Funktion: sie sind regressiv innerhalb des Formverlaufs, aber auch in struktureller und stilistischer Hinsicht. Mit Charakteren von unmittelbarer Deutlichkeit brechen sie in ihre Umgebung ein. Ist die Störung so groß, daß diese Umgebung sie nicht aufsaugen kann, so übernimmt das Gesamtsystem eine Art Ausgleich. Im Gegensatz zur Collage, die Bruch und Verfremdung zu einem wesentlichen Erlebnisinhalt macht, hat es mich nach den im Material puristischen »Spiegeln« offensichtlich gereizt, Heterogenes, »Störendes« zu erfinden oder zu akzeptieren, es aber dann funktionell in einen Organismus einzubinden. Die Art, in der ich Stimme und Sprache zu integrieren begann, hat eine den »Regressen« verwandte Wirkung. Das Ergebnis erweckt insgesamt den Eindruck von gesprochenen bis gesungenen Texten mit syntaktischem Zusammenhang und semantischer Bedeutung; in Wahrheit fehlt beides. Für die verwendete Kunstsprache habe ich 54 Laute des phonetischen Alphabets ausgewählt, die den im Stück vorkommenden 54 realen Tonhöhen entsprechen und auf die auch sonst in der Komposition herrschende Verfahren angewandt wurden. Trotz derartiger Züge zur Anpassung und Einordnung und obwohl die

Sprachteile in verschiedenen Graden nicht primär von Assoziationsbindungen ausgegangen sind oder deren direkter Umsetzung entzogen wurden, behielten sie den Charakter von Einbrüchen aus einer eindeutiger definierten Welt, als es die instrumentalen Hauptteile waren. Das »Künstliche«, logisch »Bedeutungslose« stellt zwar die Unmittelbarkeit, mit der Sprache hier scheinbar auftritt, grundsätzlich in Frage, was aber bleibt, sind gleichsam intakte Sprachgesten und innerhalb der Szene auch über längere Strecken durchgehaltene Sprachcharaktere. Das Verhältnis zu darin angedeuteten Gefühls- und Assoziationsbereichen schwankt allerdings, beziehungsweise wird es bewußt in Schwebe gehalten. Neben Klangbildern für Trivial-Typisches, die wie in den »Regressen« eindeutige Reaktionen hervorrufen, stehen musiksprachliche Formulierungen, die – vertrauten Formen verwandt – Identifikation erheischen, aber doch in verschiedenen Graden nur bedingt erlauben. Einander ähnliche Ausdrucksweisen – etwa in den Rezitativen und Arien des Baritons – können im Verhältnis zur Szene Ausdrucksgehalte gewinnen, die von der Persiflage bis zur heimlichen Trauer über den Verlust des Glaubens an ordnende Bewältigung reichen mögen.

Daß die Vertrautes einschließenden »Regresse« und Sprachteile in »Netzwerk« ihr theatralisches Pendant in mikroskopisch herangezogenen, wenn auch typisierten Individualbereichen gefunden haben, ist kein Zufall. Beide irritierten zur Zeit ihrer Entstehung noch mehr als heute, weil sie »Stil« in verschiedenen Graden mißachteten und »Geschmack« in dieser Richtung stärker verletzten, als Zitatcollagen oder das damals vielfältig geübte kaleidoskopartige Aufsplittern und Verbinden von Sprachelementen und Gesten es vermocht hätten, die alles viel mehr zum ästhetisch definierten Spiel werden lassen. Eine darin anklingende Problematik hat für mich zu Konsequenzen geführt, auf die ich im Zusammenhang mit »Baal« zurückkommen möchte.

Theatralische und filmische Konzepte, die ich zur Zeit der Komposition von »Exercises« entworfen haben, sind zunächst unabhängig von der Musik, wenn auch aus ähnlichen Grundideen, entstanden. Schließlich hat sich in der Arbeit vieles so organisch ineinandergefügt, daß ich einen Zusammenhang akzeptierte.

Grundsituation, auf die in »Netzwerk« immer wieder zurückgegriffen wird, ist die Beziehung von Leben, das sich entwickeln muß, und Ordnung, die sich erhalten möchte. Die Masse »Mensch«, aus unendlicher Ferne gesehen, uniform in ihrem Verhalten – wie eine Art Insektenstaat –, schafft notgedrungen Ordnungen und ist ihnen unterworfen. Der »menschliche« Überbau: Ordnungen werden willkürlich gelenkt, Unterwerfung wird gefordert, Ordnungssysteme werden – einem urtümlichen Bedürfnis folgend – mit höherem Sinn begründet. Macht- und Herrschaftsstrukturen politischer, religiöser und humanistischer Prägung werden logisch daraus abgeleitet. Die Menschheit reibt sich an ihnen und produziert sie immer wieder. An Stelle einer ablaufenden Handlung stehen einzelne Anläufe, in denen Verwandtes und Verschiedenes aus grundlegenden Antrieben und Verflechtungen wächst. In kurzen Zwischenszenen – den »Regressen« – rückt jeweils ein winziges Detail aus der Masse »Mensch« ganz nah heran und zeigt alltägliche Typen, auf einer animalischen Basis zufrieden oder uneins mit sich, gelenkt oder im Hader mit einer übergeordneten Macht, unberechenbar in ihrem Verhalten und doch vertraut. Elemente der »Regresse« und der Grundordnungen durchdringen einander immer erkennbarer im Laufe des Stücks, dessen Titel vielfach deutbar ist. Die Musik, von der die Konzeption ja ausgegangen ist, ist im Endergebnis nicht illustrierend oder begleitend oder symphonisch autonom. Vorgänge vielfältiger Art – rein Instrumentales, Gesang, (Kunst-)Sprachliches, mimische Elemente, Bewegungsvorgänge zu Musik und ohne sie – haben Anteil am Geschehen, in dem gleichsam Aspekte von ähnlichen Grundvorgängen wahrnehmbar werden sollen, die sich auf verschiedenen Ebenen, wenn auch nicht immer synchron, vollziehen, Bilder für Tendenzen in unserem Tun, die gemeinsame Wurzeln in unserer organischen Existenz haben.

Nicht von vornherein intendiert ergaben sich in der Arbeit zunehmend auch Bezüge zu historischen Formen von »Welttheater«. Das Spiel wird aber zum Zeichen einer anderen Weltsicht: Die Apotheose, der Ausblick auf positive Lösungen und der Glaube, daß Warnbilder zu ihnen hinführen könnten, fehlen. Es hinterläßt einen Friedhof menschlichen Herrschafts- und Ordnungsstrebens, Trauer und Fragen.

Das Verhältnis von menschlicher Gesellschaft und Individuum ist auch an Brechts »Baal«, der mich seit langem beschäftigt hat, jenes Problem, das mich am meisten interessiert – hier vom einzelnen Menschen her gesehen. Meine musikalische Entwicklung hat mich schließlich zu dem Punkt gebracht, den Stoff konkret in die Hand zu nehmen. Schon in den »Exercises« habe ich mich von der Arbeit mit Massenstrukturen, deren Möglichkeiten ich in den »Spiegeln« ausgeschritten bin und die mir auch als Dirigent so vielfach begegneten, abgesetzt und im Detail durchhörbare Vorgänge aufgesucht: bestimmte Intervallkombinationen, Andeutungen von Melos, Harmonik und Rhythmus, die in den »Spiegeln« ausgeklammert waren. Es war mir schnell bewußt, daß jede weitere Bewegung in dieser Richtung unweigerlich zu einer intensiven Berührung mit der Tradition führen mußte. Werke seit der Mitte der sechziger Jahre schleusen oft mit ihr Verwandtes in die grundlegenden Denkmodelle der späten fünfziger Jahre ein. Wahrscheinlich auch aus Unruhe, über der möglichst feinen Ausgestaltung eines Raumes nicht zu vergessen, wie ganze Städte gebaut sein könnten, war es *mein* Bedürfnis, jene Grundmodelle zunächst zu verlassen. Schon in den »Regressen« der »Exercises« habe ich traditionelle Formulierungen aufgegriffen. Die Aufgabe, sie zu integrieren, aufzusaugen, hat mich Verbindungen von musikalischen Vorstellungsbereichen außerhalb der gängigen Art gelehrt. In einigen folgenden Werken habe ich dann offensichtlich den Stier bei den Hörnern gepackt und stilistisch deutlich bestimmbare, aber stark wechselnde Positionen bezogen. Das hat mein Bewußtsein dafür vertieft, was bestimmte Materialkonstellationen prinzipiell herzugeben imstande sind und sie meiner Phantasie verfügbarer gemacht. Darüber hinaus haben diese Arbeiten keinen neuen Stil gebracht, für mich aber den Finger deutlich auf einen Punkt gelenkt, den zu sehen not tut: Innovationen sind heute nicht mehr im Bereich prinzipiell neuer Materialordnungsfunde, sondern im Grad und im Anspruch geistiger Auseinandersetzung und Bewältigung zu suchen. Es in Richtung auf ein umfassenderes Wahr-Nehmen einer Welt zu tun, deren Vielfalt nicht in einem doktrinären System zu beschneiden oder hinter einer Schein-Einheit zu verbergen, sondern in einer vielgestaltigen, organischen Ordnung zu erfassen wäre, mag gefahrvoll, aber über den musikalischen Bereich hinaus nicht irrelevant sein. In »Exercises« beziehungsweise »Netzwerk«, die etwas davon thematisieren, waren verschiedene musikalische Bereiche deutlich getrennt, ihr Einfluß aufeinander deutlich ausgespielt.

Im »Baal« sind die Grenzen fließend geworden, die Möglichkeiten unmittelbarer miteinander verklammert – sie durchdringen einander stärker. Auch hier stehen aber bestimmte Strukturformen grundsätzlich für bestimmte Grundsituationen im Stück: Geflechte, Felder von dicht aneinanderliegenden Tönen für den Bereich des Naturhaften – auch des Undurchdringlichen, Undurchschaubaren, Mythischen, in den das Leben eingebettet ist, polyrhythmisch Über- und Nebeneinanderliegendes, auch manchmal formelhaft-aleatorisch Wiederholtes für den Bereich des »Gesellschaftlichen«, der außerhalb von Baals eigentlichen Interessen liegt, Melodisches für den Bereich individuellen Ausdrucks: expressiv-formaler Eigenwert wächst hier aus der Deklamation, »feste« Formen – Baals Gesänge etwa – haben ihre Funktion im gesamten Gewebe. Expressive Akkordik schlägt in Farbe um, wo Töne dicht aneinanderliegen, in Farbfeldern entstehen umgekehrt Schwerpunkte, von denen aus das Geschehen in bestimmte Richtungen drängt: Aus Schillerndem, Urgrundhaftem, das viele Möglichkeiten birgt, lösen sich bestimmte, die Konsequenzen bringen und fordern.

In »Exercises« beziehungsweise »Netzwerk« habe ich mir selbst eine Sprache geschaffen und vieles aus der Fülle von Beziehungsmöglichkeiten zu Musik und szenischer Situation erprobt. Im »Baal«, wo ich die bestehende als semantisch organisiertes Transportmittel akzeptiere, ordne ich mich ihr bewußt und betont unter: Sprache sollte hier extrem im Vordergrund stehen und tragen. Es gibt nicht nur alle Formen des Übergangs vom Sprechen zum Singen – im Singen selbst kommen Dauerbeziehungen und melodischer Duktus so aus Deklamation und Affekt, daß es sich dem natürlichen Tonfall ganz anpaßt. Das ist nicht neu, steht aber im Gegensatz zu »neuer« Literatur, die seit langem grundsätzlich stark stilisiert. Die genannten musikalischen Entscheidungen hängen eng mit meinen grundlegenden Beziehungen zu diesem Stück und den daraus kommenden Intentionen zusammen.

»Baal« ist – und war es für mich im besonderen – eine Reflexion über das »Einsteigen«, das den Kern unserer Existenz betrifft. Er selbst tut es nicht, wie der Ichthyosaurus, der zur Zeit der Sintflut nicht in die rettende Arche steigen wollte, weil er »Wichtigeres« zu tun hatte in diesen Tagen. Baal läßt sich von den »Kunstsinnigen« nicht »verwursten«, die ihn hochloben und seine Gedichte verkaufen wollen; sie lassen ihn daher fallen. Aber auch dem »Volk«, den Chauffeuren, für die er in der Kneipe singt, ist »Kunst« nicht geheuer, und das Publikum im Kabarett, in dem er später auftritt, erwartet von ihm ewig die gleichen Zoten: Eine Weile hält er seinen Kontrakt, um mit der einzigen, die er längere Zeit bei sich behält, leben zu können – dann reißt er aus. Sein Hunger nach Leben, seine Suche »nach dem Land, wo es besser zu leben ist«, treiben ihn weiter und gleichzeitig immer mehr in die Isolation; aber das Wesentliche an ihm ändert sich nicht, während er sinkt. Inkarnation vitalen Glücksverlangens, ja des Vitalen schlechthin, ist er in des Wortes Grundbedeutung von Natur aus a-sozial. Er will nicht nur nicht so leben, wie man muß, um nicht »aus der Bahn« geworfen zu werden, er kann es auch nicht. Eine Schlüsselstelle für mich ist die erwähnte Ichthyosaurus-Parabel. Baal ist vor allem auch ein provokantes Bild für ein Wesen, das die Bedingungen, die es braucht, um existieren zu können, nicht vorfindet und daher zugrunde geht. Die Dimensionen von Baals asozialem Verhalten erscheinen in einem anderen Licht, wo zunehmend Menschen in Mechanismen kretinieren, wo selbst »sozial vernünftiges« Handeln sich auf schleichende Weise gegen unsere vitale Substanz zu richten beginnt, wo wir »Inhumanes« in dieser Form bald bewußt zu akzeptieren genötigt sein könnten, um in *irgendeiner* Form zu überleben.

Baals Verweigerung ist keine spektakuläre, auf »Verbesserung« der Welt gerichtete, wie die Bewegungen des Terrorismus, der Hausbesetzer und der jugendlichen Randalierer – und sie ist keine kleinbürgerliche, die im Rückzug liegt. In einer notgedrungen zunehmend verwalteten Welt, die ihm immer weniger schmale, vorgezeichnete Wege läßt, wird das unmittelbare Ausleben vitalen Glücksverlangens mehr und mehr zum Anachronismus. Mir lag Brechts Baal näher als modisch-»aktuelle« Konstruktionen, in denen uns für unsere Existenz wesentliche Probleme, wie die allgegenwärtigen Informationen über sie, so gern glatt durch die Gurgel rutschen.

Baal und Lulu sind ähnlich unwandelbare Urbilder, überzeitlich, wenn auch deutlich zeitgeprägt in ihrer literarischen Erscheinung. Während aber Wedekinds »Urgestalt des Weibes« trotz aller Greuel um sie her, die sie mitverursacht, fasziniert, irritiert Brechts Baal: Verkrallt in die Erde und ihrer Schönheit so ausgeliefert, wie er ihre Gewalt verkörpert, verhält er sich in einem Maße asozial, das ein Mitleiden mit seiner Person erschwert. Er fordert nicht Identifikation heraus – bei den meisten eher die Frage, was uns der Dreckskerl soll, der hier zu Recht zugrunde geht. Der Ichthyosaurus war »allgemein unbeliebt, als er ersoff«.

Dem jungen Brecht war wohl recht, daß hier Schmerz und Ekel im Amüsierbetrieb wenig konsumierbar werden. Mir wurde 1974 klar, daß nur Ansätze für Identifikation Voraussetzungen für jene Art von Auseinandersetzung schaffen konnten, die mich an »Baal« interessierte. Was an ihm berühren kann, sollte die Musik verstärken, fühlbarer machen. Verfremdende Stilisierung, Distanzierung vom Dargestellten, ein Nebeneinander von Ebenen, das in »Netzwerk« eine bestimmte Funktion hatte, wurden hier zu ungeeigneten Mitteln. Die von Brecht in seiner Figur gesetzte Provokation wird für mich durch den Verzicht auf sie aber nicht aufgehoben, eher verschärft.

In einer ästhetisch hinreichend definierten, etablierten Kunstform manifest gewordene Herausforderungen zu kritischem Verhalten, wie sie absurdes Theater, klassizistische »Verfremdungstechniken« und »engagierte« Kunst auf ihrer Basis heute darstellen, können immer noch gültige Dokumente unserer Zeit sein und einen hohen Reiz ausüben. Ihren provokatorischen Effekt für den »Wissenden« haben sie verloren. Irritierend und damit kritische Reflexion herausfordernd wirkt auf ihn heute einzig, was direkte Anteilnahme erheischt; es verbreitet Unbehagen: unmittelbar in der eigenen Reaktion und mittelbar in der Beobachtung des »naiven« Hörers. Auch der schwankt allerdings bei Baal im Optimalfall, was er schön finden und was er ablehnen kann, soll, darf, muß...

»Moderne« Kunst hat jetzt lange Zeit nicht nur allzu Plattes, Simples, sondern auch zu hochgradiger Identifikation Herausforderndes vermieden. Bewußt oder unbewußt war das unter anderem eine Art von Weigerung gegenüber illusionierendem Verschleiern der Realität, auch gegenüber der Lenkung durch Kunst und schließlich dem lenkenden Mißbrauch von Kunst. Der weltanschauliche Aspekt einer vom Expressionismus geprägten Kunstphilosophie und -publizistik, die »Modernes« zunehmend auf eine kritische Funktion zu verpflichten und scheinbar spielerische Bewältigung, wie sie bestimmte Formen des Neoklassizismus zu präsentieren schienen, zu verdammen begann, ist verständlich. Der intellektuelle Zwang, den brillant formulierte Polemiken auf dieser Basis und der eines ungebrochenen Fortschrittsglaubens auch nach dem Zweiten Weltkrieg etablierten, war hingegen auf Dauer keineswegs unbedenklich: Im Verein mit der durch Medien und Kommerz geschaffenen Situation hat die Publizistik den Gang künstlerischer Entwicklungen zuweilen fast zu lenken gedroht. Starke Naturen haben sich allerdings in entscheidenden Punkten weiterhin unabhängig von dem entfaltet, was jeweils für »relevant« erklärt wurde. Wie weit heute Durchdachtes, wie weit »Geschmack«, jene vielfach wenig durchschaute, aber höchst wirksame Größe, wie weit auch unbewußtes Fixiertsein an Vertrautes und kreatives wie technisches Unvermögen Haltungen und Reserven im Kunstbetrieb im einzelnen mitbestimmen, dürfte schwer zu durchleuchten sein, ist aber des Fragens wert.

Vieles in Kunst und Anti-Kunst hat in unserem Jahrhundert tatsächlich Kritik und Verweigerung artikuliert, manches hat die Grenze zum Leben zu überschreiten und unmittelbar einzugreifen versucht. Kunst wird sich ohne Zweifel auch weiterhin am Nicht-Heilen in der Welt reiben. Ihr Wesen lebt aus einem Widerspiel von Erfahrungen im Material und geistiger Durchdringung. Wer Kunst nicht ganz über Bord wirft, sollte das wissen. – Wo und wieweit ist sie imstande, weiterhin auf ihrem divinatorischen Weg »Modernes«, das heißt für unsere Zeit Wesentliches zu finden??

Wie eingangs erwähnt, bin ich in meiner Arbeit nicht von ideologischen Erwägungen ausgegangen. Klees »In der Kunst weiß man immer alles nachher« trifft auf mein Verhalten ebenso zu wie die Tatsache, daß mir bestimmte Aspekte und Dimensionen daran schon während der Entstehung des »Baal« bewußt waren. Eine Notiz von 1980 stellt die Frage nach heute möglichen »Alternativen«. Dort heißt es: »Es gäbe viele gute

Gründe, zu schweigen. Meine Unzufriedenheit, mein Glücksverlangen haben mich aber dazu gedrängt, dieses Stück zu machen und es so zu machen. Wenn man es ›handelt‹, besteht die Chance, daß die Herausforderungen, die für mich darin liegen, verstanden werden – auch die, daß ich ersaufe ...« »BAAL« – eine Ichthyosaurus-Alternative des Individuums, das sich seiner Haut wehrt??

Ein »glatter« Weg in die Zukunft liegt nicht vor mir.

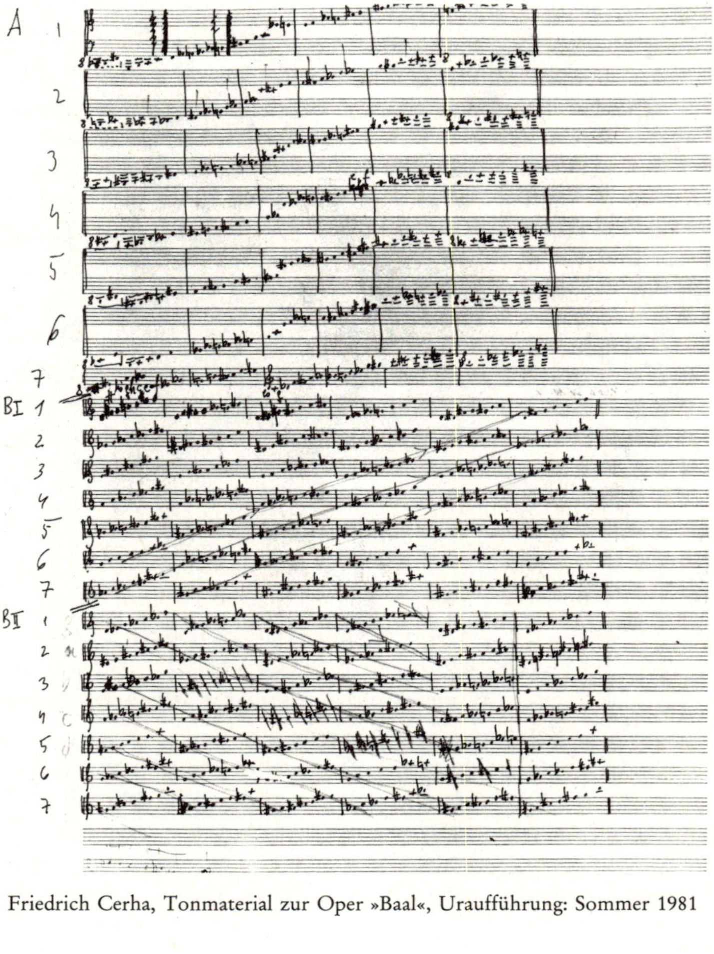

Friedrich Cerha, Tonmaterial zur Oper »Baal«, Uraufführung: Sommer 1981

IRMFRIED RADAUER

Bereicherung oder Verarmung

Möglichkeiten der Computeranwendung in der Musik am Beispiel des Computermusik-Rechenzentrums C. M. R. S. in Salzburg

Mitte der siebziger Jahre habe ich, gemeinsam mit Josef Maria Horvath, Andor Losonczy und Gerhard Wimberger, die »Cooperative für Computermusik« in Salzburg ins Leben gerufen. Diese Vereinigung verfügt seit kurzem über ein eigenes Computermusik-Rechenzentrum, das mit Geräten ausgestattet ist, die dem neuesten Stand heutiger Computertechnologie entsprechen. Damit konnte sich auch Salzburg in einen Entwicklungsprozeß eingliedern, wie er andernorts – vor allem in den USA – schon seit längerer Zeit stattfindet. Worum es bei dieser Einbeziehung von Computersystemen in die verschiedensten Bereiche musikalischer Komposition, Forschung und Lehre geht, möchte ich kurz erörtern.

Bekanntlich wird Musik unseren Ohren über das Medium Luft vermittelt, das durch Klangquellen wie Musikinstrumente oder Lautsprecher zu mehr oder weniger komplexen Schwingungen angeregt wurde. Diese wellenförmige Luftbewegung – in ihrer graphischen Darstellung auch Klangkurve genannt – läßt sich mit Hilfe geeigneter Methoden zahlenmäßig exakt beschreiben und im Speicher eines Computers als Datenstrom abbilden. Nach Umwandlung dieses die Klangkurve repräsentierenden Datenflusses in analoge elektrische Spannungsimpulse und durch entsprechende Filterung kann man diese Klangkurve über eine Lautsprecheranlage hören. (In etwas abgewandelter Form wird diese Technik neuerdings auch bei der Herstellung von sogenannten digitalen Schallplatten angewandt.)

Man darf davon ausgehen, daß sich mittels eines Instrumentariums wie dem eines Computersystems jede Klangkurve, die von Lautsprechern wiedergegeben werden kann, in digitaler Form erzeugen läßt, und umgekehrt bestehende analoge Klangkurven nach ihrer Digitalisierung in jede gewünschte Richtung modifizierbar sind. Um in diese zunächst unüberschaubar scheinende große Vielfalt von musikalischen Möglichkeiten ordnend und auswählend eingreifen zu können, wird sich der Komponist oder der Musikforscher programmierter Kompositions- und Musikanalyse-Algorithmen bedienen. Daraus ergibt sich eine in der bisherigen Musikpraxis völlig neue Situation: Erstens lassen sich musikalische Kunstwerke schaffen, die vom Komponisten als geistiges Konzept erarbeitet wurden (die Ausführung der Details wird dem Computer als Hilfsinstrument übergeben); zweitens ist der Zugriff auf mikroskopisch kleine Zeitquantelungen möglich, wie sie bei komplexen dynamischen Klangprozessen von besonderer Relevanz sind und bei mehrkanaligen Techniken bis zu mehr als 1/100.000 pro

Sekunde gehen können, wodurch sich Einsichten in das musikalische Klanggeschehen erwerben und vermitteln lassen, wie sie bisher in dieser Exaktheit unbekannt waren.

Ähnlich wie auf anderen Gebieten heutiger technischer hypertropher Eskalationen, von denen oft eine bezwingende Faszination ausgeht, erheben sich jedoch auch bei der Anwendung von Computern in der Musik schon jetzt, nach relativ kurzer Zeit der Entwicklung, einige grundsätzliche kritische Fragen: Wie wird sich eine solche mit Hilfe eines Computersystems virtuell ins Grenzenlose steigerbare Vervielfältigung des musikalischen Informationsangebots auf den kreativen Prozeß des Musikerfindens auswirken? Was soll der von anderer Seite her bereits überlastete menschliche Perzeptionsorganismus mit weiteren musikalischen Differenzierungen anfangen, wo doch – mit wenigen Ausnahmen – die gesamte Musik des zwanzigsten Jahrhunderts so gut wie unbewältigt geblieben ist? Schafft ein derartig mächtiges »Musikinstrument«, wie es ein Computersystem sein kann, bei hemmungslosem – um nicht zu sagen: dummem – Gebrauch nicht beste Voraussetzungen, bestehende Nivellierungserscheinungen noch zu forcieren?

Das erste größere Arbeitsprojekt der »Cooperative für Computermusik«, das unter dem Titel »Elektronische Klangerzeugung, Klangforschung, Komposition und Kompositionsforschung« ab 1982 als Forschungsauftrag des »Fonds zur Förderung der wissenschaftlichen Forschung« in Zusammenarbeit mit der Universität Salzburg durchgeführt wird, soll auch dazu dienen, Beiträge zur Klärung dieser sicher nicht leicht zu beantwortenden Fragestellungen zu finden.

Ohne hier auf Einzelheiten eingehen zu können, hat das unter meiner Leitung stehende Forschungsprojekt, an dem als Mitarbeiter meine bereits erwähnten Komponistenkollegen sowie der Mathematiker Peter Zinterhof beteiligt sind, das Ziel, einer Erweiterung und Vertiefung des gesamten musikalischen Erkenntnisstandes unter Berücksichtigung aller kreativen, theoretisch-objektiven und psychologisch-subjektiven Aspekte zu dienen. Unter Verwendung von neu zu erarbeitenden Kompositionsalgorithmen in problemorientierten Programmiersprachen sollen vor allem Untersuchungen an digitalisierten musikalischen Mikrostrukturen gemacht werden, mit der Absicht der Erschließung neuer musikalischer Klangkategorien unter zusätzlicher Einbeziehung von Mikrointervallen. Weiters Versuche der Erforschung von geeigneten Komplexitätskoeffizienten des musikalischen Klanges als (objektive) Grundlage für seine (subjektive) Qualifizierbarkeit sowie Aufzeigen und Erfassen von Korrelationen quantitativer und qualitativer Merkmale des musikalischen Klanges als Voraussetzung für seine Verwendbarkeit in einem musikalischen Kunstwerk.

Dabei wird besonders darauf Bedacht zu nehmen sein, einer Maschine wie dem Computer, die ursprünglich ausschließlich für rein technische Anwendungsbereiche gedacht war, auch für Aufgaben in der Musik und Musikforschung eine Rolle zu erschließen, welche sie als äußerst nützliches Hilfsinstrument beim Versuch einer größeren Durchdringung der heute in zunehmendem Maße unübersichtlicher werdenden Situation kreativer Musikausübung und der Schwierigkeit ihrer Einordnung und Beurteilung ausweist. In diesem Sinne bemühe ich mich auch bei meiner Lehrtätigkeit an der Universität Salzburg und an der Hochschule »Mozarteum«, den Studenten ein Computermusiksystem nahezubringen, nicht als Alternative zu den aus der Musikgeschichte bekannten Musikpraktiken, sondern als eine zusätzliche, sehr komplexe Möglichkeit, die sich auswirken kann als Bereicherung — oder Verarmung — des musikalischen Gesamtbildes, in Abhängigkeit davon, wieviel an geistig-musikalischen Fähigkeiten investiert wurde.

```
24 Sep 1977    2:02          FMIN2[  1, IR]                PAGE 2-4

VARIABLE CF,MF,I1,I2,TMP1,TMP2;
I_ONLY BEGIN
     PRINT " IN8 ",P1;
     CF←P4*MAG;
     MF←P4*P5*MAG;
     I1←P6*MF;
     I2←(P7-P6)*MF;
     TMP1←TMP2←0;
END;
LINEN(P3,P8,P9,P2,P13,TMP1);
LINEN(I2,P8,P9,P2,P12,TMP2);
RANDI(P14*0.01,P15*MAG);
OSCIL((U2+I1)*(1+U3),MF*(1+U3),P11);
ZOSCIL(U1,U4+CF*(1+U3),P10);
DSIG←DSIG+U5;
OUTA←OUTA+(P16*P17)*U5;
OUTB←OUTB+(1-(P16*P17))*U5;
END;
```

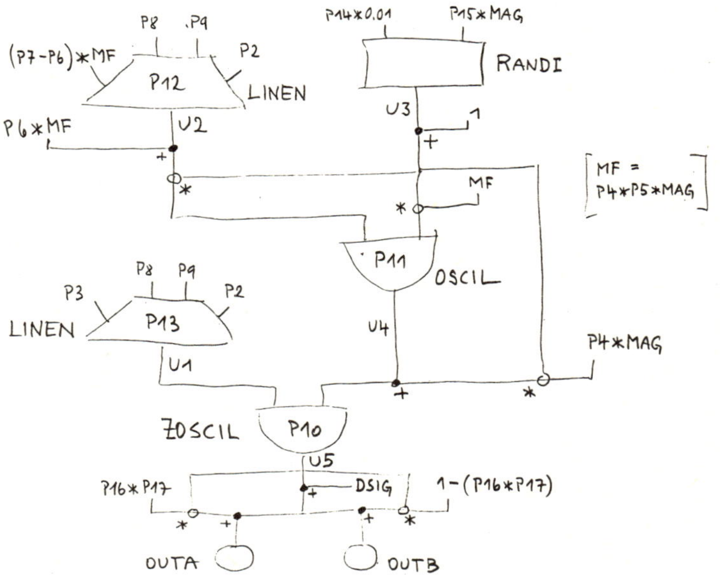

Irmfried Radauer, Entwurf und Codierung eines Computerinstruments, wie es in dem Kompositionsprogramm MUPRO 9 für die Komposition »Evocation d'Ockeghem« verwendet wurde

OTTO BREICHA

Fotografisch kreativieren

Ist Österreich ein Land, in dem ein paar Ausnahmen die Tatsache bestätigen, daß es keine ernstzunehmende österreichische Fotografie gibt? Zunächst schien es so. Da gab es anfänglich als exemplarische Ausnahmeerscheinung die Zeitschrift »Magnum« (und war die dort reproduzierte Fotografie deren ausgesprochene Stärke). Karl Pawek, der nachmalige Organisator verblasener »Weltausstellungen der Fotografie«, ließ sich als »Magnum«-Herausgeber von Alfred Schmeller und Franz Hubmann beratend anregen. Das Redaktionsbüro in der Wiener Wallnerstraße war, ein paar wichtige Jahre lang, eine hochprozentige Improvisation. In allen möglichen Richtungen wurde alles Mögliche angegangen und ausprobiert. Als eine von den wenigen Publikationen, dazu angetan, später für den sogenannten Zeitgeist einzustehen, war es jedoch mit dem gewissen »Magnum«-Fluidum vorbei, als mit Pawek die Redaktion von Wien nach Köln und unter die Fittiche eines dortigen Großverlags umgesiedelt wurde.

Auf was wäre aus der Zeit vor den Wiener »Magnum«-Aktivitäten hinzuweisen? Ernst Haas, der später nach New York und unter die Starfotografen seiner Generation avancierte, war mit seinen Überlebensbildern aus dem verwüsteten Wien ein erster großer »Wurf« gelungen. Seine Bildreportagen vom Eintreffen der großen Heimkehrertransporte in der Ruine des Wiener Süd- und Ostbahnhofs erschütterte die Zeitgenossen. Um 1950 fotografierte der Schriftsteller und Psychologe Wolfgang Kudrnofsky seine dichtenden Kollegen, collagierte im Auftrag für Anthologien, war bei der Gründung der »Hundsgruppe« und bei ihrer ersten (und einzigen) Ausstellung im März 1951 dabei. Arnulf Rainer beschimpfte das Vernissagepublikum, die ausgestellten Fotografien Kudrnofskys waren surreale Arrangements, freudianisch gespickt und auf »Anstoßerregen« angelegt. Für Arnulf Rainer fotografierte Kudrnofsky Heuklumpen und interessant verwirrten Abfall. »Perspektiven der Vernichtung« hieß das gemeinsam herausgebrachte Foto-Mäppchen im Taschenbuchformat, das heute zu den Zeugnissen der österreichischen Avantgarde und zu den frühen Beispielen des Informels zählt. Ein paar Jahre später war Kudrnofsky in der Zeitschriftenbranche untergekommen. Zugunsten seiner Schriftstellerei hat er das Fotografieren bald bleiben lassen.

Franz Hubmann, ein gebürtiger Ebreichsdorfer, war der Hauptfotograf (»Chefreporter«) beim Wiener »Magnum«. Autodidaktisch zur Fotografie bekehrt, diente und dient er als Aktivist und Historiker. Er hat in den sechziger Jahren zwei in der wortwörtlichen Bedeutung »typische« Wien-Bücher herausgebracht. Bei den Bildbänden »Vorstadt Europas« und »Weltstadt der Geschichte« sind alle Register gezogen, um das herauszustellen, was an Wien das Wienerische ist: die menschliche Aussaat und Ausdünstung einerseits und zum anderen ein Wien ohne Wiener, ein zu architektonischen

Emblemen stilisiertes Schaubild. Mit viel Gespür (»Feeling«) hat er später ein »Heimliches Österreich« in ausgewählten Beispielen und Zusammenhängen zum besten gegeben und sich zudem um die historische Fotografie verdient gemacht. Die Wiederentdeckung des Wiener Fotografen Dr. Emil Meyer, eines Pioniers der Life-Fotografie im Wien der Jahrhundertwende, war Hubmanns Tat. Und in die gleiche Richtung (nämlich zurück zu den frühen Meistern) zielen die »Familienalben«, wovon ein k. k. österreichisches, ein deutsches und ein gesamtjüdisches vorliegen: die liebe alte Zeit, gut oder böse (wie immer sie auch gewesen ist), aber auf alle Fälle nostalgisch. Zeitgeschichtliches, Fotografie, die in ihrer Zeit wurzelt, Dasein und Leben mustert.

Mit einer Fotoreportage über das Wiener Künstler- und Intellektuellen-Café Hawelka hat Hubmann zum ersten Mal in einer Wiener Kunsthandlung (nämlich in der damals vom Bildhauer Fritz Wotruba geleiteten Galerie Würthle) ausgestellt. Der Erfolg der Ausstellung hat damals auch für die Fotografie im allgemeinen allerhand losgetreten: Gehören Fotos in eine Kunsthandlung, die es darauf anlegen muß, Künstlerisches zu vertreten und zu verkaufen, Fotografie, die allenfalls Geschicklichkeit bedeutet, etwas »Interessantes« oder »Nettes«? Wie so viel im Österreich nach 1945 wurde die Diskussion über die Kunstfähigkeit und Galeriewürdigkeit von Fotografie mit ziemlicher Verspätung und ohne absehbares Resultat geführt.

Die dann von mir (1974 im Auftrag der Stadt Graz) arrangierte Ausstellung »Kreative Fotografie aus Österreich« hat, wie es sich gehört, ihre Vorgeschichte. Zunächst einmal auf die österreichische Fotografie neugierig geworden, ergaben mein Herumschauen und Stöbern so gut wie gar nichts an weiterem. Haas und Hubmann waren die (in Grenzen) geläufigen Namen. Beim Schmökern über Dada und Bauhaus stieß ich auf die gewissen plastischen Arrangements und Fotomontagen Herbert Bayers von Anfang und Mitte der dreißiger Jahre als seinen fotografischen Tribut ans surrealistische Prinzip. Erst Mitte der sechziger Jahre und mit der Herausgabe der Wiener (Halb-)Jahresschrift »Protokolle« befaßt, mußte ich mich zunächst selber behelfen, bis die »Protokolle«, inzwischen zehn und fünfzehn Jahre alt, in Ermangelung einer besseren Spielweise neben ihrem Eintreten für Literatur, Kunst und Musik gleicherweise als ein Podium für neuere Fotografie fungierten.

Nach und nach bin ich auf die einzelnen größeren und kleineren Foto-Begabungen gestoßen. Sie zusammenzufassen war ein nächster Schritt. Die Fototalente, eigenbrötlerisch, notorisch, faul oder zerstritten, zeigten sich vorerst mäßig interessiert. Termine wurden verschlampt, Abmachungen vergessen. Die Frage: Wer ist wer in österreichischer Fotografie (und was hat es überhaupt mit ihr auf sich), ließ mir keine Ruhe. Also habe ich mich von einem zum anderen weitergefragt, zuerst auf »gut Glück«, dann systematisch auf jene Ausstellung hin, mit der ich mir die selber gestellte Frage selber beantworten wollte: Auf wen es dabei weswegen ankommt.

Meine teilweise Übersiedlung nach Graz machte mich mit der Grazer Fotoszene bekannt. Um Erich Kees und im Schoß des Grazer Naturfreunde-Vereins hatte eine

Fotogruppe Zwanzig- bis Vierzigjähriger zusammengefunden. Kees ließ Akte verwildern, fotografierte versessen Strukturen, Baumstrünke und Astgabeln, Elisabeth Kraus Fenster und Türen, allerhand Handzeichen, Branko Lenart Kurioses, Richard Kratochwill Plakatsäulen und Fin-de-siècle-Fassaden in Budapest, Bilder im Stadtbild (seine superbe Serie »Ikonen unseres Jahrhunderts« lag schon damals auf der Hand). Verschiedentlich wurde mir Felix Weber rühmlich genannt.

Anders als in Graz wußte in Wien, im anderen Ballungsraum fotografischer Potenz, keiner vom anderen. Friedl Bondy hat mich auf der Straße angesprochen und mit (fotografischen) Selbstentlösungen konfrontiert, die dann bald (und sehr zum Vorteil der fotografischen Substanz) zu der Serie »Spiegel« verdichtet wurden (wofür sich die Fotografin ein Jahr lang Tag für Tag und je nachdem selber fotografierte, um sich derart von sich selber ein Bild zu machen im Auf und Ab von Situation, Stimmung, Gefühlsablauf). Kurt W. Erben hat mich Hans Fleischner und dem in Wien lebenden Japaner Chotoku Tanaka vorgestellt, vor allem aber durch die eigenen Bilder in meiner Überzeugung bestätigt, daß Suchen und Einsammeln die Mühe wohl dafürstehen. Über Friedl Bondy kam ich zu Walter Bernhardt und seinen fotografierten »Mauer-Gedichten«.

Zu den Wienern und Steirern stieß der Vorarlberger Nikolaus Walter, für dessen erste Fotomappe (eine Österreich-Sequenz »in 10 extraordinären fotografischen Abbildungen«) ich einen Text des Wiener »Protokolle«-Mitarbeiters Joe Berger vermittelte. Was ich im übrigen von seinen amerikanischen Fotoergebnissen (»US 44 West«) zu sehen bekam, war beachtlich: monumentös alabasternes Händefalten am Straßenrand, Umwelt- und Tapetenverschleiß, Umgittertes, Gepferch.

Außerordentlich waren auch die in Magritte- und De Chirico-Nähe heranfotografierten Szenen des in Stockholm lebenden Grazers Otmar Thormann. Gespiegeltes und Herausgelöstes gehören zu seinen Spezialitäten. Gerne winkelt er Terrasse und Treppen schief und imposant ins Bild oder ein Stück Straßenpflaster mit Hund. Bedeutungsvoll läßt er Gestalten aus Toreinfahrten und Magazinfinsternissen auftauchen. Unter einem dramatischen Wolkenhimmel fährt ein Auto strandentlang, Spazierer spazieren über bildfüllendes Wiesenparkett.

Nach einem Jahr Recherchen hatte ich die 17 Fotografen der Ausstellung »Kreative Fotografie in Österreich« beisammen. Zuguterletzt waren auch noch Haas-Farbbilder aus New York eingetroffen: Beispiele aus seinem schönen Fotobuch »Die Schöpfung« samt etlichen dort unverwendet gebliebenen Bildern. Um aber bei Geschichte und Geschick der Ausstellung zu bleiben: Den Bregenzer Randspielen seligen Angedenkens schien meine Fotografenrundschau für ihre auf das nichtetablierte Kulturangebot ausgerichteten Absichten gerade recht. Noch im Zustand des Fertigbringens, ohne Katalog und sozusagen als Vorpremiere, wurde die Ausstellung im Juni 1974 im Bregenzer Künstlerhaus gezeigt, ehe sie, gemausert und durchprobiert, zum »Steirischen Herbst« im Grazer Kulturhaus und später im Wiener Museum des 20. Jahrhunderts zu sehen war. Um die Bregenzer Veranstaltung kreativ anzureichern, wurde vom städtischen

Kulturreferat und im wesentlichen mit den gleichzeitigen Ausstellern ein erster österreichischer Fotoworkshop improvisiert. Seine Ergebnisse kann man im Katalog »Bregenz sehen« nachschlagen. Die guten Resultate dieser ersten Fotografenbegegnung von 1974 waren Grund genug, ein Jahr später in Graz ein nächstes Treffen abzuwickeln. Beide Male konnte man mit der guten und zum Teil ausgezeichneten Foto-Ernte zufrieden sein. Beide Male ergab es, alles in allem, eine unkonventionelle (also außerordentliche) Interpretation eines Stadtbilds, des klein- oder größerstädtischen Daseins, der Möglichkeiten in und mit einer Stadt. Zumal aber war der Bregenzer Workshop eine gute (und längst fällige) Gelegenheit zum Kennenlernen gewesen, für eine Auseinandersetzung mit der Arbeit und den Ansichten anderer Kollegen. Vor allem die Grazer haben sich damals auseinandergesetzt und von dieser Auseinandersetzung profitiert, wie ihre später entstandenen Fotofolgen und Bildessays beweisen.

Indessen zeigen die Reaktionen, daß die Vorbehalte der entscheidenden Gremien wie der Ausstellungsmacher am Drücker hinsichtlich Fotografie und ihrer Kunstwürdigkeit noch längst nicht geschwunden sind. Nach wie vor gelten Fotoausstellungen (nicht nur in Österreich) als etwas Minderrangiges. Sammlungen und Galerien halten sich zurück. In den Museen, auf die es immer wieder ankommt, ist Fotografie nur ausnahmsweise vertreten, so ist es in Österreich (– und auch sonst im Grunde nicht viel anders). Vielleicht haben in den letzten drei, vier Jahren die Aktivsten der österreichischen Fotografie mehr Zutrauen zu ihrer Arbeit gewonnen. Zwar kann kaum einer davon leben: von der kreativen, der nicht-angewandten, von seiner »privaten« Fotografie. Der eine oder der andere hält sich mit Preisen und Prämien über Wasser, die Österreicher bei nationalen und internationalen Wettbewerben gar nicht selten gewinnen. Ein Brotberuf ist aber die Regel.

Eine österreichische Fotozeitschrift, wie das »Magnum« eine gewesen ist, gibt es noch immer nicht. Zum Beispiel in Graz wird Fotografie viel und gern ausgestellt. Andere Veranstalter anderswo in Österreich hat das auf den Geschmack gebracht. Alles das und nicht zuletzt das Ausstellungs-Resümee »Kreative Fotografie aus Österreich« haben bewirkt, daß man heute wenigstens im ungefähren ermessen kann, was gemeint ist, wenn von österreichischer Fotografie die Rede ist (so wie man in etwa weiß, auf wen es in der österreichischen Malerei, Bildhauerei und Literatur ankommt).

Nicht zuletzt war die Ausstellung als Köder gedacht. Die Vergessenen und Ausgelassenen würden herbeidrängen und reklamieren, dachte ich mir. Aber nur ein paar sind dazugekommen, die ich nunmehr mitberücksichtigen würde, käme ich wiederum in die Lage, eine nächste Rundschau der österreichischen Fotoszene zu bewerkstelligen: etwa die von Cora Pongratz erfotografierten »Erweiterten Porträts«, die zu anfänglichen Porträtaufnahmen alles mögliche häufeln, was Modell und Fotografin zweckdienlich erscheint, das Drumherum einer Person anzudeuten; etwa auf diese Weise: Wie sieht das Modell sich selber, mit welchen Wesen und Gegenständen umgibt es sich, was sind, mit Gegenständen und Gegenden veranschaulicht, seine besonderen Vorlieben und Phobien?

Auf diese Weise ist es bei Cora Pongratz ein Zug ins Komplexe und Zusammengeschaute, aber so nicht nur bei ihr allein. In neueren Arbeiten hat Friedl Bondy Ähnliches versucht, indem sie Bilderreihen kombiniert (komponiert, müßte es besser heißen), so wie bei gewissen Ton-Bild-Shows die Teilbilder neben- und übereinander erscheinen, miteinander ein schönes großes (interessantes) Gesamtbild ergeben oder einander im einzelnen stützen und deuten. Andere versuchen es mehrmals und mehrfach: Ein Thema wird abgeschritten, »erfüllt« (so wie ein großes Gefäß Handgriff um Handgriff, Portion um Portion an Inhalt und Gewicht zunimmt). Oder ein Thema wird, so gut es geht, von allen Seiten her umzingelt. Kurt W. Erben hat mit seinen »Side Tracks« so etwas wie eine Geschichte ohne erzählbaren Inhalt erzählt, aufgebaut auf eine bestimmte Stimmung und jene fotografisch eingefangenen »hellen« Momente (jeder erlebt sowas immer wieder, daß die sogenannte Wirklichkeit in ihrer Halterung schlingert und hüpft). Erbens Sequenz »The Inner Release« ist ein Hauptstück fotografischer Seelenschürfung. Die Bilderfolge beginnt mit allerlei Zwiespalt, Verwischungen, Doppeldeutigem und führt über Mediales zum großen (befreiten) Gelächter, das ich gerne mitgelacht habe.

Vom Psychologischen her hat Nikolaus Walter seinen »Toronto Cowboy« angepirscht, ihn seine Lebensgeschichte erzählen lassen und das Fotografierte dazugesellt, eine gestufte Lebensbeichte als etappenweises Fotointerview. Hans Fleischner zigeunert durch die weite Welt. Seine »Instant«-Serien sind aus dabei entstandenen Fotonotizen zusammengesetzt, aus Mitbringseln, die ihm zu Geschichten wuchern: wie Menschen leben, wie sie sich von Augenblick zu Augenblick verändern, wie sich einer vom anderen unterscheidet, wie eine Situation, die der nächste Augenblick überholt und auslöscht, für sich genommen und fotografiert, zu etwas ganz Besonderem wird. Man lernt Zustände, deren Umstände man nicht kennt (und gar nicht zu kennen braucht), aus den Bildern und ihrer Abfolge kennen. So als wären sie ein Stück Film oder ein Stück Literatur, aus seinem Zusammenhang genommen, aber darum nicht weniger Film oder Literatur.

Diesseits und jenseits des Anekdotischen: In Österreich teilt sich die zeitgenössische kreative Fotografie in mindestens zwei Lager: in Literaten und Formalisten. Die einen beschreiben, reportieren auch dann, wenn formale Lösungen und Probleme sie drangsalieren. Den anderen wiederum läuft beim Bilderherstellen das erzählbare Geschehen förmlich davon. Kurt W. Erben profitiert als Grenzgänger. Seine »Neighbourings« sind über die Negativstege kopiert, die eine Bildhälfte vom ersten, die andere vom darauffolgenden Negativ. Was dabei herauskommt, vom Zufall gelenkt, ergibt ein Zusammenspiel, das Inhalt, kombiniertes Gefühl, Stimmung aufdrängt. »Landscapes-Townscapes« sind Gegenüberstellungen von Kontrasten. Menschenbauwerk und Naturwuchs ergänzen und bedingen einander als etwas, das miteinander auf alle Fälle mehr ist und bedeutet als nur der eine Teil für sich genommen.

Zu denen, die mit der Kamera vor allem einmal »Bilder« entstehen lassen, gehören

Felix Weber und Erich Kees. Geäst, Staudenwuchs, ein Ziegelhaufen, ein Stück Gitter oder ein Vogelschwarm sind Weber vor allem Anlaß für Struktur. Vom fotografischen Bild bleibt die Grafik übrig. Oder er läßt, auf Bildphänomene versessen, Flammen züngeln oder rangiert Dachtraufen, Hinterhofschlünde zu kubischen Gebilden. Formationen, wie sie seinem Freund, dem Bildhauer Pillhofer, hätten einfallen können.

Stilistisch gibt es keinen gemeinsamen Nenner. Das Erscheinungsbild und die Erscheinungsformen der kreativen Fotografie in Österreich sind pluralistisch. Gewiß spielt, nicht nur bei Bayer, »Surreales« mit hinein (was indessen nicht verwundern darf, indem die fotografische Wirklichkeit das Scheinbild zur Voraussetzung hat, selber mumifizierter Augenblick ist, eine erscheinbar gemachte Scheinbarkeit). Wenn dazu noch Gert Winkler Kulissen fotografiert, Werbeattrappen, oder zum Beispiel Nikolaus Walter ein Auto namens »Galaxie« an den Rinnstein und beinahe mitten ins Wandbild einer handgemalten Gegend parkt, so scheint die Quadratur des Kreises wenigstens fürs fotografische Bewußtsein gelungen.

Gegenüber den fünfziger Jahren gilt heute der gelungene Schnappschuß wenig (das dem »vollen« Leben entnommene Life-Bild), vielmehr jener Zusammenhang, der eine Aufeinanderfolge fotografischer Aufnahmen zum regelrechten Foto-Essay frisiert. Das Ablassen vom Einzelbild zugunsten von Bild-Paaren, Bild-Kontrasten und Bild-Folgen ist nicht zu übersehen und (für die österreichische Situation) eine Errungenschaft der letzten Jahre. Die Farbe ist (auch für die österreichische Fotografie) ein Problem. Die eine Ausnahme Haas bestätigt diese Regel noch alle Male.

Ob Fotografie Kunst sei, ist auf alle Fälle für alle jene Künstler und Konzeptionisten kein Problem, die sich der Fotografie unter anderen Möglichkeiten und mehr oder weniger als eines Mittels zum Zweck von Kunst bedienen. Von den bildenden Künstlern Österreichs, die Fotografie in dieser Weise einsetzen, hier nur ein paar: Peter Weibel, Valie Export, Gottfried Bechtold. Arnulf Rainer läßt seine Körperposen und facefarces fotografieren, um sie dann zu signieren oder um an ihnen korrigierend, weiterzeichnend und übermalerisch weiterzuarbeiten. Und natürlich hängt mit Fotografie um ein paar Ecken herum alles das zusammen, was neuerdings auch in Österreich an Video-Kunst ins Kraut schießt.

Indem ein Fotograf innerhalb seiner Möglichkeiten (und über sie hinaus) so fotografiert, spekuliert und realisiert, verhält er sich und verfährt er nicht anders, als ein Maler malt oder ein Dichter dichtet. Die Gretchenfrage, ob Fotografie Kunst sei, ist damit auch für die österreichische Fotografie ein erledigtes Problem.

Nachsatz 1982: Vorstehender Bericht wurde 1976 verfaßt und veröffentlicht. Seither hat sich für Fotografie in Österreich manches verändert. Nicht viel am (kreativen) Angebot, aber einiges an der Situation. Die österreichische Fotoszene (mitsamt ihren Bewirkern) hat rundum an Beträchtlichkeit gewonnen. Eine Großbank sammelt (zu Anlagezwecken?) sanktionierte Fotokunst der Vergangenheit und Gegenwart (darunter indessen so gut wie nichts Österreichisches), finanziert Vorträge, Ausstellungen und

Symposien. Jahr für Jahr (seit 1979) veranstaltet die (seit 1975 bestehende) Foto-Sektion des Forum Stadtpark in Graz Begegnungen von Experten aus aller Welt und bringt (seit 1980) die von Manfred Willmann redaktionell betreute, bislang einzige österreichische Fotozeitschrift »Camera Austria« heraus. Spezielle Fotogalerien gibt (und gab) es in Wien, Klagenfurt, Graz und Salzburg. Neuerdings wurde innerhalb der neuen Salzburger Landessammlungen Rupertinum eine Fotogalerie eingerichtet. Sie ist der österreichischen Gegenwartsfotografie gewidmet, die dort ausschließlich gesammelt und verfügbar gemacht werden soll.

Die von Peter Weiermair arrangierte Wanderausstellung »Fotografie als Kunst 1879 bis 1979, Kunst als Fotografie 1949 bis 1979« fand (ebenso wie das zweibändige Katalogbuch) weithin Beachtung. Unverdrossen veröffentlicht die Wiener Zeitschrift für Literatur und Kunst »protokolle« zusammenhängende Foto-Arbeiten (vornehmlich österreichischer Fotografen). Gewiß noch längst kein Spekulationsobjekt, rangiert Fotografie im Programmangebot von Museen und Galerien. 1981 verlieh das Bundesministerium für Unterricht und Kunst zum ersten Mal einen österreichischen Staatspreis für Fotokunst. Aus mehr als zweihundert Einreichungen wurde dabei Heinz Cibulkas (autobiographisches) Mappenwerk »Hochzeit« gekürt.

Von den österreichischen Fotografen, deren Arbeit 1976 erwähnt und beschrieben worden war, haben ein paar resignierend zu anderen Tätigkeiten gewechselt. Die meisten jedoch fotografieren nach wie vor und auf ihre je nachdem bewährte Art und Weise. Auffallend ist dabei der Hang zum Dokumentarischen, zur gesellschaft-beschreibenden und zivilisationskritischen Bestandsaufnahme. So zum Beispiel, wenn Nikolaus Walter seine Folge »Gute Nacht« als ein Sammelsurium von Schlafzimmeransichten anlegt und jenen »Bettenkult« zum Anlaß nimmt, der, im Vorarlbergischen besonders entwickelt, Charakter und sozialen Stand der (nicht mitfotografierten) Bettbesitzer erläutert. Oder, wenn Branko Lenart die Erscheinungsweise von Fassaden, Hausgartenanlagen und Zimmeradjustierungen als Außenwelt einer Innenwelt und als eine Art von »Bürgerlichem Realismus« verstehen läßt.

Unter denen, die »nachgekommen« sind, ist Heinz Cibulka (nicht nur durch die Zuerkennung des ersten Staatspreises) der Interessanteste. Gemäß seinem ursprünglichen Herkommen aus dem Wiener Aktionismus, geht es in seiner Fotografie vor allem darum, Wahrnehmung zu sensibilisieren. Das geschieht, indem er jeweils vier farbige Einzelaufnahmen zu einem Gesamtbild vereinigt und diesem einen Platz innerhalb einer Gesamtfolge zuweist.

Nicht nur für Cibulka gilt es, vom merkwürdigen, kuriosen, interessanten oder sonstwie »gelungenen« Einzelbild loszukommen, vom fotografischen »Wurf«. Vielmehr sind Zusammenhänge zu vermitteln, mit einer Vielzahl von Beweisstücken zu argumentieren (und also Entwicklungen weiterzuführen und auszubreiten, wie sie bereits vor fünf Jahren zu beobachten waren). Daß Fotografie (nach Maßgabe ihrer besonderen Möglichkeiten) etwas ganz und gar Künstlerisches ist, steht dabei außer Frage.

ERNST SCHMIDT JR.

Kommerz und Avantgarde

Zur Situation des österreichischen Films

Rückschau

In seiner Komplexität ist Film mehr als andere Künste an gesellschaftliche Entwicklungen gebunden. Innovation oder Regression auf diesem Gebiet haben oft weit zurückliegende Ursachen. Aus diesem Grunde und da es über die Geschichte des österreichischen Films seit 1945 kaum Veröffentlichungen gibt, erscheint ein kurzer Rückblick zweckdienlich.

Spricht man vom »österreichischen Film«, ist vor allem die Epoche der sogenannten »Blütezeit des Wiener Films« gemeint. Zwar brachte Österreich zur Zeit des frühen Tonfilms keinen Carné oder John Ford, René Clair oder Frank Capra hervor, aber eine Schar von Unterhaltungsregisseuren, allen voran Willi Forst, gefolgt von Geza von Bolvary und E. W. Emo, gestützt auf eine Schauspieler- und Komikergarde wie Paula Wessely, Hans Moser und Paul Hörbiger und eine Reihe hervorragender Chargen, schuf eine Reihe passabler bis ausgezeichneter Unterhaltungsfilme. Die Handlungen waren zwar anachronistisch, man schwärmte von der »guten alten Zeit«, in den Jahren des Austro- und Hitlerfaschismus (1934–1945) war das gerade wünschenswert. Freilich, die besten aus Österreich stammenden Regisseure – Erich von Stroheim, Josef von Sternberg, Fritz Lang und G. W. Pabst – hatten bereits zur Zeit des Stummfilms Österreich verlassen und drehten ihre Meisterwerke in Berlin und Hollywood.

Der Nachkriegsfilm

Eine zweite Welle von Emigranten (Otto Preminger, Fred Zinnemann, Billy Wilder) machte ebenfalls in Hollywood Karriere. In Österreich blieb 1945, beim Zusammenbruch des Dritten Reiches und in der Zeit des Wiederaufbaus sozusagen alles beim alten. Eine Erneuerung, wie in Frankreich oder Italien, fand nicht statt. Die alte Garde des Unterhaltungsfilms war wieder tonangebend, freilich auf minderem Niveau. Der 1944/45 gedrehte und 1949 vollendete aufwendige Operettenfilm »Wiener Mädeln« von Willi Forst mit einer furiosen Schlußsequenz, in dem das österreichische Ziehrer-Orchester eine amerikanische Schauband besiegt, war der letzte der großen österreichischen Operettenfilme. 1948 war mit 25 Spielfilmen wieder die volle Produktionsquantität erreicht, aber die Mittel, die den in den Nachkriegsjahren dominierenden Produktionsfirmen »Paula Wessely-Filmgesellschaft«, »Wiener Mundus-Film« von Alfred Stöger und »Donau-Film« von Eduard Hoesch zur Verfügung standen, konnten sich in keiner Weise mit den großzügigen Produktionsbedingungen der »Wien-Film« in der NS-Zeit messen. Große Teile des Vorkriegsmarktes waren verlorengegangen, und die Firmen waren auf westdeutsche Verleihgarantien angewiesen. 1948 entstanden lediglich zwei ambitionierte Filme: »Der Prozeß« (von dem nach Österreich zurückgekehrten G. W. Pabst) über Antisemitismus im Ungarn der Kaiserzeit, und die Wiener Generations- und Familienchronik »Der Engel mit der Posaune« (von Karl Hartl, der in der NS-Zeit Leiter der »Wien-Film« war). Es waren »Rehabilitationsfilme«, in der eine Reihe von Darstellern und Mitgliedern des Stabs sich von ihrer Vergangenheit und dem NS-Nahverhältnis distanzierte. Der finanzielle und künstlerische Mißerfolg von »Geheimnisvolle Tiefe« (1948), den Pabst mit der gemeindeeigenen Wiener Filmfirma »Kiba« produzierte, war das Ende eines anspruchsvollen österreichischen Nachkriegsfilms. Es war zugleich eines der vielen fehlgeschlagenen Engagements der Gemeinde Wien in Sachen Film, zu dem sie bis heute ein sehr unglückliches Verhältnis hat.

Ansonsten drehte man nach Rezepten der Zwischenkriegszeit. »Hofrat Geiger« (1947, Regie Hans Wolff), »Der Herr Kanzleirat« (1948, Hubert Marischka), »Erzherzog Johanns große Liebe« (1950, Hans Schott-Schöbinger), »Der Förster vom Silberwald« (1954, Alfons Stummer), die »Sissi«-Filme (ab 1955, Ernst Marischka) und eine Reihe anderer banaler Wiener- und Heimatfilme waren trügerische Kommerzerfolge, die den österreichischen Film ins künstlerische Abseits führten.

Die wenigen interessanten zeitgenössischen Spielfilme drehten Ausländer und gaben heimischen Filmschaffenden keine Impulse. Der berühmteste aller »Trümmerfilme« wurde »The Third Man« (1950), eine englische Produktion von Carol Reed mit Joseph Cotten, Alida Valli und Orson Welles in den Hauptrollen. Der österreichische Beitrag beschränkte sich auf Produktionsvorbereitungen (Karl Hartl), Nebenrollen (Ernst Deutsch, Siegfried Breuer, Paul Hörbiger) und die Musik von Anton Karas. Filme, die unter sowjet-kommunistischer Patronanz in der Ostzone mit ausländischen Regisseuren gedreht wurden, fielen einem stillen Boykott durch Kulturschaffende und Publikum zum Opfer, so der »Bel Ami«-Film (1954) des Franzosen Louis Daquin oder die Brecht-Verfilmung »Herr Puntila und sein Knecht Matti« (1955, Regie Alberto Cavalcanti), die in Österreich nie verliehen wurde. Das einzige erfolgreiche österreichische Paradestück, der vom »Kurier«-Besitzer Dr. Ludwig Polsterer produzierte Antikriegsfilm »Die letzte Brücke« (1954), hatte den Deutschen Helmut Käutner zum Regisseur, der seither nie mehr in Österreich inszenierte.

Nach dem Abzug der Besatzungsmächte kam es noch schlimmer. 1956 gab es einen quantitativen Scheinerfolg mit 37 produzierten Spielfilmen, aber die Qualität wurde immer miserabler, und eine Reihe von Regisseuren, die noch immer auf bessere Zeiten gehofft hatten (wie Willi Forst, G. W. Pabst und E. W. Emo), ziehen sich für immer vom Filmgeschäft zurück. Nach der Einführung des Fernsehens (1957) verliert die Filmindustrie rasch ihr altes Stammpublikum. 1963 gibt es bereits 500.000 TV-Teilnehmer, der Kinobesuch ist von 122 Millionen (1958) auf 84 Millionen gesunken. Und er sinkt Jahr um Jahr auf 57 Millionen (1967), um sich schließlich erst Ende der siebziger Jahre auf unter 18 Millionen (1979) einzupendeln. Die Produktion der Spielfilme fällt rapid und beträgt 1967 nur mehr 12 Filme (einschließlich Coproduktionen). In den siebziger Jahren hat sich die Industrie, die nur mehr mit miserablen Trivialfilmen spekuliert, statt sich dem international gehobenen Niveau und den neuen jugendlichen Publikumsschichten anzupassen, praktisch selbst liquidiert und ist in die Produktion von TV-Auftragsarbeiten geflüchtet. Lediglich Franz Antel, zuerst auf »Wiener«- und »Heimat«-Filme spezialisiert, weiß sich mit alpenländischen Sexfilmchen und anderen Spekulationswerken zu halten, beziehungsweise mit einem eigenen dürftigen »Casanova«-Film (1977), den er noch rasch vor dem publicitybringenden Fellini-Film startet.

Die triste Situation wird durch fehlgeschlagene Spekulationen städtischer und staatlicher Manager verschärft. Experten der Gemeinde-Wien-eigenen »Stadthallen-Filmproduktion« treten mit zahlreichen Filmen wie »Unsere tollen Tanten in der Südsee« (1963, Regie Rolf Olsen), »Im singenden Rößl am Königssee« (1963, Franz Antel) und »Schüsse im Dreivierteltakt« (1965, Alfred Weidenmann) ins Produktions- und Verleihgeschäft ein. Man setzt auf »bewährte Routiniers« des Unterhaltungsfilms – ambitionierte Projekte und der Nachwuchs haben keine Chance. Das Unternehmen führt zu einer Gesamtverschuldung von 120 Millionen Schilling, die aus dem Gemeindesäckel gedeckt wird. Die Stadthallen-Produktion wird 1967 liquidiert. Der österreichische Spielfilm ist auf Jahre diskreditiert.

Kaum hatte sich der Schleier der Vergessenheit etwas über die Affäre gesenkt, gibt es den zweiten großen Filmskandal, diesmal bei der im Staatsbesitz befindlichen »Wien-Film«. Filmboß Heinz Lazek bekommt von Finanzminister Androsch die Erlaubnis, diesmal nicht mit heimischen Trivialproduktionen, sondern mit internationalen Kostümschinken zu spekulieren. Heimische Filmschaffende haben mit den kostspieligen Produkten nur mehr am Rande zu tun; man dreht in englischer Sprache mit amerikanischen und englischen Regisseuren, Drehbuchautoren, Kameraleuten, Komponisten und schon etwas aus der Mode gekommenen internationalen Stars. Die glücklosen Großproduktionen »Little Night Music« (1977, Regie Harold Prince, mit Elizabeth Taylor) und »Behind the Iron Mask« (1977, Regie Ken Annakin, mit Rex Harrison, Ursula Andress) werden totale Flops. Sie kommen nie in den österreichischen Verleiheinsatz. Durch internationale Verleihgarantien nicht abgesichert, bringen sie angeblich einen Verlust von 200 Millionen Schilling. Die staatliche »Wien-Film«, total pleite, muß ihre Produktionstätigkeit einstellen.

Experimente mit der narrativen Form

Es ist kein Wunder, daß junge Filmmacher, die am Film vor allem als künstlerisches Medium interessiert waren, in der »Branche« keine Chance sahen und seit den frühen fünfziger Jahren eigene Wege der Selbstverwirklichung suchten. Es kommt in Österreich frühzeitig – ähnlich wie in den USA mit ihrer »Undergroundfilm«-Bewegung – zu einer subkulturellen Filmszene, die heute international anerkannt ist. Deutschlands führender Filmhistoriker Ulrich Gregor hält den Avantgarde- und Experimentalfilm für den »wahrscheinlich wichtigsten filmischen Beitrag Österreichs«.

Typisch für diese – kommerziell gesehen – Außenseiterproduktionen ist, daß sie im allgemeinen Kontext der Entwicklung und Innovation der Kunst stehen. Ihre Schöpfer sind komplette Autoren, oft auch verantwortlich für Produktion, Konzept, Kamera und Schnitt. Es gibt Querverbindungen und Zusammenarbeit mit avantgardistischen Schriftstellern, bildenden Künstlern, Musikern, Aktionisten. Oft sind die Filmkünstler selbst bildnerisch oder multimedial tätig.

Man kann in der österreichischen Avantgardefilmbewegung mehrere Entwicklungsphasen unterscheiden, die zu einer immer konsequenteren Abkehr vom Film in der Art des kommerziellen Spielfilms führten. In der ersten Phase wird der Handlungsfilm noch nicht ganz eliminiert, sondern zum Ausgangspunkt filmischer Experimente. In der ersten Nachkriegszeit wurden Expressionismus und Surrealismus, Existentialismus und Pessimismus und alle unter dem Hitler-Regime unterdrückten Kunstrichtungen von den jungen Intellektuellen entdeckt und diskutiert, was nicht ohne Auswirkung auf die experimentellen Filme blieb. »Der Rabe« (1951) von Curt Stenvert, Kamera Wolfgang Kudrnofsky, Musik Paul Kont, basierend auf einem Gedicht von E. A. Poe, ist voll surrealistischer Einschübe. Herbert Vesely drehte nach einer Erzählung von Franz Kafka »Und die Kinder spielen so gern Soldaten« (1951). »An diesen Abenden« (1952), nach dem Gedicht »Die junge Magd« von Georg Trakl, ebenfalls von Vesely, ist stark stilisiert, es gibt einen gesungenen Kommentar (Musik: Gerhard Rühm), Zeitverschiebungen, Handlungswiederholungen. Höhepunkt der »narrativen Phase« des österreichischen Avantgardefilms wird der Langfilm »Nicht mehr fliehen« (1955), der von Vesely zwar für eine deutsche Produktionsfirma inszeniert wird, deren wesentliche Mitarbeiter (neben Vesely der Co-Autor Hubert Aratym und der Komponist Gerhard Rühm) aber der Wiener Kunstszene der ersten Nachkriegsjahre entstammen. Es ist ein an Camus orientiertes absurdes Werk voll Ausweglosigkeit und Pessimismus. In seiner kühnen Montagetechnik und äußerst formalistischen Bildgestaltung nimmt es bereits

Techniken der französischen »nouvelle vague« vorweg, besonders von Alain Resnais (»L'Année derniere à Marienbad«). Spätere, immer kommerzieller werdende Filme dieses Regisseurs (»Egon Schiele – Exzeß«, 1980) lassen die Kühnheit seines ersten Langfilmes kaum erahnen.

Die Mitarbeit von Gerhard Rühm signalisiert bereits das große Interesse, welches die Dichter der sogenannten »Wiener Gruppe« (Rühm, Achleitner, Artmann, Bayer, Wiener) dem experimentellen Film entgegenbrachten. Besonders Konrad Bayers Zusammenarbeit mit den Filmmachern Peter Kubelka und Ferry Radax erwies sich als äußerst fruchtbar. In »Mosaik im Vertrauen« (1954/55), dem Erstlingswerk von Peter Kubelka (Kamera: Ferry Radax, Darsteller: Konrad Bayer), werden Handlungs- und dokumentarische Elemente durch Formalismen und Schnitt »mosaikartig« strukturiert, »die populär-existentialistische Thematik wird im Material vollzogen« (Peter Weibel). Auch »Sonne halt!« (1959–1962) und »Am Rand« (1961/62) von Ferry Radax – an beiden ist Konrad Bayer als Textautor und Darsteller beteiligt – besitzen den gleichen Aufbau: scheinbar unzusammenhängende Szenen ergeben ein Netz von Bezügen, in denen Themen wie Katastrophenstimmung, Weltflucht und Undurchschaubarkeit der Welt behandelt werden. Die Monologe Bayers im Wiener Dialekt und sein improvisiertes Spiel geben »Sonne halt!« Authentizität, die Verwendung experimenteller filmischer Techniken (Positiv- und Negativbilder, Zeitraffer, Kurzschnitt) entspricht der Montagetechnik seines schriftstellerischen Werkes. Mit dem Tode Konrad Bayers (1964) ist diese Entwicklungslinie praktisch beendet.

Strukturalistischer Film

In der Zwischenzeit hatten österreichische Filmmacher die filmische Form so konsequent weiterentwickelt, daß dies wesentliche Auswirkungen auf den internationalen Avantgardefilm haben sollte. Peter Kubelka drehte mit »Adebar« (1956/57), ursprünglich ein Auftragsfilm von der Bar gleichen Namens, die Treffpunkt der Wiener künstlerischen Avantgarde war, den ersten reinen Formalfilm. Er zeigt in Negativ und Positiv tanzende Paare, die in Kurzschnitt nach einer strengen Reihentechnik montiert sind. Kubelka führte damit Techniken in den Film ein, mit denen Schönberg und Berg die moderne Musik revolutioniert hatten. Mit seinen weiteren Kurzfilmen »Schwechater« (1957/58) und »Arnulf Rainer« (1958–1960), der nur mehr aus schwarzen und weißen Kadern besteht, wird Kubelka zum Vorreiter der »strukturalistischen Schule«. In Österreich wird Kubelka – wie alle Filmmacher – lange ignoriert. Erst langjährige USA-Aufenthalte machen sein Werk berühmt. 1981 erhält er verspätet den »Österreichischen Staatspreis für Filmkunst«.

Kurt Kren, der in den fünfziger Jahren einige 8-mm-Filme mit Konrad Bayer drehte, experimentiert in »Versuch mit synthetischem Ton« (1957) mit »künstlichem« gezeichnetem Ton und schafft mit »48 Köpfe aus dem Szondi-Test« und »Bäume im Herbst« (beide 1960) seine ersten Meisterwerke, die ebenfalls nach strengen Kaderplänen im Kurzschnitt montiert sind. Marc Adrian verwendet in »Black Movie« (erste Fassung 1957) erstmals nur mehr monochrome Farben und experimentiert ab 1958 mit Schriftfilmen, bei denen geschriebene Texte beziehungsweise Buchstaben das Ausgangsmaterial bilden. Sein abstrakter »Random« (1963) ist wahrscheinlich der erste europäische Computerfilm.

Diese Filme bilden Grundlagen; in den folgenden Jahren werden immer neue Varianten und Möglichkeiten »strukturalistischer Filme« entdeckt. Es sind Metafilme, die ihre wesentlichen Impulse aus dem Material Film selbst entnehmen, Lehrfilme über das Material Film selbst. Kurt Kren hat seine Technik subtiler Bildmontage in verblüffenden semi-abstrakten Filmen vielfach variiert. In »Schatzi« (1968) etwa arbeitete er lediglich mit einem Foto, das in Positiv und Negativ bei jeder Aufnahme leicht verschoben fotografiert wurde, so daß man den Bildinhalt nur erahnen kann. Nur einmal, für den Bruchteil einer Sekunde, wird das Bild (ein Offizier vor Leichen) schockartig gezeigt. In »Asyl« (1975) und »Keine Donau« (1976) werden durch Masken, Vielfachkopierungen und Zeitverschiebungen die kinetischen Elemente scheinbar starrer Landschaften sichtbar.

In vielen dieser »konkreten Filme« ist das Thema der »Zeit« formaler Ausgangspunkt, nicht nur in den Kurzschnittfilmen, sondern auch in formal gegensätzlichen Filmen mit langen Einstellungen. In »Wien 17 Schumanngasse« (1967) filmte Hans Scheugl diese Gasse in nur einer einzigen Einstellung; Aufnahme- und Kinozeit waren identisch. In »Hernals« (1967), ebenfalls von Scheugl, wurde jede Einstellung zweifach von zwei verschiedenen Standpunkten aus gefilmt und hintereinander montiert, dadurch »gewinnt die abgefilmte Realität wieder ihre dreidimensionale Wertigkeit« (Michael Prager). Zum Thema der Zeit kommt hier das Problem der Wahrnehmung, das Grundthema vieler struktureller filmischer Studien. Ich selbst drehte »Doppelprojektion« (1969) mit zwei 16-mm-Kameras, wobei die gleichen Bewegungsszenen durch Zeitverschiebungen variiert wurden, wodurch es bei der »Wiederaufführung« in Form der 2fach-Projektion zum gegenseitigen »Überholen« derselben Szenen kommt. Gottfried Schlemmer schließlich führte das »Problem Zeit« konsequent zu Ende, indem er in »8 Uhr 1 bis 8 Uhr 11« (1968) eine Uhr 11 Minuten lang in einer einzigen Einstellung zeigte.

Undergroundfilm und Happeningbewegung

Während Peter Kubelka und Ferry Radax ihre Filme noch mit Hilfe von Mäzenen finanzierten, drehte Kurt Kren billig in 16 mm (stumm) unter Amateurbedingungen. Er drehte im »Underground«, wie viele andere nach ihm, und als die amerikanische

»Undergroundfilm«-Bewegung in Form des »New American Cinema« Ende der sechziger Jahre nach Europa exportiert wird, hatte sich in Wien längst eine radikale Filmmacherbewegung gebildet. Zentrum war die »Austria Filmmaker's Cooperative«, die 1968 von Hans Scheugl, Kurt Kren, Gottfried Schlemmer, Peter Weibel, Valie Export und mir gegründet wurde und der sich bald zahlreiche Filmmacher und einige Aktionisten anschlossen, die schon vorher losen Kontakt zueinander hatten. Die Entwicklung führte weg vom reinen Formalfilm zu wesentlich destruktiveren Formen, vor allem durch die Zusammenarbeit mit den »Wiener Aktionisten« Günter Brus, Otto Muehl und Rudolf Schwarzkogler. 1964 drehte Kurt Kren mit »Papa und Mama«, »Leda und der Schwan« und »Ana Aktion Brus« die ersten Filme über Materialaktionen von Muehl und Brus. Die formale Provokation (Reihentechnik, Kurzschnitt) ist kombiniert mit inhaltlicher Destruktion (u. a. des menschlichen Körpers). Die radikale Abkehr von akademischen Kunstformen (Tafelbild, Objektkunst) führte die bildenden Künstler zur direkten Darstellung provokanter Grenzsituationen. »Ich nagle die große Zehe auf den Zeigefinger. Auf einem weißen Teller liegen Scham-, Achsel- und Kopfhaare. Ich ritze die Hauptschlagader mit einer Rasierklinge (Smart) der Länge nach auf. Ich schlage einen Druckstift ins Ohr. Ich spalte meinen Kopf der Länge nach in zwei Hälften ... Ich lasse alles fotografieren und besichtigen« (Günter Brus, 1965). Während die Filmmacher das gefilmte Material oft zum Ausgangspunkt komplizierter Montagen verwendeten (ich selbst montierte etwa in »Bodybuilding«, 1965, zwei Materialaktionen zu einer eigenständigen Collage aus Positiv- und Negativbildern mit einer kontrapunktischen Geräuschcollage), waren die Happeningkünstler mehr am dokumentarischen Aspekt ihrer Arbeit interessiert. Es ergaben sich also bald zwei Arten von »Happening«-Filmen: die »filmischen« (Kren, Schmidt Jr., Weibel), bei denen die Montage wichtig war, und die mehr »dokumentarischen«, bei welchen meist die Aktionisten selbst (Muehl, Brus, Schwarzkogler, Otmar Bauer) z. T. direkt für die Kamera oft in langen Einstellungen »inszeniert« wurden. Der Einsatz des Films in der Wiener Happeningbewegung war insoferne von großer Bedeutung, als er bald wesentliche Auswirkungen auf die Aktionen hatte. Viele Happenings, besonders die von Muehl, wurden nur mehr für die Filmkamera unter Ausschluß der Öffentlichkeit »inszeniert«. Andererseits wurden Filmmacher aktionistisch tätig und Mitglieder des »vienna institute for direct art« (Weibel, Kren, Valie Export). 1968, im Jahr der großen Jugendrevolten, kam es zum großen Skandal nach der Aktion »Kunst & Revolution« an der Wiener Universität (von der ich infolge Materialmangels nur eine sehr kurze filmische Dokumentation machen konnte). Eine wochenlange Kampagne der Medien gegen die Aktionisten setzte ein, Brus, Muehl, Wiener und Weibel wurden als »Uni-Ferkel« verhaftet; Brus zu 6 Monaten Arrest samt Fasttagen und hartem Lager verurteilt, Muehl zu 1 Monat. Brus und Oswald Wiener emigrierten nach Berlin. Muehl drehte seine weiteren Filme, die immer sexueller wurden (»Sodoma«, 1969, »Der geile Wotan«, 1970, beides Langfilm-Kompilationen), vor allem in Deutschland, gibt schließlich die

Materialaktionen auf, um sich voll seiner »AA«-Therapiekommune (freie Sexualität, gemeinsame Arbeit, kollektives Eigentum) zu widmen. Die berühmte letzte Aktion von Günter Brus, »Zerreißprobe« (1970, auch gefilmt), findet in München statt. Als filmische Zeugen des »Wiener Aktionismus« blieben ca. 100 Filme, die in Österreich nicht gesammelt wurden und die wohl teilweise verlorengehen werden.

Expanded Cinema

Eine völlig neue Form des Aktionismus, die mit den »Materialaktionen« und der »Body Art« des Wiener Aktionismus nichts zu tun hat, entstand aus multimedialen Veranstaltungen, bei denen Film zum Teil in verfremdeter Form gezeigt wird. Bereits 1957 präsentierte Peter Kubelka eine »Film-Ausstellung« während der Hochschulwochen in Alpbach, indem er den kompletten Film »Adebar« zum Abtasten bzw. Ablesen an Holzpflöcke schlägt. In den späten sechziger Jahren wandten sich dann viele Filmmacher dem »Expanded Cinema« zu, bei dem die Problematiken des »strukturalistischen Films« durch Sprengung konventioneller Fesseln reflektiert werden. Hans Scheugl ließ 1968 bei der Hamburger Filmschau unter dem Titel »ZZZ hamburg special« einen Zwirnsfaden statt eines Films durch den Projektor laufen. »Der Vorführer wird zum schöpferischen Mitarbeiter, er darf den Film bewegen, stoppen oder boykottieren« (Michael Prager). Mein Film »Ja/nein« (1968) besteht aus einem gefilmten Kinovorhang; bei der Vorführung soll der »reale« Kinovorhang im selben Tempo wie der gefilmte bewegt werden, was natürlich nie ganz gelingt. Kurt Krens »Klemmer und Klemmer verlassen die Welt« (1971) wurde beim Begräbnis seines Freundes Robert Klemmer gedreht, aus der Kamera unentwickelt herausgenommen und in das Grab geschmissen.

Am konsequentesten haben auf dem Gebiet des »erweiterten Kinos« Peter Weibel und Valie Export gearbeitet. Seit 1968 entwarfen sie, oft im Kollektiv, zahlreiche »Multimedia-Aktionen« und teilweise undurchführbare »Expanded Movies«. In »Prosylet« (1969), einem Projekt von Valie Export, soll durch Retinastrahlen der Teil der Netzhaut zerstört werden, der das Farbsehen vermittelt. Der Akteur sieht dann nur mehr schwarzweiß. Oder »Tag ohne Ende« (1969) von Peter Weibel: durch Chemikalien soll die Atmosphäre erhellt und ein »Totalfilm« erreicht werden – die Nacht wird zum Tag, die Atmosphäre zum »Lichtspielhaus«. Zu den bekanntesten realisierten Filmaktionen gehören »Exit« von Peter Weibel und »Tapp- und Tastkino« von Valie Export, die 1968 beim »1. Treffen unabhängiger Filmmacher« in München Aufsehen erregten. In »Exit« wurden Raketen und Knallkörper von der Leinwand ins Publikum gejagt, während ein Text über die Aggression des Staates dem einzelnen gegenüber verlesen wurde. Das Publikum verließ panikartig den Saal. Im »Tapp- und Tastkino« wurde ein Kasten, vor die nackte Brust der Filmmacherin gespannt, zum »Minikino«.

Jeder Besucher kann 15 Sekunden lang das Kino »besuchen«, indem er durch einen Vorhang mit der bloßen Hand nach der Filmmacherin greift.

Ende der sechziger Jahre gab es zahlreiche Vorführungen unter dem Etikett »Undergroundfilme« im Ausland. Große Treffen unabhängiger Filmmacher fanden in München, London und Hamburg statt. Weitere Filmmacher, die in Österreich anfingen, unabhängige Filme zu machen, waren u. a. Moucle Blackout, Hermann J. Hendrich, Franz J. Fallenberg, Karl Kases, Franz Novotny, die Gruppe Rosa-Grün-Blau mit Kollektivarbeiten, Gottfried Bechtold in Bregenz sowie die Grazer Gruppe im »Forum Stadtpark« mit Bogdan Grbic, Diether Veit und Karl Neubacher. Probleme des Vertriebs führten jedoch rasch zum Zerfall der »Undergroundfilm«-Bewegung. Etablierte Organisationen wie Galerien und Filmmuseen boykottierten die Filmmacher, ebenso die staatlichen Subventionsgeber. Die Vorführungen mußten meist mühselig privat in Kinos organisiert werden. Die anfangs zahlreichen Veranstaltungen mit ausländischen Filmen und die Expeditionen ins Ausland brachen nach dem Nachlassen des Publikumsinteresses am »Underground« zusammen. Einige Filmmacher hörten resigniert auf (Fallenberg), andere emigrierten ins Ausland (Kren) oder wichen auf die neu aufkommende Videokunst aus (Weibel, Export). Nachdem einige Filmmacher bereits in den sechziger Jahren filmjournalistisch und filmhistorisch tätig waren, vor allem bei der Zeitschrift »Film« in Velber bei Hannover (sie wurde dann infolge der politischen Ereignisse vom Verleger liquidiert, weil linke Redakteure die Zeitschrift zu dominieren versuchten), brachten sie ihre Erfahrungen und Theorien in mehrere Bücher ein. Peter Weibel stellte zusammen mit Valie Export das Bildbuch »Wien – Bildkompendium Wiener Aktionismus und Film« (1970) zusammen, das wichtigste Quellenwerk zur österreichischen Happeningbewegung, welches in Österreich sofort gerichtlich verboten wurde. Gottfried Schlemmer ist Herausgeber von »Avantgardistischer Film 1951–1971: Theorie« (1973). Hans Scheugl und ich schufen für die edition suhrkamp das zweibändige Werk »Eine Subgeschichte des Films« (1974), das bis heute umfangreichste Buch zum Thema Avantgardefilm. Als es erschien, war die »Undergroundfilm«-Bewegung, auf die viele Filmmacher ihre Hoffnung gesetzt hatten, aus organisatorischen und politischen Gründen ebenso wie die Revolte der Jugend gescheitert.

Der neue österreichische Spielfilm

Was die Situation der Filmmacher in Österreich besonders erschwerte, war das Fehlen jeglicher planmäßigen Unterstützung durch den Bund oder die Länder bei der Realisierung von Projekten und beim Vertrieb. Während in anderen europäischen Ländern mit einer funktionierenden Filmkultur angesichts der ständig sinkenden Zuschauerzahlen die Notwendigkeit von Subventionen bald akzeptiert wurde, weil es sonst einen künstlerischen nationalen Spielfilm nicht mehr geben würde, fiel Österreich unter den

Standard von Entwicklungsländern zurück. Ein geplantes Filmförderungsgesetz wurde immer wieder hinausgeschoben, weil sich die Branchen-Lobby angesichts ihres angeschlagenen Rufes in der Öffentlichkeit und bei Politikern nie durchsetzen konnte und die unabhängigen Filmmacher sowieso ignoriert wurden. Und wenn einmal ein Filmmacher mit besonderen Beziehungen über Umwegen staatlichen oder städtischen Stellen Geld entlockte, wie Dietmar Schönherr für seinen absonderlichen »Kain«-Film, war das Resultat meist so enttäuschend, daß dies auch nicht gerade ermunternd auf öffentliche Mandatare wirkte.

Erst als das Bundesministerium für Unterricht und Kunst ab 1974 begann, mit Hilfe eines Beirats (Jury) regelmäßig Gelder für Filmvorhaben zu vergeben, wenngleich nach internationalen Maßstäben gemessen in kärglichem Ausmaß, verbesserte sich die Situation langsam. Neben Regisseuren aus der »Branche« (die in der Regel beim Fernsehen arbeiteten) bekamen auch unabhängige Filmmacher Gelder für größere Filmprojekte. Zwar entstanden auch einige eher klägliche und chaotische Filme, aber mit ambitionierten, wenngleich nicht immer ganz gelungenen und vom Publikum meist ignorierten sozialkritischen, psychologischen und dokumentarischen Filmen entstand in den letzten Jahren eine neue – quantitativ noch eher bescheidene – »Wiener Filmszene«.

Erstmals wurde wieder das Ausland auf den österreichischen Film aufmerksam. Beim »Internationalen Forum des jungen Films« im Rahmen der »Berlinale«, welches wegen seiner strengen Auswahlkriterien und daher qualitativ hochwertigen Programms geschätzt wird, konnten 1977 erstmals zwei österreichische Langfilme gezeigt werden: Valie Exports erster Spielfilm »Unsichtbare Gegner« und mein experimenteller »Wienfilm 1896–1976«. Peter Patzak gar bekam bei der nächstjährigen Berlinale für seinen »Kassbach« einen etwas mysteriösen »UNICEF«-Preis (von dem man vorher nie etwas gehört hatte) für die »mutige Darstellung eines Problems unserer Zeit«. Seit einigen Jahren gibt es auch ein nationales Filmfestival, die »Österreichischen Filmtage« in Kapfenberg, welches allmählich an Profil gewinnt und einen Überblick über die Jahresproduktion des österreichischen Films gibt.

Das große Manko des Unterhaltungsfilms der Nachkriegsjahre, die fehlende Auseinandersetzung mit Problemen der Gegenwart kann man den neuen österreichischen Spielfilmen nicht vorwerfen, sie wirken im Gegenteil verbissen realistisch und problembeladen. Es sind etwas unroutinierte, nicht perfekt gespielte, ehrlich gemeinte Filme, zuweilen krass naturalistisch, wie Axel Cortis »Totstellen« (1975, Buch: Michael Scharang), das tragische Porträt eines burgenländischen Proletariers, der am modernen Ausbeutersystem zerbricht. Der Film fand ebensowenig sein Publikum wie Wilhelm Pellerts »Jesus von Ottakring« (1975), in dem der ehemalige Heimatfilmbeau Rudolf Prack endlich eine ernsthafte Rolle spielen konnte, einen böswilligen Spießer, der den modernen Außenseiter – Jesus, den man nie zu Gesicht bekommt – zur Strecke bringt. Waren in den Filmen der dreißiger und vierziger Jahre die kleinbürgerlichen Protagonisten liebenswerte, mit kleinen Schwächen und Mucken behaftete Menschen, die trotz

Raunzereien nie das Menschliche aus den Augen verloren (Hans Moser), mit denen sich die Zuschauer also identifizieren konnten, wird in den realistisch gemeinten neuen Filmen aus dem Durchschnittsbürger oft das Gegenteil: der dumme Alte, der zum gefährlichen Faschisten werden kann. Der Hausmeister (soweit er nicht ein Gastarbeiter ist) wird zum kleinen Hitler. In Peter Patzaks »Kassbach« (1978, Buch nach Helmut Zenker) manifestieren die Autoren ihren Kleinbürgerhaß, indem sie aus dem Durchschnittsbürger/Vater einen mit einer verqueren Sexualität behafteten Neofaschisten machen, der zu Aggressionen und gesellschaftlichem »Fehlverhalten« neigt und der schließlich zum Mörder wird und mit seinem Revolver den »engagierten« Fortschrittler/Sohn bedroht. In Franz Novotnys mit Sex & Crime angereichertem »Exit... nur keine Panik« (1980, Buch: Gustav Ernst) werden solche Generationsunterschiede gar nicht mehr gemacht, mit zynischem »Wiener Schmäh« werden Attacken nach allen Richtungen geritten. Freilich dürfte er damit nicht ganz unrichtig liegen, denn die Wiener lieben halt das Spektakuläre und Spekulative in Filmen wie »Unsichtbare Gegner« und »Exit« und haben bisher subtileren Filmen die Gefolgschaft verweigert. Während Patzak/Zenkers »Kassbach« ein Publikumserfolg wurde, hatte der feinere, freilich langweiligere »Schwitzkasten« (1978, Regie: John Cook, nach Zenkers Roman »Das Froschfest«), die Geschichte eines glücklosen Durchschnittstyps, der am Schluß ein kleinbürgerliches Eheglück sucht, keine Chance. Ebenso Cooks Erstlingsspielfilm »Langsamer Sommer« (1976), ein von Super-8 auf 35 mm aufgeblasener Spielfilm über junge, sich fadisierende Außenseitertypen in Wien mit stark autobiographischen Zügen. Oder Jörg A. Eggers »Ich will leben« (1976), der den Kampf einer Mutter um das Lebensrecht ihres körperbehinderten Kindes schildert.

Zur Gruppe der gesellschaftskritischen Filme kann man noch Franz Novotnys aufsehenerregende »Staatsoperette« (1977, Musik: Otto M. Zykan), die deftig-revuehafte Abrechnung mit dem Austrofaschismus, zählen, die freilich, obwohl als Kinofilm geplant, nie verliehen wurde, weil der Film mit Videomaterial gedreht wurde und die Mittel für die Umkopierung nicht bewilligt wurden.

Immerhin hatten die Schöpfer dieser ernsthaften, gesellschaftskritischen Filme erreicht, daß sich plötzlich – oh Wunder! – die alten Regisseure des Trivialfilms dem subventionierten »Problemfilm« zuwandten. Mit einigem Erfolg, denn der Antifaschismusfilm »Der Bockerer« (1981, Regie: Franz Antel) und die Gymnasiastentragödie »Der Schüler Gerber« (1981, Wolfgang Glück, nach dem Roman von Friedrich Torberg) wurden achtbare Werke, die auch für die Hersteller völlig unerwartete Publikumsresonanz hatten.

Zur Gruppe der realistisch-kritischen Filme gehören auch die Dokumentarfilme mit sozialen Anliegen. Nachdem in der Nachkriegszeit von öffentlicher Hand fast ausschließlich der sogenannte »Kulturfilm« subventioniert wurde, bahnte sich auch hier Mitte der siebziger Jahre ein Umdenken an. Auch hier gibt es Ansätze zu einer eigenen österreichischen Entwicklung. Nennenswert sind Filme mit sozialen Anliegen, vor allem Herbert Risz mit ethnographischen Werken wie »Die Pygmäen« (1972) und »Mukissi« (1975); sowie Götz Hagmüller und Dietmar Graf mit »Die denkwürdige Wallfahrt des Kaisers Kanga Mussa von Mali nach Mekka« (1977), die poetisierende, zuweilen etwas zerfahrene Semi-Dokumentation über eine alte afrikanische Kultur. Das Thema Wien und seine Bewohner – dominierend in nahezu allen österreichischen Spielfilmen – und der geschichtliche Hintergrund der Bundeshauptstadt ist Kernpunkt collagehafter Dokumentarfilme. Neben meinem »Wienfilm 1896–1976«, an dem Wiener Künstler wie H. C. Artmann, Gerhard Rühm, Peter Weibel, Valie Export, Ernst Jandl, Friederike Mayröcker mitarbeiteten, indem sie einzelne Teile gestalteten oder konzipierten, gibt es eine Reihe anderer Filme mit diesem Themenkreis, so »Sonderfahrt« (1975–1978) des Fotografen Peter Dressler und bildenden Künstlers Franz Zadrazil, und die Kompilation »Kaiserschnitt – eine Operette« (1978) von Alfred Kaiser. Mangels einer geeigneten Vertriebsorganisation sind diese Filme in der Öffentlichkeit leider kaum bekannt.

Filmmacher wie Wilhelm Pellert, Peter Patzak und John Cook sowie die Dokumentaristen behandeln vorwiegend soziale und dokumentarische Anliegen. Valie Export, Manfred Kaufmann und Robert Polak dagegen beschäftigen sich vor allem mit den psychologisch-privaten und zuweilen auch psychoanalytisch zu klärenden Problemen ihrer Protagonisten. Die Struktur ihrer Filme ist komplexer und präziser. »Unsichtbare Gegner« (1977, Regie: Valie Export unter Mitarbeit von Peter Weibel), der erste Spielfilm nach Herbert Veselys »Nicht mehr fliehen« von 1955, der von österreichischen Avantgardefilmern gedreht wurde und der daher nicht zufällig der formal avancierteste aller neuen heimischen Spielfilme ist, »berichtet von einem Mädchen, das dem Wahn verfällt, unsichtbare fremde Mächte wollten die Erde zerstören, wobei in ihrer Wahrnehmung die Umwelt mehr und mehr auseinanderbricht. Der Film dokumentiert – immer durch die Perspektive seiner Protagonistin, wobei offenbleibt, ob diese von einer Krankheit oder aus der Einwirkung der Umgebung herrührt – gesellschaftliche Zerstörung und Aggression. Valie Export arbeitete in diesem Film eine Reihe ihrer früheren Experimente ein (darunter solche mit dem Video-Medium), gab ihm darüber hinaus aber eine nuancenreiche und persönliche Erzählstruktur« (Ulrich Gregor). Weniger erfolgreich wurde ihr zweiter Spielfilm »Menschenfrauen« (1980), in dem sie Themen ihres Erstlings variiert. »Gefischte Gefühle« (1979) von Manfred Kaufmann hat mit »Unsichtbare Gegner« die kunstvolle Verbindung verschiedener Handlungselemente und die Einarbeitung von Videomaterial in den Film gemeinsam. Der Dreiecksgeschichte der Jungen steht die Geschichte eines alten Paares gegenüber, die die Protagonisten filmisch aufgenommen haben, autobiographische Elemente werden durch dokumentarische Aspekte ergänzt. In den Filmen von Valie Export und Manfred Kaufmann wird die teilweise Unsicherheit in der Schauspielerführung durch den Einsatz raffinierter und forcierter formaler Mittel ausgeglichen. Der Erstlingsfilm des Regisseurs Robert Polak und des Graphikers Tone Fink, die Satire »Johnny unser« (1980) über die

Entfremdung eines jungen Ehepaares, weil die Frau ihre Liebe immer mehr der Hauskatze zuwendet, hat den Vorzug einer klaren Schauspieler- und Handlungsführung und Treffsicherheit der Gags.

Vielversprechend sind auch die »privatisierenden« Kurzfilme einiger Nachwuchsregisseure. »Kommen und gehn« (1980), von Wolfram Paulus jr. für die Münchner Filmhochschule in Salzburg gedreht, ist ein sehr subtil inszeniertes Porträt einer Drogenabhängigen in einem sparsamen, an Bresson orientierten Stil. Und »Mama« (1980), an der Wiener Filmhochschule, die sonst nicht gerade durch Meisterleistungen glänzt, von Johannes Fabrick gedreht, ist ein gelungenes filmisches Dokument über die Mutter des Filmmachers, die einmal Filmschauspielerin werden wollte, wobei Klischees und Wirklichkeit geschickt gegenübergestellt werden.

Vielfalt der Stile

Was die Situation um 1980 angeht, so haben die Österreichischen Filmtage in Kapfenberg dazu eine erfreuliche Offenheit und Liberalisierung in der Vielfalt der Stile gezeigt. Neben sozialen Problemfilmen, Dokumentationen, Frauenfilmen und Kurzspielfilmen gibt es strukturalistische Experimente, Filme in den Formaten 35 mm, 16 mm, Super-8-mm oder Umkopierungen von Video, je nach Erfordernis und Zielgruppenvorstellung. Die experimentellen und strukturellen Filme entstehen unter den unterschiedlichsten Produktionsbedingungen. Der zeitweise in Österreich lebende polnische Kameramann Zbigniew Rybczynski erzielte mit »Mein Fenster« und »Schneideraum« (1979) in 35-mm-Technik und mit komplizierten Trickapparaturen verblüffende Bildeffekte, bei denen die Gesetze der Schwerkraft aufgehoben erscheinen. »Skiszenen mit Franz Klammer« (1980, zus. mit Bogdan Dziworski und Gerald Kargl) ist eine vergagte Pseudo-Dokumentation in der Tradition der polnischen Schule. Impulse kann man durch die Rückkehr zweier bildender Künstlerinnen aus den USA nach Österreich erwarten. Maria Lassnig, die durch eine Reihe hervorragender Trickfilme bekanntgeworden ist, die autodidaktisch nach eigenen Bildvorlagen und Zeichnungen entstanden sind (»Chairs«, 1971; »Selfportrait«, 1972; »Art Education«, 1976), ist als Professorin für Animationsfilm an die Hochschule für Angewandte Kunst in Wien berufen worden. Friederike Pezold stellte ihren in Deutschland begonnenen und im Stil extrem reduzierten »Körpersprache«-Film »Toilette« (1977–1979) in Österreich fertig. Eine Reihe von Künstlern, u. a. Karl Kowanz, Lisl Ponger, Herwig Kempinger, Robert Quitta, Linda Christanell, arbeiten in Super-8-mm, um ihre bildnerischen Ideen zu verwirklichen. Mit billigen Mitteln erreichen sie zuweilen mehr als die scheinbar Arrivierten. »Bei den Super-8-Filmen, phantastischen Kreationen aus dem Nichts, konnte man aufatmen. Keine Schauspieler mehr, die gekonnt ihre Posen anbringen, sondern Trapezkünstler, die wie bunte Punkte über die Leinwand fliegen (Lisl Ponger). Ein Film im

Film, zwei verschiedene Bewegungen, die exakt zusammentreffen: Ein Mann dreht sich auf der Leinwand um die eigene Achse, während die Kamera um die Leinwand kreist (Herwig Kempinger). Suggestiv wirkt an diesen kurzen Filmen ihre erotische Stimmung, die sich konsequent aus dem kalkulierten Rhythmus – an der ›Struktur‹ – ergibt« (Friedrich Geyerhofer, »Die Presse«).

Ausblick

1981 ist endlich das langersehnte Filmförderungsgesetz in Kraft getreten, was leider die Chancen der unabhängigen Filmmacher wesentlich erschweren wird. Zwar wird die Filmförderung (bisher ca. 10 Millionen Schilling im Jahr) verdreifacht werden – eine im Vergleich zu den Förderungen in benachbarten Ländern noch immer sehr bescheidene Summe –, aber der zwingend vorgeschriebene 20prozentige Eigenkapitalanteil ist für viele Filmmacher ein unüberwindbares Hindernis. Der ORF soll dem Fonds zusätzlich 20 bis 30 Millionen Schilling jährlich zur Verfügung stellen, behält sich aber bei Vergabe dieser Mittel ein paritätisches Mitbestimmungsrecht vor, was bedeutet, daß Filmmacher, die bisher vom ORF ignoriert wurden, künftig kaum Aussicht auf Förderung haben. Denn entgegen den Ambitionen ausländischer TV-Konzerne (die u. a. Filme von Godard, Kluge, Herzog, Antonioni, Taviani, Rosi, Tanner etc. gefördert und produziert haben) ist der ORF am künstlerisch bedeutsamen Film bisher abstinent geblieben. Fehlgeleitet ist bisher auch die Förderung der Gemeinde Wien, durch die junge Filmmacher ignoriert und wenig sinnvoll stillose Großproduktionen wie »Geschichten aus dem Wienerwald« (1979, Regie: Maximilian Schell) bevorzugt werden.

Es verbleibt dem Filmmacher nur mehr eine beschränkt wirksame Förderung durch das Bundesministerium für Unterricht und Kunst, dessen Filmbeirat bloß über ein wesentlich reduziertes Budget Kurz- oder Experimentalfilme fördern kann. 1981 fiel auch diese Möglichkeit aus, weil die hiefür vorgesehenen Gelder schon in den vergangenen Jahren vergeben wurden. Den jungen, ambitionierten Filmmachern stehen schwere Zeiten bevor, denn die Lobby des kommerziell orientierten, kapitalintensiven Films scheint sich zu Beginn der achtziger Jahre entscheidend durchgesetzt zu haben.

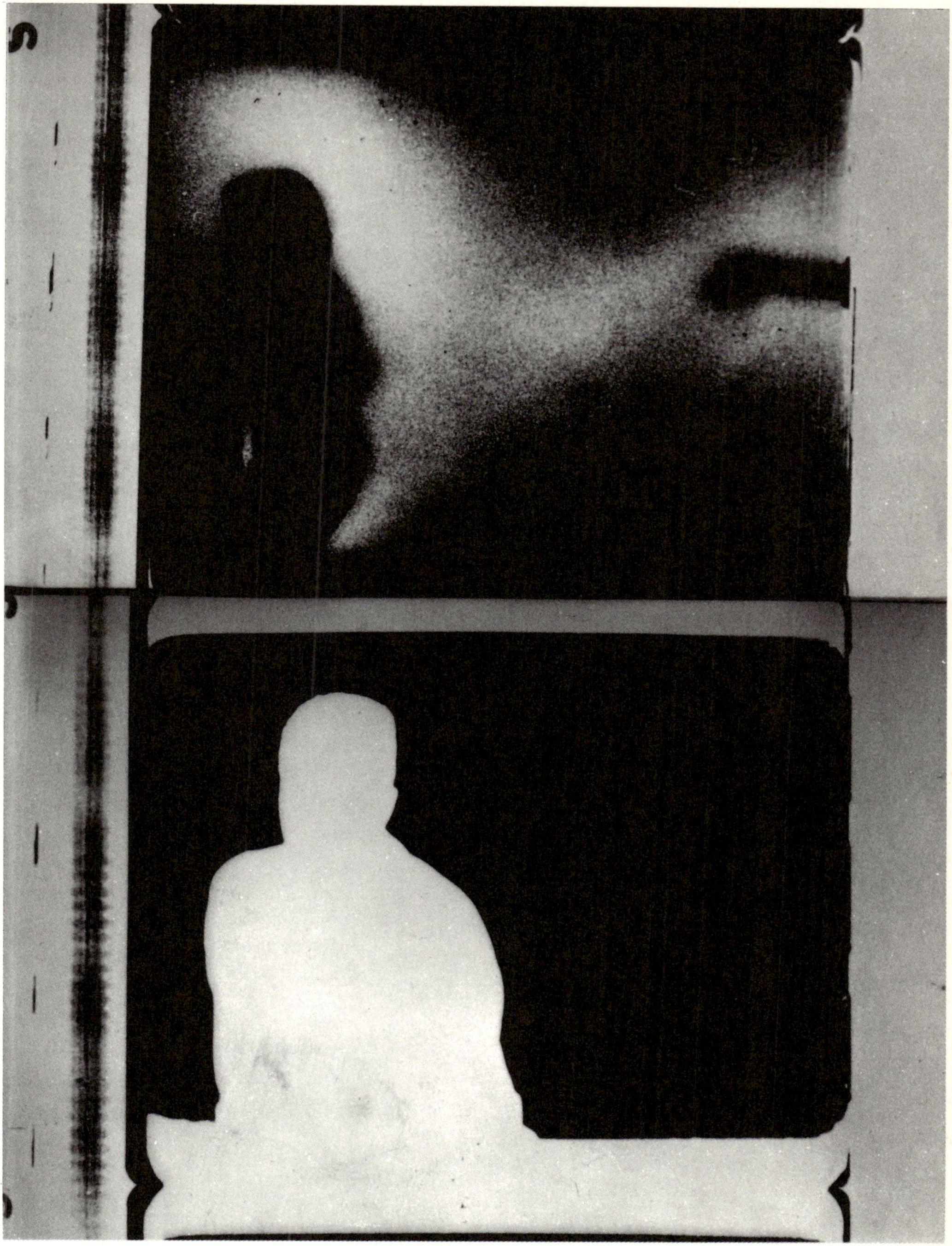

Zwei Kader aus dem Film »Adebar«, 1956/57, von Peter Kubelka

HELMUT ZENKER

Austro-Krimi oder Landesverrat?

Der *Kottan* war zunächst nur die Hauptfigur einer neunseitigen Kurzgeschichte für eine Anthologie, die nicht erschienen ist. 1975 entwickelte ich aus dieser Geschichte ein Hörspiel für den Südwestfunk und den ORF, Anfang 1976 ein Drehbuch für den ORF, das mit der Geschichte nur mehr den Namen des ermittelnden Kriminalbeamten gemeinsam hatte.

Der Kontakt zum Fernsehen kam durch den ORF-Redakteur Wolfgang Ainberger zustande, der meinen 1973 veröffentlichten Roman *Wer hier die Fremden sind* gelesen hatte und mich aufforderte, ein *Treatment* für einen Fernsehfilm zu verfassen. Ich schlug meinen eben erschienenen zweiten Roman *Kassbach* (Thema: Neofaschismus) vor, schrieb das Treatment und hörte fast ein Jahr lang nichts mehr davon. Das hatte ich erwartet, fand es auch nicht tragisch, weil ich mich sowieso eher als Lyrik- und Prosaautor sah und mit meinem ersten, recht umfangreichen Theaterstück *Wahnsinnig glücklich* befaßt war. (Das Stück wurde im Jänner 1976 – radikal gekürzt – am Volkstheater in Wien uraufgeführt.) Schließlich verfaßte ich den Entwurf für *Kottan ermittelt – Hartlgasse 16a* und reichte ihn ein. Dieses Mal kam nach wenigen Wochen ein Vertrag.

Als das Drehbuch fertig war, lehnte der vorgesehene Regisseur ab. Der Redakteur nannte andere Namen, die zur Diskussion standen. Dem Namen nach kannte ich nur Peter Patzak, der ins selbe Gymnasium wie ich gegangen war. Ich hatte ihn in deutlicher Erinnerung, weil er die Körpergröße aufwies, die mir – ich spielte damals in der obersten Liga Volleyball – leider fehlte. Wir trafen uns in der Wohnung des Redakteurs und waren beide sicherlich einigermaßen skeptisch. Aus diesem Zufall sind bis jetzt acht gemeinsame Fernseh- und Kinofilme entstanden.

Es war nicht an eine Reihe oder an eine Serie gedacht worden. Auch nach der Ausstrahlung überlegten wir noch, was jetzt als Projekt in Frage käme. *Hartlgasse 16a* war ein Krimi, der in einem Wiener Zinshaus spielt, in dem zwei Morde passieren. Es kam mir auf die Atmosphäre, das Milieu, die Details, auf das tägliche Verhalten der nicht funktionierenden Hausgemeinschaft an. (Überhaupt kamen und kommen in *Kottan ermittelt* in erster Linie Personen vor, die üblicherweise nur den Hintergrund von Filmen verzieren.) Kottan, gespielt von Peter Vogel, ein zynischer, ziemlich sturer Beamter, agierte eher zurückhaltend.

Im zweiten Film *Der Geburtstag* nahmen wir (vom Buch und der Regie her) neben dem Volksstückhaften mehr auf das Lustspielhafte Rücksicht. Warum auch nicht? So mancher TV-Ermittler ist unfreiwillig komisch, wir versuchten es lieber freiwillig. Das ist uns bis jetzt auf jeden Fall wichtiger, als mit aufwendig konstruierten und unglaubwürdigen Geschichten künstliche Spannung erzeugen zu wollen. Dieser Schritt in Richtung Film-Comic wurde durch Peter Vogel erleichtert, der mir in den parodistischen Szenen besser gefiel als in den realistischen.

Mit dem zweiten *Kottan* kam auch die erste Welle der Aufregungen und Proteste. Einige Abgeordnete fragten bei Innenminister Lanc an, ob nicht das Bild der Exekutive in der Öffentlichkeit schlechtgemacht werde. Der Innenminister verneinte die Suggestiv-Frage. Einige Gruppen der Gewerkschaft der öffentlich Bediensteten schlugen ebenfalls Alarm. Ein Polizist, der einem Verdächtigen einen Schlag versetzt, sei absolut unrealistisch und eine infame Unterstellung. Außerdem kamen ja im Film ein (nach Dienstschluß) betrunkener Bundesheersoldat und ein Eisenbahner vor, der eine Freundin hatte. Was offenbar auch keinerlei Wirklichkeit entsprach und nur die Diskriminierung ganzer Berufsstände zur Absicht hatte. Als ob ein einzelner Film behaupten könnte: jeder Polizist ist ein Schläger, jeder Soldat ein Alkoholiker, jeder Eisenbahner gleich ein Sex-Wichtel. Es ging uns um die Darstellung widersprüchlicher Personen. Menschen, die nur gut und sauber sind, bleiben in den meisten Filmen, Stücken und Büchern Ausnahmen, weil sie eher uninteressant sind.

Ab dem dritten Film *Wien Mitte* wurde Kottan von Franz Buchrieser dargestellt, obwohl das Buch noch für Peter Vogel geschrieben worden war. Der Reihe gab das zusätzliche Dimensionen und der Figur des Kriminalbeamten einen veränderten Charakter: etwas sympathischer, weniger Vorurteile, aber immer noch launisch und kleinlich. Außerdem kamen wieder parodistische, kabarettistische, zum Teil absurde Elemente dazu.

Die Aufregung nach diesem Film war noch größer und hat alle Beteiligten erschreckt. Schon eine Stunde vor Beginn der Sendung regnete es Beschwerden, obwohl nur einige Vertreter der Presse den Film vorher gesehen hatten. Ein beträchtlicher Teil der Anrufer ärgerte sich über die Brutalität der Polizei. (In *Wien Mitte* gab es jedoch keine einzige Brutalität.) Es meldeten sich wieder etliche zu Wort, die meinten, die angegriffene Ehre der Polizei verteidigen zu müssen. Das Spektrum der Unterstellungen und Beschimpfungen reichte von »Terroristen« bis »glatter Landesverrat«. Die Argumentation ... schwankte von lächerlich bis bedenklich. Es gab allerdings zum erstenmal breite Unterstützung, auch aus den Kreisen der Polizei.

Das entstandene Konzept wurde für die vierte Folge *Nachttankstelle* und die fünfte Folge beibehalten. Kottan ist ein durchschnittlicher Mensch, leidet unter seinen *nicht besonderen Fällen,* hat private Sorgen. Er ist keine reale Figur, trotzdem eine realistische, weil man seine Motive und Haltungen verstehen kann. Der *Kottan* will keine *»Krimi-Unterhaltung«* sein, die jeder akzeptiert. Das würde, glaube ich, keinen der Beteiligten interessieren. Der Linzer Polizeidirektor mit seiner Abqualifizierung von *Wien Mitte* als »Schweinerei sondergleichen« hat sich trotzdem nicht nur im Ton vergriffen. Ein Anti-Polizeifilm ist der *Kottan* nicht, nur der Versuch, dem faden Ernst so vieler Krimis zu begegnen.

Durch die Umbesetzung der Hauptfigur und das Auftauchen von Schauspielern in verschiedenen Rollen im Laufe der Reihe war es möglich, das gängige Konzept perfekter Krimi-Serien satirisch zu unterlaufen bzw. in Frage zu stellen. Ich glaube, daß mit *Kottan ermittelt* etwas versucht worden und gelungen ist, was inzwischen bei mehreren ausländischen TV-Anstalten nachgeahmt wird.

Die Reaktionen zum vierten *Kottan* waren auch für uns überraschend. Die Aufregung nahm ab, der Film gehörte laut ORF-Statistik mit mehreren hundert positiven Anrufen zu den erfolgreichen Sendungen des Jahres ...

FRIEDRICH ACHLEITNER

Die Widerspiegelung des Abwesenden

Am Beispiel Architektur

> *»Eine kleine Zahl von Bauten und eine größere von Entwürfen zeigt, daß die Architektur auch bei uns eine Mannigfaltigkeit erreicht hat, die den eingebürgerten Pessimismus nicht mehr rechtfertigt. So sollte diese kleine Bestandsaufnahme eigentlich eine Aufforderung zum Vertrauen sein...«*
> *(1967)*

Natürlich könnte man angesichts der gigantischen Bauproduktion des letzten Jahrzehnts und der Auswirkungen der Hypertrophien der sechziger Jahre ein »realistisches Bild« der Architektur zeichnen, das wenig Anlaß zur Genugtuung gäbe. Es entstünde dabei die Frage, ob man dann überhaupt von Architektur sprechen könnte. Es erscheint mir aber sinnvoller, von jener architektonischen »Gegenwelt« zu sprechen, die, hinter Betonmassen versteckt, eine bessere, ja vielleicht optimistischere Welt entworfen hat und es verdient, von der Öffentlichkeit erkannt und respektiert zu werden. Man wird auch in unserem Land zur Kenntnis nehmen müssen, daß hier eine neue Architektur existiert, die durch ihre gesellschaftliche Position eher eine Architektur des Widerstandes ist, geschaffen von Architekten, die in Österreich wahrlich nicht verwöhnt werden. Es handelt sich dabei nicht nur um Architekten, die man im Ausland registriert und beschäftigt, sondern es gibt eine viel breitere Basis der fruchtbaren Auseinandersetzung und der entwerferischen Qualität, sowohl in Wien als auch in den Bundesländern.

Der erste Band der *Aufforderung zum Mißtrauen* ist ein Jahr vor der sogenannten Studentenrevolte und sechs Jahre vor der Ölkrise erschienen. Brachte das erste Ereignis zumindest eine politischere Architekturbetrachtung (eine Sensibilität für die politischen Hintergründe) und eine starke soziologisch-sozialwissenschaftliche Komponente in der Architekturtheorie, so verstärkte das zweite die gesamte Umweltdiskussion oder stellte sie sogar teilweise auf eine neue, ökologische Basis. Es schien, als würde die Architektur als »klassische Disziplin« der Kunst total aus den Angeln gehoben werden. Aber der »Ölschock« beendete nicht nur den technischen Optimismus der sechziger Jahre, den Glauben an eine unbeschränkte Planbarkeit der Welt, sondern beschleunigte auch die Suche nach »alten Fundamenten« eines sinnvolleren Lebens und damit auch nach den Grundlagen der Architektur. Natürlich hat die sogenannte Funktionalismuskritik, vor allem auch in Österreich, schon viel früher eingesetzt (genaugenommen war sie in Wien ein fester Bestandteil der Theorie der Moderne), aber auf einer breiteren Basis zum Tragen kam sie erst in den siebziger Jahren.

Das Bild von 1967 war durch wenige Bauten, viele Projekte und einige Perspektiven für die Zukunft geprägt. Inzwischen wurde nicht nur vieles eingelöst, sondern es entstand auch ein ganz neues Klima der Auseinandersetzung, der Architekturdiskussion. Gleichzeitig haben sich, mehr oder weniger definiert, regionale und lokale Zentren entwickelt, die zum Teil eine starke Eigendynamik zeigen und deren nächster Schritt es wäre, untereinander ins Gespräch zu kommen.

Das Folgende kann nur eine Skizze der Entwicklungen und Positionen sein. Es liegt in der Natur einer solchen, daß sie nur mit ein paar Linien jenes hervorhebt, das dem Beschauer als das Bemerkenswerte, das Charakteristische erscheint.

Die Wiener Szene

Konnte man in den sechziger Jahren (abgesehen von den urbanistisch- oder technisch-utopischen und den psychologisch-aktionistischen Tendenzen) noch im wesentlichen von zwei theoretischen Positionen sprechen, so hat sich das Bild in den siebziger Jahren in vieler Hinsicht total verwandelt. Roland Rainers Doktrin der »Konsolidierung der Ergebnisse und Erkenntnisse der Moderne«, eine Interpretation von Architektur und Städtebau auf dem Fundament des Funktionalismus, hat trotz der eigenen Versuche einer breiteren historischen, aber auch ökologischen Absicherung seiner Theorie (Gartenstadt Puchenau II, Stadthallenbad Wien, Kirchen Puchenau und Leonding u. a.) zumindest zur Zeit und in Wien an Einfluß verloren. Dagegen scheinen die Fundamente, die von der »Arbeitsgruppe 4« (Holzbauer, Kurrent, Spalt) gelegt wurden, mit der von vornherein miteingeschlossenen Aufarbeitung und Transformation von Geschichte, tragfähiger und für die nachrückende Generation anregender und ausbaufähiger zu sein. Der zwar nie formulierte, aber ihre Arbeiten und Schriften bestimmende Architekturbegriff war ein ausgewogener, möglichst viele Momente berücksichtigender, wenn auch zeitbedingte Interessen (wie etwa in der ersten Phase strukturell-konstruktive) im Vordergrund standen. Außer Frage stand jedoch immer die Eigengesetzlichkeit von Architektur als Medium, die in vielen Ländern in den siebziger Jahren erst wieder entdeckt werden mußte, die Bedeutung der Kontinuität ihrer Entwicklung und nicht zuletzt ihr Verhältnis zu den sie bedingenden, beeinflussenden und verändernden Faktoren. Natürlich ist es nicht nur der »Arbeitsgruppe 4« zu verdanken, daß in Wien nie Architektur mit Soziologie, Politik, Statistik, Psychologie, Liturgie oder anderem verwechselt wurde, sondern auch dem allgemeinen Wiener »relativierenden Universalismus« mit seinem stabilisierenden Hang, die eigene Position an der historischen Entwicklung zu überprüfen. Der Wiener Traditionalismus ist also in

Johannes Spalt, Salvatorkirche am Wienerfeld, Wien, 1976–1980

seiner besten Form ein kritischer, zur Geschichte auf Distanz gehender, und hat nichts zu tun mit der kommerziellen Ausplünderung des historischen Formenrepertoires.

Für die siebziger Jahre ist es aber auch von Bedeutung, daß die ehemaligen Mitglieder der »Arbeitsgruppe 4« nach ihrer schrittweisen Trennung immer wieder essentielle Beiträge in die Diskussion brachten. So hat Johannes Spalt in seinen späteren Bauten (Haus Wittmann, Kirche am Wienerfeld) sein architektonisches Grundthema, der Beziehung Schirm/Dach und Raum, Geborgenheit und Offenheit zu einem Höhepunkt geführt, während Friedrich Kurrent in mehreren Projekten (Ballhausplatz und Gartenbau in Wien, Islamisches Zentrum Madrid, Orthodoxes Zentrum München) eindrucksvoll bewies, daß es auch heute möglich ist, über Jahrhunderte reichende Entwicklungen in der Architektur nicht nur zu überblicken, sondern sie auch in neuen Konzeptionen wirksam werden zu lassen. Kurrent und Spalt verbinden auch in den siebziger Jahren Bauten (etwa die Z-Zweigstellen von Matzleinsdorf und Floridsdorf), von denen vor allem die letztere als ein Schlüsselbau für das Thema »Bauen im historischen Kontext« anzusehen ist.

Wilhelm Holzbauers Arbeit ist, nicht zuletzt durch die Vielfalt und Größe seiner Bauaufträge und durch sein eindeutiges Bekenntnis zu einer manieristischen Grundhaltung (also einer Architektur der kalkulierten Wirkungen) von einer breiteren formalen Palette (auch modischer Einschlüsse) bestimmt. Holzbauer war der »moralisierende Impetus« seiner früheren Partner nie angenehm. Seinen Bauten fehlt das missionarische Moment, sie sind von leichter Hand disponiert, lesbar in ihrer Erscheinung, signifikant und wenig darauf aus, eine dezidierte Botschaft zu verkünden. Die traditionellen Werte der Architektur – wie Artikulation der Volumen, Räumlichkeit, Licht, ästhetische

Friedrich Kurrent, Griechisch-orthodoxe Kirche München, 1981

Friedrich Kurrent, Johannes Spalt, Z-Zweigstelle Wien-Floridsdorf, 1970–1974

Wilhelm Holzbauer, Wohnanlage »Wohnen morgen«, Wien, 1974–1979

Wilhelm Holzbauer, Amtsgebäude der Vorarlberger Landesregierung, Bregenz, 1973–1981

Details – stehen im Vordergrund. Es gibt keine generalisierenden Prinzipien. Der Baugedanke wird jeweils aus der Aufgabe entwickelt und bleibt bestimmend für die Physiognomie des Baus. Der Manierismus besteht mehr in der Beziehung der Teile, in der Kontrapunktik der Wirkungen der einzelnen Elemente, in ihrem Arrangement, wobei die Semantik nicht den konventionellen symbolischen Kontext verläßt. Holzbauer beweist eigentlich gegenüber der Managerarchitektur, daß es wohl auch möglich ist, bei großen Bauaufgaben der Architektur ihren Stellenwert zu sichern, wenn auch mit Abstrichen, die in der Eigengesetzlichkeit solcher Bauten und ihrer Systeme liegen.

Johann Georg Gsteu, ursprünglich der »Arbeitsgruppe 4« nahestehend, hat trotz seines eigenwilligen Strukturalismus große Beweglichkeit in der Aufnahme und Verarbeitung der Gegebenheiten einer Aufgabe oder in der Reaktion auf die Merkmale eines Ortes bewiesen. Seine letzten Bauten (etwa die Z-Filialen Sparkassenplatz und Stadlau, die Wohnanlage Aderklaaerstraße) scheinen geradezu ihr Leben aus der Bewältigung dieser Probleme (etwa der Auseinandersetzung mit einer bestehenden Bausubstanz) zu gewinnen, wobei der strukturale Ansatz, das Methodische, erhalten bleibt, gewissermaßen als Folie für die Abweichung oder als Gradmesser der Deckung oder Übereinstimmung räumlicher Gegebenheiten. Diese Art von Architektur erfordert einen langwierigen Entwicklungsprozeß, eine Methode der dauernden Rückkoppelung und Überprüfung aller Faktoren, was Gsteu sichtlich vor schnellen Reaktionen auf modische Themen bewahrt.

Sicher wird das eher selbstverständliche und unverklemmte Verhältnis der Wiener Architekten zur Geschichte auch durch den Umstand gefördert, daß viele Bauaufgaben im Bereich der Auseinandersetzung mit einer alten Bausubstanz liegen. Auch die Entwicklung von Hans Puchhammer und Gunther Wawrik ist zum Teil durch solche Aufgaben geprägt, wie etwa ihr gemeinsamer Bau des Burgenländischen Landesmuseums in Eisenstadt zeigt. Auch für sie gilt die Grundregel der deklarierten (also sichtbaren) Eingriffe, das heißt, die Übereinstimmung mit der alten Bausubstanz wird nicht im formalen Bereich gesucht, sondern durch einen Zusammenhang, durch eine neue Sicht von alt und neu. Puchhammer hat beim Erweiterungsbau vom Stift Lambach (Landwirtschaftsschule mit Turnsaal) großes Einfühlungs- und räumliches Koordinationsvermögen gezeigt, während Gunther Wawrik bei den Wiener Häusern (Singerstraße und Stumpergasse) der Komplexheit ihrer städtischen Situation in einer sehr subtilen Weise mit neuen Mitteln entspricht. Alle diese Bauten und Entwürfe sind Neuschöpfungen im engen Kontakt mit dem Alten, ja ohne diesen starken Bezug undenkbar.

So unterschiedlich die bis jetzt genannten Architekten und ihre Arbeiten auch sein mögen, so haben sie doch ein gemeinsames Fundament, das in der Tradition der Moderne liegt. Sie hatten keine Opposition zum sogenannten Funktionalismus nötig, da ihr Architekturbegriff von vornherein umfassender angelegt war. Dadurch blieben sie auch gefeit vor jenem oberflächlichen Historismus, der den Bezug zur Geschichte nur über ihr formales Vokabular herstellte.

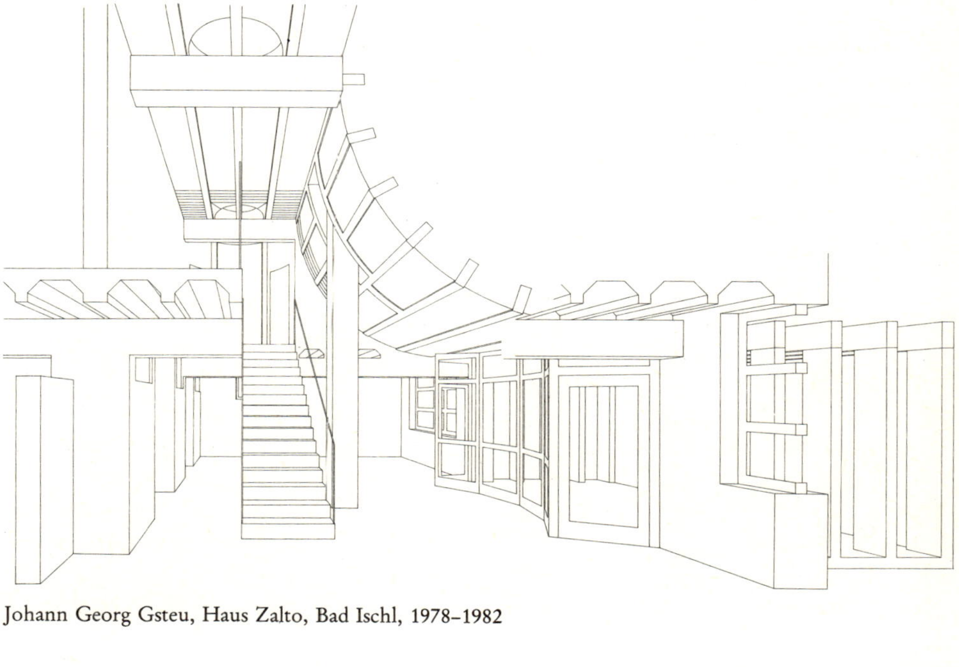

Johann Georg Gsteu, Haus Zalto, Bad Ischl, 1978–1982

Hans Puchhammer, Zürich-Kosmos-Versicherung Burgenland, Eisenstadt, 1978–1980

Es ist sicher am Beginn der achtziger Jahre von Bedeutung und Interesse, daß eine ganze Gruppe von Architekten, die noch am Ende der sechziger und am Beginn der siebziger Jahre zum Wiener Spektrum gehörten (etwa Rupert Falkner, Viktor Hufnagl, Anton Schweighofer etc.), heute an der Architekturdiskussion nicht mehr teilnehmen. Damit ist nicht gesagt, daß ihre späteren Arbeiten nicht von Interesse oder Bedeutung sind, sondern daß sie heute bereits als »Zeitphänomene« eher historisch wirken, abgeschlossen und aufgegangen in der Problemstellung und Auseinandersetzung jener Jahre.

Gunther Wawrik, Bundesamtsgebäude Singerstraße, Wien, ab 1978

← Anton Schweighofer, Stadt des Kindes, Wien, 1969–1974

Viktor Hufnagl (Federführung, mit Parezan, Peters, Pribitzer, Waclawek, W. und T. Windbrechtinger), Wohnanlage »Am Schöpfwerk«, Wien, 1968–1978

Gustav Peichl, ORF Studio Steiermark, Graz-St. Peter, 1981

Zweifellos eine Sonderstellung in der Wiener Szene nimmt Gustav Peichl ein. Seine »sprechende Architektur« ist nicht auf Geschichte im weiteren Sinne bezogen, sondern auf eine neuere Tradition, etwa des Konstruktivismus der zwanziger Jahre, also auf eine Konvention der Darstellung technischer Inhalte durch technische Symbole. Die Zeichensprache der ORF-Landesstudios schuf ein geschlossenes ästhetisches System, das sich in Teilen mit dem baulichen deckt, es aber an entscheidenden Punkten verläßt (überhöht) zugunsten eines getrennten Assoziationsbereichs. Das Gehäuse eines technischen Mediums (das selbst Macht symbolisiert und besitzt) schuf eine eigene, kalkulierte Aussage über seine Funktion und Stellung in der Gesellschaft. Es zeigt sich also, daß die wienerische Erfahrung im semantischen Spiel der Formen auch in ganz neuen Bereichen des Ausdrucks zum Tragen kommen kann.

Ottokar Uhl, Wohnhaus der Gemeinde Wien, Feßtgasse, 1973–1981

Es mag überraschen, wenn in Nachbarschaft zu Peichl gleich auf die Arbeit von Ottokar Uhl hingewiesen wird. Zweifellos steht sie in ästhetischer Opposition zu den vorhergenannten Bauten, ihre Wurzeln sind jedoch die gleichen. Uhl ist über die ästhetische Reduktion seiner Architektur (bei den Kirchen) über die thematische und programmatische Öffnung (Veränderbarkeit) konsequenterweise zur Mitbestimmung gekommen. Wenn man einmal die anderen Faktoren (die sicher von ebenso großer, wenn nicht größerer Bedeutung sind) beiseite läßt, so heißt das auf dem architektonischen Boden der Moderne nichts anderes, als daß der Glaube an die soziale Kraft der Form durch einen Glauben an die formale Kraft des Sozialen ersetzt wurde, wobei das ästhetische Neuland im Prozeßhaft-Zufälligen und in der Dialektik von Ordnung und Freiheit liegt. Sicher ist es unzureichend, ja unzulässig, dieses Thema nur auf der for-

Fritz Wotruba, Fritz G. Mayr, Kirche am St. Georgenberg, Wien-Mauer, 1968–1976

malen Ebene zu diskutieren, aber es gehört vielleicht zur Wiener Situation, daß dieser ganze Fragenkomplex nicht an- und schon gar nicht ausdiskutiert wurde.

Es gehört auch zur baulichen Szene einer Großstadt, daß vom lokalen Klima abweichende, ja es in einer besonderen Weise in Frage stellende Bauten entstehen. Die Kirche am Georgenberg von Fritz Wotruba gehört zu diesen Ausnahmen mit der für sie charakteristischen Grenzüberschreitung in Richtung Großplastik. Ganz anders gelagert ist die zweite Ausnahme, die Z-Zweigstelle von Günther Domenig in Favoriten, die fast in jeder Hinsicht gegen die Wiener Tradition der Moderne »verstößt«. Über Domenig wird jedoch noch im Zusammenhang mit der Architektur der Steiermark gesprochen.

Während, mit Ausnahme von Wotruba und Domenig, die Architekten der Wiener Szene den klassischen Boden der Architektur nicht verlassen, also sowohl in der semantischen Enthaltsamkeit als auch in der Ausschöpfung der Symbole innerhalb ihres

Hans Hollein, Städtisches Museum Abteiberg, Mönchengladbach, Fertigstellung 1982

Mediums bleiben und seine Gesetze akzeptieren, scheint Hans Hollein wieder seit langem nicht mehr praktizierte »Grenzüberschreitungen« (etwa seit Dagobert Peche) zu machen, womit er für die einen den Boden der Architektur verläßt und für die anderen neues Territorium erschließt. Jedenfalls scheint Hollein aus der scheinbar widersprüchlichen Verbindung von intimer Kenntnis von und gleichzeitiger Distanz zu Wien »schöpferischen Nutzen« zu ziehen. Sicher kommt bei ihm noch die Erfahrung mit dem amerikanischen Stilpluralismus hinzu, also eine unbeschwertere Behandlung architektonischer Phänomene, aber seine Arbeit wäre ohne das semantische Spektrum des Wiener Historismus und der Secession und ohne deren ästhetische Präzision undenkbar. Seine theoretisch unhaltbare, fast tautologische Ausweitung des Architekturbegriffes – »alles ist Architektur« – hatte sich jedoch als brauchbares Werkzeug der frühen Funktionalismuskritik erwiesen. Ich möchte die Vermutung aufrechthalten, daß man

Hollein von Wien aus schwer gerecht werden kann. Es bestehen an dem Ort eine zu alte Tradition und eine zu entwickelte Sensibilität gegenüber dem architektonischen Inszenarium als Gegen- oder Ersatzwirklichkeit. Spätestens seit dem Barock und vermutlich ausgelöst durch die handfeste Unterdrückung der Literatur durch die Habsburger, ist die Ambivalenz der Medien Musik und Architektur bevorzugt zur Inszenierung von Scheinwirklichkeiten benutzt worden, die bis zur Widerspiegelung kollektiver und individueller psychischer Zustände reicht. Die Trauer- und Festzüge der Habsburger waren Vorläufer der Inszenierung des Unterganges der aristokratisch-großbürgerlichen Welt vor dem Ersten Weltkrieg, der sich ästhetisch innerhalb der Wiener Secession abspielte. Wien hat also seine Tradition in der Aufhebung von Wirklichkeit, eine lange Praxis der kulinarischen Verdrängung. Die Methoden der Montage, der Collage, der Verfremdung, des verblüffenden und entwaffnenden Zitats sind nicht nur in der Sprache kultiviert worden.

Hans Hollein scheint nicht nur diese Tradition zu verkörpern, seine Wiener Arbeiten sind, übertrieben formuliert, die ungern akzeptierte Bestätigung der unveränderten Lage. Die alten Hintergründe werden wieder sichtbar, er besitzt das Instrumentarium, sie darzustellen. Natürlich ist Holleins Arbeit nicht nur von diesem Hintergrund her zu definieren, ein wesentliches Moment der Eigendynamik liegt in der Auseinandersetzung mit den jeweiligen Thesen der herrschenden Tendenzen, die in seinem eigenen Blickfeld zweifellos den größeren Raum einnehmen.

Die jüngere Generation von Architekten, etwa Alvera, Blau, Czech, Frank, Grimmer, Häuselmayer, Igirien (Appelt, Kneissl, Prochazka), Manikas, Missing Link (Kapfinger, Krischanitz) und Tesar, die erstmals Mitte der siebziger Jahre geschlossen an die Öffentlichkeit trat (Ausstellung »Konfrontationen«, Österreichische Gesellschaft für Architektur), unterscheidet sich von der älteren nicht durch prinzipiell neue Standpunkte. Das Klima ist eher geprägt durch Ausweitung und Differenzierung, aber auch durch eine breitere und intensivere theoretische Diskussion und vielleicht auch durch eine stärkere Bindung an die Wiener Tradition der Moderne, vor allem repräsentiert durch Adolf Loos und Josef Frank. Obwohl sich die jüngere Generation von der älteren klar absetzt, ist der Übergang fließend. So ist etwa Czech nur zwei Jahre jünger als Hollein.

Vor allem Luigi Blau und Hermann Czech arbeiten bewußt vor dem Hintergrund der Architektur und Theorie der dreißiger Jahre. Während Blau eher das ästhetische Programm »verinnerlicht« hat und zu immer neuen Variationen und Weiterentwicklungen findet, arbeitet Czech im Spannungsfeld der Theorie von Loos und Frank. Josef Frank hat praktisch schon 1930 die Funktionalismuskritik von heute vorweggenommen. Sein Akzidentismus ist gewissermaßen die Gegenwelt zu allen Systemdenkern, aber eben nicht im Sinne eines ästhetischen Fatalismus, sondern im Sinne einer Offenheit und des Respekts vor den Dingen, ihrer Eigengesetzlichkeit und Geschichte. Czech geht in der konzipierten Zufällig- und Beiläufigkeit noch einen Schritt weiter, sie bleibt

Luigi Blau, Doppelhaus, Zell am See, 1978

Hermann Czech, Haus M., Schwechat, 1977–1980

Igirien (Werner Appelt, Eberhard Kneissl, Elsa Prochaszka), Kirchliche Mehrzweckhalle Quadenstraße, Wien, 1980/81

das dynamische Moment in den präzise festgelegten Raumkonzepten: Schmunzelarchitektur als Kleinkunst in dem anspruchsvollen und moralisierenden Bezugsrahmen der Wiener Moderne.

Die Gruppe »Igirien« (Werner Appelt, Eberhard Kneissl, Elsa Prochazka) versucht den Bereich der Alltags- und Warenästhetik in ihre Konzepte einzubeziehen, das räumliche Grundgerüst (etwa bei den kirchlichen Mehrzweckhallen) bilden aber alte Raumtypologien, den formalen Rahmen applizierte Formzitate (etwa die Bogenstruktur). Das Thema »Schöne Monotonie« ist vielleicht eine postfunktionalistische Variante zur Uhl'schen Antiposition zum akademischen Architekturbegriff.

Die Arbeiten von »Missing Link« (Otto Kapfinger, Adolf Krischanitz), die zunächst in einem künstlerischen Grenzbereich einer aktionistischen Auseinandersetzung mit Raum-Zeit-Phänomenen entstanden sind (Thema: Überschneidung und Gegenüberstellung etc.), um sich später der Aufarbeitung historischer Wiener Architekturprobleme zu widmen, sind jetzt in einer Phase der baulichen Realisation zu einer komplexen Entwurfsmethode gekommen, die, auf der theoretischen Basis von Gottfried Semper, nicht nur »Komplexität und Widerspruch«, sondern auch Deklaration und Reflexion, Anspielung und Irritation, Nähe und Distanz, Ablauf und Simultaneität, These und Wirklichkeit und ähnliches mehr in einer architektonischen Sprache auszudrücken versucht.

Missing Link (Otto Kapfinger, Adolf Krischanitz), Haus Nagiller, Perchtoldsdorf, 1981

Eine ebenso eigenständige Stellung in der Gruppe der jüngeren Architekten nehmen Helmut Grimmer und Heinz Tesar ein. Grimmer († 1975), der nur ein zeichnerisches Werk hinterlassen hat, verwies wieder mit Nachdruck auf die Autonomie der Architektur, die nicht nur der Welt Dienste anbieten soll, sondern selbst eine Welt darstellt. Heinz Tesar unternimmt, ebenso entschieden, den Versuch einer »totalen Architektur«, die ihre Rolle aus der Dialektik von Autonomie und Abhängigkeit, Gesellschaft und Individuum, Gesetz und Freiheit, Verantwortung und Ironie (Distanz), Realität und Interpretation, und – im eigentlichen Bereich des Bauens – von Typus und Sonderfall ableitet. Das heißt, es wird wieder versucht, die Architektur in der ganzen Komplexität von Beziehungen und Bindungen zu sehen. Tesar ist, neben wenigen Privathäusern, vor allem durch Kirchenneuordnungen und -erweiterungen (Unternberg, Kleinarl, Leopoldskron etc.) hervorgetreten, die alle architektonische Neuschöpfungen im Dialog mit alter Bausubstanz sind und dadurch auch ein neues Moment in eine »aktive Denkmalpflege« bringen. Daß er in diesem Aufgabenbereich einen internatio-

Rob Krier, Wohnhaus Ritterstraße, Berlin, 1977–1980

nalen Wettbewerb gewinnen konnte (Revitalisierung des Klösterli-Areals im Altstadtbereich von Bern), ist auch ein Erfolg für die junge Wiener Architektur.

Die Szene wurde in den letzten Jahren noch durch den Umstand bereichert, daß Rob Krier in Wien eine Lehrstelle übernommen hat. Damit entstand zweifellos ein neues Bezugsfeld, das sich allerdings mehr in den Arbeiten noch jüngerer Architekten auswirkt. Damit hat sich aber auch eine Veränderung in der gesamten Szene vollzogen, die sich in einem neuen Klima ausdrückt, das sich auch in neuen Zeitschriften, wie etwa dem UM BAU, widerspiegelt. Nicht zu unterschätzen ist schließlich auch die Tatsache, daß sich die Gruppe jüngerer Architekten auch auf einem hohen Niveau verbal zu artikulieren vermag (Kapfinger, Krischanitz, Steiner u. a.), so daß die Hoffnung nicht nur auf ein beständigeres Klima besteht, sondern auch auf eine gewisse Eigendynamik der Entwicklung.

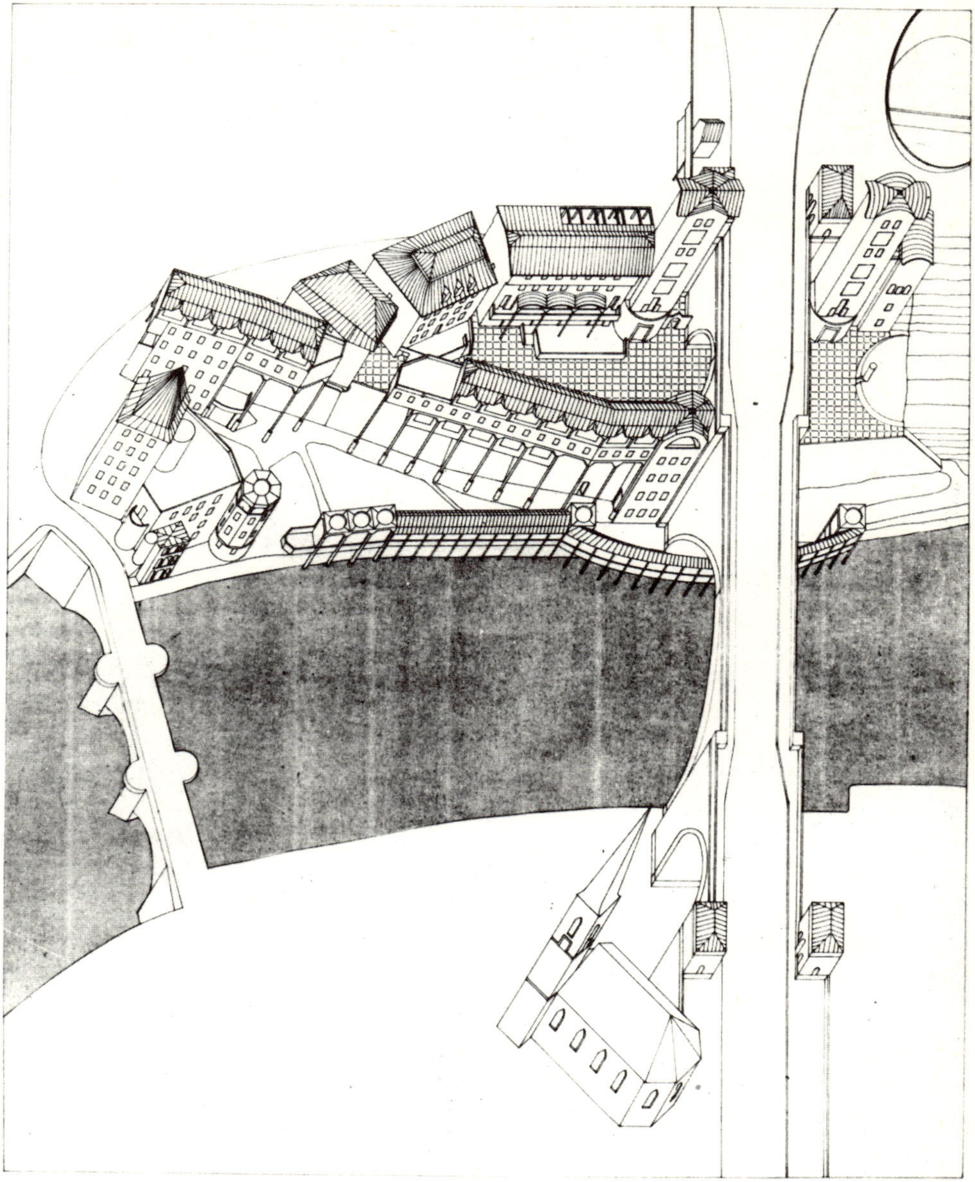

Heinz Tesar, Bebauung Klösterli-Areal, Bern, 1981

Wer heute über die Wiener Szene schreibt, wird sich der Fehlurteile und Auslassungen schuldig machen. Mancher wird nach Günther Feuerstein fragen oder nach Coop Himmelblau. Feuerstein arbeitet, möchte aber bauen. Bei Coop Himmelblau überrascht immer wieder die Konvention der avantgardistischen Gebärde. Etwa unter dem Projekt Karlsplatz steht wirklich die Jahreszahl 1979.

Obwohl in der jüngeren Szene immer wieder neue Gruppierungen auftreten, was der Natur dieser Entwicklungsprozesse entspricht, gibt es aber ebenso eine Szene der Einzelgänger, die, was kein Widerspruch sein muß, manchmal in Gruppierungen (etwa um das Wiener 80er Haus) sichtbar werden kann. So hat der »ästhetische Traditionalismus« eines Boris Podrecca sicher wenig mit dem ökologischen Engagement eines Roland Hagmüller zu tun und beide wenig mit den städtebaulichen Auseinandersetzungen eines Otto Häuselmayer oder Dimitris Manikas. Stellvertretend für die bereits größere Gruppe der Absolventen vom »Schillerplatz« (vor allem der Meisterschulen Ernst A. Plischkes und Roland Rainers) sei hier auf die Arbeiten von Walter Stelzhammer hingewiesen, für jene vom »Stubenring« sind vielleicht die Projekte von Hubert Hermann oder Francy Valentiny charakteristisch.

Unabhängig von der Wiener Architekturszene, jedoch mit ihren Quellen auf das engste verbunden, sind die Arbeiten von Heinz Frank, Max Peintner und Walter Pichler. Während jedoch Frank und Peintner das Bauen als Mitteilung nicht mehr in Anspruch nehmen, scheint es bei Pichler eine neue Dimension in der Beziehung von Objekt und Ort zu bekommen. Franks Architekturfragmente wirken in seinen Zeichnungen wie Splitter einer Wirklichkeit oder Chiffren eines Bewußtseins, eher dazu da, ihren Abstand von der Realität zu bezeichnen oder was aus Übereinkunft dafür gehalten wird. Peintners gezeichnete Architekturelemente sind Realität, perfekte Illusion einer Wirklichkeit, deren Elemente erst in ihrer Beziehung zueinander »umkippen«, ihre konventionelle Bedeutung aufgeben oder verlieren, um eine neue, unheimliche Wirklichkeit zu inszenieren.

Walter Pichler baut. Er tut dies allerdings nur an einem (seinem) Ort. Die Objekte sind einerseits Weiterführungen, Ergänzungen, »abweichende Wiederholungen« bestehender Objekte, andererseits dringen sie, gewissermaßen angebunden an die Natur des Ortes, in eine mythische Dimension vor. Anlaß sind die Objekte und Skulpturen, die im Kontext ihrer Entstehung einen Ort bekommen. Die Bauten sind gleichzeitig Begrenzungen dieser Orte, ihre Interpretation, aber auch ihre endgültige Einbindung, Beruhigung. Man kann diese Bauten mit dem Vokabular einer Architektensprache beschreiben, trifft aber damit schwer ihren Sinn, ihre Mitteilung. Diese Architektur bedient sich der einfachen, handwerklichen Methoden, sogar die charakteristischen Elemente der Gegend bleiben die gleichen, wie sie eh und je für Scheunen, Ställe und Schuppen verwendet wurden. Trotzdem sieht man die Bauten absolut neu, als begegnete man Prototypen einer »sakralen Urform«. Boden, Wand, Pfeiler, Dach, Tür und

Walter Pichler, Haus für den Rumpf, St. Martin, 1977–1981

Fenster werden in der strengen Ordnung zu Vermittlern ihrer eigenen Bedeutung, ihre zelebrierte Logik scheint die Natur der Zusammenhänge zu erschließen, wie umgekehrt die Natur, ihr Zerstörungsprozeß an den Objekten »erlebbar« wird.

Man darf aber nicht übersehen, daß die Bauten Häuser für Skulpturen und Objekte sind, die nicht nur den Ort fixieren, sondern in jeder Hinsicht den Übergang herstellen zum »alltäglichen Lebensraum«. Die Arbeiten Pichlers verlangen diesen »Schirm«, gewissermaßen eine Zone der Umwandlung oder des Abbaus ihrer Energie in ertragbare Quanten. Ihre suggestive Kraft entsteht gerade daraus, daß sie nahtlos in eine bäuerlich-handwerkliche »Dinglichkeit« des Lebens überführen. Sie durchlöchern aber diese »heile Welt«, machen sie in ihrer Selbstverständlichkeit zum Ungewöhnlichen. Pichler gelingt hier etwas mit dem Bauen, das man unserer Zivilisation schon lange nicht mehr zutraut, Architektur als existentielle Erfahrung und Weltdeutung.

Die Grazer Schule

Ein Merkmal der österreichischen Architektur der Gegenwart ist zweifellos die Eigenständigkeit regionaler Entwicklungen, vor allem deren Unabhängigkeit von Wien. Diese mag schon früher, etwa um die Jahrhundertwende, von einigen Landeshauptstädten angestrebt worden sein, eine kulturelle Realität ist sie erst nach dem Zweiten Weltkrieg geworden. Natürlich liegt damit die Frage nach den Unterschieden dieser Entwicklungen auf der Hand. Während man in Wien oder Tirol (bei allen Verschiedenheiten) noch Parallelen in der Art der Einbeziehung oder Aufarbeitung der »Geschichte der Moderne«, also eine gewisse Eigendynamik einer regionalen Tradition feststellen kann, scheint die Grazer Architektur erst sehr spät, aber dann umso entschiedener ihre Fundamente geschaffen zu haben. Und diese liegen, etwas übertrieben ausgedrückt, auf akademischem Boden, genau genommen in den Zeichensälen der Technischen Universität.

Der Aufbruch der sechziger Jahre hatte ganz bestimmte Merkmale. Graz hat schneller, heftiger und auch bedingungsloser (unkritischer?) auf internationale Tendenzen reagiert. Während in Wien sogar noch in Slogans wie »Alles ist Architektur« Spuren eines historischen Universalismus sichtbar blieben, hat Graz die Antipositionen zu einem wie immer gearteten tradierten Architekturbegriff bevorzugt. Im utopischen Bereich wurde dies in den urbanistischen Tendenzen sichtbar, ob sie nun in eine strukturalistische oder abstrakt-planerische Richtung gingen, im real-baulichen Zusammenhang folgte man zuerst den Schweizer Gegenströmungen gegen den modernen Akademismus, symbolisiert in Figuren wie Förderer oder Hunziker. Charakteristisch für die frühe »Architektur der Zeichensäle« war auch eine ausgeprägte Design-Komponente, das heißt die Betonung des Objekt = Gerät-Charakters von Bauwerken, so daß der traditionelle Architekturbegriff praktisch auf allen Ebenen in Frage gestellt wurde.

Mit etwas Distanz betrachtet, wird die Grazer Szene von einigen Ateliers oder Gruppen repräsentiert, die sich untereinander durch sehr unterschiedliche Standpunkte abgrenzen. Ferdinand Schuster († 1972), die »Werkgruppe Graz« (Eugen Gross, Friedrich Gross-Rannsbach, Werner Hollomey, Hermann Pichler) und das »Team A Graz« (Franz Cziharz, Dietrich Ecker, Herbert Missoni, Jörg Wallmüller) repräsentieren gewissermaßen die Tradition der Moderne, mit allen Konflikten und Einschlüssen, wie sie die siebziger Jahre brachten. Schusters Spätwerk ist (etwa bei der Kirche Eisteichsiedlung) geprägt von der Suche nach neuen Bedeutungen in der Architektur, die mit einer Überwindung der alten (Entsemantisierung) Hand in Hand ging. Bei der »Werkgruppe Graz« ist eher eine Konsolidierung und Differenzierung des einmal bezogenen Standpunktes festzustellen, während beim »Team A Graz«, unterstützt durch die Vielfalt der Bauaufgaben, Auseinandersetzungen mit Scarpa oder Ravnikar sichtbar werden, die spüren lassen, daß Graz auch eine kulturelle Nachbarschaft besitzt.

Werkgruppe Graz (Eugen Groß, Friedrich Groß-Rannsbach, Werner Hollomey, Hermann Pichler), Aussiedlerhof Krispel, Hartmannsdorf, 1970–1972

Team A Graz (Franz Cziharz, Dietrich Ecker, Herbert Missoni, Jörg Wallmüller), Thermalbad Bad Radkersburg, 1978/79

Während also diese Gruppen auch in einem gesamtösterreichischen Kontext die Entwicklung signalisieren, ist die »eigentliche Grazer Schule« auf anderen Fundamenten gebaut. Es wäre zu kurzschlüssig, wenn man darin etwa eine Anti-Wien-Position sehen würde, obwohl einige Momente dafür sprechen. Eine zentrale Stelle in dieser Grazer Schule nahm die Arbeitsgemeinschaft von Günther Domenig und Eilfried Huth ein, die bis in die Mitte der siebziger Jahre existierte. Es gelang ihr, in den sechziger Jahren im Klima einer Aufbruchstimmung an der TU eine Brücke zur Baupraxis zu schlagen und in einer Reihe von Bauten zunächst »Reflexionen« von Schweizer Tendenzen zu realisieren. Bei den späteren Bauaufgaben traten Auseinandersetzungen mit neuen Materialbereichen (etwa beim Restaurant der Olympia-Schwimmhalle in München oder beim Forschungszentrum Leoben) in den Vordergrund.

Nach der Auflösung der Arbeitsgemeinschaft hat Günther Domenig durch Arbeiten wie der Mensa von Eggenberg, der Schiffswerft von Klagenfurt (mit Volker Giencke) oder der Z-Zweigstelle Wien-Favoriten seinen expressiven »Personalstil« entwickelt, eine Architektur gespannter Emotionalität, auf einem hohen Niveau technologischer und skulpturaler Formensprache. Das »Prinzip Wucherung«, der freien Bewegung im Raum erhält trotz der komplizierten Konzeptions- und Herstellungsprozesse seine Spontaneität und seine ungebrochene Wirkung. Domenig ist vor allem bei seinem Wiener Bau in jeder Beziehung unwienerisch, das heißt, er hat fast allen ungeschriebenen Gesetzen zuwidergehandelt, die in Wien nur denkbar sind. Seine Arbeit relativiert und reflektiert nichts, sie stellt keine Brücken, keine Beziehungen zur Geschichte her und schließt auch keine Kompromisse. Sie zeigt für den Wiener Boden die »naive Unverfrorenheit«, sich selbst ernst zu nehmen. Sie arrangiert nicht und kommentiert nicht. Sie ist nicht literarisch, zeigt keine surrealen Ambitionen, jongliert nicht mit Bedeutungen und will auch im Grunde nichts vom »Geist des Ortes« wissen. Der Bau stellt nichts anderes dar als sich selbst, offen, bedingungslos und verwundbar.

Die Haltung Domenigs ist insoferne auch charakteristisch für die »Grazer Schule«, als sie keinen historischen Bezugsrahmen, geschweige denn eine Kontinuität der Entwicklung sucht, weder im eigenen regionalen Bereich noch in einem größeren, internationalen Zusammenhang. Diese Architektur stellt die Erfindung, das Experiment, das vom Grund auf neu Gedachte in den Mittelpunkt des Interesses und übersieht vielleicht dabei, daß auch diese Tendenz ihre Geschichte, die annähernd gleichbleibenden Bedingungen ihres Entstehens hat.

Während Domenig, trotz einiger Elemente der fast romantischen Idee einer kollektiven Kreativität (vor allem einer Partizipation am Bauprozeß), die persönliche und solitäre Erfindung in den Mittelpunkt seines Engagements in der Architektur stellt, hat sich Eilfried Huth, vor allem im Rahmen des genossenschaftlichen Siedlungsbaus, auf die Suche nach tragfähigen Partizipationsmodellen gemacht (Eschensiedlung Deutschlandsberg, Siedlung Gerlitzgründe Graz etc.). Während bei Uhl (im Wiener Kontext) sich die Auseinandersetzung in der Dialektik von geometrischer Ordnung und Freiheit,

Günther Domenig, Z-Zweigstelle Favoriten, Wien, 1975–1979

Eilfried Huth, Reihenhaussiedlung Gerlitz, Graz-Straßgang, 1975–1981

Karla Kowalski/Michael Szyszkowitz, Schloß Großlobming, Revitalisierung und Zubau (Hauswirtschaftsschule und Internat), 1979–1981

von kollektivem Rahmen und individueller Veränderung abspielt, scheint Huth, abgesehen von den wenigen allgemeinen, städtebaulichen Dispositionen und der Vorgabe einer gewissen Haustypologie, seine Funktion eher in der kreativen Hilfestellung – als Begleiter im Entscheidungsprozeß – zu sehen. »Ich liebe die unordentliche Ordnung« ist nicht nur ein Slogan, sondern ein gestalterisches Prinzip, das seine Ordnung meist in »außerarchitektonischen Bereichen« (etwa auf der Ebene der Sozialkontakte) findet. Was die Arbeiten für Wiener Kriterien zum Teil unerreichbar (nicht beurteilbar) macht, ist der Verdoppelungseffekt im »Unordentlichen«, das heißt, daß die angebotene Methode einer freien Konzeption, durch die echten oder vermeintlichen Gestaltungsfreiheiten der Bauherren noch auf einer zweiten Ebene »irritiert«, erweitert oder intensiviert werden. Da so potenzierte Spontaneität (oder Individualität) notwendigerweise zum definitiven Bau erstarrt, also für spätere Generationen oder für Außenstehende eine Vorgabe bedeutet, bringt sie ein Umkippen dieser an sich sympathischen Werte in ein kollektives Phänomen, das in seiner Gesamterscheinung schwer zu legitimieren ist. Mit anderen Worten, die gesammelte und geballte subjektive Freiheit der Partizipienten wird in seiner kollektiven Potenz zum Gegenteil. Es bleibt also die Frage, ob der Architekt nicht nur Anwalt des einzelnen (oder der Gruppe), sondern auch der Gemeinschaft sein sollte.

Die Arbeitsgemeinschaft Karla Kowalski und Michael Szyszkowitz arbeitet ebenso aus dem Bereich subjektiver, emotionaler Formfindung mit betonter Gestik, teilweise vielleicht handwerklicher, strukturaler. Da es sich bei ihren Bauten (mit Ausnahme der Totenhalle von Schwarzach und der Haushaltungsschule Großlobming) hauptsächlich um Privathäuser handelt, tritt vielleicht auch die Individualität der Bauherren, aber auch die Charakteristik der Bauplätze mehr in den Mittelpunkt. Gerade diese Privatbauten wirken in ihrer Entwicklung etwas freier, »heiterer« als die übrigen Bauten der »Grazer Szene«. Das künstlerische Engagement auf einer generell expressiven Basis, mit der Vorliebe für freie, assoziative Formen mit Grenzüberschreitungen ins »organische« Bauen, das teilweise Auftreten von Collage-Effekten, auch die Betonung graphischer Werte in der Umschreibung von Räumen, in der Bestimmung von Baukörpern, alles dies hat in seiner Signifikanz fast schulbildenden Charakter.

Die in Wien lebenden Architekten Helmut Richter und Heidulf Gerngroß gehen noch einen Schritt weiter, indem sie fertige Elemente der Bauindustrie als räumliche und konstruktive Bestandteile ihrer Häuser verwenden (Haus Königseder, Baumgartenberg, Oberösterreich), wobei die Methode der Collage auch ins Räumliche übertragen wird. Ähnliche Verfahren zeigen sich auch bei Konrad Frey, etwa beim Haus Fischer in Grundlsee. Einen neuen Ton in die steirische Szene bringen zweifellos die Arbeiten von Klaus Kada (teilweise in Zusammenarbeit mit Lauffer und Croce), dem vor allem mit den beiden Sparkassen von Ehrenhausen und Radkersburg eine riskante, aber überzeugende Mischung von Dialog- und Kontrastarchitektur zu Altbeständen gelang. Vor allem bei der Sparkasse von Radkersburg sind die neuen Eingriffe (etwa das Treppen-

Helmut Richter, Heidulf Gerngroß, Haus Dr. Königseder, Baumgartenberg, 1980

haus an der Gartenseite) im absoluten Kontrast zum bestehenden Bau konzipiert, sowohl im Material als auch in der formalen und strukturellen Erscheinung, und trotzdem entsteht eine neue Einheit, eine gegenseitige Steigerung von Qualität und Charakteristik. Ebenso kühn ist die Behandlung des Innenraumes, der aus den Fragmenten der alten Baustruktur und den hinzugefügten Elementen eine ganz neue Raumqualität erreicht. Das Neue in diesem Verfahren besteht hauptsächlich darin, daß die im Kontrast zur alten Bausubstanz entwickelten Formen unmittelbar auf diese reagieren, das heißt in enger Abhängigkeit zu diesen entwickelt wurden. Eine Vorgangsweise, die, trotz ihrer Eigenständigkeit, eher einer »Wiener Haltung« verwandt ist.

Noch sieht es so aus, daß die jüngere Szene (repräsentiert etwa durch die Arbeiten eines Hermann Eisenköck, Volker Giencke, Ernst Giselbrecht oder Irmfried Windbichler) von den älteren dominiert wird. Es bahnen sich allerdings Differenzierungen und vielleicht auch »Abnabelungen« an. Man kann darauf gespannt sein, ob es der nachrückenden Generation gelingt, die trotz ihrer Vielfalt fast monolithisch erscheinende »Grazer Schule« etwas aufzubrechen.

Klaus Kada, Gernot Lauffer, MA.: Helmut Croce, Sparkasse Bad Radkersburg, 1977–1980

Felix Orsini-Rosenberg, Herrenhaus Seilern, Rettenegg, 1979–1981

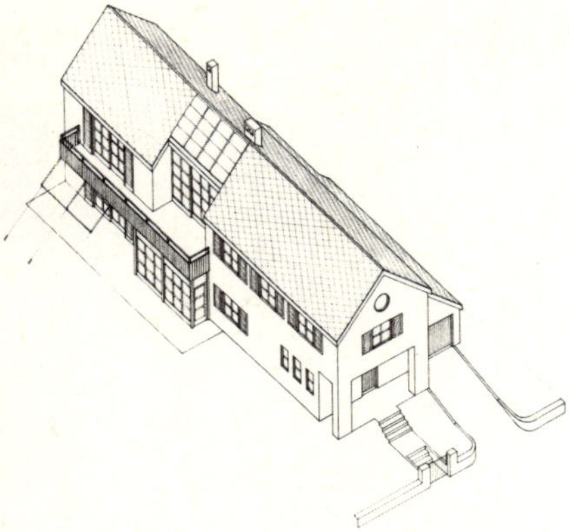

Gernot Kulterer, Haus Resch, Villach, 1979/80

Leichter Aufwind
(Kärnten)

Die Kärntner Szene ist, soweit man von einer solchen sprechen kann, einerseits stark von Graz her bestimmt, andererseits gibt es auch Zeichen einer regionalen Entwicklung, auf die man einige Hoffnungen setzen kann. Wenn man von einigen »Gastspielen«, etwa von Günther Domenig oder Herbert Missoni, absieht, so sind seit zwei Jahrzehnten etwa Karl Hack oder Ernst Hildebrand Signale eines architektonischen Bewußtseins. Seit dem Beginn der siebziger Jahre stellt das »Büro 21« (Franz Freytag, Klaus Holler, Franz Dieter Jantsch, Karl Murero, Felix Orsini-Rosenberg und Wolfgang Rausch) ein weiteres Zeichen einer langsamen Veränderung dar. In dieser Bürogemeinschaft werden in letzter Zeit verschiedene Entwicklungen sichtbar, Spuren der Verarbeitung unterschiedlicher Einflüsse. Unter den jüngeren Architekten gehört neben Klaus Mayr (mit seinem provokanten »Klassizismus«, eine Kärtner Spielart der Postmoderne) zweifellos Gernot Kulterer zu den Architekten, die ein hohes Niveau garantieren. Durch seine längere Abwesenheit von Kärnten hat er einen schärferen Blick für dessen Bausubstanz entwickelt; diese Auseinandersetzung, auch mit der neueren Bautradition des Landes, wird in seinen Arbeiten im Sinne eines produktiven Dialogs sichtbar. Ähnlich verhält es sich bei den Arbeiten des in München lebenden Manfred Kovatsch, dessen Haus Kolig am Ossiachberg zu den bedeutendsten Arbeiten der neueren österreichischen Architektur zählt. Abseits von der allgemeinen Diskussion entstehen die kleinen Arbeiten von Eva Rubin, spezifische Auseinandersetzungen mit dem Wohnen, des Kontaktes von Innen- und Außenraum und der Beziehung zur Eigenart des Ortes.

Manfred Kovatsch, Haus Kolig am Ossiachberg, 1975–1977

Roland Ertl, Betriebsgebäude Pichler, Hörsching-Neubau, 1977–1981

Ein Hauch von Selbstzufriedenheit
(Oberösterreich)

Oberösterreich ist, trotz Kunsthochschule und Haus-Rucker-Co, kein virulenter Boden für Architektur. Das hervorstechendste Merkmal ist Solidität im Rahmen bundesdeutscher Normen, und in den überdurchschnittlichen Leistungen liefert sie die gewohnten (oder verlangten) Symbole für Wohlstand und Fortschritt, was immer man darunter verstehen mag. Im Gegensatz zu Wien sind auch die kleineren Büros (mit wenigen Ausnahmen) ausgelastet, der Baubetrieb läßt wenig Zeit für Reflexionen. Trotzdem zeigt sich bei genauerer Betrachtung der Szene eine vielleicht sogar überraschende Vielfalt, die, und das ist wieder überraschend, letzten Endes von wenigen bekannten Büros geprägt ist. Wenn man von der jungen »Architekturgruppe Linz« (Siegfried Jell, Bernhard und Helga Schremmer) mit ihrem unverbrauchten Optimismus und auch gesellschaftlichem Engagement absieht, ebenso von den neuen Wohnbaukonzepten Fritz Matzingers oder den mit der süddeutschen Szene verbundenen Arbeiten Franz Riepls, bleiben als »Rückgrat« die Ateliers von Roland Ertl, Gerhart Hinterwirth, August Kürmayr und Klaus Nötzberger, Karl Odorizzi und der »Werkgruppe Linz« (Helmut Frohnwieser, Heinz Pammer, Edgar Telesko und Helmut Werthgarner), um nur die wichtigsten zu nennen. Charakteristisch für die allgemeine Situation ist die Trendwende, die von mehr am technischen Fortschritt orientierten Projekten, wie etwa dem Flughafen Hörsching (Ertl), dem Schulzentrum Harter Plateau (Odorizzi), dem ADV-Gebäude der VÖEST und dem Forschungsprojekt »Flexibles Wohnen« (Werkgruppe Linz) oder der Wohnanlage von Marchtrenk (Kürmayr,

Werkgruppe Linz (Helmut Frohnwieser, Heinz Pammer, Edgar Telesko, Helmut Werthgarner), Wohnanlage »Flexibles Wohnen«, Linz, 1968, 1976–1978

Karl Odorizzi, Arzthaus Lutz, Hallwang, 1975/76

Franz Riepl, Haus Riepl, Gallneukirchen, 1977–1980

Nötzberger), zu einer auch lokale und historische Elemente reflektierenden Architektur führt. In diesem thematischen Zusammenhang stehen etwa das Haus Fried in Gmunden (Odorizzi), die Raiffeisenkasse von Putzleinsdorf (Kürmayr, Nötzberger), aber auch das Haus Riepl in Gallneukirchen (Riepl) oder das Haus Mayrhofer in Breitbrunn (Ertl). Es ist sicher kein Zufall, daß es sich bei der letzten Gruppe genannter Bauten um kleine, vor allem private Objekte handelt, die es auch erlauben, in einer individuelleren Weise auf typologische und topologische Gegebenheiten einer Architekturlandschaft einzugehen. Aber auch im Industriebau ist vereinzelt, wie etwa beim Betriebsgebäude Pichler in Hörsching (Ertl), eine Verfeinerung der Mittel in Richtung architektonischer Signifikanz festzustellen.

Oberösterreich hat es in den sechziger Jahren verstanden, durch eine gut konzipierte und durchgeführte Serie von Wettbewerben eine entscheidende Verbesserung im Schulbau herbeizuführen. Das gleiche ist im Bereich des genossenschaftlichen Wohnbaus zu erwarten, wo der dafür gegründete Verein »Besser wohnen in Oberösterreich« eine Serie von Wettbewerben durchführt. Daß große Bauträger gemeinsam einen starken Willen zur Verbesserung der Situation bekunden, hat zumindest in Österreich Seltenheitswert.

Vorwiegend Gastspiele (Salzburg)

Salzburg, vor allem die Stadt, zeigt das merkwürdige Phänomen einer »Architektur ohne Basis«, das heißt, die meisten Bauten mit einer gesamtösterreichischen Bedeutung kommen von Architekten (etwa Wilhelm Holzbauer, Heinz Tesar), die nicht in Salzburg ansässig sind. Salzburg spiegelt also, mit Ausnahme der Bauten von Gerhard Garstenauer, gewissermaßen die Wiener Szene wider. Wenn man trotzdem den Eindruck einer mit der Tradition des Landes verbundenen Architektur bekommt, so liegt der Grund in der Herausforderung und Faszination, die immer noch von Salzburg ausgeht und die auch von den besten Architekten angenommen wird.

Holzbauer hat seit dem Bildungshaus Aigen mit dem stark geometrisierten Manierismus eine kommunikativere Architektur entwickelt, wie sie etwa in dem Um- und Erweiterungsbau für den Residenz Verlag oder auch bei der Universitätsplanung zum Ausdruck kommt. Hier wird auf einer neuen Ebene die von Holzmeister begonnene Tradition der Interpretation des Ortes fruchtbar, eine architektonische Haltung, die in Salzburg immer wieder Neues hervorbringt. Ebenso kommt die programmatische Dialogarchitektur Heinz Tesars (Kirche Unternberg, Pfarrhof Leopoldskron, Kirche Kleinarl u. a.) zum Tragen, da ihre Baugedanken von vornherein den Bestand (als Element der neuen Gesamtkonzeption) akzeptieren. Gerhard Garstenauers Arbeiten sind einerseits durch die Art der Bauaufgaben (Industrie- und Fremdenverkehrsbauten), andererseits durch die betont funktionalistische Haltung (z. B. Solarbad Dorfgastein, ÖFAG-Gebäude) eine Art positive Opposition, was sogar bei altstädtischen Revitalisierungen (K+K-Restaurant, Rupertinum) zu beachtlichen Ergebnissen führt.

In Salzburg hat die Architektur mehr als in anderen österreichischen Städten eine Außenseiterrolle, nicht selten mißverstanden und auch mißhandelt. Das zeigt sich am klarsten im Verhältnis zu Clemens Holzmeister. Vielgeehrt und mit Preisen überschüttet, ist es ihm doch nicht gegönnt, das kleine Sparkassenstöckl vor seinem Festspielhaus zu bauen, ein Entwurf von jugendlicher Frische und großem Einfühlungsvermögen. Auch sein Entwurf für den Umbau des Kleinen Hauses wurde gründlich mißverstanden. Es gibt also auch eine andere Tradition, die lebt.

Gerhard Garstenauer, Eigenhaus, Salzburg, 1977/78

Selbstverständnis und Selbstdarstellung
(Tirol)

In Tirol beginnt die Tradition der Moderne eine Art Eigendynamik zu entwickeln, Orientierung ist zum Teil schon an der eigenen Geschichte möglich, andererseits gewinnt auch die Auseinandersetzung mit dem Neuen strengere Maßstäbe als etwa in den sechziger Jahren. Eines darf man dabei aber nicht übersehen: die Architektur steht an sich in Opposition zum Bauen im Land, ob es sich nun um die öffentliche Renommierarchitektur oder um eine private »Tiroldarstellung« handelt. Sicher hat die Tiroler Architektur der Gegenwart, gegenüber anderen Entwicklungen in Österreich, einen besonders eigenständigen Charakter, ein regionalistisches Element, das auch in der Art der Aufarbeitung internationaler Tendenzen besteht und in deren Adaption an die Bedingungen des Landes. Dabei nimmt sich das architektonische Klima, von außen

Josef Lackner, Haus Maier, Hatting, 1977

betrachtet, vital und vielversprechend aus, von innen jedoch, gegenüber den sechziger Jahren, eher stagnierend, wenn nicht resignativ. Trotzdem stellen die Positionen, wie sie von Barth, Hörmann, Lackner, Norer oder Parson eingenommen werden, zusammen mit den Arbeiten der jüngeren Generation, ein beachtliches Spektrum dar, insgesamt eine lebendige Szene, die von außen einheitlicher erscheint, als sie sich in den kontroversiellen Standpunkten von innen darstellen mag.

Josef Lackner ist immer noch die zentrale Figur der Entwicklung im Lande, sein eigenständiger und unruhiger Geist sorgt immer für unkonventionelle und überraschende Konzeptionen, ein wenig zur großen Geste, wenn nicht zum Pathos neigend, haben seine Bauten jedoch meist eine entwaffnende räumliche und konstruktiv-funktionale Logik. Seine Architektur sucht nicht den Konsens, weder was die sogenannten internationalen Tendenzen noch was die lokalen Traditionen betrifft, er hält einen Konfrontationskurs, allein der Aufgabe und seiner Auffassung von ihr verpflichtet. Daß hier insgesamt trotzdem »Tirolerisches« sichtbar wird, hängt vielleicht eher

Ekkehard Hörmann, Aufstockung der Handelsakademie, Innsbruck, 1971, 1976/77

mit unserem Bild des eigensinnigen »Älplers« zusammen, sicher aber auch mit seinem Sinn für »demagogische Wirkungen«. Denn seine Bauten (etwa das Bad Flora, die Anlage der Ursulinen-Schule mit Internat und Kloster oder das Jugendhaus in Stuttgart) zeigen nicht nur einen Hang zum Prototypischen, Exemplarischen, sondern sie lösen auch Aha-Erlebnisse aus, durch die eigenständige Sicht und die der räumlichen Problemlösung.

Ekkehard Hörmanns Weg zu einem bewußten, vor allem geschichtsbewußten Regionalismus ist genau die Kehrseite der Lackner'schen Architektur. Hörmann sucht die Kontinuität, die Verbindung mit dem Vorhandenen und Tradierten. Das heißt nicht, daß seine Architektur etwa Klischees schafft oder reproduziert. Es ist gerade das Gegenteil der Fall. An seinen Arbeiten (etwa der Aufstockung der Innsbrucker Handelsakademie, aber auch bei kleinen Einfamilienhäusern) wird sichtbar, wie schwierig es ist, den Blick freizubekommen von der Reproduktion des Tiroler Selbstverständnisses, um die eigentlichen Qualitäten dieser Baukultur aufspüren zu können.

Günther Norers und Horst H. Parsons Entwicklung ist ebenfalls wie jene Lackners aus einer kritischen Haltung gegenüber der Bauproduktion des Landes zu sehen. Beide reagieren in sehr unterschiedlichen Weisen mit einem mehr oder weniger verfeinerten »Personalstil«. Norer neigt zu freieren Raumgebilden mit bewußter Behandlung von Durchblicken und Lichtwirkungen. Seine Bauten sind (etwa die Schule von Vomp) bauliche Artikulationen eines Ortes mit einer besonders räumlich betonten Reaktion auf den Umraum. Bei Parson gibt es ähnliche Momente, jedoch formalisierter, dramatischer, wenn man will, auch mehr den Objekt- (Kunst-)Charakter des Bauwerks betonend.

Der Südtiroler Othmar Barth ist im Land nur mit einem Bau, dafür aber mit einem exemplarischen vertreten. Das sogenannte Schigymnasium von Stams ist von Natur aus ein heikles Thema in der Problematik »Neues Bauen in alter Umgebung«. Er hat mit seinem großen Neubau in der Nähe des Stiftes insoferne mediterran reagiert, als er mit dem Altbau auf »Tuchfühlung« ging, sich der Tatsache bewußt, daß nur so ein Funken überspringen und das Ganze als konzeptionelle Einheit sichtbar machen kann. Der langgestreckte Baukörper der Schule unterstreicht die Topographie (das Plateau, auf dem sich das Stift befindet), die Konstruktion des Daches zeigt trotz ihrer deklarierten Zeitbezogenheit eine barocke Geste. Auch hier ist die Kontaktnahme, die Einbindung durch Betonung des Neuen geschehen, ohne jedoch den Blick für die Qualitäten der gesamten Anlage zu verlieren. Barth bringt mit diesem Bau einen neuen Ton in die Tiroler Architektur, er zeigt, daß es zwischen Konfrontation und Anpassung gangbare Wege gibt, die auch die Komplexität und die Charakteristik einer Bauaufgabe sichtbar machen.

Horst H. Parson, Pfarrzentrum Rum, 1976–1978

Othmar Barth, Sportgymnasium Stams, 1974–1981

Günther Norer, MA.: Margarethe Sentobe, Volksschule Vomp, 1972–1975

Die Tiroler Szene ist auch dadurch charakterisiert, daß es eine relativ große Gruppe jüngerer Architekten gibt, die die neue Tiroler Tradition der Architektur eher im Sinne einer Differenzierung und Abwandlung weiterführen. Eine gewisse Rolle spielt dabei auch die Aufarbeitung der Tiroler Architektur der dreißiger Jahre, so etwa beim »Atelier M9« (Richard Gratl, Heinz Gamel, Peter Thurner) oder bei der Architektengruppe Karl Heinz, Dieter Mathoi, Jörg Streli. Die Szene wird noch durch relativ eigenständige Arbeiten von Ernst Bliem, Norbert Fritz, Margarethe Heubacher-Sentobe, Dieter Tuscher oder Hanno Schlögl u. a. belebt.

Hans Purin, Haus Mähr, Feldkirch, 1975/76

Vernunft, Handwerk, soziales Engagement (Vorarlberg)

Es hat etwas mit der geographischen Lage, der besonderen Bautradition und der ethnologischen Zugehörigkeit zu tun, daß sich in Vorarlberg ein vitaler »neuer Regionalismus« im Bauen entwickelt hat, für den es keine vergleichbaren Beispiele in Österreich gibt. Merkwürdig dabei ist, daß dazu die Initialzündung von Wien ausging, genaugenommen von der Schule Roland Rainers, der den Sinn seiner Schüler nicht nur für die anonyme Architektur, sondern auch für ein von traditionellen und vordergründig semantischen Elementen befreites Bauen geschärft hat. Es ist jedoch das Verdienst von Hans Purin, Jakob Albrecht oder Gunther Wratzfeld, aber auch von aus dem Handwerk kommenden Architekten wie Rudolf Wäger, daß es ihnen gelang, auf der Basis einer handwerklichen Technologie eine Bauentwicklung einzuleiten, die vor allem im privaten Wohnbau Wirtschaftlichkeit mit optimaler Wohnlichkeit vereint und zu einer ganz neuen Sicht des Holzhausbaus (vom freistehenden Einfamilienhaus bis zur Reihenhaussiedlung) geführt hat.

Rudolf Wäger, Haus Hollenstein, Höchst, 1979/80

Vor allem Hans Purin und Rudolf Wäger erreichten in ihren Häusern ein Maß von Vollkommenheit im Zusammenspiel von räumlicher Konzeption, Konstruktion und Detail, das kaum überboten werden kann. Es ist aber auch bemerkenswert, daß hier über den »traditionell funktionalistischen« Weg (also ohne Einschluß formal-symbolischer oder traditioneller Elemente) eine Architektur entstand, die dennoch die Zeichen des Denkens und der Mentalität einer Region trägt, ja für sie unverwechselbar und charakteristisch ist.

Die jüngere Generation, etwa Dieter Eberle und Markus Koch, konnte auf dieser Basis weiterarbeiten (Hausgruppe Höchst), ihr Interesse verlagerte sich jedoch mehr auf alternative, kollektive Bauprozesse und auf neue Formen des Zusammenlebens. Ihre Arbeit reflektiert auch mehr in einer lockeren Form die Zeichen der veränderten Szene. Eine Pionierarbeit für sich vollbrachten Gottfried Bechtold und Walter Holzmüller mit der baulichen Collage von Hörbranz (Wohn-Atelier-Haus Bechtold), wo auch das Moment der Wiederverwendung alter Bauteile (etwa von Abbruchvillen) – also das Prinzip der räumlichen und konstruktiven Collage – zur Beunruhigung der baulichen Wohlstandsszene vorgeführt wurde.

Dieter Eberle, Markus Koch, Hausgruppe Höchst, 1978/79

Schluß

Es wurde eingangs erwähnt, daß es sich bei dieser Darstellung um eine Skizze handelt, also um eine notwendige Reduktion eines vielschichtigen und komplexen Bildes. Trotzdem müßte sichtbar geworden sein, daß die neuere österreichische Architektur ein Niveau erreicht hat, das im Lande nicht mehr ignoriert werden kann. Daß diese Architektur nur fragmentarisch im Bewußtsein der Öffentlichkeit vorhanden ist, hängt mit vielen Umständen zusammen. Besonders schlimm ist aber, daß die öffentlichen Bauträger – aus Ignoranz oder Bequemlichkeit, aus Unwissenheit oder Hochmut – diese veränderte Szene nicht zur Kenntnis nehmen und selbstgefällig auf ihrem Mittelmaß verharren. Es gibt kaum ein Land wie Österreich, das sich den Luxus leistet, die besten seiner Kräfte un- oder schlecht-beschäftigt zu lassen, während die Architekturfabriken unter der Gunst von Politikern oder Parteien ihr Mittelmaß reproduzieren. Hier geschieht eine Verschwendung von geistiger und »architektonischer Energie«, die wir uns schon lange nicht mehr leisten können. Es handelt sich dabei nicht nur um das Nichterkennen etwa jüngerer Talente, sondern – wie das besonders peinliche Beispiel von Ernst A. Plischke zeigt (der seit 1963 ohne öffentlichen Auftrag in Österreich lebt) – um eine Art genereller Mißachtung von Architektur, die in der sonst so überfrachteten Kulturszene praktisch keine Rolle spielt.

ANHANG

VERZEICHNIS DER ABBILDUNGEN

PETER KUBELKA: Zwei Kader aus dem Film »Adebar«, 1956/57, Seite 409.

GERNOT KULTERER: Haus Resch, Villach 1979/80, Seite 442.

KUNST UND REVOLUTION: Universität Wien, am 7. Juni 1968; von links nach rechts: F. Kaltenbäck, P. Weibel, O. Wiener, G. Brus, Laurids, H. Stumpfl, D. Haupt, O. Muehl, Anastas, Seite 39.

FRIEDRICH KURRENT: Griechisch-orthodoxe Kirche, München, 1981, Seite 416; mit JOHANNES SPALT: Z-Zweigstelle, Wien-Floridsdorf, 1970–1974, Seite 416.

JOSEF LACKNER: Haus Maier, Hatting, 1977, Seite 448.

MARIA LASSNIG: »Chairs«, Kader aus einem Zeichentrickfilm, 1971/72, Seite 287.

MISSING LINK (Otto Kapfinger, Adolf Krischanitz): Haus Nagiller, Perchtoldsdorf, 1981, Seite 429.

FRANZ MÖLK: Aus »La Nuova Vita«, Tusche, 1981, Seite 102.

HERMANN NITSCH: Architektur des o. m. theaters, Kugelschreiber, 1980, Seite 101.

GÜNTER NORER, MA: Margarethe Sentobe: Volksschule Vomp, 1972–1975, Seite 451.

KARL ODORIZZI: Arzthaus Lutz, Hallwang, 1975/76, Seite 445.

FRANZ XAVER ÖLZANT: Die Große, Bronze, 1973–76, Seite 339.

FELIX ORSINI-ROSENBERG: Herrenhaus Seilern, Rettenegg, 1979–1981, Seite 442.

FLORENTINA PAKOSTA: Porträtkopf Alfred Hrdlicka, Radierung, 1975, Seite 20.

HORST H. PARSON: Pfarrzentrum Rum, 1976 bis 1978, Seite 450.

GUSTAV PEICHL: ORF-Studio Steiermark, Graz-St. Peter, 1981, Seite 422.

MAX PEINTNER: Landschaft, Bleistift, 1975, Seite 24.

WALTER PICHLER: Große Schädeldecke, Bronze, 1978, Seite 157. Rumpf, Lehm und Bronze, 1981, Seite 163. Zwei Tiegel, Sand und Bronze, 1971, Seite 316. Haus für den Rumpf, St. Martin, 1977–1981, Seite 433.

PETER PONGRATZ: zu Peter Handkes »Traum von der Leere der Flüssigkeit«, Lithographie, 1972, Seite 26. Vignette, Tusche, 1978, Seite 85. Figuren, Tusche, 1977, Seite 174.

HANS PUCHHAMMER: Zürich-Kosmos-Versicherung, Eisenstadt, 1978–1980, Seite 420.

HANS PURIN: Haus Mähr, Feldkirch, 1975/76, Seite 452.

IRMFRIED RADAUER: Entwurf und Codierung eines Computerinstruments, wie es in dem Kompositionsprogramm MUPRO 9 für die Komposition »Evocation d'Ockeghem« verwendet wurde, Seite 387.

ARNULF RAINER: Brust, überzeichnetes Foto, 1972/73, Seite 35. Van Gogh schielend, übermalte Fotografie, 1980, Seite 306.

HELMUT RICHTER, HEIDULF GERNGROSS: Haus Dr. Königseder, Baumgartenberg, 1980, Seite 440.

ALOIS RIEDL: Ohne Titel, Kohle, 1978, Seite 300.

FRANZ RIEPL: Haus Riepl, Gallneukirchen, 1977–1980, Seite 445.

FRANZ ROSEI: Sichel, Marmor, 1974, Seite 352.

GERHARD RÜHM: Verbundenheit oder so. Günter Brus gewidmet, Tusche, 1974, Seite 323.

HANS SCHEUGL: »hamburg special«, 1968, Seite 55.

ERNST SCHMIDT JR.: »Prost«, 1968, Seite 55.

ANTON SCHWEIGHOFER: Stadt des Kindes, Wien, 1969–1974, Seite 420.

PETER SENGL: Der Teufel von Schöngrabern aus dem Gedächtnis am 15. 11. 1978 befällt so manchen, Mischtechnik, 1978, Seite 82. Vignette, Tusche, 1974, Seite 166.

ERNST SKRIČKA: Wie ein Präparat, Strichätzung und Aquatinta, 1974, Seite 223.

JOHANNES SPALT: Salvatorkirche am Wienerfeld, 1976–1980, Seite 415.

TEAM A GRAZ (Franz Cziharz, Dietrich Ecker, Herbert Missoni, Jörg Wallmüller): Thermalbad Bad Radkersburg, 1978/79, Seite 435.

MARIO TERZIC: Doppelkopf, Maske aus Leder und tierischen Präparaten, 1972, Seite 295.

HEINZ TESAR: Bebauung Klösterli-Areal, Bern, 1981, Seite 431.

OSWALD TSCHIRTNER: Kniende Menschen, Tusche, 1972, Seite 122. Selbstbildnis, Tusche, 1974, Seite 199.

OTTOKAR UHL: Wohnhaus der Gemeinde Wien, Feßtgasse, 1973–1981, Seite 423.

RUDOLF WÄGER: Haus Hollenstein, Höchst, 1978/79, Seite 453.

GEORG WALLA: Großmutter ihriger Mutter Josefina Rosina Stark Walla, Tusche, Seite 236.

JOHANNES WANKE: Kleines Schloß, Holzschnitt, 1973, Seite 18.

GUNTHER WAWRIK: Bundesamtsgebäude Singerstraße, Wien 1978, Seite 421.

PETER WEIBEL: »Welcome-Action Lecture Nr. 1«, 1967, Seite 49.
WERKGRUPPE GRAZ (Eugen Groß, Friedrich Groß-Rannsbach, Werner Hollomey, Hermann Pichler): Aussiedlerhof Krispel, Hartmannsdorf, 1970–1972, Seite 435.
WERKGRUPPE LINZ (Helmut Frohnwieser, Heinz Pammer, Edgar Telesko, Helmut Werthgarner): Wohnanlage »Flexibles Wohnen«, Linz, 1968, 1976–1978, Seite 445.
FRITZ WOTRUBA, FRITZ G. MAYR: Kirche am St. Georgenberg, Wien-Mauer, 1968–1976, Seite 424.
ROBERT ZEPPEL-SPERL: Denkmal für einen Philosophen, Mischtechnik, 1980, Seite 186.

Die Abbildungen des Bandes wurden entweder nach den Originalen oder auf Grund fotografischer Wiedergaben reproduziert, die von den Künstlern bzw. aus den Bildarchiven der Autoren Achleitner, Breicha, Knessl, Schmidt jr. und Weibel zur Verfügung gestellt worden sind.

FRIEDRICH ACHLEITNER: Die Widerspiegelung des Abwesenden. Am Beispiel Architektur. Originalbeitrag (unter teilweiser Verwendung seines Aufsatzes »Wiener Positionen«, erschienen in UM BAU 3).
ALEXANDER: Euer Wahn. Stille. Die Kälte. Selbstbewußtsein. Alle aus: »protokolle 78/II«. Verlag Jugend und Volk, Wien München 1978.
GERHARD AMANSHAUSER: Zwerg Nase. Aus: Märchen, Sagen und Abenteuergeschichten (Hrsg. Jochen Jung). Moos Verlag, München 1974.
H. C. ARTMANN: An einer schnurgeraden straße nach westen. Aus: »manuskripte 39/73«. Forum Stadtpark, Graz 1973; Allergrünste aller Sprachen. Aus: H. C. Artmann, Unter der Bedeckung eines Hutes. Residenz Verlag, Salzburg 1974.
HEIMRAD BÄCKER: man kann generalisieren. über alois riedl. Aus einem Katalog.
WOLFGANG BAUER: Film und Frau. Aus: Wolfgang Bauer, Die Sumpftänzer. Kiepenheuer & Witsch, Köln 1978.
RUDOLF BAYR: Aufzeichnung. Aus: Rudolf Bayr, Momente und Reflexe. Residenz Verlag, Salzburg 1971.
JOE BERGER: das märchen vom brathähnchen... Aus: Joe Berger, Märchen für Konsumkinder. Verlag Jugend und Volk, Wien München 1977.
THOMAS BERNHARD: Rede zur Verleihung des Österreichischen Staatspreises. Aus: Die Weltwoche, 22. 3. 1968; Ein ländlicher Betrüger. Aus: »Ver sacrum«. Verlag Jugend und Volk, Wien München 1969; Die Wahrheit... Aus: Thomas Bernhard, Der Keller. Residenz Verlag, Salzburg 1976.
ALOIS BRANDSTETTER: Stille Größe. Aus: Alois Brandstetter, Ausfälle. Residenz Verlag, Salzburg 1972.
OTTO BREICHA: Drauf und dran. Originalbeitrag; Fotografisch kreativieren. Aus: Kunstjahrbuch 1975/76. Alexander Baier-Presse, Mainz 1976.
GÜNTER BRUS: Nachwort zu »hartmating ein fest«. Aus: Hermann Nitsch, Harmating ein Fest. Die Schastrommel Nr. 5, Bolzano, Jan. 1972; Historisch-kritischer Raubbau. Eine Bildgeschichte. Originalbeitrag.
FRIEDRICH CERHA: Zu meinem Musiktheater. Dieser Artikel wurde auf der Basis früherer Arbeiten (»zu meinem Musiktheater«, ÖMZ 6/1980, Programmnotizen zu »Spiegel«, »Netzwerk« und »Baal«, Diskussionskonzept zum 10. Österreichischen Kulturgespräch 1980 »Ist die Moderne erschöpft?«) für das Musiksymposion im Rahmen des Steirischen Herbstes 1981 verfaßt. Nachdruck mit freundlicher Genehmigung des Instituts für Wertungsforschung der Hochschule für Musik, Graz.
ELFRIEDE CZURDA: ferne worte. Aus: EIN GRIFF = eingriff inbegriffen. Rainer Verlag, Berlin 1978.
ERICH DEMMER: Hölderlin. Auf: LP Folkklub ATLANTIS Life, Wien 1978.
HELMUT EISENDLE: Über die Individualpathologie der Liebe. Aus: »Tintenfisch 13«. Verlag Klaus Wagenbach, Berlin 1978.
GUSTAV ERNST: ARENA, Wien 1976. Aus: »Wespennest 23«, Wien 1976; Aus: Einsame Klasse. Verlag der Autoren. Edition im Athenäum Verlag, Königstein/Taunus 1979; Aus: Die Unlust am Widerspruch. Aus: »Wespennest 40«, Wien 1980.
ERICH FRIED: Die Tragödie. Aus: Erich Fried, Fast alles Mögliche. Klaus Wagenbach Verlag, Berlin 1976; Rede vom 6. 3. 1981. Originalmanuskript.
BARBARA FRISCHMUTH: Sätze zur Situation. Aus: Barbara Frischmuth, Tage und Jahre. Residenz Verlag, Salzburg 1971; Schlappschi oder von einem gemeinsamen Projekt. Aus: »protokolle 74/2«. Verlag Jugend und Volk, Wien München 1974; Rede vom 6. 3. 1981. Originalmanuskript.
GERHARD FRITSCH: Die Vorstellung. Aus: Gerhard Fritsch, Katzenmusik. Residenz Verlag, Salzburg 1974.
MARIANNE FRITZ: Wilhelm, der Lächler. Aus: Marianne Fritz, Die Schwerkraft der Verhältnisse. S. Fischer Verlag GmbH, Frankfurt am Main 1978.
PETER HANDKE: Die Geborgenheit unter der Schädeldecke. Aus: Peter Handke, Als das Wünschen noch geholfen hat. Suhrkamp Verlag, Frankfurt am Main 1974; Persönliche Bemerkungen zum Jubiläum der Republik. Österreichisches Gedicht 1979/80. Beides aus: Peter Handke, Das Ende des Flanierens. Suhrkamp Verlag, Frankfurt

am Main 1980; 20. Oktober. Aus: Peter Handke, Das Gewicht der Welt. Residenz Verlag, Salzburg 1977.
KLAUS HOFFER: Bedingungen für einen Satz. Aus: »protokolle 74/I«. Verlag Jugend und Volk, Wien München 1974.
FRIEDENSREICH HUNDERTWASSER: Los von Loos. Aus: »protokolle 68«. Verlag Jugend und Volk, Wien München 1968.
BERNHARD HÜTTENEGGER: Der Pfau. Aus: »manuskripte 69/70«. Forum Stadtpark, Graz 1980.
FRANZ INNERHOFER: Eine kurze Geschichte, die länger sein müßte. Aus: Keine Zeit für Tränen. (Hrsg. Klaus Konetzky und Dagmar Ploetz). Athenäum Verlag, Königstein/Taunus 1980.
ERNST JANDL: Parasitäres Stück. Aus: Ernst Jandl, für alle. Hermann Luchterhand Verlag, Darmstadt und Neuwied 1974; War einst weg und bin jetzt hier. Aus: »Zeit-Magazin 19« vom 29. 4. 1977; die morgenfeier. 8. September 1977. Aus: Ernst Jandl, die bearbeitung der mütze. Hermann Luchterhand Verlag, Darmstadt und Neuwied 1978; selbstporträt 18. juli 1980: erschienen in: »manuskripte 69/70«. Forum Stadtpark, Graz 1980.
ELFRIEDE JELINEK: ein schönes erlebnis mit christoph. Aus: »Neue Kronenzeitung«, Wien vom 29. 10. 1972; Der Turrini Peter. Aus: »Theater heute«, Heft 12, Dezember 1980. Friedrich Verlag, Seelze 1980.
GERT JONKE: Wiederholung des Festes. Aus: Gert Jonke, Die erste Reise zum unerforschten Grund des stillen Horizonts. Residenz Verlag, Salzburg 1980.
LOTHAR KNESSL: Bröcklige österreichische Musiklandschaft. Originalbeitrag.
WERNER KOFLER: Erziehungsgrundsätze. Aus: Werner Kofler, Guggile. Vom Bravsein und vom Schweinigeln. Verlag Klaus Wagenbach, Berlin 1975.
ALFRED KOLLERITSCH: Wir sind diesmal. Aus: Alfred Kolleritsch, Einübung in das Vermeidbare. Residenz Verlag, Salzburg 1978.
OTTO KREINER: Immer das Höhere. Aus: »protokolle 73/II«. Verlag Jugend und Volk, Wien München 1973.
REINHART LIEBE: A Stern auf mein Himml hasst Wien. Auf: LP Folkklub ATLANTIS Live, Wien 1978.
JAKOV LIND: Muttersprache. Aus: »Tintenfisch 3«. Verlag Klaus Wagenbach, Berlin 1969.
MAX MAETZ: Einmal auf der Frankfurter Buchmesse sein. Aus: »protokolle 71/I«. Verlag Jugend und Volk, Wien München 1971.
PETER MATEJKA: Vom Zufall zusammengeführt. Aus: »protokolle 71/I«. Verlag Jugend und Volk, Wien München 1971.
FRIEDERIKE MAYRÖCKER: demontage einer serie von liebesgeschichten. Aus: Friederike Mayröcker, Ein Lesebuch. Suhrkamp Verlag, Frankfurt am Main 1979; Nach raschem Erwachen. Aus: Friederike Mayröcker, Gute Nacht, guter Morgen. Gedichte 1978–1981. Suhrkamp Verlag, Frankfurt am Main 1982.
LEO NAVRATIL: Alles aus sich heraus. Originalbeitrag.
CHRISTINE NÖSTLINGER: Meine Nachbarin. Aus: Glückliches Österreich (Hrsg. Jochen Jung). Residenz Verlag, Salzburg 1978.
ERNST NOWAK: Hasenjagd. Aus: Ernst Nowak, Hasenjagd. Residenz Verlag, Salzburg 1974.
ANDREAS OKOPENKO: Präparation eines Traums. Aus: »manuskripte 67/70«. Forum Stadtpark, Graz 1980.
HEIDI PATAKI: okkasion. Aus: Heidi Pataki, Schlagzeilen. Suhrkamp Verlag, Frankfurt am Main 1968.
MAX PEINTNER: Das Erschrecken, das man spürt... Aus: Walter Pichler, Zeichnungen. Residenz Verlag, Salzburg 1973.
WILHELM PEVNY: Der Bauer und der Millionär (in Zusammenarbeit mit Peter Turrini). Aus: Glückliches Österreich (Hrsg. Jochen Jung). Residenz Verlag, Salzburg 1978.
REINHARD PRIEßNITZ: gerümpel und die probleme seiner katalogisierung. Aus: Kurt Kappa-Kocherscheidt Zeichnungen 1971–1976. F. A. Morat, Freiburg/Breisgau; Plan für Verstehen. Aus: Reinhard Prießnitz, Vierundvierzig Gedichte. »edition neue texte«, Linz 1978.
IRMFRIED RADAUER: Bereicherung und Verarmung. Originalbeitrag.
ARNULF RAINER: Was aber ist Johann Hauser? Aus: »protokolle 79/2«. Verlag Jugend und Volk, Wien München 1979; als Van Gogh als... Aus: »protokolle 81/1«. Verlag Jugend und Volk, Wien München 1981.
PETER ROSEI: Projekt für ein neues Leben. Aus: »Merkur 6«. Ernst Klett Verlag, Stuttgart 1973.
GERHARD ROTH: langsam scheiden. Aus: Gerhard Roth, Menschen Bilder Marionetten. S. Fischer Verlag GmbH, Frankfurt am Main 1979.
HARALD SOMMER: Aus der Welt der Werk-

tätigen. Aus: »manuskripte 39«. Forum Stadtpark, Graz 1973.

MICHAEL SCHARANG: Out. Aus: »manuskripte 25«. Forum Stadtpark, Graz 1969; Charly Traktor. Studie zum gleichnamigen Roman. Aus: »protokolle 74/I«. Verlag Jugend und Volk, Wien München 1974.

ALFRED SCHMELLER: Die Carceri der Martha Jungwirth. Aus: »protokolle 76/1«. Verlag Jugend und Volk, Wien München 1976; Die Welt in Wirklichkeit. Aus: Katalog Bruno Gironcoli, Wien – München – Innsbruck – Salzburg – Graz 1977/78.

ALFRED PAUL SCHMIDT: Die letzte Reise eines Politikers. Originalmanuskript.

ERNST SCHMIDT JR.: Kommerz und Avantgarde. Originalbeitrag.

WENDELIN SCHMIDT-DENGLER: Liedermacher. Aus: Beiheft zu LP Folkklub ATLANTIS Live, Wien 1978; Pathos der Immobilität. Aus: »Frankfurter Hefte 10«, Frankfurt 1979.

FRANZ SCHUH: Wie ich in Österreich geistig produziere. Aus: G. Ruiss/J. A. Vyoral, Dokumentation zur Situation junger österreichischer Autoren. Wien 1978; Thesen zum Wesen. Aus: »protokolle 81/4«. Verlag Jugend und Volk, Wien München 1981.

HERMANN SCHÜRRER: Aus: Kriminelle Spielereien in der Sandkiste der Weltverbesserer. »Freibord«. Sonderreihe 3, Wien 1977.

JUTTA SCHUTTING: Agatha-Kirche. Aus: Jutta Schutting, Der Wasserbüffel. Residenz Verlag, Salzburg 1981.

PETER TURRINI: Der Bauer und der Millionär (gemeinsam mit Wilhelm Pevny). Aus: Glückliches Österreich (Hrsg. Jochen Jung). Residenz Verlag, Salzburg 1978.

LIESL UJVARY: Fotoroman Bisamberg. Aus: »protokolle 80/2«. Verlag Jugend und Volk, Wien München 1980.

HEINZ RUDOLF UNGER: Mauer und Brücke. Aus: Heinz Rudolf Unger, Das Lied des Skorpions. Verlag Jugend und Volk, Wien München 1979.

REINHARD URBACH: Experiment. Erinnerung. Erfahrung. Erfindung. Originalbeitrag.

PETER WEIBEL: Kunstexpansionen: Grenzkunst. Originalmanuskript; Österreich – ein Fragment. Aus: »Freibord 9«, Wien 1978.

OSWALD WIENER: politisches. appendix A. Aus: Oswald Wiener, Die Verbesserung von Mitteleuropa. Rowohlt Verlag GmbH, Reinbek bei Hamburg 1969.

GERNOT WOLFGRUBER: Aus: Gernot Wolfgruber, Herrenjahre. Residenz Verlag, Salzburg 1976; Wie es anfing. Aus: Gernot Wolfgruber, Der Jagdgast. Residenz Verlag, Salzburg 1978.

HELMUT ZENKER: Dantons Tod. Aus: Helmut Zenker, Die Entfernung des Hausmeisters. Verlag Jugend und Volk, Wien München 1978; Austro-Krimi oder Landesverrat? Aus: Helmut Zenker, Drohbriefe. Residenz Verlag, Salzburg 1979.

Einige Daten zum Ersten österreichischen Schriftstellerkongreß 1981; Hauptresolution. Aus: »Zirkular 5«. Dokumentationsstelle für neuere österreichische Literatur, Wien 1981.

Inhaltsverzeichnis